RÍNDETE, CAROLINA

Rosario Tey

Cubiertas y diseño de portada: © Agustín Paniagua

Ilustración de portada: © Anna Ismagilova — Fotolia.com

www.rosariotey.com

Copyright © Rosario Tey 2015

ISBN: 978-84-606763-55

A ti, papá,

donde quieras que estés,

léeme, siénteme y conóceme un poco más.

Prólogo

Me encanta el cine, la manera en la que directores y guionistas logran transmitir tantas sensaciones y emociones al mismo tiempo. ¿Cómo es posible llevar a la pantalla todos esos pensamientos?, ponen rostros a seres inventados, a situaciones imaginadas…, es realmente divertido. Una vez oí en la televisión que los guionistas son narradores de su propia realidad, ellos describen situaciones vividas, las transforman, decoran y luego las prestan a personajes para que las hagan suyas.

Lo cierto es que me atrae, me fascina lo que hacen, lo que inventan y crean. Es apasionante. Sus narraciones tienen un principio y un final.

Lo que más me gusta del cine es que siempre hay alguien tras la pantalla que sabe lo que va a ocurrir, que sabe cómo termina la historia porque es quien la ha inventado. Es «ese» alguien el que dispone si el protagonista se casa con su amada, muere o si se marcha dejando a su familia. Si hereda una fortuna o es absorbido por extraterrestres… Ese «ser» toma las riendas y decide cómo va a ser la historia. Si tendrá un final feliz o no.

Desearía ser la guionista de mi propia vida, todos deberíamos serlo. Ser nosotros mismos los que decidiéramos el final de nuestras historias.

Eso sí que sería divertido.

Miraba a un lado y a otro en aquella nítida habitación, y solo podía pensar en cómo puede cambiar tu vida en un abrir y cerrar de ojos. Desde luego ese año pasó ante mí como una película. Cada momento, cada instante tenía una melodía.

Y allí estaba yo, en ese diminuto espacio, rodeada de todos mis seres queridos. Un murmullo de palabras tranquilizadoras y halagadoras acariciaba mis oídos, y la estimulante fragancia que desprendían las margaritas blancas, lirios, jacintos y las lavandas envolvieron aquel momento de una profunda sensación de ternura y amor.

Todo cuanto amaba se hallaba en aquella habitación…

Capítulo 1

«Y estoy aquí para recordarte
del desorden que dejaste cuando te fuiste.
No es justo que me niegues
de la cruz que sostengo, que tú me diste,
tú, tú, tú tienes que saber...».

You Oughta Know - Alanis Morissette

Todavía era de día cuando llegué a casa de Rafa, sobre las nueve de la noche, pero aún no había anochecido. Me encantaba esa época del año, los días resultaban más largos y lo único que me apetecía era aprovechar el tiempo. Salir a pasear, hacer deporte al aire libre... El invierno había llegado a su fin y la primavera en Cádiz era palpable y celestial. Sin embargo, últimamente no estaba disfrutando mucho de aquellos placeres gratuitos.

Un día más, mi irritante novio se había empeñado en quedarse en su casa para ver, televisada, una absurda competición de artes marciales. Y yo, que por aquel entonces no tenía solución, accedí a sus fútiles prioridades.

—Cierra la puerta, por favor.

Ni hola, ni nada. Solté el bolso sobre el banco de abdominales que conformaba uno de los pocos objetos decorativos de su dormitorio y me senté a su lado, en la cama.

Él permaneció tumbado, sin prestarme mucha atención. En esos momentos su único interés era ver a aquellos karatecas dándose de hostias.

—¿Te apetece que salgamos un rato cuando acabe... esto? —le pregunté, señalando la televisión.

Me hizo un gesto con la mano para que me callase, sin apartar la vista de la pantalla, como si quisiera oír a los karatecas, cuando en realidad no decían nada en absoluto, excepto gritar.

—Carol, hoy estoy muerto —me respondió con un brazo bajo la nuca y el otro alargándolo a la mesilla para hacerse con el mando de la tele.

—¿Pretendes que me trague esta mierda?

—Es la final de la competición, no falta mucho para que acabe —respondió él tranquilamente, subiendo el volumen.

—Rafa... ¿Te ocurre algo? Últimamente estás de una dejadez que no te reconozco.

—¡¿Qué me va a pasar, joder?! ¡Que quiero ver la puta competición!

—Vete a la mierda —le espeté, levantándome de la cama.

Agarré mi bolso de un tirón y me encaminé hacia la puerta. Me negaba a pasarme otra noche sentada junto a él, en su cama, perdiendo el tiempo.

Pensé que se levantaría detrás de mí y me rogaría que no me fuera. Pero era obvio que después de tanto tiempo a su lado, aún no me había enterado de lo gilipollas que era.

Lo miré por última vez antes de salir y respiré profundamente, intentando contenerme. Él ni caso. Luego, le obsequié con un sonoro portazo.

Una semana después...

En algún lugar de mi subconsciente deseaba que aquello fuera tan solo una broma pesada. Tuve que asegurarme al asiento porque por un momento pensé que podría caerme. Volví a releer el e-mail y me fijé, por enésima vez, en el título que le había puesto al asunto: «Despedida».

¿Cómo alguien podía llegar a convertirse en una persona tan ruin?

¡Una maldita semana! Siete malditos días me había pasado preguntándole a mi novio qué diablos le ocurría. Que por qué estaba tan distante y ausente últimamente, y ninguna de las veces había sido capaz de ser sincero, de mirarme a los ojos y decirme que ya no estaba enamorado de mí. No, él había optado por encender su estúpido ordenador, sentarse delante de él, abrir torpemente su correo, y escribir aquellas cuatro y absurdas líneas.

Mi gesto de incredulidad tuvo que ser demasiado paradójico, porque cuando Emilio asomó la cabeza por la puerta de su despacho y vio la insondable expresión de mi cara... me preguntó:

—Carolina, ¿te encuentras bien? Estás muy pálida.

Emilio cumplía varias funciones en mi vida: mi jefe, compañero de trabajo y, lo más importante aún, uno de mis mejores amigos. Una persona por la que sentía una enorme admiración. Tenía cuarenta y ocho años y era uno de esos tipos legales, fiables. Uno de esos en peligro de extinción. Sobre su mesa mostraba orgulloso una foto de su encantadora familia. Parecía sacada de un reportaje para la revista «¡Hola!». Cada vez que miraba esa foto, la sensación de no llegar a tener una familia como él se me antojaba amarga y desconsolada.

—Esta noche no he dormido muy bien, eso es todo —titubeé sin apartar la vista del ordenador e intentando cerrar el correo, para que mi compañero no pudiese ver las estúpidas cuatro líneas que yo acababa de leer. Bastante bochornoso era ya para mí.

—¿Tienes listas las nóminas del señor Fernández? Necesita que se las mandes.

—Por supuesto, ahora mismo se las envío —respondí, intentando deshacerme de la idea de que mi novio acababa de cortar conmigo con un e-mail.

—Bien, gracias.

¡Diez años! Diez largos y aburridos años me había pasado aguantándole lo inaguantable, y todo para que, al final, me dejara... ¡¿A través de un correo electrónico?!

Durante todo ese tiempo habíamos pasado por un montón de crisis, pero siempre terminábamos en el mismo punto, es decir, envuelta en una relación trivial y aburrida. Una relación en la que él se limitaba a poner a prueba mi autoestima constantemente. Me había creído una tras otras todas las pantomimas que ese imbécil me contaba y, encima, para rematar, probablemente me habría puesto los cuernos.

¡Dios, no me podía sentir más humillada! Supuse que todavía era pronto, que era normal que empezara a odiarle con todas mis fuerzas y que le deseara todos los finales trágicos de las películas que había visto, pero lo cierto era que odiaba sentirme así...

—Carolina. —La voz de Emilio volvió a sacarme de mi reciente pesadilla—. Te has equivocado y has enviado las nóminas a mi correo. ¿Seguro que te encuentras bien? —me preguntó, esta vez acercándose a mí.

Un rayo de sol cayó en oblicuo sobre su cara en el momento en que se apoyó sobre mi mesa. En la oficina, cuando la luz del sol se posaba sobre nuestros escritorios, podíamos hacernos una idea de que el verano estaba cerca. Generalmente, los días soleados y radiantes de abril me levantaban el ánimo, pero aquella mañana… Rafa se aseguró de aplastármelo.

—Lo siento, Emilio. Me he despistado.

¡Maldito Rafa!

—No importa, envía las nóminas y márchate a casa, ya es casi la hora y se te ve un poco cansada —añadió él, mirándome por encima de las monturas negras de sus gafas, al mismo tiempo que alargaba el brazo para coger una carpeta de mi mesa.

Emilio sabía que algo me sucedía. No era propio de mí cometer errores durante mi jornada de trabajo. En otras circunstancias le habría dicho que no, que no era para tanto, pero en ese momento me sentía sin fuerzas, así que hice lo que me dijo. Me levanté, todavía exhausta, cogí mi bolso y mi chaqueta, y me marché sin decir ni una palabra.

Mis compañeros siguieron inmersos en sus tareas, apenas se percataron de mi estado de ánimo. Pero al salir, María se apartó de su mesa y me sostuvo la puerta.

—¿Cielo, qué pasa? —Me retuvo del brazo.

Observé su pelo liso y caoba cayendo a la altura de sus hombros, y el perfecto maquillaje de sus párpados enmarcando unos bonitos ojos avellanas.

—Rafa me ha dejado a través de un e-mail —murmuré de forma que solo me oyera ella.

—¿En serio?

Asentí con la cabeza. Ella hizo un gesto de disconformidad con sus ojos.

—¿Estás bien? ¿Quieres que te acompañe a tu casa?

—No, tranquila, estoy bien. Solo necesito descansar un poco.

Lo único que quería era salir de la asesoría y llegar a mi casa. Necesitaba leer nuevamente el dichoso correo. Ansiaba entender qué estúpida razón le había llevado a escribirme ese ridículo mensaje, en vez de decírmelo en mi cara.

—Luego te llamo y charlamos más tranquilas, ¿de acuerdo?

—De acuerdo.

—Todo pasa, cariño —susurró María, acercándose a darme un beso en la mejilla.

Trabajar con María, probablemente, era uno de los estímulos más confortables y satisfactorios de mi existencia. María tenía cincuenta y tres años, era hermana de mi jefe y trabajaba en la asesoría desde que se abrió.

Yo era asesora laboral. Llevaba seis años allí, empecé de prácticas y desde entonces seguía en la oficina. No es que me apasionara lo que hacía, pero me encantaba el ambiente de trabajo. Mis compañeros eran estupendos y me sentía muy arropada por ellos. Éramos tan solo seis personas, cuatro eran hombres. Todos estaban casados, menos yo. Bueno, y María que estaba separada. Tenía una hija de veintidós años que en esos momentos estudiaba Psicología en Madrid. Se había separado hacía diez años y no había tenido otra relación estable desde entonces.

María era una de esas féminas independientes, modernas y renovadas. La vida no había sido muy considerada con ella, no tuvo más remedio que sobrevivir y adaptarse a la idea de criar a una hija adolescente prácticamente sola. Y todo porque su marido escogió ponerle los cuernos con la madre de la mejor amiga de su hija. ¡Sí, señor! Todo eso me lo contó María en una cena navideña de empresa.

Así que, cuando María me dijo en la puerta de la asesoría «todo pasa», yo sabía muy bien a lo que se refería. Si una mujer que ha sufrido en su propia piel los terribles efectos de la traición… te dice que todo pasa, jamás debes cuestionar su veracidad. Viniendo de ella, realmente me ayudó.

¿Pero de qué me sorprendía? De Rafa ya nada debía asombrarme. Era capaz de hacer las cosas más estúpidas e irracionales que jamás hubiera imaginado.

A las dos y media de la tarde abandoné mi lugar de trabajo, abrumada. Tenía la sensación de que todo aquello no era más que una terrible confusión. Estaba segura de que Rafa pronto se arrepentiría y volvería a mí, como hacía siempre. Pero entonces, ¿por qué tenía aquel desagradable presentimiento instalado en mi estómago? ¿Sería ese e-mail el punto final de nuestra relación?

Me detuve en el escaparate de la tienda de bolsos que hacía esquina con la calle Cánovas del Castillo. Cada mañana, al entrar y al salir de la asesoría, dedicaba unos minutos a admirar las prohibitivas colecciones de bolsos de aquella sofisticada tienda que había junto a la asesoría, pero ese día apenas me fijé en ellos, creo que fue la rutina la que me obligó a detenerme. Ese día, en mi cabeza, solo aparecían las cuatro absurdas líneas del estúpido mensaje de Rafa.

Volví a casa callejeando por el centro. Deambular por el casco antiguo de mi ciudad era un verdadero placer. Cádiz era una ciudad preciosa. Y no es que lo diga yo, el mismo Lord Byron la bautizó como la «Sirena del

Océano». Tan llena de historia y belleza que pasear por sus plazas, jardines, iglesias y playas era transportarse a otra época. Una de esas ciudades abarrotada de leyenda y embrujo. Desde luego si sus murallas hablasen... estoy segura de que no harían más que susurrar versos y coplillas.

Corté camino y atravesé la Plaza de las Flores y, a pesar de que mi estado de ánimo era nefasto, toda aquella algarabía de establecimientos populares, bares, comercios y puestos de flores retardaron mi inminente calvario. El día estaba resplandeciente y el agradable aroma que desprendía aquel aluvión de azucenas, lirios, claveles, gladiolos y girasoles alcanzó mi sentido olfativo y suavizó mi malestar.

Pero, a pesar de que el camino era cautivante, mis pensamientos eran más negativos que nunca, y de repente sonó el móvil. Empecé a escarbar en mi bolso, apartando todo tipo de objetos inservibles que iba encontrando: un bolígrafo que no pintaba, un paquete de clínex vacío, tickets de compras de Dios sabe qué. Hasta que, finalmente, encontré el ansiado teléfono. Descolgué sin mirar el número.

—¿Sí?

—Carol, cariño, soy Cris.

En cuanto oí su voz, me di cuenta de lo mucho que la necesitaba a mi lado en esos momentos. Era ella: mi hermana.

Vivíamos juntas, ella era dos años más pequeña que yo, aunque hacía algunos meses que se había marchado a Ámsterdam a estudiar con una beca, pero en el verano volvería. La echaba tanto de menos... Sobre todo ahora.

Al menos, aquella conversación hizo que me olvidara momentáneamente de mi patética situación y me centré en conversar con mi hermana el resto del camino. Sin embargo, en algún momento de nuestra cháchara me sentí con la necesidad de contarle lo que acababa de ocurrirme.

—Carolina, en junio volveré a Cádiz a pasar el verano contigo. Ya verás qué bien vamos a estar, juntas de nuevo. Olvida a ese idiota, tienes que pasar página. Después de lo malo siempre llega algo bueno y, desde luego, tú te mereces lo mejor. Por favor, tienes que salir a divertirte. Eres muy joven, Carolina, ¡acuéstate con otros chicos! Dale un giro a tu vida. Lo necesitas.

De pronto sus palabras se me antojaron perezosas. El solo pensamiento de imaginarme con otro chico me ponía los vellos de punta. Rafa era la única persona con la que había estado en mi vida. Empecé con él a los diecisiete años. En la cama era un amante bueno, un poco egoísta a veces, como en todo lo demás, pero había disfrutado del sexo, o eso creía…

—Te lo dije, Carol, deberías haberte venido conmigo. Vente a Ámsterdam, esto es distinto. Empezaremos de cero.

Por un momento, la idea me pareció tentadora, pero yo no era muy aventurera. Aquí tenía un trabajo en el que me sentía muy cómoda. Mis compañeros eran adorables y mi sueldo no estaba del todo mal. Además, yo adoraba mi ciudad, creía que no había otro sitio en el mundo en el que se pudiera vivir mejor. No me sentía capaz de abandonar todo esto, el mar, mi casa, mi gente… Cristina era muy distinta a mí, le encantaban las nuevas experiencias, correr riesgos.

Yo, sin embargo, necesitaba estabilidad, control. Aquí tenía algo que era seguro. Siempre pensé que Cádiz era un buen sitio para crear una familia. Una ciudad tranquila y segura...

No, lo que ella me proponía no era para mí.

Colgué el teléfono con la esperanza de que el tiempo pasara rápido y Cristina, al fin, volviese a mi lado. Sabía de sobra que los días posteriores a este no serían nada fáciles , y la soledad amenazaba con invadirme de nuevo.

Media hora después, estaba en mi casa. Cris y yo vivíamos en un pequeño y confortable apartamento en pleno paseo marítimo, frente a la playa de Santa María del Mar. Un espacio sencillo y acogedor, formado, básicamente, por un salón luminoso con cocina americana, dos habitaciones y un pequeño cuarto de baño. En un bloque de pisos, grande y antiguo, pero que se conservaba en muy buen estado. Nuestro apartamento estaba en la quinta planta, con lo cual, las vistas al mar eran magníficas. Mi hermana se había encargado de posar su firma en la concisa magnitud de aquella estancia. Le encantaba comprar muebles antiguos y restaurarlos. Cada vez que aparecía con alguna de esas antigüedades, yo me echaba las manos a la cabeza. Pero lo cierto era que terminaba por gustarme todo lo que ella engalanaba.

Vivir frente al mar era algo que me fascinaba. Podía pasarme las tardes observando cómo el sol se fundía en el horizonte. Era grandioso saber que vivíamos a tan solo unos pocos kilómetros de distancia del continente africano. Creo que, en cierto modo, la diversidad salvaje de la naturaleza y la exuberante belleza de aquella tierra, se reflejaba en nuestros atardeceres gaditanos y convertía a la hermosa isla de Cádiz en un sitio único en el mundo.

Un lugar mágico. Una ciudad para reír, para disfrutar, para deleitarse, para sentir y para enamorarse. Sin embargo, yo empezaba a sentirme perdida...

Solté el bolso y lo primero que hice fue coger el portátil. Abrí mi correo electrónico y allí estaba, en el buzón de entrada. Solo a él se le habría ocurrido llamar al asunto: «Despedida». Podría haber escogido muchas formas de dejarme; no sé, una carta, un mensaje, una llamada de teléfono..., pero no, él había optado por escribirme un e-mail. Quizás tan solo se debía a su repentina novedad por sentirse partícipe al mundo cibernético. ¡Qué sé yo...! Todo eso me parecía surrealista, pero, a pesar de todo, lo volví a leer, me moría de curiosidad por saber qué había tras ese simple y ruin mensaje, qué le había impulsado a escribirme eso.

«Hola, Carol, siento no poder decirte esto a la cara, pero no creo que debamos seguir saliendo. Hace tiempo que quiero contártelo, pero no he visto el momento. He dejado en mi casa todas tus cosas en una caja, y tu bicicleta está en el trastero de mis padres. Llama a mi madre que ella te lo dará todo. Lo nuestro no ha funcionado. Ya no estoy enamorado de ti, lo siento».

Me quedé durante un buen rato leyéndolo una y otra vez. Cinco líneas de palabras necias, vacías y frívolas. Casi tanto como él. Acto seguido borré el correo y les pedí a mis ángeles que lo sacaran de mi cabeza a la misma velocidad con la que aquellas palabras se habían esfumado de la pantalla. Luego, apagué el ordenador.

La realidad era que, a mis veintisiete años, había pasado diez con una persona que no me había valorado ni respetado, y lo peor de todo era que yo siempre fui consciente. No sé por qué, pero nunca tuve la valentía de dar el paso y ser yo quien le dejara. Ahora me sentía fatal, sentía que había tirado a la basura diez años de mi vida; desperdiciados junto a la persona más superficial, estúpida y caprichosa que había conocido jamás.

Todos mis planes, mis ilusiones... Todo se había esfumado, ya no quedaba nada. Sentía que en mi vida sentimental siempre tomaba decisiones equivocadas. Hacía mucho que debí haber terminado mi relación con ese innombrable. Desde el momento en que me di cuenta que no tenía futuro alguno.

Aquella noche fue horrible, pero a la mañana siguiente me obligué a ver las cosas bajo otra perspectiva. El trabajo me reconfortó, allí me sentía arropada, mis compañeros me cuidaban. Emilio se acercó un par de veces a mí y me preguntó si quería café. Tenía trabajo atrasado, así que rechacé su invitación amablemente.

María se levantó alguna que otra vez y me preguntó qué tal me encontraba. Estaba deseando que se lo contara, así que le dije que cuando termináramos de trabajar nos tomaríamos unas cervezas. Ella era una buena amiga y siempre daba sabios consejos.

Al acabar nuestra jornada, nos fuimos al bar que estaba frente a la oficina. Una taberna pequeña pero muy acogedora, donde acostumbrábamos a desayunar y a tomar algún que otro aperitivo. Nos pedimos unas cervezas y las acompañamos con un poco de queso manchego. No tenía mucho apetito, pero ella insistió en que comiera algo. Hice por no decepcionarla. Como era de esperar, María comenzó con su interrogatorio.

—Bueno, nena, cuéntame qué te ha hecho ahora el inepto de tu novio.

Lo cierto era que la compañía de María me sentaba muy bien en esos momentos.

Abiertamente le conté todo: lo del e-mail, mi decepción; la tarde y la noche que había pasado en mi casa lamiéndome las heridas; la última conversación con mi hermana, incluida sus sugerencias sobre lo de acostarme con otros chicos y, sobre todo, le hablé de todos mis miedos, inseguridades y toda la mierda que rondaba por mi cabeza. María, como yo esperaba, me dio su punto de vista más sincero.

—Cariño, realmente es lo mejor que te ha podido pasar. —La miré apesadumbrada y ella continuó—: Carolina, quiero decir que esto te iba a suceder tarde o temprano. Ese chico no te merece, es inmaduro, superficial y aburrido. No camináis en la misma dirección. Ambos queréis cosas diferentes. Tú eres una chica muy lista, divertida y preciosa y con todo un futuro por delante. No deberías conformarte con un tipo que no te quiere lo suficiente. Es mejor que esto te haya sucedido ahora y no dentro de unos años, cuando ya estuvieseis casados y con hijos. Créeme cuando te digo que es mejor así.

—¿Cuando tu marido te engañó…, tardaste mucho tiempo en olvidarlo?

—Verás, Carol, es imposible olvidar al padre de tu hija. Pero sí, lo superé, si es a eso a lo que te refieres. Como tú también lo superarás.

—Sí, supongo. —Me quedé un rato absorta, y luego ella me preguntó:

—¿Sabes quién es ella?

—No con seguridad, pero me hago una idea.

Los dos meses siguientes fueron una absoluta tortura. Me sentía tan sola que temía cometer la locura de suplicarle a Rafa un atisbo de compasión. Y lo peor de todo era que, a medida que pasaba el tiempo, me daba cuenta de que no era a él a quien añoraba, sino al patético hecho de tener una compañía, una rutina.

Me pasé un montón de tardes en mi sofá, y no es que no me gustara, probablemente era de los muebles que más me agradaban de mi casa. Era marrón, muy antiguo, pero infinitamente cómodo. Mi hermana lo había adornado con una manta color beige y unos cojines con un estampado de leopardo. Muy cursi en mi opinión, pero no estaba mal, al fin y al cabo, ella tenía mejor gusto que yo. En uno de los brazos del sofá había un boquete enorme que yo intentaba cubrir con la manta.

Maldecía a Rafa cada vez que veía aquel agujero, fue su perro. Un pastor alemán, de pelo color canela, al que él llamaba *Yago*. Mordió el sofá cuando era un cachorro, ahora tenía cuatro años. El perro era adorable, aunque el día que hizo aquel estropicio lo hubiera sacrificado de buena gana.

Pero a pesar de lo mucho que me gustaba mi sofá y de lo confortable que era, empecé a odiar tener que pasarme las tardes tumbada allí, sin saber qué hacer. Los libros eran mi pasatiempo favorito, pero hubiera preferido tener una vida propia, una apasionada historia de amor, en vez de tomar prestadas las que se revelaban en aquellas páginas. Odiaba saber que cualquiera de esos personajes de las novelas tenía una vida más entretenida que la mía, incluso los personajes secundarios.

Los días pasaban ante mis ojos y mi único entretenimiento era fantasear con que el amor de mi vida se presentara ante mí de una manera inusual. Deseé que algún hombre misterioso hiciera su aparición en mi existencia y pusiera mi mundo patas arriba. Como aquellos personajes de las novelas. Los que se adentran en tus pensamientos e ilusiones y se meten en tu cuerpo y en tu mente de manera adictiva.

Yo tan solo deseaba eso.

Aunque después del desengaño de Rafa, dudaba mucho que fuera posible. Mi relación no había sido precisamente idílica ni apasionada. No creía que aquello de lo que hablaban esas novelas pudiese ser real. Sin embargo, soñar era algo que me estaba permitido y, mientras tanto, yo seguiría soñando con ese hombre misterioso. Ese que trastocara mi hastiada y soporífera realidad.

Capítulo 2

Era viernes, mediados de junio. Ese día me había levantado más contenta que otros. Cristina volvía de Ámsterdam y pasaría el verano conmigo. Era todo lo que necesitaba de momento. Mi hermanita a mi lado. Ella me hacía reír. Sabía que tenía muchos planes para este verano y yo estaba incluida en todos ellos. Cristina era muy extrovertida, tenía amigos en todas partes del mundo. Y por lo que me había contado últimamente por teléfono, y a través de sus correos, sabía que en Ámsterdam ya era muy popular, aunque no me pareció nada extraño. Era guapísima y, encima, tenía mucho talento.

Estudió Turismo, pero lo que realmente le gustaba era la fotografía, así que pidió una beca para perfeccionar su inglés y, durante su estancia allí, había realizado un Máster en Fotografía, Arte y Técnica, que la pobre había pagado matándose a trabajar en bares de copas y algún que otro restaurante.

Aquel día me encontraba realmente entusiasmada, además, ya dormía un poco mejor. Atrás iban quedando las noches en las que daba vueltas enredada en las sábanas y dando golpes a la almohada, pensando qué era lo que había hecho tan mal para encontrarme tan sola. Solo a veces, por la mañana, temprano, faltaba a mi lado un hombre bajo la manta. Pero, irremediablemente, no podía tratarse de cualquier hombre, no debía ser cualquier «clase de hombre». Solo podía ser uno en concreto y por eso, lamentablemente, no podía ser el único al que conocía. De hecho, dudaba mucho que ni siquiera existiera una clase determinada de hombre. Pero, por lo pronto, acababa de poner fin a lo de regocijarme en mi dolor. Dos meses atrás había sido un alma en pena, y ya, por fin, empezaba a ver luz al final del túnel.

El día estaba espléndido, hacía muchísimo calor. Abrí mi armario y cogí un vestido sencillo, sin mangas, con un estampado muy floral, y me lo puse para ir al trabajo.

Me consideraba una chica muy normal. Intentaba verme bajo una perspectiva favorecedora. Aunque me hubiese gustado ser más alta y, ya puestos a pedir, más delgada, como esas modelos de Victoria Secret, pero, bueno, ¡a quién no! Mi hermana decía que yo era muy guapa pero muy sosa. Intentaba ser natural, sin embargo, ella decía que a veces me pasaba de sencilla, que era demasiado conservadora y aburrida.

Ella, a diferencia de mí, era realmente exuberante. Le encantaba ponerse vestidos provocativos, y sabía sacarse el máximo partido. Y, aunque físicamente teníamos cierto parecido, éramos como la noche y el día. Ella morena, con los ojos verdes y su piel perennemente bronceada. Al igual que yo, no era muy alta, pero eso nunca había sido un problema para ella, siempre usaba tacones, a diferencia de mí, que no los soportaba. Yo prefería sentirme cómoda, eso me daba seguridad.

Cristina llegaría al aeropuerto de Sevilla sobre las cinco de la tarde, y yo conduciría hasta allí en cuanto acabara mi jornada de trabajo.

En la oficina todos se percataron de lo feliz que estaba. Ya les había contado que ese día volvía mi hermana, y se alegraron por mí. La mañana transcurrió tranquilamente. Demasiado lenta…

Cuando dieron las tres de la tarde, salí disparada, me dirigí a casa, me hice un sándwich rápido y me cambié de zapatos para conducir mejor. Unas bailarinas azul marino eran la mejor elección. Cogí las llaves del coche, mi *Peugeot 206* gris metalizado, que había pagado con el sudor de mi frente, pero antes de salir decidí llevarme un poco de música para el camino. Fue entonces cuando recordé que mi iPod todavía estaba en casa de Rafa.

«Maldito fuera…».

Su madre me llamó un par de veces después de la ruptura. Lo cierto era que sus padres siempre habían sido encantadores conmigo, pero reconozco que durante todo ese tiempo los estuve evitando. Al fin y al cabo era su familia y, aunque su madre había insistido en que nos viéramos de vez en cuando para charlar, yo sabía que lo mejor era separarme de ellos. Sin embargo, no fue fácil.

Finalmente, me decidí por un CD de Maná, esos mejicanos y su música me volvían loca. Arranqué mi bólido y me puse rumbo a Sevilla.

Siempre me hacía un lío con la terminal de llegadas y salidas. Pero esa vez acerté a la primera. Llegué con tiempo de sobra para tomarme un café y esperar a Cristina.

¡Qué ganas tenía de abrazarla!

Mientras la esperaba observé a la gente. Ejecutivos, turistas, azafatas… Justo delante de mí una pareja se abrazaba apasionadamente. A juzgar por sus intensas miradas y sus besos desenfrenados hacía tiempo que no se veían. Él, considerado, le llevaba el equipaje. Rafa nunca me llevaba el equipaje, bueno, más bien, casi nunca me llevaba de viaje. Me sobraban los dedos de una mano enumerando las escapadas de fin de semana que habíamos hecho. Por supuesto a nivel nacional, claro, porque le daba miedo volar…

Suspiré, pensando si alguna vez recibiría a alguien de esa manera tan apasionada. Y mientras seguía soñando con encontrar al amor de mi vida, una mano tocó mi hombro:

—¡Pequeñita, he vuelto! —dijo mi hermana, sacándome de mi mundo de fantasía.

—Cristina, qué alegría que ya estés aquí —exhalé, envolviéndola en un fuerte abrazo. Era tanta la emoción que sentía en esos momentos que rompí a llorar como una descosida. Los meses atrás no habían sido nada fáciles, me había sentido muy sola, y la cercanía de mi hermana no hizo más que advertirme de que las cosas empezaban a mejorar.

—¡Pero bueno, no sabía que me habías echado tanto de menos! —exclamó sin dejar de abrazarme—. Carolina, estás muy delgada. —Se separó un poco de mí para mirarme bien—. Pero es igual, sigues tan guapa como siempre. Verás que bien lo vamos a pasar este verano. Ya he vuelto, así que prepárate.

Cristina tenía el pelo más largo, y ella también estaba más delgada, aunque no me extrañó sabiendo la vida tan ajetreada que había llevado en Ámsterdam.

La ayudé con las maletas de camino al coche. Hablamos de esto y lo otro. Me contó toda clase de batallitas. Me habló de algunos ligues que había tenido por allí, e incluso de un fotógrafo italiano con el que había estado liándose últimamente, antes de enterarse que estaba casado y, finalmente, me informó de que una famosa revista internacional, con sede en Ámsterdam y para la que ya había hecho algunos trabajos fotográficos, quería hacerle un contrato a partir de octubre.

—Eso es estupendo, Cristina —aseveré.

—¡A que sí! Estoy muy ilusionada. Me mandaron un correo hace una semana, pero no te dije nada por teléfono porque prefería contártelo en persona. Me han dicho que se pondrán en contacto conmigo en septiembre para hablar de las condiciones del contrato. La verdad es que estoy tan contenta que tengo ganas de gritar.

Y de repente abrió la ventanilla y se puso a gritar como una loca en medio de la autopista. Yo casi no pude conducir de la risa. Estar con Cristina me hacía rejuvenecer al menos diez años.

—Carolina, me he llevado casi tres meses trabajando gratis para ellos. Le he llevado el café todos los días a la editora jefe, he hecho todo tipo de recados que me han pedido. Había días que trabajaba de noche en un pub de copas, y sin dormir apenas me iba al estudio, y todo para que vieran algunos de mis trabajos.

»Al final, tuve suerte y uno de los fotógrafos que habían contratado para hacer una campaña de ropa deportiva, de una mega marca estadounidense, les falló a última hora y me pidieron que hiciera yo las fotos, y al parecer quedaron impresionados. Es una revista muy importante a nivel internacional. Además, sé que se están expandiendo bastante rápido. Ya tienen sede en Roma, Berlín, París, Ámsterdam… y creo que la próxima será Nueva York.

—No sabes cuánto me alegro por ti, cariño, se te ve muy ilusionada. ¿Cómo me dijiste que se llama la revista?

—Se llama *Figa*, significa mujer atractiva, en italiano. Es una revista de moda y trabaja para marcas muy importantes, entre ellas Gucci y D&G.

—Así que al final te vas a hacer famosa y todo.

Siguió contándome algunos detalles más sobre la revista y su vida en Ámsterdam y a continuación arrojó:

—Bueno, pero basta ya de hablar de mí, cuéntame cosas de ti.

Bufé.

—Pues es obvio que estos últimos meses tu vida ha sido muchísimo más entretenida que la mía.

Después de lo de Rafa, había salido a divertirme en muy pocas ocasiones, y la verdad es que las salidas no fueron muy exitosas. Casi todas mis amigas estaban ya casadas o vivían con sus parejas. Había estado tanto tiempo con Rafa que ya no sabía cómo era salir con amigas. Me adapté tanto a él que casi siempre salíamos con sus amigos.

Pero tampoco quería que Cristina se preocupara demasiado, así que le mentí un poco y le dije que mi vida de soltera empezaba a gustarme. Aún así, Cristina era excesivamente astuta y no terminó de creérselo. Ella sabía de sobra que mi mejor amiga era Alicia, y que en esos momentos no era la mejor compañera de juergas, ya que tenía un bebé de tan solo cuatro meses y vivía en Jerez.

—He quedado con Raquel y Marta en el chiringuito de la playa, les dije que llegaba hoy. Así que hoy sí que vas a divertirte de verdad —aseguró ella con una preciosa sonrisa ladeada.

Raquel y Marta eran las mejores amigas de mi hermana, se conocían desde pequeñas, iban juntas al colegio y, luego, al instituto. Con el tiempo, llegaron a convertirse también en amigas mías. Eran muy simpáticas y sociables. Cuando ellas tres estaban juntas el mundo podía echarse a temblar. La diversión estaba asegurada. Tras mi ruptura con Rafa, había salido con ellas en un par de ocasiones, pero reconozco que mi compañía era pésima. Me encontraba en un momento de absoluta desorientación y no tenía ni idea de cómo solucionarlo.

El camino de vuelta a casa se me hizo más corto gracias a la compañía de mi hermana.

Esa noche, Cristina me obligó a ponerme la ropa que ella eligió.

—Ya es hora de que cambies de *look*, Carolina. Vístete como una chica soltera, sexy y dispuesta a vivir nuevas experiencias.

Como no tenía ganas de discutir con ella, acepté sus órdenes y me puse lo que ella me sugirió. Un vestido corto, color camel, con un hombro descubierto y cinturón a juego, y unas sandalias marrones con un poco de tacón. En otras circunstancias hubiese escogido mis vaqueros favoritos y una blusa cómoda, pero lo cierto era que cuando estuve delante del espejo, con aquel vestido, me sentí realmente atractiva. Mi piel estaba un poco bronceada. No había ido mucho a la playa, pero lo suficiente para que estuviese dorada y resaltara con el vestido. Fue ella quien me maquilló y peinó. Al final, el resultado me encantó.

—Pareces una modelo de las que salen en mi revista, no sé por qué no te arreglas así más a menudo.

A Cristina le encantaba la moda. Yo, comparada con ella, era más bien un desastre.

Ella se puso un vestido verde de tirantes, con un escote muy generoso y sandalias a juego con bastante tacón. Complementó el atuendo con una pulsera y un collar que le dieron un toque muy veraniego y desenfadado. Estaba realmente impresionante.

Cuando llegamos al chiringuito, Raquel y Marta nos esperaban sentadas a una mesa, tomando unos mojitos. Ambas se levantaron en cuanto nos vieron llegar y abrazaron a Cristina efusivamente. Al cabo de unos segundos nos sentamos y nos unimos a la siguiente ronda de mojitos. Cristina les contó a sus amigas lo de su nuevo trabajo en la revista y ellas la abrazaron, elogiándola. Lo indiscutible era que hacía muchísimo tiempo que no me encontraba tan relajada, tan feliz. La velada estaba resultando de lo más agradable. Un grupo de amigas riendo, charlando y poniéndonos al día.

El camarero nos trajo otra ronda de mojitos y comentó:

—A esta ronda os invitan los caballeros que están en la barra.

En ese momento vi a un grupo de hombres de unos treinta y tantos. No conseguí identificarlos. Así que todas reímos y alzamos nuestras copas en señal de agradecimiento. Pero Cristina se me acercó al oído y me comentó:

—Un momento, creo que el del polo gris es Héctor, el hermano de Rafa.

—Solo con escuchar el nombre de Rafa me puse a la defensiva.

Cuando me di la vuelta y miré, vi que mi hermana llevaba razón. Era Héctor.

Rafa solo tenía un hermano. Héctor era mayor que él seis años, y no tenían mucha relación. Era arquitecto y, por lo que sabía de él, viajaba mucho. La madre de Rafa siempre hablaba maravillas de su otro hijo. Decía que era un chico muy responsable e independiente, todo lo contrario a Rafa. Sé que una vez estuvo a punto de casarse, pero un mes antes de la boda lo anuló todo. Su madre se llevó un gran disgusto.

En casa de Rafa había coincidido con él en muy pocas ocasiones, alguna Navidad y poco más, pero, aunque nunca habíamos tenido una relación muy estrecha como cuñados, siempre había sido muy respetuoso conmigo. Rafa nunca me habló demasiado bien de él. Decía que era un engreído y un prepotente. A mí me costaba entender que no tuviera relación con él, teniendo en cuenta lo bien que nos llevábamos mi hermana y yo.

Sus padres siempre le estaban recordando lo independiente y trabajador que era su hermano. Constantemente le decían que estudiara una carrera o un oficio, que no podría estar toda la vida trabajando a media jornada en una tienda de surf, pero Rafa nunca había sido una persona con muchas ambiciones, así que se conformaba con lo suficiente para sobrevivir en casa de sus padres y seguir con su rutina, que básicamente consistía en ir al gimnasio y alardear de músculos con sus amigos, sacar a su perro a pasear y quedar conmigo por las noches un rato.

Eso estaba bien con diecisiete años, claro, pero había cumplido veintinueve y seguía en lo mismo. Pensé que con los años se daría cuenta de que teníamos que avanzar, pero me equivoqué completamente.

—¿Me ha visto?—le pregunté a mi hermana.

—Me parece que no, todavía. Por cierto, está guapísimo, ya no recordaba lo bueno que estaba.

Sí, era muy guapo, de hecho, era el típico «hermano guapo de tu novio». Ese que todas tus amigas cuchichean lo atractivo que es sin que tu novio lo oiga, claro. Solo que era mayor que yo y siempre me había tratado como si fuera una niña pequeña. En este caso, «la pequeña novia de su hermano pequeño». ¡Del idiota de su hermano pequeño!

En ese instante, uno de los amigos se acercó a nuestra mesa mientras Héctor seguía en la barra charlando con otro chico.

—Hola, ¿podría sentarme con vosotras? Mis amigos son muy aburridos y, al parecer, vosotras os lo estáis pasando muy bien. Por cierto, soy Raúl.

—Claro, Raúl, siéntate —respondió Raquel al tiempo que le guiñó un ojo a mi hermana. Podría decirse que Raquel era la amiga atrevida. Señaló un asiento que había entre Cristina y ella, y su corto y liso cabello, muy ochentero, se movió con la brisa como una lamparilla de flecos.

Yo no podía dejar de mirar a Héctor, en realidad, no quería que me viera. No tenía ganas de hablar con nadie que tuviera que ver con Rafa. Así que intenté esconderme un poco tras mi hermana, aunque sin perder el ángulo de visión. Sin embargo, su amigo Raúl discernió mi inquietud.

—Veo que no paras de observar a mi amigo Héctor. Espera, te lo presento. ¡Héctor!

Mierda, mierda…

Rápidamente dejó de hablar con el otro chico y se acercó a nuestra mesa. Su expresión cambió en cuanto me vio.

—Hola, Carolina, cuánto tiempo sin verte —titubeó él, aproximándose a saludarme.

—¡Ah! Ya veo que os conocéis... —comentó Raúl, despreocupado, fijando su atención en las chicas.

—Hola, Héctor. —En ese momento todos nos observaban, así que decidí romper el hielo—. Ellas son Raquel y Marta, y a mi hermana Cristina ya la conoces. —Él asintió con la cabeza, sin dejar de mirarme.

—¿Puedo? —me preguntó, señalando una silla que quedaba libre a mi lado.

—Claro.

Mientras las chicas y Raúl seguían conversando briosamente, Héctor me preguntó:

—¿Qué tal estás? Mi madre me contó que Rafa y tú habíais roto.

—Sí, así es, pero estoy bien, gracias.

Hablar de Rafa con su hermano no era lo que tenía planeado para esa noche.

—Ya sabes lo inmaduro que es él, Carolina...

—Héctor, no quiero ser desagradable, pero la verdad es que no me apetece nada hablar de tu hermano hoy. Ya hace casi tres meses que lo dejamos y cada vez estoy más contenta... —Era consciente de que había sido un poco brusca, pero me daba igual. Solo accedería a charlar con él esa noche, siempre y cuando, Rafa no saliera a colación.

—Llevas toda la razón —afirmó con una leve sonrisa—. Por cierto, estás preciosa.

—Gracias.

—Hace mucho que no te veía.

—Sí, es cierto. ¿Sigues trabajando en Sevilla?

—De momento sí. Ahora estoy de vacaciones, pero seguramente cuando vuelva me marche al extranjero.

Charlar con Héctor no era tan malo. Así que intenté olvidarme del hecho de que ese hombre y mi ex llevaban la misma sangre, y seguí conversando con él más relajadamente.

Mientras tanto, Raúl parecía haber caído muy bien a las chicas, especialmente a mi hermana, que soltaba carcajadas sonoras tras todos sus comentarios.

La noche estaba preciosa. Hacía una temperatura muy agradable. El mar era de un hermoso cobalto intenso, inundado de luz de luna y brisa de verano. Empecé a sentirme un poco achispada por los mojitos, pero estaba tan a gusto en aquel ambiente que me dejé llevar un poco y acepté la invitación de Héctor al siguiente mojito.

—Bien, ¿y qué tal te va todo? ¿Sigues trabajando en la asesoría?

Creo que había perdido la cuenta, no sabía si ese era el cuarto o el quinto, pero me daba igual. Seguí bebiendo y charlando con Héctor. Él me preguntaba por mi trabajo y yo por el suyo. Me habló de algunos proyectos y edificaciones que estaba llevando a cabo en Sevilla. Y me contó que hacía dos meses había estado en Estados Unidos, trabajando en el diseño de un centro comercial en San Francisco. Lo cierto era que la manera en la que me hablaba de su trabajo me resultó apasionante. Hacía mucho tiempo que no me entretenía tanto.

A medida que avanzaba la noche me fui sintiendo realmente cómoda. El entorno era de lo más apetecible. Música reggae, en un chiringuito con palmeras a pie de playa; en una noche de verano cálida y placentera, con mi hermana, sus amigas y dos chicos guapos e inteligentes. Todo era casi perfecto, sin embargo, resultaba que uno de esos dos guapísimos muchachos era hermano de mi ex.

Cristina parecía haber conectado más de la cuenta con Raúl. La observé de soslayo y vi que estaba muy…, pero que muy contenta y pensé que, en gran parte, se debía a las bebidas. Ellos se habían enfrascado en una conversación, y Marta y Raquel habían pasado a un segundo plano.

—Parece que Raúl y tu hermana se han caído muy bien —murmuró Héctor.

—Sí, eso parece —contesté sonriendo.

Raúl era muy atractivo, tenía el pelo castaño, ondulado, corto y ligeramente despeinado. Sus ojos de un color azul grisáceo, y era alto y corpulento. Y a juzgar por la actitud de mi hermana, tenía mucho sentido del humor o al menos a ella se lo parecía.

—¿Tiene novia? —le pregunté con atrevimiento.

—Pues no, Cristina está de suerte. Lleva soltero cuatro meses.

—Ah, vale.

—¿Vale? ¿Le estás dando tu bendición? —murmuró divertido.

—Más o menos —respondí, devolviéndole la sonrisa.

Aunque creía que Cristina ya no la necesitaba. Conocía bien a mi hermana y sabía de sobra cuándo le gustaba un chico. Ya le había rozado el antebrazo varias veces en lo que llevaba de noche y, en una mujer, esa era una señal inequívoca de interés sexual. O al menos en una mujer a la que yo conocía tan bien como a ella.

Marta y Raquel decidieron marcharse, era tarde y estaba empezando a refrescar. Las chicas se despidieron de nosotras y quedamos en llamarnos al día siguiente para ir a la playa. Ahora solo estábamos los cuatro a la mesa y un montón de vasos vacíos de mojitos. Los amigos de Héctor y Raúl también se habían marchado. Uno de ellos se acercó a la mesa, educadamente, para despedirse, alegando, divertido, que nos dejaría intimidad, a lo que Héctor respondió dándole un ligero empujón.

La distancia entre Raúl y Cristina cada vez era más corta y yo estaba empezando a sentirme verdaderamente incómoda. Parecía como si Héctor y yo no estuviésemos allí para ellos. Intenté hacerle señas a mi hermana con la cabeza, indicándole que debíamos marcharnos, pero ella no me hacía ni el más mínimo caso y seguía coqueteando con Raúl. En ese momento, mi mirada se encontró con la de Héctor y, por lo que avisté, él estaba tan incómodo como yo. Raúl se había dado cuenta y parloteó, intentando entablar conversación conmigo:

—Bueno, Carolina, a ver si me entero, tú eres la novia de Rafa, el hermano de Héctor, ¿no es así?

Héctor me observó, con la espalda apoyada en el respaldo de su silla, esperando mi respuesta.

—No, exnovia —le contesté irritada, lanzándole una mirada fulminante a mi hermana.

—¡Oh! Lo siento.

—No, no lo sientas. Bueno, Cristina, creo que es hora de marcharse. Me lo he pasado de maravilla con vosotros, pero es tarde y está empezando a hacer fresco.

Mi hermana me miró con cara de decepción, pero asintió en silencio. Me levanté de la silla y ella me siguió. Pero Raúl le agarró la muñeca y le pidió el número de teléfono. Mientras ellos se intercambian los números, risueños, Héctor me observaba en silencio.

—Carolina,—dijo dando un paso hacia mí— me ha encantado verte. No sé qué habrá pasado entre mi hermano y tú, y tampoco me interesa, pero ha sido muy agradable charlar contigo hoy. —Sus ojos se entrecerraron con un extraño pero inquietante brillo.

—A mí también me ha encantado charlar contigo. Cuando estaba con tu hermano no teníamos mucha relación. Esta noche hemos hablado mucho más que en los diez años que he estado saliendo con Rafa.

—Sí, yo también lo creo —afirmó con una bonita sonrisa—. Bueno, espero que todo te vaya bien.

Se despidió de mí dándome un amistoso beso en la mejilla. Pero, en ese instante, el olor de su afftershave se filtró en mi sentido olfativo y pensé que quizás los mojitos habían magnificado mis sensaciones. Olía de maravilla y su piel, al rozar mi mejilla, me provocó un burbujeo en mis terminaciones nerviosas. Me separé de él con premura cuando aquel obsceno y contradictorio pensamiento hizo el amago de colarse en mi subconsciente.

¡¿Qué demonios había sido eso?!

Me paré un segundo para aislar el desatinado lapsus calenturiento y consideré, si decirle o no, que saludara a sus padres de mi parte, pero lo pensé mejor y decidí que no era buena idea hablar de su familia. Así que agarré a mi hermana de la mano que tenía libre, porque con la otra sujetaba el teléfono, anotando el número de Raúl, y casi tengo que empujarla para salir de allí.

—Te llamaré, no lo olvides.

Es lo último que le dijo Raúl a Cristina mientras estábamos saliendo del chiringuito, al tiempo que ella le lanzaba una sonrisa de complicidad.

Cuando ya nos habíamos alejado bastante de ellos e íbamos camino a casa, Cristina me miró y me preguntó:

—¿Qué demonios te pasa? ¿Por qué te ha entrado tanta prisa por marcharte? Pensé que lo estábamos pasando bien.

—Sí, así es, pero Raúl y tú ya estabais empezando a hacer manitas y me he sentido un poco incómoda con Héctor, no sé, los cuatro…

—¿Y qué tiene eso de malo? Que yo sepa él solo estaba charlando contigo. Además, es muchísimo más guapo que Rafa. Ya te podías haber fijado en él antes que en su hermano.

—Pero ¿qué estás diciendo? Héctor es mayor que yo. Si no recuerdo mal, creo que tiene treinta y cinco años —titubeé. Mi hermana me miró con cara de asombro.

—Pues, chica, está buenísimo.

—¿En qué quedamos? ¿Te gusta Héctor o Raúl?

La conversación estaba empezando a irritarme.

—Me gusta Raúl. Solo digo que Héctor es muy guapo. Y que es una pena que sea hermano de tu ex, porque si no lo fuera… diría que esta noche te lo estabas pasando muy bien en su compañía.

—No digas tonterías, Cristina —insistí.

Sacudí la cabeza intentado desechar esa idea, era demasiado descabellada para que fuese real.

Capítulo 3

«Y estoy perdiendo mi juego favorito.
Tú estás perdiendo tu mente otra vez...».

My favourite game - The Cardigans

A la mañana siguiente me levanté un poco aturdida, no sé exactamente si se debía a los mojitos, pero me dolía un poco la cabeza. Cristina había dormido conmigo, en mi cama. Esa noche, cuando llegamos a casa, me dijo que le apetecía dormir junto a mí. Y a mí también. No importaba cuánto tratase de convencerme a mí misma, pero no me gustaba estar sola. Estuvimos charlando hasta muy tarde.

Y una vez que me quedé dormida tuve un sueño muy extraño. Si no recuerdo mal, creo que fue con Héctor. No sé exactamente el qué, solo recuerdo que lo vi en mi subconsciente, con la misma ropa que llevaba aquella noche. Con el polo gris y los vaqueros. Intenté recordar el sueño...

«Estábamos charlando y riendo en el chiringuito, él a mi lado. También estaban las chicas y Raúl, pero de repente llegaba alguien por detrás de mí, a quien no podía verle la cara, un hombre. Intentaba ahogarme. Héctor se ponía de pie para ayudarme, pero no podía. El desconocido me agarraba más y más fuerte, con una mano me tapaba la boca y con su brazo, rodeando mi cuello, seguía en su intento de ahogarme. Yo intentaba zafarme, pero él era mucho más fuerte...».

Sin duda alguna había sido una pesadilla horrible. Una vez leí que en la antigüedad clásica, los sueños se entendían como revelaciones divinas o demoníacas y que podían predecir tu porvenir. Ese pensamiento hizo que el vello se me erizara. Pero ¿cuál podría ser mi porvenir? ¿Qué significaba ese sueño?

Cristina seguía durmiendo, así que cuando terminé de asearme en el cuarto de baño, cogí mi ordenador, me senté en el sofá y busqué en Google: Significado de los sueños. Aparecieron miles de páginas con información sobre el tema.

Pinché en una que decía: Cómo interpretar los sueños. Leí algunos ejemplos de sueños frecuentes: soñar con agua, con volar, con el sexo, etc. Pero ninguno de los significados me convenció. ¿Qué demonios estaba haciendo? ¿Por qué diablos estaba mirando eso? ¿Acaso creía que encontraría algo que dijera «significado de soñar con excuñados que intentan salvarte de la muerte»?

Apagué el ordenador intentando olvidarme del asunto, cuando Cristina salió de la habitación.

—¿Ya te has despertado, bella durmiente? —murmuré bromeando.

—¿Qué hora es? —me preguntó frotándose los ojos.

—Son casi las once.

—Está bien, voy a hacer café, ¿quieres?

—Sí, tomaré un poco.

«A ver si así me despierto de una vez y me aclaro las ideas», pensé.

Los planes para ese día eran sencillos: irnos a la playa a tostarnos como los caracoles. Y si era sincera, eso, era lo único que me apetecía. Tumbarme sin hacer absolutamente nada.

Cargamos los bolsos, repletos de protectores solares, botellas de agua, sándwiches y revistas. Con las toallas alrededor del cuello, ya estábamos listas para pasar el sábado en la playa. Habíamos quedado con Marta y Raquel en recogerlas con el coche. Al final, nos decidimos a pasar la jornada en una cala, a las afueras de Cádiz.

Cuando llegamos a la playa, el día estaba espléndido. El cielo era de un azul desvaído. Y las pequeñas olas de espumosas crestas rompían con suavidad en la arena. Era una cala tranquila, algunos niños reían y saltaban divertidos las olas, mientras que padres y canguros los vigilaban desde la orilla. De pequeña, me encantaba ir a la playa con mi familia. Mi padre solía jugar al tenis con nosotras, con su vieja raqueta de madera, y mamá se encargaba de organizar el almuerzo. Pero de eso hacía ya mucho tiempo...

Eran casi las dos de la tarde y el sol abrasaba. Hacía muchísimo calor, me moría por desprenderme de la ropa y darme un chapuzón. El agua estaba deliciosa. Me zambullí lentamente y nadé un poco. Desde el mar observé a las chicas, tumbadas sobre las toallas, charlando risueñas.

Me sumergí de nuevo y buceé un rato. Debajo del agua sentí una sensación liberadora. Pero de repente volvió a mi mente esa horrible pesadilla. Ese hombre sin rostro intentando ahogarme de nuevo... No pude respirar. Volví a la superficie y salí corriendo del agua, intentando borrar ese pensamiento de mi mente de una vez por todas.

Me tumbé en mi sitio. Saqué la protección solar de mi bolso y me apliqué un poco en la cara y en los brazos. Entonces oí a Raquel decirle a Cristina:

—Pero ¿te gusta Raúl o no? —Observé a mi hermana que en ese momento estaba boca abajo, leyendo una revista del corazón.

—Sí, me encanta, es guapísimo.

—¿Crees que te llamará? —le preguntó de nuevo Raquel.

—Pues no lo sé, supongo. Tampoco es que me importe mucho, no tengo pensamiento de enamorarme ni nada de eso. Ya sabéis que en octubre vuelvo a Ámsterdam.

Aquel comentario me recordó que en unos meses volvería a separarse de mí y yo volvería a estar sola de nuevo.

—Oye, Carolina —me dijo Marta—, ese tal Héctor, ¿qué es el hermano de Rafa?

—Sí, así es —contesté.

—Pues si me permites que te lo diga, te equivocaste en la elección —aseguró ella, bromeando—. El hermano mayor es mucho mejor que el pequeño.

—Sí, supongo.

Pero bueno, ¡qué importaba eso!, no sé si era mejor que Rafa o no, y la verdad es que me daba igual. A Rafa lo conocía perfectamente, pero, al fin y al cabo, de Héctor no sabía mucho. Además, esta mañana veía las cosas bajo otra perspectiva. El lapsus calenturiento de la noche anterior era obvio que había sido producto de la ingesta de mojitos. Cierto que Héctor era guapo, pero de ahí a que me sintiera atraída por él..., había una línea claramente divisoria, ¿no?

—¿Tiene novia? —insistió Marta, acomodándose en su toalla y rodeándose las rodillas con las manos. Marta era una chica preciosa, tenía el cabello castaño a la altura de sus hombros y unos hermosos y pronunciados ojos marrones, alta y con una figura maravillosa. De repente, la idea de que Héctor se fijara en ella me provocó un extraño y tedioso augurio en las tripas.

—Pues no tengo ni idea, creo que ahora no sale con nadie. Lo cierto es que solo lo he visto con una chica, con la que se suponía que se iba a casar, era rubia y menuda. Sé que estuvieron saliendo un tiempo, pero por aquel entonces él vivía en Madrid, así que no lo he tratado mucho. Lo único que sé de él es que un mes antes de la boda lo anuló todo. A la madre de Rafa casi le da un soponcio. Después de eso no sé si habrá tenido alguna otra novia. Su madre dice que su hijo es incapaz de comprometerse.

—Vaya, es una pena —afirmó Marta con aire de resignación.

—Creo que Héctor es de esos hombres que no están hechos para una relación estable. Siempre está viajando de aquí para allá debido a su trabajo. Eso es lo único que sé de él. Bueno, eso, y que Rafa y él no se soportan.

En ese momento el teléfono de Cristina empezó a sonar. Ella revolvió su bolsa y cuando, finalmente, encontró el móvil, nos miró exaltada.

—Chicas, es Raúl.

Descolgó el teléfono con una sonrisa de oreja a oreja.

Se levantó rápidamente y se dirigió hacia la orilla mientras mantenía una conversación con él, que a ella le resultó muy graciosa a juzgar por sus carcajadas. Cuando terminó de hablar se dirigió corriendo hacia nosotras y nos comentó:

—¿A que no adivináis qué? —exhaló emocionada—. Raúl tiene un chalet en Roche y está allí con varios amigos haciendo una barbacoa. Le he comentado que estábamos en una cala, cerca, y dice que vayamos enseguida. Me ha dado la dirección y ha insistido en que no tardemos mucho. Así que venga, chicas, ¡moved el culo!

—Un momento, Cristina —la interrumpí—. Imagino que Héctor estará allí, ¿no es verdad?

—Pues no lo sé, Carol, pero qué más da —me contestó airada.

—No sé, de verdad…, no me apetece mucho.

—No lo entiendo, Carol, ¿qué es lo que no te apetece?, ¿pasar una tarde agradable con unos chicos increíblemente sexis y que encima son inteligentes? De verdad, estás muy mal. Olvídate por un día de que Héctor es hermano de tu ex. Tú misma lo has dicho, no se soportan. ¡Qué más te da! Rafa es pasado.

Visto de esa manera, Cristina tenía toda la razón. ¿Qué importaba ya? Además, no tenía otra opción. Yo conocía bien a Cristina y sabía de sobra que cuando quería algo no había nada ni nadie que la detuviese. Así que, en ese momento, mi única opción era aceptar la idea de pasar la tarde en el chalet de Raúl. Que, al fin y al cabo, no era tan mala.

Media hora más tarde aparcábamos el coche delante de aquella casa.

Raúl nos abrió la puerta, tan solo llevaba un bañador azul eléctrico que le cubría poco más arriba de las rodillas. Su cuerpo era atlético y fornido. Con la mano izquierda sujetaba la gran puerta de madera, y en la otra llevaba una cerveza.

—Me alegro mucho de que estéis aquí. Pasad. Estáis en vuestra casa.

Mientras él nos conducía por el jardín, Cristina me miró y me hizo un gesto con la cara que, sin duda, significaba que ver a Raúl en bañador la había impresionado.

La casa era preciosa. Grande, tenía dos plantas. La madera del tejado, envejecida por los años, parecía reformada. El resto era blanco nacarado. En el camino de la entrada había aparcados unos cinco coches, algunos sobre el césped perfectamente cortado. La fiesta estaba en el jardín trasero, donde se encontraba la piscina, en forma de ocho. Tras ella, unos altos árboles y a través de ellos se vislumbraba el mar. El aire olía a agua salada y a cloro, y desde allí llegaba el sonido de las olas al romper en la playa. Un amplio porche con unos grandes sofás gastados invitaban a la sombra. Sombrillas en los rincones y repartidas por el césped, algunas playeras. Raúl se acercó a una mesa llena de botellas, copas y una cubitera. Mientras nos servía las bebidas nos presentó al resto de los presentes.

Había varios chicos, algunos estaban en la piscina y otros en la barbacoa. En una mesa, al fondo, se encontraban unos matrimonios de unos cincuenta y tantos, que conversaban relajados en sus butacas, compartiendo una botella de vino blanco. Supuse que eran los padres de Raúl y unos amigos. Así era.

Cuando el anfitrión terminó con las presentaciones, respiré aliviada. Héctor no estaba. Menos mal. Al menos podría pasar la tarde sin preocuparme de Rafa ni de ningún miembro de su familia. Pero en ese mismo instante, de la cocina que daba al porche, salió él con una bandeja en las manos, llevando algo que olía deliciosamente. Entonces me quedé sin respiración.

Le eché un vistazo general. Llevaba unas gafas de sol que se adaptaban perfectamente a las facciones de su cara. Su única ropa era un bañador negro con unas delgadas líneas amarillas, que le cubría hasta la mitad del muslo. No pude apartar la vista de él. Sus anchos hombros, su cuello fuerte y viril... El pecho fornido. Su estómago duro y plano. Tenía un cuerpo perfectamente esculpido. Respiré profundamente, intentando aceptar el hecho de que ese cuerpo me excitaba muchísimo. El vello de sus piernas, de sus muslos duros y musculosos...

¡Dios mío, era perfecto!

Llevaba el pelo mojado y muy corto. Con el reflejo del sol su cabello era de un negro azabache y se dejaban entrever algunas canas que lo hacían irresistiblemente atractivo. Su piel estaba ligeramente bronceada. Pero ¡¿qué demonios me estaba pasando?! Parecía una alucinación. Aquella inesperada, e instantánea, atracción destelló en mi cabeza y todo mi cuerpo se puso en alerta máxima.

Él soltó la bandeja en la mesa y se dirigió hacia nosotras, sonriendo, mostrando su perfecta dentadura.

—Al final, habéis venido. Qué bien. —Tuve que apartar la vista de él porque estaba empezando a ponerme colorada. Entonces me miró y afirmó—: Me encanta que estés aquí, Carolina. Siempre es un placer. —Y me dio un beso en la mejilla. Su piel olía a cloro. Y su barba de dos días me hizo cosquillas.

Por la forma de saludarme sabía que él me consideraba como alguien de su familia y, en ese momento, pensé que era una verdadera lástima…

Raquel y Marta no dejaban de mirarlo, y una de ellas me dio un codazo con disimulo cuando él se apartó de mí. No era para menos. Su cuerpo era fantástico, sexy, maravilloso. Siempre pensé que era un chico muy atractivo, pero nunca lo había visto en bañador. Nunca lo había mirado de esa manera. Y entonces di gracias a Dios por dejar deleitarme con ese magnífico panorama.

De repente me sentí increíblemente ridícula con esas pintas playeras. Por lo que le pregunté a Raúl dónde estaba el baño y, una vez allí, intenté ponerme lo más decente posible. Mi pelo estaba hecho un asco del salitre de la playa, así que me recogí mi larga melena de rizos en un moño de la mejor manera que se me ocurrió. Delante del espejo me dije que no estaba tan mal. Llevaba unos short vaqueros y una camiseta de tirantes de rayas azules. Me quité la camiseta y me quedé solamente con los pantalones cortos y la parte de arriba del biquini, que era de un color anaranjado. Guardé la prenda en mi cesta de mimbre y volví al jardín con las chicas.

Raquel y Marta ya se estaban bañando, y Cristina charlaba con Raúl y otro chico. Busqué a Héctor, pero no conseguí verlo.

—¿Una cerveza? —me preguntó, haciendo su aparición detrás de mí.

—Sí, claro, gracias. —Él sujetaba un botellín de agua—. ¿Y eso? ¿Tú no tomas otra? —le pregunté.

—No, gracias. No puedo beber mucho alcohol. —Lo miré con gesto de interrogación mientras le daba un trago a mi cerveza—. Solo tengo un riñón. ¿No lo sabías?

Y se dio la vuelta para mostrarme una cicatriz que le abarcaba desde la mitad de la columna hasta el costado derecho.

—¡Oh! No tenía ni idea. —Aun con esa enorme cicatriz, su cuerpo seguía siendo increíblemente perfecto—. Rafa nunca me comentó nada.

No entendía cómo no me había contado un detalle tan importante de su hermano.

—Ya, me lo imagino. Bueno, nací con un problema en el riñón y con los años la cosa se complicó y tuvieron que quitármelo. Pero vamos, sobrevivo perfectamente —puntualizó con una sonrisa ladeada—. Tengo que cuidarme un poco, eso es todo.

Ya lo creo que se cuidaba. Estaba tan nerviosa con ese hombre semidesnudo delante de mí que me parecía que la temperatura había subido unos diez grados. Tomé aire y me convencí de que eso era solo una reacción temporal. Probablemente mis defensas me estaban jugando una mala pasada. Así que me separé de Héctor. Intenté poner distancia. Quizás solo fuera un antojo. Ya hacía casi tres meses que terminé con Rafa y la verdad es que, en los últimos meses de nuestra relación, el sexo no había sido una prioridad. Pero lo cierto era que mirar a Héctor hacía que en esos momentos el sexo fuera una necesidad vital para mí.

Me acerqué a la piscina, donde estaban las chicas. Raquel se hallaba sentada en el borde, charlando con otro chico, y Marta acababa de salir en busca de otra cerveza. Estaba deseando darme un baño, pero me daba un poco de corte. Con lo cual me senté en el borde e introduje las piernas para refrescarme un poco. Cristina se acercó y se sentó junto a mí.

—¿Estás divirtiéndote? —me preguntó con un deje de preocupación—. Si te sientes incómoda por Héctor y quieres que nos marchemos... lo entenderé. —Mentira, sabía que no lo entendería, pero, bueno, de todas maneras yo tampoco quería marcharme. Miré a Héctor y de pronto la idea de perderme semejante panorama me resultó espantosa.

—No, estoy bien, de veras. No te preocupes por mí. Tú diviértete.

—¿Estás segura?

—Sí, de verdad. Llevabas razón, ha sido buena idea venir —murmuré al mismo tiempo que observaba a Héctor tirarse de cabeza a la piscina.

Pero... ¿de verdad era buena idea que de repente me sintiera atraída por el hermano de mi ex?

La tarde transcurrió de lo más complaciente. Uno de los chicos había puesto un poco de música de fondo. Empezó a caer la noche y la temperatura era idónea.

El padre de Raúl se llamaba Miguel, un hombre muy entrañable, grueso y con el cabello espeso y blanco. Acababa de encender la barbacoa y había empezado a asar filetes. Era una persona muy agradable y culta. Habíamos intercambiado algunas ideas políticas y, al igual que yo, era un gran amante de la literatura. Le había ayudado con la barbacoa y parecía que habíamos congeniado.

La reunión estaba en plena ebullición. Yo me acomodé junto a mi hermana en uno de los sofás del porche. Aunque ella seguía hablando con Raúl. Por lo que vi, cada vez se conocían mejor. Raúl parecía realmente interesado en ella. Cristina le había hablado de su trabajo como fotógrafa y de su contrato en Ámsterdam para octubre. Raúl trabajaba con su padre, se dedicaban a la construcción y también tenían una promotora. Al parecer, en esos momentos era Raúl el que se encargaba de la gestión de la empresa, ya que su padre pretendía jubilarse en breve.

Héctor acababa de salir de la casa, se había puesto una camiseta blanca y se sentó a mi lado.

—Bueno, por lo que veo, a partir de ahora vamos a ser amigos.

—¿Cómo dices? —le pregunté un tanto extrañada y nerviosa, no tenía ni idea a qué se refería.

Él me hizo un gesto con la cabeza para que mirara a mi hermana y a Raúl, que cada vez parecían más acaramelados.

—Pues sí. Eso creo. —Sonreí—. ¿Raúl y tú sois amigos desde hace mucho tiempo?

—Sí, hace cinco años más o menos. Hemos trabajado juntos en algunas construcciones. En realidad, primero me hice amigo de su padre, pero luego lo conocí a él y congeniamos. Y ahora creo que le acaba de pasar lo mismo con tu hermana.

Mientras estábamos charlando lo observé detenidamente. Sus ojos, aparentemente, eran marrones, pero con la claridad del sol adquirían matices verdes; sus facciones… angulosas y la mandíbula cuadrada. Era irresistiblemente atractivo.

El padre de Raúl se acercó a nosotros con una bandeja llena de montaditos de lomo y nos ofreció.

—Dime, Héctor, ¿desde cuándo conocéis a estas muchachas tan hermosas? —dijo, sonriendo picarón.

Héctor me miró fijamente a los ojos, de manera que creí que me iba a desmayar y le respondió sosteniéndome la mirada:

—Desde anoche.

Su respuesta me cogió totalmente por sorpresa. ¿Aquello era real o solo me lo estaba imaginando?

—Pues tenéis mucha suerte, ¿sabéis? No solo son guapas, también son muy listas —comentó el hombre divertido.

—Ya lo creo —respondió Héctor sin dejar de mirarme. Supongo que intentaba halagarme para que me sintiera cómoda, pero el efecto que me causaba era totalmente el contrario.

Raquel y Marta parecían también muy a gusto en aquel ambiente. Conversaban animadamente con otros amigos de Raúl y de Héctor, que resultaron ser muy simpáticos.

Empezaba a caer la noche y la luna y millones de estrellas inundaban el cielo nocturno. Por un momento, me sentí tan tranquila y relajada que me olvidé de todo. Analicé la situación: nos estábamos divirtiendo. Tenía la sensación de que podría quedarme toda la noche junto a ellos, con Héctor, Raúl, sus padres…, oyéndolos bromear. No quería renunciar a todos ellos y volver a mi rutina. Pero era tarde y tenía que conducir hasta casa. Habíamos cenado de maravilla. Miguel era todo un experto en la barbacoa y la carne estaba deliciosa. Me levanté con mucho pesar del cómodo sofá.

—Bueno, creo que va siendo hora de marcharse. Ha sido todo un placer compartir la tarde con vosotros —me dirigí a los padres de Raúl—. Gracias por todo —reafirmé, al tiempo que me despedía de ellos con dos besos.

—Gracias a vosotras por venir. Ya conocéis nuestra casa. Estaremos todo el verano aquí. Así que estáis invitadas siempre que os apetezca —comentó el padre de Raúl, amablemente.

—Muchísimas gracias —contesté.

Héctor y Raúl se levantaron al mismo tiempo que nosotras y nos acompañaron hasta la puerta. Raquel y Marta estaban aún despidiéndose de todos los presentes. Y en ese momento Raúl preguntó:

—¿Que os parece si mañana os venís a comer con nosotros a Zahara de los Atunes?

Mi hermana me miró expectante, esperando mi respuesta. Pero yo no sabía qué decir.

—Bueno… —Pensé que se refería a nosotras dos. Ya que Raquel y Marta apenas podían oírnos. Ellas seguían en el porche despidiéndose de todo el mundo. Héctor me miró fijamente. Con los ojos cargados de algún sentimiento que yo aún desconocía.

¿Cómo iba a resistirme a semejante tentación? Sabía que seguramente estaba cruzando una línea que no debería, pero realmente me apetecía pasar más tiempo con ellos y, por una vez, sentí que me dejaba llevar.

—Está bien, pero mañana invitamos nosotras —solté sin pensar.

La cara de mi hermana era de pura alegría. Y la sonrisa de Héctor se profundizó.

—Eso ya lo discutiremos mañana —dijo Raúl.

Nos despedimos tan amigos. Y quedamos en vernos al día siguiente para almorzar en un restaurante muy conocido a la entrada de Zahara.

El camino de vuelta a casa lo pasamos charlando en el coche. Cristina no paraba de hablar de Raúl y de lo mucho que le gustaba. Y Raquel y Marta parecía que ya habían hecho sus planes con los otros amigos de ellos, con independencia de nosotras.

Y yo…

Yo no pude dejar de pensar en Héctor, en su cuerpo, en sus ojos, en su boca, en su pelo, en sus manos, en…

«*Esto es un error*», me dije. «*No puede ser que me guste Héctor, ¡es hermano de Rafa!*».

En realidad, Rafa me importaba un pimiento. Solo que no estaba bien. Tenía que quitármelo de la cabeza. Tenía que dejar de verlo como algo sexual. No. No debía sentirme atraída por él. Pero, bueno, qué más daba lo que yo sintiera. Sabía de sobra que él no me vería de la misma manera. Al menos eso facilitaría las cosas. Él todavía me veía como la novia de su hermano, nunca se fijaría en mí. Era una tontería que siguiera preocupándome. Tenía que olvidarme de él. Sí.

—Carolina, apuesto a la cara que pondría Rafa si se entera de que mañana te vas a almorzar con el guapísimo de su hermano —dijo Raquel, soltando una carcajada maliciosa.

—Pero qué dices, además, vamos los cuatro. Y que sepas, hermanita, que lo hago por ti —le advertí a Cristina, señalándola con el dedo y sin apartar la vista de la carretera. Ella sonrió.

—Sí, claro —soltó Marta, irónica—, es todo un sacrificio para ti pasar el día con ese tío tan macizo. —En cuanto hizo ese comentario, las cuatros nos partimos de la risa.

Llevaba razón Cristina cuando me dijo que ese verano lo íbamos a pasar de maravilla. Me sentía muy a gusto con ella y con sus amigas. Después de todo lo malo de esos meses atrás, ahora me encontraba muy bien. Hacía muchísimo tiempo que no me divertía tanto. Me sentía diferente. Era como si hubiese estado soportando una carga muy pesada y, por fin, me hubiesen liberado de ella. Ya no tenía compromisos. Ahora podía hacer lo que me diera la gana.

Me acababa de dar cuenta de que era muy feliz tal cual estaba. En este momento las relaciones se me antojaron muy complicadas y, además, ¿para qué las necesitaba? No quería sufrir. Ese intenso dolor que sientes en el pecho tras una decepción, ya no era para mí. Quería divertirme, quería ser libre, sin ataduras. Ahora que ya había olvidado a Rafa, no pensaba enamorarme. Por lo menos no de momento.

Había decidido que quería ver la vida de otro modo. Mi experiencia en el amor no es que hubiese sido del todo intensa. Rafa había sido la única persona en mi vida. Pero ya no sabía si realmente le había amado. Él nunca fue un hombre muy romántico y, para ser sincera, yo tampoco había hecho nada tierno o espontáneo por él. Supongo que estaba en la fase en la que ya empezaba a olvidarle y no le veía sentido a nuestra relación. Tal vez por eso no me importó quedar con su hermano para almorzar. Bueno, por eso o porque era sencillamente tan guapo, tan masculino y tan sexy que no pude apartarlo de mi mente.

Llegamos a casa agotadas. Soltamos las cestas de la playa junto a la puerta y corrimos hacia la ducha. La cama de Cristina seguía intacta, una vez más quiso dormir conmigo. Y yo no puse pegas.

Una vez recostadas, Cristina me soltó de golpe:

—Te gusta Héctor, ¿verdad?

—Cris, tengo sueño —le dije, dándome la vuelta para el otro lado de la cama.

—Venga, Carol, te conozco, he visto cómo le mirabas esta tarde en la piscina. Y no me extraña. —Se quedó un rato en silencio y luego añadió—: ¿Tú sabías que tenía ese cuerpazo? De verdad, casi me da un ataque cuando lo vi salir con ese bañador.

Intenté disimular la risa, me di la vuelta, la miré y le dije:

—Sí, bueno…, tiene buen tipo. Se nota que se cuida.

—¿Y esa cicatriz que tiene en la espalda?

—Pues yo no lo sabía, pero me ha contado que le quitaron un riñón. Nació con una enfermedad, estuvieron tratándolo de pequeño, pero, finalmente, tuvieron que extraérselo.

—Vaya, ¡qué putada! Entonces te gusta, ¿no? —Volvió a preguntar con los ojos muy abiertos.

Me quedé callada un momento.

—Creo que me gusta un poco —confesé.

—¡Lo sabía! —gritó, dando un salto en la cama.

—Pero da igual. Eso no importa. Entre él y yo no va a pasar nada. Además, no creo ni que yo le guste a él. Por el amor de Dios, Cristina, hace tres meses salía con su hermano.

—Tú misma lo has dicho, salías. Es pasado. Ahora estás soltera y puedes ir con quien te dé la gana, y eso incluye a su hermano si es que te gusta. Además, lo que pase entre Héctor y tú no le concierne a nadie.

—¿Qué quieres decir? —le pregunté.

—Quiero decir, que si llega el momento y los dos queréis acostaros, sin ataduras ni responsabilidades, en principio, eso solo os incumbe a ti y a él. Su hermano está fuera de esta historia, Carolina.

Yo no había tenido ligues de una noche ni amigos con derecho a roce. Ya sabía que hacer el amor y tener sexo con alguien eran dos cosas muy distintas. Nunca experimenté nada de eso. Fueron muchos años con el mismo chico, demasiados creo. A lo mejor tenía razón Cristina y tenía que soltarme un poco la melena. Pero lo cierto era que la idea de desnudarme delante de otro chico… me daba pavor.

Me dormí con un solo pensamiento: Héctor.

Esta vez no tuve ninguna pesadilla. En mi sueño solo aparecían sus manos, sus muslos musculosos, sus anchos hombros, su sonrisa, sus ojos, su mirada…

Capítulo 4

*«Pero algo sucedió,
por primera vez contigo
mi corazón se funde con la tierra.
Encontró algo verdadero
y todos los que miran alrededor
piensan que me estoy volviendo loca...».*

Bleeding Love - Leona Lewis

Verlo allí, apoyado en la puerta de su todoterreno blanco, con una camiseta azul marino y unos pantalones de lino beige... fue como darme de bruces con un muro. Con sus gafas de sol, negras, y las manos en los bolsillos del pantalón, en actitud relajada e informal.

Aparqué mi coche junto al suyo, justo delante del restaurante, en la zona reservada para los vehículos de clientes. Raúl y él se acercaron a recibirnos. Después de verlo, me alegré de haberme puesto el vestido que mi hermana me había sugerido. Uno sencillo, gris, cruzado, con un poco de escote y unas sandalias planas, doradas. Aunque debajo llevábamos los biquinis, porque después de almorzar la idea era ir a la playa. En principio le dije a mi hermana que me parecía que iba demasiado arreglada, pero ella insistió en que debía ponerme guapa y sexy. Ella se había puesto un mono vaquero, corto y muy ajustado, que le quedaba de infarto.

—Estáis guapísimas —exclamó Raúl en cuanto vio a Cristina bajarse del coche. Ella le dedicó una sonrisa encantadora.

Héctor se acercó a mí y me sujetó la puerta del coche mientras me saludaba. Me dio un beso en la mejilla. La respiración se me alteró al sentir su piel, esta vez se había afeitado y olía a aftershave, su fragancia fresca y masculina. Sentí una irresistible atracción hacia él que hizo que me alejara inmediatamente. Así que me adelanté un poco, intentando poner distancia entre nosotros y me dirigí al restaurante.

En la puerta volvió a acercarse a mí y puso su mano en la franja dorsal de mi espalda, invitándome a entrar. De nuevo, su contacto hizo que me estremeciera. Me di la vuelta para mirarle. Era muy alto. Me sacaba casi dos cabezas. Se había quitado las gafas de sol y las llevaba colgadas en el cuello de la camiseta. Me devolvió la mirada y con ella una sonrisa que me dejó sin aliento.

El maître del restaurante, un hombre de mediana edad, con rasgos latinos y un acento agradable, nos recibió servicial y nos condujo hasta una mesa al fondo, frente a un enorme ventanal, desde donde se podía vislumbrar el mar. El comedor era de aspecto rústico, con unas enormes vigas de madera en el techo, y las paredes revestidas también de madera, que mostraban unos antiguos retratos y fotografías con matices marineros. De las vigas colgaban unos farolillos de forja negros. En la entrada había unas enormes peceras con unas gigantescas langostas y otros pescados en su interior. El salón era amplio y luminoso. Un espacio acogedor y familiar.

Cristina y yo nos dejamos aconsejar por ellos en cuanto a la comida y el vino, y la elección fue de lo más acertada.

Durante el almuerzo nuestras miradas se encontraron varias veces, sin embargo, a medida que transcurría la tranquila tarde, empecé a sentir que él permanecía algo distante y silencioso. Pensé que eran imaginaciones mías, pero en ese momento Raúl le preguntó:

—Héctor, te encuentras bien, ¿estás muy callado?

—Sí, sí, perfectamente —contestó un poco nervioso.

Cristina me miró de reojo. Y me hizo un gesto con la cabeza para que charlase con él. Tal vez era culpa mía que se sintiera incómodo. Quizás se había arrepentido de venir. Rafa era su hermano. Además, casi me había quedado muda al verlo. No podía evitar que su sola presencia me intimidase. Pero, aun así, decidí coger las riendas y entablar conversación.

—Dime, Héctor, me comentaste que tal vez tengas que irte a trabajar al extranjero de nuevo, ¿dónde sería exactamente? —le dije, fingiendo despreocupación, demostrándole que podíamos ser amigos.

—Pues no es seguro todavía, pero hay unos inversores en Nueva York que se han interesado en el diseño que hicimos en un centro comercial de San Francisco, y tal vez nos hagan una oferta para varios proyectos —me contestó, mirándome fijamente a los ojos. Intenté sostenerle la mirada, como si estuviera segura de mí misma, sin temor a nada. Pero él parecía penetrarme con esos ojos infinitamente verdes y, finalmente, consiguió que me rindiera. Cogí mi copa de vino y tomé un sorbo.

—¿Y te irías a vivir a Nueva York? —Le volví a preguntar, soltando la copa en la mesa y mirándolo otra vez a los ojos.

—Si es necesario, lo haré. Al fin y al cabo aquí no hay nada ni nadie que me ate. Y de momento… me alegro de ello.

Sus palabras me cayeron como un jarro de agua fría. Sabía que lo que decía era cierto y no debía molestarme, pero su manera de decirlo encubría una notoria frialdad. Pero ¿qué trataba de decirme? Puestos así, ¿por qué no llevaba un neón fluorescente que dijera «no quiero compromisos»? ¿Acaso es eso lo que trataba de decirme?

¡¿Qué demonios se había creído?!

Debí imaginarlo. Un hombre como él estaba acostumbrado a tener a todas las mujeres babeándole. Pero si pensaba que yo era una de esas, se equivocaba completamente. Por el amor de Dios, solo habíamos intercambiado algunas miraditas y ya me estaba diciendo de forma indirecta que no quería compromisos. En realidad, no era lo que había dicho, era el tono que había utilizado lo que realmente me molestaba. No debí hacerle caso a mi hermana. Nada de esto era buena idea.

Ni mi vestido.

Ni yo.

Ni él.

Tras ese comentario, para mi gusto inapropiado, intenté fingir indiferencia. Así que me volví hacia Raúl y seguí charlando con él, como si tal cosa. Le pregunté por su empresa y por la promotora y él me contó que tenían oficinas en Cádiz, pero que la mayor parte de su trabajo lo realizaban en Sevilla y Madrid. Me habló de unas reparaciones que estaban realizando en el Metro de Madrid y me contó algunas historias divertidas sobre unos arqueólogos que le habían parado una construcción en Sevilla tras encontrar restos arqueológicos.

Cristina me observaba atentamente. Intentaba por todos los medios que el almuerzo pareciera lo más natural posible. Una reunión entre amigos hablando de sus trabajos y compartiendo otros temas, pero en realidad yo me sentía un tanto enojada. Y cuando ella y Raúl se ponían a charlar, la situación se volvía muy embarazosa. Estaba deseando que acabase todo. Hablamos de ir a la playa y darnos un baño. El calor era insoportable.

La comida estuvo exquisita. Tras el postre, Cristina y yo pedimos la cuenta, pero ellos insistieron en hacerse cargo. Discutí un poco más de lo normal con Héctor sobre pagar nosotras, quizás demasiado, pero cuando vi que mi hermana y Raúl me miraban con los ojos muy abiertos, decidí dar mi brazo a torcer y dejé que fueran ellos quienes la abonaran.

Salimos del restaurante y nosotras nos adelantamos un poco, entonces ella me agarró del codo y me susurró:

—¿Qué demonios te ocurre? Estás muy rara.

—No me pasa nada, solo que acabo de darme cuenta que esto es un error, no debí venir. ¿Te has fijado en Héctor? Es un creído —siseé indignada con los dientes apretados.

—No digas tonterías. Solo intenta ser amable. Relájate y disfruta. —Me soltó del brazo y se apartó de mí porque ellos estaban ya muy cerca.

Héctor sacó las llaves de su vehículo y comentó:

—Será mejor que vayamos en mi coche. Si quieres dejamos el tuyo aquí y a la vuelta lo recogemos. ¿Os parece bien?

—Claro, perfecto —contestó mi hermana antes de que yo abriera el pico.

Su coche era precioso, un *BMW X6*, un todoterreno blanco con una silueta muy deportiva y con la tapicería color tabaco. Por dentro amplio y espacioso. Cristina y yo nos sentamos detrás. El vehículo estaba impoluto. Se notaba que era un hombre limpio y meticuloso. Allí se podría operar. Todavía olía a nuevo. De un compartimento que había justo detrás de la palanca de cambios sacó un paquete de chicles de menta y nos ofreció a Cristina y a mí. Yo cogí uno y le di las gracias. Al devolverle el paquete de chicles, mis dedos rozaron los suyos y el contacto fue como una descarga eléctrica. En ese momento él me miró por el espejo retrovisor, con una mirada que a mí me pareció oscura y peligrosa y que sentí que podía calarme. Intenté no fantasear y aparté la mirada.

Zahara de los Atunes era una preciosa localidad de la provincia de Cádiz, que encerraba unas hermosas colinas rodeadas de mar. Sus aguas cristalinas y su arena tostada convertían a esa pequeña zona pesquera en un sitio extremadamente apetecible para veranear. Así que aparcamos el coche en lo alto de una de las lomas y descendimos por un camino de piedras curiosamente construido en el acantilado. Tras pasar varios espigones de piedras tapizados de algas, llegamos a un tramo de la playa prácticamente desierto. A nuestras espaldas se divisaban unas doradas dunas y tras ellas se alzaban unas monumentales mansiones. El sitio era perfecto para un buen baño y tomar el sol.

Raúl y Cristina rápidamente se desprendieron de la ropa, quedando en traje de baño, acomodaron sus toallas en la cálida arena y, jugueteando con las olas, se adentraron en el mar. Mientras tanto observé con disimulo el imponente cuerpo de Héctor. Esta vez había escogido un diminuto bañador negro, parecido a los que usan los nadadores profesionales.

¡Dios mío, sus glúteos eran perfectos!

Estaba poniéndose crema en los brazos, mientras yo guardaba mi vestido gris en la cesta de mimbre y me acomodaba en mi toalla. Su cuerpo era absolutamente magnífico. Incluso con la cicatriz del riñón. Miré si tenía bien colocado el biquini. Menos mal que me había puesto el que mejor me quedaba. Y gracias a los tres kilitos que había perdido tras la ruptura, me sentía cómoda con mi figura. Él se dio la vuelta, me miró y me preguntó:

—¿Te importaría ponerme crema en la espalda? Ayer tomé demasiado sol en el chalet de Raúl. —Me quedé pálida.

—Claro. —Me pasó el bote de crema y yo lo agarré con torpeza.

Su piel era suave y sedosa. Me podría haber pasado horas tocándolo. Deslicé mis dedos por sus hombros y por la curvatura de su espalda. Le rocé sutilmente la cicatriz. Él permaneció quieto y callado. Le miré la parte baja del cuello. Era tan alto que su cuerpo me hacía sombra. De repente sentí que la temperatura era asfixiante y necesitaba darme un buen baño. Le devolví el bote de crema.

—Gracias —añadió, girándose para mirarme directamente a los ojos. Le repasé el rostro y el cuello y mi atención bajó hasta sus pectorales. Me moría de ganas por besarle.

—Voy a darme un baño —asintió y sonrió con arrogancia, como si hubiese leído cada uno de mis calenturientos pensamientos.

Me fui a la orilla con mi hermana y Raúl. Lo mejor sería mantenerme alejada de él. Decidí nadar un rato para refrescarme, pero el agua estaba demasiado fría para meterme en ella sin más. Intenté reunir el valor necesario para adentrarme, pero el frío me causaba impresión. En ese momento no me di cuenta de que él se acercaba a mí por detrás.

—¿Está fría? —Vi en sus ojos un brillo desafiante y juguetón. Y de repente levantó un brazo y me salpicó, divertido, al mismo tiempo que echaba a correr y se lanzaba de cabeza en la profundidad de una enorme ola.

Era tan guapo que tuve que coger aire para poder respirar. Intenté ignorarlo y concentrarme en mi baño. Pero él se acercó nadando hacia mí.

—Dime, Carolina, ¿por qué lo habéis dejado mi hermano y tú?

«*Maldita sea, ya salió el temita*», pensé.

Él me miró directamente a los ojos. Estaba convencida de que esperaba una respuesta. Por un momento pensé en evadir esa conversación, pero su semblante serio y expectante me decía que esperaba una contestación.

—Supongo que lo nuestro simplemente ha acabado. Llevábamos muchos años juntos, pero realmente no teníamos muchas cosas en común. Éramos muy jóvenes cuando empezamos a salir —le dije, intentando quitarle importancia.

Por supuesto no le conté nada del e-mail y del hecho de que me había pasado las noches de los últimos tres meses hecha una mierda, sintiéndome miserablemente sola y vacía. Aunque, después de todo, sabía que no era por Rafa. Sé que si mis padres hubiesen estado vivos, habría superado esa etapa de otra forma. La mano de mi madre acariciándome el pelo hubiese sido el mejor de mis consuelos…

—¿Has vuelto a verlo? —me preguntó—. Me refiero a después de la ruptura.

—No. Y, además, no tengo intención.

—Pero lo habéis dejado como amigos, ¿no?

—Pues no precisamente, pero, bueno, qué importa eso —le contesté.

—¿Sigues enamorada de él? —me soltó directamente.

—No. —Fue un «no» rotundo.

Se quedó callado, mirándome.

—Y desde que lo habéis dejado, ¿ha habido algún otro chico? —me preguntó con descaro.

—¿Por qué te interesa saberlo? —Le sostuve la mirada.

—Es simple curiosidad —me contestó, entrecerrando los ojos.

—Pues yo creo que no deberías ser tan curioso. —Y sin pensármelo dos veces, le eché agua en la cara.

Mi impulso le pilló por sorpresa, y la expresión de su cara hizo que me partiera de la risa. Se lanzó sobre mí y me sujetó las muñecas con firmeza. Estaba tan cerca que pude sentir su respiración.

—Ten cuidado, que jugar conmigo puede ser peligroso —insinuó en un susurro.

Por un momento, la ingenua y cándida idea de que me besaría atravesó mi pensamiento, pero luego me soltó y esta vez fue él quien me echó agua en la cara.

Sus palabras se quedaron clavadas en mí. ¿Qué había querido decirme?

Bromeé con él un poco en el agua. Pero al final me rendí entre risas y decidí salir a tomar un poco el sol. La cercanía me estaba confundiendo por segundos.

Raúl y Cristina estaban tumbados en sus toallas y seguían charlando. Parecía que nunca se les acabarían los temas de conversación. Y además, para ellos era como si no hubiese nadie más.

Cerré los ojos y el calor del sol me dejó adormilada.

—Deberías ponerte crema en la espalda —propuso, extendiendo su toalla a mi lado.

—Yo sola no puedo —le contesté con media sonrisa.

Había decidido que yo también sabía jugar a su juego, aunque no estaba del todo segura hasta dónde estaba dispuesta a llegar.

—Si insistes te la pondré yo —exhaló, poniendo los ojos en blanco y sonriendo picarón.

Se sentó a mi lado, aplicó un poco de crema en mi espalda y empezó a extenderla lentamente. Sus manos eran grandes y suaves. Me masajeaba los brazos, los hombros, descendiendo despacio hasta la curvatura de mis nalgas. Yo permanecí con los ojos cerrados. Pero creí que el corazón me perforaría el pecho. Él seguía tocándome de esa manera tan sensual, por los costados, bajó la mano tanto que me rozó las caderas.

Estaba tan nerviosa que no podía moverme. Estuve tentada a decirle que ya tenía crema suficiente, pero fui incapaz de articular palabra. Su manera de tocarme, de acariciarme…, me tenía embelesada. Subió hasta la nuca y con la otra mano apartó mis cabellos rizados, todavía húmedos, y los echó a un lado. Seguía masajeándome la parte baja del cuello. Yo intenté pensar en otra cosa, pero sus manos seguían tocando y explorando descaradamente mi cuerpo.

Se detuvo lentamente y se tumbó boca abajo en su toalla. Yo seguí con los ojos cerrados, no quise mirarlo. No quise que supiera que me encantaba que me tocara. Aunque intuí que ya lo habría imaginado.

Nos quedamos dormidos un buen rato en nuestras toallas. En realidad él estaba dormido, yo solo me lo hacía. Y cuando decidí interrumpir mi fingida siesta, vi que Raúl y Cristina no estaban.

A lo lejos divisé otro espigón y tras él lo que parecía una laguna. Cristina y Raúl estaban allí. Estaba empezando a caer la tarde y la marea bajaba considerablemente. Ya no hacía tanto calor. Miré a Héctor, que está tumbado a mi lado.

—¡¡Eh!! Bello durmiente —le dije en tono simpático.

Él abrió los ojos, me miró y sonrió. Se puso de costado, apoyando la cabeza en un codo. La imagen era excepcional.

—Eres muy graciosa. ¿Lo sabías? —comentó burlón.

—Es tarde. Deberíamos ir a buscar a Raúl y a Cristina.

—Qué prisa tienes, tan solo son las ocho de la tarde.

—Ya, pero vosotros tres estáis de vacaciones y yo no. Mañana tengo que trabajar y no quiero llegar muy tarde a casa.

—Vaya, no sabía que eras tan responsable.

—En realidad hay muy pocas cosas que sepas de mí —le solté sin pensar.

Él me miró fijamente a los ojos.

—Ya, por eso estoy aquí, para conocerte mejor. —Me quedé sin palabras.

Ante ese comentario no supe qué responder, estaba muy nerviosa, así que me puse de pie inmediatamente y le dije:

—Voy a buscar a Cristina y Raúl. ¿Vienes?

—Claro.

De pequeñas, cuando íbamos a la playa con mis padres, nos quedábamos hasta que atardecía y la marea bajaba tanto que se podía andar por las rocas. Mi padre cogía un cubo pequeño y nos llevaba a los espigones a buscar caracolas y cangrejos. Nos pasábamos horas buscando y, finalmente, los volvíamos a dejar en el agua. Cristina siempre quería llevarse alguno a casa, pero papá decía que cada uno debía estar en su lugar.

Al ver a Raúl y a Cristina, allí, entre las rocas, me recordó aquellos años.

Silbé a Cristina para que me viera y, cuando me miró, me hizo un gesto con la mano para que nos reuniéramos con ellos. Andar por las rocas era realmente incómodo y mucho más cuando vas descalzo. Tuvimos que cruzar un espigón, pero había que tener mucho cuidado porque las algas resbalaban muchísimo.

Héctor me ayudó a subir algunas piedras. Ya habíamos pasado la parte más peligrosa, pero cuando confié en que podía pisar arena, el pie se me torció y caí entre dos grandes piedras. En ese instante sentí un intenso dolor en el tobillo, una punzada profunda y grité con fuerza.

Héctor se volvió hacia mí y me pidió que no me moviera. Sentí un escozor inmenso cerca del talón. Y me había herido en el codo al caer. No pude moverme, el pie me dolía muchísimo. Héctor vino corriendo hacia mí. Intenté incorporarme como pude, pero él me pidió que me quedara quieta. Me agarró el pie con cuidado, y fue entonces cuando me di cuenta que tenía un corte muy profundo en el empeine.

Me había cortado con un arrecife de coral oculto entre las rocas, el pie sangraba muchísimo y la expresión de Héctor era de sobresalto.

—No te muevas, Carolina —me ordenó asustado.

—Me duele muchísimo —gimoteé, sintiendo como si un soplete quemara mi carne.

Cristina y Raúl que habían visto mi monumental caída, corrieron hacia nosotros, alarmados.

—¿Cariño, estás bien? —me preguntó Cristina con gesto de preocupación. Pero cuando vio el corte y mi pie sangrando, gritó—: ¡Oh, Dios mío!

—Estoy bien, Cristina. Solo es un corte —le respondí, tratando de tranquilizarla.

Intenté levantarme, pero entonces Héctor atestiguó:

—Voy a cogerte, con esa herida no puedes andar.

—No digas tonterías, Héctor. Estoy bien, solo es un rasguño. —Pero me miré el pie y cada vez sangraba más. Al ver tanta sangre me mareé un poco y estuve a punto de volverme a caer.

—Sujétate a mi cuello —aseveró él, cogiéndome en brazos como si yo pesara menos que una pluma.

¡Madre mía!, en ese momento sí que creí que me desmayaría. Era tan fuerte…

Me llevaba en brazos y yo le rodeaba el cuello. Su cuerpo y el mío estaban tan cerca que pude sentir los latidos de su corazón. Me hubiese encantado detener el tiempo en ese mismo instante. Por un momento casi me olvidé del dolor que tenía en el pie.

Cristina y Raúl nos siguieron y no paraban de preguntarme si estaba bien. Cuando llegamos a nuestro sitio, Héctor me apoyó lentamente en una de las toallas, y maldije para mí que me hubiera soltado. Pero volví a fijarme en mi pie, estaba más hinchado y cada vez me escocía más. No paraba de sangrar. Él, sin decir nada, sacó su camiseta de la mochila de Raúl y la rompió por la mitad. Me quedé atónita ante el gesto.

—¿Pero qué haces? —La camiseta parecía cara y la había despedazado en un santiamén.

—Carolina, te has cortado el pie con un arrecife de coral, estas heridas sangran muchísimo. Tenemos que detener la hemorragia.

Y me hizo un vendaje rápido con su camiseta azul.

—Hay que llevarla a un hospital cuanto antes —dijo Raúl, preocupado.

—Pero estoy bien, de verdad —insistí.

—Es una herida muy profunda. Y se puede infectar —añadió Héctor con un semblante serio y acongojado.

Mientras Cristina y Raúl se vestían y recogían las toallas, Héctor se puso su pantalón de lino y… nada más. Se había quedado sin camiseta. ¡Cuánto me alegré de llevarla hecha pedazos en una de mis extremidades…!

Cristina me ayudó a ponerme en pie y, manteniendo el equilibrio como pude, me puse el vestido. Cuando ya estábamos listos para marcharnos, intenté apoyar de puntilla el pie herido, pero me dolía una barbaridad. Cristina me sujetó por la cintura, pero me resultó casi imposible avanzar, entonces Héctor se giró hacia mí y volvió a cogerme en brazos.

—Sujétate fuerte si no quieres volver a caerte —me ordenó con una sensual sonrisa ladeada y mirándome fijamente a los ojos.

Le rodeé el cuello. En sus brazos me di cuenta de que era muy pequeña. O tal vez él era demasiado grande. Su piel estaba caliente. Tenía ganas de tocarle el pecho. De pasar mis dedos por el escaso vello oscuro que cubría sus pectorales. Pero me contuve. A medida que avanzábamos intenté deshacerme de ese pensamiento, pero el roce de su piel con la mía era casi eléctrico.

Cristina y Raúl venían detrás de nosotros, con los bolsos de playa. Estábamos subiendo las escaleras que conducían a lo alto del acantilado. Héctor me sujetaba con firmeza. Miré a Cristina y ella me sonrió picarona.

—Carolina, apuesto a que te has cortado a propósito solo para que Héctor te coja en brazos —vociferó.

En ese momento tuve ganas de matarla.

—¡Qué graciosa! —le dije, fulminándola con la mirada. Héctor y Raúl soltaron unas carcajadas.

—Si querías que te cogiera en brazos solo tenías que pedírmelo —me dijo Héctor burlándose de mí, con una sonrisa capaz de revivir a un muerto. Yo le hice un mohín.

Llegamos al coche y me soltó con cuidado en el asiento de atrás, me fijé en mi pie y la camiseta estaba empapada de sangre. Héctor me acomodó en el asiento, sacó las toallas de la mochila de Raúl y me colocó el pie en alto.

—Así no sangrará tanto —aseguró, intentando calmarme.

Esa faceta suya en plan doctor me dejó boquiabierta. A medida que el tiempo avanzaba sentía que me gustaba más.

Abrió el maletero del coche, sacó una camiseta blanca y se la puso. Se montó en el vehículo, lo arrancó y declaró:

—Vamos a ir a curarte ese piececito. —Y me guiñó un ojo por el espejo retrovisor.

Entonces pensé:

«Si me muero hoy, al menos, he estado en sus brazos».

Capítulo 5

«Recuerda que estábamos sentados ahí, cerca del agua.
Pusiste tu brazo alrededor mío, por primera vez.
Volviste rebelde a la cuidadosa hija de un hombre descuidado.
Tú eres la mejor cosa que alguna vez ha sido mía...».

Mine -Taylor Swift

Mi coche permanecía en el aparcamiento de clientes del restaurante, así que Héctor condujo hasta allí. Yo seguía acomodada en el asiento trasero, con el pie encima de las toallas. Y, de paso, observando lo bien que conducía. Apuesto a que eligió ese todoterreno porque sabía lo guapísimo que se veía en él.

El vehículo de Héctor se detuvo junto al mío. Cristina y Raúl se bajaron.

—Yo conduciré el coche de Carolina —dijo Cristina—. Héctor, lo mejor será ir directamente al hospital de Cádiz.

Héctor asintió con la cabeza y Raúl decidió acompañar a Cristina para que no condujera sola hasta allí. Así que me volví a quedar a solas con él.

—¿Te duele mucho? —me preguntó mientras conducía, mirándome por el espejo retrovisor.

—Solo un poco. Creo que sobreviviré —bromeé—. Siento haberos estropeado la tarde.

—No digas tonterías. Además, creo que Cristina lleva razón. —Y percibí que empezaba a sonreír.

—¿Sobre qué?

—Pues que creo que te has cortado a propósito para que te coja en brazos. —Vi cómo intentaba contener la risa.

—Sí, claro. A lo mejor has sido tú el que ha puesto allí el arrecife de coral para que yo me corte y así poder cogerme —le contesté descarada, siguiéndole el juego.

Él soltó una carcajada.

—Eres muy retorcida.

—Y tú eres un creído —añadí sin rodeos.

Él siguió conduciendo, callado, pero con una ligera sonrisilla. Entonces le pregunté:

—Dime una cosa —me miró por el espejo—: ¿Por qué Rafa y tú os lleváis tan mal? —Su expresión cambió radicalmente y el músculo de su mandíbula se tensó.

—Somos muy diferentes. —Su mirada se había vuelto oscura y distante.

—Nunca lo he entendido. Quiero decir, que mi hermana y yo estamos muy unidas. No consigo entender cómo dos hermanos pueden tener tan poco en común.

—Yo soy seis años mayor que él. Nunca hemos jugado ni salido juntos. —Su voz era dura.

—Vale, de pequeños es normal, pero ahora los dos sois adultos. Y seguís sin tener comunicación.

—Supongo que el amor de hermanos es un vínculo que se forma desde pequeños.

Sabía que él estaba intentando evitar la conversación, pero lo cierto era que Rafa nunca me contó qué pasó entre ellos para que se llevasen tan mal. Y me moría de curiosidad.

—Pero me imagino que algo ocurrió entre vosotros, ¿no? —insistí.

—Carolina, fuiste tú la que me pediste el otro día que no habláramos de mi hermano —espetó él, cortante.

—Está bien, llevas razón.

Se quedó en silencio un buen rato.

—Mira, Carolina…, en realidad… no estoy seguro de esto —me dijo con semblante serio y oscuro.

—¿De qué? —le pregunté, intuyendo lo que quería decirme.

—Pues no estoy seguro de que podamos ser amigos, esto es muy complicado. No sé…

Mis pensamientos pasaron a mil por hora por mi mente. Ese comentario me había molestado muchísimo.

—Sí, creo que llevas razón, no creo que me convenga ser tu amiga —le solté de repente. Él se quedó atónito ante mi respuesta y de nuevo volví a ver el brillo en sus ojos—. Eres muy antipático y, encima, un creído —le dije, burlándome de él—. No creo que me interese tener amigos como tú.

—Avisté que intentaba ocultar una sonrisilla—. Además, he llegado a la conclusión de que Raúl me cae mejor. Es más simpático.

Se quedó en silencio y, al cabo de unos minutos, volvió a decir con expresión divertida:

—Entonces Raúl te cae mejor que yo…

—Pues sí, mucho mejor.

—Pero cuando te has cortado, el que te ha llevado en brazos he sido yo. —Y el tono de su voz se volvió sensual y provocador—. Y cuando te estabas quemando en la playa, el que te puso la crema fui yo.

Al decir eso una extraña sensación de ardor me recorrió el vientre.

—Bueno, pues a partir de ahora te libero de todas esas obligaciones. Como examigo mío que eres, a partir de ahora, ya no tendrás que hacer nada de eso —le dije, intentando parecer convincente.

—Muy bien, como quieras. —Se hizo de nuevo el silencio, un rato, y luego añadió, sonriendo—: Entonces… ya no somos amigos, ¿verdad?

—Así es.

En Urgencias todo olía a medicinas y antisépticos. Había varias personas, esperando delante de las consultas en unas incómodas sillas de plástico verdes. Celadores y enfermeras embutidos en sus inmaculadas batas blancas. Estaba sentada en una silla de ruedas y mi hermana, de pie, detrás de ella. Héctor y Raúl habían ido a aparcar los coches.

Una enfermera, jovencita y muy amable, me pidió que pasara a la consulta. Una vez dentro, ella y un médico de unos cincuenta años, alto y con el pelo muy blanco, me limpiaron la herida del codo y la del pie. Al final, tuvieron que cogerme quince puntos de sutura. En esos momentos el pie me dolía bastante. El médico me recetó unos antiinflamatorios y antibióticos para evitar que la herida se infectara, y me recomendó reposo para bajar la inflamación. Me hicieron radiografías para asegurar que no había ningún hueso del tobillo dañado. Todo se quedó en una herida que, seguramente, me dejaría una cicatriz un tanto fea en el pie.

Salí de Urgencias yo solita, ayudándome de una muleta. Fuera, en la calle, nos esperaban Héctor y Raúl. Habían sido muy amables conmigo. Les di las gracias por todo y nos despedimos de ellos antes de subir a nuestro coche. Intuí que Cristina estaba loca por quedarse con Raúl, pero ella no quiso dejarme sola y se despidió de él diciéndole que al día siguiente lo llamaría. Héctor se acercó a mí, asomó la cabeza por la ventanilla y murmuró:

—Espero que te recuperes pronto. —Entonces me cogió la mano, la acercó a su boca y susurró muy bajito sin que mi hermana y Raúl pudieran oírlo—: Me ha encantado ser tu amigo, aunque solo haya sido por un breve período de tiempo. —Y me dio un beso suave y lento en el dorso de la mano que me dejó sin aliento.

Esa noche volví a soñar con él.

A la mañana siguiente, lunes, llamé a la oficina y le conté a Emilio lo de mi accidente en la playa. Le dije que apenas podía apoyar el pie en el suelo y él me contestó que me tomara el tiempo que necesitara. Al fin y al cabo, yo no era de las personas que solían enfermar muy a menudo.

Me quedé en casa todo el día. Tomé los antiinflamatorios y los antibióticos que me había recetado el médico e hice reposo todo lo que pude. El pie mejoraba considerablemente. Cristina me cuidaba mucho, me hacía la comida, recogía la casa… Era un sol. Me alegraba tanto de tenerla conmigo…

Pasaba el día leyendo, en ese momento estaba con una novela romántica de intriga, mafia y poder. Me encantaba leer. Me hubiera pasado así las horas, sin hacer otra cosa. Cristina estuvo haciéndome compañía, pero ya era de noche y Raúl la había telefoneado hacía un rato para invitarla a cenar e ir al cine. En realidad sentí un poco de envidia, pero, por supuesto, no le comenté nada. Me hubiese encantado que Héctor me hubiera llamado a mí también, pero, claro, eso era absurdo, ya habíamos acordado que no seríamos amigos. Además, tampoco tenía mi teléfono. Ni tan siquiera me lo había pedido. En fin, lo mejor sería que empezara a quitármelo de la cabeza. Había sido un error fijarme en él.

«¿En qué estaría pensando?».

Me acosté intentando olvidarme de él, de su cuerpo, de la manera de untarme la crema en la playa, de la forma en que me cogió en brazos, de sus anchos hombros, su pelo; de su sonrisa… y me dormí con la absurda idea de que pronto ya no me acordaría de él.

El martes continué en casa, haciendo reposo, aunque mi pie ya estaba mucho mejor, podía apoyarlo perfectamente, así que pensé en llamar a Emilio más tarde y decirle que me incorporaría al día siguiente. Tenía ganas de volver a mi rutina. De esa forma, podría deshacerme de ese fin de semana y con él, también, de Héctor.

Cristina esa noche se acostó en su cama. Aún seguía dormida, había llegado muy tarde. Al parecer, ella y Raúl estaban conociéndose más a fondo. Solo esperaba que supiera lo que hacía. En octubre volvería a Ámsterdam y ella no creía en las relaciones a distancia.

Me hice un café y vi que había poca leche, así que decidí vestirme y acercarme al supermercado a por algunas provisiones. Además, el día anterior Cristina hizo el almuerzo, por lo tanto, me tocaba cocinar a mí. Prepararía lasaña de verduras, a ambas nos encantaba. Mamá la hacía deliciosa. Ojalá ella hubiese estado con nosotras para poder comer todos juntos…

Fui al armario, me puse un pantalón corto vaquero, una camiseta blanca sin mangas, y me calcé unas sandalias hawaianas azules, ya que eran las únicas que no me rozaban la herida. Cogí mi monedero y me fui al súper.

Normalmente solía encontrar sin problemas todo lo que necesitaba, pero esa semana hicieron unas reformas en el supermercado y trastocaron el orden de todos los productos. Donde antes estaban las conservas, ahora estaban los detergentes y productos de limpieza.

¡Qué fastidio!

Me harté de dar vueltas, pero, finalmente, con la ayuda de un joven reponedor de unos veinte años, delgaducho y con piercings en las orejas y en las cejas, encontré lo imprescindible para preparar el almuerzo. Cuando ya estaba en la cola de una de las cajas para pagar, recordé que me faltaba la leche, así que me di la vuelta un poco irritada. Volví a la cola con el litro de leche en una mano y con la cesta de la compra en la otra. Pero en ese momento oí que alguien detrás de mí pronunciaba mi nombre:

—¿Carolina? —Me di la vuelta y me quedé sin habla. Congelada. Petrificada.

Delante de mí estaba Julia, la madre de Rafa y de Héctor. Era una mujer bajita, con buena figura para su edad. Tenía el pelo rubio con mechas, muy corto. Sus ojos y los de Héctor eran idénticos. Pero era la primera vez que la veía en persona desde la ruptura. No sabía qué hacer ni qué decir.

—Hola, Julia, ¿cómo estás? —comenté, acercándome a ella para saludarla.

—Muy bien, cariño, ¿y tú? —Ella me miraba, preocupada—. Te he llamado varias veces, me gustaría que nos tomáramos un café y charlásemos un poco.

—Sí…, bueno…, no sé, Julia… —Estaba tan nerviosa que no supe qué decirle.

—Verás, Carolina, para mí sigues siendo como una hija. Me encantaría que Rafa y tú estuvieseis juntos todavía. ¿Has hablado con él? Tal vez podáis solucionar lo vuestro.

—No lo creo, Julia. Lo nuestro ha terminado para siempre —aseguré.

Percibí en su expresión una terrible decepción.

Tanto Julia como Pablo, el padre de Rafa y Héctor, siempre fueron muy amables conmigo. En su casa me habían tratado con una hospitalidad desmesurada. En mi opinión, eran unos padres intachables. Jamás se habían metido en nuestra relación. Y siempre me dieron un sitio en su hogar. Creo que si estuve tanto tiempo con Rafa, en parte, fue por su familia. Por lo bien que siempre me sentí con ellos.

—Carolina, lo siento de veras, ya sabes que Rafa es un chico que no me cuenta nada. Solo me ha dicho que habíais roto.

Sí, así era, Rafa nunca contaba nada a sus padres. Solo los utilizaba para aprovecharse de ellos en su propio beneficio. Era una persona extremadamente egoísta.

Recuerdo que en más de una ocasión que estuve en casa de sus padres, alguna noche con él, en su habitación y viendo películas, cuando llegó el momento de marcharme él se quedó en su cama, sin la menor intención de acompañarme, y era su padre el que se vestía, cogía el coche y me llevaba a mi casa. Todavía no logro entender cómo lo aguanté tanto tiempo. Supongo que era de esa manera porque sus padres y yo lo habíamos permitido. Tal vez por esa razón odiaba a Héctor, creo que era el único que no toleraba sus impertinencias.

—Sí, Julia, lo mejor es que cada uno haga su vida. —Y rápidamente le cambié de tema y le pregunté por su marido.

—Pablo está bien, como siempre, ya sabes… Cuando no está en el taller, está pescando — atestiguó ella, poniendo los ojos en blanco.

Pablo era un hombre adorable, alto y corpulento, tenía el pelo castaño y una incipiente alopecia en la coronilla. Rafa se parecía mucho a él, aunque solo físicamente. Su padre era mucho más chistoso y divertido. Tenía un taller de reparaciones de coches en el que se pasaba casi todo el día. Era un hombre muy trabajador y responsable. Y su gran pasión era la pesca.

—Dale muchos recuerdos de mi parte —añadí, intentando terminar la conversación.

—Sí, se los daré de tu parte, Carolina. —Miró el reloj—: Bueno, cariño, tengo que irme, Héctor esta semana está en Cádiz y tengo que hacer la comida. Hoy viene a almorzar.

—¿Ah, sí? —Todos mis músculos se pusieron en tensión con tan solo oír su nombre.

—Sí, además, le prometí que hoy haría lasaña de verduras, es su plato favorito y he venido a este supermercado porque venden el mejor pisto. —Casi me desmayé al oír eso.

—Vaya, pues ya somos dos, yo también voy a cocinar lasaña.

Ella sonrió y me agarró del brazo.

—Carolina, espero que tengas mucha suerte en la vida. Te la mereces. Seguro que encontrarás a un chico maravilloso que te hará feliz. —Me dio un casto beso en la mejilla—. Ya sabes que puedes llamarme cuando quieras. Adiós, cariño.

Y se marchó con la cesta de su compra.

Me quedé un rato pensando en lo que acababa de decirme: «encontrar a un chico maravilloso que me hiciera feliz». ¿Qué opinaría ella si supiera que, en aquel momento, el que cumplía el perfil era su otro hijo?

«Tonterías», cuchicheé.

Tenía que dejar de pensar en él, además, ¿qué sabía yo de Héctor aparte de que era arquitecto, tenía un cuerpo de infarto y que le gustaba la lasaña?

Vaya…, le gustaba la lasaña de verduras. Al menos ya teníamos algo en común.

Cuando llegué a casa, Cristina se había levantado y estaba en la mesa del salón con su ordenador, trabajando en un reportaje fotográfico. Mientras vaciaba el contenido de las bolsas en el frigorífico y en la despensa, le conté a mi hermana lo de mi encuentro con Julia y también lo que me había comentado acerca del plato favorito de Héctor. Ella me miró expectante.

—¿En serio? Entonces tendré que decirle que tú eres la persona que mejor hace la lasaña del mundo.

Yo le hice un gesto con la mano para que se callara y ella insistió:

—¿Te gusta mucho Héctor, verdad?

—Me gusta un poco. Pero sé que es imposible —le dije, sentándome a su lado.

—Ayer Raúl y yo estuvimos hablando de vosotros.

—¿Ah, sí? ¿Y qué te dijo? —pregunté muriéndome de curiosidad.

—Me dijo que había hablado con Héctor de ti. Raúl dice que él cree que a Héctor le gustas mucho, pero que teme que vuelvas con Rafa.

—Eso es imposible.

—Ya, Carolina, pero él no lo sabe. Supongo que tendrás que dejárselo claro la próxima vez que hables con él y surja el tema.

—No creo que haya una próxima vez. Además, el otro día me dijo que sería mejor que no fuésemos amigos.

—¿Eso te dijo? Vaya, pues sí que le gustas —añadió divertida—, ¿y tú que le dijiste?

—Yo le respondí que tampoco me interesaba ser su amiga y que era un antipático y un creído.

Mi hermana soltó una carcajada y luego afirmó:

—Nena, lo tienes en el bote.

El miércoles volví al trabajo.

Parecía que hubiese pasado un siglo desde el viernes al mediodía. Todo estaba como de costumbre. María con su aspecto impecable en recepción. Emilio me preguntó por mi pie, y el resto de los chicos se mostraron muy atentos conmigo. Tenía trabajo atrasado, con lo cual no tuve tiempo para pensar en nada más, y la verdad es que lo agradecí. La mañana se me pasó volando.

Antes de marcharme, estaba recogiendo mis cosas en mi mesa cuando se me acercó Felipe:

—Carolina, estaba pensando que ahora que estás soltera tal vez te podría invitar a cenar algún día.

«Vaya, esto sí que no me lo esperaba», pensé. Felipe era el abogado laboralista de la asesoría. Un tipo de unos treinta y cinco años, bajito, con gafas, y con un aspecto demasiado intelectual. Buen chico, solo que a veces rozaba la pedantería. En algunas ocasiones se pasaba de bromista, pero en la asesoría todos le conocíamos y no le dábamos demasiada importancia. Por un momento creí que estaba de broma, pero en cuanto lo miré a los ojos, vi que lo de quedar conmigo iba en serio.

—Felipe, esto… Yo… te agradezco la invitación, pero si te soy sincera, todavía no estoy preparada para tener ninguna cita —le mentí.

—Ya, lo entiendo. Bueno, pues cuando estés preparada, me gustaría ser de los primeros en saberlo —respondió, haciéndose el interesante—. No te lo pediré dos veces, Carolina.

Y se alejó de mi mesa guiñándome un ojo.

Me quedé boquiabierta. Más tarde, María y yo nos partimos de la risa cuando se lo conté, mientras nos tomábamos unas cervezas en la taberna de siempre.

Por la tarde, me quedé en casa. Cristina se fue a la playa con Raquel y Marta, pero yo todavía tenía los puntos en el pie, y no pude ir. Hacía muchísimo calor, así que me di una ducha fresquita y me senté en el sofá a leer mi novela. Mis gustos literarios eran muy diversos, pero en el fondo era una romántica. La protagonista de mi novela estaba enamorada del que ella creía que era su hermanastro. Eso sí que era un problema. Comparado con eso, que te gustara tu excuñado tampoco era tan grave, ¿no?

Cuando me di cuenta llevaba dos horas leyendo sin parar. Eran casi las ocho de la tarde y de repente sonó el telefonillo de mi casa. Pensé que seguramente sería Cristina que se había olvidado las llaves. Lo descolgué y oí una voz masculina y atronadora:

—Carolina, soy Héctor. ¿Puedo subir?

No podía ser.

—Sí, claro. Te abro —contesté.

Nerviosa colgué el telefonillo y cavilé que tenía tan solo unos minutos para ponerme decente. Me miré en el espejo que tenía en la entrada y arreglé mi melena de rizos con los dedos. Llevaba una camiseta negra de tirantes y un pantalón corto de pijama, así que rápidamente fui al dormitorio y lo cambié por mi short vaquero. En ese momento sonó el timbre. Me dirigí a la puerta abrochándome el botón del short.

—Hola. ¿Puedo pasar?

¡Dios mío!, estaba guapísimo. Llevaba un pantalón vaquero claro, una camiseta roja y zapatillas de deporte. Un atuendo informal y desenfadado.

—Sí, pasa —le ofrecí.

Estaba tan nerviosa que temía decir alguna tontería.

—¿Te apetece tomar algo? —le pregunté, indicándole con la mano que se sentara.

—Si tienes zumo, tomaré uno.

—Por supuesto —aseguré mientras él se sentaba en mi sofá y analizaba mi apartamento.

Le serví un zumo de piña con hielo y se lo acerqué, sentándome en la otra punta del sofá.

—He venido a ver cómo estabas. ¿Qué tal tu pie?

—Bien..., mucho mejor, gracias.

Intenté serenarme. Su repentina visita me había puesto el corazón a mil.

—Tu hermana me ha dado la dirección. Raúl me dio su número y la llamé para preguntarle por ti. Me dijo que estabas aquí, aburrida, y que tal vez te haría ilusión un poco de compañía.

Intentaba ocultar una risita.

—Sí, mi hermana siempre tan considerada —resoplé, poniendo los ojos en blanco.

Él se acercó un poco a mí, se agachó y me agarró el tobillo. Puso mi pie en su regazo y me acarició el empeine, rodeando cuidadosamente la herida con sus dedos. Me salté diez latidos.

—Me alegro de que ya estés mejor. Me tenías preocupado.

—Entonces, ¿volvemos a ser amigos? —lo interrogué con ironía.

—Depende de la clase de amistad que tú quieras —murmuró mirándome a los ojos. Su mano se deslizó hasta mi rodilla y la acarició sutilmente con el pulgar.

De pronto sentí que la temperatura había subido considerablemente y nuevamente el corazón me latió tan fuerte que creí que lo iba a oír.

—Dime, ¿qué clase de amistad te gustaría tener conmigo? —subrayó sin dejar de acariciarme.

Al decir eso, mi vientre se contrajo. Estaba tan excitada que no podía pensar con claridad. ¿Qué estaba pasando? Esto era una locura. Héctor era el hermano de mi ex. ¿En qué clase de zorra me estaba convirtiendo? Eso no estaba bien, ¿o sí?

—Pues, no estoy segura… ¿Qué clase de amistad quieres tú? —Me sentía confusa y nerviosa, así que quité el pie de su regazo e intenté adoptar una postura flemática.

La tensión sexual entre nosotros era tan perceptible que podíamos tocarla, sin embargo, ante mi última reacción él se recolocó en el sofá y alargó el brazo para tomar un sorbo de su zumo. Observé cómo el líquido se deslizaba por su garganta y deseé con todos mis sentidos saborear esa lengua. Me lamí los labios, cuestionándome cómo sería probarlos, él se giró y la profundidad de su mirada me perforó el corazón.

—Toda la que tú me dejes.

Permanecimos mirándonos el tiempo suficiente para notar que aquello era real. Iba a suceder. Ambos estábamos deseándolo.

Me levanté nerviosa con la excusa de que tenía sed, aún no lograba entender por qué demonios hice eso, pero él se levantó detrás de mí.

—Lo siento, no era mi intención incomodarte, Carolina. —Parecía realmente preocupado.

Por supuesto que para nada me incomodaba, bueno, en realidad, sí, pero de un modo contradictorio. Sentía una tormentosa necesidad de él. Es más, su cuerpo tan cerca del mío era como un gigantesco pastel de chocolate. Uno tan grande y apetecible que me resultaba imposible resistirme.

—No, no es eso. Es solo que tengo sed —titubeé nerviosa, dirigiéndome a la cocina.

—Ya —siseó él, deteniéndose a mirar mi colección de libros.

Mientras vertía el agua de la jarra en un vaso, lo observé por encima de mis pestañas. Lo tenía allí en mi salón, y aquellos vaqueros y esa camiseta roja le sentaban tan bien que tenía ganas de arrancárselo con los dientes.

—¿Quién es la que lee novelas románticas, Cristina o tú? —curioseó él con un brillo divertido en sus ojos.

—Yo, todas esas novelas son mías. Cristina es más de revistas.

—Así que eres una romántica —murmuró, mirando la portada de una mis novelas favoritas de Jude Deveraux.

—Sí, ¿por qué? ¿Te sorprende?

—Un poco sí. Yo te hacía más leyendo a Agatha Christie o a Stieg Larsson.

Una carcajada salió de mí instantáneamente y pasé por detrás de él para volver a sentarme en el sofá.

—¿Ah, sí? Y cuéntame, ¿cuál es tu argumento? ¿Por qué piensas que soy más de novela negra?

—Pues no sé, será por ese aire misterioso que desprendes.

—¿Te parezco misteriosa? —Esto se ponía interesante.

—Ya lo creo, para mí eres todo un misterio. —Dejó el libro en su sitio y se sentó de nuevo en mi sofá, con una mirada felina y una sonrisa pícara… muy sexy.

Esa confesión me dejó fascinada.

—Está bien, pues para tu información te diré que también me encanta Stieg Larsson.

—Ves, lo sabía —dijo chasqueando los dedos.

Ambos reímos y luego volvimos a mirarnos sin decir nada, verbalmente quiero decir, porque esas miradas hablaban por sí solas.

—Tú también eres un misterio para mí —musité, sin dejar de pasear mi mirada por sus labios y cuello. Tenía el brazo extendido en el respaldo del sofá y las piernas entreabiertas en una postura exageradamente erótica.

Él apoyó los codos en las rodillas y entrelazó sus dedos, acercándose un poco más a mí.

—¿Y qué crees que podemos hacer para resolver este misterio? —preguntó, señalando la corta distancia que nos separaba.

¿De verdad estábamos teniendo esta conversación?

—No lo sé… —contesté, encogiéndome de hombros y ocultando una sonrisa nerviosa—, ¿qué sugieres?

Y de repente, me agarró por la cintura y metió una de sus manos bajo mi cabello para acercar mi boca a la suya. Yo me dejé llevar, absolutamente aturdida.

Su beso fue, en principio, lento y suave, pero cuando su lengua rozó la mía, él me agarró con más fuerza y el beso se volvió más desenfrenado, frenético. Su lengua húmeda me sabía a piña. Deliciosa. Sus manos grandes y expertas se deslizaron con urgencia por mis muslos, caderas, y más arriba me acarició la espalda, para terminar deteniéndose en mis senos. Los exploró por encima de la camiseta. No llevaba sujetador y sentí que mis pezones se volvían firmes y duros. Él los tocó, los tanteó. Entonces metió su mano por debajo de mi camiseta y volvió a acariciarlos, los masajeó, pellizcándolos suavemente.

Gemí sobre sus labios y él presionó con más fuerza su cuerpo contra el mío. Se inclinó sobre mí, obligándome a tumbarme en el sofá. Me besó el cuello, lo lamió. Creí que mi interior iba a explotar de deseo, de lujuria.

¡Dios, Dios, Dios…!

Estaba ocurriendo, con él, ¿cómo iba a imaginar que terminaría gustándome Héctor? Aquello iba más allá de lo que yo había imaginado.

Se colocó entre mis piernas y sentí cómo toda la dureza de su miembro se frotaba contra mí. Instintivamente alcé las caderas, con urgencia, mientras él me tomaba la boca, ahondando profundamente sus besos.

—¡Dios! Cómo me pones, Carolina. —Agarró una de mis manos y la puso sobre su erección.

—Tócame —dijo con la voz rajada y cargada de deseo.

Sabía que no debería hacerlo, pero ese hombre me impedía pensar con claridad. Me perturbaba. Me enloquecía. Y le toqué.

Acaricié su miembro por encima del pantalón. Y fue maravilloso. Él bajó una de sus manos hasta mi vientre y me di cuenta que intentaba desabrochar el botón de mi pantalón.

Fue en ese momento cuando las neuronas de mi cerebro se alinearon y me obligaron a admitir que aquello era una locura. Recuperé un poco la cordura y agarré su muñeca. Sabía que si seguía terminaríamos haciéndolo allí mismo.

¿Y era eso lo que yo quería? Todo iba demasiado deprisa. Estaba muy nerviosa. Tan solo había estado con un hombre en mi vida. Y para colmo era el hermano de ese que ahora mismo tenía encima. No estaba segura de estar preparada. No ese día.

Él se detuvo y me miró a los ojos. ¡Por Dios santo!, era Héctor, ¿qué iba a hacer? ¿Follármelo? ¿Y luego, qué?

—Pensé que los dos queríamos lo mismo —siseó con una voz sumamente masculina.

—Yo… No sé, Héctor. Creo que... todavía…

De repente se apartó de mí, quedándose sentado en el sofá. Yo seguía tumbada, pero rápidamente me incorporé, acomodándome, arreglándome la ropa y el pelo. Intuí que estaba algo molesto.

—¿Qué ocurre?

—No sé, esto —nos señalé a ambos—. Es muy extraño.

Me sentía avergonzada.

—¿A qué te refieres?

—Ya sabes a qué me refiero, en fin, tú y yo…

La expresión de su cara era impertérrita. Indescifrable. Insondable.

—No, no sé a qué te refieres. Tú y yo estábamos a punto de acostarnos y me has detenido, me gustaría saber por qué.

¿Acostarnos? Dicho de esa manera me resultaba aún más sexy, si era posible.

En realidad ni yo sabía el porqué, pero era obvio que esperaba una explicación. ¡¿Pero qué demonios iba a decirle?! ¿Que no quería que pensara que era una zorra por acostarme con él a la primera de cambio? ¿O simplemente que el hecho de que fuera hermano de Rafa complicaba muchísimo más las cosas?

—No estoy segura de que esto sea correcto —titubeé, mirándolo a los ojos y deslizando mi mirada por sus apetitosos labios.

Él arqueó las cejas, luego parpadeó un par de veces y soltó una sonrisa amarga. Como si aquello le hubiese molestado muchísimo.

—Claro, y tú siempre haces lo correcto, ¿no? —farfulló claramente irritado.

Aquel tono de voz no me gustó en absoluto.

—Casi siempre —repliqué.

—Creo que debería irme —dijo poniéndose de pie.

En realidad no quería que se fuera, solo quería que me besara. Tal vez no estuviera preparada para acostarme con él todavía, pero quería que se quedara, hablar con él, conocerle mejor. Pero no se lo dije.

—Sí, creo que será lo mejor. —Y me levanté.

Estábamos tan cerca que pude oler perfectamente su perfume varonil y fresco. Seguramente su olor se quedaría grabado en mis pensamientos de por vida. Uno de esos olores que te transportan a una época determinada. Él permaneció callado, mirándome.

—No pienso andarme con rodeos, Carolina —masculló aún molesto.

—Muy bien, pues me alegro por ti. Pero no sé qué quieres decir con eso.

—Quiero follarte. Y sé que tú también quieres.

¡¿En serio?! Estuve a punto de meterme los dedos en los oídos para asegurarme de que no los tenía taponados y había oído claramente lo que acababa de soltar. Sin embargo, estaba tan excitada que mis bragas en cuanto oyeron sus palabras se empaparon de deseo al instante.

Me eché a reír en su cara. Creo que fueron los nervios. O la tensión sexual, la verdad es que no lo sé, pero en ese momento me sentía tan confusa que no sabía qué hacer ni qué decir. Crucé los brazos a la altura del pecho, los volví a descruzar y, finalmente, terminé con las manos en mis caderas.

—Vaya, al parecer has resuelto tú solito el misterio. Qué listo —atestigüé con ironía.

Él me miró de arriba abajo, como si estuviera a punto de devorarme.

—Pero llevo razón, ¿no? ¿Quieres, o no quieres?

Su expresión seguía siendo inescrutable.

Era obvio que Héctor no se andaba con rodeos, supuse que aquello era una reacción normal para un tío que se acuesta con un montón de mujeres y no pierde el tiempo con jueguecitos. Pero el caso es que yo no era de esa clase de tías. En realidad, aún no tenía muy claro qué clase de tía quería ser con él. Lo único que sabía era que no me acostaría con él en ese mismo instante, aunque lo deseara de un modo enfermizo.

No tenía ni idea de qué terreno estaba pisando con él, pero sí la sensación de que era un terreno muy desconocido. No pensaba arriesgarme así sin más.

—Llevas razón, será mejor que te vayas.

Mierda, mierda, mierda.

Él esbozó una sonrisa y negó con la cabeza, como si no terminara de creerse lo que acababa de decirle. Se dio media vuelta y se encaminó hacia la puerta.

Lo observé de espaldas. ¿En serio iba a dejar que se largara de mi casa sin tirármelo? ¿Qué tipo de mierda psicológica estaba afectando mi cerebro?

La sangre estaba subiéndoseme a la cabeza y el corazón aún me seguía bombeando con fuerza. Abrió la puerta y se giró para mirarme.

—Supongo que ya nos veremos, ¿no? —murmuró sin apartar sus infinitos ojos verdes de mi cara y mi cuerpo.

¡¿Cómo coño podía hacer que me sintiera desnuda con una sola mirada?!

—Sí, ya nos veremos —siseé.

—Adiós, Carolina.

—Adiós, Héctor.

La puerta se cerró tras él y yo me quedé allí, en medio de mi salón, sintiéndome la persona más imbécil, insegura, cobarde, excitada e insatisfecha en muchos kilómetros a la redonda.

El misterio había quedado aclarado, pero… ¿y cómo demonios íbamos a resolver la tensión sexual?

Capítulo 6

«Mejor te vas ya de una vez,
no voy a llorar igual que ayer,
sé que volverás y no estaré,
lo nuestro se acabó…».

No voy a llorar - Mónica Naranjo

Cuando estaba triste o preocupada me daba por limpiar. Con la música a todo volumen, desempolvaba como una loca. Pensaba que si ponía patas arriba la casa, separando muebles y desmontando las ventanas, luego, estaría tan ocupada colocándolo todo en su sitio que no tendría tiempo para pensar en nada más. Pero esta vez no resultó. Su olor. Su forma de besar y acariciarme. Esas imágenes se repetían en mi mente, atormentándome de una manera increíblemente excitante.

Había pasado una semana desde que estuvo en mi casa, pero no conseguía sacarlo de mis pensamientos. Esperaba que después de ese día tal vez me llamara, pero no fue así. En realidad me alegré de no haberme acostado con él. Me habría arrepentido.

Ahora ya sabía que era de esos tíos que solo iban a lo que iban. Él no perdía el tiempo con romanticismos. ¿Para qué? Él iba directo al grano. Me lo había dejado muy clarito. Vino con un propósito y como no lo consiguió, se largó sin más. No estaba segura de que me interesase un tipo así. Él mismo me lo había dicho: «quería follar». Y luego qué. Me negaba a pasarme los próximos días esperando una llamada que probablemente no llegaría.

Era el hermano de Rafa, seguramente follaríamos y luego si te he visto no me acuerdo. Claro que eso era lo más conveniente para ambos. Quizás lo mejor sería resolver la tensión sexual y adiós muy buenas. Sin complicaciones ni promesas innecesarias. Tampoco debía darle tantas vueltas, al fin y al cabo solo era un capricho, un antojo puñetero. Pero entonces, ¿por qué no conseguía apartarlo de mi cabeza ni un segundo?

Durante el fin de semana anterior no hice gran cosa y tampoco me apetecía demasiado salir. No podía ir a la playa hasta que me quitaran los puntos del pie, así que el viernes por la tarde me quedé en casa devorando novelas.

Cristina estuvo con las chicas por la tarde. Fueron a la playa y luego se quedó en casa conmigo. Raúl la llamo para invitarla a cenar, pero ella rechazó su invitación, muy a su pesar, y prefirió quedarse haciéndome compañía, con palomitas de maíz y una buena película de acción y suspense.

El sábado Raúl volvió a llamarla e insistió en que fuésemos a su chalet de Roche a pasar el día, pero yo me negué. Seguramente Héctor estaría allí y no me apetecía verlo después del último encuentro, en realidad sí me apetecía pero no fui. Así que convencí a Cristina para que se fuera sin mí. Cuando volvió me contó que Héctor le había preguntado por mí y por mi pie.

—Creo que él pensó que irías —dijo Cristina, convencida—. Me atrevería a decir que estaba un poco decepcionado.

Le conté a Cristina lo del revolcón y todo lo demás, y ella me aconsejó que pasara de él. Mi hermana temía que me enamorara de nuevo y volviera a sufrir como con Rafa. Yo no era tan tonta. El hecho de que decidiera no acostarme con Héctor ese día no me convertía en una blandengue, todo corazón. Yo también podía ser una chica moderna e independiente que solo tenía sexo con chicos sin compromisos, solo que ese día no estaba segura, no con él o, al menos, de eso intentaba convencerme. Pero lo cierto era que, aunque me costara admitirlo, me daba mucho miedo acostarme con otro chico, y muchísimo más si ese chico era Héctor. Hermano de Rafa.

¡Uff, qué complicado!

Había desmontado la librería entera, bajado todos los libros y los DVD.

¡Vaya, no sabía que tenía tantos!

También los CD. Limpié el mueble y volví a colocarlo todo en su sitio. Estaba bastante entretenida, ojeando los libros e intentando colocarlos por orden alfabético. La parte de abajo tenía cajones y puertas. Abrí una y allí estaba: el joyero marrón de mamá.

Una pena inmensa inundó mi corazón. Eran tantos recuerdos... No me podía creer que en dos semanas haría diez años del accidente. Lo tenía escondido en la parte del fondo, detrás de una pila de carpetas con papeles y viejas revistas. Me senté en el sofá y lo coloqué en mi regazo.

Era una pieza antigua y muy hermosa de madera tallada. Fue un regalo de papá. Tenía una cerradura pequeñita y la llave estaba pegada en la parte trasera con un poco de cinta adhesiva. La puse en ese sitio, a propósito, para no perderla. Lo abrí. Estaban las alianzas de los dos y muchas de sus joyas: un colgante de oro de mamá con una pequeña cruz de zafiros, y los pendientes de oro y nácar que llevó en su boda. El reloj que llevaba papá el día del accidente, un viejo Casio con la correa negra de piel. Adoraba ese reloj, mamá le había regalado varios, pero él solo usaba ese. La esfera de cristal estaba rota. Se rompió aquel aciago día.

El joyero también tenía un doble fondo oculto. Papá lo utilizaba para guardar su arma. Él era guardia civil. Todavía la guardábamos allí. Por supuesto estaba inutilizada, solo la seguíamos conservando de recuerdo. Mi tío José siempre decía que era seguro tenerla en casa, aunque no pudiéramos utilizarla, porque al menos le daríamos un susto de muerte a cualquier ladrón.

Lo cerré y volví a colocarlo en su sitio. Después de sus muertes, ese viejo joyero y sus fotografías fueron lo único que Cristina y yo decidimos conservar. Era muy doloroso estar en casa con todos sus efectos personales, así que mis tíos se encargaron de todo. Las hermanas de mi madre se quedaron con su ropa y algunas otras cosas, y mi tío José, el único hermano de mi padre, se llevó toda la ropa de él, salvo algunas prendas muy particulares de ambos que aún guardaba en mi armario.

Tras el accidente, mi tía Sonia y mi tía Pilar, las dos hermanas de mi madre, nos ayudaron bastante. Querían que nos fuésemos a vivir con ellas, aunque Cristina tenía quince años y yo diecisiete, éramos bastante maduras y decidimos quedarnos en casa, las dos juntas y salir adelante. Mis padres nos dejaron unos ahorros, que gestionaron mis tías hasta que cumplí los dieciocho años, y con eso y con la pensión de orfandad, nos las apañábamos económicamente. La hipoteca de la casa quedó cancelada al morir ambos, gracias a Dios mi padre había sido cauteloso y contrató el seguro de cancelación, con lo cual pasamos a heredarla.

Pero cuando empecé a estudiar en la universidad tuve algunas dificultades para pagar la matrícula, así que Cristina y yo decidimos vender el piso e irnos a vivir de alquiler a uno más pequeñito. Al fin y al cabo, esa casa era demasiado grande sin ellos y su recuerdo estaba muy latente. En aquella época todavía no había saltado la burbuja inmobiliaria, así que lo vendimos por una cifra considerable. Desde entonces habíamos sido muy cuidadosas con nuestros ahorros. Estaba segura de que ellos se sentirían muy orgullosos. Cuánto los añoraba...

Escuché la cerradura de la puerta abrirse. Era Cristina.

—Pero ¿qué demonios ha pasado aquí? —preguntó, dejando la cesta de la playa junto a la puerta de entrada.

Me fijé bien y parecía que estuvieran desmantelando la casa. El sofá estaba en medio del salón. Las ventanas desmontadas. Todas las sillas encima de la mesa con las patas hacia arriba. El mueble aparador separado de la pared...

—Estoy haciendo una limpieza a fondo —le dije con una sonrisa, intentando ocultar que había llorado recordando a papá y a mamá.

—¿Te ocurre algo? —me preguntó, buscándome la mirada—. Solo limpias así cuando algo te preocupa.

—No..., de veras..., estoy bien. Hace tiempo que quería hacer limpieza general.

En ese momento me miró el pie.

—¿Cuándo tienes que ir a quitarte los puntos?

—Mañana.

—Bien. Así ya podrás venir a la playa.

—Sí, lo estoy deseando. —Mejor despistarla.

—Por cierto, mañana te acompañaré al médico y cuando salgamos vamos a ir al centro a comprarnos ropa —comentó mientras se metía en el baño.

—¿Ropa? —repliqué desde el salón y terminando de colocar todo en su sitio.

—Sí, es mucho mejor ir a comprar ropa cuando estás triste que ponerte a limpiar como una perturbada —vociferó desde la ducha.

—Pero también es más caro —le contesté sarcástica—, además, no necesito ropa, tengo mucha.

—Sí, pero este viernes la hermana de Raquel, que ha empezado a trabajar en la discoteca esa tan famosa del puerto, nos ha invitado a una fiesta. En la invitación pone que todo el mundo debe ir de blanco. Es una fiesta ibicenca, dándole la bienvenida al verano. Así que tenemos que ir a comprarnos algo blanco.

—¿Y todo el mundo debe ir de blanco? Eso es absurdo —bufé, apoyándome en la puerta del cuarto de baño.

—¡No!, no es absurdo, Carolina, será divertido, iremos a la fiesta y punto. —Salió de la ducha y mientras se enredaba una toalla en el cuerpo, añadió—: ¡Ah! —dijo, mirándome a los ojos—. Raúl y Héctor están invitados a esa fiesta. Y seguramente irán. Raquel les dio las invitaciones el otro día en el chalet, a ellos y a sus amigos.

En ese momento puse los ojos en blanco y resoplé. Ella continuó con su discurso:

—Carolina, te diré una cosa, tendrás que besar a muchos sapos antes de que encuentres a tu príncipe.

Ese comentario me pilló por sorpresa y me hizo mucha gracia. Sonreí abiertamente.

—¿Estás diciendo que Héctor es un sapo? —Ella me miró y las dos reímos a carcajadas.

Al día siguiente hicimos lo que Cristina había organizado. A primera hora de la mañana fuimos al médico a quitarme los puntos del pie. Le había pedido el día libre a Emilio y le dije que me lo descontara de mis vacaciones.

La herida no había quedado tan mal como yo esperaba. En principio estaba muy rosada, pero el médico me aconsejó que utilizara bastante protección solar para evitar que quedaran marcas.

Luego cogimos el bus y nos fuimos al centro de Cádiz a comprar ropa. La idea de que todo el mundo fuera a la fiesta vestido de blanco me parecía realmente absurdo y ridículo, pero no le volví a decir nada a Cristina porque sabía que no era discutible y, al fin y al cabo, no quería pelear con ella. Estaba muy contenta de tenerla a mi lado.

Entramos en una tienda grande. Era una de esas franquicias comerciales que tenían precios económicos y asequibles para un público intermedio. Moderna y luminosa. Las dependientas iban perfectamente uniformadas y llevaban en el oído un auricular desde el cual se comunicaban unas con otras. Estaba ojeando por allí cuando de repente me invadió un pensamiento: «¿Qué iba a hacer cuando viera a Héctor?». Si el viernes iba a la fiesta no sabría cómo actuar. Supuse que saludarlo sin darle importancia a lo que pasó en mi casa. Sí, intentaría actuar como si nada hubiese pasado entre nosotros. Con naturalidad.

Cristina se había alejado de mí, llevaba varias prendas en la mano. Y andaba muy concentrada en la búsqueda de vestidos y conjuntos blancos.

Imaginé que poco iba a opinar yo al respecto, al final seguro que tendría que ponerme lo que ella eligiera por mí. En fin...

Me acerqué a mi hermana y ella me enseñó un vestido blanco palabra de honor sexy y sofisticado. Demasiado provocativo para mi gusto, así que le hice un gesto negativo con la cabeza. Entonces me enseñó otro. Aparentemente era sencillo, pero cuando le dio la vuelta tenía un escote muy pronunciado en la espalda. Ese me encantaba. Me lo probé y cuando me miré en el espejo... me sentí sencillamente espectacular.

El vestido era blanco, ¡cómo no!, a media pierna, muy ceñido. Los bordes de la falda y del cuello eran negros. Por delante no tenía escote y se abrochaba con un sencillo botón en la nuca, pero la espalda era totalmente descubierta. Un traje sugerente y elegante al mismo tiempo. Finalmente, yo me decidí por ese y Cristina por el otro.

Cuando nos dirigimos al mostrador de entrada a pagar las prendas, una de las dependientas se cruzó conmigo:

—¿Carolina? Cuánto tiempo sin verte.

Era Bea. La novia de Leo, el vasco, como todos solían llamarlo, y el mejor amigo de Rafa. Un tipo odioso y repulsivo. Ella era rubia y siliconada. ¡Argg! No la soportaba.

—Hola, Bea. No sabía que trabajabas aquí —le dije sin saber qué hablar con esa mujer. Ella y yo teníamos muy poco en común—. Esta es mi hermana Cristina. —La señalé. Y ella le hizo un gesto con la cabeza a modo de saludo.

—Sí, llevo solo dos meses en esta tienda. Qué casualidad que hayas venido también tú —comentó tocándome el hombro, como si fuera mi amiga. Cosa que era absolutamente imposible dado lo poco que compartíamos esa barbie y yo.

—¿Qué quieres decir? —le pregunté sin saber de qué hablaba.

—Pues que hace un rato ha estado aquí Rafa con su nueva novia. ¿No la conoces? Me la ha presentado, es muy simpática —parloteó la reina de las cotillas, metiendo el dedo en la llaga.

Esas palabras me cayeron como un jarro de agua fría en pleno invierno. Me imaginaba que podía estar con otra, pero saber que hacía su vida, tan feliz... Me invadió la rabia. En ese momento no eran celos ni nada parecido, lo que sentí era más bien ira, frustración. Él ya había rehecho su vida y yo seguía planteándome si acostarme con otros. ¡Uf!

—No sabía que habíais cortado hasta hace un mes. Me lo contó Leo —continuó diciendo—: Y tú, ¿cómo estás? —me preguntó curiosa, aunque por el tono de su voz intuí que le importaba un comino mi estado de ánimo.

—Perfectamente —afirmó mi hermana, efusiva, antes de que yo pudiera abrir la boca—. Y ahora, si no te importa, tenemos prisa —masculló, fulminándola con la mirada mientras tiraba de mí.

Sin decirle ni tan siquiera adiós, la seguí hasta la Caja, donde pagamos los vestidos y nos largamos como alma que lleva el diablo.

Al salir a la calle, la brisa veraniega me envolvió. Me alegré de haber salido de aquella tienda, el ambientador y la presencia de Bea me empezaban a resultar asfixiantes y repulsivos. Intenté asimilar la noticia de que mi ex se paseaba con su nueva novia a sus anchas.

—¿De qué conoces a esa imbécil? —preguntó mi hermana, indignada.

—Es la novia de uno de los amigos de Rafa.

—Claro, lo suponía —murmuró—. ¿Te molesta de verdad que Rafa tenga novia?

Y vi cómo arrugaba el entrecejo con gesto de preocupación. Realmente sabía que ella sufría por mí. Creo que pensaba que aún seguía enamorada de Rafa y que por eso no me acosté con Héctor. Pero esa no era la razón, de eso estaba segura.

—No, Cristina. Ya no estoy enamorada de Rafa, creo que ya no lo estaba cuando me dejó. Lo que me molesta es el hecho de que él pueda rehacer su vida y yo siga con mis miedos y mis inseguridades. Me molesta haberme conformado con lo poco que me aportaba. Me molesta haberme convertido en una persona débil e insegura. Eso es lo que de verdad me molesta.

Mi hermana me miró a los ojos mientras caminábamos por una calle repleta de tiendas y entre la multitud de peatones consumistas, me cogió del brazo y musitó:

—Tú no eres una persona débil. Eres muy fuerte. Cuidaste de mí cuando ellos murieron y te ocupaste de todo. No vuelvas a decir que eres débil y no permitas que nadie te haga sentir de esa manera. —Y entonces me dio un beso en la mejilla y seguimos caminando, agarradas.

Gracias a Dios que la tenía a ella.

Nos habíamos recorrido casi todos los comercios del centro. Tiendas de ropa, zapatos, complementos, etc.

Y al final, nos gastamos bastante más dinero del previsto, pero qué demonios, había merecido la pena. Mi hermana, una vez más, llevaba razón: esto era mucho mejor que limpiar.

Cristina y yo estábamos hambrientas. Eran las dos de la tarde y, cargadas con nuestras bolsas, decidimos buscar una terracita donde tomarnos unas cervezas y unas tapas. Caminamos bajo el intenso sol de junio y rodeamos el cuadrilátero neoclásico que conformaba la Plaza del Mercado Central. Allí, entre esas callejuelas, se podía sentir la verdadera esencia del alma gaditana.

Mientras paseaba con mi hermana por aquella zona, recordé las veces que, de pequeña, mi madre me traía con ella a comprar a la Plaza de Abastos. Si había un sitio donde realmente se pudiera profundizar y escudriñar en el auténtico sentimiento gaditano… era allí, sin duda alguna, el Mercado Central. Donde sentías el innegable corazón de Cádiz. Su religión, su gracia, su arte y, sobre todo, su peculiar y singular lengua. Aquel despliegue de comerciantes y compradores ambulantes originaba un incesante ronroneo melódico en el que se podían incluso mezclar las coplas de Carnaval. En ese sitio era imposible no contagiarse del evidente talento y humor del ciudadano gaditano. Era una delicia deambular por allí.

Cuando estábamos perfectamente instaladas en un bar de la calle Libertad, relajadas y distraídas, oí el ladrido de un perro. El sonido se me antojó familiar. Entonces giré la cabeza y vi a *Yago*, el perro de Rafa. El hermoso pastor alemán de color canela. El animal salió disparado entre la multitud y saltó sobre mí con tanta fuerza que estuve a punto de caerme de la silla. Ese perro me adoraba. Me saludó efusivamente a lametones, contoneando el rabo. Me había reconocido. Le acaricié el lomo y, en ese momento, una voz femenina y algo aflautada resonó a mis espaldas:

—*Yago*, no molestes a las chicas.

Pero cuando ella descubrió quién era yo, su rostro cambió de expresión en una milésima de segundo.

Junto a ella estaba Rafa. Me miró con los ojos muy abiertos, desconcertado. Su gesto era verecundo. Y allí, delante de mí, tenía a mi ex y a su nueva novia. Sabía que era ella. Su compañera de trabajo. Una chica rubia, muy joven, con aspecto un tanto vulgar pero muy guapa. Era alta y llevaba un pantalón tan corto que casi se le veía el culo. Había empezado a trabajar con él en la tienda de surf hacía seis meses. La primera vez que le pregunté por ella me dijo que le parecía muy ordinaria e infantil. Pero por lo visto ya había cambiado de opinión.

La situación era tan tensa que se podía cortar con un cuchillo. Ella llamó al perro una vez más, pero el animal no reaccionaba, seguía encima de mí, lamiéndome. Sin duda, ese perro era mucho más fiel que su amo.

—¡*Yago*! —gritó él.

El animal inmediatamente corrió a su lado. Él me observó mientras le ponía el collar al perro y dijo con gesto compasivo:

—Adiós.

Y simplemente se marcharon.

Sin duda alguna «adiós», pensé.

No me atreví a mirar a mi hermana. Cogí mi cerveza y le di un largo trago para quitarme el mal sabor de boca.

—Bueno, tarde o temprano este momento tenía que llegar —le dije a Cristina encogiéndome de hombros, intentando parecer desinteresada.

—¿Sabes quién es ella? —me preguntó, saliendo del asombro que nos había provocado el encuentro.

—Sí, es su compañera en la tienda de surf, algo me imaginaba.

—Dios, ¿has visto su pantalón? Que mal gusto. Por un momento pensé que era Xuxa.

—¿Quién? —le pregunté sonriendo.

—Sí, Xuxa, ¿no te acuerdas? Esa brasileña que cantaba canciones infantiles y que luego resultó ser actriz porno —relató ella con un tono burlón.

—Sí, ya me acuerdo. Es cierto, se parece muchísimo. —Solté unas carcajadas.

Cristina era realmente buena sacando parecidos, pero lo era aún más haciéndome reír en situaciones desagradables.

Cuando terminamos de almorzar nos marchamos a casa, necesitaba descansar un poco. Las compras y los encuentros inoportunos nos habían dejado realmente agotadas. Pero, después de todo, acabé dándome cuenta de que Rafa ya me importaba muy poco. Sin embargo, seguía sin quitarme de la mente a su hermano.

El viernes en el trabajo estuve un poco distraída. Mi cabeza no paraba de dar vueltas, imaginando cómo sería mi próximo encuentro con Héctor. Mi hermana me comentó que seguramente esa noche iría a la fiesta veraniega. Me puse nerviosa solo de pensarlo.

A media mañana me fui a desayunar con María y le conté lo del encontronazo con Rafa.

—Ves, te lo dije. Ellos no te dejan a menos que tengan otra querida. ¿Y la conoces?

—Por supuesto, es su compañera de trabajo.

—¿Cómo es?

—Mi hermana dice que se parece a Xuxa —confesé con guasa.

—¿A Xuxa, la cantante? —asentí mientras le daba un sorbo a mi café—. Dios mío, tengo casi todos sus discos, mi hija de pequeña la adoraba —farfulló sonriendo.

—Pues sí, me ha dejado por Xuxa —añadí con todo el humor que pude.

Ella sonrió y masculló con sarcasmo:

—Querida, ella canta mejor que tú. —Y las dos reímos.

Al menos ya era capaz de tomarme esa situación con bastante buen humor.

Todavía no le había hablado a María de Héctor y pensé que era la ocasión. Ella era una experta dando consejos. Y yo necesitaba uno.

—Me gusta un chico —le solté de repente.

—Eso es estupendo, Carolina —comentó con los ojos muy abiertos—. ¿Y se puede saber quién es el afortunado?

—Ese es el problema. Quién es.

—Chica, me muero de la curiosidad. Suéltalo. —Se frotó las manos.

—Es Héctor, el hermano de Rafa —le espeté, mirándola directamente a los ojos.

Ella se quedó unos segundos ojiplática y luego sonrió de oreja a oreja.

—Vaya, esto sí que es un notición. Pero ¿cómo ha pasado?, ¿desde cuándo te gusta? ¿Cómo es? No sabía que Rafa tuviera hermanos, nunca has hablado de él.

—Sí, bueno, es su único hermano. Lo que pasa es que vive en Sevilla. Estando con Rafa no he tenido mucho contacto con él. Además, Rafa y Héctor se llevan fatal. Apenas se dirigen la palabra. No sé por qué, pero ninguno de los dos habla de ese tema. —María me miraba asombrada, escuchándome con curiosidad—. El día que mi hermana llegó de Ámsterdam salimos y me lo encontré por casualidad. Cristina y uno de sus amigos tuvieron un flechazo, y pasamos casi todo el fin de semana juntos. Al principio no se me había pasado por la cabeza, pero luego, él, no sé, es tan guapo…

—¿Se parece a Rafa?

—Para nada. Son totalmente distintos. Héctor es moreno y un poco más alto. Es mayor que Rafa seis años. Tiene treinta y cinco. Creo que el motivo de que se lleven tan mal es lo poco que tienen en común.

—¿Y a qué se dedica tu guapo excuñado? —María parecía realmente divertida e interesada en la conversación. Ni se acordaba de su café.

—Es arquitecto. Viaja muchísimo. Ese fin de semana estuvimos hablando mucho de su trabajo, fue muy apasionante. Diseña grandes construcciones.

—Vaya, qué interesante.

—El día que me corté en la playa, él me llevó en brazos hasta el coche. Se comportó muy atento conmigo.

—Pero, después de eso, ¿has vuelto a verlo?

—Bueno… Esa misma semana vino a verme una tarde a casa. Y nos besamos.

—¿En serio?

—Sí, pero no quise acostarme con él y se marchó sin más. Desde ese día no he vuelto a verlo. Este sábado pasado, Raúl, su amigo y que sale con mi hermana, nos invitó otra vez a su chalet, pero yo no quise ir, no tenía ganas de encontrármelo después de lo que había pasado en mi casa.

—Probablemente él pensó que irías.

—Sí, pero desde entonces no me ha llamado. Bueno, tampoco tiene mi número. Ya no sé qué pensar.

—¿Y por qué no quisiste acostarte con él? Dices que te gusta mucho, ¿no?

—Sí, me encanta, pero me pareció que iba demasiado rápido.

—Ya —dijo María, asintiendo.

—Esta noche iré a una fiesta donde seguramente estará. Y aunque me muero por verlo, estoy muy nerviosa. No sé qué hacer cuando me lo encuentre.

—Pues nada. Actúa con toda la naturalidad del mundo. Y, sobre todo, no menciones nada de lo que pasó en tu casa.

—No, claro, no pensaba hacerlo.

¡Ni loca!

—Carolina, tendrás que conocerlo un poco más para saber qué espera él de ti. Y tú tendrás que pensar sobre qué esperas de él.

Bueno, supongo que de momento ese era un buen consejo.

—Eso sí —aseguró ella con una perversa sonrisa—, me muero por ver la cara que pondría Rafa al saber que tú y su hermano estáis liados.

Yo puse los ojos en blanco y negué con la cabeza.

—Querida, cuando mi exmarido me puso los cuernos me sentí tan decepcionada e insultada que si hubiese podido liarme con su hermano no me lo habría pensado dos veces, solo que mi ex no tenía hermanos. Solo tenía dos hermanas, y no muy atractivas. —Las dos reímos a carcajadas.

No digo que no me hubiese gustado devolverle el golpe a Rafa. No se me borraba de la mente su mirada altiva de compasión, haciéndome sentir débil y vulnerable. Como me había hecho sentir siempre. A una parte de mí le hubiera gustado borrarle de la cara esa irritante y estúpida expresión de lástima. Pero aquello no tenía nada que ver con Rafa ni con mis ansias de venganza. Aquello tenía que ver solo con Héctor.

Simplemente me gustaba.

Capítulo 7

«Parece una chica, pero es una llama,
tan brillante, puede quemarte los ojos,
mejor que mires a otro lado,
puedes intentarlo, pero nunca olvidarás su nombre...».

Girl on fire - Alicia Keys

—¿Qué tal estoy? —me preguntó mi hermana.

Escandalosamente atractiva. Ese vestido le quedaba como un guante. Realzaba su perfecta figura y el escote palabra de honor acentuaba sus pechos, resaltando su hermoso bronceado. Había optado por recogerse el pelo. Muy acertado. Estaba preciosa.

—Vaya, a Raúl le va a dar un ataque cuando te vea —aseguré mientras terminaba de secarme el pelo.

—¿De verdad?

—Estoy segura —afirmé, examinándola de arriba abajo—. Parece que lo tuyo con ese guaperas va muy bien.

—Sí, somos buenos amigos —aseguró ella, al mismo tiempo que se maquillaba junto a mí frente al espejo del baño.

—¿Buenos amigos? —me mofé un poco contrariada.

—Sí, eso es lo que somos. Dos amigos que se gustan y lo pasan bien. Él sabe que en octubre me voy a Ámsterdam. Y no pienso enamorarme.

—Ah, ¿es ese tu plan? ¿Y cómo vas a evitar enamorarte de él? Porque tal y como yo lo veo te encanta ese chico. Desde que has puesto un pie en Cádiz no te has separado de él. Dime, ¿qué harás si después del verano te gusta tanto que no puedes alejarte de su lado?

—Carolina, creo que ese es tu problema. Lo cuestionas todo —musitó tranquilamente, terminando de perfilarse los labios—. Yo soy partidaria de disfrutar el momento. Carpe diem. Deberías probarlo. —Dejó el pintalabios en el lavabo y salió del cuarto de baño.

¿Y si llevaba razón? ¿Y si tenía que dejarme llevar sin pensar en las consecuencias?

—¡Date prisa que vamos a llegar tarde! —exclamó mientras asomaba la cabeza por la puerta.

En un primer momento, la idea de ir a la fiesta vestida de blanco me pareció espantosa. Pero luego, delante del espejo, había cambiado de opinión. Ese vestido me fascinaba. El escote en la espalda era muy sexy. Me había dejado el pelo suelto, con mis rizos perfectamente definidos. Y me había calzado unos zapatos negros de tacón, atados al tobillo. Eran demasiado altos para mi gusto, pero Cristina había insistido en que me los pusiera. Creo que era la primera vez en mi vida que me sentía verdaderamente atractiva. Y esa era una sensación que me encantaba.

La discoteca estaba en el Puerto de Santa María. Una preciosa localidad de la bahía a unos 20 kilómetros de Cádiz. Habíamos quedado con Raquel y Marta. En principio pensamos coger un taxi para no conducir, pero luego optamos por el catamarán.

La gran embarcación se encontraba atracada en el muelle comercial de Cádiz y operaba transportando pasajeros de un lado al otro de la bahía. Era un trayecto que duraba aproximadamente media hora. Fue un paseo agradable. Estaba oscureciendo y la tarde era cálida y húmeda. Las luces de la ciudad centelleaban y mientras el buque surcaba las plateadas aguas, el paisaje se iba tiñendo de azul aguamarina. Una estampa extraordinariamente singular.

El trayecto se me hizo aun más corto con la compañía de las chicas. Conversamos entretenidas. Raquel y Marta también iban de blanco inmaculado. Muy guapas. La discoteca estaba muy cerca del embarcadero.

Cuando llegamos ya era de noche. La fachada del local lucía perfectamente iluminada con contrastes ópalos y amarillos. Aquel sitio tenía dos plantas. La fila para acceder al interior era infinita y se extendía por toda la acera. Por la puerta principal se filtraba la embelesada voz de Alicia Keys.

Con las invitaciones que nos proporcionó la hermana de Raquel, accedimos sin ningún tipo de problema. El recinto era grande y espacioso. Todo estaba decorado de blanco, me daba la impresión que para el evento, un tanto minimalista, pero el contraste con el acero en barras y barandillas le daba un toque muy moderno y actual. En la parte de abajo se hallaba la pista de baile, y la de arriba estaba reservada a clientes vip, había una terraza con espaciosos sofás de terciopelo morados.

Mi hermana sacó el móvil del bolso, lo miró y dijo:

—Raúl me acaba de mandar un mensaje, dice que está dentro con unos amigos. En la parte de arriba.

Al decir eso mi estómago se contrajo.

Cuando llegamos a la zona de la terraza, Raúl charlaba con tres amigos acomodados en uno de los sofás, tomando unas copas. Pero ninguno de los tres era Héctor. Por un lado suspiré relajada, pero por otro lado me invadió una terrible decepción.

—Vaya, estáis guapísimas —afirmó Raúl sin apartar los ojos de mi hermana.

—Y Héctor, ¿no viene? —preguntó ella. En ese momento tuve ganas de matarla.

—Está en Sevilla en una reunión de trabajo. Me dijo que si terminaba pronto vendría.

Raúl respondió mirándome como si yo fuera a la que tuviera que responder.

Nos acomodamos en los sofás y nos unimos a la siguiente ronda de copas. Las camareras, también vestidas de blanco, pasaban unas bandejas con unos deliciosos canapés. El ambiente de la fiesta era muy elegante y placentero. En esa parte de la discoteca la música no se escuchaba tan alta como en la pista de baile, con lo cual podíamos conversar tranquilamente. Los amigos de Raúl eran muy simpáticos. Todos habían venido con camisas blancas. Estaban muy guapos. Por un momento pensé que debería haberme fijado en cualquiera de esos muchachos, pero lo cierto era que ninguno me resultaba lo suficientemente atractivo. Era Héctor al que no conseguía sacarme de la mente. El que no hubiera venido realmente me molestaba, pero ¡qué demonios!, iba a pasármelo bien de todas maneras.

Me levanté y me dirigí a la barra más cercana. Me había tomado una cerveza, pero en ese momento me apetecía algo más fuerte. Vi que uno de los camareros preparaba un daiquiri de fresas y se me antojó al instante. El chico era alto, llevaba una camiseta también blanca y vaqueros. La camiseta, en mi opinión, un poco ajustada.

—Ponme uno de esos a mí también —le dije, señalando el daiquiri. Él asintió con la cabeza y me guiñó un ojo.

Era mono. Me acercó la bebida y nos pusimos a charlar. Él apoyó los codos en la barra y coqueteó descaradamente conmigo.

—Me llamo Marcos, y ¿tú?

—Soy Carolina.

—Encantado —afirmó, extendiéndome la mano a modo de saludo. Cuando le di mi mano la agarró con fuerza y no la soltó.

—Oye, Carolina, ¿sabías que eres la chica más guapa de la fiesta? —susurró, todavía con mi mano entre las suyas—. Me encanta tu vestido.

—Y a mí —añadí, siguiéndole el juego.

Estaba en la barra coqueteando inocentemente con ese camarero, dejando que sus halagos me deleitasen, cuando sentí una mano grande y fuerte en la parte baja de mi espalda. Piel con piel. Por un momento me estremecí. El contacto fue como un gran chispazo. Me giré rápidamente, apartando mi mano de las de ese camarero y vi el perfecto y anguloso rostro de Héctor. Su expresión era fría y enojada.

—Hola, Carolina. ¿Interrumpo algo? —preguntó, lanzándole una mirada tan descarada al camarero que hizo que desapareciera al instante.

Me detuve a observarle. Llevaba una camisa negra remangada a la altura de los brazos y un pantalón vaquero oscuro. Rompiendo descaradamente el protocolo de la fiesta, pero increíblemente irresistible.

En ese momento decidí actuar con naturalidad, como me había propuesto, y saqué a relucir mi vena de actriz oscarizada.

—Hola, Héctor. Pensé que no vendrías —farfullé con fingida despreocupación.

—Pues ya ves, aquí estoy —contestó él, todavía irritado. Al parecer, verme coqueteando con el camarero no le había sentado muy bien.

¡Dios mío, estaba celoso!

—Raúl y los chicos están en la mesa del fondo con mi hermana y las chicas. —Señalé la mesa y los sofás.

—¿No vienes? —me preguntó, mirando al camarero.

—Voy al baño y en un minuto estoy con vosotros.

Él me agarró fuertemente por la cintura, con gesto posesivo. Me atrajo hacia él y acercó su boca a mi oído. Olía tan bien que su olor casi hizo que me tambaleara. Entonces me susurró:

—Estás radiante. No tardes.

Y me soltó, dejándome paralizada y nerviosa.

En el baño me observé en el espejo. Mi autoestima iba creciendo. Me encontraba sexy y segura. Se había puesto celoso al verme hablando con ese camarero. Y esa sensación me encantaba. Él era un hombre muy guapo. Muy consciente del efecto que causaba en las mujeres, sobre todo en mí, y eso le hacía sentirse confiado e irresistible, pero en ese instante sentí que era yo la que tenía el control. Me retoqué el brillo de labios y me puse en acción.

Cuando llegué a la mesa él estaba sentado junto a Raúl y mi hermana. Me hizo un gesto con la mano para que me sentara a su lado. Creo que estaba seguro de que caería rendida a sus brazos como aquel día en mi casa, pero esta vez se equivocaba. Me senté junto a él, poniendo una distancia considerable entre ambos, algo de lo que enseguida se percató, y se acercó ligeramente. Hice como la que no me daba cuenta y me puse a hablar con Raquel que estaba justo enfrente de mí.

Él siguió charlando con Raúl y con mi hermana, pero al cabo de unos segundos se giró, pasó el brazo por el respaldo del sofá, quedando todavía más cerca de mí y me preguntó:

—¿Qué tal tu pie?

—Muy bien, totalmente recuperado —respondí, levantando ligeramente el pie del suelo para que pudiera ver la cicatriz.

Se agachó y me tocó sutilmente la rosada y recuperada herida.

—Te dejará cicatriz.

—Ya —aseguré, encogiéndome de hombros.

—Al menos, cada vez que la mires te acordarás de mí y de lo mucho que me preocupé por ti ese día —murmuró, mostrándome esa sonrisa suya seductora.

—Sí, a veces resultas muy cuidadoso —contesté sin mirarlo.

—¿Solo a veces? —preguntó con diversión.

—Sí, solo a veces —respondí, apartando el pie para que no pudiera tocármelo.

—¿Te molesta que te toque? —Bajó la voz para que los demás no pudieran oírlo.

Lo miré y no le respondí. Su expresión era juguetona y sensual. Entonces volvió a acomodarse en el sofá, colocando de nuevo el brazo en el respaldo.

—Porque sería una lástima. A mí, por el contrario, me encanta que me toques. —Y me pasó un dedo desde la nuca hasta la parte baja de mi espalda. De repente se me vino a la cabeza la imagen de nosotros dos en el sofá y yo acariciando su erección, y una extraña mezcla de vergüenza y excitación me sacudió por completo.

—Te tomas muchas confianzas conmigo, ¿no crees? —le advertí, girándome hacia él, sin disimular mi irritación.

—Solo hasta donde tú me dejas —respondió con la mirada y la voz cargadas de deseo.

De pronto una súbita combustión enfiló mis muslos y su comentario hizo que me sonrojara como una colegiala.

—El otro día vi a tu madre —decidí que lo mejor era cambiar de tema.

—Sí, me lo dijo. Se preocupa mucho por ti.

—Lo sé.

—Estuve a punto de decirle que ahora somos amigos.

Y al decir eso lo miré directamente a los ojos. Seguía con su expresión juguetona.

—¿Otra vez somos amigos? —pregunté entrando en su juego.

—Creo que eso es lo que tenemos que aclarar.

—¿Ah, sí? Pues venga, acláramelo, porque me muero de la curiosidad —susurré.

Él me recorrió el rostro con la mirada.

—No sé cómo debo actuar contigo. No sé qué esperas de mí —soltó sin más.

—Creo que eso te lo tendría que preguntar yo. ¿Qué esperas tú?

—Sabes perfectamente lo que yo espero —declaró, tocándose la barbilla.

Era tan guapo que tenía ganas de morderlo. Allí, sentado en aquella postura relajada y con su camisa negra remangada, todo su cuerpo irradiaba en mí un deseo incontrolable. Una salvaje necesidad de lanzarme sobre él y devorarlo.

—Me parece que tú y yo tenemos conceptos muy diferentes de la amistad.

—Sí quieres que seamos simplemente amigos lo entenderé. Pero te diré que a mí el otro día me encantó besarte y que me gustaría volver a repetirlo. —¡Guauuu!

—Pues a juzgar por la velocidad con la que te fuiste de mi casa, yo diría lo contrario. —Intenté sostenerle la mirada, pero su intensidad me hacía añicos.

—Me fui porque me rechazaste, y necesito saber por qué.

Quería saber por qué no me acosté con él aquel día, pero no pensaba decírselo. No le diría que me moría de ganas, pero que me contuve por miedo y por inseguridad. Pensar en ello hacía que me estremeciera de excitación, sin embargo, debía contenerme. No quería que viera la reacción que provocaba en mí.

—No me acosté contigo, sencillamente, porque no quise —aseveré mientras le daba el último sorbo a mi sabroso daiquiri de fresa—.Y ahora, si me disculpas, voy a pedirme una copa.

Me levanté y él se levantó detrás de mí.

—Muy bien. Te invito yo —manifestó, cogiéndome de la muñeca y guiándome hasta la barra.

—No es necesario —añadí, soltándome mientras la sangre me hervía.

—¿Tampoco vas a dejar que te invite a una copa? Me lo pones muy difícil —protestó con una sonrisa picarona.

Me armé de valor y le solté:

—Claro, y a ti te gustan fáciles, ¿no? —Él se quedó boquiabierto en el momento que le solté ese comentario y yo me di la vuelta hacia la barra, esperando al camarero que en cuanto me vio me dedicó una amplia sonrisa.

Se colocó detrás de mí y puso los brazos a cada lado de mi cuerpo, dejándome encerrada, sin escapatoria. Miré hacia la mesa donde estaban Raúl, mi hermana y los demás, pero ellos seguían inmersos en sus tertulias, sin prestarnos la más mínima atención. Entonces me di la vuelta, de forma que su cuerpo y el mío quedaron a escasos centímetros.

Él me observó, embelesado. Me miró el pelo, los ojos, la boca. Me fijé en su cuello, en su pecho y en un ligero vello oscuro que asomaba por el segundo botón de su camisa. Todo él era muy atrayente.

—Creo que tienes una idea equivocada sobre mí —susurró en mi oído.

—¿Eso crees? —le dije, sosteniéndole la mirada—. Pues yo diría que me has ayudado mucho a conocerte. —Y volví a darme la vuelta.

El camarero se acercó, pero esta vez no me miró. Héctor seguía detrás de mí, encerrándome entre sus brazos, en actitud posesiva.

—Ponga lo mismo para la señorita, yo tomaré una cerveza sin alcohol.

—¿Nunca bebes alcohol? —Quise saber.

Él se colocó a mi lado, dejándome libre y respondió:

—Solo de vez en cuando. Pero hoy tengo que llevarte a tu casa y si bebemos los dos, no podremos conducir.

—¿Quién te ha dicho que serás tú el que me llevará a mi casa hoy? — interrogué desafiante.

Entonces levantó el brazo y cogió uno de mis cabellos rizados. Jugueteó con él entre sus dedos y luego inquirió:

—¿Prefieres que te lleve el camarero? —Y señaló con la cabeza al chico que estaba preparando nuestras bebidas.

—No necesito que nadie me lleve, he venido con mis amigas y me iré de aquí con ellas —afirmé con determinación.

El camarero nos acercó las copas. En ese momento saqué un billete para pagar, pero él me miró.

—Por favor, deja al menos que te invite.

—No, gracias.

—Por favor —repitió sin dejar de mirarme.

—Está bien… —contesté rindiéndome.

—Dime una cosa, ¿por qué no fuiste el sábado pasado al chalet de Raúl? Esperaba verte —comentó mientras le daba un sorbo a su cerveza.

—No tenía ganas —respondí sin más.

—No tenías ganas de verme, querrás decir, ¿no?

Y sonrió confiado.

—Eres muy egocéntrico. Te crees que todo gira en torno a ti.

—Pero es verdad, ¿no? Ese día no viniste porque no querías verme.

Agachó un poco la cabeza, buscándome la mirada.

—Pues la verdad es que no me apetecía demasiado.

Entonces sonrió abiertamente, echando la cabeza hacia atrás. Era tan guapo…

—Me estás castigando, ¿no es así? —curioseó divertido, pero al momento siguiente cambió la expresión de su rostro y se puso serio—. Necesito saberlo, Carolina.

Me encantaba cómo pronunciaba mi nombre.

—¿El qué? —pregunté, imaginando qué sería.

—Necesito saber por qué no quisiste acostarte conmigo.

Hablar de eso con él me resultaba extremadamente excitante. Parecía muy interesado en saber por qué le rechacé, pero no estaba dispuesta a desvelarle la respuesta. No iba a decirle que era porque temía que, después de echar un polvo, pasara totalmente de mí. No iba a decirle que no me arriesgaría a que eso sucediera. Llevaba razón, iba a castigarlo un poco con mi silencio.

—Ya te lo he dicho antes. Simplemente no quise.

Se quedó en silencio, mirándome como si me estuviera analizando. Me observó de arriba abajo y dijo:

—Estás muy guapa esta noche. Ese vestido es…, bueno… Te queda muy bien.

La forma en que me miraba hizo que me estremeciera de pies a cabeza. Sus ojos desataban mi deseo.

—Gracias —respondí intentando no sonreír, aunque sin demasiado éxito.

Cogí mi copa y, señalando hacia la mesa donde estaban los demás, le pregunté:

—¿Volvemos con ellos?

—Prefiero quedarme aquí contigo. No pienso irme de aquí sin una respuesta —afirmó totalmente seguro.

—Ya te la he dado.

—Eso no es una respuesta.

—Mira, Héctor, no sé qué es lo que quieres oír. Me da la impresión de que no estás muy acostumbrado a que te rechacen, pero lo siento mucho si he dañado tu enorme ego. Solo te lo diré una vez más, no me acosté contigo el otro día porque no me dio la gana. —Él me miró con sus penetrantes ojos verdes—. Además, no entiendo por qué le estás dando tanta importancia.

Agarré mi daiquiri y, sin decir una palabra más, me dirigí a la mesa donde me senté junto a mi hermana. Él se quedó un rato en la barra bebiéndose la cerveza, parecía molesto. Pasados unos minutos volvió y se sentó junto a uno de los otros chicos.

Mi hermana, una de las veces, se giró hacia mí y me susurró:

—¿Pasa algo?, pareces un poco molesta.

—No, estoy bien.

—¿Seguro?

—Sí, estoy perfectamente.

Seguí charlando con ella y con Raúl, como si tal cosa, pero nuestras miradas se encontraron en varias ocasiones.

La noche se me pasó volando. Los daiquiris comenzaron a hacerme efecto. Los amigos de Raúl eran muy divertidos. Uno de ellos, Ángel, un chico delgado y con aspecto aniñado no paraba de narrar historias graciosas. Era un buen animador de fiestas. Acababa de contar un chiste genial y nos tronchábamos de la risa. En ese instante apareció ante nosotros un grupo de tres chicas que parecían sacadas de un pase de modelos.

La cara de Raúl pasó de la diversión a la ofuscación en dos segundos. Mi hermana y él estaban cogidos de la mano, pero en cuanto la chica se acercó a nosotros atisbé que él le soltó la mano disimuladamente. Cristina todavía parecía no darse cuenta. Una de ellas se acercó a nuestra mesa.

—Hola, Raúl.

—Hola, Gema.

Era pelirroja, con el pelo a la altura de los hombros. Tenía buena figura y era muy atractiva. Raúl miró a Héctor y los dos se levantaron y se dirigieron al grupo de las tres chicas.

Raúl estaba hablando con esa tal Gema y Héctor con otra de las chicas. Una joven de pelo castaño largo y también muy atractiva. Parecía que se conocían muy bien. En ese momento dejé de prestarle atención a Raúl y me concentré en Héctor. La joven y él charlaban animadamente y ella no paraba de tocarle el brazo. Algo que empezaba a ponerme verdaderamente irritada.

Mi hermana se acercó a mi oído y me preguntó:

—¿Quiénes son esas?

—Ni idea, pero por la cara que ha puesto Raúl... se conocen bastante —contesté.

Héctor seguía hablando con la otra, pero intercambiamos algunas miradas. Ella estaba coqueteando con él, sin ninguna duda, y eso me incomodaba muchísimo.

Observé a Cristina y su rostro era de absoluta crispación. Raúl llevaba charlando con la pelirroja como veinte minutos y el ambiente que antes parecía alegre y ameno se había vuelto tenso e incómodo.

Así que, sin pensármelo dos veces, le dije a Cristina y a las chicas:

—Me apetece mucho bailar, ¿quién se apunta? —Y me puse en pie de un salto.

Mi hermana me miró con cara de satisfacción y contestó al instante:

—Sí, vamos a bailar.

Raquel y Marta nos siguieron y los chicos se quedaron terminando sus copas.

Pasamos por delante de ellos sin decir ni una palabra. Raúl, en cuanto vio que mi hermana estaba saliendo de la terraza, cambió la expresión, pero sin prestarles la más mínima atención nos dirigimos a la pista de baile en la parte de abajo y nos movimos al ritmo de Rihanna.

Era muy tarde y la discoteca estaba a tope. Para ellos sería difícil encontrarnos entre la multitud. Raquel, Marta, Cristina y yo intentábamos divertirnos todo lo que podíamos. La música en esa parte del local sonaba muy alta, así que lo único que podíamos hacer era bailar al ritmo de la atolondrada música comercial.

Me pregunté si él seguiría hablando con esa mujer. Me venía a la mente la imagen de ella tocando su brazo. Coqueteando. Empecé a imaginar cómo podía terminar ese encuentro. Sabía que no debería molestarme, al fin y al cabo, él y yo no éramos nada. Solo nos habíamos besado una vez y fue increíble, por cierto. Pero de todas maneras no teníamos nada. Después de todo, él fue sincero conmigo, quería que «folláramos», así explícitamente lo había dicho. Su manera de vivir y su trabajo, probablemente, no le dejaban sitio para compromisos. Apuesto a que chasqueaba los dedos y ya tenía un orgasmo. ¿Para qué iba a querer comprometerse?

Pensar que tal vez no volvería a verlo el resto de la noche, estuvo a punto de aguarme la fiesta, pero me concentré en las luces estroboscópicas de la pista y en aquella música que parecía atravesarme las venas y me moví salvaje, libre, divertida y, sobre todo… joven.

Quizás había llegado el momento de vivir la vida y dejar atrás mi aburrida existencia. Quizás era el momento de hacer todo lo que me quedaba por hacer. Observé a las chicas que me rodeaban, Raquel, Marta y mi dulce Cristina. Sí, sin duda era con ellas con quien me apetecía pasar el verano. Divertirme y hacer algunas locuras.

Las canciones se mezclaban unas con otras y mi cuerpo parecía como si estuviera poseído. Sin embargo, de repente sentí como si una mirada me abrasara la piel. Me sentía observada. A lo lejos, entre la multitud, me encontré con los hechizantes y aceitunados ojos de Héctor. Estaba apoyado en la barra con Raúl a su lado. Me observaba con una mirada felina e intrigante, pero eso no me intimidó y seguí moviéndome para él. O quizás solo para mí. Fuera como fuere me estaba divirtiendo de verdad, y me sentía sexy. Muy sexy.

Mis pies empezaron a atormentarme. Esos zapatos de tacón eran un verdadero martirio. Seguro que no se fabricaron para llevarlos durante horas, bailando.

Me acerqué a Cristina y le grité al oído que mis pies me estaban matando. Le sugerí que nos marcháramos a casa. Era tarde y al día siguiente me apetecía mucho ir a la playa. Con los puntos no había podido ir en varios días. Ella asintió. Conocía a Cristina y sabía que estaba molesta con Raúl, aunque ella lo disimulaba perfectamente. Miré hacia la barra donde antes había visto a Héctor y a Raúl, pero ya no estaban.

Finalmente, las cuatro estábamos muy cansadas y decidimos marcharnos. Al llegar a la puerta, Cristina me agarró del brazo con el móvil en la otra mano y murmuró:

—Tengo varias llamadas perdidas de Raúl y varios mensajes. El último dice que nos esperan fuera, en la calle.

Sonrió aliviada. Y yo no pude evitar devolverle la sonrisa.

Cuando salimos, ellos estaban con sus coches en la acera contraria. Los dos charlando tranquilamente. Raúl estaba apoyado en el capó del coche de Héctor y a su lado permanecía él, con su inconfundible y acostumbrado magnetismo.

Capítulo 8

«Estoy aquí,
te recuerdo por mi habitación.
Tenerte a ti,
es el sueño que se ha vuelto una obsesión.».

Obsesión - Ana Gabriel

Al vernos, Raúl sonrió y avanzó hacia mi hermana.

—¿Dónde os habéis metido? Te he buscado por todas partes —balbuceó con una sonrisa nerviosa. Parecía disimular preocupación.

Héctor seguía apoyado en su coche con los brazos cruzados y me examinó con su perenne mirada esmeralda.

—Hemos estado en la pista de baile. No te dije nada porque no quería interrumpiros mientras hablabais con vuestras amiguitas —respondió Cristina, con un claro tono de cinismo.

Raúl sonrió un poco inquieto y le dio un beso en la mejilla. Entonces se giró, miró a Héctor y le comentó:

—Héctor, ¿te importaría llevar a las chicas a casa? Me gustaría hablar con Cristina.

En cuanto dijo eso, me dieron ganas de degollar al *adorable* Raúl.

Héctor me observó y respondió sonriendo:

—Por supuesto, será un placer.

Y con una sonrisa triunfal abrió la puerta de atrás, indicándoles a Raquel y a Marta que se acomodasen.

Miré a mi hermana pidiéndole ayuda en silencio , pero ella parecía haberse olvidado de mí y se fue con Raúl, supuse que a reconciliarse…

Héctor me siguió, abrió la puerta del copiloto y arrizó con ojos brillosos y picarones:

—Cuando usted quiera puede subir a bordo, señorita.

Y mientras subía a su coche lo fulminé con la mirada. Se había salido con la suya, a lo que él respondió con una risotada que hizo que me temblaran las piernas.

Una vez dentro, Raquel y Marta charlaban con él como si tal cosa. Comentaban detalles de la fiesta y hablaban de los otros chicos. Pero yo permanecía callada. Entonces miré el equipo de música de su coche y vi que tenía la radio puesta, una de mis emisoras favoritas, Kiss FM. Alargué el brazo y puse el volumen un poco más alto. Sonó una canción de Bonnie Tyler, *Eclipse of the Heart*. Me puse a tararear y él sonrió. A veces escuchaba esa emisora por las noches antes de dormirme, solían poner clásicos de la música romántica.

—¿Te gusta Kiss FM? —me preguntó.

—Sí, me encanta.

—Claro, olvidaba que eres una romántica —murmuró con una sonrisa ladeada.

—¿Tienes algún problema con el romanticismo?

Raquel y Marta permanecían en el asiento trasero, empapándose de nuestra conversación.

—No, ninguno, es solo que pienso que el romanticismo es para los inseguros.

Solté una carcajada sarcástica.

—Y tú eres una persona muy segura de sí misma, ¿no?

—Bueno, podría decirse que sí. Sé lo que quiero y no me detengo hasta que lo consigo. Así de fácil.

«Capullo arrogante», pensé.

—Y por esa regla de tres, una persona no puede ser segura de sí misma y romántica al mismo tiempo, ¿no es eso?

—No exactamente.

—Pero entonces, ¿eres o no eres un romántico? —interrumpió Raquel de manera divertida, metiendo la cabeza en el hueco de nuestros asientos.

Se había cortado el pelo esa misma tarde y su peinado de duende le daba un toque aún más infantil a sus facciones. Raquel no era una chica muy atractiva, pero, desde luego, su sentido del humor y su espontaneidad la convertían en una mujer muy seductora. Ahora, sin duda, su expresión era chispeante y guasona.

—Bueno, no sabría decirte con exactitud. Hay quien llama a un primer polvo hacer el amor y a mí, simplemente, me gusta llamarlo por su nombre: follar. ¿Es eso menos romántico? —Dio unos ligeros toques en el volante con sus dedos, y escrutó mi cara durante el breve período que apartó la vista de la carretera.

Mi cuerpo empezaba, de nuevo, a convertirse en gelatina líquida, pero por nada del mundo dejaría que viera lo que provocaba en mí. No iba alimentar ni un minuto más su enorme ego.

—Pues yo estoy de acuerdo contigo, Héctor —añadió Raquel—, prefiero que un tío me diga: nena, ven, vamos a follar. A que me diga en mi primera cita: ven, vamos a hacer el amor.

Esa última frase la dijo cambiando la voz y añadiendo un toque sensiblero.

Yo resoplé y puse los ojos en blanco.

—¿Tú qué prefieres, Carolina? Venga, dilo. Tú que eres una experta en romanticismo. ¿Qué frase sería la más acertada para alguien que quiere acostarse contigo y no quiere andarse con rodeos? —inquirió él sin dejar de mirar a la carretera, y con esa sonrisa de convicción tatuada en su cara.

Mis músculos se tensaron, lo observaba mientras conducía. El bronceado de sus antebrazos, su vientre plano, su pecho amplio, los dos primeros botones de su camisa negra, desabrochados, y mostrando una diminuta parte de la piel y del escaso vello de sus pectorales. Su tentadora entrepierna con aquel vaquero... Tomé aire antes de contestar a su pregunta:

—Si yo fuera experta en romanticismo, que no lo soy, pero si lo fuera, creo que en un escenario adecuado ambas frases pueden servir. Y, cuando hablo de escenario adecuado, me refiero a dos personas que se desean con la misma intensidad y sienten exactamente el mismo impulso sexual. En una situación como esa, las palabras deben sobrar y lo que tenga que pasar, pasará igualmente. En ese caso ambas frases pueden resultar igual de románticas y excitantes.

Él me escuchaba sin apartar la vista de la autovía, y yo proseguí:

—Pienso que el romanticismo se reduce a una simple cuestión de interpretación. A una manera distinta de interpretar las señales románticas. Y ahora, respondiendo a tu pregunta, si un hombre me propone, así sin más, que quiere follar conmigo y no lo hago, no tiene nada que ver con una cuestión de romanticismo. Es más, quizás me resulte extremadamente erótico y tentador. Todo depende del hombre que sea.

—Estoy totalmente de acuerdo contigo, Carolina —comentó Marta desde su posición—. Pero, vamos, ya te digo yo, por experiencia, que si un tío te dice que quiere follar, lo único que quiere es eso.

En ese instante él me miró como si se estuviera anticipando a lo que yo estaba pensando. Era obvio que el comentario de Marta no le había beneficiado en absoluto, y aquello se percibió en la forma en la que se transformaron sus facciones.

Estábamos entrando en Cádiz por la autovía, el tráfico a esa hora era fluido. Él miró a las chicas por el espejo retrovisor y les preguntó:

—Bueno, decidme, ¿dónde os dejo?

Ya sabía lo que pretendía, supuse que quería llevarlas a ellas primero y luego quedarse conmigo a solas, pero esa noche no lo iba a permitir. Había estado coqueteando con su amiguita en mis narices y ahora quería entretenerse un poco conmigo. Toda esa arrogancia y seguridad que demostraba tendría que utilizarla con otra, porque conmigo no le iba a servir para nada.

—Si no te importa déjame a mí primero, ellas viven en el centro. Mi casa está más cerca —le aclaré, intentando parecer indiferente.

—¿Vivís en el centro? —subrayó a través del espejo.

—Sí, puedes dejarnos en la Plaza de España, si te viene bien —contestó Marta.

—Perfecto, entonces las dejaré a ellas primero y a la vuelta te dejo a ti, Carolina. —Me miró satisfecho—. Así me acompañas.

Las chicas sonrieron y Raquel dijo divertida:

—Sí, pobrecito, después de que nos ha traído hasta aquí, no lo dejes solito tan pronto. No sería romántico.

Él echó la cabeza hacia atrás y soltó una carcajada. Su risa jovial y campechana resonó en las paredes de mi corazón, haciendo que se me endulzaran los sentidos.

«Qué graciosa», pensé.

En ese momento la hubiera estrangulado con mis propias manos.

Al instante siguiente sonó mi móvil, lo descolgué y era Cristina. Me contó que se quedaría con Raúl en el chalet y que volvería a casa por la mañana. Por lo visto ya se habían reconciliado. Colgué el teléfono y se lo comenté a las chicas cuando me preguntaron por la llamada.

Llegamos a la Plaza de España. Raquel y Marta se bajaron del coche y se despidieron de Héctor y de mí con su característica simpatía. Cuando ya estábamos solos, él conducía callado, pero lo miré de reojo y vi que asomaba una irritante sonrisita. La radio seguía sonando y, de repente, comenzó una canción de Ana Gabriel. Él alargó el brazo y subió ligeramente el volumen. Me dirigió una de sus arrebatadoras miradas y luego murmuró:

—Me encanta esta canción. Se llama *Obsesión*.

La conocía, a mí también me gustaba mucho. Presté atención a la letra:

> *Te quiero ver.*
> *Ya no dejo de pensar en ti.*
> *Qué voy hacer.*
> *Si te quiero solo para mí.*
> *Estoy aquí.*
> *Te recuerdo por mi habitación.*
> *Tenerte a ti.*
> *Es el sueño que se ha vuelto una obsesión…*

Intenté disimular todo lo que podía, pero estaba tan nerviosa que me costaba respirar. ¿Por qué sería tan estúpida? No debía dejarme engatusar por ese hombre. Para él, seguramente, yo solo era una más. Estaba acostumbrado a hacer eso. Sabía perfectamente lo que pretendía. Estaba clarísimo. Quería llevarme a la cama y estaba utilizando toda su artillería.

Muy bien, pues esta vez, por mucho que lo deseara, no dejaría que me pusiera una mano encima. El día que estuvo en mi piso me demostró tener muy poco tacto. En cuanto no consiguió su propósito se largó sin más. A lo mejor yo era una chapada a la antigua, pero realmente me molestó que se fuera de mi casa de aquella manera. Si él estaba seguro de sí mismo, yo también.

Estábamos llegando cuando detuvo el coche una calle anterior a la mía y apagó el motor.

—¿Qué estás haciendo? —pregunté un poco confundida.

—Quiero proponerte algo —me dijo, girándose hacia mí.

Yo puse los ojos en blanco y resoplé. Él sonrió.

¡Dios mío, era guapísimo!

—¿Por qué me da la impresión de que no me va a gustar lo que vas a decirme?

Él seguía sonriendo, pero esta vez me miró con más atención. Me examinó con lentitud.

—Verás, tengo que conducir hasta Sevilla y me caigo de sueño. Llevo todo el día trabajando y estoy agotado. Pensé en quedarme con Raúl en su chalet esta noche, pero se me han truncado los planes.

Y me hizo un mohín.

—¿Y por qué no te quedas en casa de tus padres? Viven aquí al lado.

Su expresión se volvió seria.

—No. Hace mucho que no duermo en casa de mis padres, además, no me gustaría despertarles a esta hora. Se asustarían.

Supuse que el motivo de no querer dormir en casa de sus padres era principalmente por Rafa. Era cierto, ahora que lo pensaba… nunca había dormido allí en el tiempo que estuve con él. Al menos, que yo recordara.

—Bien, ¿y qué tiene que ver todo eso conmigo? —repliqué.

—Pues que había pensado que quizás podrías quedarte conmigo en mi casa y así no me tengo que ir solo hasta Sevilla.

En ese momento solté una carcajada y declaré:

—Estás loco. Ni hablar.

Él parecía realmente entusiasmado con la propuesta.

—¿Por qué no? Te prometo que no intentaré nada. Solo quiero que me hagas compañía durante el camino. En mi casa tengo un cuarto de invitados. No tendrás que dormir conmigo si tú no quieres.

—¡Por supuesto que no dormiré contigo! —afirmé riendo.

—Entonces, ¿me acompañarás a Sevilla? —dijo haciendo un puchero—. Mañana te traeré sana y salva.

—No. No pienso ir.

—¿Vas a dejar que conduzca solo hasta Sevilla? Tengo mucho sueño. Podría tener un accidente y sería culpa tuya.

Al decir eso, una parte de mí me dijo que tenía que considerar esa posibilidad. Si estaba muy cansado podría dormirse al volante, y de repente recordé tristemente el accidente de mis padres. Se me cogió un pellizco en el estómago y mi rostro se ensombreció.

—Es cierto, podrías dormirte. Lo mejor será que alquiles una habitación de hotel —le propuse con sensatez.

—¿Una habitación de hotel? ¿Dónde está tu hospitalidad con los amigos?

—Olvídalo, Héctor, no vas a dormir en mi casa, si es eso lo que insinúas.

—¿Por qué no? —preguntó él, juguetón.

—Pues porque no. Búscate un hotel —le espeté.

—Dormiré en el sofá. Y mañana por la mañana me largaré. Te juro que no te tocaré. —Y levanto los brazos en señal de «me rindo».

—A menos que tú me lo pidas —continuó diciendo con voz lasciva.

Lo miré en silencio, intentando no reírme y él me suplicó con ojos de corderito.

¡Oh, Dios mío, no sabía qué hacer!

En realidad me moría de ganas por pasar más tiempo con él, pero sabía que no debía. No quería enamorarme. Mi experiencia con los hombres era relativamente escasa y sentía que podía salir muy dañada de toda esta historia.

—Venga, Carolina, yo te llevé en brazos el otro día. Me lo debes —me suplicó jovial y adorable. No iba a rendirse.

—Solo serán unas horas, antes de que te despiertes ya me habré marchado. No quiero conducir tan cansado, de verdad —insistió.

—Está bien, pero dormirás en el sofá —le advertí, señalándolo con el dedo.

—Lo que tú digas —replicó burlón.

Arrancó el coche con una sonrisita de victoria y buscó aparcamiento cerca de mi calle.

Estaba como una cabra. ¿Cómo había podido acceder a eso? Tenerle en mi casa era demasiado arriesgado. Era rozar la tentación. ¿Cómo iba a poder resistirme a ese guapísimo morenazo? Todo mi plan de mujer segura y decidida estaba empezando a desmoronarse.

Aparcó el coche con una sencilla y rápida maniobra. Estaba tan guapo conduciendo…

Caminamos hasta mi portal y rebusqué las llaves en mi diminuto bolso. Él me siguió en silencio. No quería mirarlo. Mientras abría torpemente la puerta él se colocó detrás de mí, pero muy cerca, casi podía notar su aliento en mi espalda. Teníamos que coger el ascensor. Por un momento consideré la idea de subir andando, pero eran cinco pisos y mis pies me estaban matando. Dentro, en ese diminuto espacio con ese hombre tan irresistiblemente atractivo, sentía que mis piernas me iban a fallar.

Estaba frente a mí, observándome con esa expresión suya de seguridad y satisfacción. Yo lo miré y le interrogué:

—¿Quién era la chica con la que hablaba Raúl?

—¿Por qué quieres saberlo?

—Pues porque en cuanto la vio soltó a mi hermana de la mano. Parecía un poco nervioso. Es su exnovia, ¿verdad?

—Sí.

—¿Crees que todavía la quiere?

Él me contempló con las manos en los bolsillos y la cabeza pegada a la pared del ascensor.

—No, creo que le gusta mucho Cristina. Eso es lo que creo.

Por un momento tuve ganas de preguntarle por la otra chica, pero me contuve.

El ascensor llegó al quinto piso, abrí la puerta de casa y lo invité a pasar con la mano. Solté el bolso en la mesa del salón y me senté en el sofá para quitarme los zapatos. Él estaba de pie delante de mi biblioteca. Ojeaba los libros. Lo observé de espaldas, con su camisa remangada y esos vaqueros resaltando su perfecto trasero. Tenía un cuerpo espectacular.

—Voy a cambiarme, salgo en un minuto —dije mientras él husmeaba mi amplia colección de CD. Asintió con la cabeza.

Entré en mi habitación y me puse un cómodo pantalón de chándal, corto, y una camiseta blanca de tirantes. Me miré en el espejo de mi armario para ver si estaba presentable.

Cuando salí, él sujetaba en la mano una foto de Cristina y yo de pequeñas. Me echó una visual de arriba abajo y luego preguntó, sonriendo:

—¿Cuántos años teníais en esta foto?

—Cristina tres y yo cinco —contesté, devolviéndole la sonrisa.

En esa instantánea mi hermana llevaba un jersey verde de lana que le hizo mi madre, tenía el pelo corto y rizado; yo un chándal rojo con coderas, y peinada con dos coletas muy graciosas. Ella estaba sentada a mi lado y yo la sujetaba por el hombro, en actitud protectora. Las dos sonreíamos inocentes. Fruto de nuestra feliz infancia.

—Odiaba ese chándal. Cuando mi madre me lo compró no me gustaba, así que me tiré al suelo en el parque y lo rompí a propósito. Mi madre le puso esas estúpidas coderas y me obligó a ponérmelo para esa foto —le comenté, mirando la fotografía.

—Así que fuiste una rebelde desde pequeña, ¿no? —bromeó mientras dejaba la fotografía en el mismo sitio.

—Son tus padres, ¿verdad? —indagó esta vez, cogiendo el cuadro que estaba justo al lado.

Asentí con la cabeza. Era una bonita foto de mamá y papá muy jóvenes. Él la sostenía por la cintura. Mamá tenía el pelo muy largo y él llevaba un estrafalario corte que suponía que sería muy actual en esa época. Se los veía muy felices y despreocupados. Cristina encontró esa foto cuando hicimos la mudanza, y ella misma la restauró y la enmarcó.

—Te pareces mucho a tu padre.

—Sí, y Cristina a mi madre.

—¿Hace mucho que murieron? —ahondó, arrugando el entrecejo.

—Dentro de poco hará diez años.

Él dejó la foto en su lugar y se giró hacia mí con gesto de consolación. Nerviosa, me di la vuelta mirando al sofá y le dije cambiando de tema:

—Te daré una almohada y sábanas.

—Bien, gracias.

Fui a mi dormitorio, saqué del armario un par de sábanas y cogí de mi cama una de las almohadas, cuando volví al salón, él se había quitado la camisa y solo llevaba puestos los vaqueros. La imagen era gratificante. Tenía que alejarme pronto de aquel hombre, su presencia me perturbaba.

—Aquí tienes —anuncié.

Él estaba muy cerca de mí. Cogí la almohada y la apoyé en uno de los brazos del sofá. Pude oler perfectamente su perfume. Era embriagador. Traté de ignorar, sin éxito, el chisporroteo de electricidad que se produjo entre los dos.

En ese momento retiré una de las mantas que había puesto en el sofá para tapar el destrozo que hizo el perro de Rafa, y en cuanto él lo vio me miró con cara de interrogación y preguntó:

—¿Qué le ha pasado a tú sofá? ¿Acaso tenéis un cocodrilo escondido por ahí?

—Lo hizo el perro de Rafa, cuando era un cachorro.

Pero en cuanto mencioné el nombre de su hermano, su expresión cambió radicalmente.

—Ah, claro —musitó cortante.

Lo ayudé a colocar las sábanas. Él permaneció en silencio y yo también. Cuando terminamos de preparar lo que sería su cama durante esa noche, se tumbó y apoyó la cabeza sobre la almohada con las manos cruzadas bajo la nuca. Me sonrió.

¡Cielo santo me iba a dar un ataque…!

Ahora aquel sofá me parecía diminuto. Me daba un poco de pena que durmiera allí. Sabía que estaría bastante incómodo. Entonces lo miré y dije:

—Si quieres puedes dormir en la cama de Cristina.

—Me gustaría más dormir en la tuya —susurró con un tono exageradamente erótico.

Puse los ojos en blanco y me di la vuelta para marcharme a mi habitación.

—Buenas noches, Héctor.

Él me agarró de la muñeca y tiró de mí.

—¿No vas a darme un beso de buenas noches?

Su voz era sensual y provocadora. Y verlo allí tumbado, sin camisa y con los vaqueros…, no me ayudaba nada. Pero, una vez más, me dije que no. Estaba muy seguro de sí mismo. Creía que conseguiría su propósito. Tenía ganas de ver qué haría cuando supiera que esa noche no pasaría nada entre nosotros.

«¿Se largaría como el otro día? Bueno, pues ahí estaba la puerta».

Deslicé mi mirada por sus hombros, su pecho y por el reguero de vellos que se perdían desde su ombligo hacia el interior de sus pantalones, me agaché y acerqué mi cara a la suya, a escasos centímetros. Sus ojos brillaban y su labio superior se curvó simulando una sonrisita. Contemplé su boca como si fuera a besarlo y luego lo miré a los ojos.

—Esta noche te has equivocado de chica —declaré, pasando un beso de mis dedos a sus labios.

Seguramente me llamaría calientabraguetas por ese gesto, pero lo cierto era que me daba igual.

Me incorporé y me separé de él antes de que me agarrara de nuevo. No creía que pudiera resistirlo mucho más tiempo. En la puerta de mi habitación me giré y volví a mirarlo. Él me observaba sin pestañear, con una mirada felina.

—Eres muy mala conmigo.

Se levantó y se quitó los vaqueros, quedándose en bóxer. Sabía que lo estaba haciendo adrede. Dejó los vaqueros en una de las sillas, junto con la camisa y los zapatos y volvió a tumbarse con los brazos bajo la nuca.

—Tengo calor —susurró.

Esa imagen era descaradamente sexual. Cogí aire y antes de cerrar la puerta de mi cuarto articulé:

—Hasta mañana, Héctor. —Sonreí y él me devolvió la sonrisa.

En la soledad de mi habitación volví a preguntarme si estaba haciendo lo correcto. Cada minuto que pasaba me gustaba mucho más y, francamente, me preocupaba que él no sintiera lo mismo. Me metí en la cama e imaginé cómo sería haber ido a su casa. Cómo sería su habitación. En realidad me moría de ganas por saber mucho más de Héctor. Tal vez si él no hubiese sido quien era, me habría arriesgado un poco más, pero no podía olvidar el hecho de que era el hermano de mi ex, y eso complicaba muchísimo más las cosas.

Saber que estaba medio desnudo en mi salón, me trastornaba los sentidos. Después de todo, había sido respetuoso conmigo y no me había atacado descaradamente. Eso me encantaba. Supuse que formaba parte de su personalidad confiada y segura. Él sí tenía autocontrol. Yo a veces lo echaba en falta.

Intenté dormirme con la imagen de su cuerpo en mis pensamientos. Sus bíceps, sus pectorales, el bóxer… ¡Oh, Dios mío…! La temperatura de mi dormitorio había subido considerablemente. Retiré las sábanas con los pies, me quité el pantalón de chándal y me quedé con el tanga y la camiseta. Di varias vueltas en la cama y, de pronto, empecé a sentir que Morfeo me envolvía.

En la oquedad de mis sueños apareció de nuevo Héctor, pero esta vez estábamos en la playa. En un placentero atardecer. Sumergidos en el mar a la altura de la cintura. Los dos muy cerca. Hablábamos tranquilamente. Entonces él se acercaba a mí y me levantaba por la cintura. Yo rodeaba su cuello con mis brazos y me aferraba a él con mis piernas. Era tan fuerte y varonil… Sus hombros eran muy anchos. Me tenía sujeta, presionando mis nalgas. Me hablaba al oído. Me susurraba palabras bonitas. Comentaba lo mucho que le gustaban mis labios y me besaba lenta y apasionadamente. Sentía su lengua húmeda y perfecta acariciando la mía. Luego continuaba besándome el cuello. Mi interior palpitaba de deseo. Él seguía deleitándome de dulces y sabrosos besos.

Mi subconsciente había encontrado un lugar llamado Paraíso y en allí se hallaba aquel irresistible y fascinante varón. No existía otro sitio en el mundo que me gustase más que ese. Asegurada a él. Perpetuada a sus caricias. Pero inesperadamente él me soltaba y comenzaba a nadar. Yo lo observaba alejarse. Admiraba su majestuoso cuerpo, flotando experto sobre las calmadas aguas. Permanecí allí, en silencio, gozando del movimiento de los músculos de su espalda mientras nadaba. Él se paraba a varios metros de mí, me miraba y sonreía.

De repente su expresión se ensombrecía y su rostro adquiría un semblante de horror y desesperación. Yo intentaba girarme para ver qué ocurría, pero alguien me sujetaba por detrás. De nuevo no podía ver su rostro. Un hombre fuerte y corpulento me aprisionaba. Con una mano agarraba mi cintura y rodeaba su otro brazo por mi cuello en un intento de ahogarme.

No podía respirar. Intentaba zafarme con todas mis fuerzas, pero era inútil. Héctor me observaba horrorizado desde lejos. Quería llegar hasta mí, pero la distancia entre nosotros se iba haciendo incalculable. Quería gritar pero era en vano. Ese despreciable y misterioso desconocido intentaba desesperadamente acabar con mi último aliento. Tiraba de mí alejándome de Héctor.

Miedo. Mucho miedo. Mis sentidos se paralizaban en manos de ese absoluto ser repugnante. Su afán de ahogarme era cada vez mayor y mi intento de liberarme empezaba a decaer. Sentía mucho calor, me faltaba el aire.

Calor.

Aire…

Y de repente me desperté de un sobresalto, empapada en sudor. Mi respiración estaba muy acelerada y mi corazón bombeaba a un ritmo vertiginoso.

«Ha sido una pesadilla, solo es eso», afirmó mi subconsciente.

Miré hacia la ventana y algunos destellos de luz se colaban, curiosos, entre las hendiduras de la persiana. Ya era de día. Eché un vistazo rápido a mi despertador y vi que eran las once y media de la mañana. Tenía mucho calor. Necesitaba una ducha. Pero en cuanto me puse de pie me vino a la mente la imagen de Héctor en mi sofá.

¡Dios mío!, estaba ahí fuera.

La pesadilla me había despistado momentáneamente, haciendo que me olvidase de su presencia. Observé la puerta de mi habitación y vi que estaba entreabierta. Recordé que antes de acostarme la había cerrado.

Sigilosa, me asomé para ver si él aún dormía y descubrí que el salón estaba desierto. Salí de mi dormitorio. Las sábanas estaban dobladas en el sofá junto a la almohada. Había colocado perfectamente las mantas que lo adornaban, y su ropa ya no se hallaba en la silla. Se había marchado.

Era la segunda vez que estaba en mi casa y se largaba sin más. No pude evitar sentir una terrible decepción. Cogí las sábanas y las almohadas para llevarlas a mi habitación, cuando atisbé encima de la mesa una rosa hecha con una servilleta y junto a ella una nota.

También eres preciosa mientras duermes.
Tu sofá ha acabado con mi espalda. Me debes un masaje.
Te llamaré.
   Héctor

Miré la rosa durante unos segundos y sentí un revoloteo de mariposas en la parte baja de mi estómago. Me había observado mientras dormía. Me eché un rápido vistazo y vi que todavía seguía con la camiseta blanca y el tanga.

¡Madre mía, me había visto en tanga!

Solté un improperio. La nota decía que me llamaría.

Dios, Dios, Dios, ¿cuándo? ¿Hoy? ¿Mañana? Pero ¿dónde había ido? Seguramente estaría en casa de sus padres. Tal vez estaba allí.

Y... ¿Cómo me iba a llamar? No tenía mi número de teléfono. Ni siquiera me lo había pedido. Tan solo hacía unas horas que no lo veía y ya lo echaba de menos. Volví a leer la nota con la rosa de papel aún entre mis dedos: «Me debes un masaje».

Humm. Lo estaba deseando. Masajear su precioso y magnifico cuerpo.

«Cuando tú quieras», me dije, convencida.

Empecé a darme cuenta de que estaba reprimiendo, demasiado, partes importantes de mi sexualidad. Tal vez debía soltarme un poco. Arriesgarme no tenía por qué ser precisamente el camino a la perdición. Siempre había actuado de manera responsable, anticipándome a las consecuencias.

Pero... ¿de verdad quería formar parte de su perverso y excitante jueguecito? ¿De verdad quería convertirme en una de sus muchas conquistas?

Y si no... ¿qué?

¿Cuánto tiempo sería capaz de ignorar que ese hombre despertaba en mí un deseo incontenible y casi obsesivo?

Capítulo 9

«Carolina, trátame bien,
no te rías de mí,
no me arranques la piel.
Carolina, trátame bien,
o al final te tendré que comer».

Carolina - Mclan

Me había dado una refrescante ducha. Ahora me sentía mucho mejor. Me vino un vago recuerdo de la pesadilla, pero intenté desecharlo de inmediato. Volví a pensar en Héctor y en la nota. Decía que me llamaría…

Preparé un poco de café y piqué unas magdalenas. Me tumbé en el sofá y puse la tele. Estaban echando en el canal Cosmopolitan un capítulo de Sexo en New York. Me chiflaba esa serie. La ducha me había dejado muy relajada. Solo me faltaba una cosa. Me levanté, fui a mi habitación y cogí la almohada que le había prestado a Héctor. Olía a él, a su perfume. Fresco y sofisticado. Su fragancia. Y seguí con el capítulo, inhalando su aroma.

Eché una cabezadita en el sofá, y a la una y media de la tarde oí la puerta abrirse. Era Cristina. Ya había vuelto.

—Holaaaaaaa —dijo dejando las llaves sobre el aparador de la entrada.

—Hola, desaparecida —le contesté, bostezando—. ¿Qué tal tu noche con Raúl? ¿Todo bien?

—Sí, hemos dormido en el chalet, sus padres están de viaje.

—¿Qué te ha contado de la pelirroja? —pregunté mientras ella se quitaba la ropa en el cuarto de baño y se metía en la ducha.

—Ah, es su exnovia. Dice que hace unos seis meses que cortaron. Según él a ella le ha costado un poco aceptar la ruptura, pero ahora son amigos.

—Pues anoche parecías muy molesta mientras hablaba con ella —sugerí, apoyada en el marco de la puerta mientras ella se duchaba.

—Bueno, sí, me molestó un poco, pero él me comentó que ella es buena chica, que siempre se ha portado muy bien con él, y que fue él quien decidió dejarlo con ella. Dice que ya no estaba enamorado. Al parecer ella quería casarse, pero él no. —Abrió la mampara de la ducha y me miró, señalando el perchero de la pared—. Pásame el albornoz, porfa. Creo que ha sido sincero conmigo. Supongo que tengo que darle un voto de confianza. —Y se encogió de hombros, sonriendo—. Me puse un poco celosa, eso es todo —añadió, secándose el pelo con una toalla.

—Y la chica que hablaba con Héctor, ¿quién era? —le pregunté como la que no quería la cosa.

—Ah, ya veo que yo no soy la única que estaba celosa. —Y me miró de reojo, divertida—. Es muy amiga de la pelirroja. Raúl dice que se han liado un par de veces, pero que Héctor no está interesado en ella.

En ese momento no pude evitar sentir una oleada de celos. Pensar que ella había disfrutado de todo su cuerpo me corrompía la razón.

Cristina se metió en su habitación, yo la seguí y me senté en su cama. Quería contarle que Héctor había dormido en casa.

—Ahora cuéntame tú. ¿Qué tal con Héctor? —me interrogó mientras sacaba un biquini y se lo ponía.

Cogí un cojín entre mis brazos y lo presioné nerviosa contra mi pecho.

—Bueno, él… anoche… durmió aquí.

Ella se giró de inmediato y me miró ojiplática.

—Pero entonces, ¿os habéis…

—No, no es lo que piensas. Durmió en el sofá.

—¿Cómo? No entiendo nada, Carolina. ¿Por qué?

—Me dijo que tenía mucho sueño para conducir hasta Sevilla, solo. Quería que me fuese con él, pero me negué. Así que me pidió si podía dormir en casa. Yo le comenté que se quedara en casa de sus padres, pero me temo que Héctor no duerme allí si está Rafa. La verdad es que me daba un poco de miedo que condujera hasta Sevilla solo a esas horas, y lo dejé dormir en el sofá.

Ella me observaba boquiabierta. Y de pronto empezó a reírse a carcajadas.

—¿De qué te ríes?

—Carolina, te ha tomado el pelo. —Y siguió riéndose sin parar.

—¿De qué hablas?

—Pues que Héctor tiene un piso alquilado aquí en Cádiz. Lo tiene todo el año. Me lo comentó Raúl anoche cuando le pregunté dónde dormiría Héctor. Pensé que tal vez se quedaría con él en el chalet. Entonces Raúl me dijo que él tiene ese piso desde hace unos meses. La noche que estuvimos con ellos en el chiringuito, Raúl y él durmieron allí. De hecho, Raúl me ha dejado aquí abajo y ahora está con él en su casa.

Yo me quedé sin palabras mientras mi hermana se partía de la risa.

—¿Y me estás diciendo que ha dormido toda la noche en este sofá? Pero ¿cómo? Es muy pequeño y Héctor es enorme.

—Pues ya ves, el muy estúpido me mintió para intentar dormir conmigo y, al final, se ha pasado la noche en el sofá. —No pude reprimir la carcajada y me uní a las de mi hermana.

—Es todo un estratega —añadió ella divertida.

—En serio, si le hubieses oído. Me dijo que si tenía un accidente en la carretera yo sería la culpable. ¡Valiente cobista!

Por un lado tenía ganas de partirle la cara. Era capaz de decir o hacer lo que fuera con tal de salirse con la suya, pero, por otro lado, quería comérmelo a besos. Él sabía perfectamente que ese día me enteraría de lo del piso y aun así me había metido el rollo de no conducir tan cansado. Se me vino a la mente la imagen de él en mi sofá, con las manos cruzadas sobre la nuca. Con los pies sobresaliendo. Realmente cómico. Pero al mismo tiempo realmente sexy. Tan escandalosamente sexy que había merecido la pena meterme todo ese cuento con tal de verlo en calzoncillos.

Cristina siguió riéndose y sacó del armario un vestidito playero.

—Bien, tontorrona, pues ahora vístete porque nos vamos a la playa. Nos esperan abajo a las dos y media.

—¿De verdad? —le pregunté descolocada.

—Héctor llamó a Raúl esta mañana y le dijo que nos fuésemos los cuatro a almorzar y luego a la playa, pensé que te lo habría comentado.

—¿Qué dices? Esta mañana se ha marchado antes de que yo me despertara, no me ha dicho nada.

—Ya, pues en media hora nos esperan abajo —insistió ella, poniéndose el vestido.

—Pero ¿qué se ha creído? ¿Piensa que puede hacer planes por mí sin consultarme? —Ahora sí que estaba realmente cabreada—. No pienso ir —dije totalmente indignada.

—Vamos, Carolina, no seas infantil. ¿No ves que lo único que quiere es estar contigo?

—Sí, pero tal vez debería preguntarme si yo también quiero.

En ese mismo instante escuché el timbre de mi móvil. Mi hermana me miró y dijo:

—Cógelo, a lo mejor es él.

No me acordaba dónde lo había dejado la noche anterior. Lo oí sonar de lejos. Creía que estaba en mi habitación. ¡Ah, sí!, en la mesilla. Cuando miré la pantalla me apareció un número que no reconocí. Lo descolgué pensando que sería él.

—¿Diga?

—Hola, Carol.

Me quedé unos instantes sin respiración, de una cosa estaba segura: no era Héctor.

—Soy Rafa.

Me llamaba desde otro móvil. De otra manera ni siquiera hubiese cogido el teléfono.

—¿Qué quieres? —le solté con voz cortante. En realidad no entendía cómo podía tener el morro de llamarme a estas alturas.

—Me gustaría hablar contigo en persona —me dijo en tono serio y cordial.

—Me temo que eso va a ser imposible, Rafa —le respondí airosa—. Tú y yo no tenemos nada que hablar.

—Carol, por favor. Necesito verte.

Esto era el colmo. Lo que me faltaba. ¡¿Qué quería ahora?!

—No, Rafa.

—Sé que he metido la pata, pero quiero arreglarlo. Verás, la chica con la que me viste el otro día solo es una amiga. Ya la conoces, es mi compañera, no hay nada entre nosotros.

—Déjalo, Rafa —protesté cada vez más enfadada.

—Ya sé que no te he llamado en varios meses, pero si me dejaras explicarte…

Le corté de inmediato. Estaba tan furiosa que iba a explotar.

—¡Escúchame! No vuelvas a llamarme jamás. ¡¿Me has oído?!

Él permaneció en silencio. Y luego añadió:

—Carol, cariño…

—¡Basta! —le grité—. Solo te lo diré una vez. No vuelvas a molestarme.

Y tras ese último comentario le colgué y tiré el teléfono encima de la cama.

Pero en mi interior intuía que algo muy feo estaba por llegar. Conocía a Rafa y sabía que no se rendiría fácilmente. No era la primera vez que lo habíamos dejado. Aunque sí la que estábamos tanto tiempo separados.

Él estaba acostumbrado a estos jueguecitos. Se agobiaba, me dejaba un tiempo, luego me suplicaba y yo volvía a sus brazos. Pero esta vez era distinto. En otras ocasiones le había visto tontear con otras chicas, pero nunca pude confirmarlo. De todas maneras, el que estuviera con otra para mí era lo de menos. Lo único que quería era que me dejara en paz. Todos esos años me había hecho pensar que existía entre nosotros un extraño vínculo y que estábamos destinados a estar juntos. Pero ahora sabía que eso no era cierto. Lo supe en el momento que Héctor me besó. Jamás había sentido nada parecido con Rafa.

Durante los primeros años de nuestra relación estuve enamorada de él, pero solo éramos unos adolescentes. Luego la relación se volvió monótona y Rafa cada vez más egoísta e inmaduro. Los dos últimos años nuestras peleas habían sido constantes, pero su manera de reconciliarnos era obsesiva y persecutoria. Con Cristina en el extranjero y sin la presencia de mis progenitores la soledad me aterraba. Y mi único refugio fue Rafa. Bueno, en realidad, sus padres. Julia y Pablo me habían tratado como a una hija y ellos habían sido lo que me encadenó a Rafa estos últimos años. Sin ellos no hubiese aguantado tanto.

Me senté encima de la cama y Cristina entró en mi habitación.

—¿En serio era Rafa? Pero... ¿cómo se atreve? —Se sentó a mi lado—. ¿Te encuentras bien?

—Sí, sí, estoy bien, no te preocupes. Solo que no me esperaba esta llamada. Pero tranquila, estoy perfectamente.

Ella se levantó. Tiró de mi mano y dijo:

—Bueno, pues entonces vístete. Su hermanito pasará a buscarte en quince minutos.

Y sonrió maliciosamente, saliendo de mi dormitorio.

Fue en ese momento cuando asumí la importancia de la situación. Ahora era mucho más complicado. Héctor me gustaba mucho, pero si se enteraba de que Rafa aún seguía molestándome, seguro que se alejaría de mí. No quería que supiera nada. No quería que se enterase de esta llamada.

Salí de mi habitación corriendo y miré a Cristina que estaba preparando su cesta de playa en el salón.

—Por favor, no vayas a comentar nada de la llamada de Rafa.

—Por supuesto que no —me dijo ella, arrugando el entrecejo—. Pero, Carolina, si de verdad te gusta Héctor, te conviene hablar con él de este asunto.

—Lo haré, pero más adelante.

Tras la llamada de mi ex, mi cabreo con Héctor parecía una memez.

Ya estaba preparada para pasarme el día en la playa. Realmente me apetecía bastante. Con la herida del pie no había podido ir y seguramente un buen baño me refrescaría bastante las ideas.

Salí de mi casa e intenté desechar de mi mente la llamada. Hasta ahora no me había importado que Rafa me hubiera visto con su hermano. Ni siquiera me lo había planteado, pero, ahora, en cuanto puse un pie fuera del portal, miré hacia todas partes con temor a encontrármelo. Era eso lo que solía hacer cuando nos enfadábamos. Me perseguía por todas partes, arrastrándose cual serpiente hasta que yo terminaba perdonándolo.

Miré a cada lado de la calle, pero no lo vi. Y justo al otro lado se encontraban Héctor y Raúl, esperándonos puntuales. Al parecer íbamos en el coche de Héctor. La imagen de él con un bañador celeste, camiseta blanca y gafas de sol, hizo que Rafa se esfumase de mis pensamientos al instante.

Tenía el maletero abierto y estaba ordenando unos CD mientras hablaba amistosamente con Raúl. Me encantaba...

Cruzamos la calzada para llegar hasta ellos. Él se giró y me sonrió travieso.

—Hola, Raúl —dije, acercándome a darle dos besos a «mi cuñadito».

—Hola, farsante —le murmuré a él con la cabeza alta, al tiempo que pasaba por delante suya para meterme en el asiento de atrás de su coche y sin pararme a darle dos besos.

Cristina y Raúl estaban fuera del vehículo, abrazados, como si no se hubiesen visto en un año.

Él se acercó a mí por la ventanilla y apoyó los brazos en ella. Seguía con esa expresión divertida y juguetona en su cara que tanto me chiflaba.

—Me debes un masaje en la espalda. No te olvides —susurró en voz baja.

—Ya puedes esperar sentado —le respondí, ocultando la risa.

—Has sido muy mala conmigo. Me has dejado toda la noche durmiendo en ese incómodo sofá. Yo nunca te habría hecho algo así.

—Tú te lo has buscado. Por mentiroso y embaucador. Espero que tengas unas contracturas dolorosas —solté de golpe.

Él torció la cabeza hacia atrás, riéndose. Parecía tan despreocupado y feliz que me daban ganas de achucharlo.

Comimos un delicioso pescaíto frito en un chiringuito a pie de playa, en Chiclana. Cristina había cogido su cámara antes de salir. Durante el almuerzo hablamos un poco de su trabajo como fotógrafa y de la revista para la que iba a trabajar. Raúl la observaba embelesado.

En un momento de la charla, Héctor clavó sus ojos en mí y se llevó un dedo al oído, advirtiéndome que escuchara la canción que sonaba de fondo mientras sonreía con petulancia. Me concentré en escuchar y era una canción de M-Clan, precisamente *Carolina*.

Carolina, trátame bien, no te rías de mí, no me arranques la piel,
Carolina, trátame bien, o al final te tendré que comer...

Sonreí y negué con la cabeza, intentando desechar el pensamiento que, inesperadamente, suscitó en mí un efecto tan profundo y pasional.

Escogimos una zona tranquila y despejada para tomar el sol. Me había puesto un biquini rojo un poco atrevido. Pero es que ese día me sentía así: Atrevida.

En cuanto me deshice de la ropa, me fui al agua a darme un chapuzón. Hacía un calor asfixiante. Cristina y Raúl colocaban una sombrilla y se tumbaban en sus toallas. Héctor me siguió hasta la orilla. El mar estaba un poco revuelto.

Metí un pie y le dije dando un saltito:

—Está muy fría. —Él me observaba de arriba abajo con media sonrisa.

Entonces no me lo pensé, levanté una pierna y le salpiqué intencionadamente.

—Quieres jugar, ¿no? Pues te vas a enterar.

Salió corriendo hacia mí y me cogió en brazos. Era imposible ignorar lo que ese hombre avivaba en mi cuerpo.

—Por favor, Héctor, no me tires, está helada —le supliqué entre risas, sujetándome a su cuello.

El permaneció quieto en la orilla conmigo en brazos.

—Muy bien, pues convénceme —masculló divertido.

—Por favor.

Y le hice un puchero.

—Así no me vale. Tendrás que besarme —afirmó mirándome a los ojos.

—Ni hablar —protesté, intentando bajarme, pero era muy fuerte y me sujetaba con fuerza.

—Nena, si no quieres que te dé ahora mismo un buen chapuzón, tendrás que besarme.

Me encantaba. Me chiflaba. Era tan excitante.

—De acuerdo, te besaré, pero déjame en el suelo.

Él me miró desconfiado y en cuanto me soltó, salí corriendo en dirección a las toallas. Me alcanzó en tres zancadas y me cogió como si yo fuera un saco de patatas.

—Muy bien, tú te los has buscado. Al agua, pequeñita.

Yo pataleé sin dejar de reírme. Le di puñetazos en la espalda en mi intento de zafarme, pero él iba directo al agua.

—No te resistas —decía, dándome palmaditas en el culo.

—¡Suéltame! —le grité—. ¡Te vas a enterar, Héctor!

Cuando llegamos a la orilla. Él volvió a dejarme en el suelo y me sujetó las muñecas para que no me escapase.

—Está bien, te daré otra oportunidad —dijo—. Dame un besito aquí. —Y se señaló la mejilla—. Y te dejaré marchar.

Yo negué con la cabeza, disimulando la risa.

—¿Tampoco?

—No, estoy enfadada contigo. No pienso darte ningún beso. Anoche me mentiste.

—Pero fue una mentira piadosa —se excusó, sin soltarme las muñecas y acercándose un poco más a mí—. Lo único que quería era dormir contigo.

—Sí, claro, dormir… —repliqué, poniendo los ojos en blanco.

—¿No me crees?

—No.

—Puedo dormir contigo sin que ocurra nada más. De hecho, me encantaría —musitó con voz lasciva.

A mí también, pensé, pero no se lo dije.

—¿Solo dormir?

—Sí —respondió, acariciándome las muñecas, sosteniéndome la mirada—. Hoy. En mi casa. En Sevilla.

Estaba preguntándome con la mirada.

¡Oh, Dios mío!, creí que me iba a derretir y esta vez no era por el sol.

—De acuerdo —susurré sin estar del todo segura.

Sabía que me estaba metiendo en terreno pantanoso. ¡Qué digo pantanoso..., arenas movedizas! Pero qué demonios...

—Muy bien, pequeñita. Pues esta noche pasaré a recogerte sobre las diez. Quiero llevarte a un sitio a cenar y, luego, dormiremos juntitos. Solo dormir —puntualizó—. Pero no creas que vas a librarte del chapuzón.

Y sin más, volvió a cogerme en brazos y se adentró en el mar.

—Héctor, no, por favor —supliqué con la risa floja.

Pero él hizo caso omiso a mis súplicas y continuó adentrándose en el mar hasta que, finalmente, se sumergió bajo una ola, conmigo en brazos.

No sé por qué, pero sentía que poco a poco el círculo entre nosotros se había vuelto más íntimo. Y eso me gustaba mucho.

Cristina estaba toqueteando la cámara de fotos y enseñándole a Raúl las distintas funciones que tenía. Los dos estaban bocabajo en sus toallas. Creo que era la primera vez que veía a Cristina tan a gusto con un chico. Su relación más larga había sido de un año y apenas lo conocí. Era un compañero suyo de la universidad, pero tampoco fue muy intenso. Todos los demás habían sido ligues y breves romances.

Los últimos meses que había estado en Ámsterdam me había hablado mucho de un tal Marcus, un fotógrafo italiano con el que se había acostado en algunas ocasiones. Pero desde que llegó no había vuelto a mencionarlo. Sin embargo, con Raúl había sido un flechazo total. Desde que se vieron por primera vez en aquel chiringuito no les había visto separados a más de un metro. Cuando ellos dos estaban juntos, era como si todo lo demás no existiera. Y eso me preocupaba muchísimo. Sabía que ella no quería renunciar a su carrera profesional y ahora que la veía con Raúl, estaba segura que tampoco querría renunciar a él.

Héctor se había quedado dormido en su toalla, tomando el sol. Estaba junto a mí. Observé su pecho moverse al compás de su respiración. Aproveché que dormía para mirarlo a mi antojo. Supuse que estaría muy cansado. Apenas habría dormido en mi desapacible sofá. Permanecí sentada agarrándome las rodillas. Lo miré detenidamente.

Era muy pero que muy guapo. Nunca antes se me había ocurrido mirarlo de esa manera. Cuando estaba con Rafa me parecía un chico mono, pero jamás lo miré de esta forma. En las pocas ocasiones que coincidí con él, siempre se mostraba muy respetuoso y educado. Con Rafa apenas le había oído charlar, sin embargo, conmigo era simpático. Creo que en casa de sus padres se saludaban por compromiso, pero en la calle apenas se miraban a la cara. Lo único que conseguí sacarle a Rafa sobre su enemistad con Héctor era que no lo soportaba. Nunca me decía por qué.

Sus padres conocían perfectamente la animadversión que existía entre sus dos hijos, pero imaginé que para ellos sería menos doloroso si fingían no saberlo.

Iba a dormir en su casa, con él. Cielo santo, eso era demasiado. ¿Y si dejaba de interesarle en cuanto hiciéramos el amor? Era un riesgo que tenía que correr. Además, siendo la exnovia de su hermano tampoco querría demasiados compromisos conmigo. Pero en fin, ¡qué más daba! Con él me lo pasaba muy bien y, encima, me atraía muchísimo. De momento esta noche dormiría en su casa y lo siguiente ya se vería.

«¡¿Qué me pongo esta noche?!», pensé horrorizada.

Había dicho que iríamos a cenar y luego a su casa. Estaba muy nerviosa. Tendría que llevar una bolsa con ropa si me iba a quedar en su casa y algo para dormir, si es que dormíamos…

Capítulo 10

«Amor es cuando miento.
El amor pone el fondo azul en mi ojo.
El amor vendrá de nuevo...».

Mercy - U2

Cristina insistió en el vestido malva de tubo, sin mangas y con escote cuadrado, pero yo seguía pensando que era demasiado arreglado. Aun así me encantaba. Esa noche me apetecía estar arrebatadora. Me dejé la melena al viento y me calcé unas sandalias negras de medio tacón a juego con una sencilla cartera de mano, no quería altos tacones, quería estar guapa pero cómoda.

Antes de salir, mi hermana me acercó la pequeña bolsa de viaje que había preparado para pasar la noche fuera.

—Diviértete, pero ve con cuidado —me advirtió.

En sus ojos vi un hilo de preocupación.

—Sé lo que hago, no te preocupes —le respondí, agarrando la bolsa—. Te llamaré. —Y le di un beso en la mejilla antes de cerrar la puerta.

Le había mentido a mi hermana, no tenía ni idea de lo que estaba haciendo. Pero era lo que realmente deseaba. Estar con él.

Héctor fue puntual. A las diez. Como me había dicho. Aquello era una cita en toda regla. Estaba muy elegante y atractivo con un sencillo jersey de hilo, azul claro, y un pantalón oscuro. Me esperaba en mi portal. Tan guapo que el estómago se me encogió en cuanto posé mi mirada en él. Sus intensos ojos verdes se pasearon por todo mi cuerpo de una manera provocadora y casi indecente.

—Estás... radiante —exhaló, agarrando mi bolsa de viaje con gesto cortés.

—Gracias, tú también —añadí sonrojada.

La autopista estaba tranquila y despejada. Él sujetaba el volante con una mano y la otra la tenía apoyada en la palanca de cambios. Sonaba el álbum *Songs of Ascent* de U2. Yo iba muy callada desde que salimos de Cádiz, pero es que temía abrir la boca y decir una tontería. Él estaba intentando ser amable, pero hasta ahí todas mis respuestas habían sido monosílabas.

—¿En qué piensas? —me preguntó mientras conducía por la oscura autopista.

«Estaba pensando en si terminaré la noche recorriendo con mi lengua todo tu cuerpo».

—Pues… no sé… Nada —contesté con voz queda—. ¿Dónde vamos a cenar?

Tuve que sacudir mis ideas más calientes y turbadoras para intentar mantener con él una conversación medianamente normal.

—Había pensado llevarte a un sitio que creo que te gustará.

Le sonreí tímida.

—¿En qué zona de Sevilla vives?

—Vivo en el barrio de Santa Cruz. ¿Lo conoces?

—No mucho. He estado en Sevilla algunas veces, pero solo de paso.

—Te encantará —aseguró.

Nos adentramos en la capital andaluza sobre las once de la noche. Él tráfico era abundante. El aspecto liso y pausado del río Guadalquivir atrajo mi atención. Recorrimos en coche el casco antiguo de la ciudad hasta llegar a un parking privado que daba acceso a una estrecha calle.

—Yo vivo en la otra dirección —me indicó, señalando hacia el otro lado.

Tenía razón, el barrio me encantaba. Todo aquello era como un laberinto de pequeñísimas y estrechas callejuelas coloreadas del blanco resplandeciente de la cal. Rincones señoriales con majestuosas fuentes, plazas típicas y emblemáticas, patios andaluces envueltos de leyendas históricas. El denso aroma del azahar y el bisbiseo de las fuentes revestían aquel lugar de un embrujo singular y extrañamente romántico. Jazmines, geranios y damas de noche asomaban su embriagadora esencia y abrazaban parte de las murallas árabes de la ciudad durante el paseo hacia el restaurante.

Si no fuera porque vivía allí cerca, diría que había escogido ese lugar para conquistarme. Después del detalle de la rosa de papel, estaba convencida de que tenía un lado romántico.

Al final de una de las calles encontramos una pintoresca plaza, rodeada de bares y restaurantes. Él me señaló con la mano lo que parecía un palacete decorado con azulejería sevillana. Una vez dentro, nos encontramos con un patio interior soportado por columnas de mármol y decorado con macetones de claveles, y al fondo unas puertas de cristal y acero inoxidable. El local se llamaba *Rodeo*.

—Es aquí —me indicó él, sujetando la enorme puerta de cristal e invitándome a pasar.

El sitio era impresionante. Era un restaurante-bar, moderno y cosmopolita, dividido en dos zonas, una para cenar y otra para tomar copas. La decoración era sencilla con toques vanguardistas. Todas las paredes estaban revestidas de listones de madera y papel pintado en tonos grises y morados. Al entrar en el patio no esperaba encontrar un local de esas características, pero lo cierto era que el contraste con lo típico andaluz era imponente.

Se nos acercó un chico joven y educado, vestido de negro. En la camisa llevaba el logo de *Rodeo*. Tenía que ser el maître. Fue hacia Héctor, sonriendo, y le dijo extendiéndole la mano para saludarlo:

—Hola, Héctor.

—Hola, Pepe. Ella es Carolina. —El chico me ofreció la mano.

—Encantado de conocerte, Carolina. Cuando queráis podéis sentaros. Os he preparado la mesa del fondo. Es la mejor. —Y nos condujo hasta ella amablemente.

Cuando estábamos sentados se acercó una de las camareras y saludó a Héctor. Parecía que conocía bastante al personal de este sitio. Entonces le pregunté:

—Sueles venir mucho por aquí, ¿no?

—Pues sí, no me queda otro remedio.

—¿Qué quieres decir? —pregunté extrañada.

—El local es mío, Carolina. Bueno, la mitad. Lo inauguramos hace dos años. Soy socio del cincuenta por ciento.

—No lo sabía. Es precioso.

«Vaya, ¿cuándo dejaría de sorprenderme?».

—¿Y quién es tu socio?

—Es el abogado de mi estudio. Se llama Mario Márquez. En principio me contrató para diseñar la estructura, pero luego me propuso asociarme con él y me arriesgué un poco.

Una de las camareras se acercó a nosotros y nos ofreció la carta de vino y la de comida. Le eché un vistazo. La cocina era mediterránea con toques orientales. Así que me dejé llevar un poco y le comenté:

—Muy bien, pues como es tu restaurante comeré lo que tú me sugieras.

Dejé la carta sobre la mesa.

—Me parece perfecto —contestó él, guiñándome un ojo.

Al final se decidió por un exquisito vino blanco ligeramente afrutado y la comida a elección del chef, que nos preparó una estupenda ensalada tailandesa con mariscos y verduritas de primero, y de segundo comimos pescado. Todo delicioso. Lo estaba pasando muy bien. Él muy atento y relajado. Me hablaba del local y de cómo transcurrió la obra. Me contó que parte de la decoración, sillas, mesas y algunas lámparas fueron compradas en el extranjero. Y me comentó algún que otro detalle sobre la selección del personal.

Finalmente, hablamos de la gestión del negocio. Me dijo que era su socio el que se encargaba de todo el papeleo y que rendían cuentas una vez al mes. Me confesó que, a pesar de no estar muy puesto en la materia, había detalles en las finanzas que no percibía con transparencia, fue entonces cuando me ofrecí a ayudarlo.

—¿De verdad me ayudarías? —me preguntó.

—Claro, en mi asesoría yo me encargo principalmente de la gestión laboral, pero puedo consultarlo con Emilio, que es el contable. Le pediré que le eche un vistazo a la contabilidad y te resuelva todas las dudas que tengas. Muchos de nuestros clientes son propietarios de bares y restaurantes.

—Eso sería estupendo. Cuando tú puedas organizas una reunión con Emilio y lo vemos.

—Sí, perfecto.

Imaginé la cara que pondría María cuando lo viera aparecer por la asesoría. Ya lo estaba deseando.

Terminamos de cenar y pasamos a la zona de copas. Los dos ambientes separados por una enorme pared de cristal. Allí la música estaba un poco más alta y la luz era más tenue. Nos acercamos a la barra y nos encaramamos en unos altos taburetes de piel gris. Sin que yo le dijera nada, pidió por mí.

—¿Lo de siempre, Héctor? —le preguntó la simpática camarera, haciéndole ojitos.

—Sí, pero para ella con alcohol —le aclaró él.

Imaginé qué sentiría yo si hubiese tenido un jefe tan guapo como él.

A los cinco minutos la camarera apareció con dos cócteles con un extraño color azul y amarillo y decorado con trozos de piña y tiras de coco.

—¿Qué es? —le pregunté, señalando la copa.

—El tuyo lleva ron. Pruébalo. Está muy rico.

Me acerqué el sorbete a los labios y bebí un poco. Era cierto. Me encantaba. Él agarró mi sorbete y bebió después de mí sin dejar de mirarme.

—Así que el mío lleva alcohol y el tuyo no… Intentas emborracharme, ¿verdad?

—Siempre piensas lo peor de mí.

—Sí, no sé por qué… —dije, poniendo los ojos en blanco.

—No soy tan malo como piensas —susurró, acercándose un poco más a mí.

—Yo creo que eres peor... —le contesté bromeando.

Él apoyó las piernas en los reposapiés de mi taburete, de forma que quedé dentro de su círculo. Me encantaba cuando se acercaba tanto a mí. Tenía ganas de besarlo.

—De manera que esta noche dormirás conmigo, ¿no? —me dijo con ojos lujuriosos.

—Así es. —Bebí un trago, sonrojándome.

—Pero quiero que sepas que solo vamos a dormir. Si has pensado en aprovecharte de mí… ya puedes ir olvidándote.

—Eres un creído —le espeté sonriendo y le di un leve empujoncito en el hombro—. ¿Qué te hace pensar que quiero aprovecharme de ti?

—Bueno…, no sé, te has puesto muy guapa esta noche. Creo que estás intentando conquistarme. —Y me miró de arriba abajo con picardía.

—¿Qué pensabas… que vendría en pijama a cenar?

Él sonrió.

—Ah, pero ¿te has traído el pijama? —me preguntó burlón—. Pues que sepas que esta noche no dejaré que te lo pongas.

Y al decir eso un calor interior recorrió mis muslos.

Él bebió de su cóctel sin dejar de comerme con la mirada.

Pero a continuación advertí que miraba fijamente hacia la puerta de entrada. Desde donde estábamos situados se veía prácticamente todo el local. La zona de las copas estaba construida a un nivel más alto que el restaurante y la enorme pared de cristal dejaba percibir claramente qué ocurría en la otra parte.

Una pareja acababa de entrar. Él era alto y delgado, con el pelo engominado hacia atrás y unas sinuosas entradas. Vestía un elegante traje negro y una camisa blanca sin corbata. No era muy atractivo, pero tenía porte. Iba acompañado de una mujer más joven que él, de unos treinta y tantos, muy guapa, con aspecto exótico y cabello oscuro y liso. Era también muy alta y llevaba un vestido negro asimétrico que dejaba entrever una figura que quitaba la respiración.

El restaurante estaba muy ambientado y la aparición de esa mujer había revolucionado las miradas de casi todos los presentes, incluido mi acompañante que la miraba con ojos de deseo.

El maître los recibió amablemente, pero de repente vi que le comentaba algo al hombre engominado. Ellos nos miraron y se encaminaron hacia nosotros.

De pronto, Héctor parecía muy tenso. Hacía un minuto estaba coqueteando conmigo, pero ahora se había separado un poco de mí y lo noté un poco nervioso y distante. La pareja llegaba a la barra.

—Hola, Héctor, no sabía que vendrías hoy —le dijo el hombre.

—Hola, Mario —respondió él, estrechándole la mano—. Hola, Patricia —añadió mirándola a ella y asintiendo con la cabeza a modo de saludo—. Ella es mi amiga, Carolina —les dijo, presentándome. No sé por qué, pero su manera de presentarme no me gustó. Ambos me saludaron cordialmente.

La mujer me examinó de arriba abajo. Había algo en ella que no me convencía.

—Ellos son mi socio, Mario, y su mujer, Patricia —me aclaró él a modo de presentación.

—Si llego a saber que venías, podríamos haber cenado juntos —aseguró el hombre tocándole el hombro.

—Sí…, bueno…, lo pensé a última hora, por eso no te llamé.

La mujer no dejaba de mirar a Héctor. La situación me estaba resultando muy incómoda. Ellos se esforzaban al máximo en que la reunión pareciera lo más normal posible, pero yo sentía que la tensión crecía por momentos. Creo que las mujeres tenemos un sexto sentido para esas cosas. Intuía perfectamente que existía algo entre ella y Héctor. Tal vez ese hombre con cara de listillo y aires de riqueza no se había dado cuenta, pero yo sabía, sin duda alguna, que pasaba algo.

Observé a Héctor mientras hablaba con ese tal Mario. Intuí que la relación de socios no era precisamente idílica. Ahora entendía perfectamente que Héctor tuviera dudas con la contabilidad. Ese hombre me parecía la persona menos fiable del planeta y encima era abogado. ¡Menuda joya!

Ella, por el contrario, seguía examinándome mientras ellos charlaban. Estaba de pie, a mi lado. Su presencia me incomodaba muchísimo. Era muy alta y hermosa, y al lado de ella me sentía diminuta y estúpida. Atisbé que Héctor la había mirado fijamente un par de veces. Por mí habría salido corriendo de allí en ese mismo instante, pero no creí que fuera lo más adecuado. Así que aguanté mientras ellos fingían tener una conversación medianamente normal sobre el local y el personal. De repente me levanté, Héctor me miraba y le dije:

—Voy al baño un momento. Enseguida vuelvo. —Y salí pitando de la reunión.

Una vez allí me miré al espejo y maldije entre dientes no haberme puesto los zapatos de tacón alto que me dijo mi hermana. Al lado de ella parecía un gnomo. Justo cuando salía del aseo, me crucé con ella. ¡Argg! Hacía apenas cinco minutos que la conocía y ya no la soportaba. Le sujeté la puerta para que ella pudiese pasar y me sonrió falsamente.

—Gracias… ¿Cómo era tu nombre?

—Carolina. ¿Y el tuyo? —le dije, devolviéndole la misma sonrisa cínica. Sabía perfectamente cómo se llamaba.

—Soy Patricia —articuló ella. Pero antes de dejarme salir me preguntó—: ¿Estás saliendo con Héctor?

«A ti qué te importa», pensé.

—Somos amigos —le respondí con un hilo de voz. Esa mujer me intimidaba—. ¿Por qué lo preguntas? —solté envalentonada.

—No, por nada —contestó ella, mirándome de arriba abajo otra vez—. Solo que es la primera vez que lo veo traer a alguien aquí. No suele traer a sus novias. —Pero ese último comentario lo dijo como si yo fuera una más.

—Para todo hay una primera vez —repliqué con descaro. Fingí una sonrisa y me di la vuelta en dirección a la barra.

Tenía ganas de irme de allí ¡ya!

Héctor me miró en cuanto volví del baño.

—Cuando quieras nos marchamos —comentó.

—Sí, estoy un poco cansada —le confesé mintiendo.

Nos despedimos de Mario y en ese momento salió Patricia del baño.

—¿Os vais? —preguntó ella, mirándolo con desafío.

—Sí, estamos cansados —se excusó él.

—Venga, quedaros un rato más. Solo una copa. Es temprano.

En ese momento tuve ganas de cogerla por los pelos, pero me contuve.

Héctor me miró e insistió.

—No, de verdad, Patri. Otro día.

Respiré relajada. Menos mal.

La cara de ella era de absoluta decepción.

El olor de azahar y la buganvilla en el exterior se me antojaron muy apetecibles. La temperatura había bajado considerablemente y ahora tenía un poco de frío. Íbamos andando hasta el parking donde habíamos dejamos el coche. Él estaba muy callado, y yo también.

—¿Tienes frío? —me preguntó, acercándose un poco a mí.

—No, estoy bien, gracias —le dije, separándome un poco. Quería hablar con él sobre el asunto de esa tal Patricia y si me agarraba terminaría confundiéndome.

—¿Qué hay entre Patricia y tú? —le pregunté sin pensármelo dos veces.

Él me miró boquiabierto. Y respondió con un tono cortante:

—Nada, es la mujer de mi socio. Solo eso.

—Vamos, Héctor, se nota a leguas que hay algo entre vosotros —le repliqué—. Estáis liados, ¿verdad?

La expresión de su cara se transformó en crispación y rabia.

—No digas tonterías. Además, no creo que eso sea asunto tuyo —contestó enfadado.

«¡¿Cómo?! ¿Pero este tío de qué va?», pensé.

Ahora estaba muy cabreada. No sabía qué hacer. Si hubiese estado en Cádiz lo habría dejado plantado en ese mismo instante y me hubiera ido a mi casa. Pero estaba en Sevilla. ¡Maldita sea!, y había venido con él.

—Tienes razón, no es asunto mío. Me importa una mierda si te follas a la mujer de tu socio.

Estábamos dentro del parking e íbamos en dirección a su coche. En cuanto dije eso él me miró cada vez más enfadado, se paró, respiró hondo y musitó:

—Carolina, por favor, cambiemos de tema. Lo estoy pasando muy bien contigo y no quiero estropearlo.

—Me temo que ya se ha estropeado —murmuré, abriendo la puerta del coche y metiéndome en el interior.

Llegamos a su casa. Vivía en una finca preciosa de tan solo cuatro pisos. El suyo era el último. Había aparcado el coche en su garaje privado y habíamos subido en el ascensor hasta su puerta. El edificio conservaba en el exterior la decoración típica andaluza, pero en su interior se veía que había sido reformado con la última tecnología y altas calidades. Él abrió la puerta. Llevaba en una mano mi bolsa de viaje y con la otra me invitó a pasar.

El apartamento era increíble. Un *loft* enorme. La cocina, el salón y dormitorio, todo en un espacio amplio y funcional. Los techos eran muy altos, las paredes de piedra y el suelo de cemento pulido. Todo estaba decorado con un gusto exquisito. La cocina era de diseño, los muebles de madera blanca, combinados con acero inoxidable, y tenía una pequeña isla en el centro. Justo en la parte central del apartamento había un enorme sofá *chase-lounge* de color beige, decorando lo que sería el salón.

Utilizaba, claramente, los muebles como elementos divisorios. Y al fondo estaba su cama, amplia y extraordinaria. La estructura era de madera de roble sin tratar. Parecía como si hubiesen cortado los árboles ese mismo día. Preciosa, y le daba un toque muy rústico y diferente. Estaba impecablemente revestida con cojines y mantas a juego. La casa parecía sacada de una revista de decoración. Siendo él arquitecto, no me resultaba extraño. Lo único que no estaba a la vista era el cuarto de baño y lo que sería otro dormitorio más al fondo. Tenía unos amplios ventanales sin cortinas. De día la casa debía ser muy luminosa. Imaginé que esas ventanas no dejarían ver de fuera para dentro. La sensación era alucinante.

Me encantaba, era moderna pero muy acogedora. Las paredes estaban decoradas con unos grandes lienzos. Las pinturas eran impactantes. El apartamento me parecía maravilloso, pero en ese momento los cuadros me habían dejado perpleja. Eran impresionantes. El uso del color era poderoso, lo que hacía que los cuadros más grandes fueran realmente brillantes.

Tenía ganas de decirle que su casa me fascinaba, pero aún seguía enfadada.

Estaba examinando todo el apartamento. Él dejó mi bolsa sobre el sofá. Desde que habíamos entrado en el garaje, su actitud había cambiado. Intentaba ser amable.

—¿Te apetece tomar una copa? —me preguntó cauteloso desde la cocina.

Yo seguía admirando aquellas extrañas pinturas.

—Si tienes Martini tomaré uno, gracias —le respondí sin mirarlo. Lo cierto era que necesitaba esa copa. Estaba muy nerviosa.

Habíamos acordado dormir juntos, pero estaba cabreada. Ahora no me apetecía. No lo entendía, ¿para qué me había llevado a su bar? Él sabía que ella podría estar allí. Tenía ganas de preguntárselo pero no lo hice. No quería darle más importancia a ese asunto, o a esa mujer.

Se acercó a mí y me dio la copa. Yo la cogí sin cruzar mi mirada con la suya.

—¿Sigues enfadada conmigo? —Se agachó un poco buscándome la mirada.

—No, el que se ha enfadado has sido tú.

—Siento mucho haberte hablado de esa manera. Ha estado fuera de lugar. Lo siento, Carolina.

Estaba muy guapo disculpándose.

¡Oh, Dios mío, era tan mono…!

—Está bien —susurré antes de darle un trago a mi copa. Por ahora no quería seguir hablando de esa mujer, solo por ahora—. Tienes una casa muy bonita. Estos cuadros son… increíbles.

—¿Te gustan? —me preguntó entusiasmado.

—Me encantan. ¿Dónde los has comprado?

—Son míos —dijo, sentándose en el sofá. Cogió un mando que estaba encima de la mesa baja de madera con patas gruesas que decoraba el salón y puso un poco de música de fondo. Lo que sonaba era Sade. Se acomodó, apoyando los brazos en el respaldo.

Me acerqué y me senté también en el sofá, pero bastante más alejada de él.

—¿Quieres decir que los has pintado tú?

Ahora sí que me había dejado perpleja. ¡Cielo santo, sabía pintar!

Él asintió con la cabeza, sonriendo.

—Héctor, son alucinantes.

—Gracias. Me alegro mucho de que te gusten.

—¿Has vendido alguno?

—No, los pinto para mí.

—Pero son preciosos. Seguro que si los expusieras podrías vender más de uno.

—No los pinto para lucrarme, es mi hobby.

—Ese me recuerda mucho a una pintura de Serge Marshennikov. ¿Sabes quién es? El pintor ruso. —Era un cuadro que había justo encima de su televisor. Mostraba a una mujer de espaldas recostada sobre un diván. La pintura era extraordinaria.

—¿Conoces a ese pintor? —Parecía impresionado.

—Estuve una vez en Barcelona con Cristina y fuimos a una exposición de pintura y fotografía en el Museo de Arte Contemporáneo, él presentó varias de sus obras. Me quedé impactada. Desde ese día me interesé en seguir su obra.

—A mí también me encanta.

—Es curioso... —murmuré, levantándome y acercándome al cuadro. Quería observarlo de cerca.

—¿El qué? —preguntó él desde su posición.

—Pues que no te hacía yo pintando cuadros donde predominara el realismo y la sensualidad.

Sonrió. Se levantó y se colocó junto a mí, con los brazos cruzados a la altura del pecho. La fina tela de su jersey se tensó sobre sus bíceps.

—Ah, ¿no? ¿Y por qué?

—Hay que tener en cuenta que el realismo es una tendencia que surge a partir del romanticismo. Tú pensaste el día que estuviste en mi casa que yo era más de novela negra, ¿no? Pues si tengo que analizar tu forma de pintar en base a los pocos rasgos que conozco de tu personalidad, te habría imaginado en la segunda generación expresionista.

—¿Crees que soy más de pintura abstracta? —preguntó con una extraña mezcla de diversión y decepción en su rostro.

Yo asentí con la cabeza, intentando no reírme.

—¿Por qué? ¿Tan retorcido te parezco?

—Bueno, digamos que cuando miro estas pinturas es fácil saber qué estás pensando, sin embargo, cuando te miro a ti nunca sé qué puede rondar por ahí dentro. —Me giré hacia él, señalando su frente.

—Creo que te equivocas conmigo. En la pintura abstracta los pintores rechazan representar la realidad de forma objetiva y te aseguro que en esto —señaló el espacio que nos separaba— estoy siendo muy objetivo.

Me sostuvo la mirada el tiempo suficiente para hacer que la sangre se me agolpara en los oídos. Una maraña de nervios se retorció en mi estómago y, de repente, el aire se volvió denso por el tono en el que había envuelto aquella conversación.

—Quiero comprarte uno —titubeé, girándome con la intención de librarme de su mirada.

—Ya te lo he dicho, no están en venta. —Se dio la vuelta y volvió a sentarse en el sofá—. Claro, que si te gustan mucho... podría pintar uno para ti.

Colocó los pies sobre la mesa y puso de nuevo los brazos sobre el respaldo.

De repente me asaltó la imagen de mí sobre él, a horcajadas, en aquel sofá. Bebí nerviosa.

—¿En serio? ¿Pintarías uno para mí? —le pregunté.

—Solo si tú haces algo por mí —susurró con ojitos de niño malo.

Yo lo miré y puse los ojos en blanco.

—Ah, ¿sí? ¿El qué?

—Me debes un masaje. ¿Lo recuerdas? —murmuró sonriendo.

—No pienso darte ningún masaje. Te duele la espalda por mentiroso.

—Muy bien, pues si no me das un masaje esta noche, no hay trato.

Se levantó y se dirigió hacia su cama. Una vez allí, empezó a quitarse la ropa. Yo no di crédito. Se desvistió y se quedó en calzoncillos. Se acercó a una cómoda que había al lado de la cama, abrió el primer cajón y sacó un pantalón gris de pijama. Se lo puso y se quedó sin camiseta.

Intenté no mirarlo, pero me resultaba casi imposible. Sabía que estaba haciendo todo eso para provocarme, y lo cierto era que resultaba. Fue en ese momento cuando decidí dejarme llevar del todo y hacer lo que se me pasaba por la mente. De repente quise ser yo la que lo provocara. Quería sentir que era yo la que dominaba la situación.

Quería seducirlo.

Él volvió al sofá y se sentó cómodamente, apoyando de nuevo los pies descalzos sobre la mesa. Me miró confiado.

—Entonces, ¿qué me dices? ¿Estás dispuesta a renunciar a una de mis pinturas?

Me terminé la copa y puse el vaso encima de la mesa. Esa ya no era yo. O tal vez era yo más que nunca. Lo miré directamente a los ojos.

—De acuerdo, te daré el masaje. Pero que sepas que lo hago solo y exclusivamente por el arte.

Él esbozó una sonrisa genuina que hizo que las partes más erógenas de mi cuerpo se estremecieran.

Capítulo 11

«El sonido de tus besos
alrededor, alrededor y alrededor de mi cabeza,
tocando cada parte de mí...».

Your love is King - Sade

Lentamente me quité las sandalias negras y las dejé a un lado del sofá.

—Muy bien —le dije, frotándome las manos y disimulando una risita—. Túmbate, te daré el dichoso masaje.

Él me miró rebosante de excitación.

—Pero vamos a la cama. Allí estaremos más cómodos.

Se puso de pie. Lo observé de espaldas con el pantalón gris a la altura de la cadera. Vi perfectamente la cicatriz de su costado. En pocos segundos estaría encima de él tocando su escultural cuerpo.

¡Oh, Dios, me temblaban las piernas!

Retiró los cojines y las mantas de la cama y, antes de tumbarse me miró, reprimiendo una sonrisita.

—¿Piensas darme el masaje con ese vestido? Será mejor que te pongas cómoda.

De repente, allí delante de él, me sentí poderosa. Pensé un segundo y al siguiente me desabroché la cremallera lateral del vestido y me lo saqué por la cabeza. Me quedé en bragas y sujetador. Por supuesto había escogido el conjunto meticulosamente en casa. Era de encaje blanco. Su expresión me fascinaba. Me miró de arriba abajo y se mordió el labio inferior sutilmente. Mi corazón se aceleró solo de pensar en sus intenciones.

—Ya estoy cómoda. Túmbate —le susurré.

Hizo lo que le dije y se tumbó bocabajo en la cama. Me subí a horcajadas sobre él. Desde esta posición veía su perfil. Estaba sonriendo.

En ese momento se me ocurrió una idea. Me bajé corriendo y me acerqué a mi bolsa que estaba sobre el sofá.

—¿Dónde vas? —preguntó extrañado.

—Es solo un momento.

Saqué un bote de crema hidratante para el cuerpo y se lo enseñé. Volvió a sonreír. Me coloqué sobre él.

—¿Estás preparado?

—Siempre estoy preparado, nena —respondió en voz baja.

Le puse un poco de crema sobre los hombros y empecé a masajearlo. Cerró los ojos pero seguía sonriendo. Deslicé mis dedos embarrados en crema por toda su espalda. Le toqué el cuello, la nuca. Noté perfectamente los músculos de sus brazos. Su perfil era maravilloso. Tenía el pelo muy corto y me moría de ganas por morderle el cuello. Era tan sexy…

Seguí concentrada en mi labor de masajista profesional y me centré en la parte baja de su espalda. Le acaricié la zona lumbar y cuando llegué a la parte de la cicatriz tuve ganas de besarla. Pero no lo hice. Recorrí con mis dedos la gruesa y rugosa sutura. Noté que su respiración se había vuelto más agitada. Volví a subir las manos y le acaricié los costados.

Lo cierto era que estaba deleitándome con su cuerpo. Llevaba queriendo hacer eso desde que lo vi aquel día en el chalet de Raúl. Él permanecía callado, y yo también. Le toqué de nuevo los hombros, hundí mis dedos en sus bíceps y froté mis manos sobre sus trapecios. Parecía muy relajado y excitado al mismo tiempo. Durante algunos minutos más masajeé el ancho de su monumental espalda. Pero me detuve despacio.

—Ya está —dije dándole una palmadita en el culo mientras me bajaba de su espalda—. Ya he cumplido mi parte del trato. Ahora tú tendrás que cumplir con la tuya.

Pero antes de que pudiera alejarme de él, me agarró de la muñeca y me tiró encima de la cama. Se colocó sobre mí, a horcajadas, y me sujetó las manos por encima de la cabeza. Prácticamente no podía moverme. Tampoco quería. Todo el peso de su cuerpo me tenía inmovilizada. Desde allí abajo era grandioso.

—Pintaré un cuadro para ti con una última condición —me susurró con voz infinitamente sensual.

—Dijiste que solo dormiríamos juntos.

Entonces me agarró las dos muñecas con una mano y deslizó la otra por mi costado y mi cadera. Aquella invasión no hizo más que aumentar mi deseo de devorarlo.

—Te mentí —siseó, acercándose a mi oído y regando un camino de besos desde mi barbilla hasta mi cuello.

Mi cuerpo respondió rápidamente a su contacto. Mi piel, mis pechos e incluso todos mis sentidos reclamaban su atención.

—Eres un mentiroso —le reproché casi jadeante mientras él continuaba besándome.

Levantó la cabeza, me miró directamente a los ojos y me dijo con su mirada más felina y voraz:

—Ríndete, Carolina.

Y hundió su maravillosa y perfecta boca sobre la mía. Sentí su deliciosa y húmeda lengua. Su mano seguía inspeccionando mi cuerpo. Me acariciaba los brazos y me tocó los pechos por encima del encaje del sujetador. Un velo de excitación nubló mi mente. Me besó con desenfrenado deseo, recorriendo cada centímetro de mi boca y de mis labios.

—Te deseo —murmuró en voz baja.

De pronto me abrió las piernas con las suyas y quedó entre las mías, frotándose con suculentos y expertos movimientos. Me soltó los brazos y se centró en mis pechos. Lamió mi cuello hasta llegar a la parte superior del encaje, bordeándolo con la punta de la lengua. Mis caderas se alzaban ansiosas ante el contacto de su miembro bajo el fino pantalón. Él concentró su lengua en mis pezones. Desabrochó el cierre delantero de mi sujetador y agarró mis pechos con sus grandiosas manos. Los besaba mientras me miraba y luego empezó a succionar los pezones. Todo mi cuerpo palpitaba de satisfacción.

Yo seguía con las manos por encima de la cabeza. Lo único que quería en esos momentos era que él me tocase. Sus manos eran poderosas y la pasión recorría mis venas. Quería sentirlo dentro de mí.

Se deslizó hacia abajo, besándome los costados y el vientre. Metió su lengua en mi ombligo.

—Eres tan suave… —me dijo en un susurro.

Lamiéndome el vientre bajó lentamente hasta encontrar el blanco encaje de mis braguitas. Me besó por encima de la finísima tela. Yo flexioné ligeramente las rodillas y él metió las manos bajo mis nalgas, apretándolas. Sabía lo que iba a hacer y el corazón me latió a mil por hora. Besó la cara interna de mis muslos. Y luego se incorporó un poco y susurró con voz ronca:

—Me encanta tu ropa interior, es muy sexy, pero me gusta mucho más lo que hay debajo.

Y despacio empezó a quitarme las braguitas.

Estaba sucediendo. ¡Dios, Dios, Dios...! El instante que tanto me asustaba. Desnudarme ante otro hombre. No imaginé que ese momento sería así. No imaginé que sería con él.

Me tenía desnuda. Expuesta. Y, sin embargo, él seguía con el pantalón. Metió la cabeza entre mis piernas. Mordisqueó y chupó mis muslos hasta llegar a mi sexo. Me miró desde abajo y susurró:

—Llevo muchos días deseando hacer esto.

El movimiento de su lengua allá abajo casi hizo que perdiera la razón. Saboreó cada milímetro de mi húmeda ranura. Introduciendo y sacando su resbaladiza lengua con un ritmo mágico. Yo alcé mis caderas, ansiosa. Estaba al borde de un precipicio y él seguía y seguía saciándose de mí, al mismo tiempo que yo contorsionaba la espalda agarrándome a su cabello.

—Héctor —musité, tirándole del pelo, deseosa.

Él se apartó lentamente de mi sexo, regando de besos mi entrepierna y, poco a poco, fue subiendo. Me besó los costados, los pechos, hasta que llegó de nuevo al cuello. Noté su torso desnudo sobre mí.

¡Oh, Dios mío, olía tan bien!

Me besó la barbilla. Luego la mejilla. Su aftershave era fresco y delicioso. Estaba encima de mí. Frotándose sensual. Meneando las caderas en círculos. Yo lo rodeé con las piernas empujándolo hacia mí. Sintiendo su pene duro y fiero. Acaricié su espalda y, pausadamente, bajé mis manos hasta su pantalón. Él besó mis labios, los chupó, los mordisqueó. Me besó con deleite, introduciendo su apetitosa lengua en mi boca. Tenía sus manos alrededor de mi cara, me tocó el pelo, los hombros. Me encantaban sus manos. Pero quería sentirlo dentro. Lo quería ya.

Le acaricié las nalgas por encima del pantalón. Las apreté. Sus glúteos eran firmes y perfectos. Agarré la cinturilla del pantalón y tiré hacia abajo. Quería que se los quitara. Él seguía explorándome la boca. Pero de pronto dejó de besarme y me miró. Sus labios estaban húmedos y enrojecidos, y sus ojos verdes destellantes.

—¿Tomas anticonceptivos? —preguntó susurrante mientras lamía el lóbulo de mi oreja.

Pues lo cierto era que sí, los tomaba desde que tenía dieciséis años. Mi regla era muy dolorosa e irregular y los anticonceptivos normalizaban ese problema.

—Sí, los tomo de siempre —le contesté con la respiración agitada.

Él seguía frotándose entre mis piernas.

—Quiero hacerlo sin preservativo. Pero si tú quieres me lo pondré.

Ahora estaba todavía más excitada. Hablar de eso con él hizo que mi pulso se acelerara aún más.

—Yo estoy sana. Y tú también, ¿no? —le dije, acariciándole la cara con el dorso de mi mano.

¡Oh, Dios, ese momento era tan íntimo…!

—Sanísimo —siseó él, besándome la palma.

—Bien, pues entonces quítate esto de una vez. —Y le tiré del pantalón de nuevo.

Él me sonrió con complicidad, se incorporó un poco entre mis piernas, mientras se deshizo de toda su ropa. Yo clavé la vista en su ansiosa e imponente erección. Le deseaba. Le deseaba muchísimo.

Se tumbó sobre mí y sentí el ligero vello de sus pectorales sobre mis pechos. Cómo chocaban nuestros sexos. Yo moví las caderas, anhelante. Quería sentirlo.

¡Dios mío, ese hombre era un experto en preliminares!

Tomó uno de mis pechos y succionó con firmeza el pezón. Luego hizo lo mismo con el otro. Hundió su cabeza en mi cuello, lamió y volvió a succionar. Su sexo buscó desesperado el mío y viceversa, y una vez allí se fundió despacio en mí. Deslizándose con irritante lentitud. Mientras me penetraba me agarraba la cara, sujetándome la barbilla, obligándome a mirarlo.

Su mirada era fulgurante.

—Voy a terminar lo que empezamos el otro día. —Su voz era casi un gruñido.

—Sí, por favor —susurré suplicante.

—Eres… muy bonita —murmuró.

Acababa de tocar el cielo. Ese sexy y extraordinario hombre me estaba haciendo el amor como nunca me lo habían hecho.

Y fue en ese momento cuando empezó a moverse de manera apresurada y alucinante. Entraba y salía de mí con expertos y coordinados movimientos. Una y otra vez. Tenía la cabeza apoyada en mi hombro y una de sus manos agarraba mi cadera. Yo lo envolví con las piernas. No quería que saliera de mí. Lo quería allí. Me agarré a su espalda mientras me acoplaba a sus majestuosas embestidas.

—¡Oh! Carolina —gruñó, mordiéndome el hombro—. Eres deliciosa.

Nuestros cuerpos estaban empapados en sudor. El sabor salado de su piel me maravilló.

—No pares —le susurré, ensamblándome a sus embates.

Él seguía con intensas y duras acometidas y yo empecé a notar que todas mis terminaciones nerviosas palpitaban en lo más hondo de mi vientre, deseosas de arder en llamas.

—Héctor…, creo… ¡Oh!

Se detuvo bruscamente y sin saber cómo se dio la vuelta, de manera que ahora era yo la que estaba encima de él, a horcajadas. Se acomodó sobre las almohadas sin salirse de mí. Puso sus enormes y maravillosas manos sobre mis nalgas y me movió al compás de sus movimientos.

—Esto todavía no ha terminado —susurró con los dientes apretados y la respiración agitada.

Desde allí podía sentirlo muy adentro. Arriba y abajo. Él apretaba mis glúteos. Tocaba mis muslos. Estaba a punto de explotar, pero intenté contenerme. En esa nueva postura me sentía poderosa. Observé su rostro hechizado y decidí tomar las riendas. Ahora era yo la que se movía. Quería darle placer.

—¡Oh! Sí, nena.

Me moví sobre él. Entrando y saliendo. Era grandioso. No quería estar en otro sitio que no fuera ese. Con él. Adaptándome a su cuerpo. A su extraordinario y fascinante cuerpo. Él me sujetaba fuertemente las caderas y tiró de mí. Delante y atrás.

—Me encantas. Eres maravillosa.

Cada palabra que salía de su boca era una inyección de adrenalina. Su voz era electrizante.

Me acerqué a su boca y lo besé con desenfreno. Le agarré la cara con las dos manos y le mordí el labio inferior. Él emitió un profundo gemido que hizo que me estremeciera de placer.

Había imaginado que hacer el amor con él sería fantástico, pero esto superaba mis expectativas.

Tenía la vista clavada en mí. Me apretaba un muslo y con la otra mano me masajeaba un pecho. Se movía debajo de mí, asaltándome. Bombeaba sus caderas a un ritmo desbocado. Empecé a notar que la mecha acababa de prender y estaba llegando a su recorrido final.

—¡Oh, Dios, Héctor! —grité, agarrándome a sus anchos hombros.

—Venga, nena. ¡Sí!

Me sacudió fuertemente mientras sentía que todos mis sentidos se rendían, embrujados. Y de repente noté su dulce y abrasador jugo llenándome en lo más profundo de mi ser al tiempo que me derrumbaba sobre él, alcanzando un clímax placentero y hechizante.

Permanecimos abrazados en su enorme cama. Él me besó el pelo, suave y delicado. Quería que el tiempo se detuviese y quedarme allí para siempre.

—Dime una cosa —me dijo, cogiéndome la cara para que lo mirase—. No habrás hecho esto solo para que te pinte un cuadro, ¿no? —Y me sonrió malicioso, con las mejillas enrojecidas.

—Bueno…, era una forma de convencerte —respondí, sonriendo y besándole la nariz.

—Entonces tendré que pintarte una docena —murmuró antes de fundirse de nuevo en mi boca.

Minutos después estábamos en su espacioso baño. Las paredes y el suelo eran de mármol en tonos tierra. La ducha contaba con un enorme sistema de hidromasaje de última tecnología. Por un momento creí que estaba en un hotel de súper lujo. Todo estaba impecable y ordenado. Me condujo al interior de la ducha y nos enjabonamos juntos, entre caricias y besos. Me recogí el pelo en un sencillo moño y él me frotó la espalda con ternura. Su modo de mirarme y acariciarme era muy especial. La primera vez que nos besamos en mi casa, su manera de tocarme era más sexual, menos íntima, pero ahora parecía distinto. Se deleitaba en sus caricias. Estaba disfrutando de mi cuerpo y eso hacía que me sintiera extremadamente femenina y muy sexy.

—Me encanta tocarte —murmuró.

«Y a mí que me toques», pensé.

Era como si siempre me hubiese visto desnuda. Como si nuestros cuerpos ya se conocieran. Permanecimos un largo rato en la ducha enjabonándonos uno al otro. Pasé mis manos por sus pectorales y por su abdomen rígido y musculoso. Se dio la vuelta, apoyando los brazos en la pared y le lavé la espalda y los hombros. Le froté lentamente, deslizando mi mano por su columna vertebral hasta que llegué a su costado. Noté de nuevo su cicatriz bajo mis dedos e hice lo que quise hacer antes.

Me agaché un poco y le regué de besos aquella castigada zona. En cuanto empecé a besarle su herida percibí que se estremecía y torcía la cabeza hacia atrás. Seguí besándolo, despacio, y subí por el costado. La imagen de él en esa ducha y con las manos abiertas apoyadas en el frío mármol era inmensamente erótica.

De forma que me coloqué delante suya, quedando entre sus brazos y continué besándole el pecho. Le mordí los pezones y él vibró de excitación. Sentí de nuevo su orgullosa y prominente erección apuntándome expectante. Lo tenía delante de mí, expuesto a mis caricias y halagos. Lentamente comencé a bajar, lamiéndolo y bebiendo de su sabroso cuerpo empapado. Quería hacerlo, quería probarle. Quería saborear todos los recodos de su extraordinario cuerpo.

Y sabía que él lo estaba deseando.

Me sentía como una diosa del deseo, dispuesta a dar y recibir placer.

Nuestras respiraciones jadeantes y el murmullo del agua corriendo infinito inundaban aquel momento. Le besé el abdomen y, poco a poco, clavé mis rodillas en el suelo mojado, admirando su interminable erección. La rodeé con mis dedos. La abracé con mis manos. Él se sujetó con fuerza a la pared, con las mandíbulas apretadas. Anhelante. Entonces acerqué mis labios a su perfecto pene y lo rodeé con mi lengua, con delicados y lentos movimientos.

Los músculos de sus piernas se contrajeron al tiempo que yo introducía más y más su delicioso miembro en mi boca. Lo chupé, lo saboreé, lo degusté. En principio con movimientos sosegados, pero cuanto más lo probaba, más me gustaba. Él comenzó a menearse dentro de mi boca, rebosante de excitación. Me tiró del pelo con una mano y con la otra se sujetó a la pared. Torció la cabeza hacia atrás, apretando los dientes y el gesto contraído de placer.

—Oh, Dios… Carolina —gruñó con un sonido agónico.

Lo miré desde allí abajo mientras me degustaba de él. Verlo de esa forma, tórridamente excitado, me poseyó. Sentí que iba a derramarse de un momento a otro. Pero no quise parar. Puse una mano en uno de sus glúteos y con la otra le acaricié toda la grandeza de su erección. Tracé círculos con mi lengua por su sexo suave y sedoso. Pero de repente se apartó y me levantó del suelo.

—Ven aquí —gimió.

Me agarró los pechos con fuerza y metió la cabeza entre ellos, besándolos y mordiéndolos con desesperada pasión.

Bajó sus manos hasta mis nalgas y me cogió en peso sin el menor esfuerzo aparente. Entonces me penetró en esa postura. Se hundió en mí, apoyando mi espalda en la dura y fría pared de mármol. Apretando firmemente mis glúteos. Esta vez mucho más brusco, más salvaje. Pero infinitamente provocador. Se movía a un ritmo vertiginoso. Me embistió más y más fuerte. Más y más profundo.

—¿Te gusta? —me preguntó con los dientes apretados, sin dejar de hundirse.

—Me vuelve loca —le susurré, chupándole el lóbulo de la oreja.

Me mordió el hombro y siguió empujando más y más. Bamboleándose, experto.

Ese hombre estaba a punto de hacerme perder la cabeza. Todas mis sensaciones y emociones estaban a flor de piel. Exhibidas y abiertas. Me agarré a su cuello rodeándolo con los brazos. Se fundía en mí sin descanso, mientras notaba cada centímetro de su virilidad.

—¡Héctor...! Sí, por favor... —grité, aferrándome a su cuerpo en cada una de sus turbulentas sacudidas.

—¡Dios, Carolina! —gruñó, pegando su frente a la mía.

Su respiración era cada vez más dificultosa. Nuestros jadeos se mezclaron acompasados. Y en ese momento sentí su misil explotar dentro de mí, al tiempo que mi vientre lo recibía caliente y enloquecedor.

Se quedó pegado a mí, deteniéndose lentamente mientras saboreábamos los últimos resquicios de ese orgasmo demoledor.

Entonces me incorporé un poco y lo miré. Él todavía me sujetaba en brazos y le dije con la respiración agitada:

—Me gusta mucho tu cuarto de baño.

Sonrió con los ojos vidriosos de excitación y me plantó un casto beso en los labios.

Una hora más tarde estábamos cómodamente sentados en su sofá. Mis piernas sobre su regazo. Él sujetaba una tarrina de helado Ben & Jerrys de chocolate con plátanos. Ya sabía otra cosa más de él. Le encantaba el helado. Tan solo llevaba puesto el pantalón gris de pijama. A mí me había dejado una vieja camiseta suya que me quedaba cinco tallas grandes, pero me encantaba. Olía a él, a Héctor.

Había puesto la tele, pero no la estábamos viendo. Él bromeaba conmigo y jugaba a no darme helado. Estaba tan despreocupado y jovial que resultaba sencillamente adorable. Su casa era preciosa. Me encontraba muy bien con él. Sabía que se estaba esforzando mucho para que me sintiera cómoda.

A veces lo miraba y no podía creer que fuera hermano de Rafa. ¡Oh, Dios mío, Rafa! No quise pensar en eso todavía, pero no podía evitarlo. Héctor me gustaba muchísimo y si seguíamos juntos, tarde o temprano se enteraría. Y sus padres, qué pensarían... No debía precipitarme. Esto solo acababa de empezar. Nadie tenía por qué enterarse de nada. Cristina tenía razón. Carpe diem.

¡Cristina!

Era muy tarde. No sabía si estaría despierta.

—Tengo que enviarle un mensaje a Cristina, le dije que la llamaría y se me ha olvidado —le comenté mientras me levantaba del sofá y de su regazo.

—Dile que estabas muy entretenida dándome un masaje —bromeó él. Yo hice un mohín.

Mi bolso estaba encima de la cama. Lo abrí y saqué el móvil. Vaya, tenía tres llamadas perdidas y dos mensajes. Ni siquiera lo había oído. Supuse que se debía a lo «entretenida» que había estado...

Miré el registro de llamadas y una de ellas era de Cristina, y las otras dos de Rafa. No podía ser. Otra vez no. Miré a Héctor, pero él prestaba atención a la tele. Abrí los mensajes. El primero era de Cristina.

Carolina, no me has llamado. Imagino que estarás ocupada, jiji. Bueno, pásalo bien. Escríbeme un mensaje al menos. Por cierto, no quiero agobiarte, pero el pesado de Rafa ha llamado al telefonillo. Lo he mandado a paseo. Diviértete. Tq.

La respondí al momento.

Cristina, lo siento, no he oído la llamada. Me lo estoy pasando muy bien. Mañana te cuento. Que le den a Rafa. Yo también Tq.

Abrí el mensaje de Rafa.

Carol, no respondes a mis llamadas. Solo quiero hablar contigo. He ido a tu casa y tampoco estás. Necesito verte. Sé que he metido la pata. Dime qué tengo que hacer para arreglarlo. Te necesito.

«*Maldito hijo de... Lo que puedes hacer es irte al cuerno*», pensé.
Tan solo quería que me dejara tranquila.

De repente sentí que me iba a dar un ataque de ansiedad. Sabía lo insistente que podía llegar a ser Rafa. Lo conocía bastante. Pero esta vez pensé que sería distinto. Fue él quien cortó. Creí que me dejaría en paz de una vez por todas. Habían sido tres meses sin llamarme y ahora, de buenas a primera, quería volver conmigo. Esto era de locos.

—Si no vienes pronto me comeré todo el helado —advirtió Héctor, devolviéndome al presente y levantando la tarrina para que la viera, sin apartar la vista de la tele.

Apagué el móvil rápidamente. No quería que volviera a sonar. Ya me ocuparía de ese asunto en otro momento. Lo guardé en el bolso y volví al sofá con Héctor. Allí era donde quería estar.

Me senté a su lado, me cogió las piernas y me las volvió a colocar en su regazo. Sin dejar de mirar la tele me dio helado de su cuchara. Estaba viendo una serie americana, parecía que le gustaba bastante. Me explicó un poco el argumento cuando le pregunté. Era tan guapo... Me apetecía besarlo de nuevo, pero no quería ser empalagosa. Preferí que me besara él. Le quité la cuchara y el helado, pero él prestó más atención a la tele.

Al minuto me miró y me hizo un gesto con la cabeza para que le diera un poco y yo me negué, saboreando la cuchara. Fue entonces cuando me agarró del pelo e introdujo su lengua en mi boca robándome el helado y parte del corazón.

¡Bingo!

El helado estaba delicioso pero él mucho más.

Era muy tarde y nos quedamos dormidos en el sofá. Cuando quise darme cuenta me llevaba en brazos hacia la cama. Por un momento creí que era un sueño, pero no, afortunadamente era real. Estaba en sus brazos y me llevaba a su lecho. Tenía la sensación de que habíamos dado un paso agigantado. Habíamos cruzado la línea. Y de una cosa estaba segura, no quería volver.

Me soltó, delicado, sobre las inmaculadas sábanas y se colocó detrás de mí, acoplándose a mi cuerpo. Finalmente, el sueño se apoderó de nosotros.

Después de esa noche..., dormir sin él sería un verdadero suplicio.

Capítulo 12

«Y cuando me duerma en las noches,
agradeceré por cada bendición que me rodea.
Por cada tropiezo.
El aliento de cada momento quiero probar...».

Angel - The Corrs

La luz que se asomaba por aquellos enormes ventanales me hizo parpadear. Tenía una sensación de profunda serenidad. Por un momento no recordaba dónde estaba, pero de pronto las imágenes asaltaron mi cabeza como diapositivas. Él poseyéndome en su cama... La escena en la ducha...

Miré a mi lado, pero no había nadie, me encontraba sola en su cama. Me incorporé un poco, fijándome en el sofá. Tampoco estaba. Ni en la cocina. Olía a café recién hecho. Humm...

Me levanté con el pelo revuelto y su camiseta cinco tallas grandes. Saqué de mi bolsa de viaje un neceser de aseo y me fui directa al baño. Me cepillé los dientes y me puse más o menos presentable. Mis rizos estaban muy enredados, pero me los arreglé con los dedos y me dejé el pelo suelto.

El dormitorio del fondo tenía la puerta abierta, debía estar allí. Me apoyé en el marco de la puerta y lo miré. Estaba sentado delante de una mesa de dibujo regulable en altura e inclinación. Tenía puestas unas gafas de vista y observaba unos planos con detenimiento. No me había visto y yo aproveché la ocasión para observarlo. Con esas gafas estaba muy interesante. Tan guapo...

La habitación era bastante amplia. La utilizaba como cuarto de estudio. Tenía un armario empotrado en una de las paredes con unas puertas correderas de cristal blanco. En medio de la estancia se hallaba la mesa de dibujo. Al fondo, un sofá azul de dos plazas, y justo al lado de la ventana avisté un caballete trípode de pintura con un óleo ya empezado. Alrededor del caballete, esparcidos por el suelo, se encontraban todos los accesorios: paletas, un maletín con pinturas y algunos paños manchados. Había más cuadros ya pintados amontonados en una de las esquinas, junto con tubos de papel rígidos donde imaginé que guardaría los planos de sus trabajos. Mientras observaba ese perfecto y diminuto caos de arte y arquitectura, él levantó la vista y me miró.

—Buenos días, pequeñita. —Seguía sin camiseta y con el pantalón gris de pijama. Me hizo un gesto con la mano para que me arrimara a él. Yo le sonreí y me acerqué.

—¿Estás trabajando? —pregunté mientras él me acurrucaba entre sus piernas para enseñarme los planos.

—Solo estoy revisando algunas cosas.

—¿Qué es? —quise saber, señalando el plano con ignorancia absoluta.

—Son unas galerías comerciales que estamos diseñando en Nueva York. Algunos de los inversores de este proyecto son los mismos que los del centro comercial de San Francisco, y están muy interesados en nuestro estilo.

Miré el dibujo y no entendí nada en esa maraña de trazos, líneas en movimientos, rectas y puntos en dimensiones infinitas.

¡Oh, Dios mío!, era cierto. Me comentó algo sobre irse a Nueva York a vivir. La idea hizo que se me cerrara el estómago, pero intenté fingir indiferencia. Solo había pasado una noche con él, no quería que pensara que estaba loca por sus huesos. Aunque así fuera…

Seguí preguntándole por el proyecto y él me contaba entusiasmado. Se notaba que le apasionaba su trabajo.

—¿Quieres café? —me preguntó, apartando un mechón de mi cabello.

Me encantaba cuando hacía eso. Era muy cariñoso.

—Sí, gracias.

En la cocina me indicó que me sentara en un taburete y me sirvió el café. Sacó unos sabrosos croissants de la alacena y los metió en el horno unos minutos. Luego les untó mantequilla y me los acercó.

—¿Te gusta cocinar? —pregunté.

—Sí, me gusta, pero no tengo mucho tiempo. Estoy casi todo el día fuera. Tengo una señora que recoge la casa y me cocina de vez en cuando.

—Ya me extrañaba a mí que lo tuvieras todo tan reluciente —le dije mientras mordía el croissant.

—Te equivocas conmigo. Soy muy limpio y ordenado. —Y me hizo un mohín.

Lo contemplé de arriba abajo mientras desayunaba.

—¿Qué deporte practicas?

—Estás muy preguntona esta mañana, ¿no? —Me guiñó un ojo—.Voy al gimnasio y juego al pádel.

—Ah, claro, ahora lo entiendo.

—¿El qué? —preguntó extrañado.

—La resistencia en tus piernas —bromeé con una insinuante sonrisa.

Él soltó una carcajada y se acercó a mí, sensual.

—Eres muy graciosilla —murmuró, haciéndome cosquillas en la cintura.

Yo me retorcí, nerviosa.

—No, Héctor —exclamé entre risas, sujetándole las manos. Estaba muy cerca de mí.

¡Oh, Dios mío!, no soportaba las cosquillas. Tenía por todas partes. Era mi punto débil y él acababa de descubrirlo.

—Con que tienes cosquillas… humm, qué interesante —me dijo juguetón—. Si quieres volver a probar la resistencia de mis piernas, solo tienes que decírmelo.

Le dio la vuelta al taburete giratorio y se puso entre mis piernas.

Me pasé la lengua por los labios, intentando asimilar lo que venía a continuación. Quería hacerme de nuevo el amor y yo lo estaba deseando.

Me cogió en brazos, mientras me besaba como él solo sabía. Yo me colgué de su cuello y le rodeé las caderas con mis piernas. Pensé que nunca me cansaría de estar en sus brazos. Todavía llevaba las gafas puestas. Se acercó a la isla de la cocina y me dejó caer sobre ella. Noté el frío acero de la encimera bajo mis nalgas. Él se quitó las gafas y las dejó a un lado. Metió las manos por debajo de mi camiseta y me acarició la espalda y la cintura. Seguía besándome con ímpetu. Entonces se detuvo y me dijo con una mirada salvaje:

—Ya conoces mi dormitorio y el baño, ahora voy a enseñarte la cocina. Espero que te guste.

—Me encanta tu casa —susurré, mordiéndome el labio.

—Me alegro, porque pienso mostrarte todos los rincones.

Agarró mi camiseta y me la sacó, lascivo, por la cabeza. Rodeó mis pechos con sus preciosas manos y los besó con insistencia.

Y allí mismo, sobre el helado acero, me hizo el amor con desesperada pasión, hasta que nuestros cuerpos alcanzaron juntos una cima de intenso placer.

Tres horas más tarde estábamos sentados en la terraza de un restaurante italiano. Estaba haciendo de guía turístico para mí. Habíamos paseado por los alrededores de La Giralda y me había mostrado el Parque María Luisa y su excepcional Plaza de España. Me comentó detalles interesantes de la arquitectura regionalista. No tenía ni idea de que fuera a gustarme tanto Sevilla. Desde luego el que él estuviera conmigo tenía mucho que ver con mi adoración por la capital andaluza.

Estaba tomándome una Coca-Cola fresquita. A esa hora el calor en Sevilla era abrumador y nos resguardábamos bajo la enorme sombrilla de la mesa.

El camarero, un joven bajito y con acento italiano, se acercó y nos dejó las cartas.

Se me acababa de ocurrir una idea.

—Bueno, he pensado que como ayer fuiste tú quien pidió la cena, hoy decidiré yo —le propuse, mirándolo risueña por encima de la carta.

Él asintió, devolviéndome la sonrisa y susurró:

—Por mí, perfecto.

El camarero se acercó con la libreta en la mano.

—¿Saben ya los señores que van a tomar?

—Sí, yo quiero pasta fresca a los cuatro quesos y para él lasaña de verduras.

Él levantó la vista hacia mí y me miró sorprendido. Punto para mí…

—Vaya, has acertado, me encanta la lasaña. —Yo le sonreí satisfecha.

Se quedó mirándome un largo rato, apoyado sobre el respaldo de su silla. Como si estuviera analizándome.

—¿Qué? —le pregunté, bebiéndome el refresco.

—Necesito saber por qué me detuviste el otro día en tu casa.

Ahora su mirada era seria, como si pudiera traspasarme.

—No sé, Héctor… No estaba del todo segura…

—¿Por qué no estabas segura? Por mí o por mi hermano. —Se tocó el pelo con las manos en un gesto de nerviosismo—. Tenemos que hablar de esto, Carolina.

—Héctor, yo ya no estoy enamorada de tu hermano, si es eso lo que quieres saber.

—¿Le dejaste tú?

—No, fue él quien me dejó. Está con otra.

—¿De verdad?

—Sí, de verdad. Y para mí es un alivio. Hacía mucho tiempo que lo nuestro se había acabado.

Él me observaba impasible.

—Todo esto es... No sé... muy raro. Nunca imaginé que tú y yo... bueno, en fin... Eres preciosa y me gustas mucho... Pero que seas la exnovia de mi hermano complica bastante las cosas.

Vaya, yo le gustaba mucho.

—Héctor, ¿qué intentas decirme?

—Quiero estar seguro de que ya no sientes nada por él. No me gustaría darme cuenta de que estoy en medio. Vuestra relación ha sido muy larga...

—No, ya te lo he dicho. Ya no le quiero.

Se quedó en silencio un rato y luego continuó:

—Carolina, yo... seguramente me vaya a Nueva York muy pronto. Solo quiero que el tiempo que esté aquí podamos divertirnos juntos. A lo mejor, tú no piensas lo mismo.

Claro, eso era lo que tenía pensado. Divertirse conmigo hasta que se fuera. En realidad no podía reprocharle nada. Él no tenía la culpa de que yo estuviera loca por él. Además, no creí que siendo la ex de su hermano, pudiera pensar en mí como algo más que un ligue oculto. No estaba segura de querer eso. Pero tampoco tenía claro que quería, era pronto. Este fin de semana había sido muy intenso. Quizás a él no le gustaban demasiado las relaciones serias, pero yo no conocía otra cosa. Ahora me insinuaba que quería que nos acostásemos pero sin compromisos. Muy bien, si era eso lo que quería, sería eso lo que tendríamos.

—Verás, Héctor, tú también me gustas y, si te soy sincera, divertirme es lo único que quiero.

Él sonrió y me agarró una mano. Yo le devolví la sonrisa, pero en lo más profundo de mi ser sabía que todo eso no me hacía gracia.

—Por ahora parece que nos entendemos bastante bien —aseguró, acariciándome la palma de la mano con el pulgar. Dios mío, podía hacer que me estremeciera con una simple caricia.

Almorzamos tranquilamente bajo el intenso calor sevillano. Hablamos de esto y lo otro. Cuanto más le conocía más me gustaba.

Después me llevó a una heladería en una preciosa plaza, en los alrededores de la Catedral de Santa María. Intenté invitarlo yo al helado, pero tampoco me dejó. Lo estaba pasando de maravilla con él. No quería que acabase el fin de semana. Pasamos el resto de la tarde paseando y contándonos cosas nuestras. No podía creer que Rafa y él fueran hermanos, eran totalmente diferentes.

Era bastante tarde. Llegó la hora de marcharse. Íbamos a por el coche, un parking céntrico donde lo habíamos dejado antes de almorzar. Bromeaba con él mientras bajábamos unas escaleras que conducían al aparcamiento subterráneo, cuando de repente me tropecé con alguien que subía por el mismo acceso. Alcé la vista y allí estaba ella otra vez: Patricia. Con su perfecta melena negra y lisa, un vestido de estampado camuflaje y unas enormes y favorecedoras gafas de sol.

¡Argg! No podía ser. Iba con una amiga. Una chica también joven y no muy agraciada. Seguro que se buscaba amigas feas para destacar. Estaba riéndome con Héctor, pero en cuanto la tuve delante de mí, mi sonrisa se esfumó a la velocidad de la luz.

—Vaya, hola, parejita —exhaló ella al tiempo que se levantaba las gafas y se las colocaba en la cabeza.

En ese momento miré a Héctor. Su expresión había cambiado completamente. Intentaba fingir naturalidad, pero me daba la impresión de que esa mujer lo alteraba muchísimo.

—Hola, Patricia —respondió él. Yo le sonreí a modo de saludo sin ninguna gana.

—¿Dónde vais? —preguntó ella, mirándome de arriba abajo.

—Hemos dejado el coche aquí abajo. Voy a llevar a Carolina a Cádiz —contestó él, dándole demasiadas explicaciones para mi gusto.

—¿Eres de Cádiz?

—Sí —respondí sin más.

—¡Ah! Pensé que eras sevillana. Entonces, ¿qué tal, te gusta Sevilla? —me preguntó ella con fingida amabilidad.

—Sí, es preciosa. Además, he tenido un guía turístico maravilloso. —Y miré a Héctor. Él me sonrió nervioso.

Ese comentario a ella no le gustó demasiado.

—Sí, Héctor es muy atento —me dijo sin quitarle ojo a él—. ¿Has visto qué apartamento tan bonito tiene?

Sin duda alguna sabía que me había hecho esa pregunta para incomodarme.

—Es muy bonito —repetí.

—Héctor, ¿no le has dicho que te ayudé a decorarlo? —preguntó mirándolo a los ojos.

Yo miré a Héctor.

—Sí, bueno, el padre de Patricia tiene una tienda de muebles aquí en Sevilla y ella me ayudó a elegir algunos —contestó él cada vez más nervioso.

—¿Has visto la cama? Es una pieza única, la trajimos de Tailandia —farfulló ella, provocándome claramente—. Es alucinante, ¿verdad? —Y lo miró a él con una sonrisa en sus labios que a mí me irritó profundamente.

Ahora sabía que no era de la cama de lo que estaba hablando. Odiaba la sensación que esa mujer me provocaba, pero no iba a dejar que me pisoteara.

—La cama está bien. Pero me gusta más el baño —masculló con todo el descaro que fui capaz de expresar.

Él me miró de repente, sorprendido ante mi comentario. Luego sonrió.

—¿Y Mario? —preguntó él, cambiando de tema. Muy audaz.

—Se ha quedado en casa, trabajando un poco. Yo hoy había quedado con mi amiga Sole. —Y señaló a la joven que estaba a su lado, que nos sonrió educada.

—Bueno, tortolitos. —Su tono fue burlón y exasperante—. No os entretengo. Carolina, si no nos vemos más… ha sido un placer conocerte.

Todo lo que decía iba dirigido a incomodarme: «Si no nos vemos más». ¿Qué quería decir con eso? ¿Estaba insinuando que Héctor se cansaría de mí? No la soportaba ni un minuto más.

—Igualmente, Patricia. Adiós —contesté.

—Adiós, Patricia —le dijo Héctor.

—Adiós, Héctor —contestó ella, dejando el ambiente impregnado de un intenso perfume caro y sofisticado.

Seguimos bajando las escaleras. Respiré hondo, satisfecha de perder de vista a aquella irritante mujer. Me monté en el coche, en silencio. Noté la tensión entre nosotros. Héctor estaba intentando disimular, pero sabía que estaba nervioso.

Nos pusimos rumbo a Cádiz y durante el camino apenas mencioné una palabra. Tenía ganas de preguntarle si volvería a Sevilla o dormiría esa noche en su piso de Cádiz, pero no lo hice. La aparición de Patricia y sus comentarios me habían dejado traspuesta. Lo único que hacía era darle vueltas a la cabeza. Sabía que durante la semana él estaría en Sevilla y no le vería. No tenía forma de saber si se veían a escondidas. Ella conocía su apartamento y su cama. No había dudado ni un segundo en soltármelo. Odiaba esa sensación de inseguridad y desconfianza. No quería sentirme así.

Llegamos a mi calle y aparcó el coche delante de mi portal. Ya había oscurecido. El viaje de vuelta había sido bastante incómodo. Él se bajó y sacó mi bolsa del maletero.

—Me lo he pasado muy bien contigo, Carolina. —Se acercó a mí para darme la bolsa.

—Sí, yo también.

—Estaré toda la semana en Sevilla. Tengo mucho trabajo estos días, pero el próximo fin de semana volveré a Cádiz. Espero verte.

Me buscó la mirada como si estuviera preguntándome.

Estaba muy molesta por la aparición de Patricia y por el hecho de no saber si se verían o no durante los días siguientes, pero no quería decir ni hacer nada que se lo demostrara, así que fingí el tiempo que me quedaba a su lado y actué de la manera más natural posible.

—Sí, ya nos veremos —murmuré nerviosa, agarrando mi bolsa.

Él se acercó para darme un beso en los labios, pero yo le puse la mejilla y, sin apenas mirarlo, me di la vuelta, abrí mi portal y me escondí dentro con una desmedida presteza. Necesitaba alejarme todo lo que pudiera de él. Me monté en el ascensor y pulsé el 5º. Una vez en mi casa, tuve la sensación de hallarme a salvo. Cristina no estaba. Me duché tranquilamente y me preparé la cena mientras veía un poco la tele.

Recordé que seguía con el móvil apagado. Lo saqué del bolso y lo encendí. A los dos minutos empezaron a llegarme mensajes de Rafa. Había muchísimas llamadas perdidas y varios mensajes de texto. En todos decía lo mismo. Insistía en que nos viéramos. Los borré al instante y, a continuación, le mandé uno a Cristina diciéndole que ya estaba en casa. Me respondió de inmediato:

Ok. Estoy llegando.

Pensé en Rafa. ¿Cuándo se cansaría de molestarme?

Una hora después Cristina llegó. Me contó que había estado todo el día en la playa, con Raúl y sus amigos, y con Marta y Raquel.

Le relaté mi escapada a Sevilla sin profundizar en detalles. Cristina era la persona en la que más confiaba del mundo entero, pero, sinceramente, hablar de sexo con ella era algo que me resultaba muy embarazoso. Al fin y al cabo era mi hermanita pequeña.

—Pero ¿os habéis liado o no? —me preguntó, deseosa de conocer todos los detalles.

—Sí —le contesté, sonrojándome.

—¡Guauuu! ¿Y qué tal es en la cama? —Estaba sentada en el sofá junto a mí, con las piernas recogidas.

—¡Cristina! —exclamé, arrugando el entrecejo.

—¿Qué? Solo quiero saber si es bueno, si te lo has pasado bien con él.

—Sí, muy bien.

—¿Es mejor que Rafa? —me preguntó curiosa.

—¡Cristina! —grité de nuevo, escandalizada—. No quiero hacer comparaciones.

Ella rio a carcajadas mientras apoyaba la cabeza en el sofá.

—Entonces, ¿Héctor es mejor?

Lo cierto es que no quise responder a esa pregunta, pero sí, con Héctor era diferente. Simplemente me encantaba.

Asentí con la cabeza en silencio. Ella me miró y dijo:

—Te gusta de verdad, ¿no?

—Bueno, me gusta. Pero da igual, seguramente se vaya a Nueva York a trabajar, ya lo oíste aquel día. Además hay otra mujer.

—¿Otra mujer? ¿Tiene novia?

—No exactamente. Es la mujer de su socio. Héctor tiene un restaurante en Sevilla, me llevó ayer y ella y su socio estaban allí. Tendrías que verla, es guapísima. Estoy segura de que están liados.

Cristina me escuchó con atención. Le conté nuestro primer encuentro en el bar y también lo que había pasado en el parking.

—Creo que esa chica le gusta. Su expresión cambia en cuanto ella aparece. Y lo peor es que ahora estará toda la semana en Sevilla y yo no tengo ni idea si se ven o no.

—Ante eso no puedes hacer nada, Carol. Tendrás que esperar a ver cómo van resultando las cosas. Solo has pasado una noche con él. No deberías hacerte demasiadas ilusiones. —Me agarró la mano con gesto consolador—. Creo que a Héctor le gustas, pero si te soy sincera, te aconsejo que andes con cuidado con él.

—¿Qué quieres decir? —le pregunté desconcertada.

—Carol, Héctor es un hombre muy guapo y maduro, tiene un buen trabajo y éxito profesional. No tiene dificultades para tener relaciones sexuales. Si está liado con esa mujer seguramente le gusta el morbo de lo prohibido. —Yo la escuchaba con atención—. Y encima dices que es guapísima. No me extraña que se haya enamorado un poco de ella. —En cuanto dijo eso, una sensación de angustia me invadió—. Pero aun estando ella, se ha fijado en ti. Que para colmo eres la exnovia de su hermano, y eso también le provoca. Tal y como yo lo veo, a Héctor le gustan los retos. Si se lo pones fácil, acabará aburriéndose.

—Entonces, según tú, ¿qué debería hacer? —Estaba claro que Cristina tenía mucha más experiencia que yo en hombres.

—Por ahora esperar. No lo llames ni le escribas ningún mensaje.

—Por supuesto que no iba a hacerlo —protesté frunciendo el entrecejo—. Pero ¿y si él no me llama? —le pregunté aterrada ante la idea.

—Te llamará. Ya lo verás —aseguró convencida.

—Pero si ni siquiera me ha pedido el teléfono. No creo que tenga mi número.

—Claro que lo tiene, se lo di yo el día que vino a verte aquí. Creí que te lo había dicho. Le di la dirección de casa y tu teléfono.

—Entonces solo me queda esperar.

—Sí, así es. Y olvídate de ella, no te tortures en vano.

Sí, tal vez Cristina llevara razón, debía olvidarme de ella y esperar. Al fin y al cabo no quedaban muchas opciones.

Me levanté del sofá y me dirigí a mi habitación. Antes de cerrar la puerta la miré y le comenté:

—Él me ha dicho que quiere estar conmigo hasta que se vaya a Nueva York, pero la idea de que se marche me pone los vellos de punta.

—De ti depende que no lo haga —afirmó ella, levantando las cejas.

—¿De mí?

—Sí. Yo pienso que a veces el amor es una carrera de fondo, que cuanto más entrenes y más tiempo le dediques más lejos podrás llegar. En tu caso, tienes que hacer que se vuelva loco por ti, de manera que cuando llegue el momento de marcharse esté tan enganchado que no pueda alejarse.

La miré como si estuviera loca y le pregunté:

—¿Y cómo lo conseguiré? No tengo ni idea. Lo único que sé es que me encanta y quiero pasarme el día entero con él.

—Tendrás que sacrificarte un poco si quieres resultados. De momento, esta semana vamos a esperar a ver qué pasa. Pero recuerda, a Héctor le gustan los retos, si se lo pones fácil se aburrirá enseguida.

—Bueno, creo que ha sido demasiado para mí este fin de semana. Estoy agotada. Mañana seguiremos con nuestro plan de conquista —aseveré con una débil sonrisa, apoyada en el marco de mi puerta.

Ella me la devolvió y añadió:

—Descansa, sí. Buenas noches, Carol.

—Buenas noches. —Y me tumbé en la cama pensando en él.

Puse el despertador a las siete. Al día siguiente era lunes y otra vez la rutina. Él me había dicho que nos veríamos el fin de semana y ya se me estaba haciendo una eternidad. Suspiré al recordar su olor. Me di la vuelta y aspiré su perfume en mi almohada, la misma que le dejé el día que durmió en mi sofá. Todavía olía a él.

En mi mente solo tenía la imagen de sus maravillosas manos recorriendo mi cuerpo. Sus besos, sus caricias. Me asustaba el rumbo que estaban tomando las cosas, pero al mismo tiempo me fascinaba.

Capítulo 13

«Estoy completamente despierta,
y puedo ver.
El cielo perfecto está rasgado...».

Torn - Natalie Imbruglia

Era lunes, 1 de julio, y el sol aparecía amenazante. El calor en Cádiz ya era abrasador. Esa mañana abrí el armario y me puse un fresco y sencillo vestido sin mangas de color rosa maquillaje y me calcé unas bailarinas azul marino. No solía maquillarme mucho para ir al trabajo, pero ese día me apetecía estar radiante.

María estaba sentada en la recepción con el teléfono en la oreja, sujetándolo torpemente con el hombro al mismo tiempo que se hacía la manicura. Me ojeó por encima de las gafas mientras seguía hablando, imaginé que con un cliente de la asesoría, y me hizo un gesto con los ojos que quería decir que estaba muy guapa. Yo le sonreí y me dirigí a mi mesa. Saludé al resto de los chicos que me miraban asombrados.

¡Dios mío, lo que hacía un poco de maquillaje!

Emilio se acercó y me pidió que actualizase algunas nóminas y diera de baja a varios trabajadores de una empresa. Me puse manos a la obra con mi trabajo, pero hoy más que otros días me costaba concentrarme. Héctor ocupaba la mayor parte de mis pensamientos y no podía evitarlo.

Llegó la hora del desayuno y María me sacó casi a rastras de la oficina.

—Imagino que tendrás que contarme. Hoy estás radiante. Eso es buena señal —afirmó riendo.

—Sí, bueno... Este fin de semana... me quedé en su casa —le comenté en voz baja una vez sentadas en la taberna de siempre.

Ella se llevó las manos a la boca y exclamó:

—Entonces, ¿ha ocurrido? —Yo asentí con la cabeza.

—Me muero por conocerlo, querida.

Ya estaba viendo la cara que pondría María cuando lo conociera.

El resto del desayuno seguimos hablando de Héctor, le expliqué cómo me fue en Sevilla y le mencioné lo de Patricia. Ella me aconsejó que fuera con cuidado con él. Finalmente, le conté lo de la llamada de Rafa y sus continuos mensajes.

En realidad, María era la única que sabía con profundidad mis problemas con Rafa. Ni siquiera a Cristina había sido capaz de contarle toda la verdad.

—Pero ¿qué coño quiere ahora? ¿No era él el que te había dejado?

—Ya, pero por lo visto quiere volver, dice que está arrepentido y que la Xuxa esa solo es su amiga.

—Tendrá morro… Querida, pues ya puedes esconderte bien con su hermanito porque en cuanto tú ex se entere…, te hará la vida imposible.

Esas palabras se quedaron grabadas en mi mente. María tenía razón. Rafa me había perseguido y casi acosado en todas nuestras peleas y nunca jamás hubo una tercera persona por mi parte. Pero ahora era diferente. La había y encima era su hermano, al que tanto detestaba. Tenía que intentar no pensar en eso por ahora.

Cuando volví a mi mesa tras el desayuno, saqué mi móvil del bolso. Estaba deseando recibir un mensaje o una llamada de Héctor, pero no había nada. Supuse que era pronto. En esos momentos él también estaría en su trabajo. Me pregunté si estaría pensando en mí. Lo guardé de nuevo y seguí a lo mío.

Estaba terminando la tarea que me había encomendado Emilio cuando Felipe se acercó a mi mesa. Había observado que últimamente no llevaba gafas. Creo que se había puesto lentillas. Ahora que lo pensaba estaba peor sin gafas…

Apoyó las manos sobre la superficie, se agachó, para mi gusto demasiado, y susurró:

—Solo quiero que sepas que hoy estás preciosa —lo dijo como probando a cambiar la voz. Intentaba parecer sensual, pero lo cierto era que a mí me resultó patético.

—Gracias, Felipe, eres muy amable —contesté con una fingida sonrisa.

—Tenemos una cita pendiente… —Y se alejó guiñándome un ojo.

La manera de ligar de ese tío estaba empezando a resultarme repulsiva. ¿Qué cita? ¿De qué coño hablaba? ¿Intentaba ligar conmigo haciéndose el interesante? Lo que me faltaba era ese imbécil dándome la vara en el trabajo.

Lo observé atónita mientras se alejaba. Miré a María que me preguntaba desde recepción frunciendo el ceño, me metí los dedos en la boca simulando que iba a vomitar, y ella se partió de la risa.

A las tres de la tarde salí de la oficina. Cuando estaba en la calle volví a sacar el móvil del bolso con un hilo esperanzador. Tampoco. Aún era pronto, me autoconvencí.

El calor a esa hora era casi insoportable. En cuanto llegara a casa pensaba comer rápido y largarme a la playa a darme un buen baño. Con ese bochorno el regreso a mi piso se me hizo eterno. Intenté cortar camino por el centro, cogiendo las calles más sombreadas. Normalmente iba al trabajo y volvía a casa por el paseo marítimo, pero ese día era casi imposible caminar a pleno sol. Llevaba el pelo suelto, pero los rizos se me estaban pegando al cuello a causa del sudor. Así que saqué una gomilla y me hice una rápida cola de caballo.

Finalmente, llegué a mi portal empapada en sudor. Estaba sacando las llaves del bolso cuando oí una voz detrás de mí. Aun con todo ese calor, el vello se me erizó.

—Carol, cariño.

Me di la vuelta y allí estaba... Rafa.

Lo imaginaba. Eso era lo que solía hacer siempre. Ya estaba tardando...

Llevaba una camiseta blanca y un pantalón corto a la altura de la rodilla, verde oscuro. Ahora que lo miraba, no tenía nada en común con su hermano. He de reconocer que era atractivo. Con el pelo rubio ligeramente despeinado y siempre tan preocupado por su aspecto. Sin embargo, carecía de ese aura de control y confianza que desprendía Héctor. El aura que convierte a un hombre en alguien impenetrable y extremadamente excitante. Sin duda alguna, Rafa carecía de todo eso. Él era tal y como se mostraba ante mis ojos. Un egoísta, roñoso, ególatra, ignorante y problemático. Tenía las manos metidas en los bolsillos y esa expresión de arrepentimiento que tanto me irritaba.

—¿Qué quieres, Rafa? —Seguí buscando las llaves en el maldito bolso.

—Quiero que me perdones. —Y dio un paso para acercarse más.

—Ni se te ocurra acercarte a mí —lo amenacé, fulminándolo con la mirada.

—Carol..., por favor... Sé que la he cagado, pero...

—No te imaginas cuánto —le advertí, confiada.

—Si es por lo de Belén… De verdad, te juro que no tenemos nada. Es tan solo una amiga. El día que me viste con ella en la plaza, me sentí fatal. Sabía que pensarías algo que no era.

—¿Pero a quién pretendes engañar? Media hora antes estuve en una tienda de ropa y tu amiguita Bea me dijo que habíais estado allí y que ella era tu novia. ¿No te cansas de mentir? Debe ser agotador. —¡Por fin encontré las condenadas llaves!—. Además, te diré otra cosa, me importa una puta mierda si esa tía es tu novia o no. Es más, lo preferiría. Pensé que al dejarme tú tras ese estúpido e-mail te olvidarías de mí de una vez por todas. Pero tú no. —En esos momentos estaba tan cabreada que creí que me iba a dar un ataque—. ¿Vas a seguir incordiándome durante mucho tiempo?

Era la primera vez que me atrevía a hablarle de esa manera, al menos tan encrespada.

—No entiendo por qué Bea te dijo eso, pero te aseguro que hablaré con ella. Carol, yo solo quiero recuperarte. No tengo nada con Belén, tienes que creerme.

—No lo entiendes, ¿verdad? Rafa, ¡me da igual que estés con esa Belén! Lo nuestro ha terminado y te aseguro que es para siempre. Me dejaste por un e-mail y no he sabido nada de ti en tres meses. ¿De verdad crees que ahora voy a volver contigo? En serio, Rafa, esta vez te has pasado —le grité, mirándolo directamente a los ojos antes de entrar en mi portal.

Él me agarró con fuerza del brazo y me dijo, acercándose mucho a mí:

—Haré lo que haga falta por recuperarte.

—Entonces necesitarás un milagro.

Y me zafé de sus garras bruscamente. Entré en el portal y le cerré la puerta en las narices.

Hubo una época en la que me encantaba que Rafa actuara de esa manera. Posesivo, controlador, dominante. Claro que eso era cuando yo estaba loca por sus huesos. De eso hacía ya muchísimo tiempo.

Recuerdo que me enamoré de él nada más verlo. Mi amiga Alicia salía con un amigo suyo, Nacho. Su novio desde entonces. Ese día yo la acompañaba a la playa de Cortadura. Nacho participaba en un campeonato de surf. Yo tan solo tenía dieciséis años. Lo vi salir del agua con su tabla y me quedé prendada. Rafa era un chico muy guapo y aún lo seguía siendo, solo que ahora era más estúpido y egoísta que por aquel entonces, o al menos a mí me lo parecía.

Me llevé casi un año intentando que se fijara en mí. Y, finalmente, empezamos a salir. Estuve muy enamorada. Me cautivó su apariencia indómita y rebelde y, sin embargo, ahora la detestaba.

Cuando mis padres murieron, llevaba poco tiempo saliendo con él y se convirtió en mi refugio. Los suyos me acogieron en su casa como una más, y eso hizo que mi relación con él se hiciera más dependiente. Al principio era cariñoso y divertido, pero con el paso del tiempo eso se fue esfumando y no evolucionamos.

Cuando aceptó aquel trabajo de media jornada en la tienda de surf, se suponía que era solo para cubrir una temporada de verano y ganar algo de dinero. Pero diez años después seguía en la misma situación. Sus continuos flirteos con otras chicas me hicieron volverme cada vez más celosa e insegura. Siempre era lo mismo. Discutíamos, lo dejábamos y luego él comenzaba con la persecución. Cuando yo estaba enamorada de él me resultaba halagador. Pero ahora, después de casi once años, me tenía hasta las narices.

Me metí en el ascensor con un cabreo de mil demonios. Cuando entré en casa di un portazo. Cristina estaba poniendo la mesa para almorzar.

—¿Qué demonios te pasa? —me preguntó extrañada.

—Otra vez Rafa. Estaba abajo, esperándome.

—¿Otra vez? Qué pesado —gruñó, poniendo los ojos en blanco—. Déjalo, ya se cansará.

—Eso espero.

Solté mi bolso y me desnudé rápidamente para darme una ducha antes de almorzar. El calor de julio y mi exnovio casi consiguieron que me deshidratara.

El resto de la semana transcurrió con normalidad. Excepto por las continuas llamadas de Rafa y sus irritables mensajes. Cosa que ignoré en la medida que pude. Al menos no había vuelto a presentarse por mi casa.

Seguí con mi rutina veraniega. Del trabajo a casa y luego a la playa con Cristina y las chicas. Por las noches, Cristina salía con Raúl y yo me quedaba en casa, viendo alguna peli o leyendo. Marta y Raquel me insistieron en salir un par de noches, pero no me apetecía. La playa me dejaba agotada y al día siguiente tenía que madrugar.

Héctor seguía sin llamarme. Ni tan solo un mensaje. La decepción se fue abriendo paso. Por las noches me dormía pensando en él y en lo bien que estuvimos juntos. Fue amable, atento y cariñoso conmigo. No entendía por qué no me llamaba. Creía que le gustaba, pero de momento todo indicaba que no lo suficiente.

El jueves llegué al trabajo, cabizbaja. María, que me conocía perfectamente, me preguntó durante el desayuno.

—Supongo que cuando traes ese careto es porque tampoco te ha llamado, ¿no es así?

—Exacto. Pero no lo entiendo, María, el fin de semana fue maravilloso. No sé, estuvo muy cariñoso y pendiente de mí. Pensé que yo le gustaba...

—Querida, los hombres son seres irracionales. Una nunca sabe qué piensan ni cómo van a actuar. Creo que no deberías sacar conclusiones precipitadas, espera a verlo este fin de semana y ya me cuentas qué tal.

—Eso si es que lo veo... Él me dijo que vendría a pasar el fin de semana a Cádiz, pero hoy es jueves y no tengo noticias suyas.

—Si quiere verte, te llamará.

—Pero no voy a condicionar mis planes por él. Si cree que voy a estar esperando a que se decida, está muy equivocado.

—Esa es una opción... —sugirió ella, pensativa.

—¿Qué quieres decir?

Ahora sí que no la entendía.

—Verás, seguramente él está convencido de que te verá este fin de semana, por eso no se ha molestado en llamarte.

—¿Y?

—Pues que podrías demostrarle que no vas a estar sentada, esperando a que venga para pasar el fin de semana con él. Sé que estas deseando verlo, pero creo que deberías hacer tus propios planes y si luego te llama... que sea él el que se adapte a ti. Podrías darle una pequeña lección —sugirió en tono picarón—. La próxima vez que quiera quedar contigo se asegurará de llamarte antes.

—¿Quieres decir que si me llama mañana para quedar conmigo, le diga que ya tengo planes?

—Sí.

—Pero eso es mentira. No he quedado con nadie.

—Acabas de hacerlo. Mañana por la noche has quedado conmigo para cenar y tomar unas copas en el bar de una amiga mía.

Le sonreí de oreja a oreja.

—¿En serio?

—¿Tienes algo mejor que hacer que pasar una agradable velada con tu compañera de trabajo? —me preguntó con expresión divertida.

—Por supuesto que no. Nada me apetecería más. —Y le agarré la mano en señal de agradecimiento.

—Pues ya sabes, si te llama mañana, le dices que ya has quedado. Y si quiere verte que se preocupe de encontrarte.

María era una persona muy sabia. Todos sus consejos siempre me habían ayudado. Sabía que llevaba toda la razón. No debía quedarme esperando a que se decidiera. Pero me gustaba mucho, y decirle que no cuando me llamara... resultaría difícil. Esperaba ser fuerte y no caer en la tentación.

Un rato más tarde estaba en mi mesa, terminando el trabajo que tenía acumulado para ese día. Impuestos, nóminas, contratos, altas y bajas...Tenía la cabeza como un bombo. Y para colmo no paraba de imaginar qué le diría a Héctor cuando me llamara, si es que me llamaba. En ese momento Felipe se acercó a mí.

Ya estábamos otra vez.

Se había pasado toda la semana guiñándome el ojo y haciéndose el interesante en su intento de ligar conmigo. Me había hecho algún comentario sobre mi vestuario y mi pelo: que si qué bien te sienta ese color, que si tienes un pelo precioso. En realidad no quería ser desagradable con él, pero estaba empezando a incomodarme muchísimo.

De nuevo apoyó sus pequeñas manos en mi mesa. Quizás en esa postura se sentía más atractivo. María en cuanto vio que se acercaba otra vez a mí, me miró y empezó a hacerme gestos burlones. Lo cierto era que gracias a Felipe y a su patética forma de ligar nos estábamos divirtiendo mucho últimamente. Tenía que dejar de mirarla para no reírme.

—¿Qué quieres, Felipe? —le pregunté conteniendo la risa. María, desde recepción, hacía como la que se estaba ahorcando.

—Tú y yo. Mañana por la noche. Te invito a cenar.

—Felipe, no... —Y de repente, sin yo esperarlo, me cortó poniéndome su ridículo dedo índice en la boca, indicándome que me callase.

—No acepto un no por respuesta —susurró, pasándome el dedo por los labios y acariciándome la barbilla antes de retirarlo.

Aquel gesto me pilló tan inadvertida que apenas tuve tiempo de reaccionar. Ahora sí que no quería mirar a María. Desde su puesto sabía que lo había visto todo y era muy consciente que al converger con su mirada me iba a tronchar de la risa. Así que respiré hondo y le dije intentando ser amable, por ahora:

—Mañana imposible, Felipe, ya he quedado con María.

—Bueno, pues el sábado —aseveró él, insistente.

—También he quedado. Lo siento. —Y me encogí de hombros.

—Te advierto una cosa, Carolina. Se te están acabando las oportunidades… —Y se alejó de mi mesa, creo que un poco irritado.

Este tipo no dejaría de sorprenderme nunca. Al menos, el gesto del dedito haría que María y yo nos divirtiéramos.

Terminé la jornada de ese día y llegué a casa, hambrienta. Era todo un lujo tener a Cristina aquí. Además, últimamente se estaba aficionando bastante a la cocina. Algo que me dejaba totalmente atónita, ya que a ella nunca le había gustado mucho cocinar. Había preparado pescado al horno y en cuanto abrí la puerta de casa el olor hizo que se me hiciera la boca agua.

—Humm, qué bien huele…

—Es dorada al horno. Por cierto, has recibido eso esta mañana. —Señaló con el guante del horno un paquete rectangular y bastante grande que había apoyado en la pared del salón—. Estoy deseando ver qué es. Llevo toda la mañana deseando abrirlo.

—¿Y por qué no lo has hecho? —le pregunté intrigada, encaminada a abrirlo.

—No sabía si podía ser algo del trabajo, no sé. Venga, ábrelo —insistió ella expectante.

—¿No te han dicho quién lo envía?

—No, el mensajero solo me dio el paquete y me dijo que era para Carolina Méndez. Eres tú, ¿no?

Yo la miré y le sonreí.

—Venga, ¡ábrelo ya! —me gritó desde la cocina.

Cogí el paquete y lo apoyé sobre el sofá. Pesaba poco. Estaba embalado con papel de burbujas y pliegos de embalar. Desenvolverlo me llevó unos minutos. Pero en cuanto lo tuve abierto, el corazón me dio un vuelco.

¡Oh, Dios mío, pensaba en mí!

Era un precioso lienzo en tonos marrones y beige. Había pintado la figura de una mujer dormida con el cabello rizado y extendido sobre sábanas blancas. Estaba bocabajo. Solo se le veía el rostro de perfil y parte del hombro. La pintura era un tanto abstracta y difuminada. Los rizos de la joven se extendían marrones y granates por todo el cuadro, sin embargo, el perfil estaba perfectamente definido. Había resaltado los pómulos y los labios con un tono rosa anaranjado, y el color de la piel era de un malva agrisado. Su expresión reflejaba serenidad y placidez. El contraste de la piel y las sábanas con los tonos que había usado para los rizos, convertían la pintura en un auténtico volcán de sensaciones y embrujo.

Era una extraña mezcla de arte y belleza. Por un lado las facciones denotaban inocencia y pureza, pero el detalle del hombro desnudo le daba a la pintura un ligero matiz erótico y sugestivo. Estaba tan asombrada ante lo que vi que fui incapaz de articular una palabra.

—Eres tú —articuló Cristina, fascinada.

En la parte inferior derecha estaba firmado con una letra elegante y característica: H. Domínguez.

—¿Quién te lo ha enviado? Es... increíble —me preguntó Cristina mientras yo seguía admirando la pintura.

—Ha sido Héctor —afirmé con seguridad, sin apartar mis ojos del cuadro.

—¿Estás diciendo que lo ha pintado él? —Mi hermana no terminaba de creérselo.

—Sí, cuando estuve en su casa vi que tenía unos cuadros preciosos y me dijo que los había pintado él. Así que le pedí que me pintara uno.

—Vaya, es un artista... —veneró Cristina en un susurro.

Esa misma tarde colgué el cuadro en mi habitación. Como pesaba poco utilicé un cuelga fácil. Lo puse frente a mi cama de forma que podría verlo mientras me dormía. Estaba tan contenta que esa noche no pude pegar ojo de la ilusión. Me había pasado toda la semana sin saber por qué no me había llamado y una cosa estaba clara, al menos, pensaba en mí.

Al día siguiente, María se quedó boquiabierta cuando se lo conté. Intenté explicarle cómo era el cuadro lo mejor que pude, pero aun así insistió en que tenía que verlo.

—Recuerda que esta noche has quedado conmigo —me advirtió ella, apuntándome con el dedo mientras terminábamos de desayunar—. No me dejarás tirada por un simple cuadro, ¿no?

—Ni hablar. Si te digo que hoy salimos, salimos. Y para tu información no es un simple cuadro, es *el cuadro*.

Ella sonrió. Pagamos el desayuno y volvimos a la oficina.

Durante el almuerzo, o mejor dicho el festín, que me había preparado Cristina, charlamos tranquilamente. Si seguía comiendo de esa manera me iba a poner como un tonel. Debía decirle a mi hermana que dejara de hacer tanta comida, pero lo cierto era que me encantaba. Había preparado una deliciosa ensalada de tomates con albahaca y de segundo chuletitas de cordero con miel. No tenía ni idea de qué mosca le había picado con la cocina, pero no pensaba abrir el pico. En octubre se marcharía, así que disfrutaría de este privilegio mientras durara.

—Raúl me ha llamado hace un rato. Nos ha invitado esta noche al chalet. Quiere que nos quedemos allí a dormir para mañana hacer una barbacoa durante el día. Estarán los chicos y también sus padres. Le he preguntado si Héctor irá y me ha dicho que sí. Dice que han hablado esta mañana.

—Yo no iré. He quedado con María esta noche.

—¿En serio?

—Sí. Además, Héctor no me ha llamado en toda la semana, no me apetece verlo esta noche y estar con él como si nada. Me ha molestado mucho.

—Pero ¿y qué me dices del cuadro? Ha sido un bonito detalle, ¿no?

—Sí, me encanta, pero eso era un trato. Yo le hacía un masaje y él me regalaba el cuadro, así que ahora ya estamos en paz —dije mientras me levantaba para recoger la mesa.

Ella sonrió asombrada.

—Pero se llevará un gran chasco si no vas esta noche.

—Pues que me hubiera llamado, al menos para preguntarme —añadí totalmente segura.

—Te veo muy convencida. ¿Seguro que no quieres venir?

—Sí, quiero ir… pero no iré, Cristina.

—Entiendo.

—Creo que será lo mejor. Tú misma lo dijiste, a Héctor no le gustan las cosas fáciles.

—Sí, llevas razón. Entonces, ¿qué se supone que debo decirle cuando me pregunte por ti?

—Dile la verdad. Que me has comentado lo de esta noche hoy al mediodía y que yo ya había quedado con una amiga del trabajo. Y saluda a los padres de Raúl de mi parte.

—Está bien. Ya te contaré cómo se lo ha tomado —comentó ella, sonriendo al tiempo que sacaba de la nevera una enorme fuente de flan de coco.

—Te ha dado fuerte por la cocina, ¿no?

Ella asintió con la cabeza, olió el flan, se lamió los labios y hundió la cuchara directamente en la fuente.

Tras la copiosa comida que había preparado mi hermana, decidí echarme una siesta, en realidad no era una decisión, era una imposición; la digestión me impedía moverme del sofá. Y conmigo, Cristina, que dormía plácidamente al otro lado.

Había quedado con María a las nueve y media en el bar de su amiga. Sobre las ocho de la tarde me metí en la ducha. No dejé de pensar cómo sería la noche si me fuese al chalet con Cristina. Ver a Héctor, charlar con él, besarlo… No sabía qué estaba haciendo, no debía pensar en nada de eso. Salir con María era lo correcto, aunque no fuera lo que más me apeteciera.

Me puse mis vaqueros favoritos. Me encantaba cómo me quedaban, y encima me sentía súper cómoda con ellos. Saqué una camiseta negra, cogida al cuello, y me decidí por unas sandalias negras de medio tacón. En principio no tenía muchas ganas de maquillarme, pero luego pensé: «*que no lo vea hoy no significa que no deba ir guapa y sexy*». Peiné mis rizos lo mejor que sabía y cuando, finalmente, me miré al espejo… me sentí guapa y segura. Era una pena que no fuéramos a vernos…

Cristina había quedado con Raúl a las nueve. Antes de cerrar la puerta volvió a preguntarme:

—¿Estás segura de que no quieres venir? Podrías hacerlo y pasar de él simplemente.

—Ni hablar, además, tranquila, pienso divertirme mucho con María.

—No me gusta que pases mañana todo el día sola.

—Seguramente haga planes con ella para mañana también, no te preocupes por mí, estaré bien. —La tranquilicé desde el salón mientras guardaba mi móvil y la cartera en un bolsito negro.

—Bien, si cambias de opinión ya sabes dónde estoy. Y si quieres que venga a buscarte solo tienes que decírmelo.

—Que sííí, tonta. Adiós….

Y cerró la puerta.

Ahora era yo la que me quedaba sin ir al chalet, con las ganas que tenía de pasar un rato con Raúl, sus padres y los chicos. Además, Marta y Raquel también estarían. En realidad, en ese momento no me apetecía salir, es más, estaba muy enfadada. Tenía rabia. Mucha rabia. Con lo fácil que hubiera sido llamarme al menos algún día. Solo para charlar un rato como amigos. ¡Joder!, estuve en su casa. Nos acostamos. Y ni tan siquiera se había molestado en descolgar el teléfono. Pensaría que con el detallito del cuadro ya era más que suficiente.

Bien, no merecía la pena pasar ni un minuto más pensando en él.

Cogí mi bolso, me miré por última vez al espejo de la entrada y salí de casa dispuesta a divertirme o al menos intentarlo…

Capítulo 14

«Esta es la canción de las noches perdidas,
que se canta al filo de la madrugada
con el aguardiente de la despedida,
por eso suena tan desesperada...».

La canción de las noches perdidas - Pasión Vega

Había quedado con María en el Pópulo. Probablemente esa sería de las zonas que más me gustaban de mi ciudad. Se encontraba a la entrada del casco histórico, entre el Ayuntamiento y la monumental Catedral. Era el barrio más antiguo de la ciudad y sus viejos arcos nos conducían a rincones donde convivieron fenicios, romanos y árabes. La mayoría de las fincas conservaban las fachadas de piedra ostionera, lo que hacía que el lugar fuera más pintoresco y emblemático. Prácticamente el barrio entero estaba decorado con bloques de arrecifes originarios de la costa de la ciudad.

A veces, si te acercabas un poco, era posible que alcanzaras a ver las conchas de los fósiles. En aquella parte de la ciudad el olor del mar se escabullía entre las piedras y caminar entre esas calles era como bucear por un extraordinario y hermoso arrecife de coral.

En verano era un rincón muy atractivo para pasear y tomar vinitos en las terracitas que adornaban las estrechísimas callejuelas. En los meses de julio y agosto solían albergar mercadillos itinerantes de artesanía y alimentos típicos gaditanos, lo que convertía el lugar en un punto de encanto para turistas y visitantes.

María me había indicado que el bar de su amiga se encontraba justo a continuación del arco principal. Cuando llegué ella estaba sentada en la terraza con una copa de rioja y hablando con la camarera, una chica muy alta con gafas y un delantal negro. Me sonrió en cuanto me vio aparecer.

—¡Guauuu!, estás muy guapa. Mira, ella es mi amiga Yoli, la dueña de este encantador bar. Yoli, ella es Carolina, mi compi del curro.

La chica me miró risueña y me saludó:

—Hola, Carolina, encantada. —Yo asentí con la cabeza—. ¿Qué quieres tomar?

—Lo mismo que María.

—Perfecto —afirmó la chica antes de darse la vuelta.

Cierto, el bar era encantador. Muy pequeño, pero uno de esos locales que tienen personalidad propia. La decoración era muy sencilla. La barra de madera oscura y las mesas del interior eran todas pequeñas y con taburetes a juego. Las paredes, al igual que la fachada, estaban construidas de piedras y en el exterior la terraza estaba alumbrada únicamente con unos farolillos que daban una luz tenue y apetecible.

Había pasado alguna vez por ese bar, pero nunca había entrado. Allí, sentada con María, nuestras copas de vino y bajo la luna liviana, el cabreo que tenía antes de salir de casa se había esfumado.

Le conté lo del chalet de Raúl y todo el plan que habían organizado para el fin de semana.

—Ya verás como la próxima vez te llama antes de que hagas planes —aseguró ella con una ligera sonrisita malvada.

Continuamos charlando un rato sobre Héctor, pero luego decidí variar de tema. No quería pasarme la noche hablando de él, así que decidimos cambiar a Héctor por Felipe.

—Casi me muero de la risa cuando te puso el dedo en la boca. Deberías haber visto tu cara. —Sus carcajadas se oyeron hasta en el ayuntamiento.

Sabía que el numerito del dedito nos haría reír un buen rato.

—¿Le has visto las manos?, son muy pequeñas. En serio, está empezando a caerme fatal, no quiero cogerle manía. Sé que no es mal tío, pero es que es tan patético…

—Ya sabes lo que dicen: manos pequeñas…, pene pequeño —apuntó, abriendo mucho los ojos e intentando aguantar la risa.

—María, por favor, no me hagas pensar en eso. Bastante tengo con las manos.

—Pobrecillo…, está enamorado de ti —bufó ella con tono burlón.

Yo puse los ojos en blanco y me reí negando con la cabeza.

Yoli se acercó a nuestra mesa y nos dejó unas deliciosas papas aliñadas y un par de tostas de jamón ibérico con foie. Estaba disfrutando de ese pequeño festín cuando me sonó el móvil. María me miró y levantó las cejas en señal de interrogación. Yo lo saqué de mi bolso, pero cuando miré la pantalla vi que era otra vez Rafa el que me llamaba, directamente corté la llamada y apagué el móvil en un santiamén. Todo ese tiempo lo había tenido encendido por si Héctor me telefoneaba. Había aguantado las continuas llamadas de Rafa esperando que se cansara, pero ahora que sabía que Héctor no me llamaría, sería mejor apagarlo, así evitaría el acoso por parte de Rafa.

—¿Todavía sigue llamándote? —me preguntó María, extrañada en cuanto le dije que era Rafa.

—Esto es lo que suele hacer cada vez que nos enfadamos. Me llama, me persigue e insiste hasta que, finalmente, me rindo y vuelvo con él.

—¿Y Héctor lo sabe? ¿Sabe que todavía te llama?

—No, no se lo he dicho. El día que estuve en su casa, en Sevilla, también me llamó, pero apagué el teléfono —le confesé.

—Pero Carolina, creo que él debería saberlo.

—¿Para qué? Yo no voy a volver con Rafa. No se lo he dicho porque no quería perder el tiempo hablando de su hermano. Además, qué más da, Héctor ni siquiera se ha comunicado conmigo en toda la semana, no creo que le importe mucho si me llama alguien o no.

—Te llamará, ya lo verás.

—Es curioso, ¿verdad? De los dos hermanos, el que detesto no para de llamarme y el que realmente me gusta no es capaz de descolgar el teléfono.

—Creo que a esas horas el vino ya estaba empezando a hacerme efecto.

María se encogió de hombros sonriendo y mientras le daba un sorbo a su copa exhaló:

—Los hombres, querida…

Terminamos de cenar gustosamente y Yoli, muy amable, nos preparó unos combinados de ron con limón con unas hojitas de menta. Ya era tarde y ella se sentó con nosotras a tomar las copas, mientras que dos de sus empleados se encargaban de recoger las mesas y todo lo demás. La chica era muy peculiar y graciosa. Nos contaba anécdotas divertidas sobre algunos clientes y por un momento me lo estaba pasando tan bien que casi me olvidé de Héctor y, por supuesto, de Rafa. Ella insistió en invitarnos a la última copa, pero me negué. Ya que la mezcla del vino y del ron se estaba apoderando de mí sin piedad. No quería llegar a casa tambaleándome borracha como una cuba.

Me despedí de ellas y les di las gracias por una velada tan maravillosa. María insistió en que la llamara al día siguiente para ir a la playa y Yoli dijo que también se apuntaría, con lo cual ya no tenía que preocuparme de pasar el día sola.

Estaba un poco piripi. En un principio decidí coger un taxi que me llevara a casa, pero luego pensé que me haría mucho bien caminar. El paseo me ayudaría a despejarme.

De noche, pasear por el Campo del Sur era todo un lujo. El levante estaba en calma y la marea vacía. Olía a salitre y a verano, y la luna sonreía brillante. Cádiz era una ciudad muy tranquila, por lo que nunca me había asustado andar sola de noche. Durante el camino por aquella extensa y espléndida avenida que bordeaba el casco histórico, observé a varios pescadores solitarios sobre los bloques de piedra y algunas parejas de jóvenes adolescentes cogidos de la mano y regalándose caricias y besos. Sin duda, mi ciudad era asombrosa.

Pasé por delante de la Catedral, a esas horas estaba iluminada y la estampa de sus cúpulas era grandiosa. «La catedral del viento», como la habían bautizado algunos poetas. Dejé a mi espalda el teatro romano y el sonido de las olas rompiendo en aquellos bloques me solazó el camino. Eran casi las tres de la madrugada y no había muchos coches circulando.

Llegué a casa antes de lo que esperaba, inmersa en mis pensamientos. Me quité los zapatos en el ascensor y los agarré con una mano. Cuando salí, levanté la vista hacia mi puerta y me quedé paralizada. El corazón empezó a latirme tan deprisa que creí que se me iba a salir.

Él estaba allí.

Delante de mí estaba Héctor, con las manos metidas en los bolsillos del pantalón y apoyado en la pared justo al lado de la puerta. Con tan solo una camiseta blanca y vaqueros, exudaba sexualidad por todos sus poros. Su expresión era seria y la barba de tres días hacía que pareciera furioso. Era, sin duda, el hombre más atractivo y sensual que había visto en mi vida. Jamás me había sentido tan atraída por nadie. Antes de hablarle cogí aire, porque el encuentro me había dejado sin respiración.

—Héctor, ¿qué haces aquí? —le pregunté, fingiendo naturalidad e intentando ocultar mi nerviosismo.

—Esperándote —me contestó él con una mirada gélida.

—¿Esperándome? ¿Desde cuándo? —le dije, sacando las llaves del bolso torpemente.

Él se acercó a mí sin apartar la mirada y me sujetó los zapatos para que pudiera abrir. Se había dado cuenta de mi torpeza. Cómo no…

—Tu hermana me dijo que habías quedado con una amiga para cenar, no pensé que llegarías tan tarde. Llevo casi dos horas esperándote. —Creo que estaba muy cabreado. Pero no sé por qué, ahora me estaba empezando a divertir muchísimo.

No pude evitar sonreír mientras abría.

—¿Te hace gracia? —inquirió él todavía más irritado.

—Pues sí, bastante. —Entré en casa. Pero cuando vi que él también quería pasar le dije—: ¿Qué crees que estás haciendo?

—Entrar en tu casa. No pensarás dejarme aquí, ¿no?

—No sé... —siseé en tono burlón, sujetando la puerta.

—Tiraré la puerta si hace falta —farfulló amenazante con un ligero brillo en sus ojos.

—Está bien, pero te advierto que no podrás quedarte mucho tiempo, tengo sueño —le advertí, abriendo del todo y dirigiéndome al salón.

—Eso ya lo veremos —le oí decir entre dientes.

Dejé el bolso sobre la mesa y me fui a la cocina. Saqué una botella de agua fría y me serví en un vaso.

—¿Quieres tomar algo? —le pregunté.

—No, gracias —me dijo, sentándose en el sofá—. ¿Por qué tienes el móvil apagado?

—¿Me has llamado? Vaya, qué novedad —murmuré antes de beber agua. Él me observaba impasible—. Me quedé sin batería y se apagó —le mentí como si nada.

—¿Por qué no has ido al chalet de Raúl? Te dije que nos veríamos el fin de semana. Esperaba verte allí.

—Sí, pero eso me lo dijiste el domingo. Y hoy es viernes. Bueno... —miré el reloj—, ya es sábado.

Solté el vaso de agua y me fui a mi habitación. Él observaba todos mis movimientos desde el sofá.

Cerré la puerta y me cambié de ropa rápidamente. Me quité los vaqueros y la camiseta y me puse mi pijamita de verano. Era muy mono e infantil. Estaba en mi casa, así que intenté actuar con naturalidad. Antes de salir de la habitación pensé en recogerme el pelo, pero, al final, decidí dejármelo suelto. Aún no me podía creer que estuviera allí fuera.

Cuando salí de mi dormitorio, él me miró de arriba abajo y sonrió. Esa sonrisa... era tan... sexy.

—¿Y mi cuadro? —preguntó.

—Está en mi habitación —respondí, sentándome en la otra punta del sofá.

—¿Te gustó?

—Sí, es precioso. Gracias.

Un silencio incómodo se asentó entre nosotros. Cogí el mando de la tele y la encendí. A esa hora apenas había nada que ver, pero aun así hice zapping. Empecé a pasar los canales y el mando se detuvo en un canal porno.

¡Oh, Dios mío, qué vergüenza!

Intenté pasar de canal, pero el mando no respondía. Hacía días que debía cambiarle las pilas. Tenía ganas de estrellarlo contra la pared. No quería mirarle, pero sabía que él estaba sonriendo.

La escena era bastante subida de tono. Una mujer rubia, totalmente desnuda, le hacía una felación a un hombre moreno y corpulento. Solo se oían gemidos y respiraciones entrecortadas. De repente, la temperatura se transformó en un exasperante bochorno. El mando seguía sin responder y no podía cambiar de canal. Los dos estábamos sentados en el sofá viendo una película porno a las tres de la madrugada.

No podía ser más patosa.

Mientras yo seguía en mi afán de cambiar el canal, noté que él se acomodaba en el sofá, extendiendo los brazos sobre el respaldo. Le miré de reojo la entrepierna y vi que la tela del vaquero se había tensado escondiendo, diría yo, una tremenda erección. De nuevo apunté a la tele con el mando para ver si este respondía, cuando él me agarró la mano y me dijo con voz ronca y sensual:

—Déjala.

—¿Qué? ¿Quieres ver una porno? —le pregunté como si estuviera loco.

—Quiero verla contigo —murmuró, deslizándose y acercándose más a mí.

Por un lado tenía ganas de apagar la tele y mandarlo a paseo, pero creo que el vino y el ron todavía influían en mi estado de ánimo, así que le miré valiente y desafiante y afirmé:

—Bien, veamos la peli. —Me acurruqué en mi asiento con las rodillas recogidas a un lado.

No imaginaba que ver una película porno a su lado me resultaría tan excitante. Él estaba muy cerca de mí, pero sin rozarme. Casi podía oler el perfume en su piel. Sabía que estaba muy excitado, pero lo cierto era que yo también lo estaba. Deseaba de hacerle todo eso que esa mujer le hacía a su amante, pero disimulé como pude sin apartar mis ojos de la tele.

Hacía muchísimo calor en mi salón y sentía que las piernas me sudaban, así que me moví inquieta. Eso era una tortura. Quería abalanzarme sobre él, pero sabía que no era lo más apropiado. Mi numerito de hacerme la chica dura me estaba funcionando, no quería tirarlo todo por la borda por un par de escenitas de sexo y un calentón inesperado. Él seguía sin apartar sus ojos de la pantalla y con esa media sonrisa suya que tanto me gustaba. Permanecimos en silencio mientras continuaba la película.

Tras varias posturas, para mi gusto incómodas, los amantes cayeron derrumbados entre jadeos y gemidos, llegando al orgasmo de manera exagerada y ordinaria. La palabra FIN apareció de repente, y yo di gracias a Dios por que hubiese terminado. Menos mal que cuando la puse estaba acabando y no al principio... Apagué la tele y de un salto me levanté del sofá.

—Bueno, creo que ya es hora de irse a dormir —le dije mientras dejaba el mando en la mesa—. Es muy tarde y tengo sueño, Héctor.

—Bien, pues vamos a la cama —masculló él, incorporándose y acercándose a mí con una sonrisa irresistible peligrosa.

—De eso nada. —Y estiré el brazo, poniendo distancia entre nosotros—. Tú te vas a tu casa.

—¿Me pones una peli porno y ahora quieres que me vaya? Eres muy mala conmigo.

Ahora estaba juguetón, y muy... muy guapo.

—Venga, tengo sueño, Héctor —le mentí, evitando que se acercara demasiado a mí.

—Me marcharé cuando vea que has colgado mi cuadro y no lo tienes escondido por ahí. Porque lo ha habrás colgado, ¿no?

—Sí, ya te lo he dicho, está en mi habitación.

—Quiero verlo —me exigió.

—Pues pasa.

Y le hice un gesto con la mano indicándole que entrara en la habitación. Yo, por supuesto, me quedé en la puerta del dormitorio apoyada en el marco.

Él lo contempló un instante y luego se dio la vuelta y empezó a estudiar todo a su alrededor. Lo miré de arriba abajo. Me detuve en su precioso y perfecto trasero y luego continué. Sus brazos eran fuertes y musculosos, y la camiseta blanca resaltaba el moreno de su piel. De repente se sentó en mi cama.

—Ven aquí —me ordenó, dando una palmadita en el colchón.

—Héctor, es en serio, tengo sueño —repliqué, intentando parecer convincente, sin moverme del sitio.

—Dime, ¿por qué no has venido al chalet esta noche? ¿Es que no querías verme?

—No, no es eso, lo que pasa es que ya había quedado con mi amiga. No he sabido nada hasta hoy al mediodía y no pensaba dejar a María tirada.

—¿En serio tienes sueño?

—Sí… estoy cansada.

—¿No quieres que me quede a dormir contigo? —me preguntó en voz baja.

—No… —le contesté tras un instante.

Sí, en realidad sí quería. Es más, lo estaba deseando. Pero él era muy arrogante. Pensaba que podía colarse en mi piso sin más y que caería rendida a sus brazos.

—Bien, entonces me marcho. —Y se puso de pie de inmediato. Creo que estaba enfadado.

Se detuvo delante de mí y yo me aparté para que pudiera pasar.

—Me he llevado casi dos horas esperándote ahí fuera, y ¿solo se te ocurre echarme de tu casa? —me soltó furioso.

—Yo no te he pedido que vinieras —le espeté, cruzando los brazos a la altura del pecho—. No sé por qué te enfadas. No he sabido nada de ti en toda la semana.

—¿Es por eso? —preguntó como si de una vez por todas entendiera mi comportamiento—. No sé qué esperas de mí, Carolina. Ya hablamos de esto. Pensé que estábamos de acuerdo en que ambos queríamos divertirnos.

Esto era el colmo. Joder, yo solo estaba hablando de una simple llamada.

—Bien, pues si lo que quieres es echar un polvo esta noche, te has equivocado de casa —le dije, señalándole la salida para que se marchara. Estaba muy cabreada. Tanto que no podía mirarlo a la cara.

—Joder, Carolina, no es eso, me gustas mucho. Pero… —Se pasó las manos por su corto cabello como si estuviera buscando las palabras adecuadas—. No sé si debo enamorarme de ti…

En cuanto dijo eso pensé: «*es una lástima porque yo…*».

—Entonces, ¿qué haces aquí todavía? —le dije mirándolo directamente a los ojos, desafiante. Él se quedó en silencio, manteniéndome la mirada.

—Sí, llevas razón, debería marcharme —masculló sin moverse del sitio.

¡Oh, no! No quería que se fuera.

Asentí, en silencio.

Se dio la vuelta y vi que se alejaba. Antes de cerrar la puerta se giró y me miró.

—Buenas noches, Carolina.

—Buenas noches, Héctor.

Pero no dijo nada, simplemente cerró.

Yo me quedé plantada allí, delante de mi habitación, con una enorme sensación de vacío. Ahora ya sabía lo que quería de mí. Solo sexo sin compromiso, por eso no me había llamado en toda la semana. No quería establecer vínculos entre nosotros.

¡Maldita sea!

¿Por qué había tenido que decir eso de divertirse? Quería que se quedara a dormir conmigo, solo estaba haciéndome un poco de rogar. Yo tampoco estaba segura de querer una relación con él. No lo conocía lo suficiente. Solo quería dejarme llevar.

Entré en el baño y me lavé la cara para desmaquillarme. Me quedé un instante mirándome en el espejo y pensando lo estúpida que era.

«*¿Cómo has podido enamorarte de él?*», le dije a mi propia imagen. «*Está bien, pues ya puedes ir quitándotelo de la cabeza*».

Me fui a la cama, pero cuando estaba tumbada, mirando el cuadro, pensé en el móvil. Fui a encenderlo.

Tenía muchas llamadas perdidas. La mayoría de Rafa. ¡Qué pesado! Pero seguí mirando y las últimas eran de Héctor. Además tenía dos mensajes: uno era de Rafa, que automáticamente lo borré sin leerlo, y el otro era de Héctor. Al parecer me lo mandó poco antes de que yo llegara a casa. La hora de envío marcaba las 02.25.

> He venido a tu casa y no estabas. Te he estado esperando. Llevo toda la semana pensando en dormir contigo.

Me quedé un rato mirando la pantalla del móvil. No lo entendía, un solo mensajito de esos a mitad de semana y en ese momento estaríamos juntos. En realidad no podía reprocharle nada, intentaba ser franco conmigo. Pero aun así, me dolía.

Dejé el móvil en la mesilla de noche y me acurruqué intentando dormir. Pero otra vez empecé a sentir esa sensación de soledad, desagradable, que tanto me mortificaba. No quería volver a sentirme así. Durante años, tras la muerte de mis padres, ese sentimiento se apoderó de mí. Todo el cariño y la protección que ellos nos brindaron se esfumaron de un día para otro y Cristina y yo tuvimos que enfrentarnos a una realidad cruel y evidente. Muchos me decían que Cris y yo no estábamos solas, que mis padres estaban con nosotros, pero cada noche yo me dormía con esa oscura y dolorosa soledad. Esa misma que aparecía en mis momentos de debilidad. Esa que me invadía sin avisar y me volvía vulnerable y desvalida.

Me agarré las rodillas y pensé que ya se me pasaría. Mañana vería las cosas desde otra perspectiva…

Y mientras, Morfeo me envolvía en un abrazo somnoliento…

Estaba en mi cama dormida, la imagen que aparecía en mi cabeza se revelaba turbia y oscura. De repente oí un ruido en el salón. Me moví inquieta y agudicé el oído, pero volví a oír otro ruido. Había alguien en mi casa. De repente me quedé paralizada, como si todos mis sentidos se hubieran quedados petrificados. Noté la presencia de alguien. Y el miedo acababa de invadir mi habitación. Estaba tan asustada que era incapaz de moverme.

La puerta estaba cerrada, pero la presencia de alguien, al otro lado, era casi ineludible. Entumecida, por un momento con una vana esperanza imaginé que podía ser Cristina, pero a continuación al ver el pomo de la puerta girarse, sigiloso, deseché la idea, y sabía que algo muy desagradable estaba por ocurrirme. El corazón me latía con fuerza, y la ansiedad y el terror dificultaban mi respiración.

Antes de que el pomo terminase de girar decidí esconderme debajo de la cama. Sabía que era inútil, pero el miedo me impedía pensar con claridad. Desde allí abajo, empapada en sudor, vi cómo la puerta terminaba de abrirse en la oscuridad. Solo distinguí la figura de un desconocido. No alcancé a vislumbrar su rostro. Lo único que era capaz de divisar en la desabrida oscuridad, eran unas botas oscuras bajo un vaquero gastado. Asediada por el pánico me tapé la boca con las dos manos, evitando que ese extraño oyera mi respiración. Observé cómo se movía. Despacio. Recé en silencio para que se marchara de allí sin verme.

Ahora estaba quieto frente a mi cama. De nuevo se giró y vi que sus pasos se encaminaban hacia la puerta. Parecía que se iba a marchar. Él salió y la puerta se cerró lentamente. Me quité las manos de la boca, despacio, e intenté coger aire. Todo mi cuerpo estaba tembloroso y húmedo. Apoyé la cabeza en el suelo y respiré profundamente, dándole gracias a Dios de que no me hubiera descubierto, pero de pronto sentí una fuerte mano agarrando uno de mis tobillos y tirando con fuerza de mí para sacarme de mi escondite.

Intenté sujetarme con fuerza a una de las patas, pero ese misterioso individuo era muy fuerte y tiraba de mí sin piedad. Quería gritar pero no podía. Él me sujetaba por los tobillos y me arrastraba hacia fuera. Grité y grité, pero fue en vano. Estaba segura de que nadie podría oírme...

Me desperté de un salto con la respiración tan alterada que me dolía el pecho. Me quedé sentada en el colchón, empapada en sudor. Había sido otra de mis horribles pesadillas.

Encendí la luz de la mesilla e intenté serenarme. La garganta seca, como si me hubiera llevado horas gritando. Tenía sed. Mucha sed. Me levanté y decidí ir a la cocina por un vaso de agua. Aún tenía miedo, pero luego pensé y me dije que no era más que una absurda pesadilla.

Al salir de mi habitación, observé que la luz del pasillo estaba encendida. Juraría que la apagué antes de irme a dormir. Negué con la cabeza convenciéndome a mí misma de que habría sido un descuido. Antes de apagarla miré la puerta y vi que no había echado la llave. Esos sueños me iban a volver paranoica. Le di dos vueltas al cerrojo y puse la cadena. Luego fui a la cocina y me serví un vaso de agua fresquita.

Miré el reloj de la cocina mientras bebía. Eran las seis de la mañana. Intenté pensar en algo agradable para deshacerme del malestar que me había provocado la pesadilla, y pensé en Héctor. En nosotros dos, sentados en el sofá viendo la peli porno. No pude evitar sonreír. En su expresión cuando salí del ascensor. Furioso. Sexy. Irresistible. En su perfecto trasero bajo esos ajustados vaqueros.

¡Oh, Dios mío!, lo mejor sería que me fuera a la cama. Suspiré, dejando el vaso vacío en el fregadero y volví a mi dormitorio. Esta vez dejé la lamparita de la mesilla encendida. Miré el cuadro por última vez antes de volver a dormirme.

Capítulo 15

«Y ahora tú,
llegaste a mí, amor,
y sin más cuentos apuntas directo en medio del alma».

Ahora tú - Malú

Abrí los ojos lentamente cuando los resplandecientes rayos de sol se colaron curiosos por las diminutas ranuras de la persiana e hicieron que me despertara. Me quedé un rato repanchigándome en la cama, y luego decidí darme una ducha para despejarme antes de desayunar. Recordé vagamente la pesadilla de anoche, pero intenté apartarla de mis pensamientos.

Cuando salí, con el cabello empapado y tan solo una diminuta toalla alrededor del cuerpo, oí el timbre. El reloj marcaba las diez y media de la mañana. ¿Quién podía ser a esa hora?

Miré por la mirilla y vi a Héctor. Oh, Dios mío. Me ojeé de arriba abajo. No podía abrir la puerta de esa manera. Estaba casi desnuda. ¿Pero este chico no sabía llamar al telefonillo? Me quedé un rato parada sin saber qué hacer, pero él llamó de nuevo. Está bien, abriría. De todas maneras, ya me había visto desnuda…

En cuanto abrí, él tenía una mano apoyada en la pared y en la otra sujetaba sus gafas de sol y una bolsa de pan. Estaba tan guapo como de costumbre. Vestía un bañador azul a la altura de sus muslos y una camiseta gris.

—¿Puedo pasar? —inquirió con expresión seria y educada, escaneándome.

—Sí, pasa. —Dejé la puerta abierta y él entró detrás de mí. Sabía que me estaría mirando, descarado, pero me encantaba.

—¿Normalmente le abres así a la gente? —preguntó, internándose en el salón.

—No, casi siempre sin toalla —contesté, entrando en mi habitación para terminar de vestirme. Él sonrió.

Cuando salí, ya vestida, él estaba en la cocina.

—¿Dónde tienes el café? —me preguntó como si nada.

Le ayudé a prepararlo, en silencio. Se había afeitado y olía deliciosamente a gel de baño y afftershave.

—Te he traído pan.

—Gracias —contesté sin mirarle.

—Raúl me ha llamado hace un rato. Quiere que vayamos hoy al chalet a pasar el día.

Estaba de pie, junto a mí, mientras yo sacaba la tostadora para el pan.

—Héctor, yo he quedado hoy con unas amigas.

—Vamos, Carolina. ¿Por qué te comportas de esta manera?

—¿De qué manera? ¿Por qué te comportas tú «de esta manera»? Te cuelas en mi casa sin avisar y esperas que haga lo que tú quieras. ¿Qué demonios te has creído?

Él me miró apoyado sobre el fregadero. Estaba muy serio.

—Si no vienes hoy al chalet, Raúl y tu hermana pensarán que es por mi culpa. Ayer les prometí que hoy iríamos a almorzar.

—Claro, muy típico de ti. Haces planes conmigo antes de consultarme… —le dije, sirviendo el café en dos tazas.

—Bien, está claro que no quieres ir a ninguna parte conmigo. Muy bien, yo no iré, pero al menos ve tú.

—Yo no he dicho que no quiera ir a ninguna parte contigo.

—¿Entonces, vendrás? —insistió, suavizando el tono.

En realidad me apetecía mucho pasar el día en el chalet. Además, si no iba pensaría que estaba dolida o despechada, y no quería que creyera nada de eso.

—Sí, iré, pero llevaré mi coche. Por si luego quedo con María —le mentí.

—Muy bien, como quieras. Vamos en tu coche.

Se estaba burlando de mí.

—Ya sabes lo que quiero decir, Héctor —añadí, sacando la leche del frigorífico.

—Sí, lo sé. No quieres venir conmigo. ¿Acaso crees que voy a violarte? —Él se puso delante de mí y apoyó una mano en el frigorífico, a un lado de mi cabeza, pegando su precioso rostro al mío. Pude notar su cálido aliento acariciándome lento. Entonces me susurró al oído—. No te tocaré hasta que tú me lo pidas. No tienes de qué preocuparte. —Y me rozó suavemente la mejilla con su barba recién afeitada.

Estuve casi a punto de tirar la leche y desnudarlo allí mismo. Pero al separarse de mí recuperé un poco la cordura.

—Bien, entonces iremos en tu coche —le dije retándolo.

Él sonrió, con esa mirada de niño rebelde, y le dio un sorbo a su café.

Una hora más tarde estábamos de camino al chalet. Llamé a Cristina por teléfono y le dije que pronto llegaríamos. Apenas nos dirigimos la palabra. Tenía puesta la emisora de radio que me gustaba: Kiss FM. De repente sonó otra vez el tema de Ana Gabriel, *Obsesión*. Él alargó el brazo y subió el volumen. La canción era preciosa y me encantaba, pero la quité solo por llevarle la contraria. Toqueteé la radio hasta que encontré una canción que me gustaba. Era de Malú y la letra, ahora que lo pensaba, era muy apropiada. Así que la dejé y subí el volumen.

Dicen que se sabe si un amor es verdadero,
cuando duele tanto como dientes en el alma.
Dicen que lo nuestro es tan solo pasajero,
pero qué sabe la gente lo que siento cuando callan.
Y ahora tú, llegaste a mí, amor,
y sin más cuentos apuntas directo en medio del alma.
Ahora tú,
llegaste a mí, oh, no,
sin previo aviso, sin un permiso, como si nada.
Ahora tú...

Me puse a tararearla. Lo miré de reojo y él conducía tan atractivo como de costumbre, con esas gafas de sol, negra, que parecían hechas a medida, ocultando una irritante sonrisilla.

—Bonita canción —dijo casi en voz baja.

Aparté la mirada rápidamente y seguí tarareando mientras fijaba la visión en la carretera. En realidad no creía que fuera buena idea pasar tanto tiempo a su lado. Cuanto más lo miraba más me gustaba.

Al cabo de un rato aparcamos delante del chalet de Raúl. Él tocó el claxon y Raúl abrió la puerta, en bañador. Cristina estaba a su lado. Ambos nos recibieron risueños. Por un momento pensé por qué todo tenía que ser tan complicado para mí. Observé a Cristina junto a Raúl, feliz y enamorada. Me di cuenta de que ella aún no lo sabía, pero al verlos juntos supe que estaban hechos el uno para el otro.

Cuando llegamos al porche, el padre de Raúl estaba junto a la barbacoa, se alegró mucho al verme y me saludó con un tierno y fraternal beso en la mejilla. Su madre se hallaba en la cocina preparando una deliciosa ensalada, y los demás chicos y chicas permanecían en la piscina. Muchos tomando un baño y otros dorándose al sol en las tumbonas de alrededor.

Dejé mi cesta de mimbre sobre uno de los butacones del porche, pero antes saqué una botella de rioja y un par de cervezas y refrescos que había comprado en el ultramarinos de mi barrio y se los di a la madre de Raúl mientras la saludaba. Me quedé un rato con ella, charlando y ayudándola, y más tarde salí y decidí darme un chapuzón con los demás.

Estaba sacándome el vestido por la cabeza, cuando Héctor se acercó a mí por detrás y me cogió en brazos sin yo esperarlo.

—¿Tienes calor? —me preguntó divertido con un brillo juguetón en sus ojos.

—Ni se te ocurra, Héctor —le dije, intentando bajarme.

Desde la piscina los chicos sonreían y lo animaban a que me tirara al agua.

Traté de liberarme, pero él era muy fuerte y mis movimientos en sus brazos apenas se notaban.

—Esto es lo que te pasa por no dejarme dormir contigo anoche —me susurró al oído, lanzándonos a ambos.

El agua estaba helada. Tenía ganas de matarlo.

Cuando recuperé el aliento tras la zambullida, me tenía sujeta por la cintura y me pegó a su cuerpo. Intenté recuperar la compostura y me separé de él tanto como pude. Marta y Raquel, que estaban también en el agua, sonreían divertidas.

—Esta me la pagas —le dije entre dientes, zafándome de sus brazos.

Estuvimos toda la mañana refrescándonos y tomando el sol. Me lo estaba pasando muy bien, charlando con los chicos y las chicas. Las miradas entre Héctor y yo se cruzaban constantemente, pero lo cierto era que procuré evitarlo todo lo que podía.

Él aprovechaba cualquier ocasión para acercarse a mí y agarrarme. Una de las veces lo vi charlando tranquilamente con uno de los chicos al borde la piscina, entonces me acerqué sigilosa por detrás y lo empujé, pero antes de caer me sujetó fuertemente por la muñeca y yo caí con él. Saqué la cabeza del agua riéndome y él me sostuvo con firmeza. De pronto acercó mucho sus labios a los míos, de manera que creí que iba a besarme.

¡Oh, Dios mío, me moría por besarlo!, por saborear sus húmedos labios. Pero él se detuvo, me miró a los ojos y susurró:

—Tengo ganas de comerte, pero ya te he dicho que no lo haré hasta que tú me lo pidas.

En ese momento, el padre de Raúl nos avisó que la carne ya estaba lista. Yo me separé de él nerviosa. ¿Pretendía volverme loca o qué? Deseaba tanto sentir sus labios que no sabía cuánto tiempo podría a resistirme a sus continuas provocaciones.

La madre de Raúl había preparado una mesa en el porche, que parecía más bien un banquete. Mientras el padre seguía echando filetes y choricitos en la barbacoa, me acerqué a él y me ofrecí a ayudarlo. Me enzarcé en una interesante conversación con él sobre el negocio inmobiliario y su considerable decrecimiento. Miguel heredó su actual empresa de su padre y me contaba las enormes dificultades que esta había atravesado desde que había comenzado la crisis económica. Al parecer era una de las mejores constructoras y promotoras de la capital sevillana, pero habían sobrevivido gracias a sus inversiones en otros negocios.

Me contó que, en la actualidad, tenían en marcha varios proyectos que podían reportarle numerosos beneficios. Me habló de una importantísima reforma en un tramo del Metro de Madrid, y me comentó que pronto inaugurarían un edificio de oficinas y locales comerciales en una zona industrial de Sevilla Norte.

—Por supuesto estáis invitadas a la inauguración. Además, Héctor será uno de los anfitriones. —Y miró a Héctor, que acababa de acercarse a nosotros para oír la conversación. Trajo dos trozos de queso en la mano y me ofreció uno.

Yo lo acepté y le sonreí.

—¿Ah, sí? —pregunté.

—Sí, él ha sido básicamente el fundador de ese proyecto. Me convenció de que reformáramos esa nave y la convirtiéramos en un lujoso edificio comercial. Él lo ha diseñado por completo, reconozco que al principio no me gustaba la idea, pero ahora es todo un espectáculo. Todavía no lo hemos inaugurado y ya hemos vendido más de un sesenta por ciento de los locales. Debo reconocer que este chico es un genio —lo lisonjeó el hombre, dándole una palmadita en el hombro.

Él me miró mientras se comía el queso y se encogió de hombros, orgulloso. Yo negué con la cabeza y puse los ojos en blanco.

—No deberías elogiarlo tanto, Miguel. Terminará por creérselo —le dije, mirando a Héctor y evitando sonreír. Él me hizo un mohín.

Seguí conversando con Miguel y me hizo varias preguntas fiscales y laborales. Le hice algunas recomendaciones sobre la administración de su capital e intercambiamos ideas sobre cómo rentabilizar sus inversiones. El hombre parecía muy sorprendido y conforme con mis consejos financieros. Al fin y al cabo, mi trabajo consistía en administrar, de la mejor manera posible, el capital de los empresarios, y me ofrecí a ayudarlo cuando le hiciera falta cualquier consulta fiscal o laboral. Emilio era un genio en ese terreno y, desde que empecé a trabajar con él, me había enseñado bastante.

De pronto me fijé que Héctor no dejaba de observarme mientras oía nuestra conversación. Hasta ese momento, no me había oído hablar sobre mi trabajo y parecía que le resultaba interesante.

Miguel y yo sacamos los últimos filetes de la barbacoa y nos sentamos con el resto a la mesa. Héctor lo hizo a mi lado y se pasó casi todo el almuerzo pendiente de mí. Estaba muy atento, y se preocupaba de que la comida llegase a mi plato.

Observé a Cristina y Raúl que estaban muy acaramelados al otro lado de la mesa. Parecía que llevaran juntos toda la vida, y se conocían desde hacía apenas un mes. Sabía que Raúl estaba loco por ella, y los padres de él intuí que también. Aunque no me extrañaba, Cristina era todo un torbellino de alegría y juventud. Encima era preciosa. Capaz de volver loco a cualquiera. Lo que más me preocupaba era que ella siguiera hablando de marcharse a Ámsterdam en octubre y, al paso que avanzaba su relación con Raúl, no creía que fuera capaz de abandonarlo. Y si lo hacía, él se quedaría destrozado.

Ella pensaba que solo era una aventura de verano. Pero desde el primer momento en que los había visto juntos, supe que estaban predestinados. Raúl no paraba de colmarla de regalos y elogios. En mi opinión la mimaba demasiado. A mí me encantaba que la tratara con tanto cariño y atención, es más, me hubiese encantado que Héctor y yo hubiésemos estado en ese mismo punto. Pero sabía que eso no podía ser. Lo nuestro era más complicado…

El chalet de Raúl era el lugar de encuentro de todos los amigos, y los padres parecían encantados de tenerlo lleno de gente. Era muy amplio y tenía muchísimas habitaciones, con lo cual, el quedarse a dormir allí se había convertido en una tradición. Esa mañana me había venido con un vestidito y el bañador. Mi idea era volverme a casa esa misma noche, pero mi hermana y Raúl no paraban de insistirme para que me quedara a dormir. Raquel y Marta se marcharían por la noche, así que si Héctor prefería quedarse, no tendría que verse condicionado por mí. Menos mal que ya había pensado en todo…

Pasamos una tarde muy agradable entre risas y charloteos. Héctor seguía en la misma postura, acercándose a mí en cuanto tenía ocasión. Y en la piscina me gastaba bromas para cogerme en brazos y pegar su cuerpo al mío. Pero, aunque yo hacía como la que lo ignoraba, aquello me provocaba muchísimo.

En cuanto empezó a oscurecer nos cambiamos los trajes de baño y nos vestimos. Miguel encendió de nuevo la barbacoa y, esta vez, dos de los chicos se pusieron a preparar la carne. La madre de Raúl sacó algunos aperitivos y los dejó sobre la mesa del porche. No había suficiente bebida para la cena, así que entre todos decidimos poner un fondo de dinero e ir a comprar lo que hiciera falta. Por supuesto, le tocaría a Héctor ir por la bebida. Era el único que no bebía alcohol y, por lo tanto, estaba apto para conducir.

—¿Me acompañas, Carolina? —me preguntó delante de todos antes de marcharse, con las llaves del coche en la mano.

Yo estaba sentada en uno de los sofás del porche, charlando con Raquel. No era buena idea estar mucho tiempo a solas con él. No sabía cuánto tiempo iba a poder aguantar sin lanzarme... Pero en esos momentos me quedé callada sin saber qué responder, y la madre de Raúl me miró con cara de «no seas antipática y acompáñale». Asentí con la cabeza y lo seguí hasta el coche.

En Roche, a esa hora, no había muchos establecimientos abiertos. Solo un pequeño almacén familiar que estaba en una escondida carretera, entre carriles, donde vendían bebidas, comestibles y hielo. Todo lo que necesitábamos. Héctor sabía dónde era y condujo hasta allí. De camino me comentaba:

—Veo que Miguel y tú os lleváis muy bien.

—Sí, los padres de Raúl son adorables.

—Eso es cierto. —Se quedó en silencio un instante y luego dijo—: Entonces, no te arrepientes de haber venido, ¿no?

—Claro que no, ¿por qué dices eso?

—No sé, esta mañana estabas reacia a venir a cualquier sitio conmigo —aseveró, intentando no reírse.

Yo le seguí el juego.

—Y todavía lo estoy —añadí.

—¿Ah, sí? —me preguntó él sonriendo, girando la cabeza para mirarme mientras conducía—. Pues no lo parece, has aprovechado la primera oportunidad que has tenido para quedarte a solas conmigo.

—Eres un estúpido.

—Sí, lo que tú digas, pero sabes que llevo razón —bufó con expresión divertida.

—Te equivocas, no me interesas para nada.

—¿No? Pues yo creo que te gusto de siempre. Es más, creo que lo de salir con mi hermano ha sido, tan solo, una tapadera para acercarte a mí.

No pude evitar partirme de la risa. Él sonreía conmigo.

Era cierto que siempre me había parecido guapo, pero jamás se me había pasado por la cabeza fijarme en él. Todo eso había sucedido después, pero, aunque estaba bromeando conmigo, sabía que le interesaba saber desde cuándo me gustaba.

—Pues yo creo que eres tú el que siempre ha estado enamorado de mí —le dije con la cabeza alta, siguiéndole el juego.

—Puede ser —me contestó él con cierto tono de seriedad.

Me dio un poco de vergüenza y le retiré la mirada. Eso era imposible. Me habría dado cuenta. Además, durante el tiempo que estuve saliendo con Rafa, habían sido muy pocas las ocasiones que habíamos coincidido. Me quedé callada.

—¿No te lo crees? —me preguntó esta vez más serio—. Me gustas de siempre.

—Sí, claro —añadí nerviosa.

Él me miraba. El camino estaba muy oscuro y yo no tenía ni idea de por dónde se había metido. Imaginé que él conocía mejor esa zona y sabía a dónde íbamos.

—Es en serio. Me gustas desde la primera vez que te vi.

Me retorcí nerviosa en mi asiento.

—Sí, pero mira a la carretera —le ordené seriamente.

Con una mano sujetaba el volante y con la otra me hizo cosquillas en la cintura.

—No te pongas mandona —me dijo juguetón—. Ahora estás a solas conmigo y puedo hacerte todas las cosquillas que quiera.

Yo intenté apartar su mano riéndome, y en ese momento vi que los faros de su coche iluminaban un enorme socavón. Entonces grité:

—¡Cuidado!

Dio un volantazo intentando esquivar el gran boquete, y el todoterreno se torció hacia la izquierda, quedando las dos ruedas, de ese mismo lado, hundidas en una pequeña pendiente del carril. Frenó tan pronto como pudo, pero me temía que una de las ruedas se había pinchado.

El frenazo había sido muy brusco, pero los dos estábamos perfectamente. Él me miró asustado.

—¿Estás bien?

—Sí, tranquilo.

—Creo que hemos pinchado una rueda. —Salió del coche y las revisó. Yo me bajé tras él. El carril estaba muy oscuro y apenas se veía nada.

—Es la rueda delantera —dijo él, agachado delante del vehículo—. Puedo cambiarla en un momento, pero creo que necesitaré ayuda para sacar el coche de la pendiente. ¿Te has traído el móvil?

—No. ¿Tú no lo has traído? —le pregunté con expresión horrorizada.

Se pasó las dos manos por el pelo como si estuviera pensando y luego me dijo, encogiéndose de hombros:

—Esperaremos a que vengan a buscarnos.

—Oh, Dios mío, Cristina se asustará mucho. Además, ¿cómo demonios van a encontrarnos en esta carretera? —le pregunté preocupada.

—Tranquila, Raúl conoce perfectamente este carril, en cuanto vean que no llegamos saldrán a buscarnos. Y ahora déjate de lloriqueos y ayúdame a cambiar la rueda.

—No pienso ayudarte —me negué enfadada—. Ha sido por tu culpa. Me estabas haciendo cosquillas y has quitado las manos del volante.

Él me miró con los ojos muy abiertos.

—Bien, pues si no me ayudas te haré cosquillas hasta que me duelan las manos. Y a ver quién te va a oír aquí.

Crucé los brazos a la altura del pecho con expresión de crispación y le hice un mohín.

Él abrió el maletero y sacó la rueda de repuesto y un gato mecánico. Todo estaba muy oscuro y la única luz que teníamos era la de los faros.

Cogió una pequeña linterna y me pidió que lo alumbrase mientras intentaba cambiar la rueda, a lo que accedí cabreada. No me gustaba demasiado el campo, y sobre todo los insectos, y en ese momento los mosquitos se estaban dando un festín con mi cuerpo.

Rosario Tey

Él estaba de cuclillas en el suelo, intentando meter el gato bajo el coche, pero el vehículo estaba ligeramente inclinado, y hasta que no lo remolcase un poco hacia fuera, sería imposible cambiar la rueda. Lo oí maldecir entre dientes, y de repente se puso de pie de un salto.

—Tendremos que esperar a que vengan, así no puedo cambiar la rueda. Tengo que sacarlo de ahí —me informó mientras se limpiaba las manos en su camiseta.

—¿Y ahora qué? Me están comiendo los mosquitos —protesté enfadada.

—Métete en el coche y deja de protestar —masculló, subiendo a su asiento.

Yo entré tras él y cerré la puerta de un portazo. Pensé que me había pasado un poco. Él me miró de repente y me dijo con expresión airosa.

—¿Crees que es culpa mía?

—¿De quién si no? Yo no era la que conducía.

—Había un boquete enorme, no lo puse yo allí. ¿Qué coño te pasa?

—No me gusta el campo. Me da un poco de miedo estar aquí, perdida en medio de la nada.

—No digas tonterías, la casa de Raúl está cerca de aquí, si quieres vamos andando.

—Estás loco, no pienso andar por esos hierbajos a oscuras. Puede haber serpientes y muchos bichos. Esperaremos.

Él negó con la cabeza y se rio. Alargó el brazo y puso la radio, bajita. Permanecimos en silencio unos minutos. Yo estaba rascándome una roncha enorme que me había provocado un mosquito, justo en la muñeca. Él me cogió la mano y me acarició la picadura.

—Si te rascas te picará más —al oírlo, de pronto, recordé a mi madre, ella solía decirme esas cosas. Recuerdo que solía hacer eso mismo, me acariciaba y luego me daba un beso sobre la roncha. En ese momento, él se acercó más a mí y me plantó un beso en la picadura.

Al sentir sus labios sobre mi piel, el vello se me erizó de repente. Aparté el brazo para que no viera la sensación que provocaba en mí. Él me miró decepcionado.

—Eres una antipática.

—Y tú un idiota —le solté mientras seguía rascándome.

—¿Por qué estás tan cabreada conmigo?

—No estoy cabreada contigo. —Ahora me rascaba también el otro brazo.

180

—Deja de rascarte, te vas a hacer daño —me ordenó, sujetándome la muñeca. Volvió a hacer lo mismo, me acarició de nuevo la picadura, pero esta vez no me besó.

—Un par de picaduras no pueden hacerme daño —le dije, escondiendo un doble significado a la frase. Él me miró a los ojos, parecía que no acababa de entender lo que quería decirle—. Tendré cuidado para que no vuelvan a picarme —añadí.

—Yo nunca te haría daño —me dijo en voz baja como si por fin lo hubiese entendido.

Ahora no sabía qué decir. Él continuó acariciándome lentamente el brazo. En realidad sabía que no me haría daño a propósito, pero también que si seguía con esto era probable que saliera herida.

—Me importas mucho, Carolina. Nunca haría nada que pudiera dañarte.

En ese momento me soltó, como dándose por vencido. Se giró y apartó la vista de mí. Sus palabras me sonaron sinceras. Y decía que le importaba... Oh, Dios, sentía haber sido tan desagradable. Quería arreglarlo, quería que siguiera acariciándome, quería que me besara.

—También me ha picado otro aquí —le dije al instante, casi en un susurro, señalándome el hombro. Él puso cara de satisfacción.

Se acercó muy despacio y me dio un beso en el hombro, justo donde yo había puesto el dedo. El contacto de sus labios me estremeció. Había dicho que yo le gustaba de siempre... ¿Sería realmente cierto?

—Vamos al asiento de atrás, ahí podré curarte mejor —me sugirió con voz ronca y sensual.

Pasamos al asiento trasero sin salir del coche. Él alargo el brazo y tocó la radio de nuevo. De pronto, la inconfundible voz de Bruno Mars envolvió aquel reducido espacio. Sonaba su canción *Gorilla*.

—¿Dónde decías que te había picado?

—Aquí —le dije, señalándome el otro hombro.

Me bajó el tirante del vestido y me dio un cálido y suave beso en la clavícula. Mi respiración empezó a acelerarse poco a poco. Se retiró despacio y me miró a escasos centímetros de mi cara. Era tan hermoso...

—¿Tienes alguna otra picadura? —me susurró.

—Sí, aquí. —Y me señalé el cuello.

Él sonrió y lo besó, lamiéndome lentamente hasta la barbilla. Un intenso calor se instaló en mi vientre y en mis muslos. Él siguió regando de besos mi cuello y subió por la mandíbula hasta llegar al lóbulo de mi oreja. Entonces lo mordisqueó sutilmente. Puso una de sus manos en mi nuca y, al sentir sus dedos, un escalofrío recorrió mi espalda. Me miró directamente a los ojos y me preguntó:

—¿Quieres que te bese?

—Creí que ya lo estabas haciendo —contesté en voz baja.

Metió sus dedos en mi cabello y me agarró con una mano la cabeza y con la otra rodeó fuertemente mi cintura. En ese momento nuestras bocas se hundieron en un apasionado y desesperado beso. Pude sentir su exquisita lengua explorando mi boca. Le pasé las manos por el cuello y él pegó su cuerpo más al mío. Me tenía sujeta de tal forma que era imposible separarme de él. Sus besos eran intensos y ardientes. Me comió la boca de tal manera que parecía que hacía años que lo deseara. Yo, por supuesto, respondí con la misma intensidad.

—Me encanta besarte —susurró con la respiración agitada, mientras me salpicaba de besos el cuello y las mejillas.

—A mí me encanta que me beses —murmuré receptiva.

Me bajó el otro tirante del vestido. No llevaba la parte de arriba del biquini. Y me deslizó el vestido hasta la cintura, dejando mis pechos al descubierto. Se separó lentamente, me miró y se mordió de una manera irresistiblemente sexual el labio inferior. Metió su cabeza entre mis senos y los besó, los chupó y los saboreó con ansia. Puso las manos en mi espalda y me apretó contra su pecho mientras volvió a besarme de nuevo en la boca, esta vez mordiéndome los labios y lamiéndolos al mismo tiempo.

—Voy a comerte —dijo con voz áspera.

Yo bajé mis manos hasta su cintura y agarré su camiseta e intenté quitársela por la cabeza. Él levantó los brazos, facilitando mi maniobra. Cuando lo tuve allí, con el pecho desnudo, delante de mí, di gracias a Dios por dejarme disfrutar de tan maravilloso cuerpo. Le besé el cuello y el pecho. Olía a cloro y a jabón. Delicioso. Pasé mis manos por sus musculosos y fornidos brazos. Creí que jamás me cansaría de tocarlo. De pronto, él metió las manos bajo mi vestido y me sostuvo los muslos con presión. Esa manera suya de tocarme hacía que me derritiera de excitación.

Ahora que lo pensaba, me alegraba muchísimo de que la rueda se hubiera pinchado y que ninguno de los dos lleváramos los móviles encima. Me alegraba de que lo mosquitos se hubieran ensañado conmigo, y de que una desconocida familia campestre hubiera decidido poner una tienda de comestibles en medio del campo, en algún carril perdido de la mano de Dios.

Capítulo 16

«Mira lo que estás haciendo,
mira lo que has hecho.
Pero en esta selva no puedes correr...».
Gorilla - Bruno Mars

No existía otro sitio más paradisíaco que estar entre sus brazos. En la oscuridad del campo solo se oían nuestras respiraciones acompasadas. Él me besó y recorrió mis muslos hasta llegar a las braguitas del bañador. Tenía el vestido enredado en la cintura y él metió la mano bajo mi nalga, apartando la tela del bañador. Estaba muy excitada. Le deseaba muchísimo. Allí mismo. En su coche.

—Llevo toda la semana deseando hacer esto —susurró, apretándome la nalga con su fuerte mano al tiempo que me comía la boca con una pasión abrasadora.

De repente me sujetó fuertemente por la cintura y me sentó sobre él, a horcajadas. Me adapté perfectamente a su cuerpo sin dejar de besarle, y entonces noté su prominente erección. Recorrió mi espalda desnuda con sus manos y yo balanceé mis caderas contra él. Me acarició los pezones con los dedos y me besó el cuello y los hombros con besos suaves y ligeros mientras yo le adulaba con dulces caricias. Sentí el intenso deseo que desprendía cada poro de su piel. Esta vez era como si me deseara más profundamente. Ahora solo éramos él y yo.

Me cogió la cara me miró de forma ávida y pasional.

—Has sido mala conmigo. —Me dio un beso en el cuello y continuó diciendo—: No poder tocarte es el peor de mis castigos.

—Pues tócame —siseé, al tiempo que movía mi cuerpo con desesperada lentitud.

—Estás haciendo que me vuelva adicto a ti. —Su voz era extremadamente sensual y fogosa.

Esas palabras provocaban en mi interior espasmos de deseo. Sentía que me iba a derretir solo con oír su voz. Adoraba la manera en la que me miraba en esos momentos tan íntimos y adoraba sentirme una mujer deseada y anhelada por un hombre tan sexy y atractivo.

Me acarició la cintura y los costados y comenzó a bajar las manos hasta llegar a mis nalgas, las masajeó y las apretó contra su cuerpo.

—Me encantó el cuadro —le susurré al oído antes de mordisquearle el lóbulo de la oreja.

Él sonrió, dejando entrever su preciosa dentadura, y me respondió apartándome dulcemente un mechón de pelo de la cara:

—Me alegro. Lo pinté imaginando tu cuerpo desnudo.

—La próxima vez posaré para ti —dije, devolviéndole la sonrisa tiernamente.

Él me besó con embeleso, pasando su deliciosa y húmeda lengua por mis labios y luego confesó en voz baja:

—No estoy seguro de poder pintar contigo desnuda delante de mí.

Nunca jamás me había sentido tan deseada, sexy y femenina. Él hacía que me sintiera cómoda con mi cuerpo, segura y relajada. Hacer el amor con él iba mucho más allá del sexo y del placer. Conseguía que, por un momento, me olvidase de todo lo demás y me sintiera en algún lugar mágico y hechizante del que no quería irme. Era como oír una preciosa melodía de acordes tan perfectos y divinos que creías que estabas rozando el cielo. Estar encima de él, ansiosa de entrar en su cuerpo, era el mayor de mis placeres.

—Quiero estar dentro de ti... —me susurró lascivo.

Mientras me contoneaba encima de él, puso sus manos bajo mis mulos y me elevó lentamente. Sabía lo que quería hacer. Suavemente metí mis manos por la cinturilla del bañador y lo ayudé a bajarlo, despacio.

—Y yo quiero que estés dentro de mí —respondí con la respiración agitada.

Ahora lo tenía debajo de mí, totalmente desnudo. Por un momento, al ver su imponente erección, pensé que había tenido que ser muy buena en otra vida y Dios me estaba compensando por ello.

Yo seguía con el traje enredado en la cintura y la parte de abajo del biquini, pero aquella ropa no me duró mucho tiempo, ya que él se desprendió de todo antes de que me diera tiempo a parpadear. Lo sentía hambriento y yo le respondí con la misma pasión.

—No te imaginas cuántas cosas me gustaría hacerte… —Al decir eso, un pudor febril me recorrió las venas, pero no pude evitar que sus más extraños deseos sexuales me resultaran electrizantes.

Y mientras nuestras lenguas se exploraban, enredándose cual serpientes vigorosas, él agarró fuertemente mis caderas y me encajó en su cuerpo, deslizándome de una manera intensamente delicada y jugosa.

Al principio, sus movimientos y los míos fueron lentos y acompasados, pero la lujuria y la pasión no tardaron en apoderarse de nuestros sentidos y de pronto lo único que queríamos era devorarnos mutuamente.

Cuando era una adolescente había hecho el amor con Rafa en el coche de su padre. De eso hacía ya mucho tiempo. Recordaba haber disfrutado con él a veces. Pero no el haberme sentido tan excitada y apasionada como hasta ahora. Hacer el amor en su coche, allí, en medio de la nada, y sumidos en una eclipsada oscuridad, se me antojaba como la mejor de mis experiencias.

Nuestros jadeos y gemidos habían originado una nube sexual de vaho que se impregnaba los cristales. El más puro resultado de que allí dentro, dos cuerpos entrelazados se unían en la cadencia conjunta de sus movimientos, proporcionándose solo y exclusivamente gozo. Dos cuerpos. Dos amantes y un solo propósito… La delicia del placer.

Mientras él contoneaba mis caderas con un ritmo abrumador, creí que iba a perder la conciencia. El regocijo era tan intenso que sentía que me derramaría de un momento a otro. Puso sus fuertes y viriles manos sobre mis nalgas y me meció una y otra vez sobre su miembro. Experto. Como él solo sabía. Yo intenté tomar el compás de los movimientos, decidí llevar las riendas y no tardó en emitir un gruñido que hizo que me sintiera poderosa sobre él. Quería verlo temblar de deseo. Quería que perdiera los sentidos por mí.

—Oh, Carolina. Eres increíble —me dijo antes de llevar uno de mis pechos a su boca y saborearlo exquisitamente.

Yo me sacudía conocedora de que mis movimientos le excitaban y le perdían. Me agarré fuertemente a su cuello y le besé las mejillas y la frente. Le cogí la cara con las dos manos y me hundí en su boca, saboreando sus perfectos e hinchados labios. Respondió a mi beso, sujetándome con fuerza el cabello, mientras que con la otra mano me pellizcaba la cadera para que no detuviera mis movimientos.

—Sigue, nena, no te pares —me suplicó con la respiración más alterada y acelerando sus movimientos.

Su cuerpo estaba tensándose debajo del mío y lo sentía húmedo y resbaladizo. El olor que desprendía me resultaba tan embriagador y afrodisíaco que quería beber de él.

—M-Me gustas... mucho, Carolina. —Su voz era ronca, pero el deseo y la intensidad de sus palabras hacían que me estremeciera.

A mí también me gustaba mucho, tanto que me dolía. Todo lo que estaba sintiendo por él era muy precipitado e inesperado. Jamás habría imaginado que Héctor me llegara a provocar todas esas sensaciones.

De repente, se detuvo y salió de mí. Sin dejar de besarme se puso a mi espalda, dejándome de rodillas en el asiento trasero y con el pecho apoyado sobre el respaldo. Pegó su cuerpo al mío y me penetró desde atrás. Rodeó con una mano uno de mis senos y con la otra jugó con mi sexo. ¡Oh, Dios!, creí que me iba a desmayar de placer.

—H-Héctor... sí... —susurré, agarrándole la mano que jugaba con mi clítoris.

Sentía su cuerpo perfectamente acoplado al mío. Sus caderas bombeándome más y más adentro.

—¿T-Te gusta?

—Síí...

Pero cuando sentí que el volcán que había en mi interior estaba a punto de explosionar me agarré fuertemente al asiento y me balanceé una y otra vez hasta que la llama comenzó a arder desbocada, haciéndome perder la razón. Apartó mi pelo y me besó el hombro. Un gemido brotó de su garganta.

—Sí, nena, sí... —gruñó, agarrándose fuertemente a mi cintura.

Echó la cabeza hacia atrás y gritó mi nombre tan profundamente que su imagen se quedó grabada en mis retinas. Y fue entonces cuando noté que me colmaba de su maravillosa y ardiente esencia.

Él siguió balanceándose, despacio, hasta que vació la última gota de su jugo, y mientras regaba de dulces y exquisitos besos mi espalda y mis hombros se derrumbó sobre mí, rodeándome la cintura, de forma que pude sentir los latidos desbocados de su corazón.

Una vez más nuestro encuentro había sido salvaje, tierno, apasionado, excitante, perfecto... y único.

Momentos después yo estaba fuera del coche intentando alisar mi vestido con las manos. Estaba hecho un acordeón. Y Héctor estaba sacando un viejo paño del maletero.

—Mira la que has liado —dijo con una sonrisita cómplice—. Puedo explicar lo de la rueda, pero ¿qué le digo a Raúl sobre los cristales?

Yo le devolví la sonrisa y mientras él secaba el parabrisas oí el rugido de un motor acercándose en la oscuridad. Unos faros iluminaron el carril.

—Ese será Raúl —aseguró Héctor, convencido.

«Por los pelos», pensé ruborizándome.

Cuando observé el vehículo acercarse, vi que así era. Raúl y Cristina se bajaron apresurados.

—¿Estáis bien? —preguntó Cristina, asustada.

—Sí, estamos bien, solo ha sido un pinchazo, pero el coche se ha quedado encajado en la pendiente —le comenté a Cristina mientras Raúl ya se había acercado a ver qué pasaba.

—¿Dónde demonios tenéis los móviles? —inquirió Raúl con tono de crispación—. Menudo susto nos habéis dado.

—Los olvidamos en el chalet.

—¿Y por qué no habéis ido andando a la casa?, tampoco hay tanta distancia desde aquí —dijo Cristina.

—¿Estás loca? Me daba miedo andar por esos hierbajos a oscuras —le contesté a mi hermana—. Sabíamos que no tardaríais en salir a buscarnos.

—Cristina, lo cierto es que prefirió quedarse conmigo a oscuras en mi coche —murmuró Héctor con una sonrisilla burlona, agachado junto a Raúl mientras decidían cómo sacar el vehículo de allí.

—Ya…, claro —asintió mi hermana, poniendo los ojos en blanco. Raúl rio.

Y yo le di una patada en el culo a Héctor que casi le hizo perder el equilibrio y caerse.

Después de un rato intentando sacar el todoterreno de la pendiente, y de que los mosquitos hubieran continuado en su intento de devorarme, decidimos llamar a la grúa para que lo recogiera, ya que al parecer el volantazo había dañado la dirección.

En el coche de Raúl, de camino al chalet, él se sentó en el asiento de atrás conmigo y me agarró la mano. Ese gesto me pilló por sorpresa. En principio intenté apartarla, pero él me sujetó con fuerza y yo me dejé. Le miré su perfil mientras conversaba con Raúl. Era tan guapo que no creí que me cansara nunca de mirarlo.

Cuando llegamos, los padres de Raúl ya se habían ido a la cama. Raúl los tranquilizó diciéndoles que solo era un simple pinchazo. Era bastante tarde. La grúa había tardado muchísimo. Marta, Raquel y los demás chicos se habían marchado, así que mi esperanza de irme a casa con ellas se esfumó también.

—Tendréis que dormir esta noche aquí —me dijo Raúl con las cejas levantadas como si estuviera preguntándome.

—Hay muchas habitaciones. Héctor suele dormir en la del fondo. Cristina y yo nos vamos a la cama. Os dejo para que os pongáis de acuerdo… —Y se dio la vuelta, guiñándole un ojo a Héctor.

Cristina le siguió de la mano.

—Cuida de mi hermanita, Héctor —farfulló ella antes de desaparecer. Yo le lancé una mirada afilada.

Lo cierto era que me alegraba de no poder marcharme a casa. Me dio un poco de reparo dormir en el chalet estando allí los padres de Raúl, sin embargo, la idea de pasar la noche durmiendo a su lado… me fascinaba.

En cuanto nos quedamos solos en el porche, me miró y se acercó a mí.

—Anda, vamos a la cama —murmuró, sujetando otra vez mi mano.

No quería acostumbrarme a eso. El hecho de ir cogida por él era algo que me ponía realmente nerviosa. No quería verlo como algo más que una aventura. No podía. No debía.

La habitación era admirablemente acogedora. Tenía una cama de matrimonio en el centro con sábanas impolutas, dos mesillas a juego y un pequeño armario en la pared de la izquierda. Los muebles eran sencillos y de maderas autóctonas. La casa entera estaba decorada con muebles tradicionales y cálidos. Dentro del dormitorio había un baño pequeño con una placa de ducha construida con piedras. Eso fue lo que más agradecí en esos momentos. En cuanto entré vi que Héctor tenía una bolsa con algo de ropa a un lado de la cama.

—Quiero ducharme, pero no he traído nada de ropa —le dije en voz baja. No quería hacer ruido. Los padres de Raúl estaban ya dormidos—. Le pediría algo a Cristina, pero no quiero volver a salir. ¿Me dejas una camiseta para dormir?

—Claro, coge lo que quieras de mi bolsa, aunque yo prefiero que duermas sin nada —susurró, rodeándome con sus brazos desde atrás.

Estaba muy cariñoso y relajado. Me preguntaba cuánto le duraría, lo mismo esa semana volvía a hacer lo mismo y no me llamaba ni un solo día.

Intenté desechar esa idea y no ser tan mal pensada. Al fin y al cabo quería disfrutar del momento.

Me di la vuelta, le rodeé el cuello con mis brazos y besé su preciosa y perfecta boca.

—Venga, te acompaño a la ducha —me dijo con un brillo en los ojos que me derritió por dentro.

—Pero, Héctor, no podemos hacer mucho ruido —añadí preocupada, sin olvidarme del hecho de que no estábamos solos.

—Bien, entonces te taparé la boca para que no grites —me contestó, sacándome el vestido por la cabeza, mientras me besaba el cuello.

Minutos más tarde estábamos en la ducha entrelazados en una maraña de besos, caricias y desesperada y ferviente pasión. La ducha era pequeña y estábamos algo incómodos, pero eso no parecía ser un problema relevante. Aun así, nuestros cuerpos se adaptaron perfectamente y ni siquiera ese diminuto espacio fue capaz de impedir que nos devorásemos el uno al otro. Beber el agua de su húmedo y exquisito cuerpo me demostró que Dios existía y estaba siendo generoso conmigo.

Tras una prodigiosa sesión de sexo en la ducha, salí y me rodeé el cuerpo con una diminuta toalla azul a juego con los accesorios del cuarto de baño. Aprecié que la madre de Raúl era muy cuidadosa con sus invitados. En el baño había de todo. Gel, champú, cremas hidratantes, toallas limpias… Él seguía dentro, terminando de enjabonarse. Salí del cuarto de baño, no sin antes admirar su vigoroso cuerpo mojado, y al cerrar la puerta suspiré de pura emoción. Estaba tan feliz que tenía ganas de gritar a pleno pulmón.

Estaba secándome el pelo, sentada al filo de la cama, y observé la bolsa de Héctor en el suelo. Él me había dicho que cogiera lo que quisiera, así que la abrí y saqué una camiseta blanca y unos bóxer azul marino. Me puse las dos cosas. La camiseta me quedaba enorme y el bóxer, ahora que lo pensaba, me hacían sentir bastante sexy.

Husmeé un poco y vi que tenía de todo. Desodorante, perfume, champú, pasta de dientes y cepillo… Traía ropa de sobra, y un par de bañadores. Al parecer era más precavido que yo, que solo me había traído la cesta de la playa con la toalla y lo puesto. Todo perfectamente doblado. Se notaba que era muy perfeccionista. Antes de cerrar la bolsa, me fijé en que en uno de los bolsillos interiores estaba la cartera y el móvil. Era un iPhone. Cristina tenía uno igual. Sabía manejarlo un poco, aunque la tecnología no era lo mío. Yo todavía llevaba uno de esos con el teclado grande que tan solo servían para llamar y mandar mensajes. Sabía que no estaba bien lo que iba a hacer, pero la curiosidad pudo conmigo.

Lo desbloqueé y lo primero que encontré fueron varias llamadas perdidas de Raúl, claro, lo llamaría cuando vio que no regresábamos. Pero lo que me dejó sin respiración era una llamada perdida de «Patricia», hacía tan solo una hora. Era sábado por la noche, las dos y media de la madrugada…

¡¿Qué hacía esa mujer llamándolo a esa hora?!

Y casada, joder. Me estaba poniendo muy nerviosa y no quería sacar las cosas de quicio. No tenía derecho a hurgar en sus pertenencias. Igual lo hizo por cualquier asunto del bar, pero en ese caso, ¿por qué no lo había llamado Mario? Bueno, igual había sido él desde el móvil de ella. Oh, Dios mío, ¿y si todavía estaban liados? ¡¿Y si no me había llamado durante la semana porque se veía con ella?!

En ese momento oí el grifo de la ducha cerrarse. Guardé rápidamente el móvil en la bolsa y la dejé donde estaba. Tenía que calmarme e intentar que se me pasara el ataque de celos que me acababa de dar.

«Eso te pasa por mirar lo que no debes», me dije. Solo era una llamada. No podía adelantarme a los acontecimientos. Al fin y al cabo estaba allí conmigo, y no con ella. Además, había sido él quien fue a buscarme. En ese momento lo vi salir del cuarto de baño con la toalla enrollada en la cintura y el pelo mojado. Algunas gotas le resbalaban enredándose en el vello oscuro y escaso de su pecho y de su abdomen. ¡Oh, Dios! Respiré profundamente e intenté relajarme para que no se me notara el cabreo. De todas maneras no podía decirle que había visto la llamada.

Estaba tumbada en la cama y él se acercó a mí. Sonrió en cuanto me vio el bóxer puesto. Se sentó a mi lado y me acarició el muslo.

—Te quedan muy bien mis calzoncillos.

—Mejor para mí. En ese caso yo me los pongo y tú te quedas sin ellos —le dije, tirándole de la toalla.

Él sonrió y se acercó a la bolsa para sacar otros. Se los puso delante de mí mientras yo estaba apoyada en un codo deleitándome con el espectáculo, y en ese momento sacó el móvil del bolsillo interior. Intenté analizar su expresión cuando miró la llamada de Patricia, pero él ni se inmutó. Lo apagó y volvió a guardarlo en su sitio. Luego se tumbó a mi lado y me rodeó la cintura.

Permanecimos durante un buen rato en la cama, charlando tranquilamente. Estaba tan a gusto a su lado que me olvidé de todo lo demás, incluso de la llamada, casi. Me contó bastantes cosas sobre los negocios del padre de Raúl y su familia. Yo le pregunté sobre lo de irse a Nueva York, pero él me contestó con evasivas y me cambió de conversación disimuladamente. Hablamos un rato sobre su trabajo y luego le saqué el tema del restaurante.

—Sobre lo que me comentaste el otro día de las cuentas del negocio, cuando quieras pásate por la asesoría y que Emilio te asesore.

—Sí, quiero aclarar algunas dudas. —Estaba acostado delante de mí y con la cabeza apoyada sobre un codo. Yo estaba en la misma posición.

—Pero ¿no te fías de Mario? —le pregunté intrigada.

—No es que no me fíe. Solo que hay cosas que no me cuadran y, aunque me las explica y aclara, quiero una segunda opinión y que sea ajena a nuestro entorno. Además, si me voy a Nueva York necesito dejarlo todo bien atado.

Al decir esto último, yo aparté la mirada.

—¿Siempre ha sido él el que se ha ocupado de la gestión del negocio?

—Sí, es abogado y lo conocí porque es mi asesor fiscal y laboral desde hace algún tiempo. Cuando decidimos asociarnos, acordamos que la gestión de la empresa la llevaría él, quién mejor, siendo uno de los socios.

—Bien, si quieres, el lunes le digo a Emilio que organice una reunión y te llame para ver cuándo te viene bien.

—Estupendo. Creo que el martes por la mañana sería un buen día. Coméntaselo y me cuentas.

—Bien —murmuré, bostezando con la mano en la boca.

—Venga, duérmete ya, pequeñita. —Entonces me agarró y me arrimó a él. Yo me di la vuelta y quedamos perfectamente pegados, como si fuéramos dos cucharitas. Me besó el pelo, dulce y pausadamente. Normalmente, cuando dormía fuera de casa extrañaba mi cama, pero al estar con él parecía que todo me daba igual. Lo único que deseaba era que me abrazara de esa manera. No imaginaba un lugar mejor…

Era muy tarde. Charlando con él el tiempo se me pasó enseguida. Me encantaba sentirlo cerca. Si iba el martes a la asesoría, María podría conocerlo. Ya lo estaba deseando. Pero ¿qué demonios le diría a Emilio? Ya lo estaba imaginando: «Emilio, este es el hermano de Rafa. Ahora me estoy acostando con él y quiere que le revises la contabilidad».

¡Dios mío!

Emilio también era mi amigo, tenía que contárselo. ¿Cómo se lo decía? Estaba segura de que no iba a juzgarme, pero ¿qué pensarían todos cuando supieran que estaba liada con el hermano de Rafa? ¿Qué opinarían sus padres? ¿Qué haría Rafa cuando se enterase?

«No digas tonterías, Carolina. Rafa no va a enterarse. Nadie tiene por qué enterarse», me repetí una y otra vez...

Él alargó el brazo y apagó la luz de una pequeña lamparita que estaba iluminando la habitación. Me dormí en sus brazos, intentando no pensar en nada que no fuera estar con él. Y de pronto nunca la oscuridad me había parecido tan placentera hasta ese momento.

Al día siguiente desperté antes que él. Había oído el motor de un coche en el exterior. Los padres de Raúl se marchaban. Debían ser las nueve o las diez de la mañana. Miré a Héctor, que dormía plácidamente boca abajo. Tuve ganas de tirarme encima de él y achucharlo, pero no quería despertarlo, así que me acerqué despacio y le di un suave beso en la mejilla. Él se movió, remolón, pero continuó con su placentero sueño.

Me levanté, y cuando terminé de asearme y vestirme, salí de la habitación, despacio. En la cocina estaba Raúl preparando café.

—Me parece que nosotros somos los más madrugadores —comentó, haciéndome un guiño a modo de saludo.

—Sí, eso veo —contesté sonriéndole—. ¿Y tus padres?

—Se han ido hace un rato. Han quedado con unos amigos. ¿Quieres café?

—Sí, por favor.

—¿Qué tal con Héctor? —me preguntó mientras me lo servía.

—Bueno..., creo que bien... —En realidad no sabía qué decirle. De momento estábamos bien. Pero la última vez que habíamos hablado de nosotros él me dijo que no podía enamorarse de mí. Ahora todavía no sabía muy bien en qué punto estábamos—. Es complicado —titubeé.

—Creo que a Héctor le preocupa el hecho de que hayas sido la novia de su hermano —me confesó él mientras cortaba pan y lo ponía en la tostadora.

—Ya... supongo, pero eso forma parte del pasado. Lo mío con Rafa está acabado.

Me quedé en silencio un instante y luego decidí hacerle una pregunta un tanto comprometida. Sabía que Raúl y él eran muy amigos y se lo contaban todo.

—Sé que no debería preguntarte esto, pero... ¿sabes que hay entre él y esa tal Patricia?

Raúl me miró realmente sorprendido. Estaba un poco nervioso y no sabía qué contestar.

—Carolina…, yo creo que eso deberías preguntárselo a él.

—Ya lo hice, pero no me ha contado nada.

—Tal vez no te ha contado nada porque no hay nada —dijo, evitándome la mirada mientras le untaba mantequilla al pan.

—Raúl, no soy idiota. Sé que entre esa mujer y Héctor hay algo.

—Sea lo que sea lo que tenga con esa mujer, estoy seguro de que no se parece en nada a lo que tiene contigo. Conozco a Héctor y sé que le gustas bastante —afirmó, ofreciéndome una de las tostadas y dedicándome una sonrisa tranquilizadora.

—¿Y qué hay de ti? ¿Te gusta Cristina? —le pregunté, cambiando de tema y mirándolo por encima de la taza.

—Estoy enamorado de ella. —Me soltó de un tirón. Abrí mucho los ojos. Pero él no se cortó un pelo y siguió diciéndome lo que pensaba, sin reparos—. Jamás había sentido nada igual por nadie. Cuando estoy con ella pierdo la noción del tiempo. Es como si toda mi vida la hubiese estado esperando.

Vaya, esa confidencia por parte de Raúl, nada más levantarme, me dejó perpleja. ¿Por qué me sentía tan identificada con él?

—Tienes que ayudarme, Carolina —aseveró, acercándose a mí y cogiendo una de mis manos entre las suyas, por encima de la barra de la cocina que nos separaba—. No quiero que se marche a Ámsterdam. Quiero que le quites esa idea de la cabeza.

«Ahora sí que tenemos un problema».

—Pero, Raúl… Ella ha trabajado mucho para conseguir ese empleo. Está muy ilusionada.

—Solo es un trabajo. Puede conseguir otro aquí. Además, es muy buena fotógrafa. Mi padre tiene muchos contactos en Sevilla. Puede ayudarla. —Estaba muy alterado. Se movía de un lado a otro de la cocina. Vi que ese asunto realmente le preocupaba.

—Verás, Raúl, creo que esto deberías comentarlo con Cristina. Pero mi consejo es que vayas con cuidado.

—Solo quiero que me ayudes. Sé que tú tampoco quieres que se marche de tu lado. —En eso llevaba razón, aunque yo nunca haría nada que le impidiese cumplir sus sueños, incluso si eso suponía separarse de mí.

—Pero os conocéis desde hace apenas un mes —le insté, frunciendo el cejo.

—Para mí es más que suficiente. La quiero —aseguró totalmente convencido.

—En ese caso todavía te quedan unos meses para convencerla. Pero te advierto que Cristina es una piedra dura de roer.

Raúl me caía muy bien. Creía que era sincero en cuanto a sus sentimientos.

—Entonces, ¿me ayudarás? —me preguntó esperanzado.

—Raúl, yo no quiero que mi hermana se marche de mi lado. Pero por encima de todo lo que deseo es su felicidad.

—Pues en ese caso estamos de acuerdo en algo, porque yo te aseguro que la voy hacer la mujer más feliz del mundo.

Esas palabras se me quedaron grabadas en el corazón. Y mientras trataba de asimilar que ese chico estaba absolutamente enamorado de mi hermana, oí unos pasos que se acercaban a la cocina, me giré y era Héctor. Su sonrisa hacía que miles de mariposas revolotearan en mi estómago. ¿Cómo podía estar tan guapo con esa cara de dormido? Se acercó a mí por detrás y me dio un beso en el pelo y luego otro en el cuello.

—Buenos días, pequeñita —me dijo mientras me robaba el café de las manos y le daba un sorbo.

Ellos se pusieron a charlar sobre qué tenían pensado para el domingo. En ese momento miré el reloj de la cocina y vi que eran las doce de la mañana.

Cristina todavía dormía.

¿Qué demonios le pasaba a mi hermana últimamente que dormía tanto?

Capítulo 17

«Hay un cielo sobre ti, nena.
Y no llores.
Nunca llores...».

Don't Cry - Guns N' Roses

Estar en una nube... Siempre me llamó la curiosidad esa expresión. Hay quienes la usan para definir que se encuentran en un permanente estado de serenidad y placidez. Otros muchos la utilizan para explicar, de algún modo, que se encuentran exultantes y felices. Yo, sin embargo, no usaba esa expresión con mucha frecuencia. Quizás alguna vez se coló en el contexto de mis frases o en alguna conversación, pero realmente no recordaba haberme sentido jamás de esa manera. Nunca hasta ese domingo.

Raúl y Cristina. Héctor y yo. Qué más podía pedir.

Comimos en un restaurante cerca de la playa y luego fuimos al pueblo de Conil a tomarnos unas copas en una terraza del centro. Con ellos el tiempo volaba. Eran guapos, simpáticos y divertidos. Cristina se había llevado su cámara y estuvo haciendo fotos todo el tiempo. Eran unas fotos increíbles.

Cuando luego estuve repasándolas en casa, tuve que detenerme en las que salíamos los dos juntos. Me hubiese gustado empapelar mi cuarto con ellas. Simplemente me encantaba estar con ellos. Antes de despedirse de mí, me había dicho que me llamaría al día siguiente y que nos veríamos el martes en la asesoría. Estaba tan feliz que no cabía en mí. Fue ahí cuando sentí que estaba en una nube. En ese momento me sentía exultante, feliz y serena, solo que ese estado me duró hasta el segundo antes de encender el móvil y ver la exagerada cantidad de veces que Rafa me había llamado y leer sus continuos mensajes acosadores.

Mi cara fue de tremendo horror y no pude hacer otra cosa que tumbarme en la cama. Definitivamente tendría que cambiar de número.

Hacía más o menos dos años me ocurrió algo parecido. Nos enfadamos y estuvimos un mes separados. Cuando él quiso volver conmigo le dije que no. Entonces hizo exactamente todo lo que estaba haciendo hasta ahora, solo que en aquel momento yo creí que cambiaría y seríamos una pareja normal y lo perdoné. Pero ya la cosa era totalmente diferente.

El lunes volví a la oficina. Puse a María al corriente de todo durante el desayuno, y se alegró muchísimo cuando le dije que quizás al día siguiente Héctor se pasaría por la asesoría y que al fin podría conocerlo. El resto de la mañana Felipe siguió haciendo sus apariciones constantes delante de mi mesa, con sus manitas ridículamente pequeñas y con cualquier estúpida excusa. Pero estaba tan feliz que hasta eso me dio igual.

Emilio estuvo bastante ocupado. Había atendido a varios clientes, pero en cuanto vi que se quedaba solo entré en su despacho y cerré la puerta. Tenía que decirle que Héctor iba a venir al día siguiente. El problema era que no sabía por dónde empezar.

—Tengo que comentarte algo —le dije, sentándome en uno de los sillones de confidente, de piel blanca, que tenía delante de su mesa.

—¿Y por qué pones esa cara? No irás a pedirme un aumento… —bromeó mientras guardaba unos archivos en el mueble que tenía justo detrás. Yo sonreí.

—Verás, un amigo mío que tiene un restaurante quiere que le eches un vistazo a la contabilidad. No se fía mucho de su socio.

—Bien, dile que venga a verme cuando quiera. ¿Qué restaurante es?

—No es aquí, es en Sevilla.

—Vaya, ¿te has echado un amiguito de Sevilla? —me preguntó en tono picarón.

—Es el hermano de Rafa.

—¿Has vuelto con Rafa? —Transformó la expresión de su cara. Sabía que a Emilio no le caía bien. Nunca le había gustado.

—Nooo, nada de eso. —Me quedé callada un instante. Luego lo miré como si le estuviera confesando algo muy importante y murmuré—: Su hermano y yo… somos… amigos…

Emilio me contempló francamente sorprendido. Vaya, esta situación era realmente embarazosa.

—¿Quieres decir que tú y él..., bueno, que sois... eso? —Yo asentí en silencio. Él parpadeó un par de veces, como asimilando la información, y luego añadió—: ¿Lo sabe Rafa?

—No, aún no.

—¿Ha sido él la causa de vuestra ruptura?

—No, nada de eso. Lo de Héctor ha ocurrido después.

—Pero entonces, ¿vais en serio?

—La verdad es que no lo sé. Surgió hace solo dos semanas, más o menos. Todo ha sido muy extraño.

Estaba un poco nerviosa contándole esto a Emilio, pero era mi amigo y me preocupaba bastante lo que pudiera pensar de mí.

—En fin, no sé qué decirte. Ni siquiera sabía que Rafa tuviera un hermano. Nunca lo has mencionado.

—Eso es porque Rafa y él no se soportan.

—Pues a partir de ahora mucho menos —bufó, echándose a reír.

Yo lo miré con expresión de preocupación. Él se dio cuenta y dejó de reírse de inmediato. Tosió un poco y luego me preguntó:

—¿Es buen tipo?

—Creo que sí... Quiere venir mañana. Eres muy bueno analizando a las personas. Ya me dirás qué te parece.

—Vale, pues dile que venga a la hora que le parezca bien. Mañana tengo un par de citas a primera hora, pero a partir de las diez puedo atenderle.

—Perfecto —afirmé, levantándome del sillón blanco y dirigiéndome hacia la puerta—. Gracias, Emilio.

—No hay de qué. Supongo que él es el culpable de que últimamente estés radiante, ¿no?

Le guiñé un ojo con gesto de complicidad antes de cerrar la puerta. Él sonrió y negó con la cabeza.

Volví a mi mesa y seguí envuelta en mi trabajo. Cuando miré el reloj eran las tres menos diez. Estaba recogiendo y terminando de guardar algunos archivos cuando Felipe volvió a acercarse a mí. En el momento en que fue a abrir la boca para decirme Dios sabe qué tontería, María me llamó en voz alta desde la recepción.

—Carolina. —Yo la miré de repente, haciendo caso omiso a Felipe—. Creo que ahí fuera está Rafa —dijo ella, indicándome hacia el exterior.

Felipe en cuanto oyó lo que decía María desapareció de mi vista al instante, con desdén.

No puede ser, pensé. Oh, Dios mío, no iba a dejarme en paz. Eso nunca lo había hecho. Venir a mi trabajo.

«¿Qué diablos quiere?».

Cogí mi bolso, malhumorada, y salí con un cabreo de mil demonios, no sin antes despedirme de mis compañeros, ocultando mi mal humor.

Rafa, en cuanto me vio fuera, se acercó a mí, despacio. Yo me detuve a pocos pasos de él.

—Rafa, ¿qué haces aquí?

—Hola, Carolina —dijo él con las manos metidas en los bolsillos del vaquero.

A esa hora hacía mucho calor en plena calle, así que intenté buscar la sombra de uno de los edificios que había justo enfrente del bloque de mi oficina. Me situé de forma que no pudieran verme desde la oficina. Rafa me siguió con gesto resignado. No le pegaba nada. Intenté calmarme en la medida que pude.

—Deja de hacer esto, por favor —farfullé, sujetándome el bolso en el hombro.

—No me coges el teléfono y no has estado en tu casa en todo el fin de semana. —Su tono era ligeramente amenazador.

—Rafa, lo nuestro ha terminado. Acéptalo de una vez.

—¿Estás con alguien? —me preguntó en voz baja, cerrando los ojos como si no quisiera oír la respuesta.

—Eso no es asunto tuyo —masculló tajante.

—Ya lo creo que lo es. —Y respiró profundamente, como si intentara calmarse—. Solo necesito que me des una oportunidad. Por favor…, empecemos poco a poco.

—Rafa, yo ya no te quiero. No puedo volver contigo —reafirmé, mirándolo directamente a los ojos con la esperanza de que lo entendiera.

Él se quedó un momento en silencio. Y luego me contestó totalmente convencido:

—Sí me quieres, lo que pasa es que estás dolida y lo entiendo. Me he portado como un cerdo. Pero te aseguro que si me das una oportunidad… esta vez será distinto.

Yo negué con la cabeza. Entonces me armé de valor y probé a decirle algo que nunca antes le había dicho, a ver si de esa manera se daba cuenta de que ya no le quería.

—Estoy saliendo con otra persona.

Él se pasó las manos por su perfecto y castaño cabello. Y vi que una de las venas de su frente se hinchaba tras apretar la mandíbula. En cualquier otro momento, en el pasado, esa actitud de desesperación e irritabilidad me hubiese llenado de orgullo, pero ahora me empezaba a molestar.

—¿Quién es? —me preguntó.

«Como si te lo fuera a decir», pensé.

—No lo conoces. Además, no creo que eso sea de tu incumbencia. Solo te lo cuento porque espero que aceptes el hecho de que nuestra relación ha terminado y de que quiero seguir con mi vida. —Me coloqué bien el bolso y continué hablándole mientras él me miraba con ojos afilados—. Y te pediría que, a partir de ahora, dejases de llamarme y presentarte en mi trabajo o en mi casa.

En ese momento me di la vuelta para marcharme, pero él me agarró y me apoyó en la pared con tanta fuerza que no pude moverme.

—Dame al menos un beso de despedida.

Me tenía sujeta por los brazos y su cara muy cerca de la mía. No quería montar un numerito justo fuera del trabajo. Me quedé quieta en la pared, pero moví la cabeza de un lado a otro para que no pudiera besarme.

—Suéltame ahora mismo —le exigí cada vez más alterada.

—No sin antes darme un beso.

No quería besarlo, ya no lo soportaba. Intenté empujarlo para alejarle, pero él echaba casi todo su peso sobre mí. Tenía mucho calor y estaba muy angustiada. Me sujetó fuertemente los brazos y me hacía mucho daño.

—Déjame en paz, por favor —le supliqué.

—Nunca voy a dejarte. —Su tono de voz hizo que se me helara el corazón—. Métetelo en tu cabecita —me dijo, soltándome uno de los brazos y dándome con el dedo en la frente.

Parecía como si se hubiera vuelto loco. Sus ojos eran distantes y malvados, y sus pupilas estaban exageradamente dilatadas. Aproveché que tenía uno de los brazos libres y le empujé con fuerza para que se alejara de mí. Él me sujetó la muñeca y la llevó a la altura de mi cadera. Ahora tenía ganas de gritar. Forcejeé sin éxito. Siguió en su intento de besarme a la fuerza. Jamás lo había visto tan fuera de control. Pero en ese momento un grupo de gente pasó muy cerca de nosotros y él se alejó de mí para que no pudieran ver lo que pretendía hacerme.

«Gracias a Dios».

—Esto no ha terminado —me amenazó antes de darse la vuelta con una expresión que me llenó de pánico. Luego se alejó hasta que desapareció de mi vista.

Yo me quedé paralizada en la pared, intentando recomponerme. Me ojeé el brazo derecho a la altura del bíceps, me dolía mucho. Observé que tenía un hematoma. Me lo tapé con la otra mano y miré hacia todos lados, avergonzada por si alguien había visto la escena. No había nadie, así que me desmoroné y me dejé caer al suelo como si hubiese corrido la maratón. Me apoyé en la pared de cemento caliente y no pude evitar que las lágrimas brotaran de mis ojos sin cesar.

A este comportamiento era al que me refería. Esto era lo que siempre había temido. Nunca había querido saber si era capaz de llegar a más. Quizás por eso había durado tanto con él. El hecho de estar tanto tiempo sola, sin mis padres y con Cristina en el extranjero, me había tenido atada a él más tiempo del que debiera. Pero ahora mis sospechas estaban confirmadas. No iba a dejarme en paz.

Cuando llegué a casa, temblorosa y aturdida, Cristina no estaba. Había dejado una nota sobre el frigorífico en la que ponía que comería con Raúl. Me di una ducha, totalmente rota y abatida y, sin comer siquiera, me acosté. En parte me alegré de que Cristina no estuviera, no sabía si debía contarle lo ocurrido. Ella era capaz de presentarse en casa de Rafa y cantarle las cuarenta. No quería hacer de un granito una montaña de arena.

Me quedé dormida profundamente y me desperté cuando oí el móvil sonar desde el salón. A lo mejor era Cristina. Deseaba que no fuera Rafa de nuevo. La idea me revolvió el estómago. Pero en cuanto lo saqué del bolso vi que era Héctor, un esbozo de alegría me inundó al instante.

—¿Sí? —respondí, intentando parecer natural.

—Hola, pequeñita —murmuró con su tono de voz ronca e irresistiblemente sensual.

—Hola —le contesté con timidez.

—¿Qué estás haciendo?

—Pues estaba durmiendo hasta que tú me has despertado.

—¿En serio? Lo siento —se disculpó, adorable.

—No, no lo sientas, me encanta que seas tú el que me despierte.

No lo veía, pero sabía que estaba sonriendo.

—Y a mí me encanta despertar contigo. —Me senté en el sofá con el móvil en la oreja, y me miré las uñas de los pies mientras coqueteaba con él por teléfono durante un buen rato. Era tan mono…

—Ya he hablado con Emilio y le he dicho que tal vez vengas mañana. Dice que tiene un par de citas a primera hora, pero que a partir de las diez cuando quieras.

—Sí, mañana tengo que hacer algunas cosas temprano, pero sobre esa hora quiero estar en Cádiz. ¿Qué te parece si almorzamos juntos mañana?

—El corazón me dio un vuelco. Quería quedar conmigo para almorzar. Se me aceleró el pulso, pero antes de contestar intenté respirar para parecer normal.

—Bien, entonces pásate a última hora por la asesoría y ya nos vamos juntos.

—Perfecto.

Se hizo un breve e incómodo silencio entre nosotros. Se suponía que teníamos que finalizar la conversación, pero yo no quería colgar, quería seguir oyendo su voz y al parecer, él sentía lo mismo.

—Dime, ¿has pensado mucho en mí? —me preguntó.

—Un poco, ¿y tú?

—Muchísimo —respondió de inmediato.

—¿Ah, sí? —Volví a preguntarle, enredando un mechón de mi cabello entre los dedos.

—Sí, estoy contando las horas para volver a tenerte en mis brazos. —Su voz sonó tan seria y convincente que mis mejillas ardieron de repente.

—Yo también. —Fue lo único que fui capaz de responder.

—Hasta mañana entonces, preciosa.

—Adiós, Héctor —le dije casi en un susurro antes de colgar.

En cuanto colgué el teléfono solo podía pensar en él y en que mañana volvería a verlo. Intenté olvidarme de todo lo demás el resto de la tarde, pero el enorme moratón que Rafa me había dejado en el brazo me lo impidió. Recé para que al día siguiente no le diera por colarse en la puerta de mi trabajo otra vez. Esperaba que no. Después del numerito pasado no creía que fuera capaz.

De todos modos, debía ser cuidadosa con Héctor. Supuse que había llegado el momento de hablar de ello. No quería perder mi tiempo con Héctor hablando de Rafa, pero debía contarle lo que sucedía. Al fin y al cabo tenía derecho a saberlo. Era su hermano. Lo del moratón mejor no…

Me asomé a la ventana y vi que la tarde estaba espléndida, así que me puse el biquini, un traje fresquito y me bajé a la playa con mi toalla y la novela que estaba leyendo en esos momentos. Una joven viuda que acababa de conocer a un misterioso hombre en extrañas circunstancias y con el que tenía una apasionada vida sexual sin ni siquiera verle el rostro...

En la cálida arena gaditana, mientras veía atardecer me envolví en las páginas de esa misteriosa y apasionante historia y, por esta vez, sí que me olvidé de todo.

El despertador sonó a las siete en punto, aunque llevaba un buen rato despierta. Tenía que contarle a Héctor que Rafa no me dejaba en paz, pero no sabía cómo decírselo. Ni cómo se lo tomaría. Él pensaba que Rafa y yo ya no teníamos nada que ver. ¿Por qué tenían que ser hermanos?

«*Maldita sea*».

Estaba frente al armario y no sabía qué ponerme. Debía tapar el moratón del brazo. Había adquirido una mezcla de color verde y azul. Ya no me dolía mucho, pero era muy escandaloso. «*Mal nacido...*».

Me puse una camisa de manga corta de rayas azul y blanca y un pantalón de lino beige. Me sentía bastante guapa con ese conjunto. Pero la manga de la camisa no tapaba del todo el moratón, así que decidí maquillarlo un poco para que no se viera demasiado. Me recogí el pelo en una sencilla cola de caballo y me decidí por un poco de tacón. La ocasión lo merecía. Héctor vendría a buscarme al trabajo y quería que me viera guapa y sexy en mi faceta de mujer trabajadora.

Nada más entrar por la puerta de la oficina, Emilio estaba hablando con María en la recepción y en cuanto di los buenos días, los dos me miraron boquiabiertos y Emilio silbó a modo de piropo. Les dediqué una amplia sonrisa y me senté a lo mío.

Me puse a trabajar tranquilamente y, de pronto, pensé en lo afortunada que era de tener unos compañeros tan estupendos. Sobre todo María y Emilio, que me cuidaban y me daban cariño. Eran muy buenos amigos. Luego estaban Sergio y Lucas, eran los otros dos chicos que trabajaban también conmigo. Ambos estaban casados y tenían hijos. Sergio era contable, como Emilio. Pero más reservado, con él tenía menos relación. Era muy educado y respetuoso. Y Lucas se encargaba de la parte fiscal. Un joven muy simpático. Siendo el que llevaba menos tiempo en la asesoría, se había ganado el afecto de todos. Bueno, y Felipe... era Felipe, pensé al verlo acercarse a mi escritorio como de costumbre en las dos últimas semanas. Volvió a poner sus irritantes y ridículas manitas en mi mesa, y me preguntó en voz baja e inclinándose un poco hacia mí:

—Solo por curiosidad, ¿has vuelto con Rafa?

Levanté la vista hacia él y lo miré de mala gana. No estaba segura de qué contestarle, a lo mejor, si pensaba que estaba con Rafa aún, me dejaba en paz de una vez, así que le dije cortante:

—Felipe, esa pregunta es personal. No me gusta hablar de mi vida privada.

—Bien, tranquila —farfulló, separándose un poco. Yo respiré aliviada. Pero antes de alejarse dijo—: Lo único que te digo es que las segundas partes nunca fueron buenas.

Luego se alejó mirándome. Últimamente solía hacer eso, me decía algo y se apartaba de mi mesa observándome, intentando poner cara de conquistador interesante. Pero yo solo conseguía ver esa cara de idiota con lentillas, que como no mirase hacia adelante, un día de estos se tropezaba y se partía los dientes.

María lo vio todo desde la recepción y me hizo el gesto con los dedos en la boca como si fuera a vomitar. Yo me reí en silencio y negué con la cabeza. Más tarde me fui a desayunar con ella y me preguntó por Rafa y por su desagradable aparición en mi trabajo. Le conté un poco por encima, pero no entré en detalles, no le dije nada del moratón ni del asqueroso comportamiento que tuvo conmigo.

En realidad me daba vergüenza, había muchas cosas de Rafa que jamás me había atrevido a contar. Cuando estaba enamorada de él no me parecían tan graves, pero ahora me daba cuenta que no estaba bien. Aun así, en ese momento, preferí no contarle nada a María y le cambié de tema para hablarle de Héctor. Me moría de nervios por verlo.

Miré el reloj por enésima vez a la una y diez de la tarde. Pero en ese momento la puerta de la asesoría se abrió y él entró. Decir que estaba exageradamente guapo e irresistible era quedarse corta. Últimamente casi siempre lo veía con ropa de playa, pero ahora llevaba un chino beige y una camisa celeste remangada a la altura de los codos. Un atavío más formal y refinado para un arquitecto que trabajaba por su cuenta, y, que sin duda, le quitaba el hipo a cualquiera.

Se dirigió a María que lo miraba de arriba abajo ojiplática. Es guapo, ¿verdad?, pensé para mí. Ella no me esperó para presentarlos. Solita hizo los honores. Atisbé que ella le decía algo y me señalaba con el dedo. En ese momento me levanté de mi mesa y me dirigí hacia él. Intenté actuar con naturalidad para que no se me notara el temblor de mis piernas. Él me miró con su fascinante sonrisa ladeada y cuando me acerqué, me dijo:

—Hola, Carolina. —Me rodeó la cintura para darme un beso en la mejilla muy cerca de la comisura de la boca. Era tan alto que levanté un poco la cabeza para que pudiera besarme. Me estremecí al sentir el tacto de su piel suave tras el afeitado y con ese olor fresco y sofisticado de su afftershave.

María nos observaba sin quitar ojo.

—Con que aquí trabajas, ¿no? —comentó, mirando de un lado a otro y examinando la oficina.

—Sí, ven, te presento a Emilio —le contesté en dirección a la puerta del despacho de Emilio, no sin antes mirar a María que me dijo algo en silencio. Creí leer en sus labios «guau». Yo sonreí para mí.

Él me observaba de arriba abajo, mientras me movía por la oficina. Justo antes de entrar en el despacho de Emilio me susurró en voz baja:

—Estás guapísima.

—Tú también —le dije, dando un golpecito en la puerta con los nudillos y abriendo a continuación.

Emilio estaba sentado a su mesa y en cuanto nos vio se levantó y nos hizo pasar educadamente.

—Emilio, él es Héctor —le dije, mirando a mi amigo que me devolvió una mirada cómplice.

Se estrecharon la mano y Emilio le pidió que se sentara.

Héctor traía una carpeta con los balances y se la entregó a Emilio en cuanto se pusieron al día de los motivos de la reunión. Yo decidí volver a mi mesa y los dejé reunidos en un momento en el que creí que empezaban a conocerse. Cuando estaba saliendo del despacho, María me hizo un gesto con la mano para que me acercara a la recepción.

Puse los ojos en blanco, sonriendo, y fui hacia ella.

—¿Cómo has podido estar tanto tiempo con Rafa si tenía un hermano como ese? —me preguntó ella asombrada.

—Esa pregunta me la hago muy a menudo últimamente —le respondí de inmediato.

—Querida, está como un tren.

—Me gusta mucho, María —añadí sincerándome.

—No me extraña.

—Tengo que contarle que Rafa sigue llamándome. Y no sé cómo hacerlo. Rafa no va a dejarme en paz...

—A lo mejor, si se lo cuentas, él se encarga de hablar con su hermano para que no vuelva a molestarte.

—No lo creo.

—De todas maneras, tienes que contárselo. Si se entera antes de que tú se lo digas, pensará que se lo estás ocultando porque aún hay algo entre Rafa y tú.

—Sí, llevas razón. Hablaré con él durante el almuerzo.

Al cabo de un rato miré el reloj y observé que Emilio y Héctor llevaban reunidos casi más de una hora. ¿De qué estarían hablando? Sentí la tentación de entrar, pero decidí que sería mejor no interrumpirlos. Y diez minutos después la puerta del despacho de Emilio se abrió y ellos salieron, charlando y riendo como si se conocieran de toda la vida.

Les oí conversar sobre el pádel, al parecer compartían gusto por los deportes. Yo les observé anonadada desde mi mesa. Miré a María que en ese momento hablaba con Felipe. Creo que le estaba pidiendo que le hiciera unas fotocopias a unos documentos. Pero ella no se estaba dando cuenta de la incipiente amistad de Emilio y Héctor. Lucas y Sergio estaban en sus mesas a lo suyo. Y justo en ese mismo instante, se abrió la puerta de la asesoría y entró un joven recadero con un enorme ramo de rosas rojas entre sus manos. Todos condujeron las miradas hacia el joven, que dijo en voz alta dirigiéndose a María que estaba detrás del mostrador de recepción:

—¿Carolina Méndez?

No tenía ni idea de qué iba todo eso. Pero de pronto sentí como si todo sucediera en cámara lenta. María me miró con los ojos muy abiertos.

—Es ella —le aclaró, señalándome.

El joven se encaminó a mi mesa, pero al pasar por detrás de Felipe vi que este se giró para curiosear el nombre que había escrito en la tarjeta. Me entraron ganas de darle un puñetazo en su estúpida cara, por cotilla.

Estaba petrificada. Las flores eran para mí. Me giré y miré a Héctor y a Emilio que lo observaban todo desde la puerta del despacho. Por la expresión de Héctor, estaba claro que las flores no me las enviaba él. Su rostro se había ensombrecido y me contemplaba con reproche.

El joven me entregó el ramo y la tarjeta. Estaba cerrada, pero por fuera avisté escrito con su inconfundible caligrafía el nombre de Rafa. El chico me hizo firmar un recibo, y luego se dio media vuelta y se marchó.

Jamás en mi miserable y aburrida relación con Rafa me había regalado nunca flores. Y tenía que ser precisamente ese día que venía Héctor a mi trabajo cuando me mandase ese escandaloso ramo.

Fui incapaz de articular palabra. Felipe pasó por delante de mí con las fotocopias que María le había hecho y se detuvo.

—Vaya, veo que tu reconciliación con Rafa va de maravilla. Ayer te viene a buscar al trabajo y hoy te manda flores. Pero... no olvides lo que te dije ayer, las segundas partes nunca fueron buenas —dijo en voz alta, de manera que Emilio y Héctor lo oyeron todo. Luego se alejó.

Quise decirle que no me había reconciliado con Rafa y que de paso se fuera al cuerno, pero estaba tan asustada por la reacción de Héctor que me quedé muda.

Emilio, incómodo ante la situación, intentó hablar con Héctor para distraerlo, pero era imposible. La cara de Héctor lo decía todo. Indignación. Rabia. Furia. ¿Por qué tenía que suceder eso precisamente ese día?

Hice lo primero que se me pasó por la cabeza y tiré el ramo de flores a la papelera que estaba justo al lado de mi mesa. Y con él también la tarjeta. Héctor me observaba impasible. Me levanté y me acerqué a ellos, fingiendo naturalidad. La espalda me dolía de la tensión.

Héctor le alargó la mano a Emilio para despedirse de él, en el momento en que me situé ante ellos.

—Emilio, ha sido un placer conocerte, quedamos en eso entonces —masculló, estrechándole la mano.

—Sí, en cuanto revise los balances te llamo y te cuento. De todas maneras quedo pendiente de nuestro partido de pádel —contestó Emilio.

—Por supuesto —añadió él con media sonrisa forzada. Sabía que en esos momentos no tenía ganas de sonreír.

Ojeé el reloj y vi que eran las tres menos cuarto de la tarde. Me giré hacia Emilio y le pregunté:

—¿Te importa si me marcho un poco antes hoy? —Sonó casi a una súplica.

—No, claro —contestó él antes de entrar en su despacho, dedicándome una mirada de compasión.

—Bien, gracias. Espérame un momento, Héctor. —Él tenía las manos en los bolsillos y su mirada era fría.

Cogí mi bolso mientras él se dirigía hacia la entrada. Y sin que pudiera verme, me agaché a la papelera, recogí la tarjeta de Rafa y la guardé rápidamente en mi bolso. No quería dejarla allí para que cualquiera pudiera leerla. Viniendo de Rafa... podía poner cualquier cosa.

Él se paró delante de la recepción y me esperó. María le sacó conversación para suavizar la tensión del ambiente y, aunque él le contestó educadamente, sabía que estaba disimulando su mal humor.

Me uní a ellos y le dije con un tono fingido de amabilidad:

—Cuando quieras nos vamos. —Él asintió en silencio.

—Hasta mañana, María —me despedí de ella y le puse ojos de corderito.

Ella me respondió con la mirada. María y yo llevábamos tanto tiempo trabajando juntas que habíamos inventado una especie de lenguaje con los ojos y gestos. Éramos capaces de mantener una conversación entera sin mencionar una sola palabra. En estos momentos ella acababa de decirme sin hablar «suerte».

Él se despidió de María y me sujetó la puerta para que saliera, sin mirarme.

Al pasar tan cerca de él inhalé su perfume. Aunque ahora que lo pensaba, también inhalé una próxima y monumental disputa que no tenía ni idea de cómo iba a solucionar.

Capítulo 18

«Todo lo que soy es lo que ahora ves,
tú prefieres lo que pueda ser.
Busco mi lugar, salgo de tu red...».

Lo que pueda ser - La Musicalité

En la calle hacía calor, pero el día estaba nublado. Me sujeté el bolso en el hombro y caminé nerviosa a su lado. Él iba dos pasos por delante de mí. Casi tuve que correr para alcanzarlo. Miré a un lado y a otro con el temor de encontrarme con Rafa. Ya lo que faltaba por hoy. Cuando creí que nos habíamos alejado bastante de la puerta de la oficina le dije con un hilo de voz:

—Héctor, tenemos que hablar.

Él se detuvo de inmediato y se giró hacia mí. En ese momento no me lo esperé y casi tropiezo con su cuerpo.

—Ya lo creo que tenemos que hablar —contestó en un tono tan brusco y furioso que se me congeló la sangre.

Continuamos andando y no tenía ni idea de a dónde íbamos, pero yo le seguí sin rechistar. No quería empeorar más las cosas. Llegamos a la Plaza de San Antonio, a un parking subterráneo. Supuse que habría dejado el coche allí. Escaleras abajo, le observé los músculos de la espalda marcarse bajo la fina tela de su camisa celeste y su perfecto trasero con los chinos. Yo seguía sin mencionar una palabra, como si fuera una niña pequeña a la que iban a castigar por alguna travesura. Cuando llegamos a su coche se detuvo y me miró todavía más enojado.

—¿Vas a explicarme de qué va todo esto? —Había elevado el tono de voz considerablemente.

Miré a mi alrededor, pero no parecía haber nadie.

—Verás, Héctor... Yo..., entre Rafa y yo no hay nada —aseguré.

—Pues por lo que veo tenéis una visión muy diferente de vuestra relación. —Se cruzó de brazos y se apoyó en el capó del coche, preparado para escucharme. Yo estaba delante de él, como si estuviera esperando a que me entrevistara.

—No hay ninguna relación. Pensaba hablar contigo hoy. Iba a contártelo todo...

—¿Sí?, pues ya puedes empezar.

—Tu hermano no acepta el hecho de que lo nuestro ha terminado.

—Me dijiste que no hablabas con él —farfulló como si estuviera escupiendo las palabras—. ¿Tienes idea de cómo me siento ahora? Carolina, por el amor de Dios, eres la novia de mi hermano —gritó, moviéndose de un lado a otro nervioso.

—Exnovia —le contesté, elevando también el tono de voz.

—Ayer viene a buscarte al trabajo y hoy te manda flores.

—¿Y qué quieres que haga? No es culpa mía. Lo único que quiero es que me deje en paz.

—Pensé que ya no teníais nada que ver. Me dijiste que hacía meses que no hablabas con él.

—Y así era, pero empezó a llamarme y me dijo que quería volver conmigo. Le he dicho que lo nuestro ha terminado, pero parece que no quiere entenderlo.

—No sé por qué, pero no te creo —me reprochó, con la mirada afilada y llena de rabia—. Nunca debí liarme contigo. Sabía que esto era un error.

Esas palabras me dolieron profundamente... Entendía que estuviese enfadado, pero no iba a dejar que me humillase.

—Yo ya no quiero a Rafa, si es eso lo que te preocupa —masculié, intentando parecer convincente.

—¿Desde cuándo te llama?

Me quedé en silencio sin saber qué responder. En realidad me llamaba desde antes de lo de Sevilla, pero no quería decírselo, aunque era consciente de que no podía seguir mintiéndole.

—No sé, Héctor... Desde hace un par de semanas... —Me sujeté el bolso, nerviosa—. Pero ni siquiera respondo a sus llamadas —repliqué en mi defensa.

—No puedo seguir viéndote, Carolina. Mi hermano aún está enamorado de ti.

—Tu hermano solo está enamorado de él mismo. Héctor, me ha engañado con otra y ahora que se ha cansado de ella pretende que vuelva con él.

—Pero yo no quiero estar en medio de todo esto —dijo, negando con la cabeza como si estuviera despidiéndose de mí.

—Sabías que yo era la ex de tu hermano cuando nos liamos por primera vez. ¿A qué viene esto ahora?

—Debiste decirme que mi hermano aún te llamaba. Hemos estado todo el fin de semana juntos y no me has dicho ni una palabra —protestó irritado.

—Lo sé, lo siento. Pero lo único que quiero es que me deje en paz y seguir con mi vida.

—Me has mentido —me reprochó dolido.

—No te he mentido. Pensaba contártelo hoy.

—Ayer vino a buscarte al trabajo. Debiste decírmelo…

—No me ha dado tiempo, joder.

—¿Os habéis visto más veces?

—No… —le mentí. No quería contarle que también vino a mi casa. Ya estaba bastante enfadado.

Intenté sostenerle la mirada para que creyera que no le estaba mintiendo, pero lo cierto es que era pésima en ese sentido.

—No puedo seguir viéndote —me dijo pensativo, pasándose una mano por el pelo.

—Ya te he explicado lo que sucede. Le he dicho a tu hermano que lo nuestro se ha acabado, pero no quiere aceptarlo. ¿Qué más quieres que haga?

Él me observó con las dos manos en la nuca y negó con la cabeza. Su gesto se contrajo de preocupación.

—Creo que lo mejor será dejar esto aquí, antes de que todo se complique más.

En ese momento tuve ganas de decirle que se fuera a la mierda y que era un maldito cobarde que no quería arriesgarse a que lo nuestro funcionara. Pero en el fondo, no quise demostrarle que estaba tan dolida. Bastante tenía con todo lo que me había hecho pasar su hermanito, para que ahora, él también creyera que podía dañarme. Durante mucho tiempo me olvidé de mi orgullo y le aguanté a Rafa lo inaguantable, pero ahora había cambiado. No pensaba dejar que él también me abandonara. Una retirada a tiempo era una victoria.

—Bien, pues adiós —solté y me di media vuelta.

No pensaba suplicarle. ¡Oh, Dios mío!, otra vez me había equivocado. *Soy una completa idiota.*

Fui directa a las escaleras del parking, sin mirar atrás. Dispuesta a largarme de allí cuanto antes. Necesitaba llegar al exterior. Necesitaba respirar aire fresco.

«Por favor, Carolina, no te pongas a llorar, no seas estúpida», me dije una y otra vez mientras subía las escaleras. Pero antes de alcanzar el último tramo, me sujetó fuertemente del brazo y, en ese mismo instante, grité de dolor.

—¡¡¡Ahhh!!!

Me había sujetado el brazo que tenía dolorido y yo me aparté bruscamente. Estaba dos escalones por encima de él. Intenté taparme el moratón con la mano. El maquillaje se había ido borrando a lo largo de la mañana y la camisa no lo tapaba entero. Él inmediatamente se dio cuenta de que algo me pasaba.

—¿Qué te pasa en el brazo? —me preguntó con curiosidad.

—Nada, me di un golpe ayer y me has sujetado justo por ese sitio. —Él me cogió la muñeca, levantó la manga de la camisa y me miró con una expresión horrorizada.

—¿Cómo demonios te has hecho esto?

—Me di un golpe, ¿estás sordo?

—Un golpe, ¿con qué?

—¿Qué coño te importa? —dije, soltándome de su mano para seguir por mi camino. Pero él volvió a sujetarme la muñeca para que me detuviera.

—Estamos hablando, ¿dónde crees que vas?

Parecía muy enfadado, jamás le había visto así. Sus labios se tensaron en una delgada línea y las arrugas de su frente se habían pronunciado ligeramente, pero lo cierto era que estaba irresistiblemente atractivo.

—No creo que tengamos nada más de lo que hablar. Acabas de decirme que será mejor que dejemos esto aquí y es lo que estoy haciendo.

«Por favor, Carolina, no te pongas a llorar. Respira hondo», me decía a mí misma una y otra vez.

—No lo entiendes, ¿verdad? —Siguió sujetándome la muñeca.

—Lo entiendo perfectamente. Rafa es tu hermano y yo soy su exnovia. No quieres tener nada que ver conmigo. Hemos echado tres polvos y se acabó.

En ese instante, un señor que bajaba las escaleras nos miró escandalizado. Creo que había elevado el tono más de la cuenta, pero me importó un pimiento.

—Tres polvos... —Subió un escalón y se acercó más a mí, sin soltarme—. ¿Eso es lo que crees que ha pasado entre nosotros?

—No, no lo creo, es lo que ha pasado. Te has encargado desde el primer día de dejarme claro que solo somos amigos, que no quieres una relación...

—Te equivocas conmigo, Carolina. He tratado de ser sincero contigo —me cortó antes de que terminase —, a diferencia de ti.

—Pues déjame que te diga algo con toda sinceridad. —Y esta vez le di un tirón para que me soltase la muñeca—. Me arrepiento de haberme liado contigo y de haber sido tan idiota al pensar que tú serías diferente. Me arrepiento de haberte visto aquel día en el chiringuito y, sobre todo, me arrepiento de haberme pasado diez años de mi vida con el gilipollas de tu hermano.

Él me miró con los ojos afilados, pero su expresión ahora era diferente, ya no estaba tan cabreado. Yo subí un escalón más, con el propósito de poner más distancia entre nosotros. Si lo tenía tan cerca, corría el peligro de que todo mi argumento perdiera credibilidad.

—Y antes de que vuelvas a decírmelo —añadí furiosa—: Sí, esto ha sido un error.

Me di la vuelta y salí de allí antes de ponerme a llorar como un bebé. Una vez en la calle, me volví hacia atrás, pero él no me seguía. Por un momento tuve la esperanza de que corriera tras de mí y me dijera que lo nuestro no había sido un error, pero, al final, solo se quedó en eso, en una vana esperanza.

Estaba tan angustiada que no tenía fuerzas para irme a mi casa andando, así que me dirigí a la parada de taxis más cercana y me monté en el primero que pillé. En el interior rompí a llorar sin consuelo. El taxista me contempló desde el espejo retrovisor y me ofreció un clínex. Ese simple gesto de bondad me hizo llorar aún más. Gracias a Dios no era muy hablador. No tenía ganas de hablar con nadie. Cuando me dejó en la puerta de mi casa, saqué un billete de diez euros y le dije que se quedara con el cambio.

Cristina estaba en el sofá con el ordenador entre las piernas, pero en cuanto me vio, lo soltó a un lado y se levantó de inmediato.

—¿Qué pasa? ¿Por qué estas llorando? —preguntó siguiéndome a mi habitación.

—Nada, no es nada.

Quería cambiarme cuanto antes y ponerme cómoda. Me descalcé los tacones y me quité la camisa, pero en ese instante ella me vio el morado del brazo. Joder, no me acordaba.

—¡Oh, Dios mío!, ¿qué te ha pasado? ¿Quién te ha hecho esto? ¿Ha sido Rafa? Voy a matar a ese hijo de puta. —Se acercó a mí. Estaba muy nerviosa.

—Esto… no… No es nada. Ha sido solo un golpe.

—Dime la verdad, ¿ha sido Rafa?

—No…

—Entonces, ¿por qué lloras?

—He discutido con Héctor.

—¿Con Héctor? ¿Te lo ha hecho él?

—¡Nooooo! ¡¿Estás loca?!

Mientras le contaba lo sucedido a Cristina, ella me escuchaba sin parpadear. Me tumbé en la cama y ella se sentó a mi lado para consolarme. Estaba tan ilusionada con el hecho de irme a almorzar con él, que todo eso me había dejado abatida.

Le conté lo de las flores de Rafa y lo del día anterior, sin mencionarle que fue él el que me hizo el moratón. Mi hermana ya le odiaba bastante. Insistí en que había sido un golpe en la oficina, aunque ella no terminó de creérselo. Le dije que Héctor había ido a la asesoría y que habíamos quedado para almorzar y, finalmente, le detallé nuestra monumental discusión.

—Tienes que entenderlo, Carol, está celoso.

—Ya, pero me ha dicho que será mejor dejarlo ahora antes de que todo se complique.

—No creo que lo piense en serio. Se nota bastante que le gustas. Estaría cabreado. Seguro que vuelve a llamarte.

—¿Y si no lo hace?

—Si no te llama, pues que le den. No vas a estar toda la vida martirizándote por los dos hermanitos.

—Llevas razón —le dije, limpiándome las lágrimas con el dorso de la mano y sentándome en la cama.

—Anda, levántate y come. Te he dejado la comida en el microondas.

Al final iba a tenerle que hacer caso a Raúl y convencer a Cristina para que no se marchase. Era reconfortante llegar a casa, que me consolara y encima me hiciera la comida.

El resto de la tarde se la pasó animándome. Intentando hacerme reír. Era tan graciosa… Raúl le propuso recogerla e ir a la playa, pero ella le dijo que se quedaría conmigo. Sabía que la discusión con Héctor me había afectado más de la cuenta y no quería dejarme sola. Lo cierto era que se lo agradecí en el alma. Sobre las seis de la tarde, ella me comentó que nos bajáramos un rato a la playa y, sin muchas ganas, le hice caso.

Más tarde, cuando nos habíamos dado un par de baños, Cris llamó a Raquel y a Marta para que se reunieran con nosotras en una pequeña cafetería que había debajo de casa. Justo lo que necesitaba: una reunión de chicas un poco locas y dicharacheras para olvidarme de las palabras de Héctor. Aunque, bueno, si era del todo sincera, no conseguí quitármelo del pensamiento. Y eso que la conversación con las chicas fue muy… pero que muy interesante…

—Tienes que dejar de quedar con frikis como esos, Marta —le decía Raquel, muerta de la risa, después de que ella contara el absurdo y disparatado incidente que tuvo con su última conquista.

Marta trabajaba en un Banco, era interventora y llevaba años liada con su jefe. Un tipo casado, feo y prepotente, pero ella no conseguía sacárselo de la cabeza. Ella era una de esas chicas que no son conscientes del atractivo sexual que desprenden. Muy hermosa e inteligente, sin embargo, tenía la terrible fijación de enamorarse siempre del hombre menos oportuno.

Ese verano se había propuesto quedar con otros chicos, para quitarse de una vez por todas de la mente al cretino de su jefe. Pero su última conquista resultó ser un gilipollas integral. Lo había conocido una noche de marcha y se había liado con él la misma noche. El tipo era miembro de una tuna, y Marta nos contó que se había enrollado con él en un bar y luego fueron casa de este. Hasta ahí todo normal. El problema fue que, cuando ya se vestía para marcharse, el muy idiota sacó un muñequito de barro de un cajón y lo puso en una repisa que tenía en su habitación, junto a un montón de muñequitos, todos iguales, vestidos de tuna. En ese instante, se giró hacia ella y le comentó con una sonrisa triunfal:

—¿Ves estos muñequitos?, pues tú eres este: el número 32.

Al parecer, Marta se enfadó tanto que lo pagó con las pobres figuritas y le destrozó la repisa en un santiamén.

Cristina apenas podía incorporarse de la risa. Sin embargo, Marta parecía realmente afectada.

—Lo sé, pero es que de verdad que tengo muy mala suerte. Últimamente no consigo quedar con ningún hombre que sea normal.

—¿Y qué me dices de tu vecino? Dijiste que te gustaba, y la verdad es que no está nada mal —le preguntó Cristina, intentando reponerse del ataque de risa.

—¿Quién, Fran?

—Sí, ese, es muy mono. ¿Qué pasó con él?

—Uff, ese sí que está mal de la cabeza. La primera vez que quedé con él fuimos al cine y compramos un menú de palomitas, de esos de oferta: dos bebidas y un cubo grande de palomitas. Nos acomodamos en nuestros asientos y él era quien las sostenía en su regazo. Empezó la peli y yo me sumergí en la pantalla mientras metía la mano en el cubo. Porque, claro, en un cubo de palomitas, ¿qué se supone que tienes que encontrar?

—Palomitas —respondí, aguantando la risa.

—Exactamente, así que imagínate el grito que di cuando una de las veces metí la mano, totalmente confiada, y agarré un trozo de carne, dura e imberbe. —Ella abrió mucho los ojos e hizo una mueca de asco mientras narraba la historia.

—¿Metió su polla en el cubo de palomitas? ¿En vuestra primera cita? —preguntó Raquel de forma exagerada antes de desternillarse de la risa.

—Sí, hizo un boquete al cartón por la parte de abajo, sin que yo me diera cuenta y metió su *cosita*, y lo peor de todo es que me comí casi la mitad del cubo. Seguramente muchas de ellas habrían rozado su... ¡Argg, qué asco! —dijo ella, sacudiéndose las manos.

—Pues a mí me parece realmente gracioso. Es más, creo que te voy a pedir el número de ese chico —bromeó Raquel antes de darle un sorbo a su cerveza.

—¿Gracioso? Me dieron ganas de patearle el culo. Me dio un susto de muerte. Cuando toqué eso, al principio pensé que era un bicho o una rata muerta, yo que sé. —Ella seguía relatando mientras nosotras tres apenas éramos capaces de hablar con el ataque de risa—. Y encima, él, cuando me vio gritar me dijo: «Tranquila, nena, puedes tocarla, no te hará daño». —En ese momento imitó la voz del interpelado en cuestión.

»Lo dejé con su *cosita* dentro del cubo de palomitas y me largué del cine antes de que acabara la película. Por supuesto, cada vez que me cruzo con él por las escaleras ni le miro, y lo peor de todo es que ahora cada vez que voy al cine soy incapaz de comer palomitas. Me dan un asco tremendo.

—Venga ya, qué exagerada —bufó Raquel.

—En serio, me ha creado una especie de fobia. Miro a toda esa gente con sus cubos de palomitas en las manos e imagino que dentro de cada uno de ellos hay un pene —dijo ella pensativa.

—Sí, claro, entonces estarían las salas todos los días abarrotadas de gente —espetó Cristina sin dejar de reírse—. En serio, Marta, el problema no son las palomitas ni el cine, el problema lo tienes tú que eres un imán para majaderos.

—Ya —respondió ella, encogiéndose de hombros.

A las diez de la noche, después de tomar unas tapas con las chicas y divertirnos muchísimo más de lo que hubiera esperado esa tarde, Cris y yo subimos a casa, nos duchamos y vimos una peli. Estábamos acurrucadas en el sofá y hablábamos de lo que haríamos el viernes.

Ese día sería el aniversario de la muerte de nuestros padres. Hacía diez años que habían fallecido y como cada aniversario, me lo tomaba libre para pasarlo junto a ella y a nuestros recuerdos.

Los primeros años quedábamos con nuestros tíos, con Sonia y Pilar, las dos hermanas de mi madre, y con mi tío José, el hermano de mi padre, e íbamos a Chiclana a visitar sus tumbas, pero, más tarde, Cristina y yo decidimos incinerarlos. La idea de mis padres sepultados nunca nos gustó, pero cuando ellos murieron estábamos tan destrozadas que fueron nuestros tíos quienes tomaron todas las decisiones por nosotras, al fin y al cabo todavía éramos menores.

Mis tías no estaban muy de acuerdo en incinerarlos, ellas se aferraban a la idea de visitar sus sepulturas y llevarles flores dos veces al año: una en el aniversario y otra el día de los difuntos. Pero para mi hermana y para mí era doloroso pensar que sus cuerpos estaban allí, abandonados, solos, en la oscuridad.

Decidimos que lo mejor sería incinerarlos y esparcir sus cenizas a merced del viento, mezcladas, en algún lugar significativo para nosotros, algún lugar donde hubiésemos compartido momentos agradables en familia. Seguro que en un sitio así, sus almas estarían libres y unidas. Donde pudiéramos reunirnos los cuatro y encontrarnos siempre que quisiéramos. Algún lugar donde contarle todos nuestros progresos, mis notas en la universidad, las de Cristina, mis dudas sobre vender el piso, mi empleo como becaria en la asesoría, las becas de Cristina para el extranjero, mis continuas peleas con Rafa, en fin, todo lo que estoy segura que ellos querrían saber de nosotras.

Ese lugar era la playa de Cortadura, donde desde que éramos pequeñas pasábamos los domingos en familia, jugando con papá a las palas y haciendo castillos de arena en la orilla. Donde mamá me envolvía en la toalla tras los baños en el mar y me besaba el pelo húmedo y salado. Queríamos que sus almas estuvieran cerca de nosotras en todo momento. Algún lugar donde refugiarnos en nuestros momentos de añoranza, donde pudiéramos sentir que la simple caricia de la brisa marinera podría ser un susurro de mamá recordándome que no estábamos solas, que éramos fuertes, que nos teníamos la una a la otra y que ellos nos protegían desde allí donde estuvieran.

Hablábamos sobre lo que haríamos ese día. Nos levantaríamos muy temprano e iríamos a desayunar. Luego pararíamos en alguna floristería y compraríamos un ramo de margaritas. Las flores preferidas de mamá. Le encantaban. De pequeña, de camino al colegio había una casa con un jardín precioso. Frondoso, lleno de claveles, margaritas y preciosas azucenas. En primavera las margaritas relucían resplandecientes amarillas y blancas. Siempre se paraba delante de la verja de aquella casa y se quedaba admirando las margaritas.

Cuando me hice un poco más mayor y ya me iba al cole solita con Cristina de la mano, un día se me ocurrió saltar la verja y arrancar algunas preciosas flores para mi mami. A pesar de que Cristina era más pequeña que yo, me advirtió un montón de veces que no lo hiciera.

Ella se quedó al otro lado de la verja esperándome con una expresión horrorizada, como si yo fuera a robar un Banco en vez de flores.

Pero lo cierto era que llevaba razón. La idea no fue del todo buena. Cuando la dueña, una mujer mayor con un moño estirado, me descubrió arrancando las plantas de su jardín, me retuvo en su casa y no me dejó salir hasta que llegó mi madre, a la que tuvo que avisar Cristina al ver que esa mujer me había, según mi hermanita, secuestrado.

Cuando mi madre apareció, la mujer me sujetaba por el brazo y la amenazaba con denunciarme por vandalismo. En cuanto ella percibió el miedo inyectado en mis ojos, le advirtió a esa vieja bruja que me soltase inmediatamente y tuvo con ella algo más que algunas palabras. Me sacó de la casa no sin antes asegurarse de que la odiosa mujer no me hubiese agredido o maltratado.

Una vez fuera, se tranquilizó y me pregunto cuál era mi intención colándome en una propiedad ajena. En cuanto le dije que lo único que quería era coger algunas margaritas para ella, se echó a reír y me besó la frente, luego me estrechó entre sus brazos, transmitiéndome una profunda sensación de ternura y protección. Un abrazo cargado de calor y afecto. Mientras me alejaba de esa casa de la mano de mi mamá, pensé que aquella mujer tan amargada no merecía tener un jardín tan hermoso, sin embargo, mi madre se merecía todas y cada una de esas margaritas. Ella sí que merecía tener un jardín lleno de preciosas y esplendorosas flores. De margaritas, esa flor que simboliza la inocencia y la pureza, como mi mamá, tan pura y tan inocente. Tan hermosa…

Después de comprar las flores iríamos a la playa. Nos gustaba ir temprano, sobre las nueve de la mañana, a esa hora aún no habría mucha gente y podríamos esparcirlas sobre el mar, en la orilla, donde mismo esparcimos sus cenizas. De esa forma nos asegurábamos de que a mamá nunca le faltasen las flores que más le gustaban.

Cristina se había quedado dormida sobre mi regazo. Y yo también estaba agotada. Eran las doce y cuarto de la noche. La desperté sigilosa y le dije en un susurro que se fuera a la cama. Ella me obedeció y se fue dando tumbos por el sueño. Yo me levanté, apagué la tele y me dirigí a mi habitación. Cogí el móvil para asegurarme de que había puesto la alarma a las siete de la mañana y en ese momento recibí un mensaje. Tuve que mirarlo dos veces porque no me lo creía.

Era Héctor.

El mensaje decía solamente:

Hola.

No pude evitar sonreír. Me lo pensé un rato antes de contestarle, pero luego me armé de valor y le escribí:

Querrás decir adiós, ¿no?

Al minuto siguiente recibí otro mensaje.

No estoy de acuerdo contigo en una cosa.

Pss...

¿En qué? Si se puede saber.

Un minuto y medio más tarde:

No han sido tres polvos, han sido cinco. Tres en mi casa, uno en el coche y otro en el chalet de Raúl. Es una lástima que te hayas olvidado de dos, porque para mí todos han sido fascinantes.

Vaya… Fascinantes…
Estaba en mi cama, con una sonrisa de oreja a oreja. Ahora sí que no sabía qué decirle. Me lo pensé una y otra vez antes de responderle.
Dos minutos más tarde:

Lo de tres polvos era tan solo una expresión. Estoy de acuerdo en lo de fascinantes… Es una lástima que haya sido un error.

Un error delicioso.

¡Oh, Dios!, ahora sí que no sabía qué contestar. Pero en mi rostro se dibujó una sonrisa de satisfacción. No quería dejar de hablar con él. Necesitaba saber si todavía quería seguir viéndome.
Dos minutos:
¿Qué haces todavía despierto?

Cincuenta segundos:

Pensar en ti.

Madre mía, estaba tan nerviosa que tenía ganas de despabilar a Cristina para contárselo, pero luego pensé en ella dando tumbos por el pasillo y me dio un poco de pena despertarla.
Vaya, piensa en mí. Como no le contesté al último mensaje volvió a escribirme.

¿Y tú qué haces despierta todavía?

«Pues ya ves, pensando en ti. Como llevo haciendo todos los días desde hace, más o menos, un mes». Por supuesto no le iba a decir eso. Bastante creído se lo tenía ya. Así que un minuto más tarde:

No tengo sueño.

En realidad no era del todo cierto, pero tampoco supe qué contestarle. Esperé un rato a que me escribiera algo, pero parecía que ya se había cansado. Iba a poner el móvil en la mesilla y volvió a sonar otro mensaje.

Yo podría ayudarte a dormir, si tú quieres. Estoy en Cádiz.

«¿Está en Cádiz?». Pensaba que habría vuelto a Sevilla. Me senté en la cama, excitada. Quería verme. Ahora. Pero no podía ser. Cristina estaba durmiendo. No podía decirle que viniera. No sabía qué hacer.

No creo que sea buena idea. Cristina está dormida.

Al minuto y medio.

Te recojo en quince minutos. Vamos a mi casa. Todavía no la conoces. Estoy deseando volver a dormir contigo. ¿Qué me dices?

A su casa… Me temblaba todo el cuerpo solo de pensarlo. Quería estar con él. Sí, ahora mismo. Pero al día siguiente tenía que trabajar. Bueno, podía volver temprano para ducharme y vestirme. Lo pensé un poco antes de escribir.

Ok.

Me levanté de un salto de la cama. *¿Qué me pongo?* Tampoco podía arreglarme demasiado. Además, al día siguiente volvería a casa para cambiarme. ¡Uff!, no iba a dormir nada. ¿Y qué importaba eso ahora?

Cogí mis vaqueros favoritos y me los enfundé en un plis plas. Me miré en el espejo que tenía en la puerta del armario. Perfecto, me encantaba cómo me quedaban. Luego saqué una camiseta blanca de manga corta, no me tapaba del todo el moratón del brazo, pero lo cubría un poco. Y me puse mis hawaianas negras. Tenía el pelo recogido en un moño, pero decidí dejármelo suelto. No tenía mucho tiempo para peinarme, así que me lo arreglé como pude. Fui al baño con cuidado de no hacer mucho ruido y me peiné con el peine de púas. Me puse un poco de corrector anti ojeras y me apliqué un poco de brillo de labios.

De pronto oí otra vez el móvil, era otro mensaje. Corrí a mi habitación. Era él.

Estoy esperándote.

Miré el reloj, ¿ya habían pasado quince minutos? Qué puntual. ¿Cómo había llegado tan rápido?

Antes de salir de casa pensé en Cristina, se asustaría si se despertaba y no me veía en mi cama. Así que le dejé una nota en la mesa del salón. Le puse que Héctor me había llamado y que habíamos quedado para hablar. Últimamente dormía mucho, no creí que se despertara.

Cuando salí del ascensor, lo vi a través de la puerta de cristal, en la calle. Llevaba una camiseta gris, un vaquero y deportivas blancas. Estaba guapísimo. En una mano lleva su iPhone y en la otra unas llaves.

A medida que avanzaba, algo revoloteaba en mi estómago, supuse que los nervios. Cada poro de mi piel se moría por besarlo. No tenía ni idea de cómo había llegado a esa situación, pero lo cierto era que me encantaba. Una parte de mí me decía que me alejara de él antes de que todo se complicara y pudiera salir muy dañada, pero otra parte me susurraba que no lo dejara escapar.

No sabía nada de él, apenas lo conocía, pero ya presagiaba que era todo lo que siempre había buscado en un hombre. Jamás en toda mi vida había sentido nada igual. Recordé que cuando me enamoré de Rafa, me pasaba las noches despierta, pensando en él. Pero con Héctor era distinto. Todo ese tiempo había estado evitando lo que me estaba ocurriendo y ahora que lo tenía allí, delante de mí, me daba cuenta de que estaba perdidamente enamorada de él.

Cuando abrí la puerta, él se giró y me miró con una expresión de confusión. Se notaba que no sabía qué hacer ni qué decirme. Yo me encontraba en la misma situación. Lo último que habíamos hecho juntos era discutir. Esto era muy embarazoso.

Me apoyé en la puerta de cristal, una vez cerrada, y lo miré a los ojos. Ahora eran de un color pardo y avellana, recubiertos de infinitas pestañas. La luz de la farola hacía sombras en su rostro y me dejaba entrever unas ligeras arrugas de preocupación, pero su boca mentía por sí sola y se curvaba en una dulce sonrisa sensual y arrebatadora. Estaba esperando que le dijera algo.

—Hola —susurré.

Capítulo 19

«Y de repente apareces tú,
mientras me hablas hago que estoy dormida,
te mentiría si negara hoy,
que desde entonces solo sueño contigo».

Apareces tú - La Oreja De Van Gogh

—Hola —me contestó él en voz baja mientras se quedaba plantado delante de mí. Me recorrió el rostro y el cuello con la mirada y luego se detuvo en mi brazo.

—¿Te duele? —me preguntó, alargando su mano para acariciarme el moratón. El contacto me resultó electrizante.

—No, ya no.

—¿Vas a decirme ahora cómo te has hecho eso? —Me buscó la mirada, con un tono de voz que parecía una súplica.

—Ha sido una tontería, me tropecé en mi casa, limpiando, y me di un golpe justo ahí —respondí, improvisando lo mejor que pude.

Parecía que se lo había creído. Se quedó un rato mirándome y acariciándome el brazo y luego me dijo:

—¿Quieres que te enseñe mi casa?

—Pensé que ya la había visto.

—Bueno, en realidad esta no es mía, es alquilada, pero estoy planteándome la posibilidad de comprarla, ahora han bajado bastante los precios y el dueño me ha hecho una oferta —me comentó mientras me cogía de la mano y empezaba a andar.

Yo no daba crédito. Iba por la calle a las tantas de la noche y cogida de su mano. Me comentaba detalles de su piso, quizás intentaba evitar que hablásemos sobre lo que había ocurrido por la tarde. Actuaba como si no hubiera pasado nada.

—¿Y para qué quieres dos casas? Trabajas en Sevilla y ya tienes un apartamento allí —le pregunté extrañada, pero intentando disimular la conmoción que me producía ir de su mano.

—Trabajo en Sevilla pero me encanta Cádiz. En verano estoy casi todo el tiempo aquí y los fines de semana, en invierno, también.

Por un momento estuve tentada a preguntarle por qué no se quedaba en casa de sus padres, pero en realidad ya sabía la respuesta. Mientras Rafa viviera allí, Héctor no pasaría mucho tiempo en aquella casa. Sabía que él iba a visitarlos y, de vez en cuando, se quedaba a comer allí con ellos, pero no a dormir.

—Pero me comentaste que tal vez te vayas a vivir a Nueva York, ¿no? —Lo cierto era que había aprovechado la ocasión para preguntarle. Tenía bastante curiosidad en saber qué pasaba entre ellos.

Noté que ese tema le incomodaba, pero disimuló.

—Sí, lo de Nueva York aún no está definido, pero será solo por un período de tiempo. Luego pretendo volver. Y si no, siempre puedo alquilarla.

Antes de que me diera cuenta se detuvo en un bloque de nueva construcción que había a dos calles muy cerca de mi casa. Recordé que ese edificio estaba en obras hacía unos ocho meses.

—Es aquí —me indicó sonriendo.

—¿Tienes el piso aquí? ¿Vives al lado de mi casa y no me lo has dicho hasta ahora?

—No vivo al lado de tu casa, vivo en Sevilla, y ya conoces mi apartamento —murmuró con una mirada juguetona.

—¿Dormiste toda la noche en mi sofá y tenías tu casa a dos calles de la mía? Estás loco.

—Ya ves, y me hiciste dormir en ese incómodo... —La imagen de él ese día, en el sofá, me hizo troncharme de la risa.

—Dormiste en mi horroroso sofá porque te dio la gana.

—Dormí allí porque no me dejaste dormir en tu cama.

—Sí, claro —le dije, poniendo los ojos en blanco mientras él me sujetaba la puerta para que entrara en el edificio.

La finca era preciosa, tenía una puerta de acero y cristal y todo el portal estaba construido de mármol travertino. Se notaba que hacía poco que habían finalizado la obra porque aún olía a pintura.

—Este edificio lo construyó la empresa de Raúl. Todavía no se han vendido todos los pisos. Le comenté que estaba buscando uno para alquilar y me ha ofrecido el ático, de momento —me explicaba.

—O sea, que tu casero es Raúl —bromeé. Él asintió sonriendo.

Cuando entramos en el ascensor, introdujo una llave pequeña en una cerradura que simulaba un botón. Era el único ático.

Se situó delante de mí. Todas las paredes eran de cristal. En cuanto se cerraron las puertas, noté la tensión sexual entre nosotros.

—Si te gusta me lo compro —aseguró en un tono que me resultó casi arrogante.

Pero esas palabras se quedaron grabadas en mí como un eco. ¿Por qué demonios tendría que gustarme a mí? ¿Necesitaba mi aprobación?

El ático estaba en la décima planta. Me fijé en los botones, que se iban iluminando a medida que el ascensor iba subiendo. Tres, cuatro, cinco… Él se me acercó en ese diminuto espacio de cristal y yo me pegué a una de las paredes. Era tan alto que me intimidaba.

—Así que tres polvos, ¿no? —Su voz era mucho más ronca y sensual que otras veces.

—Era solo una expresión —susurré.

—No uses esas expresiones para definir lo nuestro —me advirtió, apoyando una mano justo al lado de mi cabeza. Con la otra me tocó el pelo, se llevó un mechón a la nariz y lo inspiró profundamente. Luego rozó su nariz con la mía.

¡Oh, Dios mío!, mis rodillas no aguantarían mucho tiempo más. Estaba a punto de desplomarme por la excitación.

—¿Cómo lo definirías tú? —le pregunté con un hilo de voz.

—No necesito definirlo. Solo estoy disfrutando del momento —musitó al tiempo que fundía su boca con la mía, de forma que me hizo perder la poca cordura que tenía hasta ese momento.

De repente metió su mano en mi cabello y me sujetó por la nuca para besarme apasionadamente.

Yo me aferré a su cuello con los brazos, dejándome seducir por su húmeda y experta lengua que jugaba dentro de mi boca recorriéndome los dientes y los labios. Deslizó la mano que me rodeaba la cintura por debajo de mi camiseta y cuando noté el contacto de su piel sobre la mía, cada poro de mi cuerpo se estremeció de excitación. Nos besamos y casi nos devoramos el uno al otro durante el trayecto de subida del ascensor, pero en el momento en que las puertas se abrieron, me levantó en peso y yo me anclé a su cintura. Sin dejar de besarnos, me sujetó por las nalgas.

La visita del ático se reduciría, en un principio, a su dormitorio.

Entramos en la casa enredados en besos frenéticos y ansiosos. Él me apoyó en una de las paredes del pasillo, me soltó sin dejar de besarme y me quitó la camiseta. Se separó un poco y me miró los pechos, solo unos segundos antes de besarlos y devorarlos. Yo le agarré la camiseta por la cintura y se la intenté quitar mientras él me ayudaba.

¡Oh, Dios mío, cuánto le deseaba!

Lo tenía delante de mí, rebosante de excitación, casi desnudo… Me lamió el cuello y la clavícula, al mismo tiempo que, ambos, intentábamos quitarnos las ropas el uno al otro.

—Pensé que querías enseñarme tu casa —le susurré al oído, mientras me besaba el hombro y se afanaba en desprenderme de mis vaqueros.

—Es lo que estoy haciendo, este es el pasillo. Y ahora te voy a enseñar mi dormitorio.

Por lo poco que atiné a ver, gracias a la luz de las farolas que se colaba por las ventanas, el pasillo era muy largo y todas las paredes blancas, al igual que las puertas. Todo estaba muy oscuro, y yo tampoco me sentía, especialmente, interesada en la decoración de la casa en esos momentos.

Se arrodilló delante de mí y se deshizo de mi pantalón, sin dejar de besarme el vientre y los costados. Le ayudé a quitármelos y él me besó y mordisqueó mi sexo por encima del encaje de mi tanga.

—Voy a comerte aquí mismo —me dijo casi en un gruñido.

Estaba tan excitada que sentí la humedad entre mis piernas. Me quitó el tanga, arrodillado ante mí. Su mirada era tan voraz que hacía que me temblaran las piernas. Estaba allí, sujetándome a sus anchos hombros, delante de él, tan solo con el sujetador. Me cogió una de las piernas y la apoyó en uno de sus hombros, y antes de que pudiera darme cuenta, enterró su cara en mi entrepierna y comenzó a recorrer mi sexo con deliciosos besos.

Su lengua exploró y saboreó cada parte de mi intimidad, de manera que pensé que perdería la razón. Una de sus manos acarició la pierna que descansaba en su hombro y con la otra me presionó una de las nalgas. Dios, creía que me iba a desvanecer de gusto. Intenté tirarle del pelo, pero lo tenía muy corto y lo único que podía hacer era clavar mis uñas en sus hombros.

—Héctor —gemí, a punto de alcanzar el clímax.

Él se apartó lentamente, regando de besos la pierna que descansaba en su hombro. Se incorporó y se separó de mí para quitarse las zapatillas de deporte, pisándose los talones. Y yo le ayudé a desabrocharse el pantalón. Vi su imponente erección, tensándose bajo la tela del bóxer. Lo quería dentro de mí, y lo quería ya.

Cuando hice el intento de quitarle el bóxer, él susurró:

—No, aquí no. Ya has visto el pasillo, voy a enseñarte mi dormitorio.

Me levantó de nuevo por las nalgas y me llevó en brazos por el pasillo, sin dejar de besarme y presionando la tela de sus calzoncillos contra mí. El dormitorio estaba al fondo. En cuanto entramos, encendió la luz, a trompicones, conmigo en brazos. Unos seis focos de halógenos blancos se encendieron, iluminando por entero la estancia.

—Hay mucha luz —le siseé en voz baja al oído mientras él me besaba el cuello.

—Necesito ver lo que quiero hacerte. Y quiero que tú también lo veas.

Me dejó sobre la cama. Y empezó a besarme el pecho. De repente me fijé que la habitación era muy amplia. Tenía un enorme ventanal que daba a lo que creí que era una terraza. El cristal era bastante oscuro. Todo estaba pintado de blanco y no había muebles a la vista, tan solo la cama y una pequeña mesita de noche a un lado. Pero lo mejor de todo era que, en la pared de la izquierda, había un armario empotrado, con cuatro enormes puertas correderas de espejo.

Ahora entendía por qué quería tener las luces encendidas. Miré al espejo y me vi tumbada sobre la cama con tan solo el sujetador. Él estaba encima de mí, besándome y lamiéndome los pechos y los costados. Desde allí podía ver perfectamente cada músculo de su espalda y de sus brazos. Era lo más excitante que había hecho nunca. No solo iba a hacer el amor con un hombre irresistiblemente atractivo, sino que también iba a ver cómo me lo hacía.

—¿Te gusta mi dormitorio? —preguntó, mirándome por el espejo, con la mirada cargada de deseo y las mejillas ligeramente sonrosadas.

—Me parece muy excitante —le contesté.

—Sabía que te gustaría. —Y poniéndose encima de mí, lentamente, abrió mis piernas con las suyas.

Sus movimientos eran tormentosamente lentos y busqué consuelo en esos roces que me torturaban de deseo. Deslicé mis manos por su espalda, hasta que llegué a la cintura donde tiré de los bóxer hacia abajo con la intención de deshacerme de ellos cuanto antes. Él me besó el cuello y la barbilla, y con una mano empezó a bajarse la prenda que tanto nos molestaba.

A través del espejo vi cómo metía una de sus manos entre mis piernas y con la otra me sujetaba el cabello, apoyado sobre el codo. Su cabeza seguía enterrada en mi cuello lamiéndolo y mordiéndolo al mismo tiempo. Y la mano que tenía en mi entrepierna, jugaba con mi clítoris. Vi que se sujetaba el miembro y de una sola embestida se hundió dentro de mí, tan fuerte y profundo que temblé de placer.

Al principio comenzó a bombear lento, casi irritante, pero sus movimientos iban progresivamente aumentando, y la pasión y el desenfreno comenzaron a apoderarse de su hermoso cuerpo. Se movía delicioso, exquisito. Yo me deleitaba con todos sus movimientos, observándolo a través del espejo. Noté su respiración acelerada y su cálido aliento sobre mi cuello. Había colocado sus brazos a cada lado de mi cabeza, de manera que sus antebrazos sujetaban todo el peso de su cuerpo. Los músculos de sus glúteos se contraían una y otra vez con sus envites. Su cuerpo desprendía un olor embriagador. Una mezcla de gel de baño, sudor y sexo. Quería estar impregnada de ese aroma.

De pronto me cogió la cara y me obligó a mirarlo a los ojos.

—Me gustas muchísimo, Carolina —murmuró, deteniendo suavemente sus movimientos y besándome en los labios.

Dios santo, era muy hermoso. ¿Cómo podía decirme esas cosas en estos momentos? ¿Acaso pretendía matarme de excitación?

—Tú también a mí —susurré, devolviéndole el beso—.Y también me gusta mucho tu casa.

Él sonrió con la frente empapada en sudor y un brillo en sus ojos de puro gozo.

Entonces retomó sus movimientos, cada vez más acelerados y apasionados, hasta que yo me derretí de deseo bajo su cuerpo y noté cómo él se estremecía de pies a cabeza mientras se derramaba dentro de mí. Gimió de placer y pronunció mi nombre de forma brusca y desgarradora.

—¡Oh! Carolina.

Cuando su cuerpo se derrumbó sobre el mío, absorto por el orgasmo, fue cuando me di cuenta de que sentía algo más por él. Algo más profundo y sincero que una simple atracción. Me dio miedo pensar que sería demasiado débil para resistirme a esa pasión. Por un momento pensé que si había sufrido con Rafa, con él podría ser mucho peor.

Hasta ahí sabía muy poco de él, pero su manera de tratarme, de tocarme, hacía que me sintiera viva, radiante, cómoda, deseada...

Eran las tres de la madrugada y los dos estábamos dando vueltas por el ático sin apenas amueblar. Era bastante amplio y, aunque era de noche, se notaba que sería muy luminoso. Él me llevó de la mano por cada una de las habitaciones y me lo mostró, ilusionado como si fuera yo la que tuviera que comprarlo. Parecía que le interesaba bastante mi opinión antes de decidirse, y eso me gustaba mucho.

Aunque el piso, de esa forma, parecía muy frío y solitario. La cocina era bastante grande y funcional. Tenía dos baños. Uno al lado de la cocina y otro en el dormitorio principal, pero lo que más me gustaba de toda la casa, después del espejo, obviamente, era la enorme terraza. Ese piso no se parecía en absoluto a su casa de Sevilla. Aquello era un *loft* y, aunque también era bastante amplio, se notaba que era una casa para personas independientes, sin hijos. Esta, sin embargo, tenía otro cariz. Un piso grande. Una casa con varios dormitorios.

¿Para qué querría él comprarse un piso de estas características si ni siquiera sabía cómo iba a llenar esos cuartos?

Cuando salimos a la terraza me quedé embelesada con las vistas. Desde allí arriba se divisaba toda la inmensidad del mar. La panorámica era grandiosa. Desde el Castillo de Santa Catalina hasta casi el peñón de Gibraltar. Vaya, me quedé admirando mi preciosa y única ciudad. Este sitio haría despertar la imaginación de cualquier poeta. Desde allí arriba la luna me miraba resplandeciente y las estrellas se reflejaban en las olas oscuras, tranquilas y sosegadas. Él estaba a mi lado, observándome. Solo llevaba su pantalón vaquero y estaba descalzo. Yo tenía puesta su camiseta gris.

—Y bien, ¿qué me dices? ¿Te gusta? —me preguntó, apoyando los codos en el borde de la terraza, justo a mi lado.

—Es un piso precioso. Despertar cada mañana con estas vistas tiene que ser alucinante. Desde mi casa veo el mar, pero esto es... increíble.

—Sí, lo es.

—Pero déjame que te pregunte algo, ¿para qué quieres un piso tan grande? Podrías buscarte un apartamento igualmente con vistas preciosas. Esta es una casa más familiar. No sé..., tiene demasiados dormitorios.

—Bueno..., a mí me gusta esta. Además, ahora no tengo familia, pero en un futuro tengo intención de tenerla. Me encantan los niños y me gustaría tener algunos.

Ese comentario me dejó totalmente atónita. Le gustaban los niños. Y quería tener una familia. Qué mono... Me desconcertó por completo. Un día me decía que no quería compromisos y días después me enseñaba un piso y me hablaba de formar una familia.

¡Dios, era de locos!

—¿Te gustan los niños?

—Sí, me encantan, ¿a ti no? —me preguntó preocupado.

—Sí, claro, por supuesto que me encantan.

—Bien. —Y sonrió satisfecho.

—Pero si compras esta casa, ¿te vendrías a vivir a Cádiz?

—Mi trabajo está en Sevilla, de momento, y aparte tengo varios proyectos en el extranjero, pero en un futuro sí que me gustaría establecerme aquí. He vivido varios años en Madrid y ahora en Sevilla, y he decidido que donde más me gusta estar es aquí. La idea es montar mi estudio en Cádiz y seguir con mis proyectos para el extranjero.

—¿Y el restaurante?

—Carolina, Sevilla está a una hora, puedo ir y venir.

—Ya —le contesté fríamente.

La idea de que siguiera con el restaurante me parecía repulsiva. No podría soportar que él fuera a Sevilla, cada dos por tres, a encontrarse con la zorra de Patricia. Pero en fin, estaba creándome demasiadas expectativas. Lo mejor sería no hablar de ese tema de momento. O sí...

—¿Qué hay entre esa tal Patricia y tú? —La pregunta le pilló por sorpresa y me miró con asombro.

—¿A qué viene eso ahora?

—Necesito saber si estoy haciendo el tonto contigo. Esa mujer es muy atractiva y es evidente que tú le interesas. La cuestión es si a ti también te interesa ella.

—Esa mujer es la esposa de mi socio.

—Héctor, no soy imbécil. Los dos sabemos de sobra que eso no es ninguna excusa.

—Bien, pues entonces te diré que ahora mismo la única mujer que me interesa la tengo delante mí, medio desnuda. Y créeme cuando te digo que no me interesa ninguna otra. —Alargó la mano para tocarme el cabello y recorrió con sus ojos mi cara y mi cuello.

Tendría que conformarme con esa respuesta de momento. Él no iba a reconocer que se habían acostado, aunque era evidente que sí.

Permanecimos allí, en la terraza, durante un buen rato. Me habló de todos su proyectos y yo lo escuché con atención. Más tarde, entramos en la casa y le di algunas ideas sobre cómo decoraría yo el ático, y algún que otro consejo sobre qué hacer en la terraza.

—Una barbacoa estaría bien. Y yo pondría también unos sofás de esos tipo *chill out*, para cuando reúnas aquí a todos tus amigos. Y allí, al fondo, podrías poner también un jacuzzi, de esos de madera...

Él me contempló con las manos en los bolsillos, mientras yo me movía de un lado a otro por la terraza... me encantaba.

De pronto vi que se acercaba a mí con su mirada más sensual y arrebatadora, y me agarraba por la cintura.

—Todo eso que dices está muy bien, pero lo mejor que queda en esta casa eres tú. —Y me besó hasta dejarme sin respiración—. Y ahora vamos a la cama, que todavía quiero hacerte muchas más cosas delante del espejo.

Nos pasamos toda la noche haciendo el amor, de todas las posturas más excitantes y ardientes que jamás habría imaginado. Finalmente, nos dormimos abrazados y satisfechos.

La peor parte llegó cuando a las siete de la mañana me sonó el despertador del móvil. Había dormido apenas una hora y media, y estaba tan a gusto entre sus brazos que la idea de separarme de él me resultó un auténtico calvario. Pero no tenía más remedio que asumir mi responsabilidad y levantarme.

Fui dando traspiés, recogiendo mi ropa e intentando encontrar una de las hawaianas que estaba escondida debajo de la cama. Entré en el baño y me aseé. Me ducharía en mi casa. Cuando salí, lo observé dormido entre las sábanas. Le di un suave beso en los labios, él se movió remolón y me preguntó en voz baja:

—¿Qué hora es?

—Son las siete y veinte —respondí, acariciándole el pelo.

—No vayas a trabajar hoy, quédate conmigo —suplicó, cogiéndome de la muñeca para que no me fuera.

—No puedo hacer eso. Además, ¿tú no tienes que trabajar?

—Lo que tengo pendiente hoy lo puedo hacer por teléfono. —Se incorporó un poco y me agarró por la cintura para que me sentara en la cama, a su lado.

—Ya, pues yo no puedo hacer mi trabajo por teléfono, así que me temo que tengo que irme. —Y le di un casto beso en los labios.

Verlo allí, en su cama, casi desnudo y suplicándome que me quedara a su lado, probablemente era la oferta más tentadora a la que me había resistido en mi vida.

—¿Te llamo luego? —preguntó, levantándome la camiseta para besarme el vientre.

—Sí. Pero cuando vuelva del trabajo tendré que dormir un poco. ¿No pensarás matarme? —le acusé, pasando mi mano por su corto cabello mientras él me besaba los costados.

—Vale, te llamaré sobre las siete de la tarde, cuando ya hayas descansado. ¿Te parece bien? —Y me apartó un mechón de pelo de la cara.

¡Oh, Dios mío!, esto era lo que quería, despertarme a su lado cada mañana.

—Perfecto. —Y le di otro beso en los labios.

Me giré para marcharme, pero tiró de mi muñeca haciéndome caer sobre él. Antes de que pudiera decir algo más selló mi silencio con un beso apasionado, ardiente, fogoso...

Un beso que lo decía todo y nada.

Un beso que revelaba mucho más que su innegable realidad.

Un beso... que confesaba su autenticidad.

Capítulo 20

«Otra vez me hablas con esa ironía extraña.
Y un infierno se desata...».

Hoy Es El Principio Del Final - Amaral

Entré en la oficina a las ocho ya bastante pasadas. María me miró con cara de interrogación. Nunca solía llegar tarde al trabajo. Intenté disimular como pude mis ojeras, pero después de una intensa y larga noche de extraordinario sexo, y sin dormir, mi cara me delataba. Le hice un gesto a María con la mano, como diciéndole que luego le contaba, ella asintió.

Antes de sentarme a mi mesa, entré en el despacho de Emilio y lo primero que hice fue disculparme por el retraso, pero él no me lo tuvo en cuenta. Cuando me giré para volver a mi puesto me dijo:

—Carolina, espera un momento y cierra la puerta, por favor.

—¿Ocurre algo, Emilio?

—No, nada, solo quería comentarte que ayer, lo de las flores... fue un poco embarazoso.

—¿Un poco? Me hubiese gustado cavar un boquete y esconderme.

—Tienes que hablar con Rafa. Creo que deberías dejarle claro que no vas a volver con él.

—Emilio, no se entera. Se lo he dicho de todas las maneras posibles, pero sigue empeñado en que volvamos.

—Y Héctor, ¿qué dice de todo esto?

—Héctor se enfadó muchísimo ayer. Pero ya le he explicado que Rafa no deja de llamarme y molestarme.

—Creo que es buen tipo. No se parece en nada a Rafa.

—Sí, me gusta mucho...

—Pues tienes que decirle que hable con Rafa. Si se entera por ahí de lo vuestro, será mucho peor.

—Pero no puedo pedirle eso. Aún no sabemos lo que tenemos. Estamos conociéndonos. Si te digo la verdad…, no tengo ni idea de a dónde nos lleva esto.

—Aun así, creo que Rafa debería saberlo. Tal vez de esa manera te deje en paz de una vez.

—Sí, quizás tengas razón…

—Por otro lado, te quería comentar que ayer estuve echándole un vistazo a los balances de Héctor, y hay bastantes irregularidades. Tendré que sentarme con él y contrastar más información, pero por lo poco que he estado viendo, Héctor debería tener más cuidado con ese tal Mario.

—¿En serio?

—Sí, lo llamaré para reunirnos la semana que viene cuando haya terminado de verlo todo.

—De acuerdo.

Vaya, al parecer ese tal Mario se preocupaba mucho más de engañar a su socio que de cuidar a su mujer. Y así le iba…

La mañana se me hizo eterna. Y la falta de sueño me puso de mal humor. No lo podía evitar, necesitaba dormir al menos unas siete horas para tener una actitud decente. Todo lo que fuera inferior a eso me convertía en una persona insoportable y fácilmente irritable.

Así que, en cuanto vi a Felipe salir de su despacho y acercarse a mi mesa, no creí que fuera capaz de aguantarle sus estupideces. Y menos después de sus comentarios del día anterior. Por su culpa Héctor pensó que Rafa y yo habíamos vuelto. Ahora mismo lo único que me apetecía era volver a la cama de Héctor y pasarme el día rendida a sus caricias. Pero eso no iba a ser posible, por ahora tendría que resignarme y pasar la mañana aguantando al pelmazo de Felipe e intentando no dormirme delante del ordenador.

—Parece que las flores que te envió ayer tu novio no te gustaron demasiado, ¿no? —Otra vez sus manitas blancas y ridículamente diminutas se clavaron en mi mesa.

Estaba claro que cada día le soportaba menos. Aparté la vista del ordenador y lo miré sin ganas, en su rostro vi una ligera sonrisilla irritante. Sabía que lo que buscaba era saber si, al final, había vuelto con Rafa o no, pero lo cierto era que no pensaba darle ninguna información relacionada con mi vida privada, sencillamente porque no me daba la gana.

—¿No tienes trabajo, Felipe? —le pregunté malhumorada.

—Uy, uy, ya veo que alguien no se ha levantado hoy de muy buen humor.

Puse los ojos en blanco y seguí a mi trabajo. En ese momento se alejó de mi mesa, pero al instante siguiente se dio la vuelta y se agachó para decirme en voz baja:

—Creo que lo que tú necesitas es una noche loca de placer. Y yo tengo el remedio.

¡¿Cómo?! Tenía ganas de decirle que esa misma noche había tenido una sesión intensa de gratificante y placentero sexo con un hombre exageradamente sexy e irresistible, y que mi mal humor no se debía precisamente a la falta de sexo, sino todo lo contrario, al exceso de este y a no haber dormido nada.

También tenía ganas de decirle que su presencia y sus estúpidas artimañas de seducción eran pedantes y nada prácticas, y que si, en esos momentos, había algo que me pusiera de mal humor era que todavía, a esas alturas, pensara que iba a conseguir algo conmigo que no fuera una simple y educada relación entre compañeros de trabajo, aunque lo de educada todavía estaba por ver. Pero frente a ese último comentario respiré hondo antes de contestarle, y acto seguido le dediqué una de mis miradas más frías y cortantes.

—En serio, Felipe, hoy no estoy de humor.

Él levantó los brazos en señal de rendición y se alejó de mi mesa negando con la cabeza, como si no diera crédito a mi estado de ánimo.

Al menos, por hoy, había conseguido que me dejara tranquila.

Para desayunar no me pedí un café con leche como de costumbre. Esta vez opté por un café solo bien cargado. No recuerdo haber ido nunca a trabajar sin dormir, lo que sí recuerdo es haber ido agotada a algún examen en la universidad. Pasarme la noche en vela estudiando, sin pegar ojo, hacer el examen y volver a mi casa a descansar. Pero una vez que empecé a trabajar en la asesoría, siempre me había tomado mi trabajo muy en serio. Era evidente que en mi puesto necesitaba estar bastante despejada. Eran muchos los datos que manejaba y equivocarme en las cantidades de las nóminas era un error que ningún trabajador pasaría por alto.

—Bueno, ¿vas a contarme a qué se debe tu retraso de hoy y esas ojeras? Imagino que habrás tenido una noche movidita, ¿no es así? —preguntó María alzando las cejas de un modo divertido.

—Bastante, diría yo. Héctor se enfadó ayer mucho por lo de las flores, pero la reconciliación fue excepcional.

—Guauuu. Por cierto, Héctor está como un queso. Casi me quedo sin respiración cuando lo vi entrar.

—Es guapo, ¿verdad?

—¿Guapo? ¿En serio que no te habías fijado en él cuando estabas con Rafa?

—No, de verdad. Es evidente que me parecía atractivo, incluso mis amigas y yo bromeábamos sobre ello, pero estaba tan cegada con Rafa que nunca me fijé en él. De todas maneras, tampoco lo he tratado mucho. Él vivía en Madrid y luego en Sevilla..., lo he visto en muy pocas ocasiones. Héctor es bastante mayor que yo; cuando empecé a salir con Rafa se notaba mucho la diferencia de edad, pero ahora ya no.

—Humm. Ojalá mi exmarido hubiese tenido un hermano así de guapo, no me lo hubiera pensado dos veces cuando me puso los cuernos.

Apoyé los codos en la mesa y, en ese instante, la camisa verde de manga corta que me había puesto se levantó un poco y dejó entrever parte del morado de mi brazo.

—¿Y esto? —me dijo María cogiéndome el brazo, horrorizada.

Aunque ya lo tenía bastante mejor, el moratón aún era visible. Les había mentido a todos, pero a María tenía que contárselo. Necesitaba desahogarme.

—Me lo hizo Rafa, el lunes —musité en voz baja.

—¡¿Cómo?! —La gente que estaba alrededor de nosotros, en la taberna, nos miraron.

—Le dije que me dejara en paz y le conté que estaba saliendo con alguien, pero se puso como un loco.

—No puedes permitir esto, Carolina —masculló ella, bajando el tono de voz y acercando su cabeza más a mí, por encima de la mesa—. Si sigue acosándote tendrás que denunciarlo.

—No quiero hacer eso. Sus padres no se lo merecen. Les daría un disgusto de muerte.

—Entonces, ¿qué vas a hacer? ¿Vas a dejar que te maltrate? Si se ha puesto así porque le has dicho que sales con alguien, imagina cómo reaccionará cuando le digas que *ese alguien* es su hermano.

Me quedé pensando en las palabras de María. Llevaba razón.

—Carolina, tienes que contárselo a Héctor.

—No quiero meter a Héctor en todo esto. Intentaré solucionar mis problemas con Rafa yo solita.

Ella negó con la cabeza como si lo que yo estuviera diciendo fuese una estupidez.

—No quieres meter a Héctor en esto, pero resulta que ya está metido…

El resto de la mañana seguí pensando en todo lo que había estado hablando con María. Ella me aconsejó que si la cosa seguía igual, tenía que denunciar a Rafa, pero yo confiaba en que lo del lunes hubiera sido tan solo un arrebato de celos por su parte y que no se repitiera. No podía denunciarlo por un simple moratón en el brazo, tampoco había sido para tanto, ¿o sí? No podía quitarme de la mente la expresión de su cara. Sus ojos estaban desorbitados y la mandíbula apretada. ¿Por qué habíamos llegado a esa situación? Había sido él quien me había dejado. ¿Por qué no continuaba con su vida y me dejaba en paz?...

A las tres de la tarde estaba recogiendo mi mesa, guardando archivos y carpetas cuando María se acercó a mí y me dijo en voz baja:

—¿Cómo te vas a tu casa? —La miré extrañada.

—Como siempre, andando.

—Me preocupa que Rafa te esté esperando. Te acompañaré un poco.

—María, no te pongas paranoica.

—No son paranoias, Carolina. No tienes ni idea de cómo pueden reaccionar algunas personas. Deberías tener cuidado.

—Está bien, dejaré que me acompañes un poco —le dije, poniendo los ojos en blanco. Aunque en el fondo sabía que llevaba toda la razón.

Cuando salimos de la oficina miré hacia todos lados, pero Rafa no estaba por ninguna parte; gracias a Dios. María me acompañó un poco, pero en cuanto vio que no había ningún peligro, se desvió en una calle en dirección a su casa. Nos despedimos y continué mi camino, callejeando por el centro, buscando la sombra, ya que a pleno sol corría el riesgo de derretirme.

Quince minutos más tarde estaba delante de mi portal. Sudando como un pollo y agotadísima. Estaba deseando darme una ducha y tumbarme. Subí los cuatro escalones que había en mi casapuerta antes de llegar al ascensor, a toda prisa, y di un traspié.

Maldita sea.

Pero en cuanto levanté la vista hacia la puerta del ascensor, me encontré cara a cara con Rafa. No me lo esperaba y me di un susto de muerte.

—¡¡Ahh!!¿Qué quieres otra vez, Rafa? —le pregunté nerviosa.

No sabía por qué, pero después de lo del lunes, encontrarme a solas con él me resultaba, como poco, desagradable.

—Habíamos quedado para almorzar —afirmó él con una expresión irritante en su rostro.

Lo miré de arriba abajo. Estaba bastante más arreglado que de costumbre. Llevaba un pantalón vaquero y una camisa de cuadros azules. En otra época hubiera pensado que estaba guapísimo, pero ahora solo era capaz de ver a una persona egoísta y complicada, con serios problemas de autocontrol.

—¿De qué hablas? Yo no he quedado contigo. —Mi tono era cortante.

—Te lo puse en la nota.

—¿Qué nota?

—La que te mandé con las flores.

¡Joder, la nota! De repente recordé que la guardé en el bolso sin ojearla.

—No leí la nota. La tiré. Igual que las flores. Deja de hacer el idiota, Rafa. Lo nuestro ya está muerto.

Él agachó la cabeza y resopló con los ojos cerrados.

—Te pedí perdón en esa nota. El lunes me pasé de la raya. Lo sé. Solo quiero que me des una oportunidad.

—Tú siempre haces lo mismo. Lo jodes todo y después quieres que yo actúe como si nada. Pero esta vez es distinto, Rafa. Me he enamorado de otra persona y eso sí que no puedes arreglarlo.

Entonces observé que apretaba los puños.

—Sé que no lo dices en serio. Pero me haces daño.

—Lo digo muy en serio, Rafa. —Y lo miré directamente a los ojos.

En ese mismo instante se abalanzó sobre mí y me pegó a la pared que estaba justo enfrente del ascensor. En el momento que hice el intento de zafarme de él, me sujetó fuertemente las muñecas. Intenté darle una patada, pero él se pegó tanto a mí que me inmovilizó por completo. El corazón me latía desbocado y el miedo recorría mis venas. Otra vez la expresión de su cara se había vuelto airada y destructiva. No reconocía a la persona que estaba delante de mí.

—A ver qué le dices a tu nuevo novio sobre esto. —Entonces enterró la cabeza en mi cuello y me chupó fuertemente. Y cuando terminó de chupar me dio un mordisco tan fuerte que grité de dolor.

Me soltó y se alejó de mí, despacio. Yo me llevé las manos al cuello en busca de consuelo. Las piernas me temblaban y sentía cómo las lágrimas recorrían mi rostro.

—Maldito hijo de puta —farfullé, intentando abofetearlo. Pero él fue más rápido y me sujetó la muñeca.

—Vamos, no es para tanto. Es tan solo un sello de mi amor por ti. Podríamos ahorrarnos todo esto si volvieras conmigo.

—No volveré contigo ni muerta —le contesté casi escupiendo las palabras.

—No dejaré de insistir, Carolina. Ya me conoces —dijo alejándose.

—Si vuelves a molestarme, te denunciaré —le advertí con las dos manos en el cuello.

—Por tu propio bien te aconsejaría que no lo hicieras —blandió en tono amenazante antes de cerrar la puerta.

Llamé al ascensor y en cuanto se abrió salió mi vecina del cuarto con su hija pequeña, Nora. Las dos totalmente ataviadas para la playa. Sombrilla, silla, gorro de paja, y la pequeña llevaba en la mano un cubo de playa con palas y rastrillos que balanceaba inocentemente. Mi vecina levantó la vista y me miró horrorizada.

—¿Te encuentras bien, Carolina? —Supuse que la imagen que daba en esos momentos no era muy agradable. Una de las manos en el cuello, tapando la marca que me había dejado, ligeramente despeinada y llorando como una Magdalena.

—Sí, gracias. Estoy bien —le contesté nerviosa, sorbiendo por la nariz, mientras aguantaba la puerta para que ellas salieran. La pequeña me miró con el ceño fruncido.

—¿Por qué lloras? —me preguntó con su vocecita infantil.

—No…, por nada…, es que se me ha metido una cosa en el ojo. Pero estoy bien.

—Mamá, sóplale en el ojo, como me haces a mí —le dijo la pequeña a su madre, jalándola del brazo.

—¿Seguro que estás bien, Carolina? —me preguntó de nuevo mi vecina.

—Sí, de verdad… Gracias… Adiós… —Y me metí en el ascensor para desaparecer lo antes posible.

Entré en mi casa y vi que Cristina no estaba. Fui corriendo al baño y me miré en el espejo. Tenía una marca en el cuello, morada, y me había dejado marcado los dientes. Me pasé los dedos por encima y noté la hinchazón. Dios mío, no podía salir de mi casa con eso en el cuello, y hacía muchísimo calor para llevar pañuelos.

«*¿Qué iba a hacer?*».

Me volví hacia un pequeño mueblecito blanco que tenía en el cuarto de baño y saqué de un cajón, donde guardaba medicinas, un bote de crema antiinflamatoria. La dejé encima del lavabo para aplicármela una vez que me duchara. Tenía que intentar por todos los medios ocultar la marca como pudiera. Aunque, ¿qué le iba a decir a Héctor? No podía verme así.

Cuando salí de la ducha, me apliqué la crema y una vez que tuve la crema extendida, me observé detenidamente en el espejo. Tenía una toalla alrededor del cuerpo y otra en la cabeza. La marca del brazo, por encima del codo, aún era perfectamente visible y el cuello estaba ligeramente hinchado. La dentada se distinguía claramente.

«¿Qué sería lo próximo?», pensé mientras observaba mi reflejo triste y desalentado. Tenía que poner punto y final a esta situación.

Cristina me había dejado comida en el microondas, pero no tuve ninguna gana de comer, así que me fui a mi cuarto y me acosté. Era raro que mi hermana no me hubiera dejado ninguna nota para decirme dónde estaba. Seguramente estaría a punto de regresar. No sabía cómo iba a explicarle lo del cuello. A ver qué me inventaba.

De repente pensé en la nota que Rafa me había enviado con las flores. Corrí hacia mi bolso y rebusqué entre el montón de objetos inservibles que solía ir acumulando en él. Finalmente, la encontré en el fondo.

Carolina, siento mucho mi comportamiento de ayer. Te invito mañana a almorzar y hablamos de lo nuestro. Sé que no dices en serio eso de que estás con alguien. Te espero mañana en tu casa cuando salgas del trabajo. Te quiero, cariño.

Rafa

Tuve que leer la nota dos veces, ya que no conseguía entender cómo se podía ser tan capullo. Después de lo del lunes, se creía que me iría a almorzar con él como si tal cosa. Estaba empezando a pensar que estaba más loco de lo que yo suponía. Rompí la nota en mil pedazos y la tiré a la papelera que tenía en la esquina de mi cuarto. Me senté en el borde de la cama pensando qué iba a decirle a Héctor. No podía verlo, no hasta que el moratón del cuello hubiera desaparecido. Tenía tanta rabia en esos momentos que hubiera gritado. Me sentía atrapada, no sabía qué hacer.

Y rompí a llorar de nuevo. Menos mal que no estaba Cristina, no me hubiese gustado que me viera en este estado. Me tumbé en la cama todavía con la toalla alrededor del cuerpo y el pelo aún mojado, y me quedé dormida, hecha un ovillo.

Pero horas más tarde, la oscuridad de mi cuarto me resultó escalofriante, y lo primero que hice al despertarme fue encender la luz de la mesilla. ¿Qué hora era? Debía ser bastante tarde porque ya era de noche. Cuando miré el despertador, vi que marcaba las once y cuarto. ¡Oh, Dios mío! Había dormido más de siete horas.

Me levanté corriendo en busca del bolso que estaba en el salón. Cuando cogí el móvil, vi que tenía bastantes llamadas perdidas. Muchas eran de él y las otras de Cristina. Había dormido tan profundamente que no lo había oído sonar.

Decidí llamarlo antes que fuera más tarde.

—Hola, bella durmiente —dijo con su preciosa voz en cuanto descolgó el teléfono. Vaya, necesitaba oírlo. Tenía muchas ganas de verlo, pero de momento tendría que evitarlo.

—Hola, Héctor, lo siento, acabo de despertarme. No he oído el móvil.

—¿Habrás descansado, no? —Y le oí reír. Su sonrisa era tan bonita…

—Verás, es que estoy un poco enferma.

—¿En serio?

—Sí, tengo un poco de fiebre. —Me iba a crecer la nariz.

—Pobrecita. ¿Quieres que vaya a curarte? —preguntó con su voz más sensual.

—No, gracias. No me encuentro bien hoy, Héctor.

—Al menos puedo ir, ¿no? Hoy me he quedado en Cádiz solo para verte. Mañana por la mañana tengo que volver a Sevilla.

—Héctor, pero es que estoy fatal.

—¿No quieres ni siquiera que vaya a verte un rato? —El tono de su voz iba cambiando, parecía que estaba un poco molesto.

—No es eso, lo que pasa es que tengo fiebre y me duele todo. No me gustaría que me vieses en este estado. Por favor, no te enfades. Me apetece mucho verte, pero no así.

—Está bien. Te dejaré descansar. Pero recupérate pronto. Mañana me quedaré en Sevilla, tengo que visitar algunas construcciones y el viernes estaremos liados con el edificio. Queremos inaugurar el miércoles que viene. Por cierto, ¿vendrás conmigo a la inauguración? —recordé que el padre de Raúl me había hablado de ese proyecto.

—¿Quieres que vaya contigo?

—Por supuesto. Cristina irá con Raúl —afirmó él con firmeza.

—Pues será un placer para mí acompañarte.

Seguro que estaba sonriendo.

—Bien, volveré el viernes por la noche. Espero poder verte.

Me quedé en silencio un instante, pensando si para entonces la marca de mi cuello habría desaparecido. Luego le contesté con voz temblorosa.

—Sí…, claro…, el viernes te veo. —No sabía qué iba a hacer, pero ya pensaría en algo.

—Muy bien, pequeñita. Te llamo mañana.

—De acuerdo.

—Como no me dejas ir a darte unos besos, me tendré que conformar acordándome con los de anoche.

En cuanto me dijo eso, las imágenes de nuestra noche juntos pasaron por mi mente...

—No te preocupes, el viernes te compensaré lo de hoy.

—Humm. Ves, eso ya me gusta más —murmuró.

—¿Qué has hecho hoy? —quise saber, cambiándole de tema para que no me colgara, quería seguir hablando con él.

—Pues he estado en Jerez con el padre de Raúl, viendo un edificio de viviendas que quieren reformar. Hemos almorzado allí. Y luego he vuelto a Cádiz con la esperanza de poder estar contigo hoy. Pero tú estabas dormida como un tronco y no me has cogido ni el teléfono. —Yo sonreí.

—Lo siento, pero no sé qué me ha pasado. Creo que lo de anoche fue tan intenso que mis defensas no lo han soportado. —En ese momento lo oí soltar una carcajada.

—Así que fue intenso, ¿no? Pues espera al viernes y ya verás.

De repente se me vino a la cabeza que el viernes era el aniversario de la muerte de mis padres, pero preferí no decirle nada. Aún era pronto para hablar de esas cosas con él, solo éramos amigos. O eso creía.

Durante un largo rato charlamos de esto y lo otro. Hablar con él me encantaba. Era muy inteligente y podíamos conversar sobre un montón de cosas. Teníamos gustos muy comunes en cuanto a cine y música. A los dos nos encantaban las series policíacas y de suspense. Había viajado tanto que siempre tenía alguna anécdota alucinante que contarme.

Miré el reloj y vi que eran las doce y media, llevábamos más de una hora hablando por teléfono y no me había dado ni cuenta.

—Bueno, bella durmiente, mañana tengo que madrugar.

—Es cierto, descansa.

—Seguimos hablando mañana. Y recupérate pronto.

—Muy bien. Hasta mañana, Héctor.

—Hasta mañana, preciosa.

Colgué el teléfono con una sonrisa de oreja a oreja. Cuando hablaba con él parecía que me transportaba a otro mundo. Un mundo donde solo me interesaba él y me olvidaba de todo lo demás. Me quedé un rato tumbada en la cama, observando el cuadro que me pintó. Era tan hermoso…

Pero entonces pensé en Cristina. No la había visto en todo el día. Me había llamado varias veces y yo estaba dormida. Así que la llamé y me contó que estaba con Raúl en el chalet. Raúl también vivía en Sevilla, pero los veranos se instalaba en el chalet de Roche, y, como trabajaba a media jornada, iba y venía. Cristina se había acostumbrado bastante a estar allí. En realidad, se había acostumbrado bastante a estar con él, porque últimamente era rara la vez que dormía en casa.

Se asustó un poco cuando la llamé a las doce y media de la noche, pero luego le expliqué, sin entrar en detalles, lo que me había pasado y le dije que ya se lo contaría mejor. Por supuesto no le mencioné nada de lo de Rafa, de momento. La noche anterior ni siquiera se percató de que me había marchado de madrugada. Me comentó que el jueves también se quedaría en el chalet durante el día y que volvería por la noche para que el viernes amaneciéramos juntas.

Teníamos que llevarle las flores a mamá. Hablaría con Emilio y le diría que el viernes me lo cogía de vacaciones.

Aún no podía creer que hubieran pasado diez años desde que se fueron…

Capítulo 21

«Aún no sé muy bien
cómo decir,
cómo me siento...».

Chasing cars - Snow Patrol

¡Maldito seas, Rafa!, pensé para mí mientras rebuscaba en el cajón de mi armario donde guardaba las pashminas. Llevaba un vestido color melocotón y el único pañuelo que le iba, más o menos, era uno beige. Normalmente no solía llevar cadenas en el cuello ni muchos accesorios porque todos me molestaban, y ahora tendría que adornarme con ese pañuelo que me daría un calor horrible.

Me miré en el espejo del armario y me lo anudé lo mejor que supe. Al menos así nadie se daría cuenta de la horrorosa marca que tenía en el cuello. Que, por cierto, tenía más oscura. Parecía que las marcas de los dientes casi habían desaparecido, pero el morado era aún más intenso. *«Seguro que mañana por la noche ya habrá desaparecido»*, dije para mí con un optimismo desmesurado.

En la oficina el ambiente era muy relajante. Felipe no estaba. Tenía juicios y estaría toda la mañana fuera. Menos mal, porque entre el calor que me daba el pañuelo y el mal humor que me provocaba él rondándome constantemente, podría estallar.

Durante el desayuno le conté a María lo que me había pasado el día anterior. Ella apenas le había prestado atención al detalle del pañuelo. Es más, me comentó que le gustaba. Fue entonces cuando deshice el nudo que me había hecho estratégicamente a un lado y me lo separé del cuello con disimulo, para que viera el morado.

—¡Dios santo!, Carolina. Esto no puede seguir así. Tienes que hacer algo —exclamó al otro lado de la mesa.

—Lo sé. Le he dicho que si vuelve a molestarme lo denunciaré.

—¿Se lo has dicho a Héctor?

—No, claro que no.

—¿Y qué vas a contarle sobre el chupetón? Creerá que te has dado un revolcón con Rafa.

—No me lo verá.

—¿Y cómo vas a ocultarlo? Eso tardará en desaparecer al menos una semana. Tienes que contarle la verdad.

—Tengo miedo. Ellos dos se odian. No sé qué reacción puede tener Héctor si le cuento lo que me está pasando. Solo estoy intentando dejar pasar el tiempo. A lo mejor Rafa se cansa de mí y Héctor y yo podemos seguir viéndonos como hasta ahora. —Me quedé en silencio un rato, mordiéndome las uñas. María me observó con la cabeza ladeada—. Además, tampoco sé qué intenciones tiene Héctor conmigo. Hasta ahora lo único que sé es que le gusto. Quiero ver si lo nuestro puede funcionar.

María suspiró.

—Está bien, pero prométeme que si Rafa vuelve a molestarte le denunciarás.

—Sí, te lo prometo.

—Bien.

De vuelta a la oficina, le comenté que al día siguiente sería el aniversario de la muerte de mis padres. Hablamos de Cristina y, casualmente, le comenté que llevaba varios días con Raúl en el chalet y que hoy almorzaba sola. Ella me invitó a su casa.

—Claro, venga, vente a comer hoy conmigo. Y así te enseño cómo maquillarte esa marca para que Héctor mañana no te la vea. Al menos, no a primera vista. Tendrás que mantenerte alejada de sus garras, querida… —añadió con una sonrisa pícara.

Sí, lo de irme a comer a su casa me parecía una idea estupenda. Sobre todo porque temía encontrarme a Rafa de nuevo. Pero, por supuesto, no le dije nada de eso a María. Simplemente acepté su invitación amablemente.

A eso de las ocho de la tarde volví a mi piso. Almorzar con ella había sido fantástico. Me había reído bastante y habíamos hablado de un montón de cosas. Incluso de un ligue cibernético que le había salido últimamente. Nunca entendí esa manera de entablar relaciones, aunque María decía que cuando tuviera su edad lo entendería.

Me miré en el espejo de mi cuarto mientras me desvestía. El maquillaje que me había dejado María era milagroso. Me había enseñado cómo aplicarlo y lo cierto era que apenas se notaba la marca. Menos mal. Incluso después de ducharme seguía sin borrarse. Me apliqué un poco más para que Cristina no me lo viera.

Mientras me preparaba la cena tranquilamente, oí la puerta abrirse. Mi hermana había vuelto.

—Hombre, menos mal que vuelves a casa, desaparecida —bufé desde la cocina mientras ella dejaba una mochila, con lo que supuse que sería ropa, encima del sofá.

—Holaaaa… —respondió ella, sonriendo. No tenía muy buena cara.

—¿Te encuentras bien? Pareces cansada.

—Creo que estoy a punto de ponerme enferma, no me encuentro muy bien. Debe ser un virus de esos estomacales —me comentó, derrumbándose en el sofá.

—Vaya. ¿Quieres que te prepare una sopita?

—No, gracias. No tengo ganas de comer nada. Creo que me voy a la cama.

—¿Te vas a dormir ya? Si son solo las nueve —exclamé, mirando a la ventana y observando que todavía era de día.

—Es que esta noche he dormido fatal. Y me encuentro sin fuerzas. Quiero descansar para mañana estar mejor.

Al día siguiente iríamos a la playa muy temprano.

—Está bien. Si necesitas algo, avísame. —Ella asintió con la cabeza mientras se dirigía a su habitación.

La observé de espaldas y, ahora que lo pensaba, debía encontrarse fatal, ella no solía quejarse mucho cuando se ponía enferma. De hecho, no solía ponerse enferma muy a menudo. Aunque sabía que esos virus gastrointestinales te dejaban hecha polvo.

Cogí la bandeja con mi sándwich de jamón york y espárragos y me senté en el sofá, frente a la tele. Mientras me deleitaba con mi sencilla y humilde cena, viendo un programa de casas lujosas, pensé en Héctor. Anoche dijo que me llamaría y todavía, a la hora que era, no había recibido noticias suyas.

Pero sobre las diez y media, cuando ya estaba empezando a rendirme a los encantos de Morfeo en el sofá, oí mi móvil sonar encima de la mesa. Me incorporé un poco, miré la llamada y era él. El corazón me dio un vuelco.

Rosario Tey

—Hola —le dije con voz de adolescente completamente enamorada.

—Hola, preciosa. —Su voz era tan sensual... Ahora que lo pensaba... estaba loca por verlo—. ¿Te encuentras mejor? —Por un momento no supe a qué se refería, pero de repente recordé que anoche fingí estar enferma para no verle.

—¿Qué? Ah... sí..., estoy bastante mejor.

—Me alegro. Quería llamarte a mediodía, pero he estado todo el día de reunión en reunión y prefería hablar tranquilamente contigo. —Oh, vaya, se disculpaba por no haberme llamado antes. Cada vez me gustaba más.

Volvió a hablarme sobre la inauguración del miércoles. Parecía que era bastante importante para él. Y para mí, la idea de acompañarlo a cualquier sitio que él me pidiera, me llenaba de satisfacción. Lo cierto era que desde el día que estuvimos en el ático actuaba de una manera muy diferente conmigo. Su forma de hablarme, de tratarme. Era más íntimo. Existía una extraña conexión entre nosotros que me encantaba. Cuando estábamos juntos era como si nos conociéramos de toda la vida. Y, aunque era cierto que lo conocía desde hacía bastante tiempo, nunca imaginé que llegaría a sentir algo así por él. Por un lado, había muchos aspectos de los que aún no sabía nada, pero por otro, cada recodo de mi corazón sentía que él estaba hecho para mí.

En algún momento de la conversación sentí la necesidad de hablarle de mis padres. Le conté que estaba planteándome coger algunos días de vacaciones y, ya de paso, le dije que al día siguiente lo tenía libre y por qué. Él me escuchó con atención, y cuando le relaté lo que hacíamos Cristina y yo en el aniversario de la muerte de mis padres, él comentó con voz tierna:

—Me parece algo realmente precioso. Estoy seguro que a tus padres, donde quiera que estén, les enorgullece lo que hacéis.

—Sí, eso espero.

—En realidad creo que se sentirían muy orgullosos si vieran cómo sus hijas se han convertido en dos mujeres hermosísimas y responsables. —Al oír sus palabras sonreí. Pero él lo había dicho totalmente en serio.

—Gracias... —susurré con voz dulce.

—Imagino que sería muy doloroso para vosotras perderlos a esa edad.

—Sí, bastante. Es una edad confusa para cualquier joven...

—Sin embargo, vosotras habéis conseguido salir adelante de una manera muy sensata.

—Bueno, la sensatez no es precisamente una de mis virtudes. Últimamente no actúo de la manera más... sensata —dije medio en broma, pensando en nosotros dos.

—¿Ah, no? ¿Por qué lo dices? —Él sabía por qué lo decía.

—No, por nada...

—Quieres decir que no es muy sensato liarte con el hermano de tu ex, ¿verdad?

—Bueno..., yo diría más bien que lo insensato sería resistirme a los encantos del hermano de mi ex. —Él soltó una carcajada y, como si lo estuviera viendo, me lo imaginé echando la cabeza hacia atrás con su radiante sonrisa.

—¿A los encantos? Ahora sí que tengo curiosidad. Dime, ¿cuáles son esos encantos a los que te refieres?

—Ah, no, no creas que voy a regalarte los oídos. Bastante creído te lo tienes ya —le dije bromeando.

—Ya me extrañaba a mí. Al menos me conformaré con saber que aprecias mis encantos.

Ahora era yo la que reía a carcajadas.

—¿Te preocupa que Rafa se entere de lo nuestro? —me preguntó él, cambiando totalmente el tono de su voz. En un instante la conversación había pasado de bromear a algo totalmente serio.

—Me preocupa que a ti te preocupe —le respondí sin más.

Lo oí suspirar y ambos nos quedamos callados.

—Dejaremos esta conversación para mañana. Ya es tarde, y este es un tema que me gustaría que habláramos con calma. ¿No crees?

—Sí, mañana hablaremos.

Él estaba muy sosegado. Pero para mí, el hecho de que se tomara lo nuestro tan en serio era muy buena señal. Hasta ahora pensaba que quería mantenerlo en secreto. Que si nunca me hablaba de algo más era porque simplemente no quería nada más. Pero todo estaba empezando a cambiar entre nosotros, y sentía que nuestra relación se había vuelto más estrecha a medida que nos íbamos conociendo.

Me despedí de él esforzándome en parecer natural. Pero cuando colgué el teléfono me quedé tumbada en el sofá, maldiciendo a Rafa y el hecho de que tuvieran que ser hermanos.

Al cabo de un rato, después de zapear un poco y no encontrar nada interesante en la tele, me fui a la cama con una de mis novelas románticas. Y mientras le ponía la cara de Héctor al personaje de la historia que leía en esos momentos, me quedé dormida, fantaseando con sus infinitos ojos verdes…

Llevaba varios días preocupándome por tonterías. ¡Quién me iba a decir a mí que lo realmente importante estaba por llegar…!

En la profundidad de mis sueños algo me incomodaba, me inquietaba. Me moví de un lado a otro, creía que era el calor lo que no me dejaba dormir. Miré hacia la ventana y aún era de noche. Debían de ser las cinco de la mañana. Estaba tapada con la sábana, pero tan intranquila que todo me molestaba, así que me deshice de ella con las piernas, hasta arremolinarla a los pies de la cama.

De pronto oí un ruido, agudicé el oído, pensé que venía del cuarto de baño. Me senté medio adormilada y decidí levantarme a beber un poco de agua. Al parecer, no era la única que no podía dormir. Cristina también estaba desvelada. Salí de mi habitación y todo estaba apagado, excepto la luz del baño. Me asomé a la puerta y me quedé totalmente petrificada. Estupefacta.

Sin palabras.

Cristina estaba sentada en el suelo rodeándose las rodillas con las manos y llorando como una niña pequeña. Hacía muchísimo tiempo que no la veía llorar con tanta desesperación. Por un momento se me vino a la cabeza la imagen de ella, ese mismo día, hacía diez años, cuando mi tío José apareció de madrugada en mi casa para darnos la fatal noticia. Pero antes de reaccionar, no lograba imaginar qué podía sucederle a mi hermanita para que llorara con tanta angustia.

En cuanto salí de mi asombro, me acerqué a ella rápidamente y me agaché a su lado. Puse mis manos sobre las suyas.

—¡Oh, Dios mío!, Cris, ¿qué te sucede? —Ella metió la cabeza entre las rodillas y su llanto se hizo aún mayor cuando oyó mi pregunta.

Yo le acaricié el pelo, pero justo en ese mismo instante dirigí mi mirada hacia su derecha y vi en el suelo, a su lado, un Predictor con las dos rayas tan azules que creí que me iban a deslumbrar. La sangre se me subió a la cabeza tan rápido que parecía que estaba en una atracción.

—Estás embarazada… —articulé, sujetando el test de embarazo mientras ella me miraba con unos ojos impregnados de miedo e incertidumbre.

Comprendí por qué dormía tanto últimamente y su repentina afición por las cuestiones culinarias.

Me quedé en silencio sin saber qué decir durante un buen rato. La noticia me había dejado sin fuerzas en las piernas y pasé de estar en cuclillas frente a ella a sentarme en el suelo.

¡Dios mío…! ¡Un bebé! Pero ¿cómo demonios había ocurrido? Bueno, era evidente… En realidad quería decir que… bueno…, pensé que Cristina tendría cuidado con estas cosas. En fin, no sé, no creía que este fuera el momento de sermonear a mi hermana con coloquios sobre sexo seguro.

Ella seguía llorando, desconsolada. Y a mí si me hubieran tirado un jarro de agua fría por encima, me habría quedado igual, ¿qué podía decirle? Esto sí que no me lo esperaba. Durante toda mi vida había intentado protegerla y guiarla hacia el mejor camino, pero ¿acaso sabía yo cual era el mejor camino para ella ahora?

—No puedo tenerlo —susurró, sorbiendo por la nariz.

Nunca la vi tan asustada. Cristina era la persona más valiente que conocía. Ella no se amedrantaba por nada. Para ella, los retos eran pura diversión. Desde que cumplió diecinueve años había estado viajando por todas partes. Estuvo seis meses en Italia con la primera beca que le dieron. Luego había estado en Londres y, durante varios veranos seguidos, se había ido de turismo solidario por casi toda latinoamérica.

Su último destino había sido Ámsterdam, pero antes ya había recorrido gran parte del mapamundi. Jamás imaginé que algo así pudiera sucederle a ella. Siempre había tenido la tranquilidad de que conocía las ventajas del sexo seguro pero, a pesar de eso, ahora me sentía culpable de no haber hablado con ella lo suficiente de su relación con Raúl. Era evidente que lo de Raúl no era un rollo pasajero.

Estaba sentada delante de ella, en el frío suelo del cuarto de baño. Aún no había escogido las palabras exactas. Ella me miró como si fuera yo la que tuviera que darle la solución a su gran problema.

—¿Qué voy a hacer ahora? —continuó diciéndome absolutamente desolada.

Intenté hablarle con toda la sinceridad que encontré en mi interior.

—¿Qué quieres hacer? —le pregunté mirándola directamente a los ojos, con la esperanza de encontrar una respuesta en ellos.

—No lo sé. Lo único que sé es que en octubre empiezo un trabajo por el que me he dejado la piel. Mi gran oportunidad de darme a conocer como fotógrafa. Y ahora… esto.

—Ya… —dije en voz baja.

—No puedo tenerlo, Carolina. No ahora —musitó ella, angustiada. Supongo que estaba buscando mi aprobación.

—¿No puedes o no quieres?

—¿Qué significa esa pregunta? ¿Qué más da si quiero o puedo? Claro que no quiero. No quiero tener un bebé ahora. Aún no tengo un trabajo estable.

La observé detenidamente, sin decir ni una palabra. La conocía tan bien que sabía que cuando hablaba tan rápido era porque estaba muy nerviosa. Pero mi obligación, como su hermana que era y la única persona de confianza que le quedaba en la vida, era asegurarme de que la decisión que tomara fuera una decisión meditada, que no la marcase el resto de sus días.

—Cristina, lo único que quiero decirte es que tanto si quieres tenerlo como si no, contarás con todo mi apoyo. Pero esa decisión solo puedes tomarla tú. Esta vez no soy yo la que puede decirte qué hacer o no. Imagino que tendrás que hablar con Raúl.

—No quiero hablar con él de esto —me contestó mirando al suelo.

—¿No piensas decírselo?

—No estoy segura —susurró.

—Pero Cris, también es su decisión —le dije cogiéndole la mano.

—Él no tiene nada que ver en esto…

—¿Qué pretendes decirme?

—Pues… que esta decisión es solo mía… ¿Y qué hago si él decide que sí quiere? Tengo mucho miedo. No entraba en mis planes ser madre todavía. No quiero tenerlo. —Y en ese momento rompió a llorar amargamente.

Yo estaba sentada delante de ella, en posición indio. Ella se tumbó sobre mí, dejando la cabeza entre mis piernas, sin dejar de llorar. Ahora parecía tan pequeña y vulnerable que lo único que fui capaz de hacer fue llorar con ella.

Mi hermanita, esa chica tan fuerte, decidida, valiente y aventurera, de repente se acababa de dar de bruces con algo que, aunque aún era muy pequeño, a ella le parecía una inmensidad. Mientras le acariciaba el pelo y le secaba las lágrimas con el dorso de mi mano, solo pensaba que, de nuevo, la vida nos hacía enfrentarnos solas a otra de sus muchas dificultades. Estaba segura de que mi madre sabría tomar la decisión más acertada. El problema era que mi madre no estaba, y ella esperaba que fuera yo la que la ayudara a decidir.

—Tranquila, cariño. Todo se arreglará —susurré en voz baja—. Buscaremos una solución. Ya lo verás.

¡¿Pero qué estaba diciendo?! No tenía ni idea de qué íbamos a hacer. Tanto si lo tenía como si no, era un gran problema.

Tras un largo rato en el gélido suelo llorando en silencio, le pedí a Cristina que se levantara y volviera a la cama, pero al hacerlo le entraron náuseas y antes de que pudiera darme cuenta estaba en el retrete con la cabeza hundida en él y vomitando. Intenté sujetarle el pelo como pude. Pero verla de esa manera me desgarraba el alma. Sabía que ya no era ninguna niña y que tendría que asumir las consecuencias de sus actos, pero para mí siempre sería mi hermanita pequeña, esa a la que protegería con mi vida si fuere necesario.

Lo que se suponía que sería un día para compartirlo juntas con nuestros recuerdos, se estaba convirtiendo en un antes y un después en nuestras vidas.

Empezaba a amanecer y Cristina estaba dormida en el sofá con la cabeza en mi regazo. Había vomitado tres veces más y se hallaba agotada. No habíamos vuelto a hablar sobre lo que quería hacer. Pero era evidente que no quería tener el bebé. Y yo, realmente, no sabía qué sería lo mejor para ella. Lo único que deseaba era su felicidad y bienestar. Ella no pensaba decirle nada a Raúl, pero yo no estaba totalmente de acuerdo.

Desde el principio, Raúl me había parecido un chico responsable y consecuente. Su relación había avanzado a pasos agigantados y sabía que estaba irrevocablemente enamorado de ella. Merecía sinceridad por parte de Cristina.

De repente oí un móvil sonar, era el de Cristina. Ella se incorporó lentamente y se dirigió a su habitación, pues de allí provenía el pitido. Miré el reloj que estaba en la pared de la cocina y vi que eran las once de la mañana.

Mientras ponía la cafetera, la oí hablar desde su habitación. Al parecer, Raúl la había llamado porque sabía que hoy era el aniversario de la muerte de nuestros padres y quería saber qué tal se encontraba. Le comentaba que, al final, nos habíamos quedado en casa y no habíamos ido a la playa, como de costumbre, porque no se encontraba muy bien. Estaba claro que no iba a contarle nada todavía. Se inventó que tenía una gastroenteritis, y tras un rato hablando con él, colgó el teléfono y volvió a la cocina. Se sentó en uno de los taburetes que estaba delante de la barra, frente a mí.

—¿Quieres que te prepare una manzanilla o algo? Has vomitado muchísimo.

—Sí, por favor —respondió casi en un susurro. Tenía los ojos hinchados de llorar.

—Tienes que hablar con Raúl, Cristina.

—¿Por qué? El problema lo tengo yo.

—No, no es cierto. Lo tenéis los dos. Tenéis que decidir qué hacer los dos, juntos.

—¿Por qué tienes tanto interés en que se lo diga a Raúl?

—Porque te conozco lo suficiente para saber que eso es lo que más te preocupa. Sé que Raúl te gusta muchísimo, y si tuvieras claro qué hacer no me lo estarías preguntando a mí.

—Tengo claro que no quiero tenerlo, es muy mal momento, Carolina —insistió ella con una voz que denotaba una tremenda desesperación.

—Vale, aun así creo que Raúl también debería opinar. Está claro que vuestra relación no es un simple rollo. Él es tu novio, Cris, tiene derecho a participar en la decisión. Si él decide que tampoco quiere, tendrás todo su apoyo y eso te ayudará a superarlo…

—Pero ¿y si resulta que él quiere tener el bebé? —interrumpió ella antes de que acabara mi argumento—. ¿Qué hago? Yo no quiero. Es muy complicado…

—Te odiará si abortas sin decirle nada. Al fin y al cabo también es su bebé.

Ella se quedó pensativa, mirando hacia abajo, pero no dijo ni una palabra más.

Capítulo 22

«Siempre hay una luz al final del túnel,
tú disparas porque estás tan lejos como nunca lo has estado...».

Breathe - Anna Nalick

Dejé a Cristina dormir lo que quedaba de mañana, mientras que yo recogía la casa e iba al supermercado a por algunas provisiones. Cuando salí a la calle, todo me resultaba tan extraño y confuso que en ese momento el resto del mundo podría desaparecer y yo ni siquiera lo habría notado.

Metí en la cesta roja de la compra, con las ruedas roídas, lo suficiente para hacer la comida ese día, mientras pensaba en las distintas opciones de Cristina. Que se resumían a lo siguiente: Tener o no tener el bebé.

Ella decía que no quería. El único argumento que me había dado era que no tenía un trabajo estable. Analicé la situación mientras metía varias latas de atún en la cesta.

¡Ah!, sí, y también había dicho algo sobre que llevaba muy poco tiempo con Raúl. Todo eso era cierto. Pero ¿eran suficientes argumentos para no tener un bebé? Al fin y al cabo, yo tenía un trabajo estable, o por lo menos todo lo estable que se podía tener en esos momentos, tal y como estaba la economía en general. Y también tenía ahorros.

Lo cierto era que la idea de un precioso bebé en casa con nosotras dos, me iluminaba los sentidos. Así, Cristina no tendría que marcharse de mi lado. Yo la ayudaría a cuidar de su bebé. Con mi ayuda ella podría trabajar y estaríamos juntas siempre. Los tres: su bebé, ella y yo.

Pero ¡¿qué tonterías estaba diciendo?! ¿Y qué pasaba con Raúl? Al fin y al cabo él era el padre. Bueno, eso suponiendo que quisiera hacerse cargo del bebé. Pero vamos, que si no quería, peor para él. Para eso me tenía a mí, que era su hermana y nunca dejaría que le ocurriese nada.

¡Para el carro, Carolina! Me dije, deteniéndome en uno de los pasillos del supermercado. Aquí no valía lo que yo quisiera. Ella no quería tenerlo. Y si era así, habría que llevarla al médico cuanto antes. Aún no sabíamos de cuántas semanas podía estar. Si deseaba interrumpir el embarazo, cosa que ahora mismo empezaba a parecerme una idea aterradora, debía hacerlo ya.

Pero lo cierto era que el que se hubiera enterado de la noticia, precisamente hoy, que hacía diez años de la muerte de mis padres, me había cogido realmente sensible, y el imaginar a un enano, moreno y desvergonzado, brincando por casa... o bien a una Cristina en miniatura, parlanchina y revoltosa como ella, me hacía una tremenda ilusión. Además, Cristina ya no era tan joven, tenía veinticinco años. Bueno, en realidad sí lo era, pero, vamos, que yo creía que era muy buena edad para tener un bebé. Y aún más si tenías una hermana que te apoyaba y estaba dispuesta a implicarse hasta la médula con su sobrinito o sobrinita, con indiferencia del orden de preferencia.

Cuando me di cuenta, no paraba de dar vueltas por el supermercado pensando en mi posible sobrino o sobrina. Ya sabía que nuestro piso era muy pequeño, pero si era necesario nos mudaríamos. Aunque, de momento, los tres nos podíamos apañar. O las tres...

«Céntrate, Carolina».

Solo me quedaba por coger pan de molde y las verduras. Tomates y un par de cebollas. Cuando lo tuve todo en la cesta, me puse en la cola de una de las cajas para pagar. Me agaché para cogerlos y colocarlos en la cinta corredera, pero cuando volví la vista atrás me encontré con una doble e ingrata sorpresa.

Justo detrás de mí, estaba Bea, la rubia siliconada novia de Leo, el amigo de Rafa, y a su lado, su nueva amiguita: «XUXA». En cuanto las miré y me di cuenta de que eran ellas dos, intenté apartar la vista de inmediato. La verdad era que ahora que las observaba de reojo, pensé que se iban a llevar de maravilla. Las dos charlaban entre risas. Esa maldita Bea, ¿a quién estaría despellejando? Ambas eran igual de superficiales.

Durante un tiempo, Rafa se empeñó en que tenía que llevarme bien con la novia de su amigo. Pero ¿cómo se podía ser amiga de una persona que de lo único que hablaba era del color de las uñas? No es que yo me considerara mucho más inteligente que ella, simplemente que un niño de tres años tendría una conversación más interesante que esa ignorante. Era chismosa y entrometida, y le gustaba poner el dedo en la llaga.

Aparté la vista de ellas dos. En el fondo me alegraba de que ella hubiera encontrado una amiga a su medida. Cuando empecé con Rafa, siempre salíamos con Nacho y Alicia. Con ellos sí que me lo pasaba de maravilla. Nacho y Rafa hubo una época en la que eran inseparables. Estudiaban juntos en el instituto y luego empezaron un módulo de electricidad.

Pero mientras Nacho estudiaba, Rafa se dedicaba a hacer el tonto. Y mientras la relación entre Nacho y Alicia continuaba como tenía que continuar, es decir, ambos terminando los estudios, ambos trabajando, ambos decidiendo vivir juntos, ambos casándose, y ambos teniendo una preciosa niña, de unos cinco meses en esos momentos... Nosotros nos quedamos estancados en una relación monótona y sin futuro alguno. Al menos por su parte.

Yo creía que había hecho lo que tenía que hacer. Terminé mi diplomatura de Relaciones Laborales y me puse a hacer prácticas en la asesoría. Al principio, la idea de hacerlas allí no me llamaba mucho la atención, pero en esos momentos era la única opción disponible que me ofrecía la Universidad. Y ahora me alegraba enormemente de haber conocido a Emilio y a María. Sin embargo, mientras yo me encargaba de fantasear con un futuro parecido al de mi amiga, se me pasó por alto que Nacho y Rafa eran completamente diferentes.

Nacho era responsable y concienzudo y, por encima de todo, adoraba a Alicia. Pero Rafa era todo lo contrario: vago, irresponsable y extremadamente egoísta. Cuando éramos adolescentes se pasaban todos los días juntos. Nacho adoraba el surf, y Rafa, también. Los dos salían en la misma pandilla. Pero con los años, Nacho se dio cuenta de que la compañía de Rafa solo le ocasionaba problemas, y optó por la decisión más inteligente que se puede tomar en esos casos: alejarse de él.

Ya podría haber hecho yo lo mismo... Rafa sustituyó a Nacho por Leo, el vasco. ¡Qué pésimo intercambio! Desde entonces, Rafa había pretendido que me acostumbrase a salir con su nuevo amigo y con sus distintas y descerebradas novias. Pero esta última se llevaba la palma. Además, desde que Rafa y él se hicieron amigos nuestra relación había ido de mal en peor.

El vasco era un niño pijo, de padres abogados y muy bien relacionados. De todos era sabido que era un joven problemático e inestable. Su padre había tenido que sacarlo, en más de una ocasión, de apuros con la justicia, relacionados con las drogas. Se rumoreaba que el haberse trasladado a vivir a Cádiz no era más que un vano intento de enmendarlo y apartarlo de sus anteriores amistades. Y lo cierto era que desde que Rafa y él se conocieron en el gimnasio, fueron inseparables. Nada de lo que veía en ese chico me gustaba y desde que ellos dos eran amigos, Rafa se había vuelto más agresivo e irritable. Intervenía en nuestras peleas y mal influenciaba a mi novio y, por un momento, llegué a pensar que me odiaba. Su forma de mirarme y de tratarme siempre me importunaba muchísimo.

Le pagué a la cajera y guardé mi compra en bolsas de plástico, pero cuando di un paso para marcharme de allí, oí la repulsiva y malsonante voz de Bea detrás de mí.

—¿Carolina? ¡Uy!, me había parecido que eras tú, pero no estaba muy segura.

—¡Ah! Hola, Bea.

—Estás muy delgada —dijo con cara de haberse comido un limón. Había dejado a su amiguita metiendo las compras en las bolsas y se había acercado a mí para hablar. Estaba casi en la puerta del supermercado para marcharme. La otra nos miraba con disimulo.

—Sí, estoy haciendo dieta —mentí.

—¿En serio? Pues como sigas adelgazando vas a parecer un espantapájaros. Por cierto, te habrás dado cuenta de que mi amiga es la nueva novia de Rafa. No quiero que te enfades conmigo, pero tienes que entender que yo también soy amiga de Rafa y que me encuentro en medio de vosotros dos. —Ya estaba otra vez metiendo el dedito en la llaga. ¿Cuándo había sido esta imbécil amiga mía?

—¡Bah! No te preocupes, lo entiendo perfectamente. Pero ¿Rafa sigue con ella? —le pregunté como la que no quería la cosa.

—Claro.

—¿Ah, sí? —Empecé a ser consciente de lo bien que fingía cuando quería.

—Sí, ¿por qué lo dices? —preguntó ella, levantando una ceja.

—Es que Rafa me dijo ayer que ya no estaba con ella —afirmé, sacando toda la mala leche que era capaz de encontrar en mi interior.

Ella me miró con cara de asombro.

—¿Ayer? ¿Cuándo? —Y se cruzó de brazos como preparada para escucharme.

—Cuando vino a buscarme al trabajo y me suplicó que volviera con él. Pero tranquila, eso es imposible. En primer lugar, porque ya no estoy enamorada de él, y en segundo lugar, porque tengo novio. —Su cara era de absoluta indignación. Yo intenté actuar con serenidad.

—No te creo —dijo ella con la mirada afilada—. Solo lo dices porque te da rabia que te haya dejado por otra.

En ese momento tuve ganas de partirle la cara.

—¿Tú crees? Bueno, pues entonces no me hagas caso ni le cuentes nada de lo que te he dicho a tu amiguita.

Ella se quedó mirándome con una de esas miradas que si hablasen me dirían de todo menos bonita. Yo me di media vuelta y salí del supermercado con la cabeza bien alta y diciéndole adiós con la mano, de la que colgaba una de mis bolsas.

Me alejé lo suficiente del supermercado, relajé los hombros y respiré en profundidad. Esa chica era exasperante.

Llegué a mi casapuerta con las manos doloridas de cargar con las bolsas, las dejé en el suelo como pude para buscar la llave en uno de los bolsillos, pero justo cuando estaba sujetando la puerta con un pie e intentaba coger las bolsas del suelo, oí una voz varonil y muy agradable que me decía.

—Deja que te ayude, anda.

Levanté la vista y vi a Raúl frente a mí. Tan guapo y fabuloso como siempre. En una mano sujetaba un casco de moto.

—Raúl… ¿Qué… haces aquí...? —le pregunté nerviosa.

—Nada, es que he estado hablando hace un rato con Cristina y me ha dicho que no se encontraba bien, y como he tenido que venir a Cádiz a ver algunas obras he decidido pasarme a verla un rato. ¿Crees que le importará?

—No…, claro…, sube.

—¿Esa moto es tuya? —le pregunté dirigiendo mi mirada hacia la *BMW R 1200* que había aparcada justo enfrente.

—Sí —contestó él, sonriendo.

—No me gustan las motos. Espero que no montes mucho a Cristina ahí —insinué mientras abría.

—Tranquila, cuando voy con Cristina siempre cogemos el coche. —Sonrió y a continuación añadió —: Vaya, cómo la proteges.

Él cogió las bolsas con una mano y me sujetó la puerta para que pasase.

Mientras esperábamos el ascensor yo permanecí callada. No sabía qué decirle. Cristina estaba embarazada y él no tenía ni idea. Era muy probable que nunca llegara a enterarse.

—¿Has quedado hoy con Héctor, no? —preguntó él, intentando romper el silencio.

—Sí, bueno, me dijo que me llamaría.

—Podríamos hacer algo luego. Vamos, eso si es que Cristina se encuentra mejor.

—Sí, claro, por qué no. Supongo que luego estará mejor. —Eso es lo que yo quería...

—¿Hablaste con Cristina sobre lo de irse a Ámsterdam?

—Pues la verdad es que últimamente no la veo mucho, pasa más tiempo en tu chalet que aquí, así que veo complicado mantener una conversación con ella de más de cinco minutos.

En ese momento llegó el ascensor y yo le sujeté la puerta para que él entrara.

Sonrió ante mi último comentario y luego me dijo:

—No quiero que se vaya, Carolina. Tienes que ayudarme.

—No veo cómo puedo hacerlo, Raúl. Si Cristina tiene claro que quiere marcharse, lo hará. No deberías pensar tanto en eso, las cosas pueden cambiar mucho de aquí a octubre.

—Mis sentimientos no cambiarán —aseguró él rotundamente.

—Eso no lo sabes.

—Sé todo lo que tengo que saber. Que la quiero.

Vaya. Me preguntaba qué haría ahora mismo si le soltaba el bombazo de que Cristina estaba embarazada.

El ascensor llegó a la quinta planta. Cuando entré por la puerta, la sujeté para que él pasase. Ya conocía mi casa. Había subido otras veces con Cristina. Le agarré las bolsas para dejarlas en la cocina y al momento oí a Cristina vomitar, otra vez.

—¿Está vomitando? —preguntó él, mirándome con gesto de preocupación.

—Sí..., está fatal, debe ser una gastroenteritis.

Cristina salió del baño ojerosa y de mal humor. Y cuando se encontró con la presencia de Raúl en el salón, me miró con cara de «como digas algo te mato».

—¿Qué haces tú aquí? —le preguntó de mala gana a Raúl.

—Tenía que hacer cosas cerca de aquí. He venido a ver cómo estabas —le comentó él, decepcionado ante su reacción.

—Bien, pues ya me has visto. Hecha una mierda, así que ya te puedes ir.

Yo estaba delante de la nevera, metiendo algunas cosas dentro, y cuando oí a Cristina decirle eso no pude evitar intervenir.

—¡Cristina! —le grité.

Ella ni si quiera me miró, se dirigió a su cuarto y cerró la puerta de un portazo.

—¿Qué mosca le ha picado? —me preguntó Raúl cuando consiguió salir de su asombro.

—No le hagas caso, cuando se pone enferma es insoportable. — Eso era mentira, pero qué podía decirle. Era evidente que para mi hermana, verlo en esos momentos la ponía de los nervios—. ¿A que ya no la quieres tanto? —le pregunté bromeando.

—Pues ahora que lo dices, espero que no enferme muy a menudo. —Yo sonreí mientras terminaba de guardar toda la compra.

—¿Te apetece un refresco o algo?

—No, gracias. Tengo que irme, solo he subido porque quería verla un momento, pero ya veo que mi presencia no ha sido muy grata para ella. Dile de mi parte que si luego está mejor, me llame.

—Sí, no te preocupes, te llamará luego. La has cogido en un mal momento —lo alenté, acompañándolo a la salida.

—¿Tú también te pones así cuando estás enferma? Te lo pregunto por si tengo que advertir a Héctor.

—Muy gracioso —añadí, sujetándole la puerta y riéndome del comentario.

Una vez en el ascensor se giró:

—Espero que nos veamos luego. Si Cristina está mejor, claro. —Y levantó las cejas, fingiendo incredulidad.

—Sí, lo estará. Hasta luego, Raúl.

—Adiós, Carolina.

Al instante siguiente, abrí la puerta de la habitación de mi hermana y entré. Ella estaba hecha un ovillo en la cama. Tenía la persiana echada y eran casi las dos de la tarde. Me acerqué a la ventana y levanté la persiana, para ver si con la luz del sol le cambiaba el humor.

—¿Por qué has tenido que tratar a Raúl de esa manera?

—¿Y tú por qué lo has hecho subir?

—Yo no lo he hecho subir, me lo encontré en el portal cuando llegué del súper, ¿qué querías que hiciera?

—No me apetece verlo en estos momentos. —Resopló ella, sentándose.

—No estás siendo justa, Cristina. Él no tiene la culpa.

—Lo sé, sé de sobra que toda la culpa es mía, por eso te ruego, encarecidamente, que no le digas nada de esto.

—No estoy de acuerdo contigo en eso…

—Me da igual si estás de acuerdo o no, pero él no debe enterarse.

—Pero, Cris…

—Quiero abortar y quiero hacerlo cuanto antes.

Yo cerré los ojos un instante y luego me senté frente a ella.

—¿Estás segura de que es eso lo que quieres?

—Pues claro que estoy segura. Yo no soy como tú, Carolina.

—¿Qué quieres decir con eso? —le pregunté, irritada.

—No puedo atarme al primer tipo que conozco el resto de mi vida. No quiero renunciar a todos mis sueños por un embarazo no deseado. A lo mejor tú sí. A lo mejor, tú, si fueses yo, se lo contarías a Raúl y viviríais felices y comeríais perdices. Tú eres más fuerte que yo. Pero yo no quiero eso. Quiero mi libertad. No estoy preparada para ser madre.

—Pero ¿de qué libertad estás hablando? Llevas con Raúl sin separarte de él desde que lo has conocido. —Me estaba exasperando.

—Solo intento divertirme el tiempo que esté aquí.

—¿Y para eso tienes que estar todo el día pegada a él? ¿No crees que él pueda estar haciéndose una idea equivocada de vuestra relación?

—Me da igual lo que él crea. No le he mentido en ningún momento. Le dije que me iría en octubre, y eso es lo que voy a hacer.

—Bien, si tan claro lo tienes, no me meteré más. Iremos al médico esta tarde y le diremos a tu doctora que quieres interrumpir el embarazo —le dije, levantándome de la cama.

—No eres capaz de decirme lo que piensas, ¿verdad? —me soltó un segundo antes de que yo saliera de la habitación.

—No creo que te interese saberlo.

—Te equivocas, tu opinión es la única que me interesa —susurró, agarrándose las rodillas.

Respiré profundamente antes de contestarle.

—Si quieres saber lo que pienso…, te diré que la idea de tener un sobrino o una sobrina me inunda el corazón de alegría. Que creo que Raúl podría ser un hombre perfecto para ti. Sé que no lo conozco lo suficiente y quizás tú tampoco, pero solo con veros a los dos juntos sé que es posible que tengáis un futuro, y lo sé porque no se parece en nada a lo que yo tenía con Rafa.

»También te diré que los argumentos que me planteas para abortar me parecen insuficientes. Considero que eres una persona muy capaz de demostrar tu talento en cualquier parte, sin necesidad de irte tan lejos. Entiendo que es más fácil en Ámsterdam, ya que allí hay más oportunidades, pero eso no significa que aquí no puedas. Ni siquiera lo has intentado. —Sus ojos se llenaron de lágrimas mientras me escuchaba atentamente.

»Tal y como yo lo veo, no creo que para una mujer como tú esto deba ser un impedimento para seguir con tus sueños. Todo lo contrario, creo que podría ser lo mejor que pueda pasarte en la vida. Te dará fuerzas para seguir luchando y conseguir tus metas. Sé que estás asustada, no te culpo, yo también lo estoy, pero lo único que te puedo decir es que, desde hace diez años, esta es la mejor noticia que he recibido. —Me quedé en silencio un instante, y a continuación añadí—: Esta es mi opinión, pero también te diré que si, a pesar de todo, con toda tu alma, no deseas ese bebé, yo te apoyaré incondicionalmente y estaré a tu lado en todo momento, sin juzgarte.

Ella se llevó las manos a la cara y se puso a llorar otra vez.

—¿Por qué tenía que pasarme a mí? ¿Por qué ahora? —dijo entre sollozos.

—Venga, tranquilízate de una vez. Hagas lo que hagas lo haremos juntas. —La conforté, sentándome a su lado y dándole un abrazo—. Y ahora, levántate y ayúdame a preparar el almuerzo. Tienes que comer algo o te vas a deshidratar.

Habíamos terminado de almorzar. Bueno, yo había terminado de almorzar porque Cristina había probado un poco del puré de patatas y había comido dos diminutos trocitos de solomillo.

Me metí en la ducha y me vestí. Maquillé el moratón del cuello tal y como me había enseñado María. No le había contado nada sobre eso a Cristina. Ya lo único que le faltaba, con lo que tenía encima…

A las cinco teníamos cita en el Centro de Salud con nuestra doctora. Ni idea de cuál era el procedimiento en esos casos, pero supuse que lo primero sería visitar a nuestro médico de cabecera.

En cuanto llegamos, la doctora nos atendió enseguida. El ambulatorio estaba casi desierto. Claro que con el calor que hacía a las cinco de la tarde, incluso los que estaban enfermos preferirían estar en la playa.

Mi doctora era una mujer de unos cuarenta años, rubia y con un corte de pelo bastante anticuado. Tenía la piel muy blanca, con rojeces. No parecía de ese tipo de mujeres que se ocupara mucho de su aspecto físico. Pero lo cierto es que era una auténtica profesional en su trabajo. Estaba segura de que si todos los médicos fueran como ella, la sanidad pública sería un éxito.

—Entonces, ¿tienes claro que deseas interrumpir el embarazo? —le preguntó ella por segunda vez como la que no quiere la cosa, después de que le habíamos explicado el motivo de la consulta.

—Sí... —contestó Cristina con un hilo de voz. Yo permanecí a su lado, en silencio.

—Cristina, quiero que estés completamente segura de lo que haces, porque sé de otras pacientes a las que esta experiencia les ha resultado muy traumática.

Ella asintió con la cabeza.

—Te tendrá que ver el ginecólogo para que determine el tiempo de gestación. No se te puede hacer un legrado hasta que no estés, como mínimo, de 9 semanas.

—¡¿Tanto tiempo?! —exclamó ella, indignada.

—Sí, Cristina, ese es el protocolo. Tenemos que dejarte unos días de reflexión para que estés segura de lo que haces.

—Pero yo ya estoy segura. Lo que quiero es salir de esto cuanto antes. — En ese momento la doctora me miró y luego bajó la cabeza para escribir algo en un papel.

—Tienes la cita con el ginecólogo el lunes por la mañana. Él te explicará cómo es el procedimiento y los efectos del legrado.

Durante un rato, Cristina le hizo preguntas a la doctora sobre el legrado uterino y esta le explicó que tras la intervención tendría que guardar reposo y que, por supuesto, no podría mantener relaciones sexuales en varias semanas. Ella le preguntó si la intervención era dolorosa y la doctora, amablemente, le explicó que era una intervención de corta duración y que en pocos días estaría realizando su vida normal, siempre y cuando ella estuviera completamente segura de que era eso lo que quería hacer. Pero al decir esto último, Cristina agachó la cabeza. La doctora le hizo hincapié en los efectos secundarios del legrado y en los riesgos que entrañaba. Que, aunque eran poco probables, habría que tenerlos en cuenta.

No obstante, cuando empecé a pensar que Cristina estaba segura de lo que iba a hacer, la doctora dijo algo que nos dejó completamente exhaustas.

—Es curioso que la madre naturaleza sea tan injusta… —siseó la mujer con un deje de melancolía en su voz.

—¿Por qué lo dice? —preguntó Cristina, curiosa.

—No, por nada… Creo que he pensado en alto —se excusó la doctora, ruborizándose.

—No, por favor, dígamelo —dijo Cristina—. Está usted insinuando que lo que voy a hacer no está bien. ¿No es eso?

—No, no es eso, Cristina. Supongo que tú tendrás tus motivos para no querer ser madre.

—Yo no he dicho que no quiera ser madre, he dicho que no quiero ser madre todavía.

La mujer la miró a ella y luego a mí.

—¿Por qué ha hecho ese comentario? —preguntó Cristina, molesta.

—Discúlpame si te he ofendido. Pero es que yo tampoco tengo un buen día hoy. —La mujer parecía a punto de echarse a llorar—. Llevo varios años en tratamiento para poder quedarme embarazada. Y hoy me ha bajado la regla, otra vez.

Ante ese comentario, me quedé completamente perpleja. Mi doctora, esa mujer absolutamente profesional, de la que nunca me habría esperado un comentario como ese, se acababa de sincerar con nosotras.

—Lo siento... —susurró mi hermana.

—No, tranquila. Yo soy la que lo siento. Supongo que tengo las hormonas por las nubes y estoy especialmente sensible —añadió la mujer con un gesto nervioso, intentado sacar un recetario del cajón.

Cristina me miró mientras la mujer escribía algo en el ordenador. Acto seguido le pidió la tarjeta de la Seguridad Social.

—Puedes tomarte esto para las náuseas. Me has dicho que suelen ser por las mañanas, ¿no? —Cristina asintió—. Bien, pues toma una de estas solo al despertarte, en ayunas.

—Gracias, doctora —dijo Cristina alargando el brazo cuando le devolvió la tarjeta y las recetas.

Miré a la mujer y de nuevo volvió a ser la doctora profesional y comprensiva que yo conocía. Nos acompañó hasta la puerta de la consulta.

—Cristina, de verdad, discúlpame por el comentario de antes, solo pretendo que estés segura de lo que vas a hacer. Normalmente, las mujeres que vienen a abortar o bien son demasiados jóvenes, o carecen de recursos para tener un hijo. No tengo ni idea de cuáles son tus motivos, pero espero que lo medites lo suficiente antes de dar ese paso. Sobre todo, si no descartas la idea de querer ser madre en un futuro.

—Le agradezco el interés, doctora, pero la decisión ya está tomada —reafirmó ella con cierta irritación en su voz.

Ambas salimos, tras despedirnos. Yo casi no había abierto la boca en el rato que habíamos estado en la consulta. Y, la verdad, para lo que tenía que decir, prefería mantenerme callada…

Capítulo 23

«El alma se está escapando,
a través de este agujero que se ha roto...».

Lose Yourself - Eminem

Desde que habíamos salido de la consulta, Cristina parecía abstraída. Su silencio realmente me conmovía. Cabizbaja y pensativa. La miré y vi que estaba intentando vencer a algo en su interior. Supuse que ese algo sería miedo. Exactamente eso. Ese extraño sentimiento provocado por la percepción de un posible peligro o riesgo. Peligro a lo desconocido. Riesgo a la equivocación.

Las palabras de la doctora habían sido determinantes. Durante el tiempo que habíamos estado entre las cuatro blancas paredes de ese consultorio, no fue lo que hablamos lo que me llegó al alma, sino lo que se había dejado por decir. Esa mujer dejó entrever que, en el caso de mi hermana, el aborto era un error. Había utilizado su experiencia personal como argumento. Que, con indiferencia de parecerme bien o mal, lo cierto era que daba que pensar. Ella, una mujer desesperada por ser bendecida con el don de la maternidad, frente a mi hermana, una joven, quizás no tan joven, que estaba planteándose rechazar ese don. En el fondo, llevaba razón cuando dijo que la naturaleza era injusta. «Dios le da a algunos lo que a otros le quita». O quién sabe, quizás Dios no tenía nada que ver en esto. Qué sé yo...

Antes de subir a casa paré en la floristería más cercana y compré media docena de margaritas, las más hermosas que había en ese momento, y en cuanto llegué cogí el jarrón que tenía en la entrada, decorado con flores artificiales, lo llené de agua y metí las margaritas. Las coloqué lo más cerca posible al retrato de mis padres. Ese que Cristina restauró. Y, como hacía a menudo, hablé con ellos en silencio y les rogué que ayudaran a Cristina a tomar la decisión más acertada.

Cristina volvió a encerrarse en su cuarto. Sabía que estaba enfadada, furiosa, confusa. Lo mejor en esos momentos era dejarla en paz. Tenía que vencer su lucha interior y eso solo podía hacerlo ella.

Puse la tele y me senté un rato a verla. Intenté hacer tiempo para cuando ella se decidiera a charlar sobre esto. En el canal Hollywood estaban echando *Top Gun*. Me encantaba la peli. Tom Cruise con esa moto y su chaqueta de aviador exageradamente sexy, y luego estaba la banda sonora *Take my breath away*. Desde luego la letra le venía como anillo al dedo, porque Tom Cruise, con esa camiseta blanca y los vaqueros gastados, no solo te quitaba la respiración, sino que hacía que te dejara de circular la sangre por las venas. Aun así, mientras veía la película, no podía dejar de pensar en Héctor y en que eran las ocho de la tarde del viernes y aún no sabía nada de él. Pero, por supuesto, yo no iba a llamarlo.

Me tragué la película entera y el teléfono seguía sin sonar. Miré el reloj. Las nueve menos cuarto. Viernes, y yo sin ningún plan. Qué triste.

Me levanté del sofá para ir a ver a mi hermana a su cuarto, pero en ese mismo instante oí el telefonillo.

—¿Sí?

—Carolina, somos Héctor y Raúl, ¿podemos subir? —¡Ups! Vaya.

—Sí…, claro… —Les abrí e inmediatamente colgué el teléfono y corrí hacia la habitación de mi hermana con el corazón a cien por hora.

Abrí la puerta sin llamar. Ella estaba sentada en la cama con el portátil entre las piernas. En cuanto me vio, cerró la tapa de este inmediatamente, como si no quisiera que yo viera lo que estaba mirando.

—¿Qué haces? —me preguntó extrañada cuando me vio allí delante.

—Mueve el culo. Tu novio y Héctor vienen para arriba. —Dejé la puerta abierta y me fui al baño para peinarme un poco, y de paso volver a colocarme el pañuelo en el cuello.

—¿Qué? Otra vez. No tengo ganas de estar con Raúl.

—Ya, pues al parecer él sí, y más te vale disimular si no quieres que se dé cuenta de lo que te pasa.

La oí maldecir entre dientes mientras se acomodaba en el sofá con el mando de la tele en la mano.

Tocaron el timbre de la puerta. Y cuando abrí me encontré delante de mí al hombre más guapo, sexy, alto y fascinante que había visto en mi vida.

Con unos sencillos vaqueros claros y una camisa blanca por fuera del pantalón, remangadas las mangas a la altura de los codos. Con su radiante sonrisa y sus ojos llenos de un brillo singular.

¡A la mierda Tom Cruise!

A su lado, otro chico casi tan guapo y adorable. Los hice pasar amablemente, pero Héctor, cuando estaba cerrando la puerta, me agarró por la cintura y me pegó a su cuerpo, para acto seguido darme un beso en los labios que casi me hizo perder la cordura. Me besó las comisuras de los labios mientras con sus fuertes manos me sujetaba la espalda. Un beso tan lleno de deseo y apetito que casi me impidió mantenerme en pie.

—Te he echado de menos —me dijo con voz lasciva en el oído, para a continuación mordisquearme el lóbulo de la oreja.

—Y yo —contesté intimidada, intentando recomponerme ante la inesperada bienvenida.

Cogí su mano y lo conduje al salón, donde se encontraba mi hermana con su cara de mal humor y Raúl sentado en una esquina del sofá con cara de no entender nada. Analicé un poco el panorama y enseguida me di cuenta de que no me quedaba más remedio que intervenir y suavizar el ambiente cargado de tensión.

—Hola, Cristina —le dijo Héctor a mi hermana.

—¡Ah!, hola —respondió ella, que siguió con el mando en la mano haciendo zapping.

¿Qué demonios le pasaba a esta niña? ¿Estaba embarazada o de pronto se había vuelto idiota?

—Entonces, ¿ya estás mejor? —le preguntó Raúl. El pobre solo intentaba ser agradable. En mi opinión tenía la paciencia de un santo.

—Sí.

Cristina, desde que Raúl se había sentado a su lado y había empezado a hablar con ella, solo respondía con monosílabos.

—¿Te apetece que vayamos a cenar los cuatro? —preguntó él, mirándola primero a ella y luego a mí.

—Bueno, si no hay más remedio… —contestó ella.

—¿Cómo que si no hay más remedio? —protestó Raúl en un tono un poco más elevado de lo habitual. Por su cara de indignación diría que se avecinaban fuertes marejadas en el Estrecho—. Si vas a estar con esa cara toda la noche, me largo y se acabó.

Ahora sí que tenía que intervenir, antes de que llegara la sangre al río.

—No, Raúl, no le hagas caso, es que todavía está un poco mosca por los vómitos, pero sí que le apetece salir a cenar, de hecho, hace un segundo me estaba diciendo que estaba muerta de hambre y que pensaba llamarte, ¿verdad, Cris?

Ella me dedicó su mirada contenida.

—Sí. —Otra vez los monosílabos. Pero puestos a pedir… los prefería.

Raúl no parecía muy convencido, pero yo sabía que ahora mismo no se largaba por Héctor y por mí.

—¿Por qué no hacéis una cosa? —propuse, intentando con todas mis fuerzas salvar las situación. Ellos me escuchaban atentamente. Raúl con cara de pocos amigos y Héctor con cara de no saber qué diablos le pasaba a Cristina—. ¿Por qué no nos esperáis en el bar de abajo tomando una cerveza mientras nos vestimos para ir a cenar?

Eso traducido significaba: convencer a Cristina para salir y que dejara de comportarse como una niña de cinco años.

—Sí, será lo mejor —farfulló Raúl entre dientes, levantándose del sofá y dirigiéndose a la puerta. Héctor le seguía sin decir ni mu.

En cuanto salieron de casa me costó un rato convencer a Cristina de que actuara con naturalidad y de que no podía tratar de esa manera a Raúl. Me llevó un par de gritos y alguna que otra amenaza, pero vamos, nada demasiado grave. Por un momento, tuve ganas de dejarla allí y marcharme yo con ellos, pero, en el fondo, entendía que tuviera los nervios a flor de piel y justifiqué su comportamiento. Además, me interesaba que viniera a cenar y así me aseguraba de que, al menos, comía algo en lo que llevaba de día.

Entramos en el bar de debajo de casa y, efectivamente, ellos nos estaban esperando cerveza en mano. En el trayecto hasta allí, había intentado explicarle a Cristina que era muy probable que Raúl creyera que el virus que había tenido le hubiera podido afectar el cerebro y le advertí que dejara de actuar como una energúmena, a lo que ella ni se había tomado la molestia de contestar. Justo antes de entrar en el bar, mi advertencia fue determinante.

—Si no dejas de comportarte como una cría, le contaré a Raúl que estás embarazada.

Fueron más que efectivas, ya que en cuanto entramos, Cristina, muy a su pesar, intentó mantener la compostura. No solo con Héctor, sino también con Raúl

—¿Habéis decidido ya dónde vamos a cenar? —pregunté para romper el hielo, acercándome con un gesto cariñoso a Héctor.

—Pues no, pensábamos dejarlo a vuestra elección —contestó Raúl mirando a Cristina, yo diría que casi con miedo por si no se le había pasado ya el enfado.

Yo me encogí de hombros. Por un lado no me apetecía ir a ningún sitio de por aquí. Cádiz capital era una ciudad muy pequeña y no consideraba muy correcto pasearme con Héctor en plan parejita. Alguien podía vernos y decírselo a Rafa, y no es que me importase lo que pensara Rafa, más bien me preocupaba por Héctor y por los conflictos que pudieran surgir entre ellos. Pero claro, no creí que ese fuera el momento para exponer mis argumentos. A Héctor no parecía preocuparle que su hermano nos viera juntos. Y si a él le daba igual, a mí también. En el fondo, sabía que esta afortunada situación no duraría eternamente pero, mientras tanto, pensaba aprovechar la coyuntura y disfrutar de su compañía.

—A mí me apetece comerme una buena hamburguesa, pero que lleve de todo, tomate, cebolla, lechuga, queso y hasta bacon —comentó Cristina lamiéndose los labios de repente, dejándonos a todos con la boca abierta.

—Pero… ¿crees que eso te sentará bien? Has estado todo el día vomitando. ¿No crees que sería mejor que te comieras un pescado a la plancha, o no sé… algo más suave? —propuso Raúl, intentando entender el comportamiento de mi hermana.

Estaba tan desconcertado que parecía que lo hubieran dejado perdido en medio de un bosque y no supiera para dónde tirar.

Obviamente, lo que mi hermana tenía era un antojo como una catedral, pero claro, él no tenía ni idea. Lo normal no era comerte una hamburguesa completa si has tenido gastroenteritis. Era lógico que el muchacho no lo entendiera. Sin embargo, yo que sabía perfectamente lo que le pasaba a Cristina, no me quedaba más remedio que procurar que se hiciera su voluntad.

—Has dicho que decidamos nosotras, ¿no? Pues yo quiero una hamburguesa —protestó Cristina, que otra vez estaba empezando a irritarse.

—Humm, qué bueno, a mí también me apetece una hamburguesa. —Fingí como pude. Y así de paso evitar otro conflicto.

—Está bien, como queráis —cesó Raúl, levantando los brazos en señal de rendición—. Pensábamos mejor en un buen restaurante, con vino, postre y todo eso, pero si lo que queréis es una hamburguesa… no se hable más.

Héctor estaba detrás de mí, rodeándome la cintura. Actuaba como si fuera mi novio.

Mientras decidíamos a qué burguer iríamos a comer, él no paraba de hacerme carantoñas y arrumacos. No parecía que le importase mucho adónde ir a comer. Más bien pensé que le gustaría que yo fuese su cena esa noche. Lo que, por supuesto, yo deseaba.

Estaba dejando un camino de besos desde el lóbulo de la oreja a mi mandíbula. Mientras oía, casi de fondo, a Cristina y a Raúl discutiendo porque ella quería ir a un burguer y él a otro. Menuda tontería. En realidad, era Cristina la que estaba provocando la pelea, se notaba a leguas. Y, finalmente, él se rindió solo para complacerla.

—Bonito pañuelo —me dijo Héctor, intentando besarme el cuello. En ese momento caí en la cuenta de que si lo apartaba podía verme el morado, aunque estaba maquillado, pero por si acaso, me separé un poco de él y me lo coloqué bien.

—Sí, gracias… —contesté un poco nerviosa.

—Pero me gusta más tu cuello libre. Para poder besártelo —musitó él, haciendo todo lo posible para no soltarme.

Justo en ese instante que él estaba intentando deshacerme el nudo del pañuelo con una mano, Cristina dijo de mala gana:

—¿Nos vamos ya? Tengo hambre. —Y se dirigió con paso firme a la puerta del bar con intención de marcharse.

Había veces que mi hermana era tan…, tan adorable que me la comería a besos…

Al cabo de un rato estábamos sentados en una mesa del burguer más cutre de toda la capital. En el centro de Cádiz. Era bastante amplio, con las paredes de azulejos blancos y azules, y las sillas y las mesas de aluminio metalizado, el típico material que te dejaba el culo congelado si llevabas falda corta. Menos mal que me había puesto unos vaqueros. El bar era un poco de todo, mitad recreativo y mitad hamburguesería. Carente de decoración. El ambiente estaba formado, básicamente, por pandillas de chicos prepúberes, gritando y riendo por cualquier tontería.

En fin, mi hermana no podía haber elegido un «sitio mejor…». Eso sí, preparaban las mejores hamburguesas que había probado en mi vida. Solo que cuando se me antojaba una, venía, la compraba y me la llevaba a casa. Quedarme allí, rodeada de adolescentes con estallidos hormonales, no iba conmigo. Pero hoy no tenía opción.

Recordé que Rafa me traía aquí los viernes cuando estábamos saliendo. Se suponía que cada vez que veníamos era una ocasión especial. Claro, lo especial era que él podía comerse una hamburguesa una vez a la semana y saltarse la dieta. Esa era su vida. Vivir para el gimnasio. Machacarse para obtener un cuerpo diez y de esa manera poder subirse la autoestima y, de paso, pisar un poco la mía...

La cara de Héctor y de Raúl, allí, rodeados de jóvenes engendros con piercings y tatuajes por todos lados, era un poema. Ellos dos eran dos hombres, hechos y derechos, y no se encontraban demasiado cómodos en ese sitio. Lógico.

En fin, hice todo lo posible por convertir esa horrible cita en una reunión de amigos normal y corriente, y me digné a romper el hielo con un poco de conversación. Les pregunté por la inauguración de las oficinas y ellos me contaron en qué consistía el proyecto. Durante un rato los tuve bastante entretenidos con el legendario arte del diálogo, y casi nos olvidamos del ruido atronador de las máquinas recreativas y de los niñitos con ataques de acné.

El camarero, un tipo bajito y con una barriga peluda que se asomaba por debajo del polo azul con el logo del local, se acercó a nuestra mesa a tomarnos nota. Cristina sin pensárselo dos veces fue la primera en pedir.

—Quiero una Coca-Cola bien fría, una hamburguesa completa, pero que lleve de todo, una ración de patatas fritas con alioli y otra de alitas de pollo.

Pero... ¿qué diablos le ocurría? ¿Estaba embarazada, o tenía una solitaria?

Héctor y Raúl fueron incapaces de decir nada, no querían enfadar «a la bestia».

El camarero apuntó toda la comanda sin rechistar.

En cuanto trajeron nuestros platos, Cristina se lanzó a devorar la hamburguesa. Pero a medida que iba comiendo percibí que su humor se iba suavizando. Gracias a Dios.

A partir de ahí, parecía que la velada prometía. Los cuatro charlábamos tranquilamente o, al menos, lo tranquilamente que se podía charlar en un local como ese. Una de las veces, Raúl cogió la mano de mi hermana que descansaba quieta sobre la mesa y ella no hizo nada para impedírselo. En ese momento la mirada de ella y la mía se cruzaron. Y, como solo ocurre entre dos personas que se conocen tan íntimamente como nosotras, ella, asintiendo con sus pesados párpados, me dio a entender que hablaría con él sobre el asunto, o eso es lo que yo quise entender. Sabía que la decisión era solo de ella, pero en el fondo tenía la esperanza de que Raúl la convenciera de tener ese bebé.

Durante un instante me paré a analizar el día. Era doce de julio y hacía diez años de la muerte de mis padres. Si diez años atrás alguien me hubiese dicho que un día como ese estaría cenando con el hermano de Rafa, del que estaba locamente enamorada, y frente a mí estaría mi hermana, embarazada… No me lo hubiese creído ni loca.

Miré a Héctor, que charlaba con Cristina, y me di cuenta de que cuanto más lo miraba más hermoso era. Pero en ese momento algo me distrajo de mis pensamientos y ese algo fue la expresión horrorizada de Cristina mirando hacia la puerta del local. Su cara era de tremendo horror. Como si hubiese visto al mismísimo Satanás en persona. Me giré para descubrir cuál era el motivo que causaba en mi hermana semejante consternación. Y lo vi allí delante, paralizado.

Era Rafa.

A su lado estaba su amigo, Leo. Y tras ellos sus dos chicas: Bea y Xuxa.

¡Oh, Dios mío…!

Héctor tenía mi mano cogida sobre su regazo y, al darme cuenta de la gravedad de la situación, la retiré bruscamente, lo que hizo que Héctor interrumpiera la conversación que mantenía en esos momentos con Raúl y se encontrara con la mirada airosa de su hermano. Ya era demasiado tarde, nos había visto cogidos de la mano y, por su gesto, no parecía agradarle demasiado.

Debí suponerlo, ¡dónde si no iba a traer a su nueva novia…!

Rafa tardó menos de un segundo en plantarse frente a nuestra mesa.

—¿Qué coño haces aquí con mi novia? —gruñó con los puños y los dientes apretados.

Raúl y Héctor se pusieron de pie inmediatamente. Yo diría que en estado de alerta.

Estaba tan asustada y cohibida que fui incapaz de articular una palabra.

Nos había descubierto.

—¿Tu novia? Yo diría que tu novia es una de estas dos señoritas —comentó Héctor, señalando con un gesto de cabeza a las dos chicas que permanecían estupefactas tras ellos.

Mi hermana no dejaba de mirarme. Creo que estaba tan asustada como yo.

Rafa se mostraba cada vez más furioso.

—¡Te he preguntado qué coño haces con mi novia, Héctor! ¿Te la estás follando? ¿Es eso?

Antes que Héctor llegara a responder me puse en pie, miré a Rafa y le dije armada de valor:

—Yo no soy tu novia, Rafa. Lo dejamos hace tres meses ¿O ya te has olvidado?

—¿No quieres volver conmigo porque estás con mi hermano? —protestó él con tanto desprecio en su mirada que ahora comprendía que acababa de encontrarse cara a cara con la traición.

—No quiero volver contigo porque ya no te quiero —mascullé con la cabeza bien alta e intentando que mis palabras sonaran decididas.

Él entrecerró los ojos de un modo peligroso, como si estuviera intentado contener su furia. Las aletas de la nariz se ensancharon una y otra vez con cada una de sus agitadas respiraciones.

—¿Desde cuándo estáis juntos? —preguntó con una voz tan rajada y profunda que se me heló la sangre.

En ese instante, Héctor volvió a intervenir.

—Rafa, creo que deberíamos hablar sobre esto en otro momento.

—¡Y una mierda! —gritó furioso, llamando la atención de un grupo de adolescentes que se acercaron curiosos a oír la disputa—. Te paseas con mi novia como si tal cosa por todo Cádiz, vienes a los bares donde yo paro y os ponéis a hacer manitas, y... ¿quieres que hablemos de esto en otro momento? —Era cierto, no debí venir a este sitio...—. Eres un maldito hijo de puta.

Y en ese momento me miró a mí y dijo casi escupiendo las palabras:

—Y tú una auténtica zorra.

Antes de que yo pudiera reaccionar, Héctor se plantó delante de él y puso su cara a escasos centímetros de la de su hermano.

—Date la vuelta ahora mismo y lárgate de aquí con tu nueva novia y tus amiguitos, antes de que haga que te tragues tus palabras.

Raúl se colocó detrás de Héctor y le sujetó del brazo, evitando lo que yo sabía de sobra que iba a ocurrir. Leo estaba junto a Rafa, pero sin la menor intención de evitar nada. Su mirada era altiva y provocadora.

Las dos chicas me miraron como si yo fuera la mala de la película. Y Cristina seguía sin salir de su asombro. Ella sabía que si no hubiese sido por su repentino antojo, ahora, probablemente, estaríamos en un restaurante de cinco tenedores degustando una deliciosa cena.

—¿Te molesta que la llame zorra? Pues eso es lo que es, una zorra mentirosa. —Pero antes de que dijera una palabra más, Héctor lo agarró por el cuello.

—¡Lárgate de aquí, Rafa! —le advirtió, empujándolo hacia atrás.

Héctor era más alto que Rafa, pero ambos estaban igual de fornidos. Había que evitar la pelea como fuera...

—¿Y tú dices que eres mi hermano? Los hermanos no hacen estas cosas —le reprochó Rafa en un amargo intento de parecer la víctima en todo esto.

—Tú y yo hace tiempo que dejamos de ser hermanos —declaró Héctor con un tono de voz frío y distante.

En ese momento, le hice un gesto a Cristina para que se levantara. Pensé que había llegado el momento de marcharse. Raúl me miró y, con un ligero movimiento de cabeza, me indicó que saliéramos fuera. Cristina y yo obedecimos sin rechistar. Mientras, Héctor y Rafa se desafiaban con miradas.

Raúl tiró del brazo de Héctor y le comentó en voz baja:

—Vamos, amigo...

Cuando miré a mi alrededor me di cuenta de que éramos la comidilla del local. Todos los allí presentes estaban pendientes de la situación, incluso los camareros. Era la primera vez, desde que conocía ese sitio, que reinaba el silencio.

Cristina y yo nos encaminamos hacia la puerta y Héctor y Raúl venían detrás. Me giré para mirar a Héctor y, en ese mismo instante, vi a Rafa lanzándose a la desesperada y embistiendo contra su hermano. El impacto fue tan fuerte que ambos salieron disparados hacia el exterior del local y cayeron sobre el asfalto de la acera.

De repente se oyeron gritos y la multitud se agolpó alrededor, dispuesta a deleitarse de la pelea. Yo me quedé paralizada y en silencio, intentando salir del nudo de emociones que se retorcían en mi interior.

Héctor agarró a Rafa por el pelo y le atizó en las costillas una y otra vez. Se envolvió en una incesante serie de golpes y puñetazos brutales. Raúl intervino tan pronto como pudo, intentando separar a los dos hermanos, pero Héctor, en esos momentos me temía que era imparable.

—¡Basta! ¡Para ya, Héctor! —le gritaba al oído, agarrándolo de un brazo y de la cintura.

Rafa consiguió separarse un instante, se puso de pie dando tumbos y al momento siguiente se lanzó sobre Héctor, empujándolo sobre un coche al otro lado de la calle. Leo apareció por detrás de Raúl y le empujó para que soltara a Héctor. Estaba clarísimo que no pretendía detener la pelea.

Acababa de perderme en un mar de emociones. Los cuatro hombres estaban dándose una tremenda paliza en medio de la calle y una numerosa multitud de personas los miraban expectantes, sin intención alguna de detener la pelea. Todo lo contrario, estaban dispuestos a armar camorra.

Vi cómo Héctor le arremetió un gancho seguido de un veloz puñetazo en el estómago a Rafa. Este, a su vez, contraatacó con otro revés que Héctor esquivó con una rapidez asombrosa.

Sabía que no debería pensarlo, pero incluso peleando me pareció el hombre más espantosamente sexy que había visto en mi vida.

Raúl y Leo, por otro lado, seguían enredados golpeándose sin control alguno. Oí los gritos de Cristina, y de repente vi que se lanzaba hacia los dos hombres y tiraba del pelo de Leo en un intento de defender a su amado.

—¡Suéltalo, saco de mierda! —le gritó.

Fue entonces cuando logré salir de la parálisis que el miedo me había provocado y corrí hacia mi hermana. No veía a la novia de Rafa por ninguna parte, pero su amiguita Bea, se había lanzado sobre mi hermana.

—¡Eh, tú no te metas! —Y la empujó haciéndola caer de culo.

Mi hermana se levantó de un salto y se defendió. ¡Esto era de locos! Todo el mundo miraba y nadie hacía nada.

Agarré a mi hermana por la cintura en un intento de separarla de esa idiota, pero ella se defendió con uñas y dientes. La otra, a su vez, no se quedaba atrás. Entonces grité, desesperada, lo único que me salió de la mente en esos momentos:

—¡Suéltala, está embarazada!

La chica se quedó paralizada al instante.

«Ahora sí que la he liado», pensé un segundo después de que las palabras salieran de mi boca. Cristina me obligó de mala gana a que la soltara. Raúl acababa de enterarse de lo que yo había dicho y se incorporó, dejando a Leo tirado en el suelo, que se retorcía de dolor tras el último puñetazo que aquel le había asestado en el estómago.

—¡¿Estás embarazada?! —exclamó Raúl.

Bea corrió a socorrer a su novio de inmediato.

Contemplé la escena y todo parecía un caos interminable. Raúl corría tras Cristina que había salido disparada como si intentase escapar de todo esto. Héctor y Rafa seguían dándose puñetazos sobre el capó de un coche sin que nadie hiciera el intento de separarlos, y yo acababa de meter la pata hasta el fondo.

Me planté delante de ellos dos e hice lo único que fui capaz de hacer en una situación como esta: gritar.

—¡Basta ya! ¡Se acabó!

Mi grito sonó con una intensidad escalofriante, lo que hizo que ambos se detuvieran y me mirasen. Héctor tenía un corte en la ceja y le sangraba incesantemente. Tenía el cuello y la cara roja a consecuencia de los golpes.

Rafa no se quedaba atrás. La nariz y el labio parecían bastante dañados, y su camiseta parecía sacada de una película de terror. Menuda paliza acababan de darse. Ambos me miraban con las respiraciones agitadas. Ahora mismo me sentía terriblemente culpable de semejante lío. Pero en el fondo, sabía que tras esta pelea había más.

En los ojos de Héctor pude ver que existía algo entre ellos que le provocaba tal repulsión hacia su hermano. En mi cabeza se repetían una y otra vez sus palabras: «Tú y yo hace tiempo que dejamos de ser hermanos». ¿Qué podía haber pasado entre ellos que hiciera que un hombre tan cálido y cariñoso como Héctor odiara a su hermano hasta ese extremo? Me temía que yo no era el único motivo…

—¿Alguien puede explicarnos qué demonios ha pasado aquí?

Una pareja de policías nacionales, perfectamente uniformados, se abrió paso entre la multitud.

Menuda cita…

Capítulo 24

«Ahora he intentado hablarte y hacerte entender.
Todo lo que tienes que hacer es cerrar los ojos,
y solo extender tus manos y acariciarme...».

More than words - Extreme

—Agentes, yo creo que estos dos se pelean por ella —dijo una jovencita de no más de quince años, mascando chicle descaradamente y vestida con un vano intento de parecer mayor—. Este dice que ella es su novia —indicaba, señalando a Rafa—. Pero ella estaba con este dentro, cogiditos de la mano.

Era evidente que la situación se desbordaba por momentos.

Los agentes de policía eran, yo creo, la pareja de funcionarios públicos con menos luces de todo el Cuerpo. Escuchaban atentamente a la chica mientras ella decoraba la historia como le venía en gana. Parecían sacados de Loca Academia de Policía. Uno de ellos le llegaba a Héctor a la altura del hombro, y el otro podría ser mi abuelo.

—Entonces, que yo me entere... ¿Usted de quién es la novia? —preguntó el policía más joven que se había empapado enterito de la historia que le había contado la quinceañera.

Héctor tenía los brazos cruzados a la altura del pecho y me miró como si esperara ansioso mi respuesta.

Rafa estaba junto al policía más mayor y antes de que yo pudiera contestar sentenció:

—Es mi novia.

—¡No soy tu novia! —grité furiosa, harta de toda la situación.

—¿Ah, no? ¿Y por qué si no llevas un chupetón mío en el cuello? Anda, apártate el pañuelo y enséñaselo a mi hermanito.

¡Maldito mal nacido!, pensé para mí, mirándolo con ojos afilados. Héctor no dejó de observarme. La desconfianza que vi en su expresión me llegó a lo más profundo de mi alma.

—¿Ah, pero sois hermanos? —preguntó el policía mayor, asombrado ante este último dato.

—Héctor... Yo... Me sujetó a la fuerza para hacérmelo.

¡Argg! Me daba asco escucharme así. Ni yo misma me lo creía. La situación se había descontrolado hasta tal punto que al final iba a ser verdad que yo era la zorra mentirosa, a juzgar por la cara con la que me miraban los dos policías.

—¿Ves, hermanito? No pintas nada en esta historia —farfulló Rafa a Héctor con desprecio.

—Cállate de una vez, Rafa.

Hice el intento de acercarme a Héctor. Pero él se apartó bruscamente. Ese último gesto suyo me causó tanto dolor que de repente sentí una punzada en el estómago y un sudor frío en las palmas de las manos.

Lo estaba perdiendo por momentos y nada de lo que dijera o hiciera en ese instante podría hacerle creer que lo quería profundamente.

—Agentes, si no necesitan nada más me gustaría marcharme de aquí ahora mismo. Siento que les hayan molestado por esta tontería —le dijo a los policías, con un tono de voz tan educado y comedido que no parecía el mismo hombre que hacía un segundo se estaba dando una paliza de muerte con su hermano. Los policías asintieron en silencio.

—¡Héctor! —le grité desesperada, intentando llamar su atención.

Él me ignoró completamente y se dio media vuelta dejándome allí plantada.

Rafa sonrió con cara de satisfacción. Había conseguido su propósito. Separarme de él. En esos momentos mi cuerpo luchaba contra una inquietud con tanta intensidad que sentía como si quisiera salirme de él. Le hubiera borrado esa estúpida sonrisa de sus labios con mis puños si aún me hubiesen quedado fuerzas, pero la expresión de la cara de Héctor, mirándome con reproche, me había dejado absolutamente rota.

Raúl estaba sentado en el escalón de mi portal. Tenía los codos sobre las rodillas y se sujetaba la cabeza en un gesto desesperado. Imaginé que habría tenido una bronca monumental con Cristina.

Bajé del taxi que había cogido en la Plaza San Juan de Dios. Tenía que salir de esa maraña de locos lo antes posible. Héctor me había dejado allí sin ni siquiera escuchar mi argumento. Me acerqué al portal y Raúl levantó la cabeza para mirarme. Tenía una magulladura en la mandíbula y el bolsillo de su camisa estaba descosido por uno de los lados. Su pelo era un desastre y sus ojos revelaban tanto sufrimiento que no pude evitar compadecerme de él. Así que hice lo único que se me ocurrió en ese momento, sentarme a su lado.

—Dice que va a abortar y que en octubre volverá a su vida de antes, dice que lo nuestro ha sido un error y que lo que yo he hecho es joderle la vida —musitó con la voz rajada.

No podía creer que mi hermana hubiera sido capaz de decir eso.

—Oh, Raúl, no le hagas caso, hablaré con ella. Está muy nerviosa. La noticia del embarazo ha sido un duro golpe para ella. Lo mejor será que lo habléis mañana, más tranquilos, y toméis una decisión juntos.

—Mi decisión ya está tomada, Carolina —susurró él con un brillo en sus ojos—. Quiero tener ese bebé.

—¿Estás seguro, Raúl? —Sabía que él estaba locamente enamorado de mi hermana, pero tener ese bebé solo para retenerla sería un grave error—. Un hijo es una responsabilidad enorme. No puedes decir que quieres tenerlo solo para estar con ella. Debes estar seguro de desearlo.

—Desde que conocí a tu hermana he sabido que ella es todo lo que necesito. La quiero con toda mi alma y, desde luego, tenía clarísimo que me casaría con ella y tendríamos hijos. Lo único que ha cambiado en estos momentos es el orden de mis planes pero, por lo demás, sigo deseando exactamente lo mismo.

—¿Pero qué pasa si ella no desea lo mismo que tú?

—Sé que me quiere, Carolina. La conozco. Sé que está asustada. Pero no permitiré que aborte.

—Raúl, no puedes decir eso. Lleváis juntos muy poco tiempo. Tienes que contar con la posibilidad de que ella no quiera tener ese bebé.

—También es mío, y yo sí quiero tenerlo.

Me olía que esto era más grave de lo que yo pensaba. Era una maldita bocazas…

—Mira, Raúl, lo mejor será que te vayas a casa y hablemos de todo esto mañana. Creo que ya está bien por hoy.

—No cambiaré de opinión, Carolina —aseguró él, mirándome directamente a los ojos.

No conocía lo suficiente a Raúl pero me parecía de las personas que sabían lo que querían y que no se echaban atrás. Estaba segura de que haría todo lo que estuviera en su mano para convencer a Cristina. Solo que Cristina era la chica más tozuda, cabezota y testaruda que había conocido en mi vida. Y la mezcla de estos dos podía resultar altamente explosiva.

—Venga, vete a casa —lo alenté, poniendo mi mano en su hombro—. Tienes que ponerte hielo en la mandíbula, la tienes muy hinchada.

Él, inmediatamente se llevó la mano hacia al golpe y acto seguido preguntó:

—¿Dónde está Héctor?

—Se marchó.

—Pero ¿está bien?

—Sí, supongo… No quiere hablarme.

—Lo llamaré. Creo que dormiré en su casa. Es bastante tarde para conducir hasta Roche. Hablaré con él —dijo esto último mirándome.

—Él piensa que aún hay algo entre Rafa y yo.

—¿Y lo hay?

—¡No! ¡Maldita sea! Rafa no deja de acosarme. Mi compañera de trabajo te lo puede decir. Ella insiste en que lo denuncie y si no lo he hecho ya, es por sus padres. El otro día cuando llegué a mi casa me estaba esperando ahí dentro, y me agarró sin que pudiera moverme para hacerme esto. —Me retiré el pañuelo para que pudiera ver el morado.

Raúl miró mi cuello.

—Héctor no me cree. Rafa le ha dicho que aún seguimos liados y él se lo ha creído sin más —suspiré.

—Joder, pues tú tampoco lo tienes muy fácil que digamos. —Ese último comentario me hizo un poco de gracia y, por un momento, no sé si fueron los nervios, pero solté una carcajada.

Raúl me contempló asombrado, y a continuación se tronchó conmigo.

—Menuda noche de locos —soltó entre risas.

—Ya ves… Tendrías que haber visto a los dos policías que han llegado a última hora. Eran muy cómicos —añadí sin poder contener la risa.

—¿Ha venido la policía? —preguntó él.

—Sí, supongo que algún vecino los llamaría.

—La que hemos liado… La culpa de todo la tiene Cristina, que ha sido la que ha escogido el sitio.

—Sí, bueno, yo diría que la culpa la tuvo su antojo. Le encantan las hamburguesas de ese sitio.

—¡Ah! Claro…, era un antojo… —siseó él, pensativo.

Justo antes de marcharse, me agarró del brazo y me dijo a modo de súplica:

—Carolina, por favor, convéncela…

En cuanto estuve en casa, observé que la puerta del cuarto de Cristina estaba cerrada. Lo primero que hice fue intentar entrar, pero había echado el cerrojo.

—Cris, abre, por favor, tenemos que hablar.

—¡Lárgate y déjame en paz, ya has hablado bastante por hoy!

—Cristina, lo siento. Estaba nerviosa, sé que no debería haber dicho nada. Se me escapó.

—¡Déjame, Carolina!

Insistí un poco más, pero Cristina no me hacía el menor caso. Estaba más cabreada de lo que esperaba. Lo mejor sería irse a la cama. Mañana sería otro día…

Antes de acostarme me di una ducha para ver si así conseguía relajarme y calmar la tensión que llevaba acumulada.

Cristina embarazada, Raúl completamente convencido de querer tener el bebé. Rafa acosándome a pesar de que seguía con su novia, ¿tendría morro? Y Héctor…, en fin, Héctor desconfiaba completamente de mí. Ni siquiera me había brindado la oportunidad de explicarme. Dejé que el agua resbalase por mi nuca, intentando olvidarme de todo lo ocurrido. De todo, excepto de que era el aniversario de la muerte de mis padres.

Diez años sin ellos. Me pregunté si algún día volvería a verlos. Hubiera dado toda la eternidad por volver a tocarlos, a hablar con ellos, a decirles lo mucho que los necesitaba y los añoraba...

Me tumbé en la cama, absolutamente agotada por el cúmulo de emociones. Pero en lo único que pensé fue en mis padres. Sentí una profunda necesidad de estar con ellos y la soledad, en esos momentos, se extendió hasta lo más profundo de mi ser. Lloré en silencio durante un buen rato y, finalmente, me quedé dormida con sus rostros grabados en mi pensamiento.

Hundida en mis sueños volví a revivir la fatídica noche del accidente.

Era la primera vez que viajaban sin nosotras. Yo acababa de terminar los exámenes de selectividad y no me apetecía ir con mis padres. El verano era largo ese año, ya que no empezaría la universidad hasta octubre. Tenía muchos planes con mis amigas, y Alicia y yo ya habíamos empezado a salir con Nacho y Rafa. Así que no queríamos separarnos de ellos ni un segundo.

Mis padres intentaron por todos los medios convencernos de que fuésemos con ellos. El viaje iba a ser precioso: Asturias, Galicia y Portugal. Pero claro, con esa edad, yo solo quería estar con mis amigas y con el chico que me gustaba. Cristina, en principio, iría con ellos, pero luego decidió quedarse conmigo. Ya éramos mayorcitas y podíamos quedarnos en casa solas, eso sí, mi tía Sonia estaría al tanto de nosotras en todo momento. Solo serían diez días...

Estuvieron tres días en Asturias, dos en Galicia y el resto del viaje lo pasarían en Portugal. Cada vez que nos llamaban por teléfono los oía emocionados y felices. Era como si estuvieran viviendo una segunda luna de miel. Habían dedicado toda su vida a cuidarnos y educarnos. Toda una vida de trabajo y sacrificio.

Papá siempre había tenido un buen sueldo. Lo suficiente para que llevásemos una vida sencilla y sin necesidades. Pero cuando decidieron comprar el piso, en el que habíamos vivido desde pequeñas, todo se complicó un poco y la hipoteca les hizo quitarse de algún que otro capricho. Eso incluía, en primer lugar, viajar.

Por eso, los dos estaban tan emocionados con ese viaje. Habían ahorrado durante bastante tiempo. Mamá, últimamente, tenía más trabajos de costura y eso le había reportado unos notables beneficios. Más de los que ella pensaba. El matrimonio de mis padres era todo un ejemplo, y aunque habían pasado por algunos baches, sin duda alguna, creo que eran una pareja que se entendían a la perfección.

Mis padres eran todo un indicativo de respeto y compatibilidad. Yo me sentía la hija más afortunada del mundo. Algún día deseaba compartir con alguien ese vínculo tan íntimo de confianza y seguridad que solo algunas parejas consiguen alcanzar.

Jamás imaginé que la felicidad de ambos se vería truncada con ese fatal accidente. La madrugada de ese doce de julio mi tío José llamaba a la puerta de mi casa. El sonido agudo del timbre a las dos de la mañana, hizo que me estremeciera en las sábanas. Pero en cuanto vi su cara supe que algo terrible había sucedido. Antes de que mencionara una palabra, me derrumbé en sus brazos.

Mi tío, el mismo que me había acunado de pequeña y me había mimado y consentido, ahora me consolaba de la manera más dulce y compasiva que lograba encontrar. Cristina se despertó al oír mi llanto. De un momento a otro nuestro mundo cambió por completo. Papá y mamá habían tenido un lamentable accidente en una de las autopistas de Portugal. Un camión de mercancía chocó con ellos en un enrevesado tramo y ambos murieron en el acto. Al menos, eso fue lo que nos contó mi tío. Él también era Guardia Civil como lo era mi padre.

En cuanto identificaron los cuerpos, a él fue a la primera persona que avisaron. Estaba segura de que si sufrieron o no durante el accidente, esa era una información que mi tío se aseguró de que nunca nos llegara. Fuera como fuere, ya jamás volveríamos a verlos. Todo lo que nunca me atreví a decirles se quedó sin decir. Lo mucho que los quería y los necesitaba. Todo aquello que nunca valoré porque lo tenía tan cerca, se acababa de esfumar dejándome absolutamente rota.

Los días siguientes a esa madrugada los recuerdo vagamente. El dolor y el sufrimiento de sus pérdidas nos dejaron completamente desoladas y cuando me di cuenta de que podía haber perdido también a Cristina, reaccioné. Gracias a Dios, ella no había querido viajar con ellos, si no, habría perdido todo lo que realmente me importaba en este mundo. Me habría quedado absolutamente sola…

Las imágenes de Cristina llorando amargamente esa noche me hicieron despertar con un sobresalto. Mi habitación estaba completamente oscura. Aún era de noche. Lo que me estaba pasando últimamente era muy estresante, y eso me hacía pensar en mis padres y en lo mucho que los añoraba.

Una hora después seguía despierta en la cama, con los ojos abiertos como platos. Incapaz de dormirme, pensando en la expresión de Héctor. Mirándome como si fuera el ser más despreciable de la tierra. Incapaz siquiera de pensar que lo que su hermano le había dicho era una sucia mentira. Ahora que la cosa empezaba a marchar bien entre nosotros… Ahora que parecía querer tener algo más. Pero ¿en qué demonios había estado pensando este tiempo? Había fantaseado con la idea de Héctor y yo como pareja y hoy, más que nunca, me había dado cuenta de que era casi imposible. Rafa siempre estaría ahí. Dispuesto a fastidiarlo todo. Pero esta vez no lo iba a consentir.

En cuanto amaneció me levanté y me vestí. Apenas había pegado ojo y ya no podía estar ni un segundo más en la cama. Eran las siete y media de la mañana y decidí irme a dar un paseo por la playa. Llevaba varios días queriendo hacer eso. A esa hora apenas había gente deambulando, a excepción de algún que otro anciano que paseaban por la orilla remojándose las piernas. Me encantaba el mar a esas horas. Estaba sereno e imperturbable, y la marea tan baja que desde la orilla se podían ver las rocas. Me pasé horas caminando, pensando un poco en todo. Decidiendo qué podía hacer. Me senté sobre la húmeda arena y cuando creí que estaba convencida, me levanté y fui a poner punto y final a toda esa historia.

Media hora más tarde me encontré debajo de casa de Héctor, sin saber si llamar o no al telefonillo. El corazón se me iba a salir del pecho. Me movía de un lado a otro, intentando memorizar lo que quería decirle. Seguramente haría el ridículo más espantoso de mi vida, pero si no le decía lo que pensaba, tendría la sensación de no haberme arriesgado nunca.

Miré el telefonillo. *¿Llamo?*

«Carolina, aún estás a tiempo de marcharte».

¡Oh, Dios mío!, qué calor tenía. Eran solo las nueve de la mañana y el bochorno ya era insoportable. El pelo se me pegó en la nuca. Agarré la gomilla que tenía en la muñeca y me hice un moño. Estaba mirando mi reflejo en el cristal y terminando de ponerme decente cuando vi que la puerta del ascensor se abría y de su interior salía Héctor.

Su cara fue un poema cuando me vio allí. Por un momento se quedó parado al otro lado de la puerta. Tenía el entrecejo fruncido, como si estuviera enfadado. Estaba guapísimo. Vamos, como siempre. Llevaba un vaquero claro y una camiseta gris. Tenía una herida en la ceja, parecía como si le hubieran cogido puntos. Así era. Abrió la puerta y se quedó mirándome, sin decir absolutamente nada. Yo quería hablarle, pero no me salían las palabras. Cuando vi que se iba a dar la vuelta para marcharse, me armé de valor.

—No puedo estar contigo si no confías en mí. —Aún no sabía ni cómo me había atrevido a decir eso. Tal vez él no quisiera estar conmigo.

—No puedo confiar en ti si no me cuentas la verdad —me contestó él con sequedad.

—Llevas toda la razón. Pero si no te he contado algunas cosas era para evitar que tú y tu hermano acabaseis como anoche.

—Pues ya no tienes de qué preocuparte. Te habrás fijado que mi hermano y yo no nos tenemos mucho aprecio que digamos.

—Sé que no me crees, pero entre Rafa y yo no hay absolutamente nada.

—La marca de tu cuello no dice eso. —Y soltó una sonrisa amarga. Una sonrisa fría y distante.

—Esto no ha sido lo que tú crees…

—Ya no sé qué creer. No te conozco —añadió él con una seriedad escalofriante.

Sabía que había dicho eso para hacerme daño, y lo había conseguido.

—Está bien, me marcho. —Y me di la vuelta.

—Sí, eso, márchate…

En ese instante tomé aire y lo miré a los ojos con una seguridad aplastante.

—Mira, solo voy a explicártelo una vez más. Esto que ves aquí, tu hermanito me lo hizo cuando le pedí que me dejara en paz. Le dije que estaba saliendo con otro chico y él me siguió a mi casa y me sujetó a la fuerza. No puedes hacerte ni una idea de lo indefensa y aterrada que me sentí. Ese mismo día me llamaste y tuve que decirte que estaba enferma porque me encontraba tan mal que fui incapaz de moverme de la cama.

»Ha estado durante días acosándome con llamadas y colándose por mi trabajo, y si no lo he denunciado aún es solamente por el cariño que le tengo a tus padres. He intentado dejar a tu hermano en un montón de ocasiones, pero él siempre actúa de la misma manera. Es incapaz de asimilar que lo nuestro se ha terminado, sin embargo, pretende hacer su vida con otras. Ya lo viste ayer, está con esa chica, pero a mí no me deja en paz.

Él me observaba. Las facciones de su rostro se habían suavizado. Yo seguí hablando.

—Sé que todo esto solo es un problema para ti. Entiendo perfectamente que no quieras complicarte la vida. Al fin y al cabo, apenas nos conocemos. Pero he venido porque quería decirte que me gustas muchísimo, y que jamás me he sentido tan bien como me siento contigo. Me encantaría que siguiéramos conociéndonos, pero si tú no quieres lo entenderé.

Él se quedó pensativo, como si estuviera procesando todo lo que acababa de decirle. Incluso con la herida en la ceja estaba exageradamente atractivo y, encima, la barba de dos días le hacía aún más sexy. Le hubiese desnudado allí mismo si me hubiese dejado…

Me miró a los ojos y se pasó una mano por el pelo. Por un momento ese gesto me invadió de inseguridad. Era como si se estuviera pensando qué decirme.

—Dime una cosa —susurró con la voz rajada y con los ojos ligeramente achinados—. Del uno al diez, ¿cuánto te gusto?

Sus labios se curvaron, simulando lo que parecía una preciosa sonrisa.

—Cincuenta —musité.

Él sonrió tímidamente. Me encantaba.

—¿Puedo? —le pregunté, levantando la mano para tocarle el corte que tenía en la ceja. Él asintió. Le pasé la yema de mis dedos alrededor de la herida y luego continué acariciándole la mejilla—. ¿Te duele?

Él negó con la cabeza y me cogió la mano para luego besármela. Me acerqué más a él y le rodeé el cuello con mis brazos. Lo miré fijamente a los ojos y, antes de fundirme en su boca, le susurré:

—Yo solo quiero estar contigo.

Él me atrajo hacia sí y me besó. Un beso de reconciliación.

¡Sí, señor!

Uno de esos besos en los que desearías que el tiempo se detuviese. Que la tierra dejara de girar. Uno de esos besos cargados de deseo, ansia, pretensión... Ese beso en el que descubres que ya es tuyo. Tan tuyo que ni tú misma puedes creerlo.

Mío. Solo y absolutamente mío.

Mientras me besaba, sentía sus fuertes manos acariciando mi espalda, presionándome contra él, como si no quisiera dejarme escapar. De repente toda esa tensión, esa angustia que me aprisionaba el pecho, esa incertidumbre..., se acababa de esfumar. Ya no parecía ser el mismo hombre de la noche anterior. Esa máquina implacable y despiadada que peleaba con su hermano. Ahora volvía a ser el hombre adorable y cariñoso que yo sabía que era. El hombre afable y divertido del que me estaba enamorando. Ahora ya solo quería estar en sus brazos y olvidarme de todo lo demás.

Estuvimos comiéndonos a besos durante un buen rato en el interior de su edificio y si Raúl no hubiera estado en su piso, estaba segura de que habría acabado en su cama. Sin embargo, al cabo de una hora, volví a casa, loca de emoción. Me había dicho que deseaba pasar el resto del día conmigo.

Cristina estaba levantada y seguía sin dirigirme la palabra. No quería dejarla sola en un momento como ese, pero me moría de ganas por pasar el resto del día con Héctor. Me pidió que cogiera algo de ropa. La idea era pasar el resto del día en la playa. Según él, me llevaría a un sitio que le encantaba.

Pero no pensaba irme antes de solucionar las cosas con Cristina. Cuando estaba dispuesta a sentarme a charlar con ella, el timbre de casa sonó. Abrí la puerta y era Raúl. Esa noche parecía que ninguno de los cuatro habíamos dormido demasiado. Lo hice pasar e intuí que mi hermana me perdería el cariño que me tenía. Me metí en mi habitación y terminé de preparar la bolsa para marcharme con Héctor. Al fin y al cabo, allí no hacía nada. Raúl y ella tenían que hablar y, por la postura de mi hermana, sospeché que a mi cuñado le quedaría una larga tarea por hacer. Cuando ya había terminado de vestirme, cogí mi bolsa, en la que había metido algo de ropa y una toalla, y salí al salón.

Me despedí de mi hermana, estaba sentada en el sofá ignorándonos a Raúl y a mí. Antes de irme le dije que si me necesitaba que me llamara y Raúl me hizo un gesto con los ojos que supuse que significaba que no me preocupara. Solo esperaba que él fuera capaz de convencerla.

Cerré la puerta de casa dejándolos allí solos. Con la ligera esperanza de que todo se solucionase como era debido. No sé por qué, pero ver a Cristina con Raúl me hacía sentirme profundamente aliviada. Quizás yo sí que me había dado cuenta de que Raúl era el hombre perfecto para ella. Un hombre dispuesto a darle todo lo que ella deseaba, a construir una vida con ella. Un hombre que no temía desnudar su alma. Ojalá ella hubiese sido capaz de ver todo eso. Pero estaba tan asustada y confundida que me temía que lo echaría todo a perder. Fuera como fuere, esa semana tenía que tomar una decisión.

La decisión más trascendental que hubiera tomado jamás.

Capítulo 25

«Quiero quedarme, niña, quiero estar presente
en mi propia vida.
Y son esos ratitos que me das...».

Para que me quieras - Alejandro Sanz

Conducía y yo lo miraba. Y lo miraba...

Me encantaban sus manos. Eran tan masculinas...

¿En qué momento había perdido la cabeza por Héctor? ¿Cómo era posible que hubiese estado diez años con su hermano y nunca me fijara en él? Ahora sabía que era cierto eso de que el amor podía estar más cerca de ti de lo que imaginabas.

Decía que quería llevarme primero a almorzar y luego a una bonita cala en los Caños de Meca. Me encantaba su voz. Me hablaba y yo lo escuchaba sin apartar los ojos de su precioso rostro. Me había enamorado de ese hombre y apenas sabía nada sobre su vida. A veces me parecía una persona absolutamente transparente, sin reservas ni secretos pero, en cambio, otras, me resultaba extrañamente reservado y misterioso. Y eso hacía que quisiera saberlo todo de él.

Estando a solas conmigo se mostraba de lo más cariñoso y relajado. Después de tanta tensión aquella noche, eso era lo que necesitábamos. Durante el trayecto hacia la playa hablábamos de un montón de cosas. Pero lo que más entretenido nos tenía era la situación de Cristina y Raúl. Su amigo, por supuesto, ya se lo había contado todo. Al parecer, esa noche estuvieron hablando hasta muy tarde y, según Héctor, Raúl lo tenía clarísimo. Quería estar con mi hermana y tener el bebé. Pero a mí, en ese momento, me interesaba saber qué opinaba Héctor al respecto.

—¿Y tú qué piensas de todo esto? ¿Crees que deberían tener el bebé?

Acababa de encontrar un aparcamiento en una estrechísima callejuela de Vejer de la Frontera. Él parecía saber con toda seguridad adónde íbamos, así que ni siquiera le pregunté. Seguramente Vejer era de los pueblos blancos más hermoso de la provincia de Cádiz. Íbamos andando y conversando por un lindo mirador que bordeaba el centro histórico amurallado. El pueblo estaba enclavado en una montaña, por lo tanto, las vistas eran monumentales.

—Lo cierto es que ayer, cuando Raúl me lo contó, me pilló totalmente por sorpresa. Pero después de hablarlo mucho con él, creo que deberían seguir adelante con el crío. A Raúl le encantan los niños y por lo que sé de él, hasta ahora, adora a tu hermana.

—Pero ¿no crees que es muy precipitado?

—Por supuesto que lo es, pero ya no son unos niños, Carolina, tendrán que asumir la situación como adultos. —Vaya, eso último me dejó boquiabierta. Por un momento me sentí tentada a preguntarle qué haría él si yo fuera Cristina, pero sabía que estaba esperando esa pregunta, así que no la hice. Me incliné a quedarme con la duda, al menos de momento.

Charlamos sobre esto y lo otro hasta que llegamos a la puerta de un restaurante.

—Es aquí —dijo él, cogiéndome de la mano.

El lugar se llamaba *Tres delicias*, un antiguo teatro del siglo XIX, reformado, que habían convertido en restaurante y sala de conciertos. Era más bien pequeño, constaba de un salón mediano y una terraza exterior. La altura del local le daba una leve sensación de amplitud, sin embargo, el sitio resultaba de lo más acogedor. Las paredes estaban cubiertas con unos originales papeles pintados y forradas de palets de maderas reciclados.

En cuanto entramos, una camarera joven nos acomodó en una mesa, íntima, en una de las esquinas. El restaurante era de lo más insólito. En el centro del salón había unas estructuras metalizadas decoradas con una multitud de plantas y, tras la barra del fondo, unas largas cortinas simulaban un telón y ocultaban lo que suponía que sería la cocina. Todo me encantaba. Rafa jamás me había llevado a sitios como este. Pero él parecía haber estado en multitud de lugares, y todo lo que me decía y me contaba me resultaba absolutamente excitante.

Supuse que, siendo arquitecto, conocería sitios maravillosos.

La comida estaba exquisita. Era informal y divertida, y durante el almuerzo compartimos varios platos. El tiempo a su lado pasaba a una velocidad vertiginosa. Cuando nos trajeron la cuenta, él, por supuesto, no me dejó pagar. Es más, me hizo un gesto con la cara como indicándome que guardara el monedero. Yo le sonreí y le advertí que luego le invitaría yo a cenar y él me puso los ojos en blanco.

Durante todo el almuerzo habíamos hablado de un montón de cosas, pero en ningún momento había salido a relucir la pelea de la noche anterior. Creo que él tenía tantas ganas como yo de olvidarse de todo y empezar de cero, sin embargo, para mí había algo que me mataba de curiosidad. No lograba entender qué podía haber pasado entre él y Rafa. ¿Qué podía ser lo que causase esa animadversión entre ellos? Pero estaba segura de que aún no lo descubriría. Ese día, simplemente, iba a limitarme a disfrutar de él y de su compañía.

Tras la comida condujimos hasta una cala oculta en los Caños de Meca. Dejamos el coche en un carril de arena y bajamos a pie a un pequeño acantilado. Héctor, en todo momento, me sujetaba con sutileza, ya que el camino era bastante engorroso. Aprovechaba la más mínima ocasión para agarrarme de la cintura y besarme. Estaba loca por comérmelo a besos, pero me contuve como pude. Cuando llegamos a la cala, me fijé que aquella zona estaba reservada para nudistas. Iba delante de él y cuando me di la vuelta para mirarlo él sonrió con picardía.

—¡¿Me has traído a una playa nudista?! —exclamé con los ojos como platos.

—¿Algún problema? —me preguntó él con su gesto picarón.

—Estás loco, no voy a desnudarme.

—¿Por qué no? Yo ya te he visto desnuda.

—Tú mismo lo has dicho: tú. Pero no estoy dispuesta a que toda esta gente me vea.

Él soltó una carcajada y me atrajo hacia él.

—Puedes quedarte solo en topless si quieres.

—Eres un pervertido —le dije, y a continuación le di un mordisco en el labio inferior.

Anduvimos hasta situarnos entre unas rocas que encerraban un tanto de intimidad. Sacamos las toallas y las tendimos sobre la cálida arena. Él me miraba mientras me desvestía. Me quité primero el pantalón corto, luego la camiseta de tirantes y me quedé, delante de él, con el biquini. Me observaba con una mirada cargada de lascivia. Entonces hice algo que sabía que le iba a encantar y me quité la parte de arriba del biquini sin dejar de mirarlo. Él sonrió y se lanzó hacia mí al instante. Me besó hasta dejarme sin respiración y luego me lamió el cuello, sin apartar sus manos de mi espalda y mi trasero.

—No sé si ha sido muy buena idea traerte aquí —susurró con voz ronca, besándome la mandíbula—. No creo que sea capaz de mantener mis manos lejos de ti.

Me encantaba cuando me decía esas cosas. Me hacía sentirme extremadamente sexy y segura.

Al cabo de un rato, ambos estábamos en el agua, besándonos y casi devorándonos. Yo estaba en topless y él llevaba un bañador negro de natación, que le quedaba de infarto. Todo el mundo en esa cala estaba desnudo. Bueno, no es que hubiera mucha gente, pero la poca que había se paseaba como Dios los trajo al mundo. Así que él y yo éramos los únicos que desentonábamos.

En el agua, por un momento, tuvimos que separarnos porque la temperatura subía considerablemente...

Nos pasamos la tarde tumbados al sol. Él se puso una gorra negra para evitar que los rayos le dañaran la herida. Decir que estaba guapo era quedarse muy corta. Una de las veces, tumbada yo boca abajo, sacó crema de protección solar y me la puso en la espalda. Sentí que sus manos sobre mi piel empezaban a convertirse en uno de mis placeres favoritos. Cuando estábamos hartos de tanto sol, nos resguardamos en la sombra de una de las rocas y yo saqué una revista de mi bolso. Juntos hicimos un crucigrama y me quedé asombrada con la rapidez que tenía para descifrar acertijos. Hablamos y nos besamos, más tarde nos besamos y hablamos, y así las horas junto a él se convirtieron en minutos.

La marea estaba bajando bastante y, en ese momento, vi a una joven paseando por la orilla y sujetando una bicicleta. Era exactamente igual que la mía. La misma que hacía dos años me regaló Rafa por mi cumpleaños y que tenía guardada en el trastero de sus padres, junto con algunas otras cosas que le pedí que me guardara cuando hice la mudanza de casa de mis padres. Se me vino a la cabeza que, entre aquellas cajas, había una con un montón de fotos de mi infancia. En más de una ocasión había estado a punto de llamar a su madre para pedírselas, pero lo cierto era que no había encontrado la ocasión, y ahora que estaba allí con Héctor quizás él pudiera ayudarme.

—Héctor, acabo de recordar algo que me ronda últimamente por la mente.

—Dime —dijo él, tumbado a mi lado de costado acariciándome la espalda.

—Verás, me gustaría pedirte un favor.

—Lo que tú quieras. Si es sexo mejor… —Yo sonreí.

—No, en serio. Es que he estado por llamar a tu madre en un montón de ocasiones, pero no he visto el momento. —Él me escuchó con atención—. Tengo algunas cosas mías en el trastero de tus padres y me gustaría recuperarlas.

—Claro, no hay ningún problema. Tengo una llave de ese cuarto. Si necesitas que te ayude voy contigo.

—Bien, pues ya quedamos y me acompañas.

—Claro —aseguró, besándome el hombro.

Durante un instante, ambos nos quedamos en silencio.

—¿Crees que Rafa le habrá contado algo a tus padres? —le pregunté con preocupación. No pensaba hablar de eso con él, pero en ese momento ya era inevitable.

—No lo sé, pero la verdad es que me da exactamente igual. Tú eres una chica libre y yo también lo soy. No estamos haciendo nada malo. Me da igual si mis padres lo aprueban o no.

—A mí no. Quiero mucho a tus padres y me preocupa mucho lo que opinen de mí.

—Mis padres te adoran, conocen perfectamente a Rafa y siempre han sido conscientes de que él no te merecía. No tengo ni idea de si el hecho de que estés conmigo ahora les molestará, pero si es así, ya se acostumbrarán.

Lo miré a los ojos mientras pronunciaba estas últimas palabras y me quedé totalmente sobrecogida. Él ya hablaba como si lo nuestro fuera una relación. Estaba tan feliz que no cabía en mí. Así que me estiré, le acaricié la mejilla, y le di un tierno beso en sus preciosos labios.

—Tienes que prometerme una cosa, Carolina —me dijo, cogiéndome la barbilla para que no dejara de mirarlo—. Si Rafa vuelve a molestarte quiero que me lo digas. ¿De acuerdo? —Su mirada buscó con insistencia la mía.

—Sí, te lo prometo.

Solo esperaba que después de todo lo sucedido, Rafa dejara de acosarme. Aunque conociéndolo… me temía que aquello no había terminado aún…

Él se puso bocabajo y yo apoyé la cabeza en un codo y comencé a acariciarle la espalda. Cerró los ojos como si mis caricias lo relajaran. Yo también me sentía absolutamente relajada con él. ¿Cómo un hombre tan perfecto estaba aún soltero? Ya sabía que aquello era una suerte para mí. Pero me intrigaba saber por qué no había ninguna mujer en su vida que le hubiese llegado al corazón.

—¿Qué pasó con aquella chica con la que se suponía que ibas a casarte? —le pregunté sin pensármelo dos veces.

Él tenía la cabeza apoyada en sus antebrazos, abrió los ojos y me miró.

—No estaba preparado para casarme con nadie. No la quería lo suficiente —me respondió con un gesto serio.

—¿Y por qué esperaste a un mes de la boda? —Sabía que era una pregunta atrevida, pero realmente me interesaba saber el motivo por el que había esperado tanto para romper con una mujer a la que no quería.

—Fue ella la que se empeñó en fijar la boda con urgencia. Le dije que esperáramos un poco más. Me presionó bastante y al final terminé dándome cuenta de que no la amaba lo suficiente.

Seguí acariciándolo, sin dejar de mirarlo.

—Así que no te gustan que te presionen.

Él negó con la cabeza y sonrió.

—¿Y por qué te prometiste con ella si no la amabas?

—¿Pretendes hacerme sentir culpable? —dijo, moviéndose hasta adoptar la misma postura que yo. Ahora estábamos frente a frente.

—No, es simple curiosidad. No entiendo por qué muchos hombres pasan el tiempo así sin más con mujeres a las que no aman.

—Yo no soy uno de esos hombres —musitó él, deslizando su mirada por mi rostro—. La dejé antes de casarme con ella. Justo en el momento en que me di cuenta de que no la amaba. Solo le hice un favor. De otra manera se habría casado con un hombre que no la habría amado como ella merecía.

Me quedé en silencio, analizando su expresión.

—Entonces, tú solo pasas tu tiempo con mujeres que te interesan… —murmuré, intentando no sonreír.

—Por supuesto. Y las que me interesan mucho… me las llevo a playas nudistas para que se quiten el bañador —susurró, paseando sus ojos por mis pechos.

Sonreí, le di un empujón en el hombro y me coloqué bocabajo. Él se lanzó sobre mí, retiró el pelo de mi cuello y me besó la nuca.

Cuando empezó a oscurecer, y después de muchos y muchos besos, decidimos marcharnos. Estaba preocupada por Cristina y quería llamarla. Recogimos nuestras cosas y nos encaminamos al coche. Había refrescado un poco y ahora tenía un poco de frío. Héctor se había dado cuenta, y cuando llegamos al vehículo abrió el maletero y sacó una sudadera suya de color gris. Me ayudó a ponérmela con cariño. Me quedaba enorme. Él sonrió, sacó mi pelo con sutileza y me acarició la mejilla y el cuello con el dorso de su mano. Ese gesto suyo me dejó absolutamente hipnotizada y fue entonces, en ese hechizado, mágico y único instante, cuando pronunció las palabras que toda mujer perdidamente enamorada anhela:

—Te quiero.

Un te quiero claro y transparente. Tan limpio y espontáneo como el agua que emana de un manantial. Un te quiero, sincero y verdadero, que me sobrecogió los sentidos y me asaltó el corazón. Un te quiero que me robó un antes y un después.

Lo abracé pegando mi mejilla a su pecho e inhalando su aroma tan único y masculino, y me aferré como si por primera vez me sintiese unida completamente a él.

—¿Dónde estabas todo este tiempo? —susurré, acercando mis labios a los suyos.

—Esperándote —siseó él con una sonrisa ladeada que hizo que se me desbocara el alma.

Durante el camino de vuelta a casa, él conducía con mi mano en su regazo. No quería soltarme. ¡Dios, Dios, Dios…! No me podía creer que lo hubiera dicho. ¡Me quería! Jamás en toda mi vida me había sentido tan inmensamente feliz. No estaba segura de conocerlo demasiado, pero él no parecía un hombre que desnudara su alma con facilidad. Y, sin embargo, ahora sentía que era mío. Absoluta y completamente mío. Lo miré y tan solo vi lo que había estado buscando. Tenía todo cuanto me gustaba de un hombre. Era descaradamente guapo, divertido, excitante, responsable y ambicioso. Todo lo que ansiaba. Y lo tenía allí. Junto a mí.

Él quiso que me quedara a dormir con él esa noche y, si era sincera, no había nada en este mundo que deseara con más intensidad, pero sabía que Cristina estaba pasando por muy mal momento y tenía que volver a casa junto a ella. La había llamado hacía un instante y me había comentado que estaba sola. Por su tono de voz seguía en sus trece. Le pedí a Héctor que llamara a Raúl, y al parecer habían tenido una bronca descomunal.

Paró el coche frente a mi portal y nos despedimos con una pasión desmedida. Me estrechó entre sus brazos y me susurró al oído que al día siguiente pasaría a recogerme. Tardé una eternidad en separarme de él, pero su teléfono sonó y era Raúl hecho polvo. A saber qué cosas le habría dicho mi hermana…

Cuando abrí la puerta de casa, solté mi bolsa en la entrada y me dirigí al salón. La tele estaba puesta y Cristina estaba sentada en el sofá con los ojos hinchados de llorar.

—Cristina, ¿qué ha pasado?

—Lo hemos dejado —dijo ella con la voz temblorosa, pero intentando parecer convincente.

Me acerqué un poco más.

—Dice que soy una niñata, mimada y caprichosa, y me ha dicho que… que si aborto no quiere volver a verme en su vida.

—Pero, Cristina… ¿Tú quieres a Raúl? —Mi hermana era una persona complicada en cuanto a sentimientos profundos, por eso necesitaba saber si de verdad lo quería, necesitaba oírlo de ella.

—Claro que lo quiero. Estoy loca por él, ¿o es que no lo ves? —exclamó, rompiendo a llorar de nuevo.

—Entonces, ¿dónde está el problema?

—El problema está en que no quiero ser madre, no estoy preparada. Me muero de miedo. He intentado convencerlo de que aún es pronto. Le he dicho que intentaré por todos los medios quedarme aquí en España. La revista para la que voy a trabajar no para de expandirse y le he dicho que puedo trasladarme lo más cerca posible a Sevilla. Puedo renunciar a este trabajo si eso es lo que él quiere, pero no quiero ser madre todavía. No estoy segura de poder hacerlo bien. Pero él no quiere entenderme. —Le agarré una de sus manos. Estaba muy angustiada y se me partió el corazón verla sufrir de esa manera.

—Estoy segura de que solo ha sido un enfado, Cris, seguro que Raúl termina entendiéndolo.

—No, Carolina, tú no lo conoces. Deberías haberle visto. Me ha mirado como si yo fuera el ser más despreciable y egoísta de la tierra. Yo esperaba que él me comprendiera y me apoyara en mi decisión, pero en vez de eso, me ha dejado clarito como el agua que si aborto me olvide de él para siempre.

La abracé porque en ese momento sabía que lo necesitaba y le susurré mientras le acariciaba el pelo:

—Venga, no te preocupes, hablaré con él.

Oh, Dios, me temía que poner a esos dos de acuerdo no me iba a resultar nada fácil...

Estaba agotada, entre lo poco que había dormido la noche anterior y el día de playa tan intenso y maravilloso que había tenido, mi cuerpo lentamente se fue rindiendo. Después de un largo rato hablando con Cristina e intentando entender su perspectiva de todo lo que me explicaba, conseguí que se fuera a la cama. Me di una ducha y me tumbé en la mía. A pesar de todas las cosas que me estaban sucediendo últimamente, me encontraba muy feliz. Al menos en ese instante.

Cristina me preocupaba mucho, pero no sé por qué extraña razón deseaba que tuviera al bebé. Y cada vez que se venían a mi mente las palabras de Héctor, el vello se me erizaba. Dios mío, me había dicho que me quería, y lo había dicho clarito y con todas sus letras. Pero lo que más me gustaba de todo era el momento que había escogido para decírmelo. Un momento tan sencillo y natural.

Mientras pensaba en todo eso, mi móvil sonó. Lo cogí y era él de nuevo. Me contó que Raúl estaba fatal. Se encontraba con él en su casa. Durante un buen rato hablamos de Cristina y de Raúl, pero luego me cambió de tema y me comentó lo bien que se lo había pasado conmigo. Me susurró cosas preciosas sobre mi pelo y mi piel, y me confesó las ganas que tenía de dormir junto a mí.

¡Oh, Dios! Yo sí que tenía ganas de abrazarlo y besarlo. Volvió a comentarme lo de la inauguración del miércoles. Insistió en que lo acompañara. En principio le respondí que sí porque mi hermana dijo que iría con Raúl, pero ahora no sabía qué haría Cristina. Las cosas entre Raúl y ella estaban bastante feas. Aun así, él continuó insistiendo en que lo acompañase. Al parecer, era bastante importante para él. Yo, gustosa, le dije otra vez que sí. Seguimos charlando bastante rato y, finalmente, nos despedimos. Antes de colgar me comentó que el día siguiente quería pasarlo conmigo, pero yo aún no sabía cómo estaría mi hermana. No quería dejarla sola en esos momentos.

Me dormí con su rostro clavado en mi mente. Era tan guapo que ni yo podía creerlo. Pero esa noche, en una grieta de mis sueños, apareció de nuevo ese misterioso y despreciable desconocido...

Era por la tarde y estábamos en la playa. Héctor tumbado a mi lado, acariciándome la espalda y besándome el hombro. Hablábamos y bromeábamos, relajados y felices. De pronto él se levantó y se fue al agua.

De pie, en la orilla, observé su monumental cuerpo. Era tan perfecto que aún no me creía que fuera mío. Me hizo un gesto con la cabeza para que fuera con él, risueño, pero cuando me levanté para correr a su lado alguien me sujetó.

¡Otra vez no! Me agarró con fuerza y me hizo daño en los brazos, mucho daño. Luché para deshacerme de sus manos, pero me tenía absolutamente inmovilizada. Aunque esta vez no me rendí, me revelé con todas mis fuerzas hasta que conseguí librarme de él. Fue entonces cuando me giré para mirarlo y vi ante mí a mi peor pesadilla: Rafa.

Me observaba con su sonrisa sarcástica y maligna. Le grité que me dejara en paz, pero él siguió con su irritante sonrisa sellada a su rostro. Intenté alejarme de él, pero me agarró de nuevo. Grité con desesperación para que Héctor me ayudara, pero él permanecía paralizado en la orilla, observándonos como si no quisiera hacer nada al respecto, con una extraña mezcla de expresiones en sus facciones. Decepción y frustración.

Así era. Héctor no confiaba en mí. Mientras Rafa me sujetaba no podía dejar de mirar a Héctor. Me dolía profundamente que me mirase de esa manera. Y observé que se iba y me dejaba en manos de su hermano. Grité su nombre, pero era inútil, él se alejó de mí y me abandonó. La risa de Rafa me corrompía los sentidos, lo detestaba. Pero en esos momentos, yo solo podía gritar y gritar…

—¡¡Carolina!! ¡¿Qué te ocurre?! ¡Despierta! Tenías una pesadilla —exclamó mi hermana sentada en mi cama y acariciándome el brazo—. Estabas gritando el nombre de Héctor. ¿Qué demonios estabas soñando?

Intenté serenarme. Miré a mi alrededor y era de noche. La habitación se hallaba muy oscura. El rostro de Cristina estaba ligeramente iluminado por la luz de las farolas que se colaba por la ventana. Respiré profundamente.

—¿Te encuentras bien? —preguntó ella, observándome.

—Sí, solo ha sido una pesadilla —susurré, pasándome las manos por la cara.

—¿Quieres que me quede aquí contigo? —No sé por qué, pero intuí que era ella la que quería dormir conmigo.

—Sí, por favor —le dije de inmediato.

Ella sonrió y se acomodó a mi lado. Al cabo de un rato la miré y vi que tenía los ojos abiertos. Estaba sufriendo, la conocía demasiado. Entonces hice algo que sabía que en un futuro me agradecería. Decirle lo que pensaba:

—Quiero que tengas el bebé.

Ella cerró los ojos y suspiró.

—Es muy complicado…Tengo miedo —musitó.

—Lo sé, yo también.

—Tener un bebé ahora… significa renunciar a todo lo que deseo.

—No tienes que verlo de esa manera.

—Es una locura… Tú no lo entiendes…

—Una locura de las buenas —aseveré.

Ella se giró hacia al otro lado y me dio la espalda. En ese asunto no estábamos para nada de acuerdo. En el fondo sabía que era una locura. Por supuesto, era arriesgado, pero qué significado tenía la vida si no te arriesgabas en cosas como esas.

Me acerqué a ella y le pasé la mano por la cintura. Sabía que aún estaba enfadada conmigo, pero me daba igual. Me coloqué detrás de ella y le di un beso en la cabeza.

—Yo te ayudaré —le susurré.

—Duérmete —me contestó en voz baja.

Al menos lo estaba pensando. Que por ahora ya era un gran paso…

Capítulo 26

«Sí, nunca. ¿Nunca te sentiste
como si no fueras nada?
Tú eres un perfecto maldito para mí…».

Perfect - Pink

Las náuseas matutinas de Cristina me sacaron de mi ensoñación. Me levanté de un salto y corrí hacia el baño. Ella estaba de rodillas delante del retrete. Todo indicaba que no tendría un embarazo fácil. Le sujeté el pelo con delicadeza. Pobrecilla.

A media mañana, Héctor me llamó para que pasase el día con él, pero Cristina se encontraba fatal, estuvo toda la mañana vomitando y no quería dejarla así.

Raúl estaba con él. Pero me temía que no tenía intención de llamar a Cristina. Por lo que Héctor me había contado por teléfono, Raúl se convenció de que si Cristina abortaba no quería saber nada más de ella.

Por la tarde, Héctor volvió a llamarme, andaba loca por verlo. Cristina tenía un humor de perros y estaba insoportable. Así que cuando Héctor vino a casa sobre las seis de la tarde, ella apenas lo saludó y se metió en su habitación.

Estaba guapísimo. Llevaba un vaquero claro y una camiseta negra. Se sentó en mi sofá y durante bastante rato charlamos y bromeamos. Al parecer, debía volver a Sevilla esa misma tarde. Había trabajo atrasado y se tenía que poner al día. Quería que el miércoles me quedara a dormir con él en Sevilla, y la verdad era que lo estaba deseando. Pensé en llamar a Emilio. Podía pedirme un par de semanas y dejar el resto de las vacaciones para más adelante.

En mi casa estuvo muy cariñoso conmigo. Sobre las ocho de la tarde se marchó. Pasó casi dos horas y el tiempo había volado para mí. Habíamos quedado en volver a vernos el miércoles, me comentó que me fuera para su casa a mediodía. Decía que me invitaría a almorzar y que cocinaría él. ¡Guauu! La inauguración comenzaría a las ocho de la tarde. Vamos, lo que se dice un día completísimo. Y, encima, luego, quería que me quedara a dormir con él. Estaba tan emocionada que tuve ganas de ponerme a hacer piruetas. Ya estaba deseando que llegara el miércoles. Se acababa de marchar y ya le echaba de menos.

Comenzó la semana y se me hizo eterna. Emilio me había dado una semana de vacaciones, pero decía que la siguiente no me podría ir porque ya se la había pedido Lucas. El lunes, temprano, fui al ginecólogo con Cristina. Esta vez quiso entrar sola en la consulta. Ella apenas me dirigía la palabra. Insistía en que quería abortar y, a pesar de no estar de acuerdo con ella, no podía hacer otra cosa que apoyarla. Ya tenía cita para hacerse la intervención. Sería el próximo viernes a las doce de la mañana. El médico le había dado unos días de reflexión como indicaba el protocolo en esta clase de situaciones. Ya no podía hacer nada más, si eso era lo que deseaba…

Me pasé todo el día con ella. Lunes y martes por la tarde quedamos con las chicas para ir a la playa. Ella no quiso contarles nada sobre el embarazo. Así que el tiempo que estábamos con Raquel y Marta se mostraba graciosa y divertida, como de costumbre, pero cuando llegaba a casa, estaba hecha polvo. Sabía que estaba sufriendo muchísimo. Raúl no la había llamado ni una sola vez.

Héctor no había dejado de telefonearme, estaba tan a gusto con él que aún no me lo creía. Además, parecía que todo jugaba a mi favor, ya que Rafa no volvió a molestarme desde la pelea. Tal vez me dejara en paz de una vez. Ojalá.

Hablé con María por teléfono y le conté lo de la reyerta del viernes. Se quedó de piedra. Le comenté lo de la inauguración y le prometí que la llamaría el próximo fin de semana para vernos y contarle cómo seguía todo con Héctor. Aun así, ella me había aconsejado que no bajara la guardia con Rafa, decía que era muy extraño que después de enterarse de lo de su hermano no hubiera vuelto a molestarme, pero igual estaba intentando arreglarlo con su chica. La muy ilusa se fue muy enojada aquel día. Al menos me había demostrado tener un poco más de dignidad que él.

¡El miércoles llegó, al fin!

Cristina se levantó con náuseas, pero con las pastillas que le recetó la doctora parecía que iba a mejor. Ese día estaba bastante ocupada. Llevaba toda la mañana en el ordenador editando fotografías. Al parecer, le habían enviado un correo desde la revista, encargándole un trabajito, y lo cierto era que el estar ocupada le venía de maravilla. No mencionó a Raúl para nada, pero yo sabía que lo llevaba fatal.

Hablé con ella sobre la inauguración y mis planes con Héctor, y le dejé claro que si ella se encontraba mal no me marcharía, pero insistió en que me fuera y me divirtiera. Me dijo que estaría bien, y que quedaría con las chicas para ir a la playa y salir un rato por la noche. Eso me tranquilizó bastante, al menos sabía que no estaría sola mucho tiempo. Me quedaría a dormir esa noche con Héctor, pero pretendía volver el jueves sobre mediodía. Dejarla en ese estado, sola, no me hacía ni pizca de gracia.

Antes de salir de mi habitación, repasé la maleta una vez más. Cepillo de dientes, champú, crema hidratante, espuma para el pelo, maquillaje, barra de labios… Sí, creo que sí, en la bolsa de aseo lo llevaba todo. Había escogido para la inauguración un vestido negro de tirantes con escote en pico y a la altura de la rodilla. Era muy sencillo, pero me quedaba genial, y si le metía un taconazo negro, era ideal para una ocasión como esa. Al menos eso creía. Por supuesto escogí meticulosamente mi ropa interior y también guardé unos pendientes largos, negros con brillantitos, que me encantaban. Llevé ropa de sobra, por si acaso.

El termómetro que había cercano a la Plaza de la Alameda de Hércules, de Sevilla, marcaba a las dos de la tarde 38 grados. Gracias a Dios que el aire acondicionado del coche me funcionaba, sino me hubiese derretido. Llamé a Héctor cuando entraba en Sevilla y me indicó que llevara mi coche directamente a su garaje, que allí había una plaza libre para el mío, era de su vecino pero no estaba. Me hice un poco de lío buscando la calle, pero preguntando llegué sin muchos problemas.

Él me estaba esperando en la puerta del garaje, llevaba las llaves en la mano. Cuando detuve el vehículo delante de él, sonrió. Su bonita sonrisa hizo que me pusiera a temblar de nerviosismo. Estaba guapísimo, como era habitual en él. Llevaba un pantalón beige y un polo azul marino. Tenía el pelo más corto que la última vez. Como si acabara de cortárselo. Abrió la puerta y subió al asiento del copiloto.

—Hola, preciosa —me dijo, justo un instante antes de acercar su cara a la mía y plantarme un delicioso y apasionado beso.

—Te he echado de menos.

—Y yo —le susurré.

Él abrió el garaje con un mando y me pidió que entrara. Me indicó la plaza donde debía aparcar.

Salió del coche y se dirigió a mi puerta, la abrió y esperó a que yo saliera. Un gesto chapado a la antigua, pero que a mí me dejó sin aliento. Entonces se acercó a mí y me abrazó con fuerza, levantándome del suelo. En sus brazos yo era tan pequeña... Me besó de nuevo y me colgué de su cuello.

¡Dios, qué guapo era y qué bien olía!

Minutos después estábamos en su casa. En su precioso y moderno apartamento. Tenía el aire acondicionado puesto y cuando entramos fue un alivio. De pronto se me vinieron a la cabeza los recuerdos de la primera noche que pasamos juntos. Cuando le hice el masaje... No pude evitar sonreír. Él llevó mi maleta en una mano y la dejó a un lado de la puerta.

—¿Tienes hambre? —me preguntó, acercándose poco a poco a mí.

—Sí, pero no de comida precisamente —musité en tono juguetón.

—Humm, me encanta —comentó, poniendo su mano en mi nuca y con la otra apartándome el pelo del cuello para besármelo.

—¿Sabes? Hoy he cocinado para ti. Me he levantado una hora antes para dejarlo todo preparado —susurró mientras regaba un camino de besos en mi cuello.

—Te lo agradezco mucho, pero hoy la comida va a esperar un poco. —Y le agarré el polo azul por la cintura para quitárselo. Estaba deseando besar su cuerpo, admirarlo, devorarlo.

Él sonrió y al instante siguiente se sacó aquella prenda por la cabeza. Lo tenía allí delante y era solo para mí. Acerqué mi boca a su pecho y le besé. Llevaba un vestido de tirantes playero y él no tardó ni un segundo en quitármelo. Me había puesto un sujetador sin tirantes, rosa, y una braguita de encaje a juego. Ese conjunto me lo compré hacía tiempo y lo tenía guardado para una ocasión especial. Cuando él se desprendió del vestido y vio mi ropa interior, se quedó prendado. Abrió mucho los ojos y se mordió el labio inferior.

Causarle esa sensación de deseo me volvía loca. Me atrajo hacia él y me cogió en brazos, sujetándome por las nalgas mientras me devoraba la boca. Yo le rodeé la cintura con mis piernas y me agarré a su cuello. Al instante siguiente me dejó sobre la cama. Le deseaba tanto que lo quería ya dentro de mí.

Comenzó a besarme los pechos por encima del sujetador, a lamerlos. Se deleitaba en mis senos y poco a poco comenzó a bajar lamiéndome el vientre. Besándome los costados. Hacía comentarios sobre lo bien que olía y lo dulce que era mi piel. Oh, Dios, me encantaba.

Poco después tenía su cara entre mis muslos y besaba mi sexo por encima de la delicada tela de encaje. Dio un mordisquito en la cara interna de mis muslos y me miró desde allí abajo, y sonrió con picardía. Lo ayudé a deshacerse de mis braguitas y yo misma me quité el sujetador. Ahora estaba completamente desnuda debajo de él, y él aún tenía puesto el pantalón. Llevé mis manos a su cinturilla y le desabroché el botón. El resto lo hizo él.

Su gran y hermosa erección apareció entre mis manos. La toqué y respiró profundamente. Cuando estaba con él me sentía extremadamente sexy y poderosa. Ni yo misma me conocía. Lo único que deseaba era su placer. Entonces le obligué a tumbarse en la cama de manera que ahora era yo la que estaba encima. Se recostó sobre las almohadas y me observó. La imagen desde allí arriba era grandiosa. Me puse de rodillas entre sus piernas y le besé los pectorales. Cuando llegué a sus pezones los lamí. Lo oí respirar agitadamente. Me cogió la cara para intentar besarme, pero le agarré las manos y se las puse por encima de la cabeza para que no pudiera tocarme. Él sonrió.

—Déjame a mí —susurré antes de pasar mi lengua por sus labios—. Ahora no puedes moverte, ¿entendido? —Asintió con la cabeza, siguiéndome el juego. El brillo en sus ojos era excepcional. Fulgurante.

Ese hombre había despertado a la diva del sexo que estaba oculta en mí. Ese irresistible y sensual varón. Y ahora no me apetecía otra cosa que no fuera saciarle.

Le besé el pecho y tracé círculos con mi lengua por sus abdominales. Era tan hermoso…

Cuando me acerqué a su erección y comencé a chuparla, él echó la cabeza hacia atrás, apretando los dientes. Mientras le saboreaba, su respiración poco a poco se convirtió en fuertes jadeos y cuanto más lo oía gemir más me instaba a seguir lamiéndolo. Movió las caderas buscando su placer, penetrándome la boca, y de pronto me tiró del pelo, desobedeciendo por completo mis instrucciones en el juego. Pero a mí me encantaba. Podría haber estado horas probándolo.

Él me agarró por los brazos y me apartó. Su respiración estaba muy acelerada y creí que estaba a punto de llegar al orgasmo.

—Si sigues haciendo eso, vamos a terminar pronto —aseguró con media sonrisa y con un ligero sudor en la frente.

Entonces me besó, saqueándome la boca. Y sin saber cómo, me colocó boca abajo en la cama. Empezó a besarme la espalda, y fue bajando poco a poco hasta llegar a mis glúteos.

—Me encanta tu culito —dijo al mismo tiempo que lo lamía y lo mordisqueaba.

Se tumbó sobre mí y sentí su sexo sobre el mío. Lentamente me abrió las piernas con las suyas mientras me besaba el hombro. Estaba absolutamente excitada y preparada para recibirlo. Tumbada en la cama, boca abajo, y él encima de mí. Me tenía los brazos sujetos por encima de la cabeza, y me acariciaba al mismo tiempo que me besaba en el cuello y en los hombros. Creí que podría llegar al orgasmo solo con sus caricias. Pero hice un ligero movimiento de caderas, ansiosa de sentirlo dentro. Entonces él me pinzó la barbilla para que levantara la cabeza, lo besé y en ese momento me penetró.

Mi sexo, al recibirlo, se contrajo succionándolo hacia el interior. Y en ese preciso instante su respiración se mezcló con la mía. Todo lo demás se convirtió en jadeos y gemidos. De repente sentí que mi cuerpo se estremecía de placer. Él estaba bombeándome con movimientos deliciosos y expertos. Sentí su cuerpo perfectamente acoplado al mío. Con una de sus manos sujetaba las mías por encima de mi cabeza y la otra la bajaba hasta mi clítoris para acrecentar mi placer. La presión que ejercía sobre mí cada vez era más intensa, más profunda y cuando creí que iba a alcanzar el clímax, salió de mí, deteniendo lentamente sus movimientos. Acercó su boca a mi oído, mordisqueó el lóbulo de mi oreja y dijo con la voz ronca y cargada de lascivia:

—Date la vuelta. Necesito ver cómo te corres. —Su mano abandonó mi clítoris y comenzó a masajear una de mis nalgas. Me di la vuelta bajo su febril y tórrido cuerpo.

Los vellos se me pusieron de punta solo de pensarlo.

El nivel de excitación era tan elevado que estaba deseando volver a tenerlo dentro de mí. Él se agarró el miembro con una de sus manos y lo paseó por mi clítoris, intensificando mi deleite. Estaba totalmente húmeda y muy excitada.

Entonces colocó la punta de su pene en los labios de mi intimidad y muy lentamente empezó a deslizarse. Mi interior ardía, palpitaba. Aquella deliciosa y lenta intrusión despertó cada estímulo de mi cuerpo. Esa extraordinaria y fascinante sensación era puro pecado. La manera en la que me sentía expuesta y rendida a él… me resultaba enfermiza.

—Oh, Dios, Carolina… eres fantástica —susurró con los dientes apretados.

Me agarré a su cuello con fuerza, clavando mis uñas en sus hombros. Reclamándole que acabara de una vez con aquella tentadora y resbaladiza tortura. Incitándolo a que acelerara sus movimientos y calmara aquella enardecida fricción.

Nunca imaginé que sentirme tan dócil y vulnerable bajo su pecaminoso cuerpo me resultara tan sensual y delicioso…

Gemidos de placer descontrolados salían de mi boca a medida que él fue acelerando su cadencia. Me encantaba que me poseyera a su antojo, que hiciera conmigo lo que quisiera. Intentó penetrarme más hondo, tanto que me dolía, pero aun así fui incapaz de detenerlo.

—Míranos, Carolina —siseó, apoyándose en sus antebrazos y con la voz rajada por el deseo—. Encajamos a la perfección.

Me encantaba cuando me hablaba de esa manera tan sensual. Me fascinaba su voz.

Nuestros cuerpos se acompasaban. Una de sus manos acarició mi clítoris haciendo que me estremeciera de pies a cabeza. Me besó con una pasión desmesurada mientras seguía penetrándome. Esta vez, encima de mí, sus movimientos eran más espasmódicos. Más potentes. Sencillamente, el sexo con él era maravilloso. Una y otra vez se hundió en mí y yo disfruté como nunca.

Nuestras respiraciones enloquecidas, sus movimientos y sus expertas caricias en aquel placentero y diminuto punto de mi cuerpo, me hicieron alcanzar un orgasmo colosal. Y mientras gritaba de placer, él se dejó ir, derrumbándose sobre mí.

Lo tenía encima de mi cuerpo, empapado en sudor, oliendo a él y a sexo. ¿Dónde mejor podría estar?

A las ocho menos dos minutos aparcamos el coche delante del lujoso edificio. Estaba situado en el parque empresarial Torneo. Se trataba de una zona moderna y empresarial a pocos minutos del casco urbano de la ciudad. Todos los edificios guardaban la misma línea. Altos, elegantes y relucientes que delataban lujo y ostentación.

Miré a Héctor y vi que estaba impecable con su traje negro. Parecía un actor de cine. Dios mío, era guapísimo. Todavía estaba aturdida con todo lo que me estaba sucediendo. En su casa había sido maravilloso, y no me refería solo al sexo. Preparó una sabrosa lasaña de verduras y mariscos y lo hizo ¡solo para mí! ¡Madre mía! Más tarde, nos dejamos llevar por la pasión en la ducha. Al final, tuvimos que arreglarnos a la bulla porque casi llegamos tarde al evento. Pero lo cierto era que había merecido la pena.

Cuando me vio salir del baño, con mi vestido negro y mis taconazos, se abalanzó sobre mí y por poco acabamos de nuevo en la cama.

Había optado por recogerme el pelo en un sencillo moño bajo. Él me dijo que estaba preciosa.

Durante el camino me contó que el padre de Raúl compró el suelo donde se había construido el edificio hacía bastantes años, y que cuando luego decidieron convertir aquello en una zona empresarial, tuvieron que derribar todo lo que había. Al parecer, había sido un proyecto largo y muy complicado, pero allí estaba, ya terminado. Y según Héctor, él había tenido bastante que ver. Su implicación era palpable.

Accedimos al interior del edificio por unas puertas giratorias enmarcadas en bronce. Me quedé boquiabierta una vez dentro. Los suelos y paredes eran de mármol veteado, y el contraste con el acero de los ascensores y torniquetes de seguridad daba una sensación flamante y sofisticada. Todo era de última tecnología.

Un par de azafatas, elegantemente vestidas, nos recibieron y nos indicaron que la celebración era en la segunda planta, en la sala de conferencias. Una de ellas había reconocido a Héctor. Tras nosotros entraron dos parejas y observé que llevaban unas invitaciones. Nosotros, por lo visto, no las necesitábamos.

El ascensor era enorme y tenía un sistema digital muy novedoso. Héctor todo el tiempo me llevaba de la mano. Me iba explicando detalles sobre la decoración, la iluminación y el sistema de seguridad. Era tan guapo y tan listo…

Cuando llegamos a la segunda planta y salimos del ascensor, todo estaba lleno de gente. El acto era en la sala del fondo, pero por los pasillos había bastantes personas con copas de champán en las manos y charlando tranquilamente.

De pronto, Héctor me soltó y comenzó a saludar. Conocía a casi todo el mundo. Se notaba que estaba en su ambiente, la mayoría eran personas que se dedicaban al sector de la construcción. Había muchos empresarios y gente del Ayuntamiento de Sevilla.

Entramos en la sala de conferencias. Era muy amplia y estaba completamente iluminada. Al fondo, subiendo unos cuatro escalones, había una pantalla de retroproyección enorme. Por las centelleantes luces blancas, el pulido suelo, la lista de invitados e incluso el champán servido en copas altas, se notaba que era un evento importante y esperado.

El servicio del caterin se movía de un lado a otro con bandejas repletas de deliciosos canapés y copas de vinos y cervezas. Héctor detuvo a uno de los camareros y cogió dos copas de vino blanco. Me ofreció una mirándome directamente a los ojos. Luego alzó la suya.

—Por nosotros y por los muchos eventos a los que quiero que me acompañes —dijo, brindando conmigo.

Ese comentario sí que me dejó absolutamente perpleja y no pude hacer otra cosa que sonreír, al tiempo que daba un sorbo. Por supuesto que me encantaría acompañarlo a cualquier sitio, de hecho, me hubiera quedado pegada a él de por vida.

En un lado de la sala vi a Raúl y a su padre, conversando con unos señores. Raúl se giró y nos vio. Inmediatamente se acercó a nosotros.

—Hola, Carolina estás preciosa —afirmó, dándome un casto beso en la mejilla.

Estaba también muy guapo. Lástima que mi hermana no lo viera tan elegante con su traje gris oscuro. Nos pusimos a charlar los tres. Sabía que estaba fingiendo naturalidad, pero ya lo iba conociendo un poco mejor y se moría por preguntarme por Cristina.

Miguel, el padre de Raúl, se unió a nosotros. Cuando me vio le dio una alegría enorme y me saludó casi eufórico. No cabía duda de que a ese hombre yo le simpatizaba. Le pregunté por su mujer y poco después apareció ella detrás de mí. Me saludó también, cariñosa. Por un momento observé la reunión y me percaté de que la única que faltaba era mi hermana. Mi cabezota y tozuda hermana, y justo en ese instante Miguel me preguntó:

—Y Cristina, ¿qué tal está? Me ha comentado Raúl que andaba fatal con un virus gastrointestinal. —Su madre también me observaba con un ligero gesto de preocupación.

Miré a Raúl y, este, sin dejar de mirarme, le dio un último sorbo a su copa.

—Bien…, ya está mejor. Un poco cansada, pero mejor… Ya sabéis que esos virus te dejan hecha polvo —dije, mintiendo sin piedad.

Raúl puso los ojos en blanco y se dio la vuelta para hablar con dos hombres que acababan de acercarse. Parecía muy molesto con todo lo relacionado con mi hermana. Rosa, Miguel, Héctor y yo seguíamos conversando. Hablábamos del edificio. Miguel me contaba las diferentes dificultades por las que habían pasado durante el proyecto. Me comentaba lo difícil que había sido conseguir las licencias, pero parecía muy orgulloso de haberlo logrado al fin. Todo el tiempo se dirigía a Héctor con halagos y palabras de complacencia. Sin duda, a Miguel se le caía la baba con Héctor.

La fiesta continuaba con normalidad. Había muchos empresarios en ese evento. Todos ellos aprovechaban para relacionarse y promocionar sus empresas. La gran mayoría había comprado oficinas en el edificio, y otros muchos simplemente habían sido invitados al acto.

Héctor y Miguel se unieron a los dos hombres que hablaban con Raúl, y Rosa y yo seguimos conversando. Por las preguntas que me hacía sobre Cristina sé que intuía que Raúl y ella estaban disgustados, pero en ningún momento me lo preguntó directamente. Era una mujer muy avispada y, como madre que era, conocía a su hijo y sabía que no estaba del todo bien.

Raúl volvió a acercarse a nosotras, estaba deseando quedarse a solas conmigo, lo sabía. Su madre se dio cuenta y se alejó con la excusa de saludar a una vieja amiga. Un camarero se acercó a nosotros y él cogió dos copas de champán. Me ofreció una. Desde que había llegado lo había visto beber varias, y esa última se la tomó de un solo trago.

—Bueno, ¿qué tal Cristina? ¿Ya tiene hora para matar a mi hijo? —me preguntó con sarcasmo.

—Raúl, creo que estás llevando todo este asunto demasiado lejos… —aseveré en voz baja—. Podrías intentar entenderla.

—¿Entenderla? ¿Qué es lo que quieres que entienda? No va a tener en cuenta mi decisión. Yo sí quiero tener el bebé. ¿Por qué no me entiende ella a mí? —En sus hermosos ojos grisáceos vi su sufrimiento.

—Raúl, tal vez ella lleve razón y aún sea un poco precipitado. Os conocéis desde hace muy poco tiempo…

—Eso solo es una excusa. Mis padres se casaron a los tres meses de conocerse y llevan casi toda una vida juntos. Sé que ella y yo podríamos ser muy felices, pero si se deshace del bebé lo estropeará todo y, por mucho que me duela, me olvidaré de ella para siempre.

¡Oh, Dios mío!, lo decía totalmente en serio.

—Ella está asustada. Cree que aún no está preparada para ser madre. He intentado convencerla, Raúl, pero no quiere tener al bebé.

—¿Cuándo lo hará? —me preguntó con un tono de voz frío y distante.

—Tiene cita el viernes por la mañana.

—Irás con ella, ¿verdad? —Volvió a preguntar.

—Por supuesto —aseguré.

Ambos nos quedamos en silencio.

—Podrías acompañarla tú también —le dije con un hilo de voz—. Sería lo correcto.

Él suspiró y me miró directamente a los ojos.

—Ni hablar. —Ahora estaba aún más enfadado—. Ya te lo he dicho, Carolina, si aborta no quiero volver a verla en mi vida.

—¡Oh! Vamos, Raúl, no puedes ser tan obtuso. —Estaba claro que mi hermana y él estaban hechos el uno para el otro. Ambos igual de tozudos.

—Haría cualquier cosa por tu hermana, pero en esto no pienso ceder.

Negué con la cabeza y en ese momento vi a Héctor y a Miguel hablando con dos hombres. Uno de ellos me sonaba bastante. Lo reconocí, era Mario Márquez, el abogado y socio de Héctor en el bar. Impecablemente trajeado. Era el marido de Patricia. Miré a un lado y a otro, pero ella no estaba.

¡Gracias a Dios!

Seguí hablando con Raúl, intentando razonar con él, pero me resultaba tan agotador como mi hermana, así que decidí retirarme un momento al baño y luego llamarla. Me quedaría más tranquila si sabía que ella estaba bien.

Me retoqué un poco el maquillaje en el baño y luego busqué intimidad en uno de los pasillos para llamarla. Hablé con ella y me aseguró que estaba perfectamente. Le pregunté qué había comido y me lo contó con todo lujo de detalles. Ahora que sabía que estaba de mejor humor yo también me sentía mejor, pero un segundo antes de colgar me preguntó por Raúl y le conté a modo de resumen y con un poco de sutileza lo que me había dicho sobre abortar. Ella no dijo nada, se quedó en silencio, y a continuación se despidió de mí, deseándome que me lo pasara bien con Héctor. Cuando colgué me quedé un minuto mirando el teléfono y pensando en ella. Tal vez no debería haberla dejado sola. No soportaba verla tan vulnerable.

Guardé el móvil en mi diminuto bolso negro y me encaminé hacia la sala en busca de Héctor. Cada vez había más gente allí dentro. No sabía que sería un acto tan mediático. Me puse a buscarlo entre la multitud, pero no lo vi. De pronto localicé a Raúl y a su padre. Hablaban con un hombre y con una mujer. Me encaminé hacia ellos y cuando la distancia era más corta, observé mejor a la mujer.

¡Maldita sea!, era Patricia.

Llevaba un vestido muy ceñido, a la altura de las rodillas y con un escote generoso. Detuve a un camarero que en ese momento pasaba por delante de mí y cogí otra copa de champán de la bandeja que sujetaba con profesionalidad. La necesitaba antes de presentarme ante esa mujer.

Su vestido era rojo, cómo no. Ella no podía haber escogido otro color. ¡Tenía que ser el rojo! El color de la ambición y el poder. Observé de lejos su espectacular figura y su perfecta melena negra. Esa mujer lograba que perdiera la confianza en mí que hacía tan poco había recuperado. Mi cuerpo estaba completamente en alerta. Temblorosa e insegura. Odiaba sentirme así.

Antes de salir de casa de Héctor, mi vestido y mi peinado me parecían ideales, pero ahora que la tenía a ella ante mí, me sentía extrañamente ridícula. Estaba charlando con Miguel y Raúl. Era evidente que cuando ella estaba rodeada de hombres, era el centro de las miradas. No conseguí reunir las fuerzas suficientes para acercarme a ellos. Le di otro trago a mi copa y busqué a Héctor con la mirada.

Estaba sola, en medio de esa sala, rodeada de gente que no conocía e intentando emborracharme debido a un ataque de celos. La cosa empeoraba por momentos. Vi a Héctor en uno de los laterales hablando con otro hombre. Me quedé observándolo y, por un momento, creí que eran imaginaciones mías, pero un segundo más tarde me di cuenta de que no apartaba sus ojos de Patricia. Tenía ganas de salir corriendo de allí. Pero no quería sacar las cosas de quicio. Así que me armé de valor y me acerqué a él.

—Vaya, estaba buscándote, ¿dónde te habías metido? —preguntó, pasándome la mano por la cintura.

—He ido a llamar a Cristina. Estaba preocupada por ella.

El hombre que estaba frente a él nos observaba con una sonrisa ladeada.

—Mira, Carolina, él es Brent Lowell —dijo presentándome.

—Encantado de conocerte, Carolina —comentó el hombre de unos cuarenta años, alto y rubio, y con un refinado acento inglés, extendiéndome la mano cortésmente.

—Igualmente —añadí.

—Brent es uno de los inversores del centro comercial que estamos diseñando en Nueva York —me informó Héctor.

En el momento que mencionó Nueva York recordé lo que me dijo una vez sobre marcharse. Intenté disimular mientras me explicaba lo interesado que estaba ese hombre en su forma de trabajar, pero no pude evitar pensar en que se iría.

—¿Trabajas con Héctor en el estudio? —me preguntó el hombre.

—No...

—No, Brent, ella es mi amiga. —En el momento en el que esas palabras salieron de su boca, sentí una punzada en el estómago.

¡¿Su amiga?!

—Sí, solo soy una amiga de Héctor, trabajo y vivo en Cádiz, soy asesora laboral —le dije al inglés con la cabeza alta e ignorando por completo a Héctor.

—Me encanta Cádiz. He veraneado muchos años allí. Es una ciudad preciosa.

El inglés y yo nos enzarzamos en una profunda conversación sobre el turismo y lo preciosos que eran los distintos pueblos de la provincia, e ignoré todo lo que pude a Héctor mientras él continuaba a mi lado, mirándome asombrado.

Me había molestado mucho que dijera que yo era *su amiguita*. Si así era, actuaría como tal...

Capítulo 27

*«No hables,
ya sé lo que estás diciendo,
así que, por favor, deja de dar explicaciones...».*

Don't Speak - No Doubt

Desde que Patricia había aparecido en escena, Héctor no había vuelto a acercarse a mí. Su actitud había cambiado por completo, ya no era el Héctor cariñoso y juguetón de hacía un rato. Ahora tan solo era un hombre encaprichado de otra mujer. No le había quitado el ojo de encima desde que ella había llegado.

Al principio pensaba que eran solo conjeturas mías, pero llevábamos en la inauguración más de dos horas y él no dejaba de observarla. En cuanto su mirada se cruzaba con la mía disimulaba lo que podía, pero era evidente que ella le importaba más que yo. O eso creí...

Además, no se habían saludado, por lo que deduje que estaban enfadados. Ella se había mantenido distanciada de nosotros todo el tiempo, eso sí, no se había apartado de su ángulo de visión en ningún momento. Estaba casi convencida de que me había llevado allí solo para darle celos. Me sentía como una completa imbécil...

¡¿Qué hacía yo allí?! Con toda esa gente a la que apenas conocía, en vez de estar en mi casa, con mi hermana, ella me necesitaba a su lado. De repente sentí unas ganas terribles de salir corriendo, pero no pude. Tenía que enfrentarme a la realidad y, por muy dolorosa que fuera, no pensaba irme de ese lugar sin saber qué ocurría realmente entre Héctor y esa mujer. Necesitaba averiguar qué había entre ellos.

Al cabo de un rato, Héctor volvió a colocarse junto a mí, pero apenas me tocó. Dos hombres más se habían acercado a nuestra reunión. También eran extranjeros. Deduje que trabajaban con el tal Brent Lowell. Miguel y Raúl se habían unido a nosotros de nuevo, y Patricia y su marido permanecían hablando con otro grupo a unos tres metros de distancia, eso sí, ella no quitaba ojo a Héctor.

Miguel se había dado cuenta de que yo estaba un poco incómoda, pensaba que era porque estaba rodeada de muchos hombres a los que apenas conocía, pero ese no era el motivo. Así que me cogió del brazo y me llevó a dar una vuelta por las oficinas. Decía que quería enseñarme todas las instalaciones, y lo cierto era que en ese momento se lo agradecí enormemente. Necesitaba salir de allí un rato.

—¿Te noto un poco incómoda? ¿Te encuentras bien? —me preguntó, saliendo de la gran sala de conferencias.

—Sí... sí, es solo que no conozco a nadie.

—Bueno, ¿qué tal con Héctor? —Intentaba sacarme conversación mientras me conducía escaleras arriba para enseñarme la planta superior.

—Bien, bien... —le contesté sin mirarlo. No me apetecía nada hablar con Miguel de mi relación con Héctor—. ¿Y ya habéis vendido todas las oficinas? —le pregunté, intentando cambiarle el tema.

—Pues no, todas no, casi un ochenta por ciento. Por ejemplo, esta planta está entera vendida —me decía a medida que avanzábamos por diversos pasillos y sacaba una tarjeta de su chaqueta y la introducía en una puerta—. En esta misma planta habrá, dentro de poco, bastante actividad comercial y he decidido cerrar las oficinas de la promotora que tengo en el centro e instalarnos aquí.

Me mostró una enorme sala. Estaba casi vacía. Tan solo unas mesas de ordenador y algunas sillas ocupaban la estancia. Lo que más me sorprendió fue el gran ventanal que había en el fondo. Prácticamente toda la fachada del edificio era de cristal.

—Vaya, es preciosa —le dije, acercándome para admirar las vistas. Desde esa planta la panorámica era admirable. Frente a mí se alzaban imponentes un montón de edificios ostentosos y, tras ellos, una Sevilla centelleante.

—Al principio nadie apostaba por este parque empresarial, pero estos dos últimos años se ha revalorizado bastante y ahora todas las grandes empresas quieren estar situadas aquí.

—No me extraña. Es un sitio excepcional.

—Podrías comentárselo a tu jefe. Quizás le interese montar una asesoría por aquí. Sería un buen momento para atraer clientes, y aún tengo varias oficinas disponibles —me insinuó con una ligera sonrisilla. Ese hombre era un tiburón de los negocios.

—Pues no te quepa duda que se lo comentaré, aunque no creo que Emilio esté en estos momentos en condiciones de invertir. Nuestros clientes no son lo que se dice muy puntuales en los pagos —refunfuñé, poniendo los ojos en blanco.

—Verás, Carolina, si te he traído aquí es porque sé que trabajas en una asesoría y conoces a bastantes empresarios. Si crees que a alguno de vuestros clientes pudiera interesarle instalarse en Sevilla, yo sería muy generoso con tu comisión.

—Miguel, ¿quieres que trabaje para ti? —pregunté sonriendo.

—Sería un placer. Tú búscame a posibles compradores para mis oficinas y yo te recompensaré como es debido, créeme. —Y extendió su mano como el que está cerrando un trato.

—Está bien —afirmé, estrechándole la mano con una ligera sonrisilla.

A medida que avanzábamos por el resto del edificio fue relatándome cómo se inició en el negocio de la construcción. También me confesó todas las veces que se había arruinado. Me quedé helada con su historia de trayectoria laboral y lo difícil que había sido sacar adelante una empresa con más de cincuenta trabajadores, tan solo con diecinueve años de edad.

Miguel había heredado la empresa de su padre al morir este en un accidente de trabajo. Al parecer, se hallaba revisando una obra y cayó de un andamio. Estaba tan enfrascada en todo lo que ese gran hombre me narraba que casi me olvidé de Héctor. Fue, una de las veces, en la última oficina que me estaba mostrando, cuando me asomé a los ventanales y me fijé que en el exterior, cerca de los aparcamientos, había dos personas.

Desde allá arriba se veían muy pequeñas y, aunque ya había oscurecido, el aparcamiento estaba iluminado lo suficiente para distinguir que eran Héctor y Patricia. El corazón se me aceleró de repente, pero tuve que fingir seguirle la conversación a Miguel para que no se diera cuenta. Patricia lo agarraba del brazo y él intentaba alejarse de ella. Parecía como si estuviesen discutiendo. Ella estaba muy alterada y Héctor se pasaba las manos por el pelo, en un gesto desesperado. Miraba a un lado y a otro como si estuviera asegurándose de que nadie les veía.

Me moría de ganas por saber qué hablaban, aunque por otro lado, quería salir corriendo de allí cuanto antes. Seguía escuchando a Miguel hablándome de fondo, pero pronto su voz se convirtió casi en un murmullo y dejé de prestar atención a sus palabras. Lo que antes me parecía una conversación interesante había pasado a ser un arrullo en la lejanía. Nada de lo que había allí, en aquel lugar, me interesaba. Mis cinco sentidos estaban ahora completamente abstraídos en aquella escena: Héctor y Patricia.

Ella con su perfecta melena negra y su ceñido vestido rojo le hablaba, a juzgar por sus gestos, con reproche, y en el momento en el que él hizo un amago de marcharse ella le volvió a sujetar el brazo y se lanzó a su cuello. Lo rodeó con sus brazos y lo besó con desesperación. Creí que mis piernas me traicionarían y me caería allí mismo. Por una milésima de segundo, que a mí me pareció una eternidad, Héctor le devolvió el beso, pero acto seguido la agarró por las muñecas y la apartó de él, antes de decirle Dios sabe qué.

Me quedé contemplando esa secuencia lo suficiente para darme cuenta de que yo sobraba en toda esa sucia historia. Vi cómo él se alejaba de ella y se adentraba de nuevo en el edificio, mientras que ella se quedaba un rato en el aparcamiento, confundida, mirando de un lado a otro. Ya no quería ver nada más…Ya había visto suficiente.

—Carolina, ¿te encuentras bien? —preguntó Miguel, acercándose a mí, haciéndome salir de esa sacudida de decepciones—. Parece que hubieras visto un fantasma, hija mía. —Y fijó la vista en la dirección que yo antes había estado mirando. Pero Patricia ya no estaba allí.

—Sí, sí, estoy bien, es solo que necesito ir al baño. —El pulso me temblaba, pero intenté recomponerme antes de que Miguel volviera a preguntarme de nuevo.

—Bien, volvamos entonces. Seguro que Héctor andará buscándote y no quiero que piense que le estoy robando a su novia —dijo con un toque de humor. Y mientras abandonábamos esa última estancia le sonreí a su último comentario. Pero tan solo fingí.

Volví con Miguel a la sala de conferencias donde estaba todo el mundo. Intentaba disimular hablando con él, aunque me costaba seguirle el hilo a la conversación, ya que todos mis pensamientos seguían atados a la escena del beso. ¿Cómo podría mirarlo a la cara ahora? Lo último que me apetecía era tenerlo delante. Lo que había visto me había dejado abatida. Pensé que estos últimos días había sido diferente a todo lo que había vivido, que nada tenía que ver con las sucias mentiras de Rafa y su inmadurez sentimental, pero esto era mucho peor. Sentía que él me había calado hasta los huesos, que se había metido en mi cabeza y en mi corazón, y ahora tendría que arrancármelo de cuajo.

Ya me lo había advertido mi hermana en una ocasión, recordé sus palabras: «Carol, Héctor es un hombre muy guapo y maduro, tiene un buen trabajo y éxito profesional. No tiene dificultades para tener relaciones sexuales. Si está liado con esa mujer, seguramente le gusta el morbo de lo prohibido...».

Esas palabras me asaltaban una y otra vez. Me sentía engañada, utilizada, como si yo solo hubiese sido un entretenimiento de fines de semana para él, mientras el resto del tiempo había estado follándose a esa maldita zorra. Seguramente me había llevado a la fiesta para darle celos. Recordé que la primera vez que la vi fue en su restaurante, quizás tan solo pretendía eso: encelarla conmigo. Sentí náuseas. Quería irme de allí cuanto antes. No quería volver a verlo. Pero eso sería inevitable.

Mientras avanzaba por la sala de conferencias, entre la multitud, Miguel se paró un par de veces a presentarme a algunas personas. Apenas prestaba atención a lo que la gente hablaba, tan solo sonreía y asentía. Necesitaba salir de allí. Tenía unas ganas tremendas de vomitar. Me disculpé ante Miguel y le dije que tenía que ir un momento al baño. No vi a Héctor, pero lo cierto era que tampoco lo busqué. Tan solo quería irme. Antes de salir casi me tropiezo con uno de los camareros, llevaba una bandeja repleta de copas de champán, así que agarré una de ellas y me la bebí de un tirón. Me llevé otra para el camino. El camarero abrió mucho los ojos, seguro que pensó que yo era una alcohólica.

Abandoné la sala antes de que nadie más pudiera verme. No quería encontrarme con Raúl ni con su madre, tan solo quería tomar un poco de aire. Sentía que me estaba ahogando en ese laberinto de cristal. No recuerdo cómo llegué al exterior. Solo recuerdo que me encontré allí fuera, sin saber qué hacer ni adónde ir. Estaba un poco mareada debido a las copas. Tenía que pararme a pensar qué iba a hacer. No podía largarme de allí. Mi coche estaba en su garaje. Tuve ganas de llorar, pero me contuve como pude. Tenía que ser fuerte, no podía ponerme a berrear igual que un bebé.

«Piensa, Carolina, piensa».

Una de las camareras del caterin salió a fumar. La observé mientras encendía su cigarrillo. La joven se escondía en uno de los laterales del edificio, como si no quisiera que nadie la viera. Entonces hice algo que hacía mucho tiempo que no hacía.

—Disculpa. —La joven me miró con asombro, seguramente pensó que allí fuera nadie podría verla fumar—. ¿Podrías darme un cigarrillo? —En cuanto pronuncié esas palabras, ella sonrió aliviada.

—Claro —afirmó, extendiéndome el paquete de Chester y también la cajetilla de cerillas.

Inhalé el humo del tabaco hasta que llegó a mis pulmones y luego lo expulsé. Respiré profundamente, como si esa calada me hubiera devuelto la tranquilidad. Ella se quedó observándome, creo que sabía que en realidad yo ya no fumaba, pero no dijo nada. Tan solo fumó a mi lado. Ambas en silencio. Primero un cigarrillo y luego me ofreció otro. Lo acepté también. Ella volvió al interior con premura no sin antes despedirse de mí.

—Gracias —le dije, enseñándole el último cigarrillo que me había dado.

—No hay de qué. Espero que le vaya bien —musitó ella a paso ligero. No supe si se refería a lo de dejar el tabaco o porque ella intuía que algo me pasaba. Como fuese yo también esperaba que todo me fuera bien, pero el rumbo que acababan de tomar los acontecimientos no entrañaba nada bueno.

Mientras me fumaba el último cigarrillo decidí pensar con la cabeza fría y dejarme de sentimentalismos. Estaba muy dolida, tenía el corazón partido en dos, pero también estaba muy, pero que muy cabreada. No sabía desde cuándo me habría engañado con Patricia. Quizás todo ese tiempo había estado acostándose con las dos. Al pensar en eso tuve unas ganas terribles de partirle la cara. Pero tenía que ser más lista y no dejarme llevar por la ira. Ya estaba harta de ser la víctima. Si le gustaban las zorras…, yo sería la zorra más cruel, mentirosa y manipuladora que hubiera conocido en su vida.

Apagué el cigarrillo y volví al interior. Me esperaba una larga noche por delante…

Localicé su cabeza entre el bullicio. Era muy alto. Hablaba con Raúl. Examiné la sala con rapidez y Patricia estaba en el extremo opuesto. Podían verse desde la distancia. Ella estaba ahora del brazo de su marido. ¡Maldita puta! Me armé de toda la argucia que encontré en mi interior y me encaminé hacia donde ellos estaban.

—¡Eh! —dijo él, agarrándome por la cintura—. Se suponía que habías venido conmigo y llevas toda la noche escapándote de mi lado. —Me besó el pelo.

—He ido con Miguel, quería enseñarme las oficinas y el resto del edificio —contesté, separándome ligeramente de él y fingiendo, como pude, naturalidad.

La madre de Raúl volvió a acercarse a nosotros y entonces aproveché la ocasión para ponerme a charlar con ella e ignorarlo el resto de la noche. Seguí bebiendo, creo que demasiado, pero era de la única manera que podía transformarme en lo que quería ser esa noche: Una auténtica zorra.

De pronto alguien habló por un micrófono, el murmullo se fue suavizando hasta convertirse en silencio y todos centraron su atención en el fondo de la sala, justo donde estaba la pantalla de retroproyección.

Era Miguel, la pantalla estaba desplegada y en ella apareció el logo de su empresa: CONSTRUCCIONES NAVARRO S.L.

Él comenzó una peculiar charla de agradecimiento a todos los presentes, mencionó a diferentes empresas que habían colaborado en ese proyecto. Hizo alusión a muchas otras que pronto se instalarían en el edificio y cuyos miembros de representación asentían orgullosos desde distintas partes de la sala. También mencionó a varios concejales del ayuntamiento y, por supuesto, al alcalde que escuchaba el discurso desde la primera fila. Bromeó sobre la dificultad de obtención de los permisos de derribo y las licencias de obra y apertura. Todos los allí presentes rieron y aplaudieron su sentido del humor. Me di cuenta, en ese mismo instante, de que Miguel no solo era un brillante empresario, sino que también era un fantástico orador.

Y, por último, llamó a Héctor para que subiera con él. Yo estaba entre Raúl y su madre, y Héctor, antes de despegarse de nosotros y unirse a Miguel, me cogió la mano y me besó el dorso.

—Ahora vuelvo —susurró. Yo le sonreí, sin ganas, por supuesto. Tenía que fingir mientras estuviéramos allí.

Patricia, desde el otro lado de la sala, había visto cómo él besaba mi mano, y me miró con desprecio.

Miguel aludía el éxito del proyecto al trabajo de Héctor, y este desplegó un fantástico discurso. De repente tenía a casi todos los presentes metidos en el bolsillo. La gente lo escuchaba con atención mientras narraba cómo le había presentado el proyecto a Miguel y la de veces que este se había negado a seguir adelante. Se veía tan guapo y tan implicado en su trabajo que en otra situación muy distinta me hubiera sentido realmente orgullosa de él, pero en ese momento ya apenas podía mirarlo a la cara.

Finalmente, todos le aplaudieron. Él me miró y, tras los discursos, en la misma pantalla, comenzó un video que mostraba las distintas etapas del proyecto. Sonaba una música triunfal de fondo y las luces de la sala se apagaron para obtener una mejor visibilidad de lo que se emitía. Héctor corrió a mi lado antes de que empezara, se puso detrás de mí y me rodeó la cintura. Parecía muy cariñoso, supuse que su perfecto plan de darle celos a Patricia le estaba quedando de maravilla, pero me separé de él como si sus manos me incomodasen.

—¿Te ocurre algo? —siseó detrás de mí.

—No… nada, es solo que estos zapatos me están matando. —Fingí sin poder girarme.

—En cuanto termine el video podremos marcharnos si te apetece. Estoy loco por quitarte ese vestido. —Y me atrajo hacia él para besarme el hombro. Pero ya no pude resistirlo y me separé de él en un gesto despectivo. Él se quedó totalmente paralizado. Creo que Raúl se dio cuenta de esto último, pero no quise mirarlos a ninguno de los dos, simplemente seguí ojeando el video que a estas alturas ya me importaba un comino.

—¿Qué pasa, Carolina? —me preguntó él entre dientes.

—Nada, quiero largarme de aquí en cuanto esto termine —masculló con determinación, pero en voz baja, sin apartar la vista de la pantalla—. Ah, y no vuelvas a tocarme. —Esto último se lo dije girándome y mirándolo a los ojos.

Vi una mezcla de confusión y decepción en su mirada. Pero no dijo nada, simplemente permaneció callado detrás de mí.

En cuanto el video terminó, las luces volvieron a encenderse. Patricia y su marido se acercaron a donde estábamos. Yo cogí otra copa de champán, era el mismo camarero de antes, el que seguramente pensaba que yo era alcohólica.

—¿No crees que ya has bebido demasiado? —susurró Héctor en mi oído.

—Necesito estar borracha para asimilar tanta mentira —le espeté, mirando a Patricia que aparecía ante nosotros del brazo de su marido.

—Héctor, me has dejado impresionada con tu discurso —soltó ella, más falsa que un político en plena campaña, mientras que su marido se giraba para hablar con Raúl.

—Estoy segura de que no es lo único que te impresiona de él —murmuré lo suficientemente alto para que Héctor lo oyera.

—¡Ah! Hola… —dijo ella como si acabara de darse cuenta de que yo estaba allí.

—Carolina —farfullé antes de que me saliera un hipo. Vaya, sí que me estaba afectando el alcohol—. Me llamo Ca-ro-li-na.

Ella me observó altiva y luego miró a Héctor.

—Lo siento, es que tengo muy mala memoria para los nombres.

—Sí, será eso —siseé, mirándolo a él—. Bueno, si nos disculpas nos vamos, ¿no, Héctor? — Él seguía observándome, con las manos metidas en los bolsillos—. A no ser que quieras quedarte con ella…, bueno, con ellos quiero decir. —Y señalé a los dos, a ella y a su marido. A ella casi le da un ataque.

—Sí, nos marchamos ya —afirmó él, sosteniéndome la mirada.

Salí de allí antes de que los padres de Raúl pudieran darse cuenta, mi estado de embriaguez era ya lamentable, pero mantuve la compostura como pude. Raúl fue el único que percibió que algo sucedía, pero se mantuvo al margen.

El camino hasta el coche fue básicamente silencioso. Pero en cuanto nos montamos él dijo:

—¿Vas a decirme qué coño te pasa?

—Quiero irme a mi casa ahora mismo.

Le observé un par de veces por el rabillo del ojo mientras conducía. Se había quitado la corbata y desabrochado el botón de arriba del cuello. Tenía un aspecto desenfadado que le hacía indecentemente atractivo.

Eso fue lo único que hablamos hasta que llegamos a su apartamento.

Recuerdo que estaba bastante afectada por el alcohol. Me quité los zapatos en el ascensor y me solté el pelo sin decir ni mu. Él solo me miraba y me miraba. En cuanto entramos en su apartamento corrí hacia mi maleta que estaba a un lado de su cama y empecé a recoger todas mis cosas. Me quedé con el vestido negro, pero me puse unas sandalias negras planas. Cogí las llaves de mi coche, cerré la maleta y me giré. Él estaba a unos dos metros de mí, apoyado en la isla de la cocina. Observándome con los brazos cruzados a la altura del pecho. Se había quitado la chaqueta y se había remangado la camisa, de forma que se veía perfectamente el bronceado de sus antebrazos.

—¿Dónde crees que vas? —dijo en el momento que nuestras miradas se encontraron.

—Me largo de aquí —le contesté, encaminándome hacia la puerta.

—¿Por qué? —me preguntó él, adelantándose y sosteniendo el pomo, tan cerca de mí que podía oler su piel.

—Porque no quiero estar bajo el mismo techo que tú ni un minuto más.

—Es por Patricia, ¿verdad? —dijo, alargando el brazo para tocarme, pero yo no lo dejé. Me aparté de inmediato—. Carolina, no hay nada entre Patricia y yo. No desde que tú apareciste en mi vida.

Me tapé los oídos como si no quisiera oír nada de lo que él tuviera que decirme, y acto seguido le grité:

—¡Apártate, quiero irme de aquí, ya!

—No dejaré que te vayas. Has bebido y no te permitiré conducir en ese estado.

—Ya lo creo que me iré.

—No, no te irás, Carolina. —Su voz sonó más fría, más autoritaria—. Habla conmigo, por favor —dijo, suavizando el tono.

—Está bien, quiero marcharme.

—¿Qué ocurre?

—Si de verdad quieres saber qué me pasa te lo diré.

Solté la bolsa en el suelo y me separé de él, intentando poner distancia entre nosotros. Sabía que lo que estaba a punto de decir, lo estropearía todo para siempre, ya no habría vuelta atrás, pero aun así lo solté.

—No quiero estar contigo, aún quiero a Rafa.

Se quedó en silencio, creo que estaba analizando si era cierto aquello que yo le estaba diciendo. Pero lo creyera o no, eso le dolió.

—No te creo —susurró.

—Me da igual si me crees o no. Querías saber qué me pasaba y ya te lo he dicho. Esta noche, cuando he desaparecido de la fiesta era porque estaba hablando con él por teléfono. Me ha pedido otra oportunidad. —Me odiaba por hacer esto. Pero sabía que era de la única forma que podía dañarle.

—¿Vas a volver con él?

—No lo sé aún.

—Entonces todo este tiempo yo he sido tu juguete, ¿no es así?

—Prácticamente sí, quería vengarme de Rafa y te utilicé. Luego me sentí atraída por ti. Pero me he dado cuenta de que aún sigo amando a Rafa.

No sabía si se estaba creyendo todas mis mentiras, pero lo que sí sabía era que oírlas salir de mi boca le hacía daño.

—¿Y qué tal la experiencia? ¿Quién te folla mejor: Rafa o yo? —dijo con sarcasmo.

Ira.

Rabia.

Furia.

Y en ese momento le di un bofetón en plena cara, con tanta fuerza que me escoció la mano. Él me sujetó fuertemente la muñeca y su mirada era tan fría que podía traspasarme. Pero yo se la sostuve, retándolo, desafiante.

—Se acabó —farfullé, intentando liberar la muñeca que me sujetaba. Pero él no me soltaba.

—Si estás diciendo todo esto para hacerme daño, lo estás consiguiendo. Pero ¿sabes qué? Que no me creo ni una palabra —bisbiseó, acercando su cara a la mía.

—Suéltame, quiero irme de aquí. —No quería ponerme a llorar, pero sabía que si no me alejaba pronto de él no tardaría mucho.

—Ni hablar, hoy no te irás —afirmó, cerrando la puerta con la llave y metiéndosela en el bolsillo del pantalón.

Tenía ganas de patearle su perfecto trasero, pero me contuve. Así que me agaché cogí mi móvil de la bolsa y me puse a marcar como si nada.

—¿Qué haces, a quién llamas?

—A la policía. Les diré que me has secuestrado.

—¡¿Te has vuelto loca o qué?! —Y me arrancó el móvil de las manos.

Loca no, pero estaba muy borracha.

Mi estado de nerviosismo iba de mal en peor y el corazón me martilleaba fuerte contra el pecho.

—Devuélveme el móvil —le advertí con voz amenazante.

—No hasta que te calmes y podamos hablar como adultos. Te estás comportando como una niña.

—Ja, ¿como una niña dices? Y eso me lo dices tú, el arquitecto serio y responsable que se folla a la mujer de su socio en cuanto tiene ocasión. Tú, que eres tan listo y tan necio, que mientras te follas a su mujer él te engaña con el restaurante.

Él frunció la ceja con una irritación más que evidente.

—No haces más que decir tonterías, Carolina —refunfuñó.

—Os he visto esta noche, Héctor, he visto cómo os besabais.

—¿Todo esto es por eso? —Y se tocó el pelo, desesperado—. ¿Me has visto en el aparcamiento con Patricia? Entonces, si es así, habrás oído lo que le he dicho, ¿no?

—No, no he oído nada, solo os he visto, he visto cómo le devolvías el beso durante un instante, y eso me ha bastado para saber que no quiero volver a verte jamás.

Él empezó a moverse de un lado a otro, parecía cansado y muy angustiado.

—Fue ella quien me besó, pero la aparté. Lo nuestro pasó hace tiempo. Tienes que creerme, Carolina. Le he dicho lo importante que eres para mí ahora.

—Eres un maldito cabrón mentiroso. No sé cuánto tiempo habrás estado acostándote con las dos, pero desde luego conmigo ya has terminado, que te quede bien clarito.

Él me miró sin parpadear.

—Además —continué —, ¿para qué me has llevado contigo si luego te has puesto a decirle a todo el mundo que yo tan solo soy una *amiguita*? — Usé comillas con los dedos al pronunciar esta última palabra.

—Eso no ha sido así —masculló—. Tú no lo entiendes, Carolina, mi jefe, ese tipo al que te presenté, Brent Lowel, contrata para sus proyectos en el extranjero a gente independiente que no tenga familias ni compromisos sentimentales. Si dije eso, fue simplemente para no darle muchas explicaciones sobre mi vida privada.

—No te preocupes, a partir de ahora ya puedes decirle que no somos ni siquiera amigos.

—Oh, vamos… Carolina…

—Lo digo muy en serio, Héctor, quiero irme de aquí y quiero irme ahora.

—Pues eso no va a ser posible. Estás borracha —aseveró, poniendo las manos a la altura de sus caderas.

—Gilipollas.

—Puedes insultarme cuanto quieras, pero no dejaré que te marches.

—Si no abres esa puerta ahora mismo, gritaré, Héctor, gritaré muy fuerte y serán tus vecinos los que llamen a la policía.

—Si gritas tendré que taparte la boca, y si es necesario te amordazaré.

En ese instante ambos nos retamos con la mirada. Le odiaba y me odiaba a mí misma por estar locamente enamorada de él.

—Por favor, Carolina, quiero que te tranquilices, no quiero que te vayas en mitad de la noche hasta Cádiz, has bebido, no puedes conducir. Quédate esta noche, y mañana por la mañana, si aún quieres irte, puedes hacerlo, pero no ahora. Duerme en la cama y yo dormiré en el sofá. Te prometo que no te molestaré.

De pronto todo me daba vueltas. Náuseas.

Corrí al baño.

Capítulo 28

«Y caigo en tu red,
y caigo en tu red al hacer el amor
tan profundo que duele estar atrapado,
no sé cómo arrancarte de mí».

Cómo librarme de ti - Ketama

Permanecí encerrada en el baño. Vomité todas las copas de champán que tomé deliberadamente en la fiesta. Era consciente de que me había emborrachado a propósito en la inauguración, y ahora me estaba pasando factura. La cabeza me dolía a rabiar. Me senté en el suelo con la espalda apoyada en la puerta. Tenía el cerrojo echado. Por nada del mundo hubiera permitido que Héctor entrara y me hubiese visto vomitando. Me sentía atrapada. Era absolutamente consciente de que en mi estado no podía conducir, sin embargo, no quería pasar ni un segundo más cerca de él. Todo era terriblemente doloroso. La traición de haberlo visto besarse con Patricia, no poder escapar de allí y... mi dolor de cabeza. Llevaba como media hora encerrada en el baño, en ese mismo en el que habíamos hecho el amor enardecida y salvajemente. Metí la cabeza entre las rodillas, desesperada, necesitaba alejarme de toda esa situación.

Su voz volvió a sacarme de mi ensimismamiento.

—Carolina, por favor, déjame entrar, necesito saber que te encuentras bien.

Le sentía tras la puerta. Era la tercera o la cuarta vez que me lo preguntaba. Pero en cuanto pude recomponerme un poco, me levanté, me miré en el espejo y pensé que ya era hora de dejar de hacer el idiota. Me dolía bastante la cabeza pero, aun así, me encontraba mejor. Los efectos del alcohol habían amainado y ahora me sentía más despejada. Me peiné un poco, me aseé y me arreglé el maquillaje como pude. Al menos estaba visible.

Abrí la puerta, desafiante. Él estaba allí, delante de mí. Con su gesto de preocupación, pero esta vez se había quitado la camisa. Solo llevaba el pantalón del traje y tenía el botón desabrochado. ¿Por qué demonios se estaba desnudando? ¿Acaso estaba provocándome?

—¿Estás bien? —me preguntó casi con pena.

—Estoy perfectamente —le contesté, apenas sin mirarlo—. No te preocupes, he bebido más de la cuenta con el estómago vacío, eso es todo.

Opté por calmarme y hablarle con sensatez.

Había dejado mi bolso junto a la puerta, me acerqué y saqué las llaves del coche.

—No quiero que te vayas, Carolina, lo digo en serio. No puedes conducir así.

—Lo sé. —Le ofrecí las llaves y le dije mirándolo directamente a los ojos—: Voy a buscar un hostal por aquí cerca y dormiré esta noche allí. Mañana temprano me marcharé. Te mandaré un mensaje al móvil para que me dejes las llaves en recepción. De esa manera ya te podrás quedar tranquilo de que no me va a pasar nada.

Su expresión era de puro asombro.

—¿Lo dices en serio? Te he dicho que puedes dormir en la cama. No voy a molestarte. —Su voz sonaba casi a súplica.

—No quiero dormir aquí —añadí con determinación.

—Me marcharé yo, si eso es lo que quieres. Quédate tú y yo me iré a un hostal.

—No, no quiero estar en esta casa.

—Dime qué puedo hacer para que me perdones —dijo, poniéndose muy cerca de mí. Yo retrocedí un paso, no quería que se me acercara. No así, medio desnudo. Sabía que de alguna manera mi cuerpo me traicionaría.

—No lo entiendes, ¿verdad? Lo has estropeado todo. Te he visto, Héctor, he visto cómo mirabas a esa mujer. Sé que lo tuyo con ella es más que una aventurilla. ¡He visto cómo la mirabas…!

—Te equivocas por completo. —Intenté sostenerle la mirada, pero no pude.

—Abre la puerta, por favor —le supliqué, colgándome el bolso del hombro y cogiendo mi maleta con la otra mano. A pesar de la frialdad que intentaba mostrarle, tenía unas ganas terribles de ponerme a llorar.

—Ella no significa nada.

—Abre la puerta, Héctor.

—No quiero que te vayas.

—¿Cómo esperas que siga contigo después de esto? Tenéis un negocio en común. ¿Crees que voy a seguir contigo sabiendo que te ves con ella a menudo?

—Tienes que confiar en mí. Yo lo hago contigo, a pesar de todo lo que has dicho hace un momento.

Me quedé en silencio. Sabía perfectamente que decirle que aún quería a Rafa era una estupidez, pero aun así lo había dicho. Por supuesto él no me había creído. No de momento.

—¿Por qué me has dicho eso? ¿Por qué me has dicho que aún quieres a Rafa?

—Porque es la verdad —contesté sin mirarlo.

—¿Y por qué no me miras a los ojos? —Entonces me agarró la barbilla obligándome a enfrentarlo—. Dímelo mirándome a los ojos. Dime que estás enamorada de mi hermano y que todo lo que has sentido conmigo es mentira.

—Estoy enamorada de tu hermano —repetí, sosteniéndole la mirada. Me sentía extrañamente peligrosa, desafiante, rebelde.

—Mentirosa —susurró con expresión airosa.

—Contigo solo ha sido sexo —le solté, apartando mi cara de su mano.

—Solo sexo… —musitó, repitiendo mi expresión cada vez más enfadado. De nuevo volvió a pinzarme la barbilla con sus fuertes dedos.

Intenté liberarme de un manotazo, pero él me agarró con una mano por la nuca y con la otra rodeó fuertemente mi cintura. Me atrajo hacia él y me besó con desenfreno, casi con violencia. Dejé caer la maleta en el suelo e intenté apartarme, pero él me saqueaba la boca con su lengua hasta tal punto que dejé de distinguir lo que estaba bien de lo que estaba mal.

Mi cuerpo y mi mente actuaban por solitario. Me pegó contra la puerta y continuó besándome con ansia, con dureza pero, a pesar de todo, le devolví los besos, lo agarré del pelo e intenté tirar fuertemente de él. Notaba su pecho subiendo y bajando con su agitada respiración, y al mismo tiempo que empezó a lamerme el cuello, me quitó el bolso del hombro y lo tiró de mala gana. Sabía que estaba muy furioso, yo lo había puesto así. Pero también estaba muy excitado, tanto como yo. Mi cuerpo me había traicionado por completo, pero ¡qué demonios!, sabía que esto era el fin, solo una vez más, solo una, me decía a mí misma una y otra vez.

—Quiero irme —exhalé entre jadeos, al tiempo que él lamía mi cuello.

—No, todavía no —gruñó, mordiéndome el hombro.

Me bajó el tirante del vestido con la intención de centrarse en mis pechos. Me tenía aprisionada contra la puerta. El vestido era muy estrecho y casi le impedía la maniobra, así que sin esperármelo, me arrancó uno de los tirantes y me lo bajó hasta la cintura. Ahora mismo lo odiaba, lo odiaba con todas mis fuerzas. Había roto uno de mis vestidos favoritos. Pero también le deseaba. Le deseaba muchísimo.

¡A la mierda el vestido!

Cogió una de mis piernas y la levantó obligándome a rodearle la cadera. Empezó a frotarse contra mí, presionando su erección sobre mi sexo mientras volvía a buscar mis labios y me besaba sin descanso.

—¿Es esto lo que sientes con mi hermano? —farfulló con furia, empujando fuertemente su erección sobre ese delicado y placentero punto de mi sexo.

—Cállate y termina lo que has empezado —susurré con provocación.

Me subió el vestido hasta los muslos, metió la mano entre mis piernas y esta vez fue el tanga el que salió perdiendo. Me lo arrancó de cuajo. ¿Qué demonios pretendía, dejarme sin ropa?

Lujuria en estado puro era lo único que sentía en esos momentos. Temblaba de deseo, de confusión. No quería desearle, pero ya no era mi mente ni mi sentido común quien decidía, ahora tan solo actuaba mi cuerpo. Mi cuerpo que anhelaba sentirlo dentro de mí, que lo necesitaba, aunque fuese la última vez.

Gemí profundamente cuando uno de sus dedos se adentró en mi interior. Oh, Dios, cuánto le deseaba. Sabía que estaba celoso, podía sentirlo en sus caricias, en su piel. Sabía que al fin había conseguido ponerlo en duda. Pero también sabía que sería un error irreparable.

—Dime la verdad, ¿sientes esto con mi hermano? —gruñó entre dientes, acariciando mi sexo. Provocándome oleadas de sensaciones por todo mi ser.

Tenía ganas de decirle que no, que para nada sus caricias se asemejaban a las de su hermano. Que jamás había sentido con Rafa lo que sentía con él. Pero no se lo dije. Todo eso se quedó para mí y seguí comportándome como me había prometido que haría: como una zorra mentirosa. Estaba furiosa. Enfurecida por hacer que me enamorara de él y luego traicionarme con Patricia. Ese leve beso con ella se había quedado grabado en mis entrañas, y el dolor que me había provocado era tan profundo que lo único que quería era vengarme. Hacerle sentir como yo me sentía. Provocarle el mismo dolor que yo estaba padeciendo.

—Cállate.

—No vuelvas a decirme eso. No vuelvas a decir que lo quieres. Sabes que es mentira —gruñía mientras enterraba su cara en mi cuello—. He metido la pata esta noche, lo sé. Pero no hagas esto para castigarme, no lo soporto —dijo, cogiéndome la cara con la otra mano.

—Aún quiero a Rafa, lo que siento por ti solo es atracción física —aseveré con la única intención de hacerle enfadar aún más. Pero antes de que dijera otra palabra más, fundió su boca en la mía y me besó con brusquedad. Me agarró del pelo impidiéndome que me separara de su boca. Toda esa crueldad y furia que estaba empleando en sus besos me excitaban tremendamente. Tanto que ni yo misma podía creerlo.

Con una mano me agarraba del pelo, sin dejar de besarme, y con la otra se desabrochó el pantalón y se bajó el calzoncillo. Todo fue rápido, violento, salvaje y brusco. Pero muy excitante, enardecedor. Electrizante. Y sin ningún tipo de consideración ni delicadeza me penetró y me folló contra la puerta. Con dureza, con severidad, nada de palabras bonitas ni caricias, nada de ternura ni halagos. Solo sexo. Sexo del bueno, eso sí. Pero solo sexo.

No se deleitó en mis pechos ni me agasajó con su contacto cálido y cercano como las otras veces. Solo me folló. Tal y como yo le había dicho que hiciera. Y a pesar de que sabía que había sido yo quien había provocado esta situación, a pesar de que el sexo era peligrosamente placentero, no era lo que yo quería. Yo solo quería hacer el amor con él, que me amara, que me adorara. Igual que las veces anteriores. No quería toda esta furia ni irritación. Esto estaba mal, muy mal, y yo lo sabía. El orgasmo no tardó en recorrerme. Mis venas hervían a causa de la excitación. Él podía sentirlo igual que yo.

—Di mi nombre mientras te corres. ¡Dilo! —bramó con los dientes apretados, acometiéndome fuertemente.

Pero me negué a pronunciar su nombre. Me negué a mostrarle cualquier gesto de cariño o amor. Luché con todas mis fuerzas contra mi cuerpo y reprimí todas las emociones que amenazaban con escaparse de mi interior. Simplemente, me limité a disfrutar en silencio y noté, al mismo tiempo, que él se derramaba dentro de mí. El orgasmo fue precipitado y feroz. Nunca antes se había tomado tan poca consideración conmigo. Pero ¿acaso no era eso lo que yo misma había provocado?

Se separó de mí bruscamente, dejándome casi insatisfecha y anhelante. Se subió el calzoncillo y el pantalón, sin dejar de mirarme. Con su gesto iracundo. Sus mejillas estaban sonrosadas y notaba su pecho moverse a causa de su agitada respiración. La imagen era desconcertante y peligrosamente irresistible.

—Ahora ya puedes volver con mi hermano cuando quieras. Ser tu juguete ha sido una experiencia muy placentera —me dijo casi escupiendo las palabras.

—Vete a la mierda —le contesté, intentando recomponerme el vestido que él había destrozado.

Él se dio media vuelta y se fue hacia la cocina. Observé que abría la nevera y bebía directamente de la botella de agua. Ahora sí que se estaba comportando como un auténtico hijo de puta.

Sin decir absolutamente nada más, cogí mi maleta y me encerré en el baño, otra vez. Rápidamente me quité el vestido hecho un pingajo, y tras asearme lo más veloz que pude, saqué unos vaqueros y una camiseta blanca y me lo puse todo. Me recogí el pelo y salí de allí dispuesta a plantarle cara.

Él seguía en la cocina. Estaba comiendo algo. No pude ver el qué porque evité mirarle directamente. ¿Cómo podía comer después de todo lo que nos estaba pasando?

Recogí mi bolso que estaba tirado en el suelo y me lo volví a colgar en el hombro. Ahora sí que era el final. Ahora sí, de verdad, quería largarme de allí.

—Devuélveme mi móvil y las llaves del coche —le ordené, intentando abrir la puerta. Pero en cuanto vi que no podía caí en la cuenta de que él antes había cerrado con llave.

Se dirigió hacia mí, sacando la llave de su pantalón, y me ofreció el móvil. Abrió la puerta y me dijo muy cerca de mí.

—Las llaves del coche te las devolveré mañana por la mañana. Tal y como me has especificado antes. Ahora… lárgate —replicó muy, pero que muy cabreado, sujetando la puerta, prácticamente echándome de su casa.

Sentí que mi corazón se partía en mil pedazos.

Lo cierto era que, aunque me hubiese devuelto las llaves del coche, no habría estado en condiciones para conducir, era consciente de ello. Así que me tragué mis palabras y no le dije nada más. A ambos esta situación se nos había ido de las manos.

Salí de su casa. Enderecé los hombros mientras él me observaba y empecé a aporrear el botón del ascensor. Dios, ¿por qué tardaba tanto?, tan solo había cuatro putos pisos en ese edificio. Cerré los ojos de espaldas a él. Quería que toda esa pesadilla terminase cuanto antes. Un tintineo me avisó de que ya había llegado.

Entré y me volví hacia él. Seguía allí, con el pecho desnudo y mirándome con fiereza. Al final había conseguido convencerlo de que no le amaba, veía en sus ojos que estaba confundido, que no sabía si era cierto lo que le había dicho respecto a Rafa. Antes de que las puertas empezaran a cerrarse, dijo con una expresión sarcástica y maliciosa:

—¿Sabes? Para ser mentira todo lo que has sentido conmigo, mientes de maravilla.

—Que te den, Héctor.

Y las puertas se cerraron mientras el ascensor iniciaba su inevitable descenso.

Estuve a punto de derrumbarme. Las lágrimas se agolparon inesperadamente en mis ojos y sentía una presión en el pecho que apenas me dejaba respirar. Mi relación con él, irremediablemente, había llegado a su fin, y en parte yo lo había provocado.

La brisa embriagadora de azahar y jazmín en la calle me ayudaron a recuperar la compostura. Eran las dos de la mañana y apenas había gente deambulando. ¿Dónde demonios iba a ir ahora? No conocía nada de esas calles. Supuse que no tardaría mucho en encontrar un hostal donde alojarme. Por un instante sentí pena de mí. Sola, caminando con un rumbo incierto. Pero, en parte, yo solita me había buscado todo eso. No debí liarme con él.

Hacía calor, mucho calor, pero en ese enrevesado de estrechísimos callejones se diluía un hálito de claveles y leyenda que me hizo arrinconar mis pensamientos. El encanto y la belleza de esas casas encaladas y todos aquellos humildes patios rebosantes de flores… Sin duda, estaba fascinada ante aquel entorno. A pesar del calor y de mi pésimo estado de ánimo, caminar por aquellas callejuelas me transmitió sosiego y frescor.

Bajé por la calle Mateos Gago y me encontré con la espalda de la Catedral. Era imponente. A esas horas los restaurantes de la zona ya estaban cerrando. La estuve contemplando, iluminada de noche, admirando su majestuosa construcción. Había turistas paseando y tomando fotografías. En los alrededores aún quedaba algún rezagado buscándose la vida. Un hombre tocando la guitarra española, más adelante una mujer joven bailando danza del vientre. Llegué a la Plaza del Triunfo y algunos cocheros aguardaban con sus coches de caballo. Uno de ellos me examinó de arriba abajo:

—Preciosa, ¿te apetece un paseo?

Negué con la cabeza, le dediqué una leve sonrisa y seguí caminando. A esas horas, por los alrededores de la Catedral y arrastrando una maleta, debí parecer una guiri recién llegada a Sevilla.

Me fijé en que había varios hoteles por aquella zona, pero supuse que serían bastante caros, así que me di la vuelta y volví a sumergirme en las callejuelas. Iba fijándome en el nombre de las calles. Plaza de los Venerables, Calle Consuelo… Continué andando y me encontré rodeando la muralla de los jardines de Murillo. Olía a Dama de noche.

La noche era preciosa. Ese barrio era precioso. Hubiera dado mi peso en oro por pasear por allí con Héctor, en vez de deambular sola y con el corazón atravesado por una daga. Pero qué se le iba a hacer... Sabía desde el principio que, de una forma u otra, nuestra relación no habría funcionado, y ahora ya era demasiado tarde para lamentaciones.

Me encontré con un arco que daba a una pequeña plazoleta, el Pasaje del Agua. No había nadie por allí. Todo estaba en silencio y de pronto sentí un poco de miedo. Tenía que encontrar un hostal cuanto antes. Había visto algunos, de paso, pero ninguno me había convencido. De repente me paré a leer unas letras grabadas en unos azulejos que había en una de esas estrechísimas calles: «*En estos lugares, antigua calle de la muerte, púsose la cabeza de la hermosa Susona Ben Suzón, quien por amor, a su padre traicionó y por ello, atormentada, dispúsolo en testamento*».

Solo me quedé en mi memoria con la palabra *Traición*. Sí, señor, así me sentía, traicionada. Y, sin duda alguna, en esas calles, en algún momento de la historia, se había cuajado la traición.

Una voz detrás de mí me produjo un tremendo sobresalto.

—*Mi arma*, ¿unas monedillas para esta humilde gitanita?

Me giré y vi a una mujer gitana de unos cincuenta años. Llevaba su frondosa melena negra de rizos recogida en un moño casi vulgar. Iba vestida de negro. Camisa y falda. Pero, aunque se notaba que estaba limpia, sus ropas lucían deslucidas. Sujetaba un ramillete de romero en una mano.

—Anda, prenda, cómprame un poquito de romero, que te hace falta para quitarte el mal fario.

—No, gracias —contesté, dándome la vuelta y dirigiendo de nuevo mi atención al azulejo de la pared.

—Susona Ben Suzón —dijo la gitana, señalando las palabras que había inscritas—. Traicionó a su padre y a su pueblo por salvar al hombre que amaba.

—¿Qué ocurrió? —le pregunté verdaderamente interesada.

—Pues que va a ocurrir, *mi arma,* lo de siempre, que las mujeres nos fiamos de cualquiera que se mete en nuestras bragas. —Se acercó más a mí y comenzó a contarme la historia—. Susona Ben Suzón era hija de un banquero judío. Una muchacha muy hermosa, según la leyenda. Pero por allá, por el siglo XI, los cristianos y los judíos estaban ya enfrentados por diferencias religiosas, y el padre de Susona era un judío converso, cabecilla de la revuelta. La niña vino a fijarse en un noble cristiano. Ella soñaba con alcanzar una buena posición social, y resultaba que el caballero pertenecía a una de las familias más ricas de Sevilla. Pero una noche… oyó a su padre con los suyos tramar una conspiración para asesinar a su amado y a otros cargos públicos de la ciudad. —Se detuvo y me miró con los ojos como platos.

—¿Y qué hizo? —La historia francamente me gustaba.

—¿Tu qué crees, *mi arma*? Pues se fue a casa del muchacho y se lo contó todo. Y el otro, sin pensárselo dos veces, denunció los hechos ante las autoridades. Al final, el padre de Susona y todos sus cómplices fueron ahorcados y ella quedó como una auténtica traidora a ojos de la colonia judía de Sevilla y, para colmo, fue repudiada por su pretendiente.

—¿En serio? Pero si le salvó la vida…

—Sí, pero al parecer era tanta la enemistad que había entre judíos y cristianos que fue prácticamente imposible que siguieran juntos.

—Es… No sé…, una historia muy dramática…

—Sí, así es.

—¿Por eso se llama así esta calle?

—En realidad se llama así porque a la pobre Susona, al ser repudiada por su pueblo y por su amante, no se le pudo determinar con exactitud su paradero. Hay quien dice que se casó con un obispo, y otros muchos dicen que se fue con un comerciante extranjero, pero lo único que se supo de ella, con certeza, es que antes de morir dejó un testamento. Y en él pedía que tras su muerte, separasen su cabeza de su cuerpo y la pusieran sujeta en un clavo sobre la puerta de su casa y quedara allí para siempre. Durante mucho tiempo, esta calle se llamó Calle de la muerte, pero con el tiempo le cambiaron el nombre y le pusieron Calle Susona.

—¿Y de verdad lo hicieron? Quiero decir, ¿se puso la cabeza de la joven en la puerta?

—Al parecer, sí. Yo no la he visto, *mi arma.* Pero eso es lo que se cuenta por estas calles.

—Pero eso es muy macabro. Es horrible…

—Ya, hija, ya, pero al menos dame unas moneditas por la información, ¿no? Nunca te acostarás sin saber algo nuevo, prenda.

La historia que me había contado esa mujer, realmente me había conmovido. Así que hurgué en el bolsillo de mi pantalón y le di algunas monedas que tenía sueltas. Además, intuía que hasta que no le diera algo de dinero no me dejaría en paz. Cuando se lo ofrecí, ella agarró mi mano y la extendió, examinando la palma.

—Trae *pa ká,* muchacha, que voy a leer tu porvenir.

—No, gracias, no me interesa. —Eso de que me adivinaran el futuro me daba un poco de grima.

—Trae *pa ká,* mujer, que de verdad que no te cobro *ná.*

Volvió a coger mi mano.

Me quedé quieta, observándola. Ella recorría las líneas de mi palma con sus dedos, pero no decía nada. Y de repente me miró, como si quisiera leer a través de mis ojos. Como si estuviera desnudando mi alma. Sus ojos eran inmensamente negros, tan negros como una noche sin luna, pero al mismo tiempo, sabios, muy sabios. Su mirada intrigante y su ostentosa persistencia me dejaron completamente paralizada. Por un momento sentí un tremendo escalofrío. Esa mujer estaba leyendo dentro de mí…

—Ay, muchacha, la suerte no está de tu parte últimamente. Pero tranquila, eso no es ningún problema. Eres fuerte, muy fuerte. Sin embargo, muchos de los que te rodean piensan que eres débil. —Esta última palabra la dijo en voz baja—. Te mienten, prenda, te mienten. Veo secretos.

Se quedó callada un instante, siguió trazando líneas sobre la palma de mi mano y luego continuó:

—Veo a dos hombres en tu vida. Pero solo uno puede amarte de verdad. En realidad, siempre te ha amado. Tú crees que no, pero siempre te ha amado. —Y se encogió de hombros.

Supuse que al hablar de dos hombres se refería a Rafa y a Héctor. Quería preguntarle si por casualidad esos hombres eran hermanos. Pero no lo hice, seguí callada, pensativa. Ambos me amaban... ¿Rafa me amaba? ¿Me había amado alguna vez? ¿Y Héctor? En fin, seguramente se estaba inventando todo eso.

—Veo tierra de por medio. Mucha distancia. Decepción. Pero no desistas, eres fuerte. Aún no lo sabes, pero eres muy fuerte. —Me agarró la mano y me dio un apretón. Sus manos estaban calientes—. Sin embargo, muchacha, debes tener mucho cuidado. Estás en peligro. Lo tienes delante de ti. Ándate con ojo. —Quise desasirme de su mano. Ese último comentario me asustó. Pero ella me agarró aún más fuerte y antes de soltarme susurró:

—Solo los dos que permanecen allá arriba... os protegen. No lo olvides, Carolina. —Y se marchó.

No recordaba en el tiempo que había estado hablando con esa mujer haberle mencionado mi nombre en ningún momento. El escalofrío volvió a aparecer, esta vez acompañado de miedo. Bastante, diría yo. Todo lo que esa mujer había dicho... ¿Cómo podía saber ella que yo me llamaba Carolina? Miré a un lado y a otro en ese estrechísimo callejón. ¿De dónde había salido esa mujer? Pensé en todas y cada una de sus palabras... ¿Dos hombres me amaban? Yo creía que a este paso ni uno. ¿Tierra de por medio? Claro ¡Nueva York! , tal vez fuera lo mejor para ambos, que se marchara de una vez por todas y me olvidara al fin de él.

Pero luego, también había mencionado algo de que estaba en peligro. *Ándate con ojo.* ¿Por qué? ¿A qué se refería con eso? ¿Quién querría hacerme daño? Me refiero a daño físico, claro. Porque sentimentalmente, por esa noche ya estaba bastante afectada. En ese momento solo se me ocurría Rafa, pero lo cierto era que desde la pelea con Héctor no había vuelto a molestarme.

Los dos que permanecen allá arriba... os protegen, eso sí que me había dejado realmente sobrecogida.

Arrastraba a duras penas mi maleta. No recuerdo cuánto tiempo estuve andando, una hora, quizás dos. De repente me vi en medio de una plazoleta: la Plaza de las Cruces. Ya había pasado por allí antes.

Estaba cansada, muy cansada. Fue entonces cuando avisté un cartel que decía: Pensión La Montoreña. La puerta estaba encajada, me asomé y encontré lo que era un típico patio andaluz con azulejería mudéjar. Todo parecía muy limpio y olía a gloria, así que entré. En la recepción había un chico joven y huesudo, de poco más de veinte años, recostado en un viejo sillón y viendo la tele. En cuanto me vio aparecer se incorporó.

—Buenas noches —dije en voz baja, consciente de lo tarde que era. A esa hora, la mayoría de los huéspedes estarían dormidos—. Desearía una habitación para esta noche.

El chico abrió un cuaderno grande que había justo encima del mostrador y consultó las habitaciones disponibles. La pensión estaba casi llena, solo había dos habitaciones libres: una doble y una triple. Me decidí por la doble, ¡qué remedio!

El joven me indicó dónde estaba la habitación; incluso fue amable y me ayudó con la maleta. Me explicó que el baño era compartido, cosa que no me hizo ni pizca de gracia. A esas horas estaba loca por darme una ducha y dormir, si es que podía. El precio era económico y, al menos, todo estaba limpio y decente, así que me resigné a compartir el baño. Tan solo estaría allí unas horas. Pensaba marcharme cuanto antes a mi casa.

El cuarto tenía dos camas individuales. Era sencilla pero acogedora. Dejé la maleta sobre una de ellas y me senté en la otra. Abrí mi bolso y saqué el móvil. Héctor no me había escrito ni me había llamado. Habían pasado por lo menos dos horas desde que había salido de su casa y ni siquiera me había preguntado dónde me alojaría. Pero tenía mis llaves, y si quería marcharme de Sevilla al día siguiente de una vez por todas, tenía que decirle dónde me alojaba para que me dejara las llaves en recepción. Cogí una tarjeta de visita que había en una de las mesillas de noche y leí el nombre y la dirección de la pensión, saqué el móvil del bolso y tecleé:

Pensión Montoreña, calle San Clemente, 12

Solo eso, no escribí nada más. A continuación le di a enviar. De inmediato recibí un mensaje de él:

OK.

Simplemente.

Me dieron ganas de estrellar el móvil contra la pared, pero ya lo único que me faltaba era haberme quedado sin teléfono.

Me tumbé en la cama aún vestida, mirando hacia el techo. Qué estúpida había sido. Y encima, después de todo lo que había visto con Patricia, me había acostado con él. Debí haberme marchado en la fiesta. Podría haberle pedido a Raúl que me llevara él. Cualquier cosa menos volver a su apartamento. Pero no, lo había hecho todo mal. Me había liado con él y encima le había convencido de que seguía enamorada de su hermano. Pero que me hubiese echado de su casa de esa manera, realmente me había dolido, y que no me hubiera llamado tras marcharme…, aún más.

Cerré los ojos, rindiéndome por completo, preguntándome una y otra vez cuál habría sido la actuación más acertada, y lo cierto era que, a esas alturas… ya daba igual.

Capítulo 29

«Ha sido un mal día.
Por favor...».

Bad Day - R.E.M.

Me despertó la claridad de la habitación. No había cerrado la persiana y la intromisión de los rayos de luz me resultó impertinente. La cabeza me dolía a rabiar. Miré la hora en mi móvil. Las diez y media. Me sorprendí al ver que tenía un mensaje. El pulso me temblaba antes de leerlo:

Te he dejado las llaves en recepción.

Me lo había enviado a las nueve y cuarto de la mañana. Al menos me consolé pensando que él también había dormido poco. ¿Pero cómo podía ser tan frío? Actuaba como si la mala fuera yo. De repente me asaltó la imagen de Patricia y él discutiendo en aquel aparcamiento. Y luego aquel beso... Los celos me quemaban las entrañas. Tenía que alejarme lo antes posible de todo esto, si no quería volverme loca.

Unos cuarenta minutos más tarde me presenté en la recepción. La ducha en aquel baño, aunque compartido, me había sentado de maravilla. Aún tenía el pelo mojado, pero con el calor que hacía en Sevilla, prefería que fuese así. Quería recoger las llaves de mi coche y volver a mi casa cuanto antes.

—Buenos días, disculpe, le han dejado las llaves de un coche para mí, ¿verdad?

Había una mujer tras el mostrador, ya no estaba el chico de la noche anterior. Era una señora de unos sesenta años, con el pelo ahuecado y unas gafas de vista que le colgaban del cuello. Parecía simpática.

—Deben ser estas —dijo, abriendo un cajón de detrás del mostrador—. Es usted la señorita Carolina Méndez, ¿no? —preguntó con amabilidad.

Afirmé con la cabeza.

—Pues entonces son para usted. El joven que las trajo esta mañana pagó su habitación y me pidió que le diera esto también. —Y me entregó un sobre pequeño y cerrado. En el dorso, escrito con su excelente e inconfundible caligrafía ponía mi nombre—. Un joven muy apuesto y encantador por cierto —añadió la mujer, guiñándome un ojo y con una sonrisita cómplice.

«*Sí, apuesto..., encantador... y un cretino*», pensé solo para mí.

—Gracias por todo, muy amable —contesté, recogiendo el sobre y las llaves del coche, y dejándole sobre el mostrador la de la habitación.

Antes de salir al exterior, me senté en uno de los sofás que decoraba aquel entrañable patio andaluz. Quería leer qué ponía dentro de ese sobre. ¿Qué se le habría ocurrido escribir ahora? ¿Qué quería decirme que precisara de comunicación escrita?

Tu coche está aparcado en la avenida Menéndez Pelayo, cerca del Paseo Catalina de Ribera.

Por cierto, magnífica tu actuación de anoche.

Espero que seas muy feliz con «mi hermanito».

Me dio tanta rabia lo que leí que hice añicos la nota, me levanté para marcharme y tiré todos los pedazos en una papelera que había en una de las esquinas del patio. Al salir caí en la cuenta de que no recordaba la dirección donde decía que había aparcado el coche. Lo único que recordaba eran sus estúpidas palabras: «magnífica actuación» y «que seas muy feliz con mi hermanito». Así que tras partir la nota tuve que recomponerla de nuevo. Eso me puso aún de peor humor.

La señora de recepción había contemplado con asombro toda la escena. Observó cómo recogía de la basura los pedazos rotos. Seguro que en ese momento pensaba que se me había ido la cabeza. Me llevó un buen rato rehacerlo. La nota era pequeña y con mi ataque de ira los trocitos se habían prácticamente desintegrado. ¡Dios!, estaba tan enfadada en ese momento que no sé qué hubiera hecho de tenerlo ante mí.

Cuando logré entender, usando más bien el sentido común que otra cosa, la dirección que había escrito en la nota, la memoricé y volví a depositar los pedazos en la pequeña papelera arrinconada.

Una vez en la calle, me detuve y le pregunté a un hombre en qué dirección estaba la avenida Menéndez Pelayo. El hombre me indicó con amabilidad. Tan solo tendría que andar unos cinco minutos y encontraría mi coche, al fin. Pronto estaría en mi casa, lejos de toda esta sucia historia. Lejos de él.

«Magnífica actuación». *¡Será cretino!*

Encontré la avenida donde me había dicho que estaba aparcado el coche. Ahora tan solo tenía que buscarlo. Oteé una hilera de vehículos al otro lado de la carretera donde me encontraba en ese momento. Reconocí el mío de inmediato, aparcado en batería. Desde donde estaba veía perfectamente la matrícula trasera. Al menos había tenido la gentileza de no aparcarlo muy lejos del hostal.

Revolví mi bolso en busca de las llaves a medida que me iba acercando. Pero cuando me aproximé lo suficiente, tuve que parpadear unas cientos de veces porque no podía dar crédito a lo que veían mis ojos. ¡Maldita sea!

¡Me habían robado las dos ruedas delanteras y las habían sustituidos por dos bloques de cemento! ¡¿Qué clase de broma pesada era esta?!

Habían allí aparcados, al menos, unos trescientos coches, incluso la mayoría eran vehículos caros. ¿Por qué, precisamente ese día, habían tenido que robarle las ruedas al mío? Oh, Dios mío, qué iba a hacer ahora. El sol era abrasador. Las gotas de sudor me resbalaban por la espalda y la angustia que sentía amenazaba con apoderarse de mí de un momento a otro. Tenía muchísima sed. Miré a un lado y a otro en busca de algún sitio donde comprar una botella de agua y justo detrás de mí me fijé en que había un pequeño bar. Tan solo tenía que cruzar una calle.

Me senté en una de las tres mesas que había colocadas coquetamente en la terraza de aquel bar. El camarero salió enseguida a atenderme. Le pedí una botella de agua muy fría y luego le pregunté:

—Disculpe, ¿no habrá visto usted por casualidad al mal nacido que me ha robado las ruedas del coche? Es ese, el Peugeot 206 gris que está allí aparcado.

—¿En serio que se las han robado?

—Sí, señor, así es.

—Pues si le cuento lo que he visto no se lo va a creer. Pensé que lo estaban reparando. Además, ha sido hace un momento. Ha llegado una furgoneta blanca, han aparcado al lado y se han bajado dos tipos con monos de mecánicos. Ha sido todo tan espontáneo y normal que pensé que el coche era de alguno de ellos.

Me puse las manos en la cara, me froté los ojos, como si estuviera deseando despertar de una horrible pesadilla.

—¿Se encuentra usted bien, señorita? Si lo desea llamamos a la policía. No estoy seguro de haberles visto con claridad las caras a esos tipos, pero bueno, imagino que algo podrán hacer.

—No, no, es igual, no se preocupe. —La idea de pasarme la mañana en la Comisaría poniendo una denuncia, no me resultaba muy atractiva.

Me bebí la botella de agua y me levanté. El camarero me invitó. Al menos, la suerte no me había abandonado del todo.

Abrí la guantera del coche y saqué toda la documentación. No me quedaba otro remedio que llamar a la grúa y que se llevaran el coche. Pero antes de telefonear se me ocurrió que tal vez Raúl podría ayudarme, porque desde luego a Héctor no lo llamaría ni muerta. Quizás Raúl conociera algún taller cercano. Pero el teléfono de Raúl me daba apagado o fuera de cobertura. ¡Mierda!

No me quedaba otro remedio que llamar a la grúa y esperar a que vinieran a recogerme. ¡Arrrgggg!

Cogí el móvil para marcar el teléfono de asistencia de la grúa y de repente mi teléfono empezó a sonar, era Emilio. Lo descolgué inmediatamente. En cuanto oí la voz de Emilio, no sé por qué, pero me entraron unas repentinas ganas de ponerme a llorar. Quería saber algo sobre unas nóminas no firmadas de dos trabajadores de una de nuestras empresas. Contesté a su pregunta intentando disimular mi conmoción, pero él me conocía lo suficiente para saber que no me encontraba bien.

—¿Te ocurre algo, Carolina?

—No, nada, estoy bien. Es solo que estoy en Sevilla y me acaban de robar las dos ruedas delanteras del coche.

—¿Estás en Sevilla? ¿Con Héctor?

—Sí..., bueno, ya no... Es una larga historia —contesté, reprimiendo el llanto.

—¿Y cómo vas a volver a Cádiz? ¿Quieres que vaya a buscarte?

—No..., en serio, no te preocupes, estaba a punto de llamar a la grúa.

—Pero la grúa puede tardar horas, ¿qué vas a hacer mientras tanto?

—No lo sé. Ya veré qué hago. No te preocupes. —En ese momento rompí a llorar.

—Oh, vamos, Carolina, ¿qué ha pasado? Iré a buscarte ahora mismo. Tardaré una hora aproximadamente. Venga, no te pongas así. Dime dónde estás exactamente.

—En serio, Emilio, estoy bien, es solo que me he agobiado un poco. Se me pasará. No vayas a venir hasta aquí.

—Salgo ahora mismo a buscarte. Fin de la conversación. Mándame la dirección exacta en un mensaje para ponerla en el GPS. Mientras tanto, tranquilízate. Ahora hablamos. —Y me colgó el teléfono.

Sabía que era demasiado el que Emilio viniera a buscarme hasta Sevilla, pero lo cierto era que me resultó todo un consuelo. Necesitaba a un amigo en esos momentos y Emilio era lo más parecido a mi mejor amigo.

Durante esa hora, intenté tranquilizarme, llamé a la grúa, les di la dirección de donde estaba aparcado el coche y los datos de la matrícula. Ellos se encargarían de llevarlo a Cádiz y repararlo. La bromita de las ruedas me saldría por un ojo de la cara, pero qué le íbamos a hacer. Si me hubiese quedado en Cádiz nada de eso habría sucedido, es más, si no me hubiese liado con Héctor nada de eso habría sucedido, que digo yo… si no hubiese conocido a Rafa nada de todo eso habría pasado…

Volví al bar donde el camarero me había invitado a la botella de agua y esta vez me pedí una Coca-Cola, fresquita. Aquel camarero sabía que no me encontraba bien del todo y fue muy amable conmigo. Estuve charlando con él un buen rato de esto y lo otro. Al parecer tenía una hija de mi misma edad y me comentó que yo le recordaba a ella. Al menos conseguí matar el tiempo, y una hora y cuarto después vi aparecer el *Citroën C5* azul de Emilio. Una oleada de tranquilidad me invadió al instante.

Corrí hacia él. Emilio se bajó del coche y se acercó presuroso a mí con gesto de preocupación. Me dio un fraternal abrazo y un beso en la mejilla. Pero ese simple y admirable gesto de lealtad y cariño hacia mí, hizo que las lágrimas asomaran de nuevo a mis ojos.

—¿Estás bien? Vamos, cuéntame qué ha pasado.

—He vuelto a equivocarme, Emilio —le dije, sorbiendo por la nariz.

—Anda, sube al coche, tendrás que ponerme al corriente de todo —añadió él, sujetando mi maleta para luego meterla en el maletero.

En cuanto subí al vehículo de Emilio, fue como si por fin esa pesadilla estuviera tocando su fin. Aún me sentía dolida y decepcionada, pero, al menos, Emilio estaba allí para consolarme. De momento estaba a salvo. Durante el trayecto de vuelta a Cádiz me obligó a contarle lo sucedido. Él me escuchaba con atención sin apartar los ojos de la carretera. Le narré todo o casi todo. La primera vez que me había topado con Patricia, lo de la inauguración y luego lo de la pelea en su casa, lo que yo había dicho respecto a Rafa y la manera en la que él me había echado de su apartamento. Lo único que omití fue que me había acostado con él antes de marcharme. Me arrepentía tanto que era incapaz de volver a mencionarlo. Y cuando terminé con mi perorata, Emilio aún permanecía en silencio.

—¿Sabes qué? —preguntó al cabo de unos minutos.

—¿Qué?

—Héctor tiene un problema muy grave con su socio. Y no me refiero precisamente a esa mujer. ¿Recuerdas cuando te dije que había visto irregularidades en la contabilidad? Pues esto puede ocasionarle más problemas de los que él se piensa, es más grave de lo que imaginábamos.

—Si te digo la verdad, me da igual, Emilio, no quiero volver a saber nada de él ni de los sucios chanchullos de su socio y su mujercita. Me arrepiento de habértelo presentado. No debí hacerme ilusiones con esta historia. De ahora en adelante te agradecería que no me comentaras nada de sus negocios. No quiero volver a saber de él.

Emilio permaneció callado, conduciendo. Sabía que me encontraba muy afectada y no volvió a sacar el tema, se limitó a permanecer a mi lado y condujo hasta mi casa.

Dejamos atrás Sevilla y con ello me propuse dejar atrás también mi aventura con Héctor. Cuando el coche de Emilio atravesó el Puente José León de Carranza, ya me encontraba un poco mejor. Este era mi sitio, aquí era donde yo debía estar. En Cádiz.

Tenía la cabeza pegada a la ventanilla y, por un instante, mi mente se concentró en admirar cómo nos adentrábamos en nuestra pequeña y espléndida isla, conectada al continente por una lengua de tierra. Me fijé en las calmadas y adormecidas aguas de la bahía a medida que atravesamos la distancia de hormigón pretensado sobre la que se asentaba el puente. Y a los lejos, en el horizonte, vislumbré el mar, algo más embravecido. Tanta belleza en este solariego archipiélago... Aquí era donde me sentía a salvo. En mi Tacita de Plata. Si este diminuto y desaforado rinconcito del continente europeo había sobrevivido a numerosos e incontables enfrentamientos entre fenicios y árabes, a conquistas y colonizaciones, a la salvaje y caótica mezcla de culturas y a las crisis del Imperio Romano, yo también podría resistir a esta terrible y dolorosa decepción.

Entré en mi piso, cabizbaja y muy cansada. Eran casi las dos de la tarde. Cristina estaba sentada en el sofá con el portátil entre las piernas.

—¿Has vuelto muy pronto, no? Pensé que hoy pasarías el día con Héctor —me dijo ella sin apartar la vista del ordenador.

—Héctor y yo hemos roto —susurré sin ganas, adelantándome hacia mi habitación.

—¿Cómo? Pero ¿qué ha pasado? Anoche hablé contigo y todo iba perfectamente. —Había soltado el ordenador y estaba de pie en la puerta de mi cuarto.

—Sigue liado con esa tal Patricia. Les vi besarse en la inauguración —contesté mientras me desnudaba y deshacía mi maleta.

—¿De verdad?

—Sí, no quiero volver a hablar él. Solo quiero olvidarme de todo esto y poder seguir con mi vida —masculló mientras guardaba la ropa en mi armario.

En ese momento dejé el vestido negro de tirantes sobre la cama y ella vio que la prenda estaba hecha un guiñapo.

—¿Qué demonios le ha pasado a tu vestido? —protestó ella con una expresión horrorizada.

—Ah, eso... No... No es nada. Se me partió. —¿Cómo diablos iba a explicarle que Héctor me lo había arrancado con su ataque de celos?

—¿Se te partió? Carolina, ¿crees que soy idiota? ¿Qué coño pasa entre Héctor y tú? Hace poco te veo un moratón en el brazo, luego una marca en el cuello y ahora apareces hecha polvo y con el vestido que te pusiste ayer hecho jirones. —Levantó los brazos en señal de rendición—. No sé qué clase de relación extraña te traes con Héctor, pero te aseguro que no pienso moverme de aquí hasta que me lo cuentes todo.

Me senté en la cama, estaba muy cansada y, aunque sabía que tenía mucho que explicarle a Cristina, ya no tenía ganas.

—¿No será de esos tíos a los que le va el sado y todas esas cosas, no? —preguntó con los ojos muy abiertos.

—¿Pero qué hablas? ¡No!

—Entonces, ¿qué ocurre?

—Lo del brazo y lo del cuello me lo hizo Rafa. —Me entretuve en contarle algunos detalles.

—¡Maldito cabrón! —Soltó ella, apretando los puños.

—Y el vestido..., en fin, eso... es una larga historia, pero solo te diré que ya se acabó.

—Pero... ¿por qué no me lo has contado antes?

—No quería preocuparte, además, no ha sido para tanto. De todas maneras ya se ha acabado. Desde la pelea, Rafa no ha vuelto a molestarme. Héctor le dio su merecido.

—Espero que no se le ocurra volver a acercarse a ti. Por su propio bien…

Se sentó junto a mí en la cama.

—Estamos bastante jodidas —dijo con sarcasmo.

—No es para tanto —aseveré, empujándola con el hombro en un gesto de cariño.

En ese instante se acarició el vientre, me miró a los ojos y me preguntó casi en una súplica:

—¿Vendrás mañana conmigo?

—Por supuesto —afirmé, enlazando mi mano con la suya. No estaba para nada de acuerdo en que abortase, pero de una cosa estaba segura: no pensaba abandonarla.

Sin embargo, el móvil de Cristina sonando desde el salón, interrumpió nuestra conversación. Estaba empezando a contarle todo lo que había ocurrido en la inauguración cuando ella se levantó con premura, fue a buscar el teléfono y apareció ante mí con los ojos desorbitados.

—Dime, Héctor. —En cuanto oí su nombre me puse a temblar.

Ella me miraba mientras le escuchaba a través del auricular, pero de pronto vi cómo la expresión de mi hermana se contraía de dolor y sus ojos se inundaban en lágrimas.

—Oh, Dios mío. No puede ser… —exhaló con un deje de agonía y sufrimiento en su voz.

—De acuerdo. Voy ahora mismo. —Las lágrimas resbalaban por sus mejillas, pero, a pesar de todo, ella intentaba mantener la calma.

—Gracias, Héctor. —Fue lo último que atinó a decir antes de colgar.

Me levanté de la cama, temblorosa. Sabía que lo que me iba a decir no era bueno.

—Raúl ha tenido un accidente con la moto. En estos momentos lo están operando.

El accidente ocurrió en la autovía A-48, por lo tanto, la ambulancia lo había llevado al hospital Puerta del Mar, aquí. Cuando aparecimos por la sala de urgencias nos encontramos con el rostro desencajado del padre de Raúl. Cristina lo abrazó en un gesto de consuelo. Y tras ella, yo. La madre permanecía sentada en la sala que había más al fondo, reservada para los familiares. Tenía los ojos hinchados de llorar. Nada más verla se me partió el corazón al imaginar su sufrimiento. Cristina se sentó a su lado y cogió su mano.

—Le dije un millón de veces que no me gustaba esa moto —musitó su madre, mirando a Cristina—. Le dije que era un peligro. Pero él nunca me escuchó. —Fue lo único que habló antes de romper en llanto sobre el hombro de mi hermana.

Yo estaba de pie, contemplando la escena y Miguel se puso a mi lado.

—Miguel, ¿Qué ha ocurrido exactamente?

El hombre tenía el rostro tan pálido que parecía que la sangre lo hubiese abandonado por completo, y por la delgada línea que se dibujaba en sus labios me hacía una idea de su dolor.

—Aún no lo sabemos exactamente, lo único que nos han dicho es que el accidente ha sido esta mañana y que tiene muy dañada una pierna y algunas costillas. Ahora mismo lo están operando. He preguntado varias veces, pero hasta que no terminen de operarlo no pueden decirnos nada más. —Se pasó una de sus manos por la nuca y dijo con desesperación—. Esta espera me está matando.

—Venga, seguro que todo sale bien.

Puse mi mano sobre su brazo, consolándole, y justo cuando levanté la vista me encontré con el hermoso y compungido rostro de Héctor. Acababa de entrar en la sala de urgencias y parecía buscar a los padres de Raúl con desesperación. Se le veía cansado y angustiado. Llevaba un polo azul marino, vaqueros y zapatillas de deporte. La oscuridad de su barba le daba un aspecto más desenfadado, pero como siempre me ocurría cuando lo veía, el corazón me dio un brinco.

¿Por qué demonios tenía mi cuerpo que reaccionar de esa manera ante su presencia? Fue entonces cuando nuestras miradas se encontraron, pero no quise saber lo que sus ojos tenían que decirme o reprocharme y desvié la vista en dirección a mi hermana.

Él se acercó, presuroso, a Miguel y le dio un tierno abrazo. Yo me senté junto a mi hermana y la madre de Raúl. Oí su voz, preguntándole a Miguel por el estado de su hijo. El vello se me erizó solo de escucharlo. Y luego se acercó a nosotras para saludar a la madre de Raúl y a Cristina. Ellas se pusieron de pie para saludarlo. Yo no sabía qué hacer y me levanté también. Pensé que quizás lo mejor sería dejar a un lado nuestros resentimientos, de momento, al fin y al cabo, su mejor amigo acababa de tener un accidente y él estaba hecho polvo. Besó a Rosa y a Cristina. Y cuando fijó su vista en mí, lo hizo con frialdad, con recelo.

—Hola.

Fue lo único que dijo y, antes de que yo pudiera devolverle el saludo, me dio la espalda. No hizo ni tan siquiera el gesto de acercarse. Ni tan solo por educación. Se limitó a hacerme un desaire de esas características delante de los padres de Raúl. Por desgracia, estaban tan inmersos en su dolor que apenas prestaron atención al momento. Sin embargo, Cristina no había perdido nota.

El desplante que acababa de hacerme me dejó exhausta. Intenté no perder los nervios. Así que, me levanté con la excusa de ir a comprar algo de beber y de paso tomar un poco el aire.

Cuando estuve en el exterior me entraron unas ganas terribles de fumarme un cigarrillo, pero luché con todas mis fuerzas por reprimirme y no volver a caer en ese horrible y pernicioso vicio. Lo de la noche anterior no podía volver a repetirse. NADA de lo que había ocurrido la noche anterior podía volver a repetirse.

Al cabo de un rato volví al interior de la sala con algunas botellas de agua. Miguel acababa de salir para atender una llamada de teléfono y Cristina, Rosa y Héctor permanecían sentados en las mismas butacas de plástico que antes. Él levantó la vista en cuanto me vio aparecer y me miró de arriba abajo. Estaba sentado con las piernas abiertas y los codos apoyados en las rodillas, en una postura de irrefutable preocupación. Me senté junto a Cristina, ya que era donde más alejada estaría de él. Pero un instante después la madre de Raúl se levantó y dijo:

—Voy al baño.

—Te acompaño —añadió mi hermana.

¿Por qué demonios las mujeres nos empeñamos en ir al baño en pandilla? Pensé en levantarme e ir con ellas, pero no sé por qué me quedé. Quizás para que él no pensara que estaba huyendo. Aún no lo sé.

Tan solo nos separaban dos asientos, pero yo sentía que la distancia era infinita.

—¿Encontraste el coche sin problemas? —me preguntó en la misma postura, pero girando la cabeza para mirarme. Su actitud era desconcertante.

—Sí. Solo que cuando llegué me habían robado las ruedas —le dije con desinterés, abriendo mi botella de agua y dándole un sorbo.

—¿Lo dices en serio?

Se incorporó y se dejó caer sobre el respaldo.

—Sí —contesté sin mirarlo.

Entonces lo observé de reojo y vi en su expresión una sonrisita que casi me saca de mis casillas.

—¿Te hace gracia?

—No. Bueno, a decir verdad, sí, un poco.

—Vete a la mierda.

Y de repente soltó una carcajada.

—Sé que no debería alegrarme, pero eso te pasa por largarte de mi casa anoche a las tantas.

Tuve que respirar profundamente para calmarme si no quería montar allí la de Troya.

—Si no recuerdo mal, y te aseguro que lo recuerdo con todo lujo de detalles, lo último que pasó en tu casa es que me echaste.

Se puso serio. Muy serio. Arrugó la frente.

—Yo no quería que te fueras. Pero tuviste que sacar a relucir a mi hermano. ¿A qué venía eso? ¿En serio le quieres a él? Para ti todo esto es un jueguecito, ¿no?

Me levanté, no quería seguir escuchándolo.

—Detesto a tu hermano tanto como a ti.

—No hemos terminado de hablar —dijo en voz baja, agarrándome del brazo.

—Yo creo que sí —le contesté, dirigiéndole una mirada amenazante.

Me zafé de su mano y seguí andando hacia el exterior. Él se levantó para seguirme, pero me encontré con Miguel que volvía de hablar por teléfono. Me puse a conversar con él, pero mi actuación fue un pelín exagerada y Miguel pareció darse cuenta de que pasaba algo entre nosotros.

Mi hermana y Rosa aparecieron y volvieron a tomar asiento. La madre de Raúl estaba muy afectada y me senté junto a ella para consolarla. La espera se estaba haciendo eterna y nadie nos decía nada sobre el estado de salud de Raúl.

Las dos horas siguientes fueron exasperantes, la incertidumbre nos corroía a todos. El padre de Raúl estaba ya de los nervios, la operación duraba horas. Un celador salió a avisarnos de que la pierna de Raúl se hallaba muy dañada y que la operación se alargaría un poco más. El médico que le operaba saldría a informarnos de todo en cuanto acabara.

Héctor y yo no habíamos vuelto a cruzar ni una palabra.

Pero cuando ya creíamos que la angustia y la desesperación por saber algo de Raúl acabarían con nuestra paciencia, un médico joven, de unos treinta y tantos, apareció en la sala de espera.

—¿Familiares de Raúl Navarro? —dijo con una voz sumamente masculina y educada.

Llevaba un pijama verde de esos que usan los médicos y que solo le quedan bien a los que son tan guapos como este que acababa de ponerse delante. ¡Guau!

Los padres de Raúl se adelantaron, presurosos para hablar con él. Cristina, Héctor y yo nos pusimos detrás, en un segundo plano.

—Yo soy su padre. —Se adelantó a decir Miguel, alargando la mano para saludar al médico.

—Soy el doctor Villena —contestó él, estrechando la mano de Miguel—. Verá, su hijo presentaba antes de intervenirlo una fractura abierta del fémur y una rotura en el tercio distal de la tibia que comprometía el paquete vascular que da riego sanguíneo al pie. Tras la exploración, le he reducido la fractura del fémur y ha sido necesaria la fijación con clavos de alineación.

Todos escuchábamos con atención.

—Respecto a la tibia, hemos logrado salvar esa arteria que nutría al pie, ya que estaba desgarrada por una astilla ósea. Le hicimos una anastomosis o empalme de dicha arteria y ya fluye perfectamente la sangre. Y la fractura de la tibia ha sido fijada con clavos y placas para garantizar su correcta alineación. Una vez hecha toda la intervención, hemos comprobado con radiografías la correcta fijación de los huesos.

Estaba muy pendiente de todo lo que ese joven doctor hablaba con Miguel, pero de ninguna manera pasé por alto lo guapísimo que era. Su pelo resaltaba castaño y espeso y sus ojos relucían de un azul intenso. Bajo su pijama me podía imaginar un cuerpo perfectamente torneado. Quizás no fuera tan guapo como Héctor, pero, desde luego, mirarlo podría hacerme olvidar a Héctor por un tiempo.

—De momento pasará un día en la UCI para vigilarlo estrechamente, ya que ha perdido mucha sangre desde el accidente. Allí le van a poner bolsas de sangre para garantizar que recupera el volumen sanguíneo. Y si todo sigue como está previsto, mañana seguramente lo subiremos a planta.

—¡Oh, gracias a Dios! Muchísimas gracias, doctor —exhaló Miguel, eufórico, sujetando la mano del médico entre las suyas.

El joven doctor le dedicó una sonrisa que a mí me pareció cautivadora y se dio la vuelta para marcharse, pero al cabo de un segundo se giró y dijo:

—Antes de que lo anestesiáramos Raúl ha insistido mucho en que quería ver a su novia. —Nos miraba a Cristina y a mí, como si estuviera preguntando con la vista cuál de las dos éramos.

—Sí, soy yo —sentenció Cristina, feliz de que él aún quisiera verla.

—Nos ha contado lo del embarazo —aseveró risueño—. Enhorabuena.

Y se marchó sin más.

La cara de Cristina se transformó en una mixtura de espanto y consternación. El rubor apareció de forma repentina en sus mejillas. Héctor giró la cara para mirarme con los ojos muy abiertos. Cristina se quedó paralizada ante el bombazo que acababa de soltar el doctor Villena. Pensé que tendría que sujetarla, pues a juzgar por su aspecto parecía que se desmayaría en cualquier momento.

Los padres de Raúl se giraron de inmediato y clavaron los ojos en ella.

—¿Estás embarazada? —preguntó la madre con asombro.

—Sí —contestó ella después de tragar saliva con fuerza.

Capítulo 30

«Yo, yo no me doy por vencido.
Yo quiero un mundo contigo...».

No me doy por vencido - Luis Fonsi

Cristina me miraba con la frente arrugada, pidiéndome ayuda, pero poco podía hacer yo en esos momentos.

—¿Embarazada? —repitió el padre de Raúl, como si no terminara de creer lo que acababa de oír.

Cristina se encogió de hombros con un gesto de preocupación.

En mi cabeza se agolpó un redoble de tambores. Intentaba analizar la expresión de Miguel, y de pronto torció los labios en una mueca que, poco a poco, se fue convirtiendo en una enorme y radiante sonrisa.

—Oh, Dios mío, vamos a ser abuelos. —Y se abalanzó sobre mi hermana para abrazarla. Cristina estaba tan asombrada que apenas podía salir de su parálisis. El hombre, frenético de emoción, se giró hacia su mujer y gritó:

—¡Rosa, vamos a ser abuelos!

La madre de Raúl se acercó a mi hermana, la abrazó y le dio un beso en la mejilla. Cristina apenas fue capaz de articular palabra.

—Pero, hija, ¿cuándo pensabais decírnoslo?

—Yo... no sé... —Cristina me miraba. La conocía lo suficiente para saber que en esos momentos estaba aterrada.

—Qué alegría, mi vida. Es un milagro de Dios, esta mañana pensé que Raúl había muerto en el accidente y ahora nos enteramos de que va a ser papá. ¡Oh, Cristina, es una bendición!

La mujer volvió a abrazarla y Cristina le devolvió el abrazo, débilmente, mirándonos por encima de su hombro a Héctor y a mí.

El padre se giró hacia Héctor y lo abrazó también.

—Héctor, ¿no es increíble? Voy a ser abuelo. ¿Tú lo sabías?

Héctor miró a Cristina, confuso.

—Bueno, yo…

—Se enteró hace un par de días, pero le hicimos prometer que no os comentaría nada. Raúl y yo queríamos daros la sorpresa —dijo mi hermana con un brillo distinto en sus ojos.

Acto seguido me observó. ¿Necesitaba mi aprobación? Sí, eso era, me miraba como si estuviera pidiendo mi consentimiento, pero me temía que poco tenía que opinar yo al respecto. Las circunstancias se habían tornado de tal manera que por mucho que ella lo deseara aún, ya no podría dar marcha atrás. Y lo cierto era que, aunque yo estuviera ocultando mis sentimientos, me alegraba mucho de ello.

La reacción de los padres de Raúl ante la noticia del embarazo de Cristina había sido más que grandiosa. Raúl y Cristina hacía apenas dos meses que salían juntos y ella ya se había quedado embarazada. Sin embargo, Miguel y Rosa habían acogido tal hecho como si fuera una bendición y, lo que era aún más extraordinario, estaban dispuestos a acoger a Cristina como un miembro más de su familia. Me alegraba saber que era querida y arropada por la familia de Raúl. Y creo que hasta ese momento ella no fue consciente de la suerte que estaba teniendo.

Al día siguiente, Cristina no asistió a su cita con el ginecólogo, se suponía que era cuando le harían la intervención, pero había pasado la noche en el hospital con Rosa y Miguel, deseando ver a Raúl, y me contó que cuando una de las enfermeras se compadeció de ella y la dejó pasar un momento, se le rompió el alma al ver a Raúl de aquella manera. Tenía contusiones por todo el cuerpo. No obstante, todas eran superficiales, pero la pierna había sido un milagro que no la hubiera perdido. Aun recién despierto de la operación, Raúl le rogó que no abortara.

Para él, el haber sobrevivido a ese accidente era una segunda oportunidad y estaba convencido de que quería aprovecharla junto a ella y su bebé. En esas pocas horas, Cristina había temido por la vida de Raúl y ella también se dio cuenta de lo mucho que lo amaba. Me confesó que la idea de ser madre la aterraba, pero que estaría dispuesta a plantarle cara a ese nuevo reto.

Me sentí muy orgullosa de ella. Por fin se la veía feliz y dispuesta a afrontar todo lo que estaba por venir.

El viernes por la tarde subieron a Raúl a planta. Cristina no se movió del hospital, había ido a casa unas horas a cambiarse y a comer algo, pero luego volvió a su lado.

La última vez que había visto a Héctor fue en la sala de urgencias. Unas horas después del médico anunciarnos que Raúl ya estaba fuera de peligro, él se despidió de los padres de Raúl y de Cristina y se marchó. Yo estaba en el baño en ese momento, y cuando volví Cristina me contó que se había ido.

No me llamó ni supe nada más de él. Quizás era lo mejor para ambos. Pero entonces, ¿por qué sentía como si tuviera una losa en el pecho que no me dejara respirar?

El sábado por la tarde, después de pasarme un día y medio en casa haciendo limpieza, ordenando armarios y poniéndolo todo patas arriba con el único propósito de quitarme de la cabeza a Héctor, decidí ir a visitar a Raúl. Antes le mandé un mensaje a Cristina. Le había advertido que me avisara cuando Héctor fuera a ver a Raúl, no quería volver a encontrarme con él. Ella me contestó que el terreno estaba despejado, así que me puse un sencillo vestido cogido al cuello, color lavanda, y me dirigí al hospital. Pasé antes por una pastelería y le compré una caja de bombones a Raúl.

Cuando llegué a la habitación me encontré con la arrebatadora presencia del doctor Villena. En ese momento estaba echándole un vistazo al vendaje que cubría la pierna de Raúl. Estaba vestido de calle y encima llevaba una bata blanca. Parecía recién sacado de un capítulo de Anatomía de Grey. Nunca en mi vida había visto un médico tan guapo. Pensé que esos solo podías verlos en series norteamericanas.

Di un golpecito en la puerta y a continuación pregunté:

—¿Se puede?

Mi hermana estaba sentada en un butacón, leyendo una revista, y el joven doctor, en cuanto oyó mi voz, se giró y me echó una visual de arriba abajo.

—Carolina, qué alegría verte —exclamó Raúl, emocionado. Tenía algunas magulladuras en la cara y en los brazos, pero ya parecían bastante sanadas.

Me acerqué a él y le di un beso en la mejilla. El médico no dejaba de observarme mientras examinaba la pierna de Raúl.

—Menudo susto nos has dado a todos.

—Lo sé, pero aquí estoy… vivito y coleando.

—Me alegro de veras.

—Bien, esto está genial, Raúl. Todo progresa como tenía previsto —nos interrumpió el guapo doctorcito, rellenando una documentación que sujetaba entre las manos.

—Vaya, eso es estupendo, doctor, entonces, ¿cuándo saldré de aquí?

Él sonrió por encima de la carpeta y comentó:

—Para eso aún falta un poco, Raúl. Además, si yo fuera tú, con estas visitas, no me importaría quedarme en el hospital el tiempo que hiciera falta. —Y me dedicó una sonrisa ladeada que dejó entrever un hoyuelo muy mono.

«Eso iba por mí, ¿no?».

Raúl miró a Cristina y luego a mí.

—Lleva usted toda la razón, dejaré que me mimen un poco más.

El doctor soltó una risotada y antes de abandonar la habitación me dedicó una mirada de esas que hacen que se te pare el pulso.

—Pero bueno, ¿que ha sido eso? —preguntó Raúl cuando el médico salió de la habitación.

—¿El qué? —dijo mi hermana que aún seguía con la revista entre las manos.

—¿Cómo que el qué? ¿Acaso no has visto cómo el doctor Villena se comía a tu hermana con la vista?

—¿Pero qué dices? —bufé entre risas.

Él negó con la cabeza y a continuación añadió:

—No creo que a Héctor le guste saber que su novia tontea con mi médico.

—Héctor no es mi novio —protesté irritada.

—¡Uff!, creo que me he perdido bastantes cosas desde el accidente.

—Pues sí, algunas, pero será mejor que te las cuente tu amiguito, porque yo no tengo ganas de seguir hablando de él.

—Hablé con él esta mañana, por teléfono, pero no me dijo nada de que estabais enfadados.

—No estamos enfadados, Raúl. Simplemente no estamos. Héctor y yo no tenemos absolutamente nada en común.

De repente mi hermana me miró con una extraña expresión y cuando me quise dar cuenta, Héctor estaba detrás de mí. Había oído lo último que había dicho y cuando me giré me encontré con su rostro serio y airoso. Llevaba un vaquero con un roto a la altura de la rodilla y una camisa, clara, por fuera. Su olor inundó la estancia al instante.

—Al parecer te está costando superar nuestra ruptura —masculló con un tono tan arrogante que me dieron ganas de abofetearlo.

—¿Qué ruptura, imbécil? Tú y yo nunca hemos tenido nada.

—Pues sí, en eso llevas razón. Nunca hemos tenido nada. ¿Ya les has contado a Raúl y a Cristina que me has utilizado para darle celos a mi hermano? —relató, acercándose más a mí con una mirada desafiante.

La cara de Raúl y de Cristina era todo un poema. Parecía que estuvieran viendo un partido de tenis. Y mientras tanto, Héctor y yo nos lanzábamos la pelota, con furia.

—No, aún no les he contado esa parte. Me parece más interesante la parte en la que te besas con Patricia en la inauguración. Sí, sí, Patricia, la mujer de su socio —recalqué, mirando a Raúl—. También se la folla, ¿lo sabíais?

Él se llevó la mano a la nuca y se la frotó en un gesto irritable y casi desesperado. Pero no dijo nada más, solo me miró y respiró hondo como si estuviera intentando contenerse.

Si me hubieran tomado el pulso en ese momento, seguro que lo habría tenido a mil por hora.

Raúl y Cristina parecían realmente incómodos con la escenita, pero ninguno de los dos abrió el pico.

Entonces él miró a Raúl y comentó:

—Raúl, ya vendré a verte en otro momento. —Se dio media vuelta y se marchó.

Había dejado la habitación impregnada de su aroma y de una exultante turbación.

Las piernas me temblaban tanto que tuve que sentarme en una de las sillas que había junto a la cama. Estaba avergonzada y muy dolida. Durante unos minutos fui incapaz de articular una palabra. Fue Raúl quien rompió el silencio y dijo señalando la caja de bombones que yo había dejado a los pies de la cama:

—¿Son para mí? —Intentaba suavizar el ambiente.

Asentí con la cabeza.

—Gracias. Me encantan los bombones.

Cristina me observaba con gesto de preocupación. Me levanté al cabo de unos minutos silenciosos e incómodos, me colgué el bolso en el hombro y dije como pude:

—Me alegro de que estés mejor, Raúl, esta semana me pasaré a verte de nuevo. —Me agaché y le di un beso en la mejilla.

Él me sostuvo la muñeca unos segundos y murmuró:

—Carolina, lo arreglaréis, ya lo verás. Héctor es un cabezón a veces, pero buscará la forma de solucionarlo.

—No tengo intención de solucionar nada con Héctor. —Él entrecerró los ojos como si mi comentario le hubiese dolido y me soltó.

Al salir de la habitación, mi hermana me siguió:

—Carol, ¿te encuentras bien?

—Sí, estoy bien, de verdad.

—¿Que ha querido decir Héctor con eso de darle celos a su hermano? No entiendo nada.

—Después de pillarle besándose con esa Patricia, estaba tan dolida que le dije que solo me había acostado con él para darle celos a Rafa.

—Vaya, pues has conseguido cabrearlo de verdad —comentó ella de forma exagerada.

—Me voy a casa, Cris. Estoy cansada.

—¿Quieres que me vaya contigo?

—No, no, en serio, estoy bien, solo necesito estar sola.

—Está bien, llámame si me necesitas. —Me dio un beso en la mejilla y me marché.

Pero en cuanto me alejé de mi hermana, me di cuenta que lo que había dicho no era cierto. Yo no necesitaba estar sola, no quería estar sola. La soledad me aterraba desde que mis padres murieron. Necesitaba sentirme querida, necesitaba que alguien me amara, pero de verdad, alguien que estuviese dispuesto a hacer cualquier cosa por mí, alguien que no tuviera dudas, alguien que solo tuviera ojos para mí... Estaba harta de conformarme con migajas, lo quería todo o nada.

Pensé en Raúl, él no había tenido ningún tipo de dudas desde que conoció a Cristina, nunca había temido demostrarle lo mucho que la quería. La amaba y no tenía ningún problema en expresarlo abiertamente. Sabía que ella era todo cuanto él deseaba, y estaba dispuesto a comenzar su futuro junto a ella y su bebé. Eso era justo lo que yo quería. Un hombre de verdad, uno de esos que no se asustan y salen corriendo. Uno de esos que tienen claro lo que quieren en la vida y pelean con uñas y dientes para conseguirlo. Uno que no se rinde.

No sé por qué me afectaba tanto discutir con Héctor, después de todo, mi relación con él no había sido para tanto. Bueno, vale, reconozco que el sexo con él era muy bueno, pero ¿acaso eso era lo que yo quería?, ¿una relación basada en polvos geniales? Solo habíamos tenido un par de citas y poco más. No habíamos hecho nada del otro mundo, aún no habíamos ido al cine y tampoco teníamos una canción…

Me dirigía al ascensor, pero al ver que estaba muy lleno decidí bajar por las escaleras. Iba pensando en lo mucho que me hubiese gustado abofetear a Héctor, no podía negarme que al verlo con esos vaqueros gastados y esa camisa por fuera me habían entrado ganas de lanzarme a su cuello. ¿Por qué tenía que ser tan condenadamente guapo?

Mientras bajaba los escalones, empecé a buscar en mi bolso un chicle y me sonó el móvil, era Raquel. Me comentó que pensaban salir un rato esa noche y que si me apetecía divertirme con ellas. Esa llamada me olía más bien a cosa de mi hermana. Seguro que había sido ella la que había llamado a Raquel para decirle que me animaran, pero lo cierto era que me alegré, al fin y al cabo, mi único plan hasta ese momento era quedarme en casa más aburrida que una ostra, con lo cual, la idea de arreglarme y salir a tomar unas copas con Raquel y con Marta no me pareció tan espantosa. Peor era quedarme subiéndome por las paredes y lamentándome por haberme equivocado también con Héctor.

¡Sí, señor!, saldría con las chicas esa noche. A divertirme, a bailar y a reír. A hacer todas esas cosas que apenas había hecho desde que tenía uso de razón. Todas esas que mi aburrida y nefasta relación con Rafa me había condicionado.

Colgué el teléfono, convencida de que salir con las chicas era una maravillosa idea y cuando estaba guardándolo en el bolso, en el último tramo de las escaleras, me tropecé con alguien. El tropiezo hizo que el móvil se me cayera de las manos y al estrellarse contra el suelo se partió en varios pedazos. La pantalla hecha añicos por un lado, la batería por otro. ¡Vaya por Dios!, levanté la vista, buscando al culpable de semejante torpeza y me di de bruces con el perfecto rostro del doctor Villena.

—Oh, Dios mío, lo siento —expresó él muy apurado, agachándose para recoger los pedazos que habían quedado de mi móvil.

Me agaché también para ayudarlo. Era realmente guapo, no de la manera en la que lo era Héctor, pero había algo especial en su mirada. Tenía un pelo precioso, y sus facciones eran dulces y aniñadas.

—De verdad, no sabe cuánto lo siento. —Volvió a decir esta vez mirándome. Ya no llevaba la bata, parecía como si hubiera acabado su turno y estuviera a punto de marcharse. Vestía un pantalón beige, una camisa de cuadros y una bandolera cruzada.

—No se preocupe —le dije con una mirada tranquilizadora—. Al fin y al cabo me ha hecho usted un favor, tenía que comprarme un móvil nuevo y ahora ya no tendré más excusas.

Cuando hube recogido todos los pedazos, me puse de pie y los guardé en mi bolso. Luego, en casa, intentaría arreglarlo, aunque sabía de sobra que no auguraba un buen resultado.

—De verdad, me siento realmente mal, dígame qué puedo hacer para compensarla. Se lo pagaré.

—No, de verdad, no se preocupe, era un móvil muy antiguo. No ha sido una gran pérdida.

—Pues, al menos, déjeme que la invite a un café, por las molestias, o a cenar. —Esto último lo dijo con una interrogación, alzando una ceja y buscándome la mirada.

Sonreí, pero no contesté y entonces él alargó su mano.

—Bueno, empecemos desde el principio. Me llamo Fernando. Y usted ¿es?

—Carolina —respondí estrechándosela. Tenía una mano muy suave y bonita.

—Muy bien, Carolina. ¿Me perdonará algún día que haya acabado con la vida de su móvil?

—Por supuesto, ha salvado usted la de mi amigo —contesté con media sonrisa, soltándome de su mano.

—Bien, y ahora que nuestra amistad se ha vuelto más estrecha, en fin, he salvado a su amigo y he matado a su móvil que, por lo que veo, en ambos casos, le he hecho un gran favor. ¿Aceptaría usted cenar conmigo y de paso tutearnos?

Esto sí que no me lo esperaba. ¡Guau! El guapo doctor me estaba pidiendo una cita. Pero… ¿qué podía decirle? Lo miré sin contestar.

—A menos que estés casada o tengas novio. En ese caso no me gustaría salir a puñetazos con nadie, aún necesito las manos para operar —aseveró él, bromeando.

—No, no estoy casada y tampoco tengo novio —contesté sin apartar de mi mente la imagen de Héctor. ¿Por qué diablos tenía que acordarme de él? Él no era nada mío. No teníamos nada. Además, le había visto besarse con otra hacía apenas dos días. ¿Por qué tenía que sentirme mal al aceptar esa invitación? ¡Qué demonios!

—¿Entonces eso significa que aceptarás cenar conmigo?

—Sí, de acuerdo.

—Bien, ¿cuándo?

—Pues… no sé… —susurré nerviosa, recolocándome el bolso.

—Esta noche.

—No, lo siento, esta noche he quedado con unas amigas. —Podría haber anulado mi cita con las chicas, estaba segura de que me habrían entendido pero, realmente, me apetecía quedar con ellas.

—¿Y mañana?

—Sí…, mañana podría ser.

Abrió su bandolera y sacó una libretita y un bolígrafo.

—Apúntame aquí la dirección de tu casa y pasaré mañana a recogerte sobre las nueve, ¿te parece bien? —Me quedé un instante observándole y luego añadí:

—Sí, me parece perfecto. —Y le apunté mi dirección.

Empezaba a gustarme ese chico. La manera en la que me hablaba, parecía seguro y decidido. ¿Y si era él lo que yo buscaba? ¿Y si era él el hombre de verdad? ¿Sabría realmente reconocer al amor de mi vida de tenerlo ante mí?

Le devolví la libreta y al cogerla él rozó mis dedos.

—Entonces hasta mañana a las nueve, Carolina —dijo con un excitante brillo en sus ojos y una sonrisita de satisfacción.

—Hasta mañana, Fernando.

Cuando salí del hospital y me alejé lo suficiente tuve que pararme un segundo para asimilar lo que acababa de ocurrir. Tendría una cita con el médico de Raúl. Qué digo yo… ¡Con el macizo doctor Villena! Pero de repente la imagen de Héctor volvió a asaltar mi cabeza. Tenía que sacarlo como fuera de ahí dentro.

Me fui caminando por el paseo marítimo hasta mi casa, eran las ocho de tarde y la marea estaba preciosa, pausada y baja. Aún había mucha gente en la playa y el sol ya empezaba a fundirse en el horizonte, dejando el cielo pintado en tonos morados y ambarinos. Pensé en lo afortunada que era de vivir aquí, de poder disfrutar de esos extraordinarios atardeceres… Y, admirando la grandeza y la calma del mar, caminé tranquilamente hasta mi casa. El aire era húmedo pero no frío, lo suficiente para hacer el paseo aún más placentero.

Me fijé en unos padres que jugaban con sus hijas en la orilla. Él corría detrás de la más chica y le echaba agua con el pie. La pequeña apenas había empezado a caminar y se reía dando tumbos y girando en círculos. La madre llevaba a la mayor de la mano y se adentraba en el mar, saltando las olas, divertidas. Esa simple y tierna escena me recordó a mis padres jugando con Cristina y conmigo en la playa. Y de pronto un nudo de melancolía me ahogó el corazón. Los echaba de menos diariamente, pero de vez en cuando se instalaba en mi pecho esa angustia de necesidad. Ese desconsuelo que me hacía darme cuenta de lo mucho que los añoraba.

Llegué a mi calle un poco triste y pensativa y en cuanto levanté la vista para mirar hacia mi casapuerta, me encontré con que Héctor estaba esperándome. Su semblante me decía que estaba muy cabreado. Resoplé al verlo y eso lo puso aún de peor humor. Saqué las llaves del bolso y me acerqué a la puerta para abrir.

—¿Qué haces aquí, Héctor? ¿Aún no te has enterado de que no quiero volver a verte?

Por supuesto estaba haciéndome la dura. Sí que me gustaba verlo y sobre todo así, en la puerta de mi casa. Pero aunque eso me gustara, estaba muy enfadada con él y cada vez que aparecía en mi cabeza la imagen de él y Patricia besándose, todo lo que sentía por él era una terrible contradicción.

—No puedes seguir huyendo de mí. Tenemos que hablar. —Se acercó más mientras yo abría.

—Ya te lo dicho, Héctor, no quiero hablar nada contigo. Te vi besándote con Patricia, no fue un rumor y nadie me lo contó. Lo vi con mis propios ojos. —Me subí al escalón de la casapuerta para estar a su altura. Él estaba frente a mí, con las manos metidas en los bolsillos.

—Es posible que lo que viste no te gustara, pero te aseguro que no es lo que tú piensas. Carolina, ella me besó, pero la aparté. Es cierto que ha habido algo entre Patricia y yo, pero eso fue antes de ti. No tengo que sentirme mal por algo que hice antes de estar contigo.

—Bien, tú mismo lo has dicho. Deja de sentirte mal, pero olvídate de mí de una vez por todas. —Hice el intento de girarme para marcharme. Pero él me sujetó del brazo. Se puso muy cerca de mí. Subió el escalón y ahora tenía que mirar hacia arriba para verlo.

—¿Es eso lo que quieres? ¿Quieres que me olvide de ti? ¿Por eso me dijiste todo eso de que seguías enamorada de mi hermano? Dime, ¿lo dijiste solamente para hacerme daño o aún sigues sintiendo algo por él? Si esa es la razón me alejaré de ti y no volveré a molestarte.

Sus últimas palabras me provocaron tanto miedo que tuve que tragar saliva con fuerza. Su mirada era confusa, sabía que aún dudaba. Mi actuación tuvo que ser excelente porque lo tenía ante mí lleno de recelos y desconfianza. La respuesta era sencilla. Podría decirle que sí, que aún quería a Rafa y me hubiera dejado en paz para siempre, de eso estaba segura, pero ¿era eso lo que yo quería?

Aparté la mirada sin contestar a lo que él me había preguntado, y al cabo de unos segundos susurré:

—Tengo que irme, Héctor, he quedado con las chicas.

Me giré intentando poner distancia entre nosotros, pero él me agarró por la cintura y me pegó a su cuerpo. Metió una de sus manos en mi cabello y me besó. Al principio hice el intento de apartarlo, pero luego me di cuenta de que era imposible, siempre ocurría lo mismo, en cuanto me tocaba estaba perdida. Fue un beso dulce y pausado. Nuestros labios se apretaron y se mezclaron y muy lentamente su lengua fue rozando la mía. Ese simple beso avivó todos los estímulos de mi cuerpo y tuve que alargar los brazos para sujetarme a su cuello. Le estaba devolviendo el beso a pesar de que sabía que no debía, pero tenerlo cerca y no poder tocarlo era una auténtica tortura.

—Estoy loco por ti. ¿Es que no lo ves? —siseó en mi oído, besándome la mandíbula.

Sus palabras me resultaron electrizantes. ¿De veras estaba loco por mí? Y si era así, ¿por qué le había devuelto el beso a Patricia, aunque fuera por una milésima de segundo? ¿Por qué había dicho que yo era tan solo su amiga? Recordé de la forma en que me había echado de su casa, y de pronto reaccioné.

Me separé de él rápidamente. Estaba completamente segura que por muchas cosas bonitas que me dijera terminaría traicionándome como su hermano. Al fin y al cabo, llevaban la misma sangre. No podía fiarme de él. Además, él y ella seguirían teniendo un negocio en común y eso significaba que tendrían que verse a menudo. No estaba dispuesta a dejar pasar todo eso.

—No puedo estar contigo, Héctor —le dije, poniendo distancia entre nosotros.

—¿Por qué? —preguntó él con frialdad.

—Porque no confío en ti.

—¿Qué quieres que haga? Dímelo y lo haré.

—No estoy segura de que tú seas lo mejor para mí.

—¿Ah, no?

—No.

—¿Te das por vencida así, sin más?

—Mira, Héctor, me he pasado diez años con tu hermano, tragándome sus mentiras y soportando sus continuos flirteos y me he dado cuenta de que no quiero nada de eso. Yo solo soy una chica de gustos sencillos. Lo único que he querido toda mi vida es encontrar a alguien que me quiera y con quien poder formar una familia. Pero, al parecer, soy una experta equivocándome. Primero con tu hermano y ahora contigo.

Él me escuchaba con atención.

—Quiero ser la única —aseguré, mirándolo directamente a los ojos—. No quiero llegar a mi casa y pensar en si estarás o no con ella o con otra. No quiero vivir así. ¿Lo entiendes?

—Perfectamente —respondió él con una expresión impávida.

Ambos nos quedamos en silencio un instante y luego abrí la puerta del ascensor. Quería que me dijera que yo era la única para él, que no había nadie más, pero de su boca no salió ni una palabra.

—Creo que lo mejor es dejarlo todo tal como está y que cada uno sigamos por nuestro camino.

Lo vi respirar profundamente antes de contestar, era como si estuviera eligiendo meticulosamente las palabras.

—¿No crees que sea lo suficientemente bueno para ti?

—No, no creo que seas lo que yo busco.

—Bien, si es eso lo que crees, te dejaré en paz.

—Sí, será lo mejor. —Mis palabras sonaron de todo menos convincentes, y sé que él tampoco se las creía, pero, aun así, no quiso insistir.

—Bueno, entonces, supongo que ya nos veremos, ¿no?

—Sí..., ya nos veremos. Adiós, Héctor. —Me di la vuelta y me encerré en el ascensor.

Le acababa de mostrar mis sentimientos, o al menos una parte de ellos, y él no había hecho nada, se limitó a asentir y a dejar las cosas tal cual estaban. Era terriblemente doloroso, pero quizás, en el fondo, era lo correcto. Al menos, yo me encontraba mejor conmigo misma. Ya no me daba miedo que hurgara dentro de mí y se diera cuenta que realmente lo quería. Ya me daba igual.

Esa noche salí con las chicas, pero yo era un alma en pena. Si me hubiese quedado en mi casa les habría hecho un favor. Fuimos a tomar unas tapas a un bar pequeñito en la calle Fernando Ballesteros y luego nos fuimos a los bares que estaban de moda en la zona de la playa. Pero a pesar de que puse todo mi empeño en divertirme, mi corazón amenazaba con resquebrajarse de un momento a otro.

Capítulo 31

«...es gracioso que seas tú el que está destrozado,
pero yo soy la única que necesitaba salvarse,
porque cuando nunca ves la luz,
es difícil saber cuál de nosotros está hundiéndose...».

Stay ft. Mikky Ekko - Rihanna

Cristina llegó a casa justo antes de marcharme. Pasaba los días de casa al hospital y del hospital a casa, pero, a pesar de todo, la veía más contenta que nunca. Desde que ella y Raúl habían hecho las paces y decidido, definitivamente, seguir adelante con el bebé, la sentía más esperanzada e ilusionada. Aún no me había parado a preguntarle cuáles serían sus planes una vez que naciera el bebé, pero la idea de que se alejara otra vez de mí hacía que me estremeciera.

—¿Vas a salir? —me preguntó, soltando las llaves en el taquillón de la entrada.

—Sí, tengo una cita —le contesté, terminando de guardar mi monedero y el móvil de segunda mano que tenía para los casos de emergencia. Un trasto casi igual de feo que el anterior. Lo de comprarme un móvil era ya una prioridad. De esa semana no pasaría.

—¿Con Héctor?

—¡No! Ya os lo dije ayer. Lo mío con Héctor se acabó.

—Entonces, ¿quién es el afortunado? —preguntó con un tono divertido.

—Te lo contaré, pero si prometes no decir nada.

—Lo juro —dijo ella, sonriendo y levantando la mano como se hace en los tribunales.

—Voy a cenar con el doctor Villena.

—¡¿Con el médico de Raúl?! —exclamó abriendo mucho los ojos.

—Sí —contesté sonriendo.

—Vaya, vaya, hermanita, me dejas de piedra. ¿Y Héctor lo sabe?

—¿Y por qué tendría que saberlo? ¿No has oído lo que te he dicho? No quiero que se lo cuentes a nadie. Eso incluye a tu novio.

—Tranquila, muchacha. Está bien, pues entonces tendrás que decirle al doctor Villena que no se lo cuente a Raúl, porque me da a mí que esos dos cada vez son más amigos.

—Bueno, de eso ya me encargaré yo.

—Además, si no estás con Héctor, ¿que más te da si se entera o no de que has salido con el doctorcito? —Me miró con esa cara de «a mí no me engañas», se dio la vuelta y se metió en su habitación.

Me detuve por última vez delante del espejo de la entrada. No me había arreglado en exceso, tan solo saldría a cenar algo con alguien que me caía bien, nada más. Un amigo, solo eso. Llevaba un vaquero azul marino y una blusa sin mangas, naranja. Me había puesto mis sandalias doradas y mi bolso dorado a juego. Me sentía realmente guapa y cómoda.

El telefonillo sonó y di un respingo. Era él. Pero ¿estaba haciendo lo correcto? ¿Por qué entonces no podía apartar la imagen de Héctor de mi cabeza?

Me despedí de Cristina y me aventuré a mi nueva cita. Tenía el corazón partido en dos, pero de una cosa estaba segura, no pensaba quedarme en mi casa de nuevo relamiéndome las heridas, y si eso suponía salir con un guapo traumatólogo, mejor que mejor.

Al llegar al exterior, él me esperaba fuera de su coche. Un *Mercedes Clase C* coupé, azul lapislázuli. Estaba asombrosamente guapo. Vestía vaqueros y una camisa azul casi del mismo tono de su coche.

Tanto el vehículo como él me resultaron tentadores.

Con una sonrisa triunfal se acercó y me saludó amistosamente. Desde el primer momento intuí que me lo pasaría muy bien con él. Era un chico muy listo y agradable. Me subí a su coche y me llevó al Puerto de Santa María. Cenamos en un restaurante coqueto y muy íntimo en Vista hermosa, y luego nos fuimos a tomar una copa a otro bar cercano.

Desde que comenzó la cita me había sentido verdaderamente cómoda. Fernando era muy atento y su sentido del humor era muy inteligente. Estuvimos hablando de un millón de cosas. Me contó que era cordobés y que estaba trabajando en Cádiz desde hacía dos años. Estuvimos hablando de nuestras respectivas épocas en la universidad y se interesó mucho en saber cosas sobre mi trabajo y mis compañeros. Le hablé de todos, de

María, de Emilio e incluso de Felipe. Y luego hablamos de Raúl y Cristina. Él no sabía que Cristina era mi hermana hasta que se lo comenté.

Estábamos acomodados en unos sofás en ese acogedor bar, la decoración era bastante antigua, imitando a esos locales irlandeses que venden todo tipo de cervezas. Yo tomaba un gin tonic y él estaba bebiendo cerveza negra.

—¿Y cómo es que una chica tan guapa como tú no tiene novio? —me preguntó sin esperármelo. Le di un trago a mi gin tonic y solté la copa en la mesa.

—Pues supongo que por la misma razón que un chico tan guapo como tú no tiene novia. —Él sonrió y luego me dirigió una de esas miradas arrebatadoras.

—¿Te parezco guapo?

«Oh, vamos, ¿y a quién no?».

Sentí que poco a poco se acercaba más a mí. Sonreí nerviosa y le aparté la mirada. Sí era muy guapo, y por ahora tenía todo lo que yo pensaba que me gustaba de un hombre. Era divertido y podía hablar con él de cualquier cosa, pero entonces, ¿por qué no me excitaba la idea de que quisiera besarme? Tal vez si lo intentaba, sus besos serían casi tan ardientes como los de Héctor. Casi tan pasionales, tan impetuosos…

Me dejé llevar, lo miré a los ojos y le di mi conformidad. Sus labios se posaron en los míos. Su beso fue dulce y muy halagador, delicado y tierno. No puedo decir que no me gustara, aquel chico era guapísimo y olía a gloria bendita, pero mis venas no hirvieron al sentir su cercanía. Mi cuerpo se quedó laxo. No reaccionó ante aquel beso. Tal vez pudiera engañarme a mí misma, pensando que sí me gustaba, pero mi cuerpo tenía voluntad propia y todos aquellos estímulos no reaccionaron ni por un segundo a como lo hacían cuando Héctor se acercaba a mí. ¿Y por qué diantres tenía que pensar en Héctor justo en el momento en el que un chico guapo y muy listo me besaba?

Me separé de él, intentando no resultar muy desagradable, pero a juzgar por su expresión no tuve demasiado éxito.

—¿Ocurre algo? —me preguntó con cierta decepción en su mirada.

—No, nada, es solo que necesito ir al baño —contesté nerviosa.

Él me dejó paso para que pudiera salir.

—Vuelvo enseguida —me excusé, cogiendo mi bolso.

—Eso espero —murmuró él, dándole un trago a su cerveza.

Los baños se encontraban en la parte del fondo del bar. El local estaba empezando a ambientarse y la música resonaba un poco más alta. Abrí una puerta y accedí a un pasillo estrecho donde me encontré con los dos baños, el de caballero y el de señora. Entré en el aseo y luego me retoqué el maquillaje un poco. Miré la hora y vi que eran las doce y cuarto. Al día siguiente me incorporaba al trabajo. Emilio me había llamado esa misma tarde y me había preguntado si quería cogerme otra semana más de vacaciones. Al parecer, Lucas no tenía inconveniente en posponer las suyas, pero le dije que no. Necesitaba volver a mi rutina. Al fin y al cabo mi trabajo era lo único que me hacía sentirme bien.

Mientras me retocaba el brillo de labios pensé en el beso de Fernando. Irremediablemente mi cita había tocado a su fin. Guardé el labial en el bolso y abrí la puerta para salir, pero en cuanto levanté la vista me encontré con la última persona que esperaba.

Al único que ansiaba perder de vista para siempre: Rafa.

—Ya he visto que vienes muy bien acompañada —farfulló, poniéndose delante de mí e impidiéndome la salida—. Dime, Carolina, ¿ya te has cansado de mi hermano, o ha sido él quien se ha cansado de ti? —preguntó con esa estúpida y ruin sonrisa en su cara.

Llevaba el pelo más corto y estratégicamente peinado. Para eso era para lo único que servía el muy imbécil, para preocuparse de su aspecto.

—Pues ni una cosa ni otra son de tu incumbencia —le contesté, dándole un empujón para que se apartara, pero fue como darme de bruces con un muro, porque apenas se inmutó.

—¿Sabe él que ya te morreas con otro? —dijo, sujetándome por el codo.

—Déjame en paz de una vez, Rafa.

—¿Sabes? Unos días después de la pelea, Héctor le contó a mis padres que estabais juntos, y le dijo a mi madre que yo había estado molestándote. No sé cómo lo hace, pero siempre consigue que mis padres se pongan de su parte. Mi padre me advirtió que me alejara de ti y me dijo que, de lo contrario, me echarían de casa. Les hizo creer que tú y él estabais enamorados y que todo había sucedido después de nuestra ruptura. Pensé que lo mejor sería olvidarme de ti y de él, pero hoy entro en este local con Leo y me encuentro contigo, morreándote con ese tipo. Y, finalmente, me doy cuenta de que eres más puta de lo que yo pensaba.

Levanté la mano para darle una bofetada, pero él me la sostuvo.

—¿Qué pensarán mis padres cuando les enseñe el video que ha grabado Leo con su móvil en el que tú y ese capullo os morreáis?

—Me da igual lo que hagas, Rafa. Soy libre de hacer lo que me dé la gana. —En realidad no me daba igual, por supuesto que no quería que se lo enseñara a sus padres, y muchísimo menos a Héctor.

—Sí, y eso es lo mejor de todo. Mis padres me advirtieron que no te molestara mientras estuvieses con mi hermano, pero ¿crees que les importará ahora si te molesto o no? ¿Crees que le importará a Héctor?

Me zafé con todas mis fuerzas de su mano y lo empujé hasta que por fin se apartó.

—Apártate de mí. Eres un demente.

En ese instante, una chica entró en el pasillo y nos miró. Él disimuló e hizo como el que iba al baño. La chica entró en el aseo de señoras, pero justo cuando abrí la puerta del pasillo para salir de allí, él se giró y me dijo con tanta maldad en su voz que me caló la piel:

—Carolina, no voy a dejarte tan fácilmente.

Le dediqué una de mis miradas más repulsivas y abominables y me largué de allí.

Fernando seguía sentado en aquel sofá con su cerveza negra.

—¿Nos vamos? —le pregunté de pie ante él, con el pulso aún tembloroso.

—¿Ya quieres marcharte?

—Sí, es que mañana tengo que trabajar.

—Bien, como quieras.

Antes de abandonar el local, sentí cómo una mirada me atravesaba, me giré hacia la barra y me encontré con los ojos de Leo, el vasco. Le daba un sorbo a su cerveza y sonreía de manera maliciosa. Me examinaba de arriba abajo, como si quisiera devorarme. Y aquello me resultó escalofriante. Ese tipo nunca me había gustado, es más, le odiaba. Siempre había visto en su forma de mirarme segundas intenciones, algo sucio y depravado, pero me daba tanto miedo admitirlo que nunca se lo comenté a Rafa. Aunque dudo mucho que me hubiese creído, teniendo en cuenta lo amiguitos que eran.

Fernando detuvo su coche delante de mi portal, después de lo del baño no fui muy habladora. Por supuesto no le conté nada, a pesar de que me preguntó un par de veces si me encontraba bien. ¿Qué podía decirle? ¿Que mi exnovio me acosaba y que en realidad yo estaba enamorada del hermano de este? Lo mejor sería fingir que estaba bien y marcharme a mi casa como siempre, sola con mis pensamientos.

Hasta el último momento Fernando fue muy agradable y comprensivo. Él sabía de sobra que algo me ocurría, pero ante mi insistencia por marcharme a casa, se mostró de lo más condescendiente y me allanó el terreno.

—Me ha gustado mucho estar contigo, Carolina, estaré encantado de volver a invitarte a cenar otro día, si tú quieres. —Tenía en sus ojos un extraño fulgor de incertidumbre.

—Sí, pero la próxima vez te invito yo —afirmé, intentando ocultar mi malestar.

—Aún no tengo tu número de teléfono. Ya he visto que tienes un móvil para los casos de emergencia —dijo sonriendo, señalando mi bolso.

—Sí, bueno, es provisional, un chico muy simpático acabó con el otro que tenía.

Después de bromear un poco, él insistió en que le diera mi número y, aunque no me pareció del todo buena idea, acabé cediendo y nos intercambiamos los teléfonos. Estaba convencida que de no tener a Héctor adherido a mis pensamientos, Fernando podría haber sido una apuesta inequívoca, pero no podía jugar con él, eso no estaría bien. Así que me despedí sin prometerle una segunda cita y le dije que probablemente nos veríamos de nuevo en el hospital. Él, sin más palabras, entendió mi postura, me dio un beso en la mejilla y bajé del coche sin más dilaciones.

Observé cómo se alejaba antes de introducir la llave en mi portal. No tenía ni idea de qué demonios me estaba ocurriendo. ¿Acaso había perdido la poca capacidad que me quedaba para formar pensamientos coherentes? Tenía ante mí la oportunidad de conocer a un chico fantástico que no tuviera nada que ver con todo lo que había vivido anteriormente y, sin embargo, seguía empeñada en Héctor y en toda esa enrevesada situación.

Al llegar a casa, Cristina estaba sentada en el sofá con el portátil entre las piernas, en cuanto me vio entrar lo cerró de inmediato. La había visto hacer eso un par de veces antes, era como si estuviera ocultándome algo, o tal vez solo fueran imaginaciones mías.

—¿Ya estás en casa? Una cita muy corta la tuya con el doctor Villena, ¿no crees?

—Pensaba que estarías en el hospital hoy por la noche —le comenté antes de entrar en el dormitorio para desnudarme y ponerme mi pijamita de verano.

—No, esta noche se queda su madre, tengo la espalda destrozada del butacón.

Cuando me hube cambiado, me senté a su lado, hacía tiempo que no estaba con ella a solas. Le conté todo lo que me había pasado en la cita, incluida la desagradable aparición de Rafa. Y lo que me había dicho.

—Ese mal nacido… Si vuelve a acercarse a ti lo va a lamentar. Creo que lo mejor será que hablemos con el tío José y que le dé un buen susto. No es más que un cobarde.

Mi tío José, el hermano de mi padre, seguía trabajando para la Guardia Civil y siempre había sido nuestro protector. Pero de ninguna manera lo atormentaría por una tontería como la de Rafa, sabía que se preocuparía demasiado y no quería involucrarlo en toda esta historia. Así que le pedí a mi hermana que, por favor, no le comentara nada. Ya me las arreglaría yo solita con ese imbécil.

Y respecto a lo del video, en realidad ya me daba igual si Héctor lo veía o no, de todas maneras y por muy lastimoso que me resultase, mi relación con él no llegaría a nada más. Cuanto antes empezara a aceptar la realidad, antes me repondría de todo aquello.

Me quedé con Cristina hasta muy tarde, charlando en el sofá, al final terminó quedándose dormida en mi regazo. La observé mientras dormía y empecé a notar cómo su cuerpo había comenzado a transformarse. Tenía los pechos más hinchados y su cintura había perdido estrechez. Era demasiado pronto aún, me había comentado que estaba de unas cinco semanas, pero parecía que estuviera de más tiempo.

Me daba la impresión de que Cristina sería una de esas muchachas a las que el embarazo les sentaba de maravilla. Tenía el pelo más brillante, y sus facciones se habían acentuado de una manera simplemente extraordinaria. Apreciaba cambios sorprendentes en ella y todos ellos la hacían aún más hermosa. Entonces, mientras la observaba, me di cuenta de que a pesar de la decepción que sentía por Héctor, me sentía feliz por el embarazo de Cristina. Estaba segura de que ese niño le daría a mi vida un poco de sentido. Me ilusioné pensando en comprar cositas para el bebé. Me entusiasmaba la idea de saber si era niño o niña. Y todo eso que yo sentía, estaba segura de que Cristina ya había empezado a experimentarlo, por eso al fin la veía decidida y valiente.

El lunes volví al trabajo, solo había estado una semana de vacaciones y parecía que hubiera pasado una eternidad. Ver a María en recepción, con el teléfono pegado a la oreja y con su radiante sonrisa, me llenó de complacencia. Aunque no pasé por alto que estaba más delgada. Incluso esa mañana me gustó ver a Felipe acercarse a mí y utilizar sus ridículas artimañas de seducción. Ya se había convertido casi en un ritual al que me estaba acostumbrando.

Esa semana fue muy tranquila para mí. Del trabajo a casa y por las tardes, a veces, quedaba con las chicas y con Cristina para ir a la playa. El mes de julio estaba llegando a su fin y yo seguía sin saber nada de Héctor. Cristina pasaba mucho tiempo en el hospital, pero se había tomado al pie de la letra el no hablarme de *él*. Sabía, por algunas conversaciones que le había oído con las chicas, que él iba a visitar a Raúl muy a menudo al hospital, pero ella no me contaba nada de su persona.

El asunto de la contabilidad, del negocio de Héctor, era bastante engorroso, pero yo había decidido apartarme totalmente y dejarlo en manos de Emilio, sería él quien se encargaría de contarle a Héctor todos los sucios enredos en los que estaba involucrado su socio. Emilio le aconsejaría a Héctor que se apartara cuanto antes de ese tipo y que separara todo vínculo profesional y financiero de él, antes de que fuera demasiado tarde. Por supuesto yo no quería formar parte de aquella sugerencia. No quería que pensara que la idea de desvincularse de su socio era mía, así que le pedí a Emilio que no me contara nada acerca del asunto, aunque sabía de sobra que Emilio evitaría cualquier comentario que tuviera que ver con Héctor en mi presencia. Él era uno de los pocos que sabía lo mucho que esa historia me estaba afectando.

Los días seguían pasando y una desagradable mezcla de frustración y desilusión empezaron a apoderarse de mi persona. Miraba el móvil a cada momento, esperando algún estúpido mensaje o alguna llamada que en el fondo yo sabía que no llegaría. El tiempo no hizo más que confirmarme que, en realidad, alejarme de él había sido la decisión más acertada, pero era muy doloroso, tanto que era incapaz de admitirlo. Intenté analizar todas las cosas que me había dicho en nuestra última conversación, pero luego caí en la cuenta de que la única que había dicho algo coherente era yo.

Empecé a perder el apetito y entonces recordé todas aquellas tardes en las que me sentía sola y perdida, aquellos días tras leer el e-mail de Rafa, en los que mi hermana no estaba y me sentía desorientada y vacía, y nada de esto tenía que ver con lo que ahora me sucedía. Era mucho peor.

Aquellas noches fueron irritantes y el sentir tan lejos a Cristina lo empeoró aún más, pero ahora, la brecha que había en mi corazón se iba abriendo lentamente y el dolor se hacía insoportable. Me costaba dormir por las noches, apenas podía concentrarme en el trabajo y sentía que pasaba los días ausente. Quería verlo una vez más, tan solo una. Quería hablar con él, estar cerca de él. Estuve demasiado tentada a llamarlo con alguna estúpida excusa, pero la poca cordura que me quedaba aplacó aquellos impulsos. Tenía que aceptarlo de una vez, lo de Héctor no había sido más que una aventurilla de verano.

Fui a visitar a Raúl casi a diario, algunas veces cruzaba los dedos con la esperanza de encontrármelo dentro de la habitación, charlando con su amigo, pero no fue así. Raúl estuvo ingresado casi tres semanas, y no volví a toparme con él.

Al que sí vi fue al doctor Villena, seguía siendo muy amable conmigo y se mostraba muy interesado en mí, pero el interés que hube mostrado por él al principio, se fue esfumando hasta desaparecer por completo. A pesar de que me quedaba charlando con él en los pasillos e intentaba ver algo en su persona que me hiciera cambiar de opinión, no conseguía reunir las ganas suficientes para volver a tener otra cita con él.

Un día antes de que los médicos le dieran el alta a Raúl, llegué a casa del trabajo y Cristina estaba haciendo una maleta.

—¿Dónde vas? —le pregunté.

—Raúl sale mañana del hospital y nos vamos al chalet a pasar el fin de semana. ¿Por qué no te vienes? Te vendrá bien, últimamente no sales mucho, Carol. Y Raúl quiere invitar a sus amigos y a las chicas.

—No, gracias, me quedaré aquí, creo que llamaré a María para salir. —Por supuesto, no pensaba ir al chalet de Raúl y encontrarme con Héctor.

Pero mi hermana me conocía mejor de lo que yo pensaba y acto seguido añadió:

—Si es por Héctor, no te preocupes, está en Nueva York, no vendrá. —Ese comentario fue a parar directo a mis entrañas, como si me hubiesen dado un puñetazo en todo el estómago.

—¿Se ha ido a Nueva York? —le pregunté sin poder disimular mi asombro y mi decepción.

—Bueno, en realidad se ha ido una semana a buscar piso, al parecer se va a vivir allí un año, de momento.

—¿Cuándo?

—Pues no lo sé con seguridad, pero creo que dentro de muy poco.

Me quedé en silencio y tuve que sentarme en la cama para asimilar la información.

—Carol, cariño, no quiero hablarte de Héctor, pero tal vez te hayas precipitado un poco rompiendo con él. Sé que lo echas de menos, te conozco y él también te echa de menos a ti. Raúl me lo ha dicho. Dice que no es la misma persona desde el día que discutisteis en el hospital.

Por un momento... un filamento de esperanza me atravesó la piel, pero luego me puse a pensar en los días que había estado sin llamarme y las noches tan amargas que había pasado, y me resigné a aceptar que la distancia sería la mejor de las soluciones.

—No, Cris, llevas razón, lo mejor será que no me hables de él.

Cristina me observó mientras salía de su habitación, pero no dijo nada más.

Al día siguiente llegué a la oficina, María, esta vez, tenía un aspecto diferente, jamás en todo el tiempo que llevaba trabajando en la asesoría la había visto tan desaliñada. Apenas se había maquillado y estaba un poco ojerosa. Eso era algo muy poco común en ella.

Recuerdo una vez que faltó al trabajo porque tenía gripe y cuando fui a verla a su casa estaba metida en la cama, pero su maquillaje y su pelo estaban intactos. Sin embargo, ahora, todo en ella era muy poco común. Y a pesar de que me recibió con su preciosa sonrisa, algo en mi interior me decía que las cosas no iban del todo bien. Últimamente me había hablado mucho de su novio cibernético, pero conociéndola me extrañaba que estuviera sufriendo por un hombre, ella siempre decía que después del desengaño de su matrimonio nadie podría dañarla de nuevo.

No obstante, esta María que yo veía ante mí, nada tenía que ver con mi amiga de siempre, mi compañera, aquella mujer entrañable, divertida, esa misma que era capaz de iluminar mis mañanas más nubladas y arrancarme cientos de sonrisas.

No dejé de observarla y, finalmente, me di cuenta de que María no estaba bien. Me acerqué a ella en un par de ocasiones para preguntarle, pero esquivaba mis preguntas de una manera muy elocuente y achacó su malestar a un simple virus estomacal. Pero ya eran muchas las horas que yo pasaba a su lado para saber que una simple gastroenteritis no haría que María se presentara al trabajo sin maquillaje, tenía que ser algo más aquello que la atormentaba, tenía que haber una razón de peso para que su estado de ánimo se estuviera trastocando de aquella manera. Y, por supuesto, no me rendiría hasta saber qué era.

Estaba observándola fijamente detrás de su escritorio mientras atendía una llamada de teléfono, cuando de repente vi que la puerta de la asesoría se abría y entraba Miguel, el padre de Raúl.

En cuanto lo vi aparecer me puse en pie y me acerqué a recibirlo.

—Miguel, ¿cómo tú por aquí? —le pregunté, acercándome a él y saludándolo con dos besos.

—Pues pensé que sabrías que venía. He quedado con tu jefe para tratar unos asuntos referentes al negocio de Héctor.

Supuse que sería Héctor quien le había pedido que asistiera a la cita con Emilio, ya que él estaba en Nueva York. Al fin y al cabo, Héctor confiaba plenamente en Miguel. Y sin hacer más preguntas lo acompañé al despacho de Emilio.

—Claro, pasa.

Llamé al despacho de Emilio y este recibió a Miguel con toda amabilidad. Los dejé solos, ya que me había prometido a mí misma que no me inmiscuiría en ninguno de los asuntos que tuvieran que ver con Héctor, y volví a mi mesa.

Al cabo de una hora y media, la puerta del despacho de Emilio se abría y Miguel y él se daban la mano a modo de despedida. Me moría de curiosidad por saber qué habían hablado, pero todo lo que tuviese que ver con el bar de Héctor y seguramente con su socio y Patricia, para mí era un tema que estaba muerto.

Me acerqué a Miguel para acompañarlo a la salida y le pregunté como la que no quiere la cosa:

—Bueno, ¿qué tal, todo bien?

—Mejor de lo que yo esperaba —contestó él como dando por hecho que yo sabía de lo que me hablaba—. Aunque, a decir verdad, nada de lo que me ha contado de Mario Márquez me sorprende, ese es un cabrón con suerte. Ya le advertí a Héctor una vez. Espero que esto le haya servido para darse cuenta con qué tipo de personas tiene que hacer negocios.

Me podía hacer una ligera idea de lo que hablaba, pero en realidad él único que podía aclarármelo todo sería Emilio.

—Yo también lo espero —le contesté sin saber qué decir.

—Por cierto, ¿irás este fin de semana al chalet? Raúl está muy ilusionado con la idea de salir mañana del hospital, y Héctor me llamó ayer desde Nueva York y me dijo que probablemente llegue el sábado por la tarde.

De pronto caí en la cuenta de que el padre de Raúl no tenía ni idea de que Héctor y yo ya no estábamos juntos, pero le seguí el hilo de la conversación como pude y no quise entrar en muchos detalles. No de momento. Le puse la excusa de que ese fin de semana me iría con María de acampada, y ella en cuanto me oyó levantó una ceja a modo de interrogación. Sin embargo, cuando Miguel la miró para confirmar lo que yo le había contado, ella asintió con una amplia sonrisa forzada.

—Pues dejaros de acampada este finde y veniros al chalet, las dos —comentó, dirigiéndose a María.

—Es usted muy amable, pero este fin de semana quiero a Carolina solo para mí. Entiéndalo, es una convivencia solo de chicas —dijo ella, mirándome y salvándome deliberadamente del aprieto en el que me encontraba.

—Bien, si es así, no insistiré más. Ya sabéis que allí tenéis vuestra casa, si cambiáis de opinión, allí estaremos.

—Gracias, Miguel. Lo tendremos en cuenta —añadí, dándole un beso en la mejilla antes de que se marchara.

Cuando cerré la puerta de la asesoría, me volví hacia María y esta me miró con su peculiar gesto de ironía.

—Así que de acampada… Supongo que la razón de no querer ir el fin de semana al chalet se llama Héctor, ¿no?

Le hice un gesto con la mano para que se callara y ella negó con la cabeza.

Me apresuré al despacho de Emilio, sin hablar nada más con ella, me interesaba mucho saber qué habían estado hablando Miguel y él. Pero cuando entré y me senté en el asiento de confidente, blanco, que había delante de su mesa, él levantó los ojos por encima de sus gafas.

—¿Y? —le pregunté, como dando por hecho que me contaría todo lo que habían hablado.

—¿Y qué, Carolina?

—¿Pues que para qué ha venido Miguel?

—Si te digo la verdad, es algo que no te puedo contar aún.

Eso me dejó totalmente fuera de lugar.

—¿Qué no me lo puedes contar?

—No, así es, Héctor me llamó esta mañana y me pidió que toda la información referente a su negocio te la daría él mismo.

—¡¿Pero de qué coño hablas?! Tú eres mi amigo. No eres amigo de Héctor.

—Ya, pero a partir de ahora soy su asesor laboral, fiscal y contable, y no quiere que dé ninguna información relacionada con sus negocios. Tendrás que preguntarle a él si quieres saber algo más. Así expresamente me lo ha pedido.

—¿Te ha dicho que no me cuentes nada de sus negocios?

—Sí, exactamente eso.

Estaba tan asombrada y al mismo tiempo tan enfadada que tenía ganas de partir algo.

—Esto es… increíble… ¿En serio te vas a poner de su lado?

—No me estoy poniendo de su lado, Carolina, simplemente te estoy diciendo que será mejor que te lo cuente él.

Me levanté del asiento claramente irritada.

—Bien, será mejor que vuelva al trabajo. Últimamente, la gente no deja de sorprenderme —murmuré antes de salir.

Él continuó inmerso en su papeleo y antes de salir atendió una llamada sin hacerme el más mínimo caso. Había estado hablando con Héctor todo este tiempo, haciendo negociaciones con él y con Miguel a mis espaldas, y fue incapaz de contarme nada. Al fin y al cabo yo se lo presenté, yo le había puesto en contacto con Héctor, y ahora se negaba a confesarme qué estaba sucediendo. Ya sé que yo misma le había pedido que no me dijera nada, pero, ahora, su conducta no hacía más que aumentar mi malestar. Ese comportamiento no era muy habitual en Emilio. Mi amigo no era así.

Me marché a casa decepcionada. Al salir de la oficina soplaba una iracunda ventisca. Durante el mes de julio parecía que el levante y el poniente habían hecho una tregua, pero a juzgar por la manera en la que se hinchaban los toldos de los comercios y restaurantes, y se inflaban produciendo ruidos metálicos y agudos, me daba la impresión de que el mes de agosto sería de todo menos apacible. Aquella brisa soplaba de una manera hostil y salvaje, nada de lo que últimamente sucedía a mi alrededor me inspiraba calma y, sin embargo, eso era lo único que yo necesitaba. Un poco de calma.

Capítulo 32

«No vuelvas a decir que yo simplemente me alejé,
siempre voy a quererte a ti...».

Wrecking Ball - Miley Cyrus

Esa mañana, más que ninguna, me hubiera quedado en casa. Decir que no tenía ganas de trabajar... era quedarse corta. En realidad, no era el trabajo lo que me incomodaba, era la irremediable imposición de encontrarme en la oficina con Emilio. Estaba cabreada con él.

La verdad es que estaba cabreada con él y con el resto del mundo, pero qué le íbamos a hacer. Era mi jefe y eso era lo que me tocaba. Además, esa noche, sin ser demasiado inusual, también dormí poquísimo. La ventisca había azotado con fuerza mi persiana durante toda la noche, y el ruido se me hizo insoportable. Y por la forma en la que la arena mortificaba y resquemaba mis piernas, y el viento zumbón y afrentoso removía mi cabello de camino al trabajo, todo indicaba que tendríamos levante para rato. Cuando ya iba a mitad de camino, me arrepentí enormemente de haber ido paseando por el paseo marítimo en vez de acortar la ruta callejeando.

Entré en la asesoría con la cabeza como si me hubiesen metido una descarga de veinte mil voltios. Vi mi reflejo en el cristal de la puerta antes de cerrar y decidí hacerme una coleta. Por supuesto estaba horrible y, para colmo, con la levantera tenía arena hasta en los ojos. Saludé a María y ella me devolvió el saludo sin mucho ímpetu. Estaba claro que algo le sucedía a mi buena amiga.

Al cabo de un rato de estar en la oficina y cuando ya hube apaciguado un poco mi mal humor, una repentina e inesperada visita me sacudió por completo. Las puertas se abrieron y observé a Mario Márquez sujetando la puerta para dar acceso a la muy zorra de su mujer, Patricia. Los dos, tan panchos, se presentaron ante el mostrador de María y oí que él, perfectamente trajeado, le comentaba que tenían una cita con Emilio. ¿De qué demonios iba todo esto?

Emilio salió de su despacho, avisó a Felipe y ambos salieron a saludar a Patricia y a Mario. Ella se quitó las gafas de sol y barrió su mirada por la oficina hasta mí. Avisté su expresión de asombro cuando me vio sentada a mi mesa. Por la cara que puso pude adivinar que, seguramente, yo era la última persona a la que ella esperaba encontrar allí. La observé mientras los cuatro se presentaban, de pie ante la recepción. Llevaba un conjunto beige de pantalón ancho y blusa sin mangas. Unos taconazos marrones y bolso a juego. Impecable como siempre. Lucas y Sergio, a pesar de que normalmente estaban inmersos en las pantallas de sus ordenadores, no pasaron por alto la presencia de esa mujer. ¡Oh, Dios, cuánto la odiaba!

Ella, por supuesto, no me saludó y él creo que ni me vio, estaba centrado en escuchar a Emilio. Y al cabo de unos segundos, los cuatro entraron en el despacho y cerraron la puerta.

María me miró desde la recepción y me indicó con la mano que me acercara.

—¿Podrías explicarme por qué al mirar a esa mujer he creído que estabas viendo al mismísimo Satanás en persona?

—Es Patricia.

Por supuesto María sabía toda la historia con pelos y señales.

—¿Te refieres a la Patricia de Héctor?

—Sí, no hace falta que seas tan explícita —contesté de mal humor.

Ella se llevó una mano a la boca como disculpándose y luego comentó:

—Vaya, ¿y qué hace aquí?

—Eso mismo me gustaría saber a mí, pero tu hermano se ha empeñado en no contarme nada. Según él, ahora es el asesor y contable de Héctor y tiene prohibido hablar de sus negocios conmigo.

—Joder, pues me muero de curiosidad.

—Ya, y yo —añadí, apoyando un codo en el mostrador.

—Bueno, venga, no te preocupes, averiguaré lo que pueda. —Me alentó en voz baja, acariciándome el brazo.

En ese momento, me giré para mirarla a la cara y de nuevo me percaté que apenas llevaba maquillaje.

—¿Vas a contarme de una vez por todas qué es lo que te tiene tan angustiada últimamente? Y no vuelvas a decirme que es ese virus estomacal porque no te creo.

Ella agachó la mirada y se puso a ordenar unos papeles que tenía delante.

—Estoy bien, de verdad. Debe ser la menopausia que me tiene trastocada —contestó con cierto nerviosismo.

Le cogí la mano y le sujeté la barbilla para que me mirara.

—Sea lo que sea lo que te ocurre, quiero que sepas que estoy aquí, María. A mí puedes contármelo.

Sus ojos comenzaron a brillarle y estoy segura de que si el teléfono no nos hubiera interrumpido en ese instante, se habría puesto a llorar allí mismo.

Volví a mi mesa y, aunque la incómoda presencia de Patricia y su marido a tan solo unos metros de distancia, me resultaba de lo más inconveniente, esa mañana lo que verdaderamente me preocupaba era aquello que rondaba por la cabeza de María. Eso era lo único que merecía todo mi interés. Y, tanto una cosa como la otra, empezaba a convertirse en un misterio.

Cuando María y yo nos dimos un descanso y salimos a desayunar, Emilio y Felipe aún seguían reunidos con ellos. Intenté sonsacarle a María qué era lo que le pasaba, pero ella estaba cerrada a cal y canto. Me cambiaba de tema constantemente y decidí que por ese camino no conseguiría nada más, así que dejé de preguntarle lo que quedaba de mañana y me centré en hacer planes con ella para el fin de semana.

Al volver a la oficina me llevé la grata sorpresa de que Patricia y su marido ya se habían marchado, aunque Felipe y Emilio aún seguían reunidos. Por un momento, estuve tentada a entrar y preguntarle de nuevo a Emilio, pero deseché de inmediato la idea.

Cuando hubo finalizado su reunión con Felipe, Emilio salió del despacho, me comentó algo sobre las retenciones de una de las constructoras gaditanas que gestionábamos y, sin más preámbulos, se marchó con la excusa de que tenía que ir al Banco. Con lo cual, mi esperanza de saber algo sobre el asunto salió por la puerta al mismo tiempo que él.

Sin embargo, en cuanto Felipe se acercó a mi mesa, con su ensayada mirada de cachivache seductor, un alambre de inspiración me rondó la mente, y pensé que tal vez si utilizaba mis armas de mujer podría averiguar qué era lo que estaba ocurriendo de una vez por todas.

—No sé cómo lo haces, pero incluso despeinada estás guapa.

¿De verdad estaba despeinada aún? Me miré en el reflejo de la pantalla del ordenador, y sí. Me había cogido la coleta de mala forma y tenía enredos por toda la cabeza. Mi aspecto, comparado con el de Patricia era ridículo, pero ¿acaso no era así como me sentía cada vez que esa mujer aparecía en mi vida?

—Gracias, Felipe —musité, intentando arreglar el desastre que tenía por pelo.

Hoy, más que nunca, tenía que fingir que sus piropos me agradaban, así que le dediqué una amplia y coqueta sonrisa.

—Últimamente, te veo muy centrado en tu trabajo, ¿no? —le comenté con la idea de retenerlo un poco para así poder sacarle información.

—Pues sí, Emilio está muy interesado en captar clientes y dice que la negociación del bar de ese amiguito tuyo es lo primero que hay que resolver.

Así que de eso se trataba, seguramente Emilio querría retener a Miguel como cliente. Eso era entendible, pero ¿cuál era la negociación? Todos daban por hecho que yo lo sabía.

—Bueno, lleváis toda la mañana reunidos, así que supongo que la cosa está complicada, ¿no? —pregunté con un tono de voz quizás demasiado interesado.

—Pues sí, bastante —contestó él sin mucho interés.

—¿Realmente, cuál es el acuerdo?

Él fue a contestar, pero luego me miró y se quedó pensando.

—¿Estás intentando sacarme información, Carolina?

Vaya por Dios, se había dado cuenta.

—¿Pero qué dices?

—Sí, es lo primero que me ha advertido Emilio. Me ha dicho que me preguntarías, pero siento decirte que todo lo que hemos hablado allí dentro es confidencial.

—Bien, porque no me interesa lo más mínimo —aseveré irritada.

—Yo creo que sí que te interesa —aseguró, alejándose de mi mesa, con una sonrisa mortificante—. Claro, que si estás dispuesta a venirte a cenar conmigo esta noche, podría contártelo estrictamente en secreto —añadió, bajando la voz y acercándose de nuevo para apoyarse en la mesa.

Me quedé pensando durante unos instantes. En otras circunstancias habría desechado la propuesta de inmediato, pero en esta ocasión me hizo falta algo más de tiempo. La curiosidad por saber qué era lo que se traían entre manos me estaba matando, pero luego me imaginé aguantando a

Felipe fuera de la oficina, en una cena, los dos solos…Y, definitivamente, llegué a la conclusión de que ya buscaría otras fuentes de información.

—Tienes razón, Felipe, me interesa —él abrió mucho los ojos, como esperanzado porque al fin fuera a aceptar una cita con él—… pero no para tanto.

—Peor para ti, tú te lo pierdes —contestó malhumorado.

—Sí, ya…

Se dio media vuelta y se largó a su despacho. María, como siempre, no había perdido nota de la escena y me miró con el cejo fruncido, yo le hice un gesto con la mano de poca importancia y ella se acercó la mano a la sien, simulando que se pegaba un tiro. Por supuesto, terminé desternillándome de la risa.

A las tres y media de la tarde llegué a casa. El levante seguía empecinado en no cesar. Sentado en mi sofá con la pierna apoyada sobre la mesita baja, estaba Raúl. Me dio mucha alegría verlo al fin fuera del hospital, el pobre estaba más delgado y aún le quedaban marcas en los brazos y en la cara de las magulladuras. Pero su actitud era muy positiva, y se le veía encantado con Cristina y con la idea de tener el bebé. No dejaba de hablar sobre ello y Cristina, aunque al principio se mostraba un poco incómoda, ahora empezaba a acostumbrarse, incluso le seguía la corriente.

Tenían previsto comer en casa conmigo y luego se marcharían al chalet de Raúl, a pasar el fin de semana con sus padres y algunos amigos.

Durante el almuerzo, Cristina empezó a comentarme que, tal vez, en septiembre empezaría a trabajar en Sevilla en un estudio fotográfico. El padre de Raúl había movido algunos hilos y Cristina tendría la oportunidad de mostrar su talento trabajando con un fotógrafo muy conocido en la capital sevillana. Debí imaginar que se marcharía de nuevo. Al fin y al cabo, para ella no supondría ningún esfuerzo. Llevaba viajando por todo el mundo desde que tenía veinte años. Al final, se había resignado a aceptar la idea de no volver a Ámsterdam y eso era algo de lo que debía alegrarme. Sevilla estaba a tan solo una hora de Cádiz, iría a visitarla los fines de semana, qué remedio.

Miguel había conseguido que el fotógrafo estuviera dispuesto a entrevistar a Cristina y que le mostrara sus trabajos. Lo demás tendría que ganárselo ella misma. El que Miguel fuera una persona tan influyente, a Cristina le había venido de perlas. Al verla con la familia de Raúl, reparé que no solo había conquistado su corazón; el padre y la madre, irremediablemente, también habían caído en sus redes.

Cuando terminamos de comer me puse a recoger la mesa. Cristina dijo que se daría una ducha antes de que se marcharan, y en cuanto ella desapareció en el cuarto de baño, Raúl me llamó en voz baja y me pidió que me acercara a él.

—Carol, quiero prepararle una fiesta sorpresa a tu hermana por su cumpleaños.

Era cierto, el cumpleaños de Cristina sería el sábado siguiente. El diez de agosto.

—Vaya, eso sería genial.

—Sí, aún no sé dónde, pero ya te mantendré informada. Así que no hagas planes para el próximo fin de semana. A esto sí que no puedes faltar.

—Claro, y si necesitas que te ayude con lo que sea, cuenta conmigo.

—De acuerdo —añadió él con una amplia sonrisa en su rostro.

Pero en cuanto me giré para meter los platos en el lavavajillas, caí en la cuenta de que Héctor iría a esa fiesta y sería inevitable encontrarme con él. Lo cierto era que la necesidad de verlo se me hacía cada vez más imperiosa. Me detestaba a mí misma por tener que admitirlo, pero lo echaba tanto de menos que dolía.

Raúl y Cristina se marcharon de casa, ya por la tarde, y volví a quedarme sola. A pesar de todos los esfuerzos que habían empleado para que me marchara con ellos, no me dejé convencer. Miguel había mencionado que Héctor volvería ese mismo sábado por la tarde, pero en realidad hubiera preferido no saber nada más de él.

Esta vez, la soledad se mezcló con el aburrimiento. Me asomé a la ventana del salón con la esperanza de que el viento hubiese amainado y poder bajar a la playa, pero el levante seguía caprichoso y obstinado. Me puse a ver la tele y en ese momento no había nada interesante. Lo mejor sería ponerme a leer, era la única manera de convertir las horas en minutos y, al fin al cabo, eso era lo que yo quería. El tiempo sería el único en calmar mi desasosiego, y si encima encontraba la fórmula de que pasara más rápido, aún mejor.

Una hora y media después, la historia que estaba escrita en esas páginas me tenía absorbida: «Janie, una peluquera soltera de unos treinta y tantos se marcha a África en busca de aventura y termina enamorándose de un guerrero Massai». Estaba tan entretenida con ese extraño y singular romance que retardé demasiado el ir al baño, y cuando me levanté, presurosa, pensando que me haría pis encima, me tropecé con una de las sillas del salón donde mi hermana había dejado apoyado su portátil.

La silla cayó hacia atrás y el portátil salió disparado al mismo tiempo. Lo cogí del suelo y lo examiné por si se había roto algo. A simple vista no tenía nada, pero cuando salí del baño me senté en el sofá y decidí encenderlo para asegurarme de que funcionaba correctamente.

Al parecer, se había olvidado de apagarlo, porque en cuanto lo abrí y pulsé la tecla intro, la pantalla se iluminó y no pidió ninguna clave de acceso. Me encontré con su cuenta de correo Yahoo. En principio, busqué una pestaña donde pudiera cerrar la cuenta y de esa manera poder apagar el ordenador, pero algo atrajo considerablemente mi curiosidad, y es que en su bandeja de entrada aparecían numerosos correos de un tal Marcus Belletti.

A medida que crecía mi necesidad de saber algo más, me daba cuenta de que estaba violando su intimidad, pero ya no pude parar.

Leí y releí un montón de correos en los que él le escribía y ella le contestaba. Sin duda, el tal Marcus era ese fotógrafo italiano del que ella me había hablado en un montón de ocasiones. Un tipo atractivo y muy ambicioso que trabajaba con ella en la revista, y del que ella descubrió más tarde que estaba casado. Había estado escribiéndose con él todo este tiempo.

Hubo un correo que me llamó especialmente la atención. En él Cristina le escribía que tenía un retraso cuando llegó a España, y él le respondía, de la manera más mezquina y despreciable, que lo mejor para ambos sería que se deshiciera del bebé antes de volver a Ámsterdam. Utilizaba como excusa su futuro profesional, pero, aunque yo no conocía absolutamente nada de ese tipo, por su manera de escribir ya sabía de sobra que era un cabrón miserable. Estuve leyendo todos los correos que se habían enviado. Me empapé de la historia por completo.

Definitivamente, el bebé no era de Raúl. La cabeza me daba vueltas y tuve que separarme unos instantes del ordenador para asimilar lo que estaba leyendo. No podía creer que Cristina me hubiese ocultado algo tan importante. En sus últimos correos, ella le contaba que había interrumpido el embarazo y que lo mejor sería que dejaran de escribirse. Ella le esclarecía que había tomado la decisión de no volver a Ámsterdam y que rechazaría la oferta que la revista le había propuesto.

El tipo se empeñaba en que volviera y le adjuntaba fotografías de ellos dos. Eran unas fotos muy comprometidas, en algunas aparecían los dos juntos, como si se las hubiesen hecho ellos mismos, él dándole un beso en la mejilla y ella sonriendo. Luego, otras fotografías en blanco y negro de

Cristina, posando semidesnuda en una cama y cubriéndose con la sábana. Supuse que esas se las habría tomado él. Lo cierto era que Cristina estaba arrebatadora. Eran unas fotos muy sensuales. Y, sin duda, aquel cabrón manipulador las estaba utilizando para llevarse a Cristina a su terreno.

Recordé las veces que Cris me había hablado de él, pero nunca pensé que ese tipo hubiera significado tanto para ella. En sus correos, ella se mostraba vulnerable y resentida, pero él, sin embargo, estaba haciendo uso de toda su artillería para convencerla de que volviera a su lado. Debía ser un peso pesado en la revista, porque en su último correo, al que ella ya no había respondido, intentaba comprarla prometiéndole un buen sueldo y una carrera prometedora. Sin duda alguna, era un encantador de serpientes.

Cuando terminé de leer, lo cual me llevó casi tres horas frente a la pantalla, estaba tan confundida y decepcionada al mismo tiempo que sentí que las fuerzas se me estaban agotando.

¿Cómo era posible que mi hermana me hubiese mentido en algo así? ¿Acaso pensaba vivir con esa mentira toda su vida?

Cerré el ordenador y lo dejé sobre la mesa. Ya era suficiente por ese día…

El sábado me desperté temprano. Había quedado con María para almorzar y con su hija, Olga, que había venido de Madrid a pasar unos días. Esa mañana aún seguía atormentándome todo lo que había descubierto en el ordenador de Cristina. Quería llamarla y confesarle lo que sabía, pero lo mejor sería esperar al domingo cuando regresara, entonces tendría una pausada y extensa conversación con mi hermanita.

El quedar con María y con su hija me hizo mucho bien. Estuvimos toda la tarde en un centro comercial de San Fernando. En un principio, pensábamos ir a la playa y comer en algún chiringuito, pero el viento no nos daba un respiro. Así que la mejor opción fue meternos en el centro comercial. Al menos allí había aire acondicionado y el calor era más soportable. María, ese día se mostraba más animada. Pero a pesar de sus esfuerzos por disimular su inquietud, yo sabía que había algo que la seguía atormentando.

Cuando terminamos de comer, nos metimos en las tiendas y mientras ellas manejaban las perchas como si les quemaran, oí el pitido de un mensaje en mi móvil. Sin mucha importancia, saqué mi arcaico teléfono y abrí el mensaje sin prestar atención al remitente:

¿Hay alguna posibilidad de que yo sea todo eso que tú quieres?
No puedo dejar de pensar en ti.

Ese mensaje fue como una gran descarga eléctrica. El móvil estuvo a punto de caérseme de las manos cuando vi que era Héctor quien me lo había enviado. Boquiabierta, lo leí una y otra vez sin poder evitar que una sensación de triunfo y satisfacción me recorriera las venas.

María estaba escaneando los estantes y escogiendo varias prendas, cuando de repente se giró hacia mí y me preguntó:

—¿Qué ocurre?

Le enseñé el mensaje sin decir ni una palabra y ella abrió la boca teatralmente, a continuación añadió:

—Qué mono…Tienes que darle otra oportunidad, Carol.

Me quedé en silencio, y de pronto sentí una extraña y ridícula necesidad de ponerme a llorar. Yo tampoco podía dejar de pensar en él. Le echaba de menos y lo único que quería era perderme en sus brazos.

María me examinaba mientras me debatía en si debía o no contestar al mensaje:

—La vida es muy corta, pequeña, tienes que vivirla con todas sus consecuencias.

—Es que me gusta tanto que tengo miedo de no poder recuperarme esta vez —le confesé extenuada.

—Pero ¿y si lleva razón? ¿Y si existe la posibilidad de que él sea todo lo que tú quieres? —me preguntó ella, buscándome la mirada.

En ese instante, Olga apareció ante nosotras, taconeando con los brazos cargados de prendas. Nos mostró varios vestidos buscando consejo y, finalmente, guardé el móvil en el bolso, sin desprenderme de la idea de que más tarde contestaría a su mensaje. Siempre y cuando lograra encontrar las palabras adecuadas…

Estuvimos toda la tarde de compras y me divertí muchísimo con ellas. Al final, María me obligó a contarle a Olga quién era Héctor, y terminamos, sin saber cómo, hablando de él. Nos detuvimos antes de llegar a mi casa en una cantina mariachi que había en la avenida. Pedimos para cenar chimichangas y burritos, y acompañamos todo con demasiadas coronitas, diría yo.

Y, entre coronita y coronita, Olga me daba consejos sobre los posibles mensajes que podía enviarles a Héctor. Me contagié enseguida de la juventud y el sentido del humor de la hija de María y, finalmente, me divertí muchísimo más de lo que yo imaginaba. Entre risas observé que a veces María se quedaba pensativa y un poco ausente, pero en cuanto me veía observarla, fingía naturalidad. A pesar de lo bien que lo estábamos pasando, María no era del todo ella, y eso no dejaba de angustiarme.

Cuando nos marchábamos del restaurante mi móvil sonó, las dos se giraron para mirarme, por un momento las tres pensamos que sería Héctor, pero no. Era Cristina. Al descolgar el teléfono y escuchar la voz de mi hermana, una extraña mezcla de exasperación y frustración se apoderaron de mi estado de ánimo. Quería asegurarse de que me encontraba bien y de que tenía planes. Le conté que estaba cenando con María y su hija.

—¿Te ocurre algo? Te noto un poco tensa —dijo cuando llevábamos un rato conversando.

—No, no me ocurre nada. ¿Y a ti te ocurre algo? —le pregunté cortante.

—¿A mí? ¿Por qué?

—No sé, quizás hay algún detalle muy importante en tu vida que se te haya pasado por alto contarme —le insinué mientras me alejaba de María y de Olga, saliendo del restaurante.

Ella se quedó en silencio durante un buen rato, y luego la oí suspirar.

—Está bien, hablaremos mañana, Cristina, no creo que esto sea una conversación para tenerla por teléfono.

—¿Qué es lo que sabes? —preguntó ella al cabo de unos segundos con voz temblorosa.

—Todo. Cristina, lo sé todo. Hasta mañana —masculló muy, pero que muy dolida. Y colgué sin darle la oportunidad de decir nada más.

Necesité unos instantes para recomponerme, respiré profundamente y volví con María y con Olga.

Pasadas las doce, María detuvo su coche delante de mi edificio y me despedí de ella y de Olga. Cogí unas bolsas del maletero con algunas prendas que me había comprado. Y luego me acerqué a la ventanilla de Olga para darle un beso. Ella volvería a Madrid en unos días, ya que estaba preparando su tesis de Psicología. Quedé en volver a vernos cuando regresara de nuevo y a María le dije que ya nos veríamos el lunes en la oficina.

Cuando llegué a casa y solté las bolsas en mi dormitorio, me puse mi pijamita de verano y me metí en el baño para desmaquillarme y lavarme los dientes. Mientras contemplaba mi imagen en el espejo, algo achispada debido a las cervezas que me había tomado, empecé a pensar qué podría responderle a Héctor. En realidad, me sentía esperanzada por el hecho de que me hubiese escrito. Dios, su mensaje: «no puedo dejar de pensar en ti». Yo tampoco podía dejar de pensar en él. Y eso era, exactamente, lo que iba a decirle. Simplemente eso.

Así que corrí hacia mi bolso que descansaba sobre la mesa del salón y lo removí, buscando el móvil. Pero no estaba.

¡Oh, Dios mío, había perdido el móvil!

Intenté mantener la calma y lo busqué en las bolsas de las compras, pero tampoco lo encontré. Maldita sea, qué inoportuno, pensé. A pesar de odiar con todas mis fuerzas ese primitivo aparato que tenía por teléfono móvil, ahora sentía que lo necesitaba más que nunca. Volví de nuevo al bolso y saqué todos los objetos inservibles que tendía a acumular, pero seguía sin aparecer. Me senté en el sofá, frustrada, intentando recordar dónde se me podría haber perdido y, de repente, el sonido del telefonillo me sobresaltó.

—¿Sí? —respondí extrañada.

—Carol, soy yo, Olga, te has olvidado el móvil en el coche, ábreme y te lo subo.

—Ay, sí, gracias. Te abro.

Tenía la puerta abierta esperando a Olga, cuando la vi salir del ascensor con el móvil en la mano y sonriendo.

—Un mal día para perder el móvil —dijo ella bromeando y entregándome el teléfono.

—El peor diría yo. Muchísimas gracias, Olga.

—De nada, mujer. Suerte con tu chico —añadió, guiñándome un ojo, antes de meterse en el ascensor.

Cerré la puerta y me quedé apoyada tras ella, mientras leía de nuevo el mensaje: «¿Hay alguna posibilidad de que yo sea todo eso que tú quieres?». ¿Qué se suponía que tenía que responder a esa pregunta? Pues claro que había una posibilidad. Era perfecto, sexy, divertido, listo… Claro que existía esa posibilidad, el problema era esa mujer. Esa odiosa mujer y el hecho de estar vinculado a ella por negocios.

Decidí jugármela y responder a su mensaje y, justo en el momento que empecé a teclear en el móvil, el timbre de la puerta sonó. Pensé que sería de nuevo Olga, acababa de marcharse, quizás se le hubiera olvidado decirme algo e intuitivamente abrí. Pero, por desgracia, no era Olga quien estaba ante mí, hubiera dado lo que fuera porque hubiese sido así. Pero no era ella.

A pesar del calor que desprendía esa noche de agosto, la piel se me erizó y un profundo temor me paralizó todos los músculos.

Capítulo 33

*«Con cada promesa que ella rompe,
con cada mentira que ella dice,
su enemigo no se queda atrás...».
Across the line - Linkin Park*

—Vaya, ¿eso es todo lo que se te ocurre decirme? ¿No vas a invitarme a pasar? —dijo esbozando una media sonrisa que no me transmitió confianza alguna.

—Ni hablar —le contesté, agarrando la puerta con la intención de cerrarla.

Él puso una mano sobre la superficie, impidiendo que yo la cerrara y luego cambió el tono de voz.

—Por favor, Carolina, necesito hablar contigo. Sé que te debo una disculpa. Todo este tiempo que has estado con Rafa... sé que no nos hemos llevado demasiado bien, pero es que hay algunas cosas que me gustaría comentarte.

Lo miré a los ojos, buscando algo parecido al arrepentimiento o a la sinceridad, pero no encontré nada de eso.

—Bien, disculpas aceptadas, Leo, pero lamento decirte que estaba a punto de acostarme.

Fui a cerrar de nuevo, pero esta vez metió el pie y su bota negra lo impidió. De repente, una de mis pesadillas me asaltó la cabeza como un *déjà vu* y tuve una extraña sensación de sobrecogimiento. Algo no iba bien y yo era muy consciente de ello.

—Hay algo muy importante sobre Héctor que me gustaría contarte —musitó, bajando la voz y acercando su cara a la puerta, pero ni siquiera eso hizo que me apartara y lo dejara entrar.

—Vale, si quieres llámame mañana y quedamos para tomarnos un café. Ahora estoy un poco indispuesta —le mentí mientras mi corazón empezaba a martillearme a un ritmo imposible. Se había dado cuenta de que dijera lo que dijera no lo dejaría pasar.

Entonces su mirada y la mía se encontraron a escasos centímetros de distancia. Intenté buscar en sus ojos un resquicio de confianza o nobleza, pero solo vi la mirada de un completo desconocido. Y eso me heló la sangre.

—Está bien, como quieras, te llamo mañana y quedamos —afirmó, apartando lentamente el pie. Yo observaba con cautela cada uno de sus movimientos, esperando el momento justo para poder darle con la puerta en las narices, pero ambos sabíamos de sobra lo que estaba ocurriendo y el miedo no tardó en apoderarse de mis sentidos.

—Sí, perfecto, hasta mañana —añadí con un hilo de voz.

En el momento en que apartó completamente el pie, hice el amago de cerrar bruscamente, pero él dio una patada con todas sus fuerzas y el portón me golpeó en la cara. Me llevé la mano a la ceja y vi que sangraba. El golpe me dejó instantáneamente desorientada, me tambaleé hacia atrás y eso le dio ventaja para colarse dentro de mi casa y cerrar con llave. Luego las quitó de la cerradura y se las guardó en el bolsillo trasero del pantalón.

Los pensamientos empezaron a acumularse en mi mente como ideas espantosas. La verdad de todo lo que estaba ocurriendo era tan horrible que me parecía irreal.

—¿Qué coño haces, Leo? Márchate ahora mismo de mi casa.

Él avanzaba por el pasillo hacia mí, como un animal salvaje dispuesto a acabar con su presa. Nunca antes me había parecido tan grande y tan musculoso. Era rubio y tenía unos rasgos muy acentuados y nada atractivos. Su mirada era la de una persona que no estaba bien de la cabeza. Y sabía de sobra que era salvajemente mucho más fuerte que yo.

En el salón me coloqué tras la mesa, intentando ganar distancia y con la ilusoria esperanza de convencerlo para que se marchara.

—Lo digo en serio, Leo, lárgate o me pondré a gritar.

Los músculos me temblaban de la cabeza a los pies, y la presión que sentía en el pecho apenas me dejaba respirar.

—Podemos hacerlo por las buenas o por las malas, como tú quieras —escupió él con tanta malicia y depravación en su voz que no pude evitar estremecerme.

—¿Hacer el qué, Leo? —pregunté, fingiendo valentía.

—Follar, nena, he venido a follarte, ¿o acaso no es eso lo que vas haciendo últimamente por ahí? He querido follarte desde la primera vez que te vi, y creo que tú también lo deseas.

Escupió las palabras con tanto desprecio que no pude evitar que un gemido de desesperación escapara de mi boca.

—Sabes que siempre me has gustado, y en el fondo creo que yo a ti también.

—Me das asco, Leo, siempre ha sido así.

—Bueno, eso cambiará a partir de hoy.

—¿Qué crees que dirá Rafa cuando se entere de esto? —le pregunté, moviéndome alrededor de la mesa y evitando que se acercara a mí. Quería ganar tiempo.

—A Rafa le importas una puta mierda. Le diré que me llamaste para obligarme a borrar el video que grabé el otro día, y luego le comentaré que te lanzaste sobre mí. No creo que le cueste trabajo creerme. Sabe de sobra que no eres más que una calientabraguetas. Si te has liado con su hermano, ¿por qué no ibas a hacerlo conmigo?

Respiré profundamente e intenté recordar dónde había puesto mi móvil, tenía que llamar a la policía cuanto antes, pero de pronto lo vi tirado en el suelo del pasillo, tras él. El golpe de la puerta hizo que se me cayera.

—¿Por qué no dejas de hacer esto, Leo? Mi hermana puede llegar en cualquier momento.

Chasqueó la lengua con desagrado y negó con la cabeza.

—Sé que no vendrá. Llevo varios días siguiéndote. Últimamente pasas sola mucho tiempo.

Cada palabra que salía de su sucia boca me provocaba un calambrazo de terror.

Apartó una silla con el pie y se movió lentamente hacia mí, de forma que la mesa baja del salón fue lo único que nos separó.

La puerta de mi habitación estaba abierta, así que pensé que, tal vez, si me movía con rapidez, podría encerrarme en ella y ponerme a gritar, seguro que algún vecino oía lo que estaba ocurriendo y llamaba a la policía.

Le di una patada con todas mis fuerzas a la mesa y esta impactó sobre sus espinillas. El gesto de su cara se contrajo en una mueca de dolor y yo salí lanzada hacia mi dormitorio. Empecé a gritar como una posesa, con el pulso latiéndome a una velocidad vertiginosa. Intenté cerrar antes de que él me alcanzara, pero se lanzó sobre la puerta con la rabia y la furia de un rinoceronte.

¿En qué momento de su miserable vida se había vuelto tan loco?

Corrí hacia la ventana de mi dormitorio, con la intención de que alguien me oyera gritar, pero él me agarró del pelo con fiereza y colocó una mano en mi boca, apretando, para acallar mis alaridos.

Solo entonces comprendí el verdadero horror de la situación y a lo que era capaz de llegar una persona como él. Pero por nada del mundo me dejaría vencer. Sabía que era mucho más fuerte que yo, y que a su lado mis músculos eran de gelatina, pero no estaba dispuesta a dejarme reducir tan fácilmente. Pelearía hasta mi último aliento si era necesario.

Me retorcía bajo su aterradora complexión, pataleando y dándole codazos como si mi cuerpo estuviera poseído, pero él me apresó las muñecas con una mano, mientras que con la otra seguía tapándome la boca con tanta fuerza que estaba segura que me dejaría la piel amoratada.

—Estate quieta o te haré más daño del que tenía pensado —susurró en mi oído, chupándome el lóbulo de la oreja.

Sentí tanto asco que mi espalda se empapó en sudor. Me lanzó sobre la cama como si fuera un saco de patatas y luego se colocó a horcajadas sobre mí. En ese momento me había soltado las manos y yo aproveché para golpearle con coraje. Él me tapó la boca de nuevo y, viendo que mis movimientos no cesaban, me atizó un puñetazo en la mandíbula que me causó un daño espantoso. La sangre se desplazó por mi garganta, estaba convencida de que me había roto algún diente. Y, poco a poco, el dolor se extendió por toda mi cara, nublándome la consciencia.

Los pulmones me ardían a causa de la desesperación, y mis brazos y piernas empezaron a fallarme. Estaba muy mareada y el peso de él sobre mi cuerpo era como una tonelada de acero. Acero impregnado de violencia y crueldad. Las lágrimas no tardaron en derramarse por mi rostro y la energía me estaba abandonando.

—Seguro que con Héctor y con tu amiguito del otro día no te resistes tanto, ¿verdad? Eres una puta barata y ahora voy a tratarte como lo que eres.

Con la vista nublada sentí cómo se removía y se sacaba del bolsillo del pantalón una cuerda fina. Me quitó la mano de la boca y luego me susurró:

—Si vuelves a gritar, te daré otro puñetazo.

El dolor se extendía tan fuerte por toda mi cara que sentía que me quemaba. Contuve un sollozo solo de pensar que pudiera volver a golpearme y él unió mis muñecas para atarlas. Pasó los brazos por encima de la cabeza y ató la cuerda al cabecero de forja de mi cama. Intenté impedir sus maniobras haciendo uso de las pocas fuerzas que me quedaban, pero fue inútil. Unos gruesos lagrimones resbalaron por mis sienes.

—Venga, no te pongas así, estoy seguro de que te va a gustar —dijo, pinzándome la barbilla y mirándome con unos ojos inyectados de virulencia.

Aparté la mirada y cerré los ojos con fuerza. Estaba aterrada, pero me negaba a mostrarle mi debilidad. Volvió a cogerme la cara y la giró para que lo mirara.

—Vamos a pasarlo bien, ya lo verás.

Estuve a punto de suplicar que me dejara en paz, pero sabía que él se hallaba tan fuera de sí que nada de lo que yo dijera surtiría efecto.

Su mano recorrió mi cuello y luego empezó a tocarme los senos por encima de la camiseta. Me removí bajo su pesado cuerpo y empecé a gritar de nuevo, pero él volvió a taparme la boca con brusquedad. Las muñecas empezaron a arderme y noté que la piel se cortaba a causa del esfuerzo que estaba haciendo por liberarme.

Agarró mi camiseta por el cuello y tiró fuerte hasta hacerla jirones. Mi pecho subía y bajaba a consecuencia de mi desbocada respiración. Todo aquello era infinitamente peor que ninguna de mis pesadillas, y estaba ocurriendo de verdad. La persona que tenía encima de mí, estaba a punto de quebrantar mi intimidad. Era un ser despreciable, acomplejado y perturbado que no aceptaba un no en los labios de una mujer. Y lo peor de todo era que yo siempre había sido consciente de su lado más infame y diabólico.

Siguió tocándome los pechos y bajó la cabeza para chuparlos. Todo aquello me producía tanta repugnancia que volví a cerrar los ojos, sintiendo cómo las lágrimas me ardían en el rostro.

—Llevo muchísimo tiempo deseando esto. Tienes unas tetas deliciosas.

Me abrió las piernas con sus rodillas, sin dejar de hacerme daño. Tenía la cabeza hundida en mi cuello y seguía tapándome la boca. Vi que metía una de sus manos en su entrepierna para desabrocharse el pantalón. Pero no dejé de resistirme en ningún momento. El olor de su sudor me llegó a las fosas nasales y me arrancó una arcada.

—Estate quieta de una puta vez —farfulló completamente airado.

Introdujo la mano por debajo de mi pantalón corto y me tocó una de las nalgas. Recorrió mis bragas y luego las agarró con fuerza y las arrancó, llevándose con ellas el pantalón de mi pijama y rasgándolo hacia un lado.

¡Oh, Dios mío!, iba a hacerlo, iba a violarme, y yo me sentía tan indefensa y desprotegida que el llanto me salió directamente del corazón. Giré la cabeza y apreté los ojos para no ver cómo él corrompía una parte de mi persona. Estaba segura que, después de eso, tardaría muchísimo en recuperarme. Traté de pensar en otra cosa, aceptando el hecho de que iba a desgarrar mi alma, y de pronto la imagen de mis padres apareció en mi pensamiento. Visualicé sus rostros e intenté quedarme con ese pensamiento en mis entrañas.

Pero cuando sentí que metía las manos entre sus piernas y las mías para sujetarse su repugnante miembro, una voz familiar resonó en la habitación, muy cerca de mí.

—¡¡Apártate de ella ahora mismo si no quieres que estampe tus sesos contra esa pared!!

Abrí los ojos con el corazón desbocado y me encontré con la imagen de Cristina sujetando un arma y apuntando directamente a la cabeza de Leo. Tenía el rostro desencajado y los ojos ligeramente achinados. Estaba blanca como el papel de fumar, pero el pulso no le temblaba lo más mínimo.

Leo se giró y se encontró con el cañón presionándole directamente en la sien. Su cara se transformó: poco a poco vi cómo esa sonrisa ruin y repulsiva se iba borrando de su rostro hasta convertirse en una mueca de horror.

Se quedó quieto, encima de mí, pero sin apartar sus ojos de Cristina.

—¡¿Es que no me has oído?! Apártate de ella ahora mismo. Levántate despacio, y te juro que como te vea hacer el más mínimo movimiento te pegaré un tiro en eso tan asqueroso que tienes entre las piernas y que tú llamas polla.

Su voz sonaba tan segura y convincente que pensé que de verdad podría dispararle.

Leo empezó a separarse de mí, despacio, y el rostro de Cristina se llenó de asombro y de espanto en cuanto me vio la cara y la camiseta del pijama rajada.

Observé el arma y vi que era la *Beretta 92 fs* de mi padre. Yo sabía, de sobra, que ese arma estaba inutilizada, y que con eso no mataría ni a un mosquito, pero la postura de Cristina sujetándola y su manera de mirar a Leo mientras le apuntaba, me hizo dudar de si realmente funcionaba o no.

—¿Qué clase de perturbado eres tú, maldito hijo de puta? —dijo ella.

Él soltó una risa amarga y se desplazó lentamente hacia el otro lado de la cama. Se puso de pie frente a ella, abrochándose el pantalón, y traspasándola con la mirada. Yo estaba en medio de ambos. Atada y absolutamente vulnerable.

—¿Sabes qué? No vas a intimidarme con eso, no tienes cojones para dispararme.

En cuanto dijo eso, los vellos de mi piel se pusieron de punta y, el hecho de que él pudiera hacerle daño a Cristina, en su estado, me invadió de terror.

Pero ella no se amilanó lo más mínimo. Todo lo contrario, levantó más la pistola y le dijo con la voz cargada de desafío:

—¿Estás completamente seguro?

Él no contestó.

—¿Que te hace pensar que no te dispararé? Acabo de encontrarte en mi casa, intentando violar a mi hermana, ¿crees que me faltan cojones para meterte un tiro? Pues si quieres saber qué te ocurrirá prueba a moverte.

Yo sabía que eso sería imposible. Cristina no podría dispararle con esa pistola. Pero al ver la cara de Leo, turbado y apabullado, no pude evitar intervenir para dar más credibilidad a lo que decía Cristina.

—Cris, por favor, no le dispares, deja que se marche.

Ella ni si quiera me miró, siguió apuntándole, sujetando el arma con las dos manos. Como papá le había enseñado de pequeña, cuando ella decía que quería ser guardia civil como él.

Entonces empecé a dudar, seriamente, si esa era o no el arma de nuestro padre.

—Tranquila, no voy a matarlo, quizás solo le deje meando por una pajita de por vida. —Y esta vez bajó la pistola apuntando a sus partes.

Leo se llevó las manos a los genitales para protegerlos, estaba tan acobardado que resultaba ridículo.

—Por favor, vale, está bien, sé que me he pasado, pero no me dispares —suplicó él, levantando una mano y protegiéndose sus partes con la otra.

Cristina me contempló y en ese momento vio lo expuesta que me encontraba. Se giró lentamente, sin dejar de apuntarlo, y abrió la puerta del armario para coger un jersey. Me lo puso sobre mi pecho para taparme los senos.

—¿Estás bien?

Yo asentí con la cabeza. En ese instante la miré a los ojos y vi que estaba tan asustada como yo, la felicité en silencio por su astucia y, luego, ella se giró hacia él y le dijo:

—Desaparece de mi vista ahora mismo, antes de que cambie de opinión y te meta un tiro entre las piernas. Sal despacio y no se te ocurra hacer ningún movimiento extraño. No me gustaría tener que recoger tus sesos por mi salón.

—Cris, tiene las llaves de casa en el pantalón —titubeé con la voz temblorosa.

—Déjalas sobre la cama, ahora mismo, maldito cabrón —le espetó ella.

Él hizo lo que le pedía y luego puso los brazos en alto. Estaba enfurecido, tenía las aletas de la nariz ensanchadas y la frente perlada de sudor. Pero yo sabía que, en el fondo, no era más que un cobarde, y delante de mí Cristina lo estaba ridiculizando con un arma inservible. Poco a poco se dirigió hacia la puerta para salir de mi habitación. Cristina continuaba apuntándole.

—Muévete despacio, saco de mierda —masculló en el salón.

Él no volvió a abrir la boca. Desde la posición en la que me encontraba ya no podía verlos. Sabía que él se dirigía hacia la puerta, pero estaba muerta de miedo. Cristina se encontraba allí fuera con él y, aunque ella no mostraba ni el más mínimo signo de flaqueza, me aterrorizaba la idea de que pudiera lanzarse sobre ella. Pero unos segundos después, la oí decir algo más y luego escuché la puerta cerrarse y el sonido de la cerradura.

Ella entró en la habitación en tres zancadas y se puso a mi lado.

—¡Oh, Dios mío!, cariño, ¿estás bien? —Estaba llorando mientras desataba el nudo de la cuerda.

—Sí, estoy bien, pero me duele mucho la cara. —Sentía la piel tirante a consecuencia de la hinchazón.

—Maldito hijo de puta —decía llorando examinando mis muñecas, una vez libres.

Su sollozo se hizo aun más intenso y me abrazó tan fuerte que me hizo un poco de daño en la cara.

—Venga, estoy bien, de verdad, gracias a Dios que has llegado a tiempo —aseguré, intentando tranquilizarla y sin poder evitar que las lágrimas resbalasen por mi rostro.

—No, no estás bien, mírate, tenemos que ir a urgencias —gimoteó ella, separándose de mí y secándose las lágrimas con el dorso de la mano.

—No, por favor, no quiero ir a urgencias en este estado, no ahora, solo necesito descansar —le dije, consciente de que todo el esfuerzo y los golpes que él me había dado me habían dejado abatida.

—Por favor, Carol, mírate, tienes la cara muy hinchada, puede que te haya roto algún hueso.

Era muy posible que eso fuera cierto, pero aun así no me sentía con fuerzas para moverme.

—Vale, me daré una ducha y luego me pondré un poco de hielo y si mañana por la mañana sigue hinchado iremos al médico.

Asintió de mala gana y me ayudó a levantarme. Tenía todo el cuerpo dolorido, era como si una apisonadora me hubiese pasado por encima. Me condujo hasta la ducha y no se movió del baño hasta asegurarse de que podía hacerlo yo sola.

Dejé que el agua resbalara por mi espalda, observé mi cuerpo desnudo y vi que tenía marcas por todo el cuerpo. Las muñecas ensangrentadas, los brazos llenos de moratones y el pecho lleno de marcas rojas. Dejé de observarme y cerré los ojos con fuerza. Pero lo que realmente me dolía era la cara. Pasé la mano suavemente por mi mandíbula y sentí una enorme hinchazón. Tendría que tomarme algo, urgentemente, para el dolor si quería pegar ojo esa noche. Estuve casi una hora en la ducha, dejando que el agua caliente actuara de pócima sanadora.

Al salir me observé en el espejo del lavabo lleno de vaho. Estaba hecha un asco. Tenía un pequeño corte en la ceja izquierda, pero el lado derecho de mi cara se había amoratado y se inflaba como si tuviera un enorme flemón. Abrí la boca y me examiné las muelas, por si había alguna rota, pero no, gracias a Dios todas estaban en su sitio, simplemente tenía una herida superficial por dentro.

Me quedé observando mi reflejo, me sentía triste y muy cansada, pero el que Cristina hubiese llegado a tiempo no era más que un milagro. De repente se me vinieron a la cabeza las palabras de la gitana que me encontré en Sevilla, y me estremecí. Por otro lado, experimenté una profunda sensación de bienestar. Quizás fuera cierto, y «los dos de arriba», como ella había dicho para referirse a mis padres, nos estaban protegiendo.

Me pasé una toalla alrededor del cuerpo, sujetándola en la axila y cuando abrí la puerta del baño me encontré con Cristina y mi tío José sentados en el sofá. En cuanto él me vio se puso en pie con un gesto de preocupación. Llevaba un pantalón de chándal y una camiseta blanca. Parecía recién sacado de la cama. Mi tío era un hombre muy guapo a pesar de su madurez, pero su cara de disgusto esa noche, le había sumado algunos años más.

Fulminé a Cristina con la mirada por haberlo llamado, pero ella me ignoró.

—¿Estás bien, pequeña? —preguntó él, acercándose a mí y agarrándome los brazos.

Siempre había sido extremadamente protector con nosotras. Estaba casado. Su mujer, Lucía, era encantadora, pero a pesar de que lo habían intentado todo, se habían resignado a la idea de no poder tener hijos, y esa era una de las razones por las que se comportaba como un padre con nosotras.

—Sí, estoy bien, gracias, tío —le susurré, fundiéndome en su abrazo.

—Carolina, cariño, esto es muy serio, tenemos que denunciarle.

Me quedé en silencio, mirándome los dedos de los pies. Estaba confusa, toda esa historia llegaría a oídos de Héctor. Realmente no tenía ni idea de qué hacer.

—Tengo que hacerte fotos de las muñecas y la cara —dijo él, sacando una máquina de fotos pequeñita del bolsillo de su pantalón—. ¿Te ha dejado alguna otra marca?

—No —me negué a mostrarle los pechos a mi tío. Ya me sentía bastante avergonzada de toda esta asquerosa situación.

No me sentía con muchas ganas de hablar. Tan solo quería tumbarme.

Cristina se había ocupado de cambiar las sábanas de mi cama y de recoger todo el desastre que ese maldito hijo de perra había ocasionado.

Sentía que los párpados me pesaban. Después de que mi tío José me hiciera las fotos y charláramos un rato, ambos me llevaron a la cama y me obligaron a tomarme unos analgésicos. Se quedaron a mi lado.

Mi tío José me sujetaba la mano. Me recordaba tanto a mi padre... Tenía su mismo sentido del humor. Igual de adorables. Y el parecido físico era asombroso, solo que mi padre era un poco más alto que él. Por lo demás, tenían los mismos ojos castaños y rajados y esa preciosa sonrisa capaz de calmar la tormenta más oscura y tenebrosa. La misma sonrisa que Cristina. Estreché su mano entre las mías y luego pasé mis dedos por su dedo pulgar.

—Tus manos son igualitas a las de papá —susurré, arrastrando las palabras y consciente de que alguno de los medicamentos que me había tomado tenía un efecto extremadamente relajante.

Él sonrió, sin alejar de sus ojos la preocupación que lo embargaba, y me dio un beso en mi pelo húmedo.

—Duérmete, preciosa, yo me ocuparé de todo.

Les oí a los dos hablar en voz baja mientras salían de mi habitación, pero tenía tanto sueño y estaba tan agotada que las fuerzas me abandonaron por completo y me adentré en una placentera oscuridad. Agarré la almohada y sentí que mi cuerpo se lanzaba al vacío entre plumas de algodón. Jamás en toda mi vida había estado tan cansada.

A la mañana siguiente, el brazo de Cristina rodeando mi cintura y su cuerpo acurrucándose contra el mío me sacó de mi ensoñación. Era realmente confortable pero me hacía pis, así que la moví un poco y ella se despertó enseguida.

—¿Dónde vas? —preguntó con la voz adormilada.

—A hacer pis, ahora vuelvo —contesté en voz baja.

Cuando vi mi aspecto en el espejo, casi me da un ataque. Mi cara era un auténtico horror. El corte de la ceja se había hinchado y tenía casi todo el ojo violáceo y la mandíbula... En fin, una amplia gama de colores se extendía por todo mi rostro. Un verdadero desastre.

Volví a la cama con Cristina, aún era muy temprano, pero ella estaba ya despierta y se incorporaba para sentarse. Nos esperaba una larga conversación.

—¿Estás mejor? ¿Te duele menos? —preguntó ella, mirándome la cara y recorriendo con sus ojos todo el hematoma.

—Sí, ya no duele tanto.

Le aseguré acurrucándome a su lado, y añadí:

—Lo de la pistola estuvo muy bien —comenté para tranquilizarla—. Llegué a pensar que era de verdad. Tendrías que haberte visto, parecías sacada de un capítulo de los Ángeles de Charlie.

—Si hubiese tenido una pistola de verdad en las manos, te aseguro que ese hijo de puta habría salido de aquí con los pies por delante. —Se quedó callada un momento y dijo luego con sorna, imitando la voz de Leo—: «No, por favor, no me dispares», será capullo el muy gilipollas.

Yo sonreí y le cogí la mano.

—Gracias a Dios que llegaste a tiempo.

—Sí. —Sostuvo mi mano entre las suyas.

—Pero ¿por qué volviste? Pensé que estarías todo el fin de semana en Roche.

—Lo que me dijiste por teléfono me dejó muy preocupada, y como Raquel y Marta venían para acá, le dije a Raúl que prefería pasar la noche en casa, contigo —susurró ella.

Entonces se me vino a la cabeza lo que había leído en su ordenador.

—Cristina, no entiendo nada… ¿Por qué no me has contado que el bebé no es de Raúl?

—¿Cómo lo has descubierto? —preguntó ella sin mirarme.

—Tu portátil se me cayó al suelo y cuando fui a examinarlo vi que te habías dejado el correo abierto. Leí todos los mensajes.

Ella estaba enfadada, lo sabía por su expresión, pero no me recriminó nada.

—¿Cuándo pensabas contármelo?

—No sé, en principio quería abortar y acabar con toda esa historia, pero… luego pasó lo de Raúl y su accidente, y tuve tanto miedo de perderlo…

Se quedó en silencio y se llevó las rodillas al pecho.

—Carolina, él me quiere y yo le quiero, y cree que el bebé es suyo. He tomado la decisión de irme a vivir con él y empezar una vida juntos. Pensé que si no se lo contaba a nadie sería más fácil para mí vivir con ese secreto.

—¿Y qué pasará si un día lo descubre? —le pregunté.

—No tiene por qué saberlo —aseveró ella mirándome a los ojos.

—¿Pensabas ocultármelo el resto de tu vida?

—Qué más da quién sea el padre, Carol, yo quiero a Raúl, lo otro solo ha sido un error del pasado, ahora estoy con él y quiero que todo siga así.

—Pero, Cris, no puedes mentirle en una cosa como esa. ¿Qué pasará si un día descubre que su hijo no tiene su sangre? Esto no es algo que puedas ignorar tan fácilmente —protesté, poniéndome de pie y moviéndome por la habitación de un lado a otro.

—Si algún día llega a enterarse, que espero que no, ya será demasiado tarde para echarse atrás. Si he accedido a tener este bebé es solo por él. Él cree que es suyo y realmente me encantaría que fuese así.

—Pero ¿y si se lo cuentas? Estoy segura de que llegará a entenderlo. Al fin y al cabo lo tuyo con ese fotógrafo fue anterior a él.

Ella entrecerró los ojos y luego negó con la cabeza.

—No pienso contarle nada, Carolina —susurró, sosteniéndome la mirada.

Y, evidentemente, daba por hecho que yo tampoco lo haría.

—¿Y qué hay de ti y de ese tal Marcus?

—Nada, no hay nada. Ese tipo es un cretino. Solo deseo que me deje en paz. Ya lo has visto, le he dicho que he abortado y que no pienso volver a Ámsterdam.

—Pero ¿por qué no me dijiste que estabas enamorada de él?

—¡Oh, vamos, Carolina, eso no ha sido amor!, ese tipo es un cerdo que engaña a su mujer y se ha aprovechado de mis ganas de triunfar en mi profesión para follar conmigo cuando le venía en gana. —Era muy consciente de que Cristina no había tenido que pasarlo bien con toda esa historia.

Cogí su mano y entonces ella me miró a los ojos.

—Ehh, tranquila, estoy bien, no siento nada por ese imbécil, Carolina. Amo a Raúl. Reconozco que cuando llegué aquí aún estaba un poco tocada, pero en cuanto conocí a Raúl, ese idiota se borró de mi mente como por arte de magia.

—¿Y crees que es conveniente iniciar una relación con una mentira como esa?

Aquella pregunta no le gustó nada y ella no ocultó su desacuerdo.

—Solo sé que no voy a decirle ni a Raúl ni a sus padres, a estas alturas, que el bebé es de Marcus. ¿Qué crees que pensarían de mí? Yo solo quería abortar y salir de todo este lío lo antes posible, pero las circunstancias se han tornado de esta manera. Así que no pienso volver a hablar más de este asunto y espero que, esta vez, mantengas el pico cerrado, por favor.

Se levantó de la cama y salió de mi habitación.

Capítulo 34

«La vida es algo más que pelear.
Así nunca se llega a un buen final».

Tú y yo volvemos al amor - Mónica Naranjo

El domingo fue un día extraño y bastante duro. Quizás no tanto como la noche anterior, pero sí lo suficiente como para desear con toda mi alma que aquello terminase de una vez por todas.

Cristina no se separó de mí ni un segundo. María me llamó a mi móvil y Cristina le contó todo lo sucedido y también vino a verme. La pobre se llevó un gran disgusto cuando vio mi aspecto. Mi tío José, a última hora de la tarde, llegó a casa con noticias sobre el psicópata de Leo. Trajo consigo a un compañero. Ambos no se irían hasta tomarme declaración y convencerme de que necesitaban los detalles para concluir la denuncia.

Mi tío José se había encargado, personalmente, de detener a ese capullo. Había hecho uso de su larga carrera en el Cuerpo de la Guardia Civil y utilizó su influencia para cazarlo cuanto antes. No había sido fácil pillarlo. El muy cabrón había estado a punto de huir de la ciudad. Al parecer, tenía más antecedentes de los que yo pensaba, y esta vez su papaíto no podría librarlo de una buena temporadita entre rejas.

Raúl también vino a casa. Cuando ya todos se habían marchado y nos quedamos solo Cristina y yo, apareció él. No quería que me viese con este aspecto, pero sabía que intentar ocultárselo a él era imposible. Entró en casa apoyándose en sus muletas y su cara se transformó en espanto en cuanto vio la mía. Cristina le había contado lo sucedido por teléfono, pero era evidente que no esperaba encontrarme así.

—Oh, Dios mío, ¡qué te ha hecho ese hijo de puta! —Apretó los puños, mostrando una clara señal de impotencia.

—Tranquilo, Raúl, estoy bien, parece peor de lo que es. —Cogí su mano para tranquilizarlo, al tiempo que se sentaba a mi lado dejando torpemente sus muletas a un lado.

—No debiste quedarte sola en casa, tendrías que haber venido con nosotros al chalet —aseguró él, apoyando sus codos en las rodillas y girando la cabeza para mirarme.

Le agarré el hombro, sabía que verme en este estado le afectaba.

—Venga, ya… todo ha terminado. Gracias a Dios solo se ha quedado en un susto.

—Héctor se volverá loco cuando te vea así.

En cuanto esas palabras salieron de su boca, los músculos de mi cuerpo se pusieron en alerta. Recordé el mensaje que me había enviado la noche anterior, y también recordé que justo en el momento que había decidido responderle fue cuando ocurrió todo.

—No quiero que lo sepa —murmuré con un hilo de voz.

—Pero, Carolina, es evidente que al final terminará enterándose, no puedo ocultarle algo como esto.

—No quiero que me vea de esta manera, no todavía.

—Llegará mañana de Nueva York, pensaba llegar ayer por la tarde, pero, al final, se ha retrasado un poco más. Tenéis que arreglar lo vuestro, Carol, él te echa de menos, me lo ha dicho.

—Yo también… —susurré.

Cristina me miró desde la cocina y ambos se lanzaron una mirada de complicidad.

Intenté convencerlo para que no le contara nada a Héctor, me daba tanta vergüenza lo sucedido que era incapaz de admitirlo.

El lunes no fui a trabajar, no podía colarme con esa cara en el trabajo. Tendría que esperar al menos un par de días. María habló con Emilio y este me llamó muy preocupado. Era evidente que mis amigos tenían que saberlo, pero le pedí, tanto a él como a María que quedara entre nosotros. No quería que el resto de los chicos de la oficina supieran nada de esta sucia historia.

Los tonos morados de mi cara se extendían cada vez más, aunque la hinchazón había bajado bastante. Esos días me dejé mimar por mi hermana y por Raúl. No se despegaban de mi lado y me resultó verdaderamente confortable y, al fin y al cabo, eso me daba ventaja para que no le contaran a Héctor nada de lo ocurrido, al menos de momento.

Pero la necesidad de saber de Héctor cada vez se hacía más insoportable y el dolor que amenazaba con deshacer mi corazón era más intenso. Quería llamarlo y hablar con él, y tal vez si no hubiera sucedido nada de esto hubiera dado algún paso, pero ahora lo único que quería era esperar y recomponerme de todo este trance.

El martes por la tarde María vino a verme a casa y traía consigo un paquete. Era una caja rosa con un lazo de raso alrededor.

—¿Qué es esto? —pregunté, sujetando la caja que ella me ofrecía—. ¿Me has comprado un regalo? —La miré con asombro y con una sonrisa de oreja a oreja.

—No es mío. Lo siento —contestó ella, encogiéndose de hombros.

—¿Y de quién es entonces?

—Tendrás que abrirlo para saberlo.

La miré a los ojos buscando la respuesta… Le brillaban de expectación.

Deshice el nudo y abrí la caja. Dentro, y envuelto en un suave y delicado papel de celofán dorado, había un vestido verde aguamarina muy parecido al mío negro, al mismo que Héctor me rompió el día de la inauguración. Solo que era de una carísima firma y yo habría necesitado dos meses de mi sueldo para pagarlo. Bajo el vestido, en la misma caja, había un conjunto de ropa interior de seda y encaje color melocotón. Era fascinante.

Entre la ropa encontré una tarjeta pequeña. La sujeté con dedos temblorosos:

Lo siento. Te necesito.
H.

Volví a mirar a María anonadada y ella sonrió.

—¿Pero ha enviado esto a la oficina?

—Sí, lo trajo esta mañana un mensajero. Y yo me encargué de recibirlo y traértelo personalmente —dijo ella orgullosa—. ¿Es de Héctor, verdad?

Asentí en silencio.

—Ese vestido es fantástico, seguro que le ha costado un ojo de la cara. Y, encima, tiene un gusto exquisito. Tienes que hablar con él, Carol. ¿Sabe él ya todo lo que ha ocurrido?

—Creo que no, le pedí a Raúl que no le dijera nada.

—Al final terminará sabiéndolo, lo mejor será que lo llames y se lo cuentes todo. Y de paso os reconciliáis, que ya va siendo hora.

Pero yo no pensaba llamarlo, me daba mucha vergüenza que me viera con ese aspecto, tan solo quería recuperarme. No obstante, a última hora de la tarde decidí hacer algo para ganar tiempo.

Raúl me había comentado que estaba preparando la fiesta sorpresa para Cris, pero no los detalles. En cuanto nos poníamos a cuchichear, Cristina aparecía y teníamos que disimular. Me dijo que sería en Sevilla, y que tal vez fuera en casa de sus padres. Así que decidí enviarle un mensaje a Héctor, quedando en vernos el sábado en la fiesta. Para entonces mi cara estaría un poco mejor, o al menos eso esperaba.

Cogí el móvil y pensé en las palabras adecuadas antes de ponerme a teclear:

El vestido y la lencería son fascinantes.
Esta semana estoy muy ocupada en el trabajo y con algunos asuntos personales, pero espero verte el sábado en la fiesta sorpresa de Cristina.
Hasta entonces. Un beso. C.

Sabía que era un mensaje un tanto sobrio y hostil, pero consideraba a Héctor lo suficientemente inteligente para saber que no me agobiaría. Además, después de todo lo sucedido en Sevilla, no iba a volver a sus brazos tan fácilmente, antes tenía que asegurarme que su historia con Patricia estaba realmente acabada.

Al minuto siguiente contestó:

Odio que la semana tenga tantos días.
Espero ansioso que llegue el sábado.
Hasta entonces. Un millón de besos. H.

Su mensaje me arrancó al instante una sonrisa bobalicona y melosa.

Sin embargo, las horas que pasaba en casa se me hacían un verdadero suplicio, en realidad me encontraba perfectamente, aunque mi cara dijese lo contrario, tan solo quería volver al trabajo y seguir con mi rutina. Estar encerrada me hacía pensar más en lo ocurrido.

Llamé el miércoles a Emilio y le dije que me incorporaría al trabajo al día siguiente, pero no me dejó. Insistió en que me quedara descansando y, a pesar de que intenté convencerle de que me encontraba bien, él me prohibió ir a trabajar.

Raúl había comenzado con la rehabilitación de la pierna y Cristina lo acompañaba en muchas ocasiones para ayudarlo. Todos los días comían en casa conmigo y él se quedó a dormir casi toda la semana.

Teníamos muy pocos momentos para hablar a solas, pero ese miércoles, una de las veces que Cristina bajó a comprar al supermercado, fue cuando me contó lo que tenía planeado para la fiesta sorpresa.

—¿Al final será en casa de tus padres? —Los padres de Raúl tenían una bonita casa con jardín y piscina en un barrio alto de Sevilla.

—No, se lo he comentado, pero insisten en que hagamos la fiesta en el bar de Héctor, en el *Rodeo*, lo conoces, ¿no?

En cuanto pronunció el nombre del local, la imagen de Patricia, impecable y altiva, reapareció en mi cabeza.

—Claro, cómo no —murmuré de mala gana—. ¿Y por qué allí?

—Pues no lo sé, pero mi padre ha insistido mucho en que sea en ese sitio. Dijo que él se ocuparía, junto con Héctor, de organizarlo todo. Según él, tenemos que celebrar no solo el cumpleaños de Cristina, también el que haya sobrevivido al accidente. Sé que hay algo que me oculta, quizás me tenga preparada alguna sorpresa también a mí —dijo él, sonriendo y encogiéndose de hombros.

Estuvimos charlando un poco sobre qué regalarle a Cristina. Pero no se me iba de la mente que, seguramente, me encontraría con Patricia en esa fiesta.

—Por cierto, Carol, aún no le he contado nada a Héctor. Tal vez me haga papilla en cuanto se entere. Llevo toda la semana evitando verlo en persona. Sé que ha estado en Sevilla hasta hoy, pero esta tarde me llamó para verme porque estaba en Cádiz y le dije que no podía. No me resulta fácil mentirle a mi amigo.

—Te lo agradezco, Raúl, pero es que me gustaría que Héctor no supiera nada de esto. Además, no ha sido para tanto.

Él me miró como si yo estuviera loca.

—Sí, Carolina, esto es algo muy serio. Pero entiendo que no quieras que él lo sepa. Sé que toda esta historia solo empeorará la relación con su hermano.

Pues sí, en eso llevaba toda la razón. Aunque dudaba muchísimo que la relación entre Héctor y Rafa se pudiera dañar más de lo que ya estaba.

—¿Tienes idea de por qué se odian tanto? —le pregunté a Raúl, con la esperanza de que él me sacara de ese gran enigma.

—Ni idea. No sabía que se llevaran tan mal hasta el día de la pelea.

Bien, estaba clarísimo que de momento me quedaba con la gran duda.

El jueves por la noche, Raúl y Cristina habían quedado con los padres de él. Estaban emocionados con la noticia de convertirse muy pronto en abuelos. Mi cara ya estaba mucho mejor, la hinchazón había desaparecido y tan solo quedaba un moratón, bastante más reducido en la mandíbula, y el pequeño corte de la ceja. Con el maquillaje que María me había regalado seguro que podría arreglarlo un poco.

Esa noche, Raúl y Cris insistieron en que me fuera a cenar con ellos, pero llevaban toda la semana conmigo y ya me sentía un poco aguanta velas. Decidí hacer algo útil para despejarme, así que en cuanto ellos salieron por la puerta me enfundé en mis mallas deportivas, me puse una camiseta blanca de tirantes y mis zapatillas Adidas. Me apliqué el maquillaje en la cara e intenté ocultar las marcas. Hacía bastante que no salía a correr por las noches. Además, estaba segura de que no aguantaría mucho, pero al menos lo intentaría.

Eran las diez y media de la noche, el paseo marítimo lucía lleno de gente, el mes de agosto era muy propicio al turismo. La noche estaba muy agradable y con ese calor lo mejor era pasear cerca del mar. Pero yo necesitaba liberarme y correr, y con tanta gente deambulando me iba a resultar muy incómodo, así que decidí atravesar la avenida y correr por la bahía.

A esa hora, aquella parte de Cádiz estaría mucho más despejada. Al principio empecé con un ritmo relajado y constante, me dio la impresión de que aguantaría más de lo que yo imaginaba, pero al llegar a la bahía aceleré el paso. Había mucha gente corriendo y montando en bici. Una enorme luna redonda y plateada me seguía en mi atlética carrera.

Cuando llevaba quince minutos corriendo, empecé a sudar y de pronto recordé por qué había dejado de hacer deporte los meses de verano. El calor era asfixiante. Y el agua del mar, en aquella zona, estaba tan calmada y apetecible que me daban ganas de bebérmela. Así que fui bajando lentamente el ritmo hasta uno más sosegado. Admiré toda la grandiosidad de la bahía de Cádiz. Las centelleantes luces del Puerto de Santa María relucían a lo lejos. Llegué a la altura donde estaban construyendo el segundo puente. El puente de la Pepa. Y me quedé embobada con la majestuosa construcción aún en proceso. Nunca llegaría a entender cómo el ser humano era capaz de crear cosas tan extraordinarias.

Estaba absorta en mi mundo de construcciones descomunales, asombrada por la longitud de las torres, cuando sentí la presencia de alguien junto a mí.

—Se prevé que estará terminado para finales de este año, pero me temo que se alargará un poco más.

Giré la cabeza y me encontré con la sonrisa divertida y jovial del doctor Villena.

—Fernando, holaaaa.

Le dije al tiempo que me acercaba a él para darle dos besos. Al parecer, los dos habíamos coincidido en que era una noche estupenda para salir a correr. Él llevaba una camiseta negra transpirable y un pantalón corto, deportivo. Con esa ropa me pude hacer una idea más precisa de su buena figura.

—¿Cómo tú por aquí? Eres un poco joven para ponerte en plan solterona a mirar obras, ¿no?

Solté una carcajada y le di un empujoncito en el hombro.

—No seas tonto, he venido a correr por aquí, pero hace mucho que no hacía ejercicio y me he dado cuenta de que estoy en baja forma. —Él sonrió—. Pero por lo que veo no soy la única loca que corre por las noches en agosto.

—Sí, yo vivo por aquella zona —dijo, señalando los edificios que estaban frente al Corte Inglés—, suelo salir a correr cada noche.

—Bueno, yo no tengo tanta fuerza de voluntad —aseguré, poniendo los ojos en blanco.

—¿Qué te ha pasado en la cara?

Vaya, el sudor me habría borrado un poco el maquillaje.

—Esto —le contesté, llevándome la mano a la mandíbula—. No, no es nada. Fue solo una caída un poco aparatosa.

Él me sujeto la barbilla con sus expertas y suaves manos de médico y me giró la cabeza para mirar bien el moratón.

—Pues tienes suerte de no haberte roto nada, parece un buen golpe —reiteró, examinando la zona.

—Sí, pero no ha sido nada importante —aseguré, retirando mi cara de su mano, con cautela.

Él me miró a los ojos con su preciosa mirada zafiro y en ese instante me pregunté por qué demonios no podía gustarme un chico tan sencillo y normal como él.

—Raúl me ha invitado el sábado a la fiesta sorpresa de Cristina.

Eso sí que era toda una novedad. Al parecer, la relación entre Raúl y él se había estrechado.

—¿En serio? Eso es estupendo. ¿Y vendrás?

—Pues es muy probable. Tenía una guardia, pero intentaré cambiarla.

—Claro, inténtalo.

—Si quieres puedo recogerte e irnos juntos. Raúl me ha comentado que será en el bar de un amigo suyo, en Sevilla.

Obviamente, Raúl desconocía mi diminuto idilio con el doctor Villena. Y este, a su vez, desconocía mi historia con Héctor. Así que lo mejor sería dejar todo como estaba con Fernando y no complicar mucho más las cosas, sobre todo si cabía la posibilidad de reconciliarme con Héctor.

—Bueno…, aún no sé si me iré con mi hermana para allá, de todas maneras, te lo agradezco. Si al final cambiamos los planes… te llamo.

—Me temo que esa promesa tiene poca credibilidad. La última vez que me dijiste que me llamarías, me quedé esperando.

Era cierto, poco después de nuestra cita, me lo volví a encontrar un par de veces en el hospital. Él me pidió una segunda salida, pero yo siempre le contestaba que estaba ocupada esos días y que ya lo llamaría. Por supuesto nunca pensé en hacerlo.

Lo miré sin saber qué decir y luego relajé los hombros en señal de derrota.

—Lo siento, Fernando, no quiero engañarte, eres adorable, es solo que tengo a otra persona en mi cabeza.

—Está bien —murmuró él pensativo, sin dejar de observarme—. Qué digo, no, ¡no está bien!, es una putada. Pero realmente te agradezco la sinceridad.

Sonreí y él me devolvió la sonrisa.

—Vale, pero si algún día de estos consigues sacar a esa otra persona de tu cabeza, me gustaría que me llamaras.

—No te quepa duda —reafirmé esta vez más seria.

—Entonces nos veremos el sábado en la fiesta —añadió, disimulando su decepción.

—Sí, nos veremos.

—Bien, pues, como siempre, ha sido un placer verte, ahora te dejo que voy a hacer un poco de ejercicio. Iba a empezar cuando una chica muy guapa me distrajo por completo.

Me guiñó un ojo y echó a correr, trotando lentamente. Lo observé de espaldas y me quedé admirando su cuerpo. Tenía unos glúteos muy bien formados y unas piernas preciosas. En definitiva, estaba como un queso. No entendía en absoluto por qué estaba dejando pasar una oportunidad como esa, pero entonces, cuando la imagen de Héctor aparecía en mi mente, adivinaba la respuesta de inmediato.

Decidí volver a casa caminando. Era la primera vez que salía a correr después de bastantes meses y no quería que al día siguiente me quemasen las piernas de agujetas. Iba andando absorta en mis pensamientos. Si hubiera tenido mi iPod habría ido escuchando un poco de música, pero esa era una de las muchas cosas que aún tenía que recoger de casa de Rafa, y ya lo había dado por perdido.

Estuve evitando a su madre durante meses y de repente recordé lo que Rafa me había dicho la última vez que me lo encontré. Ella lo sabía todo. Sabía que estaba viéndome con Héctor y, lo que era aún peor, lo sabía porque él mismo se lo había contado. En realidad, eso fue algo que me conmocionó. ¿Por qué había sentido la necesidad de contarles a sus padres lo nuestro? En algún surco de mi corazón cabía una diminuta esperanza de que él quisiera algo más serio conmigo. Si no, ¿por qué iba a confesarles a sus padres…?

Seguí caminando, atravesé la avenida Juan Carlos I, y luego callejeé un poco mirando escaparates. Eran ya casi las doce de la noche. Cuando llegué a la avenida Cayetano del Toro me di cuenta de que estaba muy cerca de la casa de Héctor. De su piso de alquiler. Ese en el que tan solo había estado una vez. Quizás estuviera allí. Raúl me había comentado algo de que estaba en Cádiz. Sentí ganas de ir a su casa y verlo, pero me contuve, esperaría al sábado. Además, mi cara no estaba aún para dejarse ver. Era jueves y hasta el sábado ganaría un par de días para que el moratón se fuera suavizando.

Crucé la carretera por un paso de peatones y visualicé el portal de su edificio. Las puertas de acero cromado y el interior iluminado. Pero de pronto observé que la puerta se abría y una pareja salía a la calle. En cuanto me percaté de que eran ellos dos, tuve que esconderme detrás de un coche para que no me vieran. Tardé un poco en reconocerla, pero sí, era ella… Patricia.

Llevaba un vestidito sport y el pelo recogido en una sencilla cola de caballo. Héctor le sujetaba la puerta para que ella saliera. Era como si se estuvieran despidiendo. Los dos charlaban tranquilamente. Sentí cómo la sangre abandonaba mi cara y el estómago se me retorcía lleno de celos y algo muy parecido a la furia. En ese instante, él dijo algo, ella soltó una carcajada y puso sus manos en su pecho.

¡Oh, Dios mío!, la hubiera matado con mis propias manos si hubiese tenido suficientes agallas. Parecían una pareja, los dos charlando tranquilos y relajados e increíblemente guapos. Luego, él se inclinó hacia ella y le dio un abrazo y un beso en la mejilla.

¡Pero ¿de qué coño iba todo esto?!

Ella, por supuesto, le devolvió el beso pasándole la mano por su mejilla. A continuación se giró y se marchó, y él volvió a su piso. Yo seguía escondida detrás del coche y con las venas hirviendo a consecuencia de la escenita. Tuve que apoyarme sobre el capó y respirar profundamente antes de seguir caminando hasta mi casa.

Cuando entré en mi piso, cerré la puerta con llave y me fui directa a la nevera. Estaba sedienta y, encima, lo que había visto me había dejado mal sabor de boca. Estaba tan enfadada y frustrada que me metí en mi cuarto, me tumbé sobre la cama y me puse una almohada en la boca para poder gritar a pleno pulmón. Tenía ganas de ponerme a partir cosas, pero ¿qué diría Cristina cuando llegara y viera el piso destrozado?

Entonces, al incorporarme con el pulso aún acelerado, fue cuando vi la caja rosa del vestido y la lencería descansando sobre una silla de mi habitación. Me levanté de golpe, agarré la caja y me dejé llevar por mis instintos más primarios e irracionales.

Cinco minutos más tarde estaba en la puerta de su edificio, con la mano temblorosa y pulsando su telefonillo. Sudada y vestida de deporte, pero ya me daba igual.

—¿Sí? —contestó él, como si tal cosa. Yo sabía que tenía video-portero y que, seguramente, me estaría viendo, pero no me esforcé lo más mínimo en disimular mi mal humor.

—Héctor, necesito que bajes.

—¿Carolina? Sí, claro, ahora mismo.

Era evidente que mi repentina aparición lo había cogido por sorpresa, además, para invitarme a subir a su casa primero tenía que bajar, ya que solo se accedía desde el ascensor con una llave que llevaba directamente al ático. Pero, de todas maneras, yo no pensaba subir. Dejaría bien zanjado el asunto allí mismo.

Al cabo de unos minutos observé las puertas del ascensor abrirse y él salir de su interior. Tuve que apoyarme bien sobre mis piernas para asegurarme de que no me caería. Era tan guapo que su sola visión podía nublar mis intenciones. Y, además, hacía tantos días que no lo veía que casi me había olvidado del efecto que me causaba. Vestía un pantalón vaquero, gastado, y una camiseta blanca, pero la llevaba manchada de pintura por algunas zonas. Era como si hubiese estado trabajando en alguna de sus pinturas. La camiseta se le marcaba ligeramente a la altura de los bíceps y tuve que apartar la vista de sus brazos para no desconcentrarme completamente.

Yo estaba muy seria. Y él en cuanto contempló mi expresión borró de sus labios la sonrisa con la que pretendía recibirme.

—¿Qué te ha ocurrido en la cara? —dijo al abrir, asombrado, sujetándome por la muñeca e invitándome al interior del edificio.

Mierda, la cara, ¡qué podía decirle! No quería centrar esa conversación en los dichosos moratones.

—Esto, ah, no… no es nada, un accidente.

—¿Qué clase de accidente? —preguntó con el cejo fruncido y llevando su mano a mi barbilla para sujetarme.

En cuanto vi su intención de tocarme, retrocedí un paso y me separé de él.

Él se quedó mirándome desde cierta distancia y noté la tensión en su mirada.

—Solo un accidente y, además, no es de tu incumbencia —protesté de inmediato. Quería que supiera que estaba enfadada y quería que lo supiera cuanto antes.

—Solo he venido a devolverte esto —aseveré, entregándole una bolsa donde había metido la caja rosa—. No lo quiero.

Él contempló la bolsa pero no se movió.

—Eso es tuyo, y tenía entendido que te gustaba. Al menos, eso decía tu mensaje del otro día. ¿Por qué ibas a querer devolvérmelo ahora? —comentó con la voz tranquila y cruzando los brazos a la altura del pecho.

—Porque ya no lo quiero, es así de simple. —Mi voz no sonaba tan relajada, pero me daba igual. Permanecí con el brazo alargado, esperando a que él cogiera la bolsa, sin embargo, no hizo el más mínimo movimiento.

—¿Puedes explicarme qué ocurre o esperas que esta vez también lo adivine? —Ahora sí que parecía cabreado. Lo que lo hacía muchísimo más irresistible.

—Ocurre que te has equivocado de persona, este regalo no debía ser para mí. Quizás a esa zorra de Patricia le quede bien —le espeté, tirando la bolsa a sus pies y desafiándolo con la mirada.

Él se quedó realmente sorprendido ante mi gesto. Miró la bolsa que derrapó a la altura de sus pies y luego se llevó una mano a la nuca en un gesto de irritación.

—No le hago regalos a Patricia. Compré esto pensando solamente en ti, y ¿sabes por qué? Porque llevo pensando en ti todos los malditos días y las malditas noches desde hace más tiempo del que te imaginas.

Ese comentario casi me deja sin respiración. Recapacité e intenté que no dejara convencerme con palabrerías. Sabía que la relación de él y Patricia no se acabaría nunca y que yo, seguramente, sería su pasatiempo.

—Entonces, ¿por qué cada vez que me doy la vuelta te veo con ella en actitud cariñosa? Estoy segura de que lo que he visto hace un momento en esta puerta no ha sido producto de mi imaginación. Además, ¿sabes qué? No entiendo qué hago aquí todavía hablando contigo.

Me di la vuelta y abrí la puerta para marcharme, pero él la cerró de golpe. Estaba cabreado, su expresión hablaba por sí sola.

—Hay muchas cosas que aún debo explicarte, pero me gustaría que subieras a mi casa y charláramos tranquilamente. Estás sacando conclusiones precipitadas. Si subieras entenderías de qué te estoy hablando.

—No pienso subir a tu casa. No tienes que explicarme nada, Héctor. La última vez que te vi con esa mujer te besó en la boca y hace un momento salía de tu casa sonriente y haciéndote carantoñas. ¿Te crees que soy idiota? —Intenté abrir, pero él me lo impidió—. ¡Apártate, joder! —le espeté, consciente de que estaba muy nerviosa.

—Carolina, solo ha venido a traerme unos albaranes de unos muebles que he comprado en la tienda de su padre y, aunque sé que no te lo vas a creer, hemos hablado de ti. —La arruga de su frente era ahora más profunda.

—Ah, sí, vaya, qué ingenioso, ¿en qué momento habéis hablado de mí, antes o despés de follar?

Le di un empujón con las dos manos, él cerró los ojos, derrotado, pero se apartó. Abrí la puerta y salí al exterior. La calle estaba solitaria a esas horas.

—¡Carolina, joder!, escúchame un momento —gritó, corriendo detrás de mí y poniéndose delante para cortarme el paso. Había dejado la bolsa con el vestido y la lencería tirados allí. Una cifra equivalente a casi dos meses de mi trabajo desparramados por el suelo de aquel edificio. Pero a él parecía importarle un comino.

—No quiero escuchar nada de lo que tengas que decirme, Héctor, no entiendo en qué condenado momento me fijé en ti ni por qué. Eres un chulo y un cabronazo. ¿Qué clase de tipo se acuesta con la mujer de su socio y luego finge ser su amigo como si tal cosa?

Lo tenía ante mí, muy cerca. Físicamente, claro, porque en este momento, emocionalmente lo sentía a kilómetros de mí. Estaba muy furioso, la tensión de su mandíbula lo delataba y sus ojos brillaban como los de un depredador.

—No puedes imaginar cuánto daño me hace que pienses esas cosas de mí.

—Has puesto bastante empeño para que así sea. —Me moví hacia un lado para seguir con mi camino, pero él volvió a ponerse delante.

—No dejaré que te marches de mi lado —afirmó, mirándome a los ojos.

—¿Sabes qué? Tu hermano me dijo lo mismo no hace mucho, y con eso se refería a acosarme en mi trabajo, en mi casa y en cualquier sitio donde me encontrara con él. Dime una cosa, ¿tú también vas a acosarme? Porque si te refieres a eso, gracias, pero ya tengo bastantes acosadores.

Su cara pasó de cabreo a decepción en una milésima de segundo.

—¿Mi hermano te sigue molestando?

—Déjalo, Héctor —le dije, haciéndole un gesto con la mano—. Tú sigue a lo tuyo con esa fulana.

Me volví hacia el otro lado para poder escapar, pero esta vez me agarró del brazo.

—Dime que lo que tienes en la cara —señaló el moratón de mi mandíbula— no tiene nada que ver con mi hermano, porque te juro que como sea así, voy a matarlo con mis propias manos —farfulló con los dientes apretados.

—No, no ha sido él —contesté sin mirarle y zafándome de su brazo.

—Entonces, ¿quién coño te ha hecho eso?

—Ya te lo he dicho, ha sido un accidente, sé cuidarme solita. —Mi voz sonaba cargada de tensión y sabía que estaba a punto de ponerme a llorar. Y eso era lo último que quería.

Lo aparté de un empujón y continué andando. Pero entonces él me agarró de la cintura y tiró de mí con fuerza, presionando su cuerpo contra el mío. Apenas me daba opción de moverme. Él era corpulento y poderoso y en sus brazos perdía toda la capacidad de raciocinio.

—Sé que sabes cuidarte sola, siempre ha sido así. Pero ha llegado el momento de que sea yo quien cuide de ti —susurró a escasos centímetros de mi cara. Sus palabras me arrancaron una voluble y repentina emoción y las lágrimas salieron de mis ojos sin que pudiera contenerlas.

Todo lo que me había pasado era demasiado agotador, y a pesar de que hacía menos de una hora que lo había visto con Patricia, no pude evitar la contraria sensación de sentirme a salvo en sus brazos.

—Te quiero, joder, solo quiero estar contigo —musitó, sujetándome la cara con una mano y obligándome a mirarlo. Sus ojos, infinitamente verdes, brillaban de desesperación.

Quería creerle, quería que todo lo que decía fuera cierto, pero tenía que ser consecuente y hacer caso a mis impresiones. Sin embargo, en sus brazos me sentía tan segura y protegida que me costó una eternidad separarme de él.

—Déjame. —Moví la cabeza para deshacerme de su mirada, pero él no cesó. Intenté contener mi sollozo, no quería que me viera llorar.

—Tenemos que hablar de esto —susurró—. De nosotros. —Me tenía bien sujeta por la cintura y mis manos descansaban sobre su pecho. Mis dedos tantearon su corazón y sentí cómo le latía con fuerza. Casi tan fuerte como el mío. ¿Significaba eso que lo que decía era cierto?—. Necesito saber qué clase de relación quieres conmigo. Vas a volverme loco, Carolina. Un día estás muy bien conmigo y al siguiente me dices que yo no soy lo que tú quieres.

¿Qué clase de relación? Una normal y corriente, como Raúl y Cristina, tal vez. Eso era lo que yo quería. Sin la mentira del bebé de por medio, claro.

Tragué saliva, me removí hasta que conseguí separarme de él y le contesté:

—Quiero una relación en la que solo estemos tú y yo. Pero ya veo que eso es imposible.

—No, no es imposible. Déjame demostrártelo. —Se acercó a mí y me sujetó las muñecas. Sus manos estaban calientes y sus ojos suplicantes.

—Verás, Héctor, después de lo que sucedió en la inauguración, a pesar de «eso» —acentué, sintiendo mis párpados muy pesados—, pensaba darte una oportunidad, pero lo de hoy ya ha ido demasiado lejos. La he visto saliendo de tu casa, y encima a estas horas. —Conforme las palabras iban saliendo de mi boca mi cabreo iba en aumento. Él quiso interrumpirme pero no lo dejé—. No, por favor. Déjame hablar.

Retrocedí dos pasos. Tomé aire para que se me pasara la llorera y de esa manera poder resultar coherente.

—Estas dos semanas han sido un infierno para mí. Poco a poco fui haciéndome a la idea de que lo nuestro no llegaría a nada. Pero luego me enviaste ese mensaje y vi una puerta abierta entre nosotros. Una posibilidad. Sin embargo, en cuanto he cruzado la calle y os he visto juntos de nuevo, puedo asegurarte que has cerrado todas las puertas que quedaban abiertas. Ya no hay nada que puedas hacer, Héctor. Métete tu vestido caro y tu lencería de seda por donde te quepa y aléjate de mí cuanto antes, ¿me has entendido?

Se quedó callado, observándome, y noté cómo su pecho se ensanchaba lentamente. Luego, se apretó el puente de la nariz.

—Lo siento, ¿vale? No tendrías que haberla visto, joder. Estamos discutiendo por nada. Patricia y yo tuvimos un lío hace mucho tiempo, pero eso ya pasó. Ella no significa nada para mí. Ahora solo es una amiga.

Se pasó la mano por el pelo, exasperado.

—¿Una amiga? Ya lo que me faltaba. Adiós, Héctor. — Estaba a punto de abofetearlo si no me apartaba pronto de él.

Fue a tocarme de nuevo, pero esta vez levanté los brazos y le fulminé con una mirada amenazadora. No quería que me tocara. La simple y asquerosa idea de que ellos dos fueran amigos, me resultaba vomitiva.

Lo esquivé y emprendí el paso.

—Carolina, por favor. —Fue lo último que le oí decir a mi espalda. Pero ni siquiera me giré.

Acepté lo mejor que pude esa difícil verdad… y seguí andando.

Capítulo 35

«No siempre son arcoíris y mariposas,
es el compromiso el que nos mueve hacia delante.
Mi corazón está lleno y mi puerta siempre está abierta,
entras cuando quieres».

She Will Be Loved - Maroon 5

Anduve hasta altas horas de la madrugada. Deseaba que ese camino fuese el inicio de mi recuperación. Pero no fue así. No obstante, me ayudó a relajarme. Caminé por el Campo del Sur y llegué hasta la Caleta. Avancé por el Paseo del Castillo de Santa Catalina. A pesar de que eran casi las dos de la mañana, la noche era sensacional, hacía una temperatura formidable y el cielo estaba plagado de estrellas. El mar, sereno y quimérico, bordeaba la legendaria fortificación, y el sonido de las olas espumosas acariciando sutilmente las rocas se me antojó como un gorjeo cautivante y apetecible. Una auténtica delicia para mis oídos.

Había algunas personas paseando, no muchas, pero las suficientes para encontrarme segura a esas horas. Parejas regalándose besos y miradas; algunos chicos paseando a sus perros e incluso algún que otro valiente haciendo deporte. Me senté en la muralla de piedra con los pies hacia el mar y de pronto, desde aquella zona, alejada de las luces de la ciudad, el cielo me pareció de una magnitud absoluta.

Había tantas estrellas que era imposible determinar la inmensidad del cosmos. Entonces recordé que esa debía ser la época de Las Perséidas. Las noches mágicas, como solía llamarlas papá.

Era en las noches de agosto cuando se producía una lluvia de meteoros de actividad alta. También se las conocían como las Lágrimas de San

Lorenzo. Y esas noches, el cielo estaba tan plagado de estrellas que resultaba deslumbrante.

Cuando éramos pequeñas, esos días nos quedábamos en la playa hasta que anochecía, nos tumbábamos sobre la arena y contemplábamos el firmamento. Veíamos cientos de estrellas fugaces, y Cristina y yo jugábamos a contarlas.

Recuerdo que en una ocasión Cristina le preguntó a papá qué tenía de mágico contar estrellas. Era muy pequeña, tendría unos cuatro o cinco años, no más y, obviamente, eso le aburría, entonces él nos acurrucó a cada una en un brazo y luego nos contó la verdadera historia que convertía esas noches en mágicas…

—*Verás, Cristina, cuando tú aún no habías nacido y todavía estabas en la barriga de mamá, yo venía por las noches a la playa y me gustaba contar estrellas.*

—*Pero es muy aburrido* —*lo interrumpió ella con su vocecita cantarina.*

—*Sí, eso pensaba yo, pero un día me puse a pedir deseos. Ves eso que está allí. Aquellas estrellas que brillan con más fuerza, esas forman la Osa Mayor.*

—*Yo las veo a todas iguales.* —*Volvió a interrumpirlo ella, bostezando.*

—*Bueno, sí, desde aquí lo parecen* —*dijo él, sonriendo—, pero el caso es que yo creo que son mágicas, y es que una de esas noches que yo venía de la playa de contar estrellas, llegué a casa y mamá estaba llorando. Le dolía mucho la barriga y yo sabía que había llegado el momento de que nacieras. Así que la llevé al hospital, pero cuando llegamos allí el médico nos dijo que tardarías un poco en nacer, por lo visto te gustaba estar en la barriguita de mamá.*

Ella sonrió y yo también.

—*Pero mamá lloraba mucho, le dolía y tú te resistías a salir. Estuvimos dos días en el hospital y, finalmente, los médicos nos dijeron que había llegado el momento de abrir la barriguita de mamá.*

—*¿Con un cuchillo?* —*preguntó ella con los ojos desorbitados. Era evidente que la historia le fascinaba.*

—*Sí, pero uno pequeñito, además, los médicos eran muy buenos y le dieron unos medicamentos para que no le doliera más.*

—*Menos mal* —*resopló ella.*

—*Pero yo quería estar con ella, para verte nacer y los médicos no me dejaban entrar. Decían que era mejor que esperara fuera. Así que estaba tan nervioso que salí a la calle a tomar el aire. Estabas tardando demasiado en nacer y tenía miedo de que os pasara algo a ti o a mamá. Salí del hospital, atravesé la avenida y me fui directo a la playa.*

»Me senté en la arena y me puse a contemplar el cielo. Entonces, por primera vez en mi vida, vi el cosmos tan abarrotado de estrellas que me pareció una alucinación. De pronto, las estrellas empezaron a llover. —Él le daba entonación a la historia, exageraba cada gesto y cada palabra—. Y a medida que se movían, revoltosas por el universo, yo imaginé cómo serías. Tracé los rasgos de tu carita con mi dedo y los dibujé en el aire. Imaginé que tu cabello sería como el color del cielo esa noche, y que tus ojos, seguramente, brillarían como los cometas que se deslizaban ante mí. Visualicé tu sonrisa y le recé a los astros para que te trajeran al mundo sana y salva. Y... ¿sabes qué? Que cuando ya estaba bastante agotado de pedir deseos, volví al hospital y los médicos se presentaron ante mí. Me dijeron que mamá y tú estabais a salvo. Una enfermera sostenía un bulto entre los brazos, envuelto en una mantita verde y cuando lo posó en mis brazos, te vi. Entonces entendí que todo era fruto de la magia. Tu carita era la misma que yo había dibujado con mi dedo. Era la misma sonrisa y los mismos ojos que yo había soñado. Pero tuve miedo, mucho miedo, te miré y pensé que no podría quererte lo mismo que quería a Carolina.

En ese momento ella levantó la cabeza y me miró con el cejo fruncido, pero papá continuó hablando:

—Sin embargo, me equivoqué. Cuando llevaba un rato contigo en mis brazos, no solo te quería igual que a ella, sino que el amor que sentía por Carolina se había multiplicado. No tenía ni idea de qué me estaba pasando. Pensé que no tendría suficiente amor dentro de mí para las dos, y entonces entendí que mi corazón era como este cielo plagado de estrellas, y que tan imposible era contarlas todas como calcular el amor que yo siento por vosotras, por eso estoy seguro que todo esto que tenemos ante nosotros, no puede ser otra cosa que la dulce combinación de lo mágico y lo divino.

Él se quedó callado, y Cristina y yo estábamos tan magnetizadas con la historia que fuimos incapaces de articular palabra.

—¿Entendéis ahora por qué se llaman noches mágicas?

Las dos asentimos al mismo tiempo, en silencio, y él depositó un tierno y afectuoso beso en nuestras cabecitas...

Recordaba cada palabra como si hubiese pasado esa misma tarde, y los echaba tanto de menos a él y a mi madre que tenía la sensación de no poder recuperarme nunca. Miré las estrellas, embelesada, durante mucho rato y navegué en mis recuerdos, al fin y al cabo, eso era lo más valioso que había tenido en mi vida. Mis recuerdos.

Volví caminando a casa. Debía ser muy tarde cuando entré por la puerta, porque en cuanto abrí la cerradura, Cristina me esperaba de pie en el pasillo con los ojos desencajados.

—¿Dónde demonios te habías metido?

—¿Qué? Pues… me he ido a correr.

—¡¿Hasta las cuatro de la mañana?! —gritó ella, señalándose el reloj de forma exagerada.

—Tranquilízate, Cris.

—¿Y por qué demonios no te has llevado el móvil?

Era obvio que mi tardanza la había asustado.

—Vaya, lo siento…, no pensaba llegar tan tarde…, es que me he entretenido.

Se sentó en el sofá y apoyó la cabeza en el respaldo. Suspiró y a continuación me miró con el gesto aún contraído por la preocupación.

—Raúl ha ido al piso de Héctor, como no cogías el móvil y tampoco estabas en casa pensábamos que podías estar con él.

—¿Qué? No, claro que no…

—Pues deben estar muy entretenidos charlando, porque he llamado a Raúl y me ha dicho que se quedaría con él. Le ha contado que habéis discutido otra vez. ¿Qué ha pasado?

—Sí…, bueno…, no tengo ganas de hablar de Héctor, me voy a la cama.

Cristina me conocía lo suficiente para saber que realmente no tenía ganas de hablar, así que no me insistió.

—Bien, voy a llamar a Raúl, le diré que ya has llegado. Y hazme un favor… —Me detuve antes de entrar en la ducha y la miré—: Corre por las mañanas, por favor.

—Está bien…

Esa noche fue verdaderamente horrible. Era la primera en la que tuve que aceptar que, irremediablemente, lo mío con Héctor se había acabado. Y, obviamente, fue una noche nefasta para mí. Estaba harta de sentir pena de mí misma. Lo que se suponía que iba a ser un verano de diversión y juergas de solteras, se estaba convirtiendo en un auténtico infierno. Me dormí dando puñetazos en mi almohada y deseando poder borrar de mi mente la imagen de Héctor rodeándome con sus brazos. Pero mucho me temía que no me resultaría nada fácil.

Al día siguiente me desperté después de Cristina, cosa que, últimamente, no era muy habitual debido a lo mucho que ella dormía desde que estaba embarazada.

Estaba en la cocina, arreglada, me preguntó si quería café y asentí antes de entrar en el baño. En cuanto me miré en el espejo me fijé que el moratón había mejorado bastante. Aún se veía, pero con el maquillaje ya casi podría disimularlo por completo, aunque mi aspecto era lamentable. Estaba ojerosa y llevaba varios días sin ir a la playa, con lo cual el color de mi piel pasaba de bronceado a amarillento. En fin, horrible. Pondría remedio hoy mismo a ese desastre. Además, la playa me sentaría de maravilla. Siempre había sido el remedio para todas mis frustraciones.

Salí del baño y me senté en la banqueta alta de la cocina, frente a Cristina. Ella me acercó el café y una tostada, pero rechacé la tostada.

—¿Vas a contarme qué pasó anoche con Héctor?

—Me fui a correr y cuando venía para casa lo vi en la puerta de su edificio con Patricia. Los dos sonrientes y abrazándose para despedirse.

—¿En serio? Qué pesada esa tía. ¿Pero no está casada?

—Ella me da igual, Cris, pero él… No lo entiendo, me dijo que no tenía nada con esa mujer y ayer la veo saliendo de su casa a las tantas.

—Ya, pero, bueno, y él ¿qué te dice?

—Pues que no tiene nada con ella, que es su amiga… ¡Y una mierda!

Ella me escuchaba de pie en la cocina, metió su taza en la pila y luego miró el reloj.

—Tengo que irme, mi cita en el ginecólogo es a las once y media.

—¿Te acompaño?

—No, no hace falta, Raúl viene conmigo, he quedado con él abajo. Pero te aseguro que averiguaré que se trae entre manos Héctor con esa mujer.

—Me da igual, Cris, no quiero que le digas nada, ya paso de él.

—Raúl ha pasado la noche en casa de Héctor y por lo que me dijo anoche por teléfono, Héctor estaba muy afectado.

—Si…, bueno, ya se le pasará. Y si no que llame a su amiguita para que lo consuele —dije malhumorada.

Ella fue al salón, cogió su bolso que colgaba de una de las sillas y luego se acercó a darme un beso.

—No tardaré mucho. Comeremos contigo hoy, ¿vale?

—No, tranquila, hoy quiero bajar a la playa.

—Vaya, a mí me encantaría, pero Raúl no puede con la pierna, aunque igual luego me bajo yo un rato contigo.

—Perfecto. Pues estaré aquí abajo, donde siempre.

Me fui a la playa con el único propósito de dorarme como si fuera un pollo. Me llevé un libro y me enfrasqué en su historia. El día estaba espléndido y a pesar de que la imagen de Héctor y Patricia asaltaba constantemente mis pensamientos, darme unos baños me hizo mucho bien.

Estaba tumbada boca abajo y leyendo absorta cuando oí mi móvil. Era un mensaje. Lo saqué de la cesta y el corazón se me aceleró solo de pensar que podría ser Héctor. Pero en cuanto lo abrí, mi esperanza se desvaneció y, aunque sabía que no debía sentirme así, no pude evitar una terrible decepción. No obstante, el mensaje atrajo mi atención. Era de Fernando:

Mi oferta de llevarte a Sevilla mañana sigue en pie.

Vaya, pues era una oferta bastante tentadora, ahora que lo pensaba. Al fin y al cabo, mi historia con Héctor había llegado a su fin y Fernando era la segunda mejor opción. Estaba convencida de que en cuanto consiguiera sacarme a Héctor de la cabeza, podría gustarme Fernando. El problema era que… ¿cuándo conseguiría sacarme a Héctor de la cabeza?

Contesté a Fernando sin pensar demasiado en las consecuencias:

Está bien, me voy contigo.

Se acabó, ya lo había dicho. Me importaba un comino si Héctor me veía llegar con Fernando a su bar. Al fin y al cabo, él, probablemente, estaría muy ocupado con la mujer de su socio.

En ese instante el teléfono empezó a sonar en mis manos, era él: Fernando.

—Hola —contesté de inmediato.

—Hola, preciosa. Entonces, ¿te vienes conmigo, no? —Su voz sonaba a satisfacción.

—Pues sí, si no es mucha molestia —le dije sonriendo.

—Es un verdadero placer —aseveró él con la voz seria.

Se hizo un silencio acompañado de unas risitas por mi parte y a continuación él añadió:

—Raúl me ha llamado esta mañana y me ha dicho que la fiesta comenzará a las diez. Dice que quiere que estén todos allí antes de que ellos lleguen, así que ha insistido mucho en que estemos a las nueve y media. ¿Qué te parece si te recojo sobre las ocho y cuarto?

—Me parece perfecto.

—¿Qué planes tienes? ¿Volverás luego conmigo o te quedas allí con tu hermana?

—No, me volveré contigo.

—Bien, pues nos vemos mañana entonces.

—Sí, nos vemos mañana.

—Carolina —dijo él antes de colgar.

—¿Sí?

—Estoy loco por volver a verte.

¡Ups!, ¿qué podía decirle? ¿Sentía yo lo mismo? No, la verdad es que no me moría por verle, y si era del todo sincera pensaba utilizarle para quitarme a Héctor de la cabeza de una vez por todas.

—Yo también tengo ganas de verte, Fernando —respondí con cierta inseguridad.

Colgué el teléfono y me tumbé boca arriba, suspiré y cerré los ojos. Mi intención era coger un poco de bronceado a ver si de esa manera podía disimular lo jodida que estaba.

Me quedé dormida en la playa y el insoportable calor me despertó. Al final, Cristina no había bajado, volví a mirar el móvil y me había llamado. Me di el último baño y mientras me secaba llamé a mi hermana. Al parecer se iba a Sevilla con Raúl. Él le había dicho que quería pasar el fin de semana allí y celebrar el cumple con sus padres. Intentó convencerme para que fuera con ellos, por supuesto no tenía ni idea de la fiesta que Raúl le estaba preparando para el día siguiente. Así que tuve que decirle que había quedado con María y que ya había hecho planes. Su voz sonó a decepción y, aunque me dio un poco de pena, disimulé todo lo que pude.

Antes de colgar, le pregunté qué tal había ido la visita al médico y ella me dijo que pudieron oír los latidos del corazón al bebé. Por primera vez en ese tiempo, la sentí realmente ilusionada. Sin embargo, no pude evitar pensar en que Raúl no era el padre de esa criatura. Y lo que era aún peor, ¿qué pasaría si, finalmente, lo descubría? ¿Viviría ella toda la vida con ese absurdo secreto?

Abrí la puerta de casa, solté mi cesta en la entrada y me dirigí al baño, pero al pasar por delante de la mesa del salón, vi sobre ella la bolsa que le había devuelto la noche anterior a Héctor. ¿Qué demonios hacía allí? De buena gana la hubiera tirado por la ventana, así que llamé a Cristina.

—¿Sí?

—Cris, ¿quién ha traído esta bolsa?

—Ah, sí, la bolsa. Ha sido Raúl, dice que Héctor le ha dicho que eso es tuyo.

—No, no es mío, se lo devolví anoche. No entiendo por qué tu novio ha tenido que traerlo de nuevo.

—¿Por qué se lo has devuelto? Es un vestido precioso. Además, deberías sacarlo de la bolsa antes de que se arrugue.

—¡No lo quiero! ¿Por qué demonios lo ha traído otra vez?

—¡¡Ehhh!! Tranquila, espera, pregúntaselo tú misma, está aquí conmigo.

Mierda. Mi hermana, definitivamente, era idiota.

—¿Qué pasa, Carol? —dijo él con la voz calmada.

—Raúl, ¿por qué has traído esa bolsa? No quiero todo eso. Se lo dejé bien clarito a Héctor.

—Carol, no te enfades conmigo. No me dijo nada, solo me comentó que era tuyo y que te lo devolviera.

Me quedé en silencio y respiré intentando calmarme. Estaba segura de que Raúl sentía mi malestar tras el teléfono.

—Héctor parecía muy afectado anoche, Carolina. Creo que deberías concederle el beneficio de la duda.

—No tengo ninguna duda, Raúl. Prefiero guiarme por lo que ven mis propios ojos.

Otra vez silencio.

—Carol, le he contado lo que te pasó.

—¿Qué? ¿Por qué?

—Me preguntó varias veces qué te había pasado en la cara. No puedo ocultarle algo así, Héctor es mi amigo. Está enamorado de ti y creo que tiene que saberlo.

¿Enamorado? Si hubiera estado enamorado de mí, habría borrado a esa mujer de nuestras vidas hace ya algún tiempo.

—Está bien, me da igual, Raúl.

—Carolina, se puso como un loco. Tuve que quedarme con él en su casa y detenerlo, quería ir a buscar a su hermano a las tantas de la madrugada. Decía que él tenía la culpa de todo lo ocurrido.

¡Oh, Dios mío!, me dejé caer, agotada, en el sofá y me froté la frente con la mano.

—Pues dile de mi parte que no tiene nada de qué preocuparse. Estoy perfectamente y ese tipejo ya está entre rejas.

—Sinceramente, no creo que vaya a dejar pasar esto. Según él, su hermano es el culpable de que el psicópata de su amigo intentara violarte.

—Pues se equivoca. No puede culpar a Rafa. Cada uno es responsable de sus propios actos. Y que yo sepa, no era Rafa el que estuvo aquí esa noche.

—Ya, Carol, pero creo que se sentía tan mal por no haber estado contigo que tenía la necesidad de culpar a alguien.

—Sí, pues entonces quizás debería preguntarse por qué no estaba conmigo y tal vez encuentre… Mira, da igual, déjalo.

Suspiré y me puse en pie. Sabía que la ira que sentía en esos momentos no hacía otra cosa nada más que hacerme pensar en tonterías.

—Venga, Carolina, no creo que sea para tanto. Estoy convencido de que Héctor no siente nada por esa mujer.

—Me da igual lo que sienta, Raúl. Jamás debí liarme con él. Sabía que era un error desde el principio.

—Oh, vamos, no puedes decir eso.

Cogí la bolsa y la llevé al cuarto de Cristina, tan solo quería perderla de vista, no sé por qué, pero no me sentía con fuerzas suficientes para lanzarla por la ventana. Sobre todo, teniendo en cuenta que tiraría una suma considerable de dinero.

—Vale, Raúl, dejémoslo estar.

—¿Estás bien?

—Sí, sí. Venga, no preocuparos. Mañana os veo.

—De acuerdo. Espera, te paso con tu hermana.

—Carol, si me necesitas llámame. Y si cambias de opinión puedes venirte a pasar el fin de semana con nosotros a Sevilla.

—Os lo agradezco, de veras, pero es que María ya cuenta conmigo para salir hoy y mañana —le dije, mintiéndole despiadadamente.

—Bien, como quieras.

—Te llamo mañana para felicitarte y ya el lunes te doy tu regalo.

—Mi mejor regalo sería que vinieras mañana a pasar el día con nosotros —comentó ella pesarosa.

—Cris, cariño, ya te lo he dicho, he quedado.

—Está bien, está bien…

—Venga, hablamos mañana.

—Vale. Un beso.

—Un beso. Te quiero.

Colgó el teléfono y sonreí al imaginar la sorpresa que se llevaría al día siguiente cuando nos viera a todos en la fiesta. Pero la sonrisa se esfumó de mis labios solo de pensar en encontrarme de nuevo con Héctor. Aunque, de todas maneras, tendría que acostumbrarme a situaciones como esa, porque al parecer la relación de mi hermana con Raúl iba viento en popa, y Héctor y mi cuñado eran inseparables. Así que más me valía ir haciéndome a la idea de que, de ahora en adelante, me tropezaría con él en un montón de acontecimientos y eventos.

Eran casi las cinco de la tarde y aún no había comido, me duché y me preparé un sándwich, rápido. Me lo zampé viendo la tele y zapeando un poco. Llamé a María para saber cuáles serían sus planes, pero me sorprendió que no quisiera hacer nada. Estuve hablando con ella bastante rato e incluso le conté todo lo que me había sucedido con Héctor la noche anterior, pero ella parecía ausente. Insistí en que nos viéramos, pero me puso la excusa de que había quedado con una de sus hermanas, aunque intuí que no era cierto. Creo que estaba evitándome porque sabía que al final tendría que contarme *eso* que la tenía tan preocupada. A pesar de que me escuchó todo el tiempo y me dio muchos de sus valiosos consejos, yo sentía que no era ella. Últimamente, había algo que la tenía absolutamente absorbida y cada minuto que pasaba mi curiosidad iba en aumento.

—Necesito saber qué estás haciendo con mi amiga María y quién eres tú que te haces pasar por ella —le dije con sarcasmo.

La oí sonreír al otro lado del teléfono.

—No digas tonterías. Sigo siendo la misma, es solo que últimamente no estoy de humor.

—Por cierto —añadió ella, cambiándome de tema—, esta mañana ha vuelto a la oficina ese tipo, el que vino el otro día con esa mujer, Patricia, ¿no?

—¿Mario Márquez? —pregunté.

—Sí, el mismo. Es cierto, me dijo su nombre al llegar. Pues hoy ha venido pero él solito. Se han llevado en el despacho, Felipe, Emilio y él casi dos horas. Al final se ha largado con un careto que le llegaba al suelo.

—¿Sí? —¡Uff!, ese tema cada vez me intrigaba más.

—Sí, no tengo ni idea de qué va todo, Emilio no suelta prenda.

—La verdad es que ya me importa un comino.

—Pero ¿de verdad crees que Héctor y Patricia están liados todavía?

—No tengo ni idea, lo único que sé es que no voy a pasar por alto el hecho de que anoche saliera de su casa a las tantas. Tengo que quitármelo de la cabeza como sea, María.

—Ay, cariño, lo siento tanto. Me gustaría que todo te fuera bien con él…

—Sí, y a mí. Pero esto es lo que hay.

—Bueno, nena, siento no poder quedar contigo hoy. Pero ya le había dicho a mi hermana que cenaría en su casa.

—No te preocupes, igual luego salgo a correr un poco. Además, mañana me quiero levantar tempranito para ir a la peluquería. Por la tarde me marcho a Sevilla a la fiesta sorpresa que Raúl le ha preparado a mi hermana.

—Ah, que bien, ¿no? —me confortó ella.

—Sí, muy bien, si no fuera porque es en el bar de Héctor y seguramente me encuentre allí con él y su queridísima amiguita.

—¿En serio?

—Sí, mi cuñado lleva todo el verano en el chalet de Roche, y justo ahora se le ocurre hacer la fiesta sorpresa de Cristina en el bar de su amiguito en vez de en el chalet. Según él, ha sido idea de su padre.

—Pues si es así, ponte tu mejor vestido y demuéstrale a ese idiota lo que se pierde.

—Vendrá a recogerme Fernando, el traumatólogo. Me iré con él en su coche.

—Guauuu, genial, cariño. —Imaginé su cara diciendo esas palabras—. Me encantaría ir contigo y ver la cara a Héctor cuando te vea llegar con el doctorcito. —Y soltó una carcajada maliciosa.

—No sé… Me preocupa que Fernando se confunda y piense que hay algo más entre nosotros. Me cae muy bien y no quiero hacerle daño.

No quería crearle falsas expectativas a Fernando, pero por otro lado, me apetecía muchísimo demostrarle a Héctor que no iba llorando por las esquinas por su culpa.

—Deja de pensar en los demás, Carolina, y ocúpate de ti misma. Fernando ya es mayorcito. Mañana ve a esa fiesta y diviértete. Que les den a Héctor y a su amiguita.

Menos mal que aún quedaba algo de mi amiga María tras esa voz.

—De acuerdo —respondí casi en un susurro.

—¿Y luego qué harás, dormirás en Sevilla, o piensas volver cuando acabe la fiesta?

—Fernando me traerá de vuelta.

—Muy bien. Disfruta muchísimo, ya me contarás qué tal te ha ido todo.

—Te lo contaré siempre y cuando tú me digas qué te tiene tan lejana últimamente.

Se quedó en silencio y la oí suspirar.

—Hablaremos, te lo prometo, es solo que necesito un tiempo para mí.

—Si es solo eso entonces esperaré. Pero dile a mi amiga María que vuelva pronto. La quiero al ciento por ciento.

Oí su leve risa.

—Gracias, cielo.

Quizás era algún problema familiar eso que tanto la preocupaba, o tal vez fuera un romance. La cuestión era que necesitaba saberlo cuanto antes para poder ayudarla, si es que estaba en mi mano. Lo último que quería hacer era presionarla para que me lo contase. Estaba convencida de que María, finalmente, se abriría a mí y terminaría confesándome eso que tanto la angustiaba.

Dejé el teléfono sobre la mesa y me recosté en el sofá. El sol esa mañana me había dejado agotada y la digestión del sándwich me empezaba a causar un sueño repentino. Agarré el mando, sin fuerzas, y cambié de canal un montón de veces, pero sentía los párpados pesados y el cuerpo laxo. Me rendí a los deseos de Morfeo y dormí en el sofá durante un buen rato.

Una horrorosa pesadilla se coló en mi siesta y me desperté sobresaltada, con la imagen de ese tipejo de Leo sobre mí. Presionándome y arrancándome la camiseta. Exactamente tal y como había sucedido.

Me levanté de un salto, pero de repente sentí un latigazo en mis cuádriceps.

¡Mierda, tenía agujetas!

Unas agujetas espantosas que irían en aumento a no ser que hiciera más ejercicio. Así que decidí que lo mejor sería ponerme unas mallas y mis deportivas y salir a correr de nuevo. De todas maneras, airearme sería lo mejor para borrar de mi mente las turbadoras imágenes que de vez en cuando oprimían mis entrañas. Esas mismas de las que me negaba a hablar y que a mitad de la noche me asaltaban y atormentaban. Aquellas que intentaba sustituir por pensamientos amables. El problema era que cuando quería pensar en algo agradable, la imagen de Héctor aparecía como un proverbio, y era entonces cuando, realmente, me daba cuenta de lo jodida que estaba.

Capítulo 36

«Estoy buscando un lugar.
Buscando una cara.
¿Hay alguien aquí que yo conozca?
Porque nada está saliendo bien.
Y todo es un lío.
Y a nadie le gusta estar solo».

I'm With You - Avril Lavigne

Serían aproximadamente las ocho y media de la tarde cuando salí del ascensor y me encaminé hacia el exterior de mi edificio, dispuesta a practicar un poco de ejercicio. Estaba segura de que después de una moderada carrera, me encontraría mejor física y psíquicamente. Era de las pocas cosas que tenía que agradecerle a Rafa, él había sido el que me había iniciado en esa saludable actividad.

Antes de salir me apoyé en la barandilla de mi casapuerta y estiré los cuádriceps y los gemelos. Tenía que distender un poco los músculos si no quería pasar el fin de semana arrastrándome a consecuencia de las agujetas.

Sujeté el tobillo y lo llevé con cuidado a mi glúteo. Al sentir la tensión en el muslo me quejé en silencio. Repetí la misma acción con la otra pierna, pero justo cuando iba a empezar a calentar los gemelos, la presencia de alguien me distrajo. Una mujer de estatura media, presionaba el telefonillo. Mi telefonillo. No estaba del todo segura de que fuera ella, pero entonces me acerqué a la puerta y la abrí. Ella se giró de inmediato.

—Julia… ¿Qué haces aquí? —La madre de Héctor y Rafa se encontraba ante mí. Me miraba con una expresión difícil de descifrar. Mi cuerpo se puso en alerta de inmediato y mis músculos recuperaron la tensión que hacía unos segundos habían intentado descargar.

—Hola, Carolina. He venido a hablar contigo. ¿Tienes unos minutos?

Estaba seria y era evidente que muy preocupada.

—Claro, ¿quieres que subamos a mi casa?

—No hace falta, te invito a un refresco allí mismo —comentó ella, señalando la terraza de un bar que había al otro lado de la calle.

—De acuerdo.

Cruzamos en silencio. No tenía ni idea de qué demonios querría hablar Julia conmigo. La última vez que me había tropezado con ella fue en el supermercado y solo hacía un par de meses que lo había dejado con Rafa.

—Verás, Carolina, no sé qué está sucediendo últimamente entre Héctor y tú, pero esto es muy difícil para nosotros —dijo ella una vez que estábamos acomodadas en la mesa de aquella terraza y esperábamos a que el camarero nos trajera las consumiciones—. No tenía ni idea de lo que te había sucedido, hasta que Héctor apareció esta mañana por mi casa como un loco. Me ha contado lo que te ha hecho ese amigo de Rafa, pero como comprenderás estoy muy confundida.

—Julia, yo… no pretendo ocasionar problemas en tu familia. Esto es muy embarazoso para mí —murmuré con la voz entrecortada.

—Esta mañana Pablo y yo tuvimos que detener a Héctor. Se ha presentado en casa diciendo que ese chico, Leo, ha intentado violarte y que Rafa tiene la culpa. Se abalanzó sobre su hermano y si no llega a ser por Pablo…, se hubieran matado. —La mujer tenía los ojos llorosos y le temblaba el pulso—. Necesito saber toda la historia, Carolina. Estoy hecha un lío. Hace poco, Héctor me contó que él y tú…, bueno, ya sabes, que estabais juntos. Y ahora esto. ¿Qué está pasando, hija?

Me quedé un buen rato observándola sin saber qué decir. En fin, la historia era bastante complicada y resumírsela no sería nada fácil, pero ella merecía una explicación.

—Julia, Rafa y yo terminamos hace varios meses y lo de Héctor, puedo asegurarte que surgió después, yo no lo planeé ni él tampoco. Me lo encontré de casualidad una noche, y mi hermana y un amigo de Héctor empezaron a salir. Y luego, bueno, él y yo empezamos a atraernos. Al principio intenté evitarlo, por Rafa y por vosotros, pero me enamoré de él… —Esa mujer se merecía toda mi sinceridad, siempre me había tratado como una más de su familia—. Pensé que, tal vez, sería solo un capricho, pero no ha sido así.

Ella me escuchaba con atención, así que continué.

—Luego, Rafa se enteró de lo nuestro y se puso muy furioso. Sé que todo esto no ha hecho más que aumentar la animadversión que sienten el uno por el otro, pero puedo asegurarte que para nada ha sido esa mi intención.

—Rafa dice que solo estás con Héctor para hacerle daño. Que lo estás utilizando para vengarte de él.

Fui a responderle de inmediato, pero el camarero apareció con nuestros refrescos y las dejó sobre la mesa.

—Eso no es cierto, Julia. Me gusta mucho Héctor —repliqué cuando se hubo alejado.

—Y si es así, ¿por qué Rafa tiene en su móvil un video en el que tú te besas con otro chico?

Ese comentario me dejó absolutamente abatida. El muy capullo de Rafa se lo había enseñado a Héctor, debí imaginarlo.

—Verás, Carolina. No me opongo para nada a que Héctor y tú estéis juntos. Siempre he sabido que a él le gustabas. Una madre se da cuenta de esas cosas.

¿Ah, sí? ¿Que siempre le había gustado a Héctor? No era posible…

—Pero, cielo, luego Rafa dice que lo de su amigo es solo culpa tuya, que has intentado liarte también con ese Leo y que tú le provocaste. Y para colmo me enseña ese video en el que estás con otro. Entenderás que la historia es muy confusa.

Apoyé los codos sobre la mesa y me llevé las manos a las sienes. El muy hijo de puta de Rafa había montado toda la trama para dejarme a mí como la mala de la película, y lo cierto era que le estaba quedando de maravilla.

—Julia, sabes que yo no soy así.

—Por eso estoy aquí, hija, quiero que me cuentes qué está sucediendo y quiero saberlo todo.

Así que tomé aire y le expliqué a su madre la verdadera y única historia.. Le detallé, uno por uno, los acosos a los que me había sometido Rafa y le conté mi aventura con Héctor y lo que sentía por él. Por supuesto, no me salté lo de Patricia y el desagradable episodio de Leo. Incluso le hablé de Fernando y de ese beso. Le conté cómo había ocurrido todo y le confesé la verdadera razón por la que no conseguía ver a Fernando como algo más. Estuvimos charlando más de una hora.

—Conozco perfectamente a mis dos hijos, Carolina. Y, aunque los amo con locura, sé que son completamente diferentes. Rafa es un chico muy difícil, tremendamente egoísta y siempre he sido consciente de que no te merecía. Sin embargo, Héctor tiene muy buen corazón, aunque es terriblemente orgulloso. Desde la primera vez que apareciste en mi casa, siendo una chiquilla, del brazo de Rafa, he sabido que Héctor se sentía atraído por ti. Es algo que Pablo y yo hemos hablado en un montón de ocasiones. A pesar de que Héctor te saca algunos años, vuestros caracteres sí que son más compatibles. Siempre he observado cómo te miraba, así que no me cogió de sorpresa que después de tu ruptura con Rafa, Héctor se acercara a ti.

Estaba tan asombrada que me costaba articular las palabras.

—Pero yo nunca me di cuenta de eso, jamás pensé que a Héctor le interesara yo.

—Sí, hija, sí. Tal vez tú no fueras consciente, pero yo sí lo vi. Lo que pasa es que, luego, Héctor se marchó a estudiar a Madrid y empezó a salir con esa chica. Y supuse que se habría olvidado de ti.

—¿Pero Rafa sabía todo eso?

—No, para nada. Rafa jamás se habría dado cuenta de algo así, es tan egoísta que él nada más que se mira a sí mismo. Me da una pena inmensa tener que admitirlo, pero Rafa no quiere a nadie que no sea a él.

Desde luego Julia conocía a sus hijos a la perfección.

—Cuando Rafa y tú rompisteis supuse que era una más de vuestras peleas, pero luego empezó a pasar el tiempo y consideré que tal vez sería definitivo. Entonces, Héctor, uno de esos días, vino a casa y se lo conté. Le dije que Rafa y tú ya no estabais juntos y que, seguramente, era para siempre.

»Quería verle la cara, necesitaba saber si aún estaba interesado en ti. Carolina, sé que lo ha intentado, se ha alejado de nosotros, de su hermano y de ti. Yo misma se lo pedí. Siempre le decía que mientras vosotros dos estuvieseis juntos, él tenía que respetar que eras la novia de su hermano. Y así lo hizo. Pero, cuando le conté que ya lo vuestro había terminado, me dijo que en el momento que tuviera una oportunidad se acercaría a ti.

Todas esas confesiones me estaban dejando atónita. ¿Cómo había estado tan ciega? ¿Qué clase de estúpida no se habría fijado en un hombre como él?

—Todo esto es…, no sé, Julia…

—Ya, cariño, supongo que no podrías imaginarlo, además, en aquel entonces tú estabas enamorada de Rafa.

—Verás, siempre he sido consciente de que Héctor era un chico tremendamente guapo, pero nunca se me pasó por la cabeza que estuviera interesado en mí. Pensé que era amable conmigo por ser la novia de su hermano.

—Pues ya ves, no era así.

—¿Y esa es la razón por la que se odian tanto? No puede ser, que yo sepa ya se llevaban mal antes de que Rafa y yo nos conociéramos.

—No, esa no es la razón. De hecho, como ya te he dicho, Rafa nunca imaginó que Héctor estuviera interesado en ti.

Eso era cierto, recuerdo perfectamente la cara que puso Rafa el día que nos encontró juntos en la hamburguesería, y sé que eso fue una auténtica sorpresa para él.

—Entonces, ¿por qué se llevan tan mal?

Ella dio un sorbo a su Coca-Cola y la dejó sobre la mesa. Su cara seguía mostrando ese gesto contraído de preocupación. Ahora que la miraba, tenía los mismísimos ojos de Héctor.

—No sé si sabes que Héctor solo vive con un riñón.

—Sí, lo sé —contesté.

—Es algo de lo que no le gusta hablar mucho.

—También lo sé.

—Nació con una enfermedad renal y de pequeño tuvieron que operarle y quitárselo. Los médicos nos dijeron que sobreviviría perfectamente con un riñón, pero que tendría que llevar una vida saludable. Algo de lo que siempre hemos estado muy pendientes su padre y yo. Una simple infección para él podía complicarse un poco más. Quizás, Pablo y yo hemos sido muy sobreprotectores con él, aunque creo que cualquier padre hubiera hecho lo mismo. Pero luego llegó Rafa. Y lo cierto es que desde que eran unos niños siempre han tenido sus diferencias.

»El problema llegó en la adolescencia de Rafa. Fue un chico bastante problemático e inestable, y ya Héctor era lo suficientemente mayor para darse cuenta de que su comportamiento no era el más adecuado. Rafa siempre fue un chico muy rebelde y desobediente y eso a Héctor nunca le gustó, por lo que los enfrentamientos entre ellos eran constantes. Pero cuando Héctor cumplió los veinticinco años tuvo una infección en el riñón bastante grave. Estuvo ingresado varios meses y los médicos le pusieron un tratamiento muy agresivo. Pudieron cortar la infección, pero a pesar de eso tenían que ser cautelosos y asegurarse de que en el caso de que la infección volviera a aparecer y dañara seriamente el riñón, pudiera contar con un donante.

»Por lo tanto, Pablo y yo nos hicimos todas las pruebas pertinentes. Sin embargo, como ya sabes, yo soy diabética y mi marido tiene cardiopatía, por lo que fuimos descartados como donantes, así que el único compatible en sangre con Héctor… imagina quién era.

—Rafa —contesté secamente.

Me daba tanto asco pensar en lo que estaba a punto de decirme Julia, que me aseguré de que estaba bien sentada y no podría caerme.

—Así es, hija. Rafa era la única persona compatible en sangre con Héctor y cuando le comenté que tenía que hacerse las pruebas para estar preparados en el caso de que tuviera que donar un riñón a su hermano, me contestó simple y claramente que no. Se negó rotundamente a hacerse las pruebas.

No podía creerme lo que me estaba contando Julia. Sabía que Rafa era un ser despreciable, pero esto iba más allá de todo lo que yo conocía de él.

—Se negó, Carolina —murmuró ella con los ojos llenos de lágrimas—. En aquel entonces Rafa tenía diecisiete años, ya no era un niño pequeño. Al principio pensé que tal vez la inmadurez habría influido en esa decisión, pero con el paso del tiempo comprendí que él, simplemente, es así. Sería capaz de dejar morir a su hermano antes que donarle un riñón.

Tomó aire antes de continuar hablando, y yo tuve que tragar saliva con fuerza para asimilar lo que me estaba contando.

—Y es hijo mío, Carolina. No me queda más remedio que aceptar esa difícil verdad. Ambos son hijos míos, aunque completamente diferentes.

—Pero ¿Héctor sabe que él se negó?

—Claro que lo sabe. Y a pesar de todo, cuando tú apareciste, se negó a admitir lo que sentía por ti. Yo sabía de sobra que le gustabas y, sin embargo, él nunca intentó nada. Evitaba venir a casa para encontrarse con él y contigo.

—¿Me evitaba?

—Sí, Carolina.

Todo ese enrevesado nudo de confesiones me había provocado una multitud de sentimientos enfrentados.

Por un lado, el saber que Héctor siempre había estado interesado en mí me dejó realmente sobrecogida. Y por otro, saber que me había pasado tanto tiempo con una persona como Rafa, me hacía sentir estúpida y vacía.

Y para colmo, le hice creer a Héctor que aún amaba a su hermano. ¡Oh, Dios mío!, si hubiera sabido todo eso antes, mi relación con Héctor habría sido muy distinta.

—Y qué hay de su problema, ¿está bien? —En esos momentos lo que más me interesaba era que Héctor estuviera completamente sano.

—Sí, cariño, Héctor está perfectamente, desde aquella infección no ha vuelto a tener más problemas. De hecho, los médicos, en aquel entonces, solo querían tomar medidas de seguridad para saber que podrían contar con un donante en un caso extremo. Pero ya ves. Esa fue la decisión de Rafa.

Se tocó el pelo y se apoyó en el respaldo de la silla.

—Durante un tiempo estuve muy enfadada con él, y Pablo también, pero al fin y al cabo no podíamos obligarlo. Los médicos nos advirtieron que esa tendría que ser una decisión absolutamente consentida. Como padres no podíamos hacer nada. Salvo aceptar que Héctor y Rafa se despreciarían de por vida.

—Lo siento, Julia. —No sabía qué decir.

—Por eso cuando Héctor me contó lo vuestro, no me pareció tan grave. Pensarás que estoy haciendo de celestina, pero si te digo la verdad, no me importa. Quiero mucho a mis dos hijos y daría la vida por cualquiera de los dos, pero también sé perfectamente cómo son, y en este caso, si tengo que decirte cuál de los dos te conviene más, sin ninguna duda te digo que Héctor.

Me miré las manos y luego volví a fijar la vista en sus ojos.

—Lo sé, Julia, estoy convencida de que Héctor es una maravillosa persona. Pero la cuestión es que no confío en él. Sé que entre él y esa mujer hay una extraña conexión y, si te digo la verdad, me gusta demasiado para pasarme la vida torturándome. Además es la mujer de su socio y nunca aceptaré que se vea con ella en el trabajo como si tal cosa. Eso me destrozaría.

—¿Y por qué no se lo dices?

—¿Que le diga el qué? ¿Que no puede volver a trabajar con ella? ¿Que no quiero que vuelva a verla? Eso es imposible. Tienen un negocio en común. Y encima él dice que ella es su amiga.

—Estoy segura de que si hablas con él y le explicas lo que supone para ti el que él siga viendo a esa mujer, lo arreglará. Héctor te quiere, Carolina. Me lo ha dicho. Tendrías que haberle visto la cara cuando Rafa le enseñó el video en el que estabas con ese otro chico.

Imaginarle loco de celos me encendía por dentro, pero provocarle dolor, eso, me hacía sentirme fatal. Por supuesto no quería que me hubiese visto besando a Fernando. A pesar de todo, no quería causarle ningún daño.

—Entre Fernando y yo no hay nada. Solo somos amigos —articulé con la poca voz que fui capaz de arrancar de mi garganta. Me sentía extremadamente ridícula, allí sentada, dándole un montón de explicaciones a la madre de Héctor.

—Está bien, cariño, pero eso tendrás que decírselo tú misma, si se entera de que he venido a hablar contigo me matará —dijo ella, poniendo los ojos en blanco—. Ahora solo quiero pedirte un favor, Carolina.

—Claro, dime.

—Quiero que, por favor, convenzas a Héctor de que Rafa no tuvo nada que ver en lo que te hizo su amigo. Se odian ya muchísimo y esto no ha hecho más que empeorar la situación.

—Pero… Julia…

Ella me sujetó la mano y me pidió, desesperada:

—Por favor, Carolina, no me opongo para nada a que tú y Héctor seáis felices, tan solo quiero evitar que un día de estos ellos dos se maten.

Entendía perfectamente la postura de Julia, pero ¿qué podía hacer yo al respecto?

—Prométeme que hablarás con Héctor. Intenta calmarlo. Estaba muy angustiado, todo lo que te ha sucedido y encima el verte en ese video besando a otro… Me temo que ha pagado toda su furia con su hermano.

Yo no quería hablar con Héctor, de hecho, era lo último que me apetecía hacer, pero sabía que hasta que no le dijera a Julia que sí, no me dejaría marchar. Y tenía unas ganas tremendas de largarme de allí y ponerme a correr. Necesitaba soltar la adrenalina que se había acumulado en mis venas. Había sido demasiada información de golpe.

—Está bien, Julia, hablaré con él.

—Gracias, hija, llámalo, anda. Sé que hoy se ha marchado a Sevilla, pero llámalo y habla con él.

—No te preocupes, lo veré mañana allí. Hemos quedado en su bar. Su amigo Raúl le hará una fiesta sorpresa a mi hermana por su cumpleaños.

Cada vez que pensaba que al día siguiente lo vería…, me ponía a temblar.

—Ah, pues perfecto entonces. Piénsalo, Carolina, quizás haya una oportunidad para vosotros dos.

Me despedí de ella confusa y muy aturdida por todo lo que me había contado. Atravesé la avenida en dirección a la bahía y empecé a correr. Comencé a trotar a un ritmo moderado mientras escenas en casa de Julia aparecían en mi cabeza. Situaciones y momentos en los que nunca antes me había detenido a analizar.

Instantes en alguna cena navideña en la que mi mirada y la de Héctor se encontraban. Jamás imaginé que me miraba de aquella manera porque estuviera interesado en mí. Es más, siempre pensé que me consideraba una niña y no veía en mí más allá que un simple cariño fraternal. Recuerdo la de veces que habíamos fantaseado mi amiga Alicia y yo con él. La de veces que habíamos hablado de lo guapísimo que era, pero claro, por aquella época para nosotras él era bastante mayor y apenas se me pasó por la cabeza pensar que se sintiera atraído por mí. Desde luego, si lo hubiera sabido, hubieran cambiado muchísimo las cosas.

Y luego, la idea de que Rafa se hubiera negado a hacerse esas pruebas...

¡¿Cómo podía haberse negado a una cosa como esa?! ¿Qué clase de ser humano dejaría morir a su hermano?

Yo daría la vida por mi hermana si fuera necesario. Supuse que ese era el motivo por el que Héctor nunca quería hablar de Rafa. Era tan difícil aceptar que tu propio hermano estuviera dispuesto a dejarte morir...

Corrí hasta que los pulmones empezaron a fallarme y mis piernas se resintieron, agotadas y decidí volver a casa. Estaba segura de que después de una ducha podría dormirme sin problema, o al menos ese era mi propósito. Tan solo quería descansar sin pensar en nada más. Pero luego recordé que Fernando me recogería al día siguiente para irnos juntos a Sevilla y entonces tuve la tentación de llamarlo y decirle que no. No sabía qué excusa inventarme. El caso era que después de todo lo que Julia me había contado, no consideraba oportuno colarme en la fiesta con Fernando. Si aparecía con él, Héctor pensaría que estábamos juntos y por mucho que yo intentara engañarme aún me seguía importando demasiado lo que él pensara.

Una vez en la cama, seguía dándole vueltas en la cabeza a todo lo que me había contado Julia. Especialmente a la parte en la que Héctor me vio en el video besándome con Fernando. Según ella, a Héctor le había molestado muchísimo. No tenía ni idea cuál sería su reacción cuando me viera al día siguiente, así que decidí escribirle un mensaje e ir tanteando el terreno.

Serían aproximadamente las doce y media de la noche. La única luz que iluminaba mi habitación era la del flexo de mi mesilla. Me acomodé en los almohadones y con dedos temblorosos comencé a teclear.

Tenemos mucho de lo que hablar.

Dejé el móvil a un lado, esperando una respuesta que no sabía si llegaría o no. Al cabo de veinte minutos, cuando ya pensé que no me contestaría y mis ojos empezaban a cerrarse, oí el pitido de un mensaje.

Si tiene algo que ver con un video en el que te besas con otro, me parece que poco tenemos ya que hablar.

Abrí los ojos como platos, no me podía creer lo que acababa de leer. Tuve que sentarme en la cama y volver a leer al mensaje. ¿Cómo podía tener el morro de decirme eso? ¿Significaba eso que no quería hablar conmigo? Era así, ¿no?

Al parecer, lo que había visto en ese video le había dicho todo lo que necesitaba saber sobre mí. Pero entonces, si era verdad eso de que una imagen vale más que mil palabras, en ese caso, yo tendría que dejarme llevar por todo lo que había visto y no seguir torturándome con él. Estuve a punto de estrellar el móvil contra la pared. Estaba tan enfadada y frustrada que sabía que me costaría la misma vida volver a dormirme.

Miré el mensaje unas cientos de veces antes de decidir si volver a contestarle o no. No sabía qué diablos responderle. El muy hijo de su madre me había dejado sin palabras.

Agarré el móvil y tecleé con urgencia.

En ese caso, ahora ya estamos en paz.

Él contestó de inmediato.

Adiós, Carolina.

¡Arrgg!

Adiós, Héctor.

¿Cómo podía ser tan orgulloso después de todo? Era yo la que tenía que estar enfadada. Al fin y al cabo, mi beso con Fernando había sucedido en un período de tiempo en el que no estábamos juntos.

Sin embargo, él besó a Patricia, a esa zorra engreída, en una fiesta a la que «él» me había invitado. Y para colmo, luego, había estado con ella en su casa.

¡Oh, Dios mío!

Tenía ganas de ponerme a dar puñetazos. ¿Por qué había sido tan estúpida? ¿Por qué había decidido escribirle después de todo lo que me había pasado con él?

Era evidente que lo que me había contado su madre me confundió por completo. Pero esta vez se acabó, no me dejaría llevar ni una sola vez más. Y, por supuesto, sí que me iría con Fernando a Sevilla. Ya me importaba un comino lo que él pensara.

Dejé el móvil en la mesilla y apagué la luz. Eso sí, antes de dormirme di algunos puñetazos a la almohada.

Capítulo 37

«Si aún no te diste cuenta,
tú lo eras todo...».

Better In Time - Leona Lewis

Saqué el traje de la bolsa. Sabía que ponerme el vestido que él me había regalado para esa fiesta, era un auténtico desafío. Sobre todo si pensaba colarme del brazo de Fernando, pero después de probármelo no tuve ningún tipo de dudas. Ese color verde aguamarina me sentaba fenomenal. Era mío, ¿no? Yo se lo había devuelto, pero él insistió en que me lo quedara, por lo tanto, podía ponérmelo cuando me diera la gana. Y la lencería también.

Me duché, me pasé la cuchilla por las piernas y por muchos otros sitios y me embarré en crema hidratante. Me maquillé como nunca antes lo había hecho. Gracias a Dios, el morado de mi cara había desaparecido casi completamente.

En la peluquería me habían alisado el cabello y, finalmente, me puse perfume en las muñecas, en el cuello y en el escote. El resultado, aunque estuviera feo decirlo, fue fabuloso. Me sentía increíblemente sexy y, por ahora, era todo lo que necesitaba. Tenía la certeza de que, seguramente, me tropezaría con esa mujer en la fiesta, pero esta vez no pensaba sentirme en desventaja.

Agarré el regalo que le había comprado a Cristina y me dirigí al ascensor.

Fernando llegó puntual. En cuanto me vio salir del portal, a las ocho y cuarto, hizo un gesto exagerado que evidenciaba que le gustaba mi aspecto.

Él tampoco estaba nada mal. Llevaba una camisa negra y un pantalón oscuro de vestir. En fin, guapísimo.

El camino se me hizo muy ameno y divertido con su compañía. Hablamos de todo un poco, de su trabajo, del mío. Conforme me acercaba a Sevilla, empecé a notar que los nervios me iban a jugar una mala pasada. Un nudo se instaló en mi estómago cuando Fernando aparcó su coche en los alrededores del barrio de Santa Cruz. Nos bajamos y yo le indiqué dónde era el bar. Ya no me pareció tan buena idea aparecer con él. Pero evidentemente no había marcha atrás.

Eran las nueve y media, más o menos, cuando llegamos a la puerta del *Rodeo*. Cristina y Raúl aparecerían de un momento a otro. Teníamos que estar todos dentro para darle la sorpresa a Cristina. Con suerte, Héctor aún no habría llegado, pero en el mismísimo instante que Fernando me sujetaba la puerta para que accediera al interior, mi mirada y la de Héctor se encontraron.

Él permanecía charlando tranquilamente con Miguel, en un lado de la barra. Estaba impresionante con una camisa blanca, vaqueros oscuros y una americana. El pelo tan corto como de costumbre, y aquel aire de seguridad y autocontrol que convierten a hombres como él en irresistibles.

Observó, perfectamente, cómo Fernando ponía una mano en la parte baja de mi espalda y me guiaba con caballerosidad. Sus ojos fueron directos a la mano de Fernando y luego se clavaron de nuevo en mí. Su gesto se transformó de repente y la tensión entre él y yo voló por aquella sala. Aparté la mirada y me centré en saludar a todo el mundo. Él, por supuesto, me esquivó aunque, de todas maneras, yo pensaba ignorarle.

Había muchísima gente. No sabía que Raúl pensaba invitar a tantos amigos. Estaban los padres de Raúl y algunas parejas amigas suyas. También Raquel y Marta, no podían faltar. Se acercaron a mí cuando me vieron aparecer, y mi gran sorpresa fue ver a Emilio y a Felipe allí, eso sí que no me lo hubiera esperado. Saludé a las chicas y luego me acerqué a ellos. Fernando se detuvo con Miguel, que en cuanto lo vio corrió a saludarlo.

El local estaba diferente, era como si le hubiesen hecho algunas reformas. Habían cambiado los papeles pintados morados por tonos más claros y apetecibles. Y las mesas lucían otro tipo de mantelería. Eran pequeños detalles, pero ahora que lo veía así, me pareció un lugar más acogedor. Sin embargo, miré a mi alrededor, pero no había rastro de

Patricia ni de su marido. Cuando estuve delante de mis compañeros de trabajo les comenté risueña:

—Pero bueno, qué sorpresa, no esperaba veros aquí.

Ambos tomaban champán.

—Héctor nos invitó, quería que conociéramos el local —comentó Emilio.

Felipe me observaba de arriba abajo.

—Vaya, Carolina, estás increíble. Pareces una actriz de cine.

—Gracias, Felipe.

—Por cierto, ese amiguito tuyo, Héctor. Al final me he dado cuenta de que es un buen tío —aseveró Felipe.

—Ah, muy bien, me alegro de que ahora seáis amigos de él —le insté, dedicándole a Emilio una ojeada asesina.

Realmente me molestaba que, de repente, mi mejor amigo fuera más amigo de él que mío. ¿De qué demonios iba todo esto? ¿Acaso pretendía también robarme a mis amigos?

Emilio puso los ojos en blanco y sonrió. Pero, desde luego, a mí no me hacía ninguna gracia.

En ese momento Fernando se acercó a mí y les presenté a Felipe y a mi jefe. Mi amigo me miró y arrugó el ceño. Les expliqué que Fernando era el traumatólogo de Raúl, y mientras Felipe y Fernando charlaban, Emilio me interrogaba con la mirada. Me cogió del brazo y me condujo hasta la barra.

—Vamos a por una copa para Carolina —comentó antes de alejarme de Fernando.

—¿Qué es lo que ocurre entre Héctor y tú? ¿Por qué has venido a su local con otro tipo? Pensé que estabas enamorada de él.

—Bueno, en este caso, sería yo la que tengo que preguntar qué ocurre entre Héctor y tú, ¿no te parece? ¿A qué vienen tantos secretitos, Emilio? ¿Qué demonios te traes entre manos con él?

Emilio negó con la cabeza y luego le pidió a la camarera una copa de champán para mí.

—No te he contado nada de lo que ocurre porque fue él quien me dijo que hablaría contigo.

—Pues ya ves, Héctor y yo ya no tenemos nada de lo que hablar.

En ese instante, sentí una mano en la parte baja de mi espalda. Y la atención de Emilio se desvió a la persona que estaba detrás de mí.

—Bueno, bueno, cada vez que me doy la vuelta te pones a hablar de mí a mis espaldas.

Su perfume me llegó en esa corta distancia. Se acercó y me besó la mejilla. Un saludo fingido e hipócrita, pero lo suficientemente intenso como para hacer que el tacto de su piel me dejara sin respiración.

Eso sí, si quería jugar a ser hipócritas, jugaríamos.

—Vaya, hola, Héctor. Me encantan los cambios que le has hecho al local, dime: ¿los has decidido tú o te ha ayudado Patricia? —inquirí con el tono más sarcástico que había empleado jamás.

Emilio y él se miraron, y luego mi amigo dijo un tanto desconcertado.

—Tengo que ir al baño, ahora vuelvo. —Y se largó, dejándome en la barra sola con él.

Traidor.

—No, los he decidido todos yo. Me ha ayudado Miguel. Y me alegro de que te gusten —alardeó, colocándose delante de mí y mirándome de arriba abajo—. Bonito vestido, por cierto.

—Sí…, bueno, no es para tanto. Me lo regaló alguien del pasado.

Él sonrió pero falsamente.

—Ya veo. ¿Sabes lo que más admiro de ti? —Sus ojos se clavaron en los míos—. Tu capacidad para pasar página. —Y, en ese momento, dirigió su mirada a Fernando que estaba detrás de mí hablando con Felipe. Me giré y Fernando me sonrió. Aunque, por la cara que puso, no le gustó nada verme hablar con Héctor. Pero ese comentario me molestó muchísimo.

—Es lo que tiene que te decepcionen una y otra vez, al final, acabas por no confiar en nada ni en nadie.

Él fue a contestar, pero en ese instante Miguel hizo sonar su copa con una cuchara, llamando la atención de todos los presentes.

—¡Atención, chicos! Raúl me acaba de enviar un mensaje, dice que está de camino con Cristina, así que por favor vamos a colocarnos todos en el centro de la sala y cuando entren les gritamos ¡sorpresa!

Aproveché la ocasión para dejar a Héctor con la palabra en la boca y me acerqué a Fernando. Este no parecía muy animado después de haberme visto hablar con Héctor, pero al menos fingió naturalidad. Mientras esperábamos, observé que el fondo del local estaba decorado con un letrero enorme que ponía «Feliz cumpleaños, Cristina», y los camareros colocaban todos los regalos para ella sobre unas mesas. Había globos de corazones por todas partes, y en las mesas altas bandejas con unos deliciosos canapés. Era una fiesta de cumpleaños en toda regla. Raúl se había tomado muchas molestias en prepararlo todo. No faltaba de nada. Me hacía una ilusión tremenda que mi hermana hubiera encontrado a una persona tan especial como él. Sin embargo, el tema del bebé me inquietaba.

De pronto, Miguel nos mandó callar y vi cómo la puerta principal se abría. Uno de los camareros había apagado las luces y cuando Cristina y Raúl estuvieron dentro, las encendieron y todos gritamos al unísono: ¡¡Sorpresa!!

La cara de Cristina fue todo un poema. Se llevó las manos a la boca y empezó a reír loca de ilusión.

—¿Me has preparado una fiesta sorpresa? —preguntó boquiabierta a Raúl, que la observaba embelesado apoyándose en una muleta.

Él asintió y ella se lanzó a sus brazos. Se besaron apasionadamente hasta que los chicos empezaron a gritarles bromas obscenas. Ver a mi hermana tan inmensamente feliz, era algo que me llenaba el corazón.

Se separó de él y me buscó con la mirada. Entonces corrió hacia mí y me abrazó.

—¿Tú lo sabías?

—Pues claro.

—Menudos impostores —comentó riendo.

Luego ella se deshizo en besos y abrazos con los presentes, era evidente que aquello había sido una auténtica sorpresa para ella. La música empezó a sonar y los camareros comenzaron a ofrecer bandejas llenas de bebidas y comida.

Raquel y Marta y yo estuvimos charlando bastante rato. Estaban muy interesadas en saber quién era Fernando y qué clase de relación tenía con él. Especialmente Marta, que al parecer se había quedado prendada de él.

La fiesta estaba en plena ebullición. La música era exquisita. Alicia Keys, Bruno Mars, Michael Buble… y un montón de voces conocidas impregnaban la estancia. Yo intentaba hablar con la gente, excepto con Héctor. Pero no pude evitar encontrarme con su intensa mirada durante toda la noche. Lo veía conversar con los chicos, actuaba como si yo no le importara. Y aunque esa noche no estaba Patricia allí, una de las camareras, una chica bastante joven y morena, no dejaba de acecharlo.

—Estás evitándome, ¿verdad? —susurró Fernando detrás de mí, en el momento en el que yo me encontraba mirando cómo esa camarera coqueteaba con Héctor y él le dedicaba una de sus sonrisas arrebatadoras.

—No, claro que no, Fernando —aseveré, tratando de centrarme en él—. Es que hay mucha gente en esta fiesta y aún no he hablado con todo el mundo. Discúlpame si no te he hecho mucho caso.

—No, es broma, no te preocupes. Lo entiendo perfectamente. Aquí están todos tus amigos.

—Sí, así es.

—¿Y qué me dices de Héctor? ¿Él también es tu amigo o hay algo más? —Me había pillado, qué podía decirle.

—Pues hasta hace poco era algo más que un amigo. Pero ahora ni eso. — No tenía por qué mentirle a Fernando, al fin y al cabo, me había prometido a mí misma ser sincera con él.

Miré a Héctor y vi que seguía coqueteando con aquella chica. Sabía que lo estaba haciendo aposta. Así que agarré a Fernando del brazo mientras él me observaba desde el otro lado del local y le dije que pidiéramos otra copa y que, por favor, evitáramos hablar de Héctor. Él asintió sin más reparos y me condujo hacia la barra.

La tensión entre nosotros crecía a medida que la noche avanzaba. Él no mostraba la más mínima objeción en coquetear con aquella jovencita. Incluso, una de las veces vi cómo le decía algo al oído y ella me miraba de arriba abajo y sonreía. Así que no me lo pensé ni un segundo más y cuando Fernando se acercó a mí, hice como la que le quitaba una pelusa imaginaria del cuello de su camisa y se lo arreglé en un gesto cariñoso y muy… pero que muy provocador. Fernando se quedó tan sorprendido como yo con lo que acababa de hacer. Luego, bajé la mano, nerviosa, y volví a mirar a Héctor. Esta vez, el numerito me había salido de perlas, ya que su cara se contrajo. Era más que obvio que le molestaba verme con Fernando.

Un instante después, avisté que Miguel se metía dentro de la barra, pedía a los camareros que bajaran la música y el encargado le trajo un micrófono inalámbrico. Cuando comenzó a hablar, todos le prestaron atención.

—Hay algo que me gustaría compartir con vosotros esta noche. En primer lugar, quiero felicitar por su cumpleaños a mi queridísima nuera y darle las gracias porque dentro de poco me hará abuelo, aunque en realidad no sé si eso es algo que haya que agradecer. Me estás haciendo viejo, Cris. —En ese momento, todos rieron y mi mirada y la de Cristina se cruzaron a pesar de que nos encontrábamos bastante alejadas. Por supuesto, nuestros amigos estaban ya al corriente de la noticia del embarazo. No obstante, ella y yo éramos las únicas que conocíamos la verdad—. Pero quiero deciros que eso no es lo único que estamos celebrando hoy.

»Esta noche os hemos invitados por varios motivos. Como sabéis, mi hijo, Raúl, hace poco tuvo un accidente en el que estuvo a punto de perder la vida —le tembló la voz— y lo cierto es que el verlo aquí, totalmente recuperado, es algo que me llena de alegría. —Miré hacia Raúl y vi cómo alzaba su copa y hacía el gesto de brindar con su padre—. No puedes imaginar lo feliz que me siento, hijo mío. —El hombre alzó su copa y luego bebió un pequeño sorbo—. Sin embargo, hay un último motivo para brindar esta noche. Os comunico a todos que, oficialmente, a partir de hoy soy el nuevo socio de Héctor. Desde este momento, este negocio únicamente estará dirigido por Héctor o por mí.

¡¿Cómo?! ¡¿Nuevo socio?! ¿Significaba eso que Patricia no aparecería más por allí? ¿Era esa la negociación que Emilio me había estado ocultando? ¿Era eso lo que Héctor quería decirme? Bebí con premura. Y me giré para mirar a Emilio. Este me devolvió la mirada de inmediato.

—Ven aquí, Héctor, esto es algo por lo que debemos brindar. —En ese instante, Fernando estaba muy cerca de mí y mientras oía lo que Miguel comentaba, me pasó una mano por el hombro. Supuse que mi gesto anterior le había dado pie a tomarse algunas confianzas conmigo, así que poco podía hacer ahora, salvo quedarme quieta. Pero Héctor, al acercarse a Miguel que estaba dentro de la barra, me miró y luego desvió la vista hacia la mano de Fernando que descansaba en mi hombro. Me sentía extrañamente ridícula, sabía que el numerito de darle celos con Fernando no era más que una estupidez.

—Venga, hijo, hoy brindemos con nuestros amigos —comentó Miguel, pasándole una copa de champán a Héctor—. Por nosotros y por los muchos negocios que espero que hagamos juntos.

Tras el chinchín, Héctor se tomó el champán de un tirón y luego me miró de nuevo. Me quedé totalmente desconcertada. Era la primera vez que lo veía tomar alcohol, y no me gustó en absoluto.

Miguel continúo hablando durante unos minutos más, pero mi atención ya no estaba en sus palabras. Ahora lo único que me preocupaba era que Héctor tenía otra copa entre sus manos. Cuando el discurso de Miguel finalizó, la música volvió a sonar. Cristina se acercó a mí.

—¿Estás con Fernando? —me susurró ella una de las veces en las que mi cuñado y él charlaban.

—No, solo es mi amigo —respondí, con cuidado de que ellos no nos oyeran.

—Uff, pues creo que a Héctor no le ha hecho ninguna gracia verte aquí con él.

—Lo sé, pero me da igual.

—No te da igual, Carolina. Héctor no te da igual. Te has puesto el vestido que él te regaló —dijo ella, levantando una ceja.

—¿Y qué tiene eso que ver? Me he puesto el vestido simplemente porque me gusta.

—Carol, sinceramente, pienso que deberíais arreglar lo vuestro. Héctor está loco por ti. Es evidente. No hay más que verlo. Además, Raúl me ha contado que lo está pasando fatal. Y dice que le ha pedido a su padre asociarse con él para quitarse de en medio a su socio y a esa mujer.

—Eso no me lo creo. Sé de sobra que Héctor tenía problemas con su socio. No voy a creerme ahora que lo ha hecho por mí. ¿Por qué entonces esa mujer estaba el otro día en su casa?

—No lo sé, pero si quisiera estar con ella no se asociaría con Miguel y se la quitaría de encima.

—Quizás sea ella la que no quiere estar ya con él. Está casada, quién sabe.

En realidad eran tantas las incógnitas que tenía que lo mejor sería olvidarme del embrollo y seguir por mi camino. Sobre todo después de que la noche anterior me hubiera escrito ese mensaje. Ese en el que me dio a entender que no quería saber nada más de mí.

—Te has vuelto demasiado desconfiada.

—Sí, es verdad, pero no me queda más remedio. —Y le hice un ligero movimiento de cabeza para que mirara a Héctor que en ese momento seguía hablando con la camarera y ella le llenaba nuevamente la copa.

Miguel nos interrumpió de repente y comentó con su característico sentido del humor:

—¿Qué tal están mis dos chicas favoritas?

—Hola, Miguel —respondí sonriéndole.

—Carolina, esta noche estás radiante.

—Gracias.

—Y por cierto, tu jefe es una bellísima persona. Él y ese otro chico, el abogado, ¿cómo se llama?

—Felipe.

—Sí, eso es, Felipe y tu jefe han hecho un buen trabajo con la negociación. Ese cabrón de Mario Márquez ha sido duro de pelar.

—¿Y cómo es que te has asociado con Héctor?

Él se quedó mirándome extrañado.

—¿Pero tú no lo sabías?

—Pues no, no tenía ni idea.

—Héctor vino a buscarme, me dijo que Emilio había estado revisando los balances y que todo indicaba que Mario hacía de las suyas. Al parecer, Emilio tenía pruebas más que suficientes para demostrar que manipuló las cuentas. Héctor estaba muy preocupado por su negocio. Sobre todo ahora que se va a Nueva York. —En cuanto dijo eso mi estómago se contrajo—. Así que me ofrecí a comprar la parte de Mario y convertirme en su socio.

—¿Y cómo sabías que Mario aceptaría? —pregunté a pesar de lo aturdida que me encontraba después de saber que Héctor se marcharía.

—Al principio se negó. Y no me extraña, sabiendo que ese tipo utilizaba este negocio para muchos de sus chanchullos. Ese hijo de puta está metido en algo más gordo de lo que nosotros imaginamos. Pero tu jefe hizo su trabajo mejor de lo que yo pensaba. Y una de dos, o aceptaba el dinero que yo le ofrecía por su porcentaje, o íbamos a por todas y lo denunciábamos. Eso sin contar la multa que le podría haber caído con Hacienda cuando demostráramos que había estado blanqueando dinero. Así que no tuvo más remedio que aceptar mi oferta y largarse. Nunca me ha caído bien ese tipo.

Todo aquello era una auténtica revelación. Al fin empezaba a enterarme de qué iba aquel misterio. Pero a pesar de que Miguel había resuelto muchas de mis dudas, aún había algo que me inquietaba.

—Estoy segura de que Héctor no podría haberse buscado un socio mejor —dije, dedicándole una de mis mejores sonrisas.

—Bueno, eso espero, además, ¿sabes qué? Que llevo años deseando tener un restaurante y ahora que Raúl está más al frente de la constructora, me apetece centrarme en esto.

—Pues me alegro mucho por los dos, Miguel. Y… ¿cuándo se marcha Héctor a Nueva York?

Tan pronto como terminé de formular la pregunta ya estaba arrepentida. Miguel me miró a los ojos y creo que fue entonces cuando comprendió que las cosas entre Héctor y yo no iban nada bien.

—Se marcha dentro de un mes, pero pensé que tú lo sabías. —¿Un mes? ¿Y por cuánto tiempo? Creo que Miguel pudo leerme el pensamiento—. Estará en Nueva York entre seis u ocho meses, creo.

Tiempo más que suficiente para que se olvidase de mí completamente. Y, sin poder evitarlo, empecé a sentirme desolada, destruida, derrotada… Quizás era todo eso lo que quiso contarme aquella noche. Y yo me negué a oírlo. Aunque en aquel momento tenía motivos más que suficientes para estar enfadada.

—Héctor es muy inteligente, sabe que en tus manos el negocio irá de maravilla.

Él sonrió a mis halagos y saludó a un amigo suyo que en ese instante se acercó a nosotros.

Tenía que tomarme otra copa, la necesitaba. Oteé la sala buscando su intensa mirada. Pero no la encontré. Esta vez no le veía. Me giré y observé a mi hermana que hablaba con Raúl y Fernando. Me hizo un gesto con la mano para que me acercara a ellos y levanté mi copa vacía, indicándole que iría a por otra. Eso sí, antes tenía que ir al servicio. Necesitaba estar un momento a solas.

Recorrí la sala y me fui directa al baño de señoras. Tenía que pararme a pensar en todo lo que estaba sucediendo. En todo lo que me había contado su madre, en el hecho de que Patricia ya no tenía nada que ver con su negocio. Y, especialmente, en la manera en la que Héctor había actuado conmigo durante toda la noche. Me había ignorado por completo. La idea de aparecer con Fernando en la fiesta fue lo más absurdo que había hecho en mi vida. Pensé que se volvería loco de celos, pero todo lo contrario. El que me viera con Fernando tan solo había servido para alejarlo más de mí.

Me apoyé en el lavabo y me miré al espejo. Tenía que quitarme de una vez ese estúpido caparazón de resentimiento. Ese que no me dejaba ver la autenticidad de las personas. Me sentía tan confusa y perdida que, en realidad, no sabía si estaba actuando del modo correcto con Héctor. Pero luego pensaba en él, coqueteando con esa camarera… y la rabia hacía que me hirvieran las venas.

Me retoqué el maquillaje y justo cuando giré el pomo para salir del baño, la puerta se abrió y Héctor se coló dentro. Echó el cerrojo y se apoyó sobre ella. Tenía la vista fijada en mí. Durante un tiempo que a mí me pareció una eternidad, permanecimos en silencio. Mirándonos.

Tenía las manos metidas en los bolsillos del pantalón y su expresión era peligrosamente arrogante. Estaba tan guapo que tuve que hacer un esfuerzo para no devorarlo allí mismo.

—Dime una cosa —dijo deshaciendo nuestro íntimo momento de silencio—. Tu novio, el traumatólogo, ¿crees que sabrá él solito operarse las piernas cuando se las rompa?

En cuanto dijo eso me entraron ganas de sonreír, pero me contuve. Los ojos le brillaban y era más que obvio que había bebido. Su estado aún era aceptable, pero teniendo en cuenta que siempre le había visto sobrio, no era difícil identificar que en esos momentos se encontraba bajo los efectos del champán.

—No es mi novio. Yo no tengo novio —respondí con desafío.

—Ah, entonces, ¿qué es, un amigo con derecho a besarte?

—Eso a ti no te importa. Además, el que tiene aquí amiguitas casadas con las que se besa eres tú.

—Sabes que no es lo mismo. Lo que tú viste fue a Patricia besarme y yo la aparté, pero en cambio tú estás con él. Has venido con él. He visto cómo te agarraba.

El músculo de su mandíbula se tensó de forma considerable.

—No estoy con él. Es mi amigo. Pero no parecía importarte ahí fuera. Te he visto muy ocupado coqueteando con esa camarera.

—¿Esther? Es una niña —contestó, esbozando una sonrisa.

—Pues ya veo que para ti no supone ningún problema.

—Lo estaba haciendo a propósito. Le he pedido que coqueteara conmigo para ponerte celosa.

—Eres un estúpido.

—¿Por qué no me contaste lo que sucedió con ese tipo? —dijo cambiándome de tema.

—No me dio tiempo. Y tú parecías bastante entretenido con Patricia visitándote en tu casa.

—Te pregunté qué te había sucedido en la cara y no me lo contaste.

—No fue nada. Solo un susto —susurré, apartando la mirada.

—¿Tienes idea de cómo me sentí cuando me enteré de que ese hijo de puta había intentado violarte?

Lo miré a los ojos y vi la angustia que se reflejaba en ellos. De repente se me hizo un nudo en la garganta. Hablar de todo aquello con él se me hacía muy doloroso.

—No podías hacer nada.

—Estar contigo. Podría haberte apoyado. No entiendo por qué me estás apartando de tu vida sin darme ni una sola oportunidad.

—Pensaba darte una oportunidad, pero se esfumó el día que me encontré con Patricia saliendo de tu casa.

Él resopló y se acercó más a mí. Se apoyó con una mano en el lavabo.

—¿Qué vas a hacer entonces? ¿Vas a salir ahí fuera y te vas a pasar toda la noche al lado de ese tipo dejando que te agarre en mis narices? —Sus ojos se entornaron, furiosos.

—Seguiré a su lado mientras tú te dediques a coquetear con esa camarera.

—No digas tonterías, Esther es una chiquilla. Además, ya te lo he dicho, lo hacía a propósito.

—Me da igual si lo hacías a propósito o no. ¿Ves? Ese es tu problema, lo que tú haces con las mujeres no tiene nada de malo, pero si lo hago yo... la cosa es distinta —le solté frustrada.

—No quiero que vuelvas a acercarte a él en toda la noche. —Me agarró del brazo justo en el instante en que me dirigía a la puerta.

—¿Qué coño te pasa? ¿Estás loco?

—No, estoy enamorado, pero por lo que veo viene a ser lo mismo. ¿No es eso el amor? Un estúpido estado de locura transitoria.

Jamás se me habría ocurrido describir el amor de aquella manera.

—En ese caso, no te preocupes, si es transitorio ya se te pasará —le dije, zafándome de su brazo.

—¿Tú crees? —Abrí el cerrojo y agarré el pomo para salir. Pero él se puso detrás de mí y volvió a cerrarlo—. Eso mismo pensé yo la primera vez que te vi en casa de mis padres. Ya se me pasará, me dije a mí mismo una y otra vez. Pero no se me pasa. Sigo enamorado de ti —susurró, hundiendo su nariz en mi pelo—. Llevo diez condenados años enamorado de ti. Diez malditos años viéndote con mi hermano. —Apoyó los brazos en la puerta, uno a cada lado de mi cabeza. Dejándome atrapada con su cuerpo. Aprisionada con sus palabras—. No dejaré que te escapes de mí ahora que puedo tenerte. No dejaré que te vayas con otro. Llevo demasiado tiempo esperándote. Te quiero, Carolina. No puedes hacerte ni una idea de cuánto.

Aquella confesión me conmocionó. A pesar de lo que su madre me había contado, oírselo decir de sus labios fue algo que me dejó hechizó.

—Quiero estar contigo. Quiero cuidar de ti. —Me quedé quieta. Puso una mano abierta en mi estómago para apretarme contra él. Estaba tan nerviosa que mis músculos se quedaron entumecidos. Sentí su deseo clavándose en la parte inferior de mi espalda—. Todo lo que hago, lo hago por ti. ¿Es que no te das cuenta? —Apartó el pelo de mi hombro y me besó la clavícula. Ese simple y sencillo beso despertó una oleada de deseo en mi interior—. No ha sido casualidad, Carolina, yo he provocado esto.

Me giré y lo miré a los ojos.

—¿Qué quieres decir?

Él recorrió mis facciones con su mirada. Adoraba cuando me miraba de esa manera.

—No nos encontramos por casualidad el día del chiringuito, estuve buscándote durante muchos días. En cuanto mi madre me dijo que Rafa y tú habíais roto estuve frecuentando los sitios por donde sales. Alquilé mi piso dos calles al lado de la tuya con la esperanza de encontrarme contigo. Que tú y yo estemos aquí, ahora, no es casualidad. —Lentamente acercó su rostro al mío y acarició mi nariz con la suya—. Yo quería que fuese así. Siempre te he deseado, desde la primera vez que te vi. Sabía que tener a Mario y a Patricia de socios supondría un problema para ti, y lo he solucionado —no dudó en sostenerme la mirada—. Dime qué más quieres que haga para estar contigo y lo haré.

Ante esa confesión qué podía decir. Le tenía allí, delante de mí. Tan alto, tan guapo, tan perfecto y… tan mío.

—Dímelo, por favor, qué más quieres que haga. —Tenía una mano apoyada en la puerta y con la otra jugueteaba con uno de mis mechones. Estaba tan apetecible que solo se me ocurrió decir una cosa…

—Bésame.

Sus ojos brillaron de satisfacción y su mano se deslizó hacia mi nuca, enredando los dedos en mi cabello. Cuando sentí sus labios posarse sobre los míos, solo deseé una cosa. Solamente una. Que el tiempo se detuviese y me dejara atrapada en ese momento… para siempre.

Capítulo 38

«Trato de convencerme
que no sentí un amor tan profundo,
y quedaste en el ayer...».

A quien quiero mentirle - Marc Anthony

A partir de ese instante, todo lo que vino a continuación fue tan intenso y precipitado que tuve la sensación de haberme subido a una enorme montaña rusa.

Los meses que siguieron a ese día fueron muy, pero que muy largos...

Héctor y yo seguíamos besándonos en ese cuarto de baño. Y a pesar de las muchas veces que ya había sentido sus labios y sus manos sobre mi piel, esta vez fue completamente distinto. Me sujetaba la cara y se entretuvo en el acto de besarme.

Tenía tantas ganas de perderme en sus brazos que casi me olvidé de que estábamos en la fiesta de Cristina. Y cuando sentí los labios adormilados de tanto besarnos, lo miré a los ojos y susurré:

—Deberíamos volver con los demás.

—Estoy bien aquí —contestó, bajando sus manos a mis hombros y acariciándome con sus pulgares.

Enterró su cabeza en mi cuello y siguió besándome. Pero esos besos rápidamente se transformaron en una pasión desmedida y sabía de sobra que si no ponía pronto espacio entre nosotros, acabaríamos haciendo el amor allí mismo.

—Héctor, tenemos que volver, mi hermana estará buscándome.

—Está bien —musitó él, separándose a duras penas de mí. Yo me giré para abrir la puerta, y él me plantó un beso en el hombro.

Antes de salir, me sujetó la mano.

—Hoy duermes en mi casa —afirmó sin pestañear, con esa seguridad aplastante tan característica de él.

Afirmé con la cabeza y mis piernas temblaron de emoción.

Pero cuando salió del baño tirando de mí, me detuve en el pasillo. Me solté. No podía aparecer delante de Fernando con él de ese modo. No después de lo que le había dicho de él. Me daba vergüenza. Además, no me parecía correcto hacerle eso a Fernando. Aunque no tuviera nada con él, era mi amigo y sabía lo que sentía por mí.

—¿Qué ocurre? —me preguntó sin ocultar su decepción ante mi gesto.

—No puedo aparecer allí, delante de todos, contigo de la mano.

—¿Por qué no? Eres mi novia —contestó enfadado.

Por primera vez, oír esas palabras en su boca hizo que el corazón me diera un vuelco.

—No es por eso, es que no me parece justo aparecer delante de… Fernando.

—Pero me acabas de decir que es tu amigo. —La tensión de su mandíbula era palpable.

—Y lo es, Héctor, pero no me parece correcto. —Me acerqué a él y le acaricié el rostro para tranquilizarlo—. Es cierto, soy tu novia. Pero al menos déjame hablar con él antes. Luego estaremos juntos toda la noche, te lo prometo.

—No soporto a ese tipo —siseó.

—No deberías decir eso, le salvó la pierna a tu amigo —bromeé.

—Aun así, no le soporto.

—No tienes de qué preocuparte. Fernando sabe perfectamente que no siento nada por él.

—Pero le besaste.

—Sí, es verdad, lo besé con la esperanza de poder olvidarme de ti. Pero ya ves, es imposible.

Me puse de puntillas y le di un beso. Él me lo devolvió.

—Y se supone que ahora tengo que fingir delante de él que no estamos juntos.

—No, simplemente necesito charlar un momento con él y luego no me separaré de ti.

—Está bien —respondió de mala gana. Me agarró de la cintura y me atrajo hacia él—. Pero no tardes mucho. No resistiré sin tocarte mucho tiempo. —Yo le rodeé el cuello con los brazos y volvimos a besarnos.

En ese instante Cristina apareció por el pasillo del baño y nos pilló in fraganti, abrazándonos y besándonos.

—Así que estabais aquí —dijo ella con su sonrisa maliciosa.

Me separé de Héctor y me encontré con los ojos interrogantes de Cristina.

Movió el dedo índice señalándonos a ambos y luego añadió:

—Espero que os dejéis de tonterías de una vez por todas… —Fue a decir algo más, pero de repente la voz de Raúl sonó por el altavoz.

Había cogido el micrófono y la llamaba para darle sus regalos.

Ella se giró, abrió los ojos como platos y salió corriendo en dirección a la sala.

Héctor y yo nos miramos y sonreímos. Ambos nos unimos al resto de la gente, pero esta vez cada uno por su lado. Aunque él no dejaba de seguirme con la mirada.

Los regalos de Cristina estaban situados en uno de los laterales del bar, apoyados en dos mesas. Le llevaría un buen rato abrir todo aquello. Divisé un poco el local, buscando a Fernando, y le vi muy entretenido charlando con Marta. Era evidente que a ella le había fascinado. No quise interrumpirlos.

Me acerqué a Emilio y a Felipe y me puse a charlar con ellos mientras observábamos cómo Cristina desenvolvía sus regalos como si fuera una niña en el día de Reyes. Héctor no dejaba de observarme. Estaba junto a Miguel y su mirada desprendía deseo.

Mi hermana abrió todos los paquetes, menos los de su novio. Él había dejado los suyos para el final. Pero su cara se transformó cuando abrió el primero de los de Raúl. Era un objetivo panorámico para su cámara. Ella llevaba mucho tiempo antojada en él. Saltó sobre él y lo besó eufórica. Luego, continuó. Ese chico se había vuelto loco. Le había comprado de todo. Ropa, zapatos, accesorios…Pero lo que más me gustó fue una cesta enorme con ropita de bebé de todos los colores, pañales y colonias. La cesta contenía también un precioso peluche con unas orejas enormes y una cajita pequeña envuelta en papel de regalo entre las manos. Raúl estaba muy emocionado con la idea del bebé. No había más que verlo. Él insistió en que Cristina abriera la caja, pero a medida que ella iba desenvolviendo el diminuto paquetito, una idea se me cruzó en mi cabeza e inevitablemente intuí lo que ese regalo contenía.

Cristina se llevó las manos a la boca cuando un extraordinario anillo de oro blanco y diamante apareció ante sus ojos. Tuve que parpadear varias veces para asegurarme de que la escena que estaba viendo ante mí era real.

Raúl no tardó en soltar sus muletas, sacó el anillo de la caja y ante las atentas y estupefactas miradas de todos... cogió la mano de Cristina y colocándoselo en el dedo dijo mirándola a los ojos:

—Eres la persona más asombrosa que he conocido en mi vida. Jamás pensé que se pudiera amar tanto. Si de algo me ha servido el terrible accidente que he tenido es para darme cuenta de que no quiero pasar ni un solo día sin ti. Quiero que formemos una familia y que te conviertas en mi esposa. Cásate conmigo, Cris. Te quiero.

Cristina no miró a nadie..., ni siquiera a mí, en ese instante solo parecían estar ellos dos. Se abalanzó sobre Raúl, y sellando sus labios con los de él contestó sin más:

—Me casaré contigo. Te amo.

Aquel momento fue algo que jamás olvidaría. Mi hermana acababa de prometerse. Todos vitoreaban y aplaudían mientras Raúl y Cristina se deshacían en besos. Pero yo estaba tan descolocada por todo lo que sucedía ante mí que no podía salir de mi asombro. Cristina tenía que contarle la verdad a Raúl. No podía casarse con él y hacerle creer que el bebé era suyo. Tarde o temprano la verdad saldría a la luz y sería catastrófico. Observé a Miguel y a Rosa, y parecían tan contentos...

¡Oh, Dios mío!, qué pensarían de Cristina si, finalmente, lo descubrían.

—Supongo que tú serás la dama de honor —susurró Fernando, agarrándome por la cintura antes de situarse junto a mí.

Emilio lo miró a él y luego a mí. Héctor estaba a pocos metros y, aunque el espectáculo de Cristina y Raúl también le había pillado por sorpresa, no pasó desapercibido que Fernando me estaba rodeando la cintura. Y por su gesto no parecía muy cómodo.

—Eso espero —contesté, separándome de él con disimulo.

Intenté buscar el momento de contarle a Fernando que Héctor y yo habíamos hecho las paces, pero la noche seguía avanzando y el asunto de la boda no hizo más que complicarlo todo.

Cristina estaba como loca. Se acercó a mí y me mostró la joya que lucía, orgullosa, en su dedo. Desde que era una niña siempre había pensado que sería yo la que se casaría primero, pero dadas las circunstancias era obvio que me había equivocado en mis predicciones.

Me centré en charlar con las chicas sobre la boda. No hacían otra cosa que admirar y adular el gigantesco pedrusco que brillaba en el dedo de Cristina. Me alejé un poco de Fernando. Él se estaba relacionando de maravilla con todo el mundo y parecía haberse olvidado de mí. Sin embargo, Héctor no me quitaba ojo. La tensión entre nosotros era cada vez más evidente. Me limité a contar el tiempo y deseé con todas mis fuerzas que la fiesta acabara para así poder marcharme con él. Cada poro de mi piel se moría por tenerlo cerca.

Una de las veces que me aproximé a la barra a llenar mi copa, me fijé que Héctor estaba charlando en una reunión de hombres, entre ellos Emilio, Felipe y Miguel. Él me guiñó un ojo y yo le sonreí. Cuando el camarero me sirvió el gin tonic que le había pedido, me prometí que sería la última copa que me tomaría esa noche. El alcohol y yo teníamos una relación un tanto peligrosa. Pero en cuanto visualicé con claridad la figura femenina que acababa de atravesar la puerta del local, cambié de opinión de inmediato. Después de la indeseable aparición, tendría que reconsiderar si tomarme algunas copas más.

Patricia se encontraba en la entrada del bar, miraba a un lado y a otro, como si estuviera buscando a alguien. Y, aunque su aspecto era impecable como siempre, esta vez tenía los ojos hinchados como si hubiese estado llorando.

Observé cómo Héctor se giraba y se percataba de su presencia y, sin dudarlo ni un segundo, se dirigió hacia ella. Pensé que me caería allí mismo. No había vacilado ni lo más mínimo. Se saludaron con dos besos y luego ella le dijo algo al oído y ambos se dirigieron hacia el exterior. Eso sí, antes de salir él se giró y me miró. Su mirada me decía que se sentía muy incómodo, pero aun así salió con ella.

La rabia que invadió mi cuerpo durante los segundos posteriores fue tan intensa que apenas podía disimular. Miré el reloj una y otra vez, contando los minutos que él permanecía fuera con ella, hablando de Dios sabe qué…

No recuerdo si pasaron veinte minutos o media hora, el caso era que yo me encontraba cada vez más furiosa y decepcionada. Así que no dudé ni un segundo y me aparté del grupo de las chicas para buscar a Fernando que en ese instante conversaba con algunos amigos de Raúl.

—Fernando, ¿puedo hablar un momento contigo?

—¿Te ocurre algo? No tienes buena cara.

—Sí, es eso justamente lo que te iba a decir. No me encuentro muy bien y me gustaría marcharme. Pero antes quería preguntarte si te apetece quedarte un rato más. En ese caso, le pediré a Raúl que me lleve a su casa y me quedaré esta noche con ellos.

—No, claro que no. Yo te llevaré a tu casa.

—¿De verdad? Si te quieres quedar…

—En serio, Carolina, hace rato que quería marcharme, no te he dicho nada porque he visto que te estabas divirtiendo, pero, si te digo la verdad, yo también estoy un poco cansado.

—Bien, pues entonces cuando tú quieras.

Me acerqué al grupo de las chicas para despedirme de ellas y Cristina me contempló asombrada en cuanto dije que no me encontraba bien y que me marchaba. Ella miró a Fernando y luego se acercó a mi oído y siseó entre dientes:

—¿Qué demonios estás haciendo?

—Me marcho.

—Ya lo sé, pero ¿por qué? Y además, ¿qué pasa con Héctor?

—Pues eso pregúntaselo a él cuando aparezca. Hace como media hora que lo he visto salir del local con su amiguita Patricia y aún no ha aparecido.

Ella observó la puerta.

—Mañana te llamo, Cris, hoy estoy cansada y quiero irme a dormir. Fernando me llevará a casa.

—¿Por qué no te quedas con nosotros? —insistió.

—Ni hablar, vosotros tenéis que celebrar vuestro compromiso. —Le di un beso en la mejilla para tranquilizarla y añadí—: Estoy bien, mañana te llamo.

No me paré con nadie más, quería irme de allí cuanto antes. Ni siquiera me detuve para despedirme de Emilio y de Felipe. Simplemente me encaminé hacia la salida. Fernando me seguía un paso atrás.

Él me sujetó la puerta para que yo pudiera salir. Pero cuando alcé la vista hacia el patio interior que había entre la puerta del local y la que daba acceso al exterior, me encontré con ellos.

Ella estaba apoyada en una pared y él se encontraba frente a ella. Ambos estaban charlando y ella sujetaba un clínex en la mano. En otras circunstancias no me habría resultado una escena relevante, pero teniendo en cuenta lo que sabía acerca de la relación que habían mantenido, una maraña de celos se extendió por todo mi ser.

No obstante, al verme salir del local seguida de Fernando, su gesto se transformó, y cuando pasé por su lado sin ni siquiera mirarlo, con la intención de abandonar el lugar, me sujetó la muñeca y me preguntó con la mirada cargada de animosidad:

—¿Dónde vas?

—Me marcho a mi casa.

Fernando se quedó absolutamente sorprendido. Permanecía junto a mí, pero no dijo nada.

—Dijiste que te quedarías conmigo —farfulló él, mirándome a mí y haciendo como si Fernando no estuviera presente.

—He cambiado de opinión —le contesté, mirándolo a él y luego a ella.

—De eso nada.

—Oh, sí, ya lo creo —contesté, zafándome de su mano.

—Ya hemos hablado de esto, Carolina —añadió él, cortándome el paso y poniéndose delante de mí.

Patricia nos contemplaba estupefacta. Por su expresión adiviné que aquello empeoraría aún más su estado de ánimo.

—Pues por lo que veo no lo suficiente.

La situación era muy embarazosa, sobre todo por Fernando que nos observaba perplejo.

—Carolina, no te vayas, hoy no, quédate conmigo.

Pero lo miré a él y luego otra vez a ella y, sin poder evitarlo, me dieron unas ganas terribles de ponerme a llorar. De nuevo lo había estropeado todo.

—¿Sabes qué? Que tengo la sensación de que esto —dije señalando el triángulo que formábamos ella y nosotros dos—, no se acabará nunca.

—Carolina, no es lo que tú piensas —dijo ella con su odiosa voz.

Fue a decir algo más, pero la interrumpí.

—No quiero hablar nada contigo —le espeté, mirándola directamente.

Odiaba a esa mujer, lo último que quería esa noche era escucharla decir mentiras y más mentiras. Era evidente que no me respetaba en absoluto. Desde el primer día que me vio con Héctor no había hecho otra cosa que meterse en nuestra relación, incluso estando casada.

—Y contigo menos —añadí, dirigiéndome a él.

—Está bien, si quieres marcharte nos iremos juntos. —Fue a cogerme de la mano, pero yo me retiré.

—¿Es que no me has oído? Me marcho. Fernando me llevará a mi casa.

Él me traspasó con la mirada.

En ese instante, Fernando se colocó a mi lado y me puso la mano en la parte baja de mi espalda.

—Vamos, Carolina —siseó.

Pero ese simple gesto de Fernando, a Héctor le provocó una reacción inconcebible.

—No la toques —le ordenó con los puños apretados.

—¿Cómo dices? —le respondió Fernando en un tono bastante provocador.

—He dicho que no vuelvas a tocarla —añadió él, tajante. Era evidente que todo eso se lo decía a Fernando, pero, sin embargo, no dejaba de mirarme a mí.

Patricia permanecía en un segundo plano, observando la escena.

—Me parece que Carolina ha dejado muy claro que quiere marcharse —masculló Fernando.

Héctor dio un paso adelante y se acercó más a él.

—Vendrá conmigo —aseguró.

—No, no me iré contigo.

—Ya la has oído —lo desafió Fernando.

El ambiente estaba tan impregnado de tensión e irritación que sabía que de un momento a otro todo aquello acabaría muy mal.

Héctor y Fernando se encontraban muy cerca uno del otro y yo permanecía en medio. Si no hacía algo, urgentemente, terminarían a puñetazos.

—Héctor, ya basta —protesté.

Sabía que estaba algo bebido. Esa reacción no era frecuente en él.

—Hablaremos mañana —añadí, intentando tranquilizarlo y poniéndome entre ellos dos.

—No quiero que hablemos mañana. Quiero que te quedes conmigo. Patricia se marcha mañana a Bilbao, solo ha venido a despedirse de mí. Eso es todo.

La miré a ella que permanecía más atrás y la vi asintiendo con la cabeza.

—Muy bien, pues por ese motivo me marcho y así os dejo la intimidad que necesitáis —murmuré.

Él cerró los ojos, derrotado, y agachó la cabeza, luego, se pasó la mano por el pelo. Era evidente que estaba desesperado.

—¿Te vas con él? —me preguntó, mirándome directamente a los ojos.

—Fernando solo va a llevarme a mi casa —aclaré. De todas maneras no quería que Fernando se formara una idea equivocada.

—También puedo llevarte yo. Deja que te lleve yo.

—No, has bebido —le contesté fríamente, separándome de él.

En ese instante, Fernando volvió a poner su mano en la parte baja de mi espalda, invitándome a marcharnos. Fue entonces cuando Héctor reaccionó violentamente y le dio un empujón.

—¡He dicho que no la toques!

Su reacción me pilló por sorpresa y tuve que sujetar a Fernando porque enseguida cayó en la provocación.

Patricia agarró a Héctor del brazo.

—Héctor, tranquilízate —le murmuró ella.

Pero Fernando y él se estaban retando con miradas y la única opción posible para salir airosos de aquella situación era largarse cuanto antes.

De repente, Miguel salió al exterior y observó la escena. Patricia sujetaba a Héctor y yo a Fernando. Era innegable que el hombre se había dado cuenta de qué sucedía.

—¿Qué está ocurriendo aquí?

Héctor y Fernando seguían dedicándose miradas de menosprecio.

—Nada, Miguel —atiné a decir con la voz temblorosa—. Fernando y yo ya nos marchábamos.

El hombre se acercó a nosotros y encaró a Héctor con el cejo fruncido. Luego a Patricia.

—Patricia, no sabía que vendrías.

—Solo me he pasado un momento para despedirme de Héctor. Mañana me marcho a Bilbao. Trabajaré en la fábrica que tiene allí mi padre.

—Vaya, no sabía que lo tuyo con Mario acabaría tan mal —añadió Miguel en un tono que a mí me pareció sarcástico.

—Ya, ni yo —susurró ella.

—En fin... Y vosotros, ¿ya os marcháis? —comentó, girándose para mirarnos a Fernando y a mí.

—Sí, es que no me encuentro muy bien. Y Fernando, que va para Cádiz, me va a llevar a mi casa.

Era consciente de que estaba dándole demasiadas explicaciones a Miguel, pero mucho me temía que él era el único capaz de sacarme de ese atolladero.

Miguel se giró hacia Héctor.

—Vamos dentro, Héctor, necesito que me ayudes con una cosa —dijo, sujetándolo del brazo.

El hombre había entendido claramente la situación e intentaba evitar que llegara a más. Yo sabía perfectamente que delante de Miguel, Héctor frenaría sus impulsos, así que aproveché la ocasión y le hice un gesto de cabeza a Fernando para largarnos enseguida.

Fernando me siguió en silencio.

Aquella situación ya era demasiado embarazosa para decir nada más.

Sin embargo, antes de abandonar completamente el local sentí cómo su mirada me perforaba, cómo me quemaba. Pero me negué a mirar atrás.

Capítulo 39

«Y sueños del paraíso,
paraíso, paraíso, paraíso...».

Paradise - Coldplay

—Siento mucho lo que ha ocurrido, Fernando. De veras, no esperaba que Héctor reaccionase de esa manera.

Detuvo su coche frente a mi edificio y permanecimos con el motor encendido. Ambos sabíamos que la despedida sería breve. En cierto modo, no le culpaba por sentirse utilizado. Eso era exactamente lo que yo había hecho. Lo utilicé en mi propio beneficio y cuando fui consciente de la gravedad de la situación, me sentí como una auténtica sabandija. Habían estado a punto de pegarse y yo era la que había provocado todo ese lío.

—No te preocupes, Carolina, estoy bien.

—En serio, me siento fatal. No tendría que haber sucedido nada de eso.

—Venga, mujer, no ha sido para tanto.

Me miré las manos antes de abrir la puerta, giré la cara, me acerqué a él y le di un beso en la mejilla.

—Eres un sol.

—Todo se arreglará, ya lo verás —murmuró, sonriendo dulcemente.

—Gracias, Fernando. Gracias por todo.

—De nada. Ha sido un placer.

Me bajé del vehículo y observé cómo se alejaba, apenas había tráfico en la calle, solo un par de peatones pululaban al otro lado de la acera.

Me tumbé en mi cama antes de quitarme la ropa y los zapatos. Me sentía agotada. Toda mi historia con Héctor me estaba consumiendo. Era absolutamente consciente y, sin embargo, lo único que deseaba era tenerlo cerca, sentirlo, besarlo, acariciarlo… Pero me daba la sensación de que cada vez que dábamos un paso adelante, al momento siguiente retrocedíamos diez más.

Me quité el vestido y lo colgué en una percha. Antes de guardarlo lo observé, era fantástico. Luego me puse mi pijama de verano y me fui directa al baño para desmaquillarme. Estaba cepillándome el pelo cuando de repente oí el timbre del telefonillo. En ese instante me quedé paralizada. Era muy tarde. No tenía ni idea de quién podría ser. Estaba sola en casa y los recuerdos de esa fatídica noche no tardaron en agolparse en mis pensamientos. Deseé con todas mis fuerzas que fuera Héctor, pero ¿y si no era él? Fuera quien fuera no pensaba contestar. Nadie debía saber que me encontraba sola.

Seguí cepillándome, haciendo caso omiso al segundo timbre, pero unos segundos más tarde fue mi móvil el que empezó a sonar. Corrí a mi habitación y lo saqué del bolso. ¡Sí, señor!, era él. Lo descolgué con el pulso tembloroso.

—¿Sí?

—¿Dónde estás?

—En mi casa.

—¿Y por qué coño no me abres? Estoy llamando. —Su tono de voz me puso otra vez de mal humor.

—Pues no te abro porque no me da la gana —le espeté.

Lo oí suspirar, y a continuación añadió con un tono de voz más comedido:

—Perdóname, por favor, ábreme. Solo quiero hablar contigo.

Me quedé en silencio un instante, colgué el teléfono y me acerqué al telefonillo. Sin pensar en las consecuencias pulsé el botón para abrirle. Quizás me estaba volviendo loca o masoquista, yo qué sé…, el caso era que ansiaba verlo.

¿Cómo demonios había llegado hasta aquí? La espantosa idea de que hubiese cogido el coche, bebido, me provocó un escalofrío.

Me acerqué a la puerta y el sonido del ascensor me anunció que había llegado a mi planta. Miré a través de la mirilla y allí estaba.

Abrí y nuestras miradas se encontraron. Lo tenía ante mí, tan descaradamente guapo que me parecía una alucinación. Llevaba la camisa remangada y sujetaba la chaqueta en una mano. Dejé la puerta entreabierta y me apoyé en ella.

—Dime que no has conducido borracho —bisbiseé con tono áspero.

—No estoy borracho —se excusó él.

—No me puedo creer que seas tan imbécil. ¿Has conducido hasta aquí en tu estado?

—Hablas como si fuera alcohólico. Solo me he tomado un par de copas de champán. Además, si te hubieras quedado conmigo en Sevilla no habría tenido que venir.

—¿Estás diciendo que si te hubieses estrellado con el coche habría sido culpa mía?

—Carolina, deja de decir tonterías. Estoy aquí y estoy bien. Por favor, no quiero seguir discutiendo contigo.

—Llevas toda la noche actuando como un capullo.

—¿Y qué me dices de tu actuación? —replicó él claramente irritado.

—Me temo que esta noche has conducido hasta aquí para nada —farfullé, moviéndome para cerrar la puerta.

Pero él se apresuró y la sujetó.

—Patricia solo vino a decirme que se marcha a Bilbao, se va a divorciar de Mario. Estaba hecha polvo, ¿qué querías que hiciera?

—Y viene a decírtelo a ti, al mismo tipo con el que le pone los cuernos a su marido. Venga ya, Héctor. —Fui a cerrar otra vez, pero él sujetó el portón con más fuerza.

—Patricia y yo estuvimos liados mucho antes de que ella se casara con Mario. No ha engañado a su marido conmigo, te equivocas. Lo que viste la noche de la inauguración solo fue un mal entendido. Ella lo estaba pasando mal con Mario, me lo contó y hubo un momento en el que se confundió y me besó. Ella sabía que su esposo la estaba engañando. Todo el mundo sabe que él solo quiere a Patricia para mostrarla como si fuera un trofeo, y aquel día ella quería vengarse de él. No voy a negarte que haya intentado algo más conmigo, pero en cuanto le hablé de lo nuestro se ha mantenido al margen.

—¿Llamas por mantenerse al margen verla salir de tu casa de madrugada y colarse hoy en la fiesta de cumpleaños de mi hermana? Lo siento, Héctor, pero no te creo.

—Lo creas o no, Patricia solo es mi amiga. Mi única relación con ella tiene que ver con los muebles que he comprado para mi casa. No me interesa tener otro tipo de relación con ella y así expresamente se lo he transmitido.

—No quiero que seas su amigo. Es evidente que le interesas. No quiero que vuelvas a comprar nada en su tienda —musité, cruzando los brazos a la altura del pecho, frente a él.

—Me hace un cincuenta por ciento de descuento —replicó, intentando no reírse.

—Me da igual. No quiero que vuelvas a verla.

—Se marcha a Bilbao, no volveré a verla —aseguró él sin dejar de observar mi rostro y paseando su mirada hasta mis pechos, lo que hacía que aquella conversación empezara a resultarme muy excitante.

—Aun así, no quiero que seas su amigo —reiteré.

—De acuerdo, pero yo tampoco quiero que seas amiga del traumatólogo —masculló él, dando un paso más hacia mí y apoyándose con una mano en el marco de la puerta.

—Es distinto. Fernando sí es mi amigo —repliqué solo para ponerlo un poco más celoso.

—¿Cuál es la diferencia? Ese tipo quiere follarte y encima he visto cómo os besabais. Se ha pasado toda la noche haciéndote arrumacos. Te aseguro que no volverás a verlo.

Aquella posesividad sobre mí solo hacía que le deseara aún más.

—¿Crees que puedes decirme lo que tengo que hacer o quiénes pueden ser mis amigos?

—Por supuesto, eres mi novia. Además, tú acabas de hacerlo conmigo y yo he aceptado —murmuró, dando otro paso más hacia mí.

—Lárgate, Héctor —farfullé cuando lo tuve cerca de mí. Tan cerca que el olor de su piel estuvo a punto de hacerme perder la cordura.

—Jamás —susurró a escasos centímetros de mi cara—. No pienso irme a ninguna parte sin ti.

Me atrajo hacia él, se apoderó de mi boca y al mismo tiempo… de mi corazón.

Cuando me quise dar cuenta, nos encontrábamos en el interior de mi casa. Él cerró de una patada y me inmovilizó agarrándome del pelo con una mano y con la otra rodeándome la cintura. La sensación de sentirme entre sus brazos era tan extraordinaria que pensé que me volvería loca de deseo.

Saqueaba mi boca con desesperación, pero al mismo tiempo sus besos eran tan intensos y pasionales que era imposible no apreciar cuánto amor estaba dispuesto a entregarme.

Había venido a buscarme, había conducido hasta mi casa.

Esa noche se había vuelto loco de celos, y todo por mí.

—No sé qué estás haciendo conmigo —gimió, cogiéndome la cara con las dos manos y besando la comisura de mis labios—. No puedo estar lejos de ti. Te deseo tanto que ya apenas puedo pensar.

—No quiero que pienses en nadie más. Solo nosotros. Todo lo demás tiene que acabar —musité mirándolo a los ojos.

En cierto modo, suplicándole su exclusividad. Le quería solo para mí. Nada de malos entendidos ni historias turbias. Solo él y yo.

—Soy tuyo, Carolina. Solo tuyo. Desde hace ya mucho tiempo…

Me agarró los muslos y me impulsó, obligándome a rodearle la cintura con mis piernas. Llegamos a trompicones hasta mi cama y nos derrumbamos sobre ella deshaciéndonos en una pasión desmedida.

La tentadora y enervante idea de hacerle el amor en mi cama, hizo que el vacío que en mi interior le reclamaba se convirtiera en una tortura irresistible. Le deseaba tanto que sabía que si se alejaba de mí en ese instante mi cuerpo no lo resistiría.

Se colocó encima de mí, apoyándose en sus antebrazos, y antes de empezar a desnudarme se entretuvo en mis labios. Me besaba la mandíbula y el cuello. Se detuvo para mirarme y la intensidad de su mirada me atravesó el alma.

—¿Sabes cuántas veces he imaginado que te haría el amor en tu cama? —Le acaricié la mejilla y él beso mi mano—. Muchas —siseó.

—Te quiero.

Las palabras salieron de mi boca sin que yo misma pudiera impedirlo. Como si tuvieran vida propia. Sin pedir permiso. Esas dos y simples palabras fueron impulsadas desde lo más profundo de mi corazón y atravesaron mis labios sin pensar en las consecuencias. Habían escogido ese momento para salir a relucir, y sus ojos me respondieron con una sonrisa electrizante.

Se incorporó sobre mí y comenzó a desnudarme con una maestría fascinante. Pasó sus manos por cada recodo de mi piel, acariciando y adorando cada centímetro de mi cuerpo, como si estuviera memorizando cada instante, cada secuencia.

Besó mis pechos, mi abdomen, la cara interna de mis muslos y se deleitó en lo más recóndito de mi sexo. La destreza de su lengua, la dulzura de sus labios sobre aquellos puntos tan placenteros de mi cuerpo me arrancó un orgasmo precipitado y sorprendente. Tiré de su cabello y le obligué a mirarme. Sus ojos brillaban de pura satisfacción y sus mejillas sonrosadas le daban un aspecto exageradamente sensual y excitante.

Le arrastré hasta tenerlo lo suficientemente cerca para devorarlo. Me coloqué a horcajadas sobre él y comencé a desnudarlo. Él sonrió y el gemido que escapó de sus labios cuando posé un beso sobre su pecho, hizo que mis piernas temblaran de deseo. Estaba allí, en mi cama, debajo de mí, con su camisa blanca desabrochada y la correa de su pantalón entre mis dedos. Intenté visualizar esa imagen lo suficiente para grabarla en mi retina. Tenía sus manos posadas sobre mis muslos y no dejaba de acariciarlos.

Llevó una de sus manos a mi cara y me alzó la barbilla.

—Eres realmente preciosa —susurró mientras yo desabrochaba los botones de su pantalón—. La primera vez que te vi pensé que estaba soñando. —Sujetó un mechón de pelo y añadió—: Tenías el pelo más largo… Carolina, te he deseado desde el instante que posé mis ojos en ti.

Sus palabras me calaron la piel y se instalaron en mi corazón.

—Ahora soy solo para ti.

—Solo para mí —siseó, poniendo su mano en mi nuca para acercarme hasta su boca.

Movió su lengua, despacio, haciendo que deseara con todas mis fuerzas aquello que intentaba liberar de su pantalón. Me deshice de su vaquero mientras nuestros besos se convertían en besos urgentes y turbadores. Le deseaba con tanto apremio que mi cuerpo se sentía pesado y angustiosamente desierto.

Y cuando le tuve absolutamente desnudo, fue él quien me manejó a su antojo y me colocó a su merced. Me movió como solo puede hacerlo un hombre experimentado y conocedor de las pasiones del cuerpo. Un hombre cuyo interés era únicamente satisfacer mis deseos. Saciar mi sed de placer.

Se puso sobre mí y me embistió, haciendo que esa única sacudida provocara una oleada de calor en todo mi ser.

Me hizo el amor en mis sábanas, sobre mi cama, hasta que consiguió llevarme de nuevo al límite. Su fragancia, su olor se quedaría impregnado en mi habitación, y estaba convencida de que jamás podría deshacerme de él.

A la mañana siguiente, al despertar, mi cabeza descansaba en su brazo y me tenía completamente rodeada. La sensación era maravillosa. Él aún estaba dormido, así que me moví muy despacio con la intención de observarlo. Me coloqué frente a él. Bajo su brazo. Su cuerpo estaba caliente. Era tan guapo que me costaba asimilarlo.

Él abrió los ojos y me sonrió. Una de esas sonrisas ladeadas capaz de convertir el infierno más truculento en armonía libidinosa.

—Buenos días —siseó.

—Buenos días —respondí.

Se acercó más a mi cara y me besó la nariz.

—¿Has dormido bien? —le pregunté en voz baja.

—¿En tu cama? ¿Contigo? —Me apretó contra él y luego añadió—: ¿Lo preguntas en serio? —Sonrió y me besó los labios.

—Yo también. Me encanta dormir contigo —le susurré.

Él tiró de mí y me colocó sobre él.

—Quiero que sea así siempre.

No estaba segura de qué quería decir con eso. Por supuesto que yo también quería que fuese así siempre. Pero de repente, la idea de que pronto se marchara a Nueva York se instaló en mi pensamiento, sin embargo, no quise estropear el momento, dejaría la conversación para más tarde. Ahora lo único que deseaba era comenzar el día de la mejor manera posible. Sintiéndome suya.

Nos besamos hasta perdernos uno en brazos del otro. Y me regaló el orgasmo mañanero más alucinante que había tenido jamás.

Al cabo de una hora, él se estaba duchando y yo preparaba el desayuno. Me sentía tan feliz que me costaba creer que fuera real. Temía despertarme de un momento a otro y que todo eso no fuera más que un sueño. Y cuando lo vi saliendo de mi cuarto de baño con una toalla alrededor de la cintura y su corto cabello ligeramente despeinado… casi tuve que sujetarme a la encimera para no caerme allí mismo.

Se acercó a mí, me obligó a dejar lo que estaba haciendo y se entretuvo con mis labios.

—Tengo planes para hoy. Vístete, me gustaría enseñarte algo. —Me dio un cachete en el culo y se fue directo a mi habitación.

¿Quería enseñarme algo? Me moría de curiosidad.

Cuando terminamos de desayunar, y una vez vestidos, cogí mi bolso y las gafas de sol y salimos de mi casa. En el ascensor le observé. Se había puesto la misma ropa de la noche anterior, solo que la camisa la llevaba por fuera del vaquero, y la americana en la mano. Íbamos a su piso. Allí tenía ropa y me dijo que quería cambiarse.

Serían las once de la mañana y caminábamos bajo el sol amenazante de agosto cogidos de la mano. Era fantástico sentirme suya.

Llegamos a su edificio y sacó las llaves de su pantalón. Me sujetó la puerta para que pasara y, al mismo tiempo, me dedicó una sonrisa cautivadora.

Una vez en el ascensor, introdujo esa diminuta llave en el botón que conducía al ático. Cuando las puertas se abrieron entramos directamente en su casa, pero esta vez me parecía diferente. Los tonos de las paredes eran distintos. Había pintado, y por lo poco que atiné a ver en principio, me percaté que añadió algunos muebles. Recordé que la noche que estuve allí el piso me pareció precioso aunque muy frío, sin embargo, ahora el tono de las paredes había disipado esa sensación y el color café con leche que había escogido era sencillamente fabuloso.

—Ven —me indicó, sujetándome la muñeca.

—Has pintado el piso, ¿no?

—Sí, le he hecho algunos cambios. Espero que te guste.

Me condujo a la primera habitación que había a mano izquierda. Un dormitorio vacío con una ventana que daba a la terraza. En cuanto entré me fijé que en una de las paredes, apoyada, estaba mi bicicleta. La misma que le comenté aquel día en la playa que rescatara del trastero de sus padres.

Y junto a ella, un par de cajas con cosas mías. Eran las fotografías que le pedí a su madre que me guardara cuando hicimos la mudanza de casa de mis padres. Quería asegurarme de que esas fotografías no se perdieran, por eso le pedí, expresamente a su madre, que las guardara en un sitio seguro. También estaba mi iPod y un montón de cosas que había olvidado allí. Había hecho lo que yo le había pedido. Pero el que se hubiera preocupado de todas mis cosas y que las hubiera llevado a su casa fue algo que me conmovió.

—Puedes llevártelas a tu casa o dejarlas aquí, como tú quieras —me comentó apoyado en el marco de la puerta.

Me agaché y abrí una de las cajas. Estaba repleta de fotografías de mi infancia. Fotos en la playa con mis padres, Cristina y yo en nuestros cumpleaños, fiestas de fin de curso de las dos…

—Espero que no te importe, pero he visto todas las fotos. —Lo miré y le sonreí.

—Pues claro que no me importa. No sabes cuánto te agradezco que las hayas traído aquí —le comenté, sentándome sobre mis talones. Durante todo ese tiempo había temido que Rafa hiciera una de las suyas y se deshiciera de esas cajas.

Él se acercó y se agachó para besarme. A continuación se sentó en el suelo junto a mí y nos pusimos a ver las fotos.

—Está claro quién era la artista de las dos —se mofó, sacando una foto de Cristina vestida de gitana con tan solo dos años. Estaba graciosísima, y a pesar de los años pasados, la expresión de su cara seguía siendo la misma.

Yo me eché a reír y durante un largo rato estuvimos allí sentados en el suelo de esa deshabitada habitación viajando por mis recuerdos. Unos recuerdos tan hermosos y felices que resultaban dolorosos.

Después de un largo rato compartiendo con él los momentos más significativos de mi infancia e intercambiando risas, me pidió que me levantara.

—Me gustaría enseñarte algo más.

Me ayudó a ponerme en pie, me colocó un mechón de pelo detrás de la oreja y me besó, acariciando mis labios con su lengua.

El simple y sencillo acto de llevar esas fotografías y mis cosas personales a su casa…, fue algo que me ablandó el corazón.

—Cierra los ojos —me ordenó en el pasillo.

—¿Por qué? —le pregunté sonriendo.

—Ciérralos, venga. Hay algo que me gustaría que vieras.

Me agarró la mano y me condujo a ciegas. Me llevó al salón y cuando estábamos allí me pidió que los abriera. Había añadido algunos muebles y lo cierto era que estaba quedando extraordinario. Me puso delante del ventanal que daba acceso a la terraza donde ahora había unas preciosas cortinas de color champán con tejido poliscreen, las corrió hacia un lado y salimos al exterior. Me quedé totalmente atónita ante semejante paraíso. La terraza que yo recordaba no se parecía para nada a lo que ahora había ante mí.

Había decorado aquel espacio tal y como yo le había comentado la noche que estuve con él. Una enorme barbacoa moderna y funcional en uno de los laterales. Un sofá chill out con colchones de espuma y fundas de loneta de blanco inmaculado, creando un contraste con la madera natural de la estructura. Una mesa baja, tallada y rectangular, y en uno de los rincones lo más sorprendente: un jacuzzi de madera oriental con sistema de hidromasaje. Y lo que era aún más sensacional, estaba lleno de agua y pedía a gritos que nos metiéramos en él.

Él sonreía ante mi expresión de alelamiento.

Ahora entendía la visita de Patricia a su piso. Y a pesar de que el resultado era impactante, el hecho de que ella hubiese estado allí me quemaba las entrañas. Pero intenté deshacer ese pensamiento de mi mente y seguí disfrutando del momento junto a él.

—Como ves me he tomado al pie de la letra tus consejos sobre decoración.

Aquello era un auténtico paraíso de relajación y descanso. Estaba segura que con todo eso allí no querría moverme de ese piso.

—¿Te gusta? —me preguntó al ver que yo no decía nada, pero es que aún no conseguía salir de mi asombro.

—Me encanta, es fabuloso.

—Pues ha sido idea tuya. Solo he seguido tus instrucciones —aseguró con una sonrisa ladeada.

Me acerqué al jacuzzi y metí la mano en el agua. Estaba a una temperatura estupenda. Y me moría por bañarme con él. Lo miré, le hice morritos y le indiqué con el dedo que se acercara a mí. Él sonrió, echando la cabeza hacia atrás. Se acercó lentamente y empecé a desabrocharle los botones de la camisa mientras le devoraba con la mirada.

—No has traído bañador —bromeó, deslizando sus manos por mi trasero y mis caderas.

—No lo necesito —aseguré.

Lo besé, fue a decir algo más, pero lo acallé sellando sus labios con los míos. Las manos se me fueron hacia su pelo y tiré de él para asegurarme de que no escaparía de mí. Pero en ese instante él se separó un poco y susurró:

—Si vamos a bañarnos necesitaremos toallas.

¡A la mierda las toallas!, en ese instante me daban igual, no quería dejar de besarlo. Sin embargo, él se empecinó en que fuéramos a su dormitorio a cogerlas. Me llevó al interior de la casa y me condujo hasta su habitación.

En el pasillo empecé a fijarme en que había colgado algunos cuadros. Eran realmente fascinantes. Todos eran pinturas suyas. La mayoría óleos de pinturas modernas. Lo que más atraía mi atención de su forma de pintar era el uso tan extravagante y sensacional que hacía de los colores. Eran unas pinturas asombrosas. En el pasillo había como unos cuatro o cinco cuadros. Reconocí algunos de ellos. Los había visto en su piso de Sevilla. Resaltaba las figuras pero de un modo subjetivo, con rotundas pinceladas y trazos retorcidos.

En uno de ellos se apreciaba la figura de dos personas de espaldas, una de ellas sujetando un paraguas, y aunque los elementos se discernían a la perfección, era imposible determinar su nitidez. ¡Por el amor de Dios, esos cuadros debían estar expuestos en galerías de arte! Eran espléndidos.

—Héctor, estas pinturas son asombrosas —articulé, deteniéndome y señalando una de ellas.

Él siguió hacia delante y se detuvo en la puerta de su dormitorio.

—Me alegro que te gusten. Mira, aquí hay algunos más —comentó, haciendo un gesto de cabeza hacia el interior.

Me encaminé con premura hasta llegar a su altura y una vez allí me detuve. Me apoyé en el marco. Y cuando fijé la vista hacia la parte superior de la cama, vi que había colgado un hermoso lienzo que decoraba casi todo el cabecero.

Me moví despacio hasta colocarme frente a él. Era un retrato, y en el mismísimo instante en que reconocí que se trataba de una de las fotografías de mi infancia, no pude reprimir que dos gruesos lagrimones resbalaran por mis mejillas.

Había pintado una de mis fotos favoritas. Éramos mamá y yo. Había visto esa foto hacía apenas una hora, estaba en una de las cajas. En ella, yo llevaba un vestido verde y estaba sentada en la cama jugando con un peluche. Mamá se hallaba sentada junto a mí, con una mano apoyada en la cama y con la otra me colocaba un mechón de mis cabellos detrás de la oreja.

Él había cambiado los colores de nuestras ropas y pintado el vestido de mamá y el mío en color marfil, lo que le daba a la pintura una profunda sensación de inocencia y ternura. Había resaltado detalles insignificantes como los pliegues de las sábanas y el color de nuestros cabellos. Mi madre tenía el rostro inclinado buscándome la mirada, y yo centraba mi atención en el juguete. En esa foto, yo debía tener aproximadamente un año.

Los sentimientos que aquella sobrecogedora imagen provocaron en mí fueron tan intensos que tuve que llevarme las manos a la boca para reprimir un sollozo.

Él sabía que lo más valioso que tenía en mi vida eran mis recuerdos y aquello era una admirable muestra de su amor. Era lo más maravilloso, alucinante, conmovedor y mágico que jamás habían hecho por mí. Si verdaderamente estaba buscando la forma de sorprenderme, había dado de lleno en el centro de la diana.

Me giré y lo miré. Él permanecía observándome, apoyado en el marco de la puerta. Mis ojos estaban húmedos y el corazón me latía a un ritmo desbocado.

—Héctor…, esto es —apenas podía hablar. Temía ponerme a llorar como un bebé. Me retiré una lágrima de la mejilla y continué diciendo—… es hermoso…

Pero no pude seguir hablando. El recuerdo de mis padres y la felicidad que sentía en esos momentos eran un cúmulo de sentimientos contradictorios. Aquella pintura era tan real y enternecedora que tenía la impresión de que si alargaba el brazo podría sentir la delicada piel de mi mamá.

Él se puso frente a mí y me sujetó la barbilla, obligándome a mirarle.

—No quería ponerte triste. Lo siento —susurró con el gesto contraído.

—No, no es eso. Estoy muy feliz. No puedes hacerte una idea de cuánto.

Y era cierto. Estar allí con él y saber que había hecho todo eso por mí, era una sensación grandiosa.

—Me pareció una foto muy tierna… —comentó él, girándose para mirar la obra.

—Lo es.

—Si no te gusta ahí, puedes cambiarla.

—Me encanta ahí. Es perfecta. —Le miré y añadí—: Tú eres perfecto.

Lo agarré de la camisa y me perdí en sus labios. Él me recorrió la espalda con sus expertas manos y me acarició con sus dedos la columna hasta llegar a mis caderas.

—Te quiero, Carolina —siseó, penetrándome con su preciosa mirada aguamarina—. Cuando estoy contigo siento que tengo todo lo que necesito.

—Yo también te quiero, Héctor —susurré, acariciándole la nuca y enredando mis manos en su pelo. Era totalmente cierto, le amaba con todo mi alma.

Diez minutos más tarde estábamos estrenando el jacuzzi. Allí estaba yo, pegada a él, adherida a sus encantos. Si la felicidad se resumía a determinados momentos de placer, sin duda alguna, este era uno de ellos.

Le besaba sus húmedos y voluptuosos labios, sentía mis senos aprisionados a su pecho. Me embebía de su cuerpo como si no fuera a tener otra oportunidad. Jamás me había sentido tan llena de vida. Era tan feliz que todo aquello me asustaba.

La forma en la que me tocaba, la manera en la que deslizaba sus dedos por mis hombros y me acariciaba la espalda. Aquellas miradas, su intenso deseo me contagió de inmediato y me aseguré de aferrarme a él con mis piernas.

Tenía su cara enterrada en mi cuello, lamiéndome y haciendo que todos los estímulos de mi cuerpo le reclamaran con desesperación. Me sentía tan expuesta y rendida a él que sabía que mi mundo se había vuelto del revés.

Y cuando se aseguró de estar dentro de mí, cuando sentí cómo se fundía en mi interior, me miró a los ojos, me agarró la nuca con posesión, asegurándose de que no me movería y con la voz rajada y cargada de una asombrosa masculinidad susurró:

—Quiero que vengas conmigo a Nueva York.

Capítulo 40

«Es verdad, fui hecha para ti...».

The Story - Brandi Carlile

¡¿A... Nueva York?!

Entré en la oficina a las ocho de la mañana con las ideas apabulladas. Me sentía tan indecisa y desconcertada que sabía que ese día me costaría la misma vida concentrarme. Todo lo que habíamos hablado Héctor y yo el día anterior había sido demasiado denso.

Su idea era que yo lo abandonara todo y me largara con él. Lo tenía todo pensado. Había hablado con Emilio para saber si podría pedirme una excedencia y, aunque en cierto modo ese interés era halagador, me parecía excesivo. Esa decisión era tan solo mía y él ya lo tenía todo perfectamente planificado. Sin embargo, no se tomó demasiado bien el que yo le dijera que no estaba segura de abandonarlo todo por él.

Tendría que separarme de mi hermana durante un año. Me perdería el nacimiento del bebé, y eso contando con que las cosas con Raúl le fueran como hasta ahora, claro. También tendría que abandonar mi trabajo, separarme de mis compañeros e instalarme en una ciudad desconocida para mí, ¿para hacer qué? ¿Acompañar al hombre que amaba? ¿Seguirle? ¿Abandonar mi ciudad? ¿Mi casa? ¿Toda mi vida...?

Él se marcharía en unas cuatro semanas y yo tenía que decidir qué hacer, si marcharme con él o quedarme y esperarlo. Y la aterradora idea de no verlo en un año o tan solo de forma esporádica, era terriblemente dolorosa.

Esa misma noche habíamos vuelto a dormir juntos, y a las siete de la mañana él me había dejado en mi casa para marcharse a Sevilla. Me había detallado todos sus planes. Quería vender su piso de Sevilla para poder instalarse en Cádiz cuando volviera de Nueva York. Sus palabras fueron determinantes antes de verlo marchar:

—¿Lo pensarás? No quiero marcharme sin ti, Carolina. No podré soportarlo.

Le prometí que lo pensaría. Aquella propuesta había sido tan repentina e inesperada que lo convencí de que necesitaba unos días para darle una respuesta.

Pero ¿qué le iba a decir? Aún no tenía ni idea. Dejarlo todo para seguirle no era algo que tuviese planeado. No quería abandonar mi trabajo, ya sabía que no era nada del otro mundo, sin embargo, levantarme cada mañana y entrar en la oficina para rodearme de mis compañeros era algo que me hacía sentir muy completa. Podría decirse que en el ámbito profesional me sentía realmente realizada. Allí percibía que mi esfuerzo se valoraba y, sobre todo, encontraba un lugar de apoyo y consuelo. Las horas que pasaba en la oficina me aportaban una tranquilidad muy confortable. En aquel lugar no tenía que preocuparme por sentirme sola. Mirara para donde mirara siempre veía a una buena persona.

—Hola, Carolina. Vaya, qué guapa estás.

Bueno, aunque algunos, de vez en cuando, me sacaran un poco de quicio…

—Hola, Felipe —le respondí con una amplia sonrisa—. Gracias, tú también estás muy guapo hoy —añadí mirándolo de arriba abajo con el gesto fruncido, examinando su traje de chaqueta gris, para mi gusto demasiado plateado.

—Ah, esto, es que hoy tengo juicio y mi clienta es un bombón. Así que me he puesto mi mejor traje —me informaba mientras hacía unas fotocopias tras la mesa de recepción y arqueaba sus cejas una y otra vez.

—Suerte —musité. Ese chico no tenía remedio…

Saludé a Lucas y a Sergio y mientras dejaba el bolso sobre mi mesa, volví a mirar a Felipe y le pregunté:

—¿Dónde está María? —Por un momento pensé que llegaría más tarde, pero él me respondió de inmediato.

—No, hoy no viene. Ha llamado esta mañana y ha dicho que estaba enferma.

¿María… enferma? Desde que yo estaba trabajando en la asesoría, María solo había faltado al trabajo por gripe. Y recuerdo que había sido Emilio quien, prácticamente, la había obligado a no ir.

Cogí mi móvil y le envié un mensaje:

¿Estás enferma? ¿Qué te ocurre?

Ella me respondió de inmediato:

Solo es un simple resfriado. En unos días me incorporaré. No te preocupes.
Gracias.

¿Un simple resfriado? ¿Que no me preocupara? ¿María se había vuelto loca o qué? ¿Acaso pensaba que iba a tragarme esa pantomima? Ella nunca hubiera faltado por un «simple resfriado», como ella misma lo había calificado. Pero de una cosa estaba segura, en cuanto terminara mi jornada pensaba averiguar qué demonios le sucedía.

Esa mañana me fui a desayunar con Emilio y la conversación que mantuvimos me resultó muy interesante.

—Entonces, ¿qué, te vas o no te vas con tu amado a Nueva York?

—Ya veo que estás muy al corriente de todo lo que nos concierne a Héctor y a mí, ¿no? Te has convertido no solo en el asesor fiscal y contable de Héctor, también en su experto consejero sentimental —bufé con sorna.

En realidad me molestaba que me hubiera ocultado determinada información.

—Carolina, después de lo que te sucedió en Sevilla y tras lo que había descubierto cuando empecé a indagar en la información fiscal de ese Mario Márquez, decidí llamar a Héctor con la excusa de hablar del bar. Y, sin más preámbulos, le pregunté qué había pasado entre tú y él. Si te soy sincero, logró convencerme de que te quería y que esa tal Patricia no significaba nada para él. Me contó que siempre había estado enamorado de ti y que haría lo que fuese con tal de demostrarte que te quería.

»Y cuando le conté lo que había descubierto en la contabilidad y los problemillas con Hacienda que su queridísimo socio se estaba tejiendo, me comentó que la solución sería quitárselos de en medio a él y a ella cuanto antes. En realidad, esos problemas no afectaban demasiado a Héctor, pero él insistió en que teníamos que buscar la forma de deshacerse de su socio. Encontrar un socio capitalista que comprase el porcentaje de Mario, y él pensó en Miguel.

»Pero la negociación con Mario no ha sido fácil. Es más, la cosa se puso tan complicada que por un momento le propuse aceptar la idea de Mario de seguir asociados, pero con unas condiciones específicas. Sin embargo,

Héctor se empecinó en que lo quería lejos de su negocio. Y su única motivación eras tú. —Emilio le dio un sorbo a su café y siguió hablando—: Me dijo que si no lograba echar a Mario y a Patricia de su negocio, tú no le creerías. Carolina, estoy seguro de que todo eso lo ha hecho por ti. Y no te conté nada porque me pidió que no lo hiciera.

Dios mío, no sabía qué decir.

—Emilio, te agradezco que me cuentes todo esto y perdóname si he sido un poco antipática contigo.

—De nada, mujer. Si te digo la verdad, me ofrecí a guardarle el secreto porque pensé que no tardaría tanto en contártelo.

—¿Y lo de Nueva York cuando lo habló contigo? —le pregunté.

—Eso me lo contó también ese día. Me dijo que su idea era marcharse a Nueva York para ese proyecto y que luego se instalaría en Cádiz definitivamente. Me confesó que pensaba pedirte que te fueras con él, es más, estuvimos hablando de la posibilidad de pedirte una excedencia.

Puse los ojos en blanco cuando una vez más corroboré su manía por hacer planes conmigo sin consultarme. No obstante, todo aquello me resultaba tan romántico y adulador que no pude pasar por alto el nudo que se instaló en mi estómago.

—Entonces, ¿te irás o no? —Volvió a preguntarme Emilio, sacándome de mi cavilación.

—Aún no estoy segura, Emilio.

—Pues tendrás que decidirte rápido porque, si mal no recuerdo, el otro día me comentó que se marcharía en un mes más o menos.

Sí, señor, así era, en un mes tendría que decidir si seguirle o quedarme aquí esperándolo.

Emilio y yo pasamos el resto del desayuno charlando tranquilamente, le confesé que me encontraba muy feliz con Héctor.

—Héctor no es ningún niñato, Carolina. —Sabía que eso lo decía por Rafa—. Sé que te quiere, y encima tiene planes contigo. Me parece un buen tío.

—Está claro que te ha caído genial —dije, guiñándole un ojo. Él sonrió.

Me adelanté y pagué el desayuno y cuando estábamos saliendo del bar le pregunté por María. Él no le había dado importancia al repentino resfriado de ella. Me contestó, sin mucho interés, que estaba enferma, y me di cuenta de que él tampoco tenía ni idea de lo que le ocurría.

Terminé de trabajar, cogí mi bolso y me encaminé a casa de mi amiga. Quería verla y saber de una vez por todas qué demonios le sucedía.

Llamé al timbre y observé que se formaba una sombra tras la mirilla. Ella estaba en su casa, pero quizás estaba decidiendo si abrirme o no.

—María, abre la puerta, sé que estás ahí.

Ella abrió y entonces me fijé en su aspecto. Estaba sin maquillar y con aquella expresión de angustia y miedo en su ojos.

—Pasa, Carolina. —Intentaba parecer amable—. Estaba preparando el almuerzo, ¿te apetece comer aquí?

Afirmé con la cabeza, sabía que descubrir qué le ocurría me llevaría un buen rato. Empecé a charlar con ella, me preguntó por Héctor y por cómo había pasado el fin de semana y le conté todo lo que me había sucedido. Estuvimos entretenidas, charlando sobre Héctor y de lo maravilloso que era. Pero por mucho que ella intentara desviar mi atención de su verdadero problema, no lo conseguiría.

Almorzamos en su cocina. Había preparado una tortilla de patatas y una ensalada. Y cuando las dos estábamos metiendo los platos en el lavavajillas, me apoyé sobre la encimera y sin más rodeos le pregunté:

—¿Qué te ocurre, María?

Ella no me miró a los ojos. Siguió recogiendo y el silencio entre las dos se hizo ostensible. Al cabo de un minuto demasiado denso, ella contestó:

—Tengo cáncer.

El mazazo fue tan directo y desgarrador que sentí cómo toda la sangre de mi cuerpo se aglomeraba en mi cabeza.

—Es de pecho —continuó ella diciendo—. Tienen que extirparlo cuanto antes. Ingresaré mañana por la noche y la intervención será el miércoles por la mañana.

Casi se me descuelga la mandíbula del asombro.

—Pero… ¿qué me estás diciendo? ¿Cuándo pensabas contármelo? ¿Lo sabe Olga?

—Tranquila, Carolina, sí que pensaba contártelo. De hecho te iba a llamar esta tarde. Me gustaría que estuvieras conmigo.

—Pero… pero… ¿Desde cuándo lo sabes? —Estaba tan aturdida y asustada que me costaba articular las palabras.

—Desde hace unas tres semanas. Me hice una mamografía y me detectaron un bulto extraño, lo analizaron y resultó ser cancerígeno. Ahora me han dicho que tienen que extirparme el pecho y esperar a ver si no hay metástasis. Si es así, entonces tendrán que darme quimioterapia.

Noté cómo las palmas de las manos empezaban a sudarme y mis piernas me temblaban. Me separé de la encimera y me senté en una de las sillas.

—¿Por qué no me los has dicho antes?

Ella cerró el lavavajillas y se sentó en la silla que estaba frente a mí.

—Porque necesitaba asimilarlo, Carolina. Necesitaba digerirlo y hacerme a la idea de que esta horrorosa enfermedad no acabará conmigo.

Conocía a María muy bien y sabía lo que supondría para ella aquella operación. Era una mujer extremadamente presumida y si, finalmente, tenía que someterse a quimioterapia..., para ella sería horrible. No la culpaba por haberse sentido de aquella manera. Entendía su estado de ánimo.

—No puedo entrar en ese quirófano pensando que todo va a ir mal. Si no lo he comentado aún con nadie es porque necesitaba enfrentarme sola a mis miedos. Estar convencida de que todo saldrá bien y de que esto no es más que un episodio inoportuno en mi vida. Temía que si os lo contaba a todos, estaríais todo el tiempo llamándome y preguntándome constantemente como estoy y, sinceramente, eso es lo último que deseo.

—¿Piensas entrar en ese quirófano sin decirle nada a Olga? ¡Por el amor de Dios, María, ella es tu hija!

—No pienso decirle nada a Olga. Ya sé que no lo entiendes, Carolina, y tampoco te culpo, pero esto es cosa mía y no quiero que mi hija lo sepa.

—Pero, María...

—No, Carolina, ver a Olga en el hospital el día que vayan a operarme solo agravará mi miedo. No puedo hacerlo si ella está allí. No puedo enfrentarme al cáncer si sé que hay una posibilidad de no volver a verla. Lo siento, pero no se lo diré.

Estuve toda la tarde en su casa, hablamos de todo, pero no conseguí convencerla de que le contara a su hija lo que le ocurría y, si era sincera, en el fondo entendía lo que ella me decía. Así que sobre las siete me marché a mi casa. Mientras estuve con María intenté mostrarme fuerte, entera, pero en cuanto crucé la puerta de mi piso me derrumbé.

Aquella noche Héctor me llamó. Esa semana tendría mucho trabajo en Sevilla y me había prometido que el jueves lo dejaría todo listo y regresaría a Cádiz. Oír su voz fue como un soplo de aire fresco, sin embargo, él notó mi estado de ánimo de inmediato. La noticia del cáncer de María había sido demasiado fulminante y sentía la necesidad de contárselo. Así que lo hablé con él y, en cierto modo, sentir sus palabras de consuelo me ayudaron.

Cristina seguía pegada a Raúl. Aquel lunes solo vino a casa para recoger algunas de sus cosas y marcharse de nuevo a Sevilla. Me contó que se mudaría a vivir con él. Al parecer, lo del compromiso iba viento en popa y ellos querían fijar la boda para antes de que naciera el bebé. Todo lo que mi hermana hacía últimamente me parecía una locura, pero ya apenas atinaba a escucharme. Que se casara con él ocultándole algo tan importante… era absolutamente incoherente, pero en cuanto yo intentaba mencionarle una palabra de aquello…, ella se escabullía con perspicacia.

El martes por la tarde preparé una bolsa con algo de ropa y me fui a casa de María a recogerla. Esa noche la pasaría con ella en el hospital. Los únicos que sabíamos lo de la operación éramos Emilio, Yoli (la chica del bar del Pópulo), y yo. María no quería que lo supiese nadie más. Bueno, y Héctor. Pero yo estaba segura de que a ella no le importaba que yo se lo hubiera contado a él.

A las nueve de la noche ingresó y la pasaron a una habitación donde en principio estaríamos solas. Solo llevábamos media hora en el hospital cuando apareció Emilio. Su visita nos hizo mucho bien para calmar los nervios. Se mostró muy positivo y confiado, y eso a María le vino genial.

Pero mi gran sorpresa fue cuando sobre las once de la noche María y yo charlábamos tranquilamente y llegó Héctor, que con su presencia arrasó con toda mi atención. Llevaba un polo *Lacoste* negro y unos vaqueros claros.

—¿Se puede? —preguntó cauteloso en la puerta, con gesto de preocupación.

Mi primera reacción fue mirar a María, al fin y al cabo no sabía cómo se tomaría ella el que yo se lo hubiera contado a Héctor. Pero en sus labios se dibujó una bonita sonrisa y le pidió que pasara.

Él entró en la habitación y se acercó a ella, que permanecía recostada en la cama con su bata azul. Le dio un beso en la mejilla y luego se giró hacia mí.

—Es que he pensado que si ibais a pasar toda la noche aquí, tal vez os vendrían bien algunas cosas —dijo, acercándose a mí y plantándome un beso corto pero intenso en mis labios.

De pronto subió una bolsa a la cama y empezó a sacar su contenido. Lo primero fue una pequeña almohada envuelta en un plástico, luego sacó un montón de revistas, todas de cotilleo. Y mientras nos las enseñaba levantaba las cejas en un gesto divertido y juvenil. Y por último, una bolsa con un montón de chucherías y bombones. La cara de María se iluminó al instante.

Aquel simple y bonito detalle por su parte, hizo que me entraran unas ganas repentinas de abalanzarme sobre él.

María parecía encantada de que él estuviese allí. Por un momento me dio la impresión de que se había olvidado del verdadero motivo. Héctor estuvo todo el tiempo entreteniéndola con anécdotas y sucesos de sus viajes al extranjero y mientras ellos hablaban yo les observaba embelesada.

Al final, no solo había conseguido que yo me enamorara de él, sino que mis mejores amigos también habían sucumbido a su embrujo.

Sobre las doce y media de la noche una enfermera entró en la habitación y le comentó a Héctor que las visitas ya habían finalizado. María se quejó un poco, pero él se acercó a ella y antes de marcharse le cogió la mano.

—Tengo que marcharme, pero prométeme que te recuperarás pronto, me gustaría invitaros a cenar a ti y a mi chica una noche de estas. —Le besó el dorso de la mano.

—Por supuesto, pero si Carolina está ocupada, nos vamos los dos solitos —añadió ella, bromeando y guiñándole un ojo.

Yo sonreí y negué con la cabeza. Menudo par.

Salí con él de la habitación y me ofrecí a acompañarlo al exterior. Una vez en la calle, me rodeó la cintura. Hubiera dado mi peso en oro por poder dormir con él esa noche.

—Lo que has hecho hoy ha sido muy tierno. Has hecho sonreír a mi amiga en un momento así. Gracias, Héctor.

—Solo quiero que seas feliz —musitó él, pasándome un dedo por la barbilla.

—Y lo soy. Te quiero. —Me agarré a su cuello y lo besé.

—Carolina, necesito saber que vendrás conmigo a Nueva York. No quiero irme sin ti.

—Héctor, aún no lo sé. No puedo marcharme con María así y con mi hermana embarazada. Me necesitan.

—Yo también te necesito —susurró él, apoyando su frente en la mía.

Nos quedamos en silencio. Volví a besarlo, pero esta vez él se separó de mí. Parecía molesto.

—Será mejor que regreses con María. —Me dio un beso corto—. Tengo que irme.

—¿Dormirás aquí?

—Sí, dormiré aquí y mañana por la mañana me marcharé a Sevilla.

—Bien —siseé.

Antes de alejarse le cogí la mano y tiré de él.

—Te quiero —le dije firmemente, mirándolo a los ojos.

Me besó la palma de la mano. Se acercó a mí, me capturó los labios y los lamió. Luego se separó y me besó la nariz.

—Yo más.

Le observé alejarse. Dios, le quería tanto que resultaba aterrador.

Volví al interior, con María. La cabeza me daba vueltas. No sabía qué hacer. En realidad, mis instintos más primarios bramaban a gritos que le siguiera al fin del mundo si fuera necesario. Me daba la sensación de que ese hombre era capaz de hacer cualquier cosa por mí, sin embargo, no podía separarme de todo lo que amaba. Mi mejor amiga estaba pasando por el peor momento de su vida, y mi hermana se encontraba en una situación bastante complicada. Ella aún no lo sabía, pero yo tenía el presentimiento de que todo el asunto del bebé estallaría de un momento a otro.

Me acurruqué en el sillón junto a María y estuvimos cotilleando las revistas durante un buen rato. Entre página y página ella me comentaba lo maravilloso que le parecía Héctor. Finalmente, le conté lo de Nueva York y todos sus planes.

—¿Y por qué te lo estás pensando tanto? Piensa que serían unas largas vacaciones. Como bien dice él, puedes pedirte una excedencia y volver a incorporarte cuando vuelvas. Ya sabes que mi hermano no pondrá pegas. Tu sitio en la asesoría estará asegurado cuando vuelvas.

—Lo sé, es solo que no quiero separarme de Cristina en su estado. —Por supuesto omití lo que pensaba sobre separarme de ella. No quería que se sintiese culpable.

—Cristina ya tiene quien la cuida. Está con el padre de su hijo.

Suspiré interiormente. Ojalá Raúl hubiese sido el padre de su hijo.

Observé cómo bostezaba, entonces me incorporé y le quité las revistas de las manos.

—Venga, dejemos la conversación para mañana. Ahora tienes que descansar.

—Sí, será lo mejor.

Apoyé las revistas sobre el alféizar de la ventana y me acomodé en el sillón. Ella se giró hacia mí.

—¿Crees que todo saldrá bien?

—Estoy convencida —masculló rotundamente. Pero en el fondo estaba tan asustada que temía ponerme a llorar de un momento a otro.

—Bien. —Se quedó en silencio mirando al techo y luego murmuró—: Me quitarán un pecho, Carolina. Estaré horrible.

—No digas tonterías. Será algo temporal. Luego podrás ponerte unas tetorras como las de Pamela Anderson.

Ella sonrió.

—No, me gustan más las de Dolly Parton.

—Sí, a mí también.

Ambas sonreíamos.

—Venga, duérmete —susurré.

—Sí, que sueñes con tu guapísimo novio —dijo ella, girándose hacia el otro lado de la cama.

—Sí, y tú con tu misterioso novio cibernético —añadí revolviéndome en el sofá, risueña.

—Nunca hablé de que fuera un hombre. Solo dije ligue cibernético. Buenas noches, tesoro —murmuró ella, apagando la tenue luz que nos iluminaba.

¡¿Cómo?! ¿Qué había querido decir con eso? ¿Acaso su ligue era una mujer?

Estuve tentada de encender la luz y preguntarle qué había querido decir. Pero ya conocía bien a María y si ella aún no había decidido hablarme sobre eso, yo tampoco la presionaría.

En fin, la vida era una enorme caja de sorpresas y yo me encontraba a diario con una de ellas…

A la mañana siguiente, las enfermeras entraron en la habitación muy temprano. Ella debía rellenar la documentación reglamentaria antes de intervenirla. Operarían a María sobre las diez de la mañana. Su cirujana, una mujer joven y muy profesional, entró para hablar con ella y tranquilizarla.

Antes de que ella se despertara se me ocurrió llamar a Fernando y comentarle el caso de María. Me salté por alto la promesa de no tener a Fernando como amigo, ya que sabía que en estas situaciones tener un aliado en el hospital era muy importante, y él hizo lo pertinente. La cirujana era muy buena amiga suya y le prometió que trataría a María como a alguien de su familia. Él no tardó en aparecer por la habitación y le dedicó unas palabras de serenidad.

—María, está demostrado científicamente que, en estos casos, el estado de ánimo es fundamental. Así que es muy importante que te convenzas que todo irá bien.

Ella asentía mientras lo escuchaba, pero en realidad yo sabía que estaba muerta de miedo. Jamás en toda mi vida había visto a María tan asustada.

Emilio llegó también temprano. No le soltó la mano hasta que dos celadores aparecieron por la habitación para bajarla a quirófano en la camilla.

Nos informaron de que los familiares tendríamos que esperar en la habitación o en la sala de espera de la UCI.

—Te veo luego —dije, besándole la mejilla y guiñándole un ojo antes de que los celadores la metieran en el ascensor de pacientes.

Pero unos instantes antes de que las puertas del ascensor se cerraran, oí una voz detrás de mí que me resultó familiar.

—Un momento, por favor.

Me giré y observé cómo Yoli, la amiga de María, corría presurosa hasta ella. Se acercó, cogió su mano y de repente ambas se fundieron en un profundo abrazo acompañado de besos pasionales. La cara de Emilio era un poema y la mía no era para menos. Los dos celadores contemplaban la escena ojipláticos.

—Todo irá bien, cariño, ya lo verás —la oí decirle a María, besándole las manos.

El rostro de María estaba empañado en lágrimas, sin embargo, a pesar de que eso había sido una auténtica sorpresa para mí, qué digo, UN SORPRESÓN, el ver a María y a Yoli mirándose de aquella manera solo me transmitió serenidad. Quizás María había encontrado en los brazos de aquella mujer lo que ningún hombre le dio. Qué sé yo… De todas maneras, me daba igual.

Si ella era feliz…, yo también lo sería.

Capítulo 41

«No te me rindas mi vida,
duerme esperando otro día
que saldrá el sol,
no te rindas amor...».

No te rindas - Maná

Gracias a Dios, la operación de María fue todo un éxito. La cirujana salió a comentarnos que todo había ido mejor de lo que ella esperaba. Con suerte no tendrían que darle quimioterapia, tan solo algunas sesiones de radioterapia.

Esa mañana me sentía más esperanzada. Héctor me llamó para preguntarme por ella. Me resultaba conmovedor que se interesara de esa manera por mi amiga.

Cuando la subieron a planta, me fui a casa a descansar un poco y Emilio regresó a la asesoría. Ninguno de los dos habíamos ido a trabajar esa mañana. Yoli se quedaría con ella y me mantendría informada por si había alguna novedad. La chica era bastante maja. En ningún momento hablamos nada sobre su relación con María. Todo lo contrario, ella se comportaba como si fuera una amiga más.

Jamás me habría imaginado que María tuviera algo con esa chica. Ella me parecía algo masculina, pero era tan simpática y divertida que pensé que entre ellas lo que único que había era una bonita amistad. Además, María siempre andaba haciendo comentarios sobre hombres, me había hablado en muchas ocasiones de sus conquistas esporádicas y, desde luego, ninguna había sido mujer. Y siendo ella tan extremadamente coqueta y femenina nunca hubiera pensado que era lesbiana. Pero si yo estaba sorprendida, Emilio ni contar.

Ese medio día él y yo salimos juntos del hospital. Y antes de despedirnos, obviamente, el tema salió a relucir.

—¿Tú sabías que mi hermana…, en fin, ya sabes, si sabías que era…?

—No, Emilio, no tenía ni idea. Estoy tan sorprendida como tú.

—Joder, casi me da un ataque allí mismo cuando las he visto besarse. —Se tocaba la cabeza en un gesto nervioso.

—Sí, bueno, entiendo que estés desconcertado, sin embargo, yo la he visto feliz, ¿no crees?

—Eso espero. Supongo que María está tan decepcionada con los hombres que ha tenido que cambiarse de acera —farfulló él, bromeando y poniendo los ojos en blanco.

Yo sonreí y le di un empujoncito en el hombro.

—Mi hermana pretende matarnos con tantas noticias. Primero nos oculta que tiene cáncer, y al mismo tiempo nos enteramos de que es lesbiana. En fin…, me voy, Carolina. Aún tengo cosas que hacer en la asesoría.

—¿Quieres que vaya esta tarde contigo?

—No, incorpórate mañana. Hoy tienes que descansar. Apenas habrás dormido en ese sillón.

Insistí en acompañarlo a la asesoría y ayudarlo, pero se negó. Me despedí de él y regresé a mi casa.

Los días que sucedieron a ese fueron apacibles y optimistas. María se recuperaba con normalidad, y después de que la operación hubiera salido bien decidió llamar a Olga y contárselo todo. La joven no tardó en bajar de Madrid e instalarse con su madre. Había prometido no moverse de su lado hasta que estuviese totalmente recuperada, y lo cierto era que su decisión me reconfortó profundamente. Aunque yo estuviese pendiente de ella, el saber que tenía a su hija me daba tranquilidad.

Cristina seguía con la mudanza. Ese fin de semana terminó de llevarse sus cosas a casa de Raúl. Además, ya había hecho su primera entrevista con aquel fotógrafo y estaba eufórica. Empezaría ayudándole en algunos reportajes nupciales que tenía contratados para el mes de septiembre y si la cosa iba bien, le haría un contrato de seis meses. Raúl seguía con la rehabilitación de la pierna, pero poco a poco se fue incorporando al trabajo.

Y Héctor y yo vivíamos en una espiral de felicidad extrema. A medida que pasaba el tiempo, mi corazón me decía que mi lugar estaba junto a él. Era maravilloso, divertido, interesante y muy sexy. Las dos semanas que siguieron me las pasé o bien colgada al teléfono hablando con él o en su compañía, ya fuera en Sevilla o en Cádiz.

Los fines de semana salíamos con Raúl y Cristina y nos lo pasábamos tan bien que rezaba para que el tiempo se detuviese en aquella época. Me sorprendía constantemente y me llevaba a sitios alucinantes. A restaurantes preciosos, a exposiciones de pinturas, incluso una noche fuimos Málaga. Cuando lo vi tomar el desvío en la autopista, le pregunté a dónde íbamos y él me comentó que era una sorpresa.

Aparcó el coche en un solar y me obligó a ponerme una cinta en los ojos para que no pudiera ver en qué lugar estábamos. Escuchaba mucho ruido, pero no tenía ni idea de dónde nos podíamos encontrar. Cuando me permitió ver, me encontré con cuatro chicas guapísimas vestidas de negro y recogiendo unas entradas doradas. En la pared que había tras ellas vi un poster enorme de mi grupo favorito: Maná.

Casi me da un ataque. ¡Era un concierto de Maná! Miré a mi alrededor y observé que estábamos en una de las entradas del Estadio de Atletismo. La que daba acceso a la zona vip. Me puse a saltar sobre él agarrándome a su cuello y comiéndomelo a besos. Su expresión era de pura satisfacción. No obstante, cuando estábamos dentro y nos colocamos en nuestros asientos, aparecieron Cristina y Raúl. Grité de emoción en ese instante y él sonrió plenamente complacido.

Se colocó detrás de mí y cuando el batería del grupo, Alex, apareció en el escenario con su chaleco de piel, sus brazos tatuados y haciendo malabarismos con las baquetas, una excitante mezcla de emoción y felicidad me recorrió las venas. A los pocos minutos salió Fher y, desplegando su característica y armoniosa voz, empezó a cantar una de mis canciones favoritas de su álbum *Drama y Luz*: *No te rindas*.

No te me rindas mi vida,
duerme esperando otro día
que saldrá el sol,
no te rindas amor,
resistir el dolor,
yo,
que te quiero a morir.
Voy a sembrar en tu herida una flor
yo trataré de curar
ese dolor,

tenme fe, corazón,
esperanza y valor,
yo,
que te quiero a morir.

En ese instante, mientras esa música se apoderaba de mis sentidos, me giré hacia Cristina y la observé. Ella parecía realmente feliz con Raúl. Estaba preciosa con su incipiente tripita. Quizás llevaba razón y lo mejor era no decirle nada del bebé. Raúl estaba dispuesto a cuidar de ambos. Tal vez era el momento de decidirme si marcharme con Héctor a Nueva York. Él no había vuelto a preguntarme, pero yo sabía de sobra que esperaba una respuesta. Se marcharía en una semana y yo aún no le había respondido.

La música seguía sonando y sentía que se me filtraba por los poros de la piel. Miré a Héctor que me rodeaba la cintura desde atrás y le pregunté en voz alta:

—¿Cómo sabías que me gustaba Maná?

Él pegó sus labios a mi oído, provocándome una punzada de calor entre mis piernas.

—Vi todos los CD en tu coche el día que te quedaste en Sevilla, cuando fui a aparcarlo. Quería saber qué tipo de música te gustaba.

Entonces lo tuve claro. Tan claro como que en ese momento me sentía viva y plena. Me di la vuelta y enredé mis manos en su pelo.

—Me iré contigo a Nueva York. Y si hace falta te seguiré al fin del mundo.

Él me contempló con un brillo deslumbrante en sus ojos y antes de besarme susurró:

—Te amo.

Esa última semana fue un verdadero caos. Tuve que hablar con Emilio y arreglar el asunto de la excedencia. Aunque él ya se había ocupado de todo. Me confesó que, en el fondo, intuía que me marcharía. Muy astuto.

María se recuperaba a una velocidad asombrosa. Tenía que darse algunas sesiones de radioterapia más, pero su cirujana le aseguró casi al ciento por ciento que acabaría con el cáncer. Me sentía muy orgullosa de ella. Solo una mujer como María se habría enfrentado de aquella manera a esa indeseable enfermedad. Además, su hija Olga no la dejaba ni un momento. La joven supo manejar la situación con una intachable madurez. Y no solo su problema con el cáncer, también lo de su repentina relación con Yoli.

Durante esos días pasé muchos momentos con ellas. Y excepto el día del hospital en que las vi besarse, el resto del tiempo María y Yoli parecían dos amigas. Sin embargo, María me confesó que nunca había estado tan feliz y la culpable de aquella felicidad, en parte, era esa muchacha alta y desgarbada un tanto masculina. Definitivamente, aquella chica se había colado sin avisar en el corazón de mi buena amiga.

Debía preparar las maletas para marcharme. No tenía ni idea de cuánta ropa llevarme. Empecé a buscar en internet información sobre Nueva York y su clima, y al parecer los inviernos eran muy fríos. Por lo tanto, necesitaría muchas prendas de invierno.

Héctor no dejaba de llamarme, apenas nos vimos. Esa última semana para él también fue una locura. Quería dejar el asunto de su piso de Sevilla zanjado, pues había unos clientes interesados en comprarlo. También tenía que ocuparse del restaurante y dejar a cargo de todo a Miguel, que parecía encantado.

Cristina esa semana se quedó en casa algunos días conmigo y me ayudó a prepararlo todo. Sabía que la echaría mucho de menos, pero le prometí que volvería antes de que naciera el bebé. Ella saldría de cuentas para finales de marzo y yo había acordado con Héctor que para esa fecha, si él aún tenía que quedarse en Nueva York, volvería yo sola. Ese era el trato. Además, Miguel y Rosa estarían muy pendientes de ella, así expresamente me lo habían garantizado.

Mis compañeros en la asesoría me estaban preparando una despedida y yo lo había sospechado. Oí a María hablar por teléfono y encargar una tarta. No tenía ni idea de cómo iba a sobrevivir al día a día sin ellos, pero la idea de marcharme con Héctor me fascinaba. Me moría por estar con él, por dormir cada noche a su lado, por amanecer junto a él…

Un día antes de que mis compañeros me organizaran la despedida, volvía de desayunar con María. Las dos charlábamos tranquilamente. Le venía contando lo mucho que estaba echando de menos a Héctor esa semana, pero ella me consoló recordándome que pronto estaríamos juntos todos los días. Había comentado con ella mi intención de hacer un curso intensivo de inglés en Nueva York, el tiempo que estuviera allí y a ella le pareció una idea estupenda.

—¿Ese de ahí no es el novio de tu hermana? —preguntó María, señalando hacia la puerta de la asesoría.

De repente fijé mi mirada en él y lo que vi hizo que el corazón dejara de latirme momentáneamente. Adelanté el paso hasta llegar a su altura. La expresión de Raúl era gélida como un iceberg.

—Hola, Raúl, ¿qué haces aquí?

—Me gustaría hablar un momento contigo, Carolina.

María, que estaba a mi lado, entendió la indirecta y despidiéndose de él se metió en la oficina.

—¿Qué ocurre? —Las piernas me temblaban y las pulsaciones de mi corazón empezaron a descontrolarse.

—Quiero que saques a Cristina hoy mismo de mi casa. —Sus palabras fueron tan frías e insensibles que me dejaron sin habla—. ¿Cuánto tiempo pensabais que me tragaría esta farsa?

Estaba tan enfadado y dolido que me costaba mirarlo a la cara. En parte, me sentía muy culpable de toda esa mentira.

—Raúl…, yo…

—¡Tú qué, Carolina! Podrías haberme dicho que no era mi bebé. Todo este tiempo me he ilusionado pensado que ese niño era mío. Haciendo planes con Cristina. Y vosotras riéndoos de mí.

—Eso no es cierto, Raúl. Yo no tuve nada que ver en eso. Intenté convencer a Cristina de que te contara la verdad. Pero ella se negó. Tenía miedo a perderte. Ella te quiere, Raúl.

Él se movió a un lado y a otro, parecía desesperado.

—¡¿Que voy a decirle ahora a mis padres, Carolina?! ¡¿Cómo voy a explicarles que Cristina no es más que una mentirosa?!

Me quedé en silencio, no sabía qué responder a eso. Me sudaban las manos y tenía la boca seca. Mi hermana era una inconsciente…

—¿Cómo lo has sabido? —le pregunté con un hilo de voz. Tenía curiosidad por saber qué error tan garrafal había cometido Cristina para que Raúl hubiese descubierto su secreto.

—Pues tu hermanita se dejó ayer el móvil en casa. Había quedado con el fotógrafo ese con el que va a empezar a trabajar y el maldito teléfono se llevó toda la tarde sonando. Miré la pantalla un par de veces y al ver que era un número extranjero no quise cogerlo, pero como seguía insistiendo supuse que podría ser algo importante.

»El tipo que habló era un tal Marcus y me dijo con un tono de voz muy arrogante que necesitaba hablar con Cristina. Al colgar me quedé un poco mosca y decidí leer sus mensajes y ¡bingo! En uno de ellos él hablaba sobre el aborto de Cristina y lo arrepentido que estaba de no haberla apoyado en un momento así. Por lo tanto, no hace falta ser matemático para saber que Cristina vino de Ámsterdam embarazada.

—Lo siento, Raúl. —Fue lo único capaz de decir—. Lamento todo esto.

Él parecía tan roto y desolado que se me partió el corazón.

—La quiero fuera de mi casa y de mi vida cuanto antes, Carolina —masculló con los ojos vidriosos.

—Raúl, sé que estás dolido, pero Cristina no lo hizo para hacerte daño. Todo lo contrario. Ella no quería verte sufrir. Cuan...

Levantó la mano y me cortó de inmediato.

—No quiero oír nada más. Solo he venido para decirte que te ocupes de ella. Por mí la hubiera sacado de mi casa ayer mismo, pero no soy tan hijo de puta.

Al imaginar a Cristina en su casa, sola y embarazada, y saber que estaría destrozada, las lágrimas se me agolparon en los ojos.

Sabía que dijera lo que dijera, Raúl no entraría en razones, así que no quise insistir más. En cierto modo entendía su postura, sin embargo, Cristina era mi hermana y lo último que yo quería era verla sufrir.

—Está bien, iré a por ella ahora mismo. Esta tarde estará fuera de tu casa.

Él tensó la mandíbula y asintió. Tenía la frente perlada de sudor y el sufrimiento que delataban sus ojos era incuestionable.

—Me quedaré en casa de Héctor hasta que se haya marchado. Aún no me siento con fuerzas para contárselo a mis padres.

—De acuerdo —musité.

—Dime una cosa, Carolina —dijo antes de girarse, con un tono de voz amargo—. ¿Pensaba contármelo algún día, o su idea era engañarme el resto de nuestras vidas?

—No lo sé, Raúl. Solo sé que fue culpa mía. A mí se me escapó y luego tú te empecinaste en tener el bebé. Ella quería abortar, quizás si los dos hubiésemos estado de su parte no habríamos llegado a esta situación.

—Habría sido más fácil si me hubiese contado la verdad desde el principio.

Lo miré a los ojos, creo que en ese instante ambos nos sentíamos igual de extenuados y decaídos.

—Lo sé, pero no ha sido así.

Él no dijo nada más. Se dio media vuelta y se marchó. Lo observé alejarse y no parecía el mismo chico que yo conocía. El chico risueño y divertido de días atrás. Ahora tan solo era una persona traicionada, rota y terriblemente decepcionada.

Una hora más tarde me encontraba por la autopista camino de Sevilla. Había llamado a Cristina un montón de veces antes de montarme en el coche, pero su teléfono estaba apagado o fuera de cobertura. El presentimiento que días atrás me había atormentado se había hecho realidad, y el no poder localizarla en un momento como ese no hizo más que acrecentar mi miedo.

Seguí llamándola durante todo el camino, pero ella no respondía. Los vellos de mi piel se me pusieron de punta solo de pensar que le hubiese ocurrido algo. La extraña sensación que me acompañó todo el camino era tan desagradable que me sentía fatigada.

Cuando llegué a Sevilla busqué la casa de Raúl. Vivía muy cerca de la estación de tren de Santa Justa. Cristina me había dado su dirección por si algún día la necesitaba. Así que se la metí al navegador y me llevó a la puerta de su edificio. Un bloque de unos cinco pisos en muy buen estado. Una vez allí empecé a llamar al telefonillo, pero no me abría nadie. Me encontraba desesperada y muy angustiada. Pensé en llamar a Raúl, pero no me parecía lo más acertado, así que saqué el móvil y marqué el teléfono de Héctor.

—Hola, Carolina —respondió él en un tono de voz comedido.

—Héctor, estoy en Sevilla.

—Lo sé, Raúl me lo ha contado todo. Acaba de llamarme.

Parecía enfadado. Era obvio que me reprocharía no habérselo contado, pero tendría que dejar esa conversación para más tarde.

—Héctor, necesito que me ayudes. Estoy llamando a Cristina al móvil y no me lo coge. No responde al telefonillo y necesito saber que se encuentra bien. Estoy muy asustada.

—Tengo una llave del piso de Raúl. Siempre tengo una copia por si acaso. Voy para allá. Espérame.

La espera se me hizo infinita. Pero a los veinte minutos vi aparecer su coche. Aparcó en doble fila y se bajó presuroso. Llevaba una camiseta blanca y un vaquero. Su gesto delataba preocupación.

Se acercó hasta mí y me besó en los labios.

—Héctor, estoy muy preocupada.

—Tranquila, estará bien —aseguró él, sacando unas llaves del bolsillo y abriendo la puerta del edificio.

Raúl vivía en la tercera planta, pero no tuve paciencia para esperar el ascensor y subí por las escaleras como si cada peldaño estuviera recubierto de lava volcánica.

Héctor abrió la puerta del piso y cuando estuve dentro oí un sonido desde el fondo. Era la ducha. Me moví con rapidez por toda la casa. En el salón, una de las puertas tenía un cristal roto y había trozos por todo el suelo. Supuse que la bronca que habían tenido habría sido monumental. Empecé a llamar a Cristina, pero ella no respondía. Héctor me seguía. El piso era muy grande. Tenía un pasillo que me resultó kilométrico.

Cuando llegué a la habitación del fondo vi que a los pies de la cama había un par de maletas con ropa dentro, estaban abiertas, aún por cerrar. Me centré en averiguar de dónde venía el sonido de la ducha y pronto descubrí que dentro de la habitación había un baño. Me giré para mirar a Héctor y su rostro estaba blanco como el papel de fumar.

—Entra tú —me indicó desde la puerta de la habitación.

Me tropecé con algo en el suelo y cuando bajé la vista para ver qué era, me encontré con un frasco de pastillas. La mente se me nubló y sentí que mis músculos pesaban demasiado. No quería pensar que Cristina hubiera cometido una locura pero, sin embargo, lo pensé. Entré en el baño y aquella imagen me atravesó: Cristina dentro de la ducha, la cabeza entre las piernas y sujetándose las rodillas. Estaba vestida y empapada. El agua caía sobre su nuca y se perdía por el desagüe. Corrí hacia ella, sin importarme si me mojaba, y cerré el grifo.

—¡Cristina! ¡Mírame! —grité, levantándole la cabeza. Obligándola a mirarme—. ¡Mírame, maldita sea!

Ella estaba llorando. Tenía los ojos muy hinchados y estaba helada.

—¡Sal de ahí, por el amor de Dios! ¡¿Qué es esto, Cristina?! —le increpé, mostrándole el bote de pastillas—. ¡¿Qué te has tomado?!

Pero ella no respondía, lo único que hacía era llorar y llorar.

En ese instante Héctor se acercó hasta mí, puso la mano en mi hombro y me apartó de ella. Se metió en la ducha, se agachó y metió una mano por debajo de sus piernas y la otra la colocó en su espalda, bajo su axila. La cogió en brazos y la sacó de allí. Aquel momento estaba segura de que jamás lo olvidaría. Cristina se aferraba a su cuello sollozando como una niña pequeña. Destrozada. Y verla así me desgarró el alma. La dejó con cuidado sobre la cama y ella se acurrucó sin dejar de sollozar, cubriéndose el rostro con las manos.

Y sin yo esperarlo, él tomó las riendas de la situación.

—Cristina —dijo sujetándole la barbilla y con una voz pausada—. ¿Has tomado algo?

Ella se giró para mirarlo y susurró hipando:

—Las he vomitado.

—¡¿Pero te has vuelto loca o qué?! ¡¿Qué coño era eso, Cristina?! —farfullé, situándome junto a ellos.

Héctor me miró desde su posición y con un simple pestañeo me pidió que me tranquilizara.

—Son unas pastillas abortivas —siseó ella.

El gesto de Héctor se transformó.

Me llevé las manos a la cabeza, luego me situé junto ella en la cama y le cogí la cara presionándola con fuerza.

—¡¿Te las has tomado?! ¡¿Las has tragado?!

Era consciente de que estaba muy nerviosa, pero todo aquello me parecía tan descabellado e irresponsable por parte de mi hermana que tenía ganas de abofetearla.

—¡No!¡Te lo juro! Las he vomitado antes de llegar a tragarlas —masculló ella, rompiendo a llorar otra vez—. Lo siento —gimoteó, enterrando la cara en la almohada.

Me moví por la habitación, me llevé las manos a la cara y me masajeé las sienes. Estaba enfadada, muy enfadada con Cristina. Me había dado un susto de muerte. Suspiré.

Héctor se situó detrás de mí y me agarró del codo.

—Bajaré las maletas. Ve cambiándola de ropa que ahora subo a por ella —murmuró cuando me giré.

Me dio un beso en la frente. Me fijé en su camiseta y estaba empapada de agua. Aquella manera de actuar con Cristina y su modo de tranquilizarme me demostró cuánto estaba dispuesto a quererme.

Lo vi salir de la habitación con las dos maletas. Había dejado un vestido seco sobre la cama. Le quité a Cristina la ropa mojada como pude. Ella no dejaba de sollozar.

—Tenemos que irnos, Cristina —le dije, serenándome mientras le ofrecía el vestido.

Tenía la pintura de los ojos corrida. Se limpió las lágrimas con el dorso de la mano y asintió intentado tranquilizarse. Se metió el vestido por la cabeza y se quedó sentada en la cama.

Héctor apareció al cabo de unos segundos.

—¿Cristina, hay que bajar algo más? —preguntó él sin desviar la vista de mí.

—Las dos bolsas que están junto a la puerta de la entrada —le indicó ella con un hilo de voz.

—Bien, pues vámonos —le ordené, agarrándola del brazo para guiarla. No tenía buen aspecto y me daba miedo que pudiera desvanecerse.

—Sí —contestó ella, poniéndose de pie. Pero en ese mismo instante le vino una arcada y corrió hacia el retrete.

Le sujeté el pelo mientras vomitaba. Héctor contemplaba la escena desde la puerta del baño, horrorizado.

Ella se sentó en el suelo y apoyó la espalda en la pared.

—¿Te encuentras bien, Cristina? ¿Seguro que no has tomado nada? —le pregunté en un tono suplicante, poniéndome de cuclillas frente a ella.

Ella negó con la cabeza mientras las lágrimas resbalaban por su rostro.

Al cabo de unos minutos se puso de pie, pero tuvo que sujetarse al lavabo porque estaba algo mareada.

Héctor se acercó a nosotras con paso firme, se colocó junto a Cristina y volvió a cogerla en brazos.

—Carolina, baja tú las bolsas. Yo me ocuparé de ella —me ordenó con voz tajante.

Salió de la habitación con mi hermana en brazos. Y no la soltó hasta dejarla en su coche sobre el asiento trasero, acurrucada. Yo me encargué de recoger el resto de sus cosas. Luego, él volvió a subir para cerrar con llave el piso. Antes de irnos observé algunas fotografías de ellos. Cristina ya había empezado a poner su sello en esa casa. Se notaba claramente que ella había cambiado parte de la decoración. Recogí los cristales que había en el suelo del salón y los tiré a la papelera de la cocina. Arreglé un poco la cama y el baño. En una de las mesitas de noche había una foto de nosotros cuatro y justo al lado su anillo de compromiso. La tristeza me abrumó.

Héctor me ayudó a bajar el resto de las cosas de Cristina, pero no dijo nada. Simplemente se limitó a permanecer en silencio. Cuando llegamos a la calle, él me dijo que nos llevaría a Cádiz. Me prometió ocuparse de mi coche al día siguiente. Y lo cierto es que se lo agradecí enormemente, no me encontraba ni con ganas ni con fuerzas para conducir.

Cristina se quedó dormida en el asiento trasero. Estaba pálida y ojerosa. Me preocupaba muchísimo que su estado de ánimo afectara al bebé.

Héctor conducía sin decir nada. Su gesto era impertérrito. Tenía la mano en la palanca de cambios y de repente puse mi mano sobre la suya. Enlazando mis dedos con los suyos. Pero él no me miró.

Ambos sabíamos lo que sucedería en adelante. No dejaría a mi hermana sola. No me marcharía con él. A pesar de desearlo con todo mi corazón, no abandonaría a Cristina en una situación como esa.

Y él ya lo sabía.

Capítulo 42

«Sé que no es fácil, renunciar a tu corazón.
Nadie es perfecto, créeme, lo aprendí...».

One and Only - Adele

Héctor se marchó y yo tuve que recoger los pedazos rotos de mi corazón para intentar recomponerlo. Me hubiera quedado metida en la cama durante días sin hacer otra cosa, tan solo añorarlo, abrazar mi almohada impregnada en su olor, pero no podía. Cristina necesitaba toda mi atención. Estaba tan destrozada que temía que de un momento a otro pudiera hacer una locura. Decía que si él no estaba con ella, no tenía sentido seguir adelante con el bebé. A veces tenía que reprimir mis ganas de zarandearla para que dejara de comportarse como una niña pequeña. Pero se la veía tan desecha y confundida que tan solo podía compadecerme de ella.

Las palabras de Héctor, antes de marcharse, me acompañarían por mucho tiempo:

—Al final, el que sale perdiendo soy yo.

Había dicho justo minutos antes de embarcar en el avión. Primero haría Jerez-Madrid, y allí cogería otro vuelo para Nueva York. Me acariciaba la mejilla y me miraba con un cóctel de ternura y deseo infinito.

—Iré a verte. En cuanto Cristina se reponga iré a visitarte. Te lo prometo —le decía, sujetándome a su cintura y besándolo en los labios.

—Tengo celos de Cristina. —Yo sonreí, pero con una sonrisa amarga. Pensé que lo decía por eso de que estaría más tiempo con ella que con él, pero luego añadió—: Me hubiese gustado tener un hermano como tú. Uno que me hubiese querido de la misma manera que tú quieres a Cristina.

Era la primera vez que me confesaba algo así. Aunque él no hablara de ello, que su hermano no le quisiera le dolía.

Lo abracé y me aferré a su pecho. Él me devolvió el abrazo.

Me besó el pelo y cuando anunciaron por megafonía el último aviso para embarcar, ambos nos separamos.

—Te quiero —susurró, capturándome los labios por última vez.

—Yo también te quiero —contesté.

Lo observé mientras le mostraba su billete a la chica del control de embarque. Era tan guapo que a veces me costaba hacerme a la idea.

—Llámame cuando llegues a Madrid —le grité desde mi posición.

Él asintió, guiñándome un ojo.

Antes de que atravesara las puertas que nos separarían por mucho tiempo, me acerqué un poco más y lo llamé:

—¡Héctor! —Se giró con una expresión expectante—. Has ganado tú. Me tienes a mí.

Él curvó los labios en una sexy y bonita sonrisa ladeada que me paró el corazón, y luego articuló sin voz:

—Te quiero.

El otoño se impuso al verano y, al mismo tiempo que la brisa desnudaba los árboles, yo sentía que mi corazón no resistiría aquella tormentosa distancia. A pesar de que el sol se ocultaba con premura y los días eran más cortos, para mí el tiempo transcurría con una aterradora lentitud. Los pájaros abandonaban sus nidos en busca de calor, buscaban un lugar donde resguardarse del frío para poder sobrevivir, y yo, sin embargo, tenía que quedarme en el mío. Tendría que resistir a la soledad de mi cama. Me acostaría cada noche recordando sus besos, sus caricias, anhelando sus miradas. Mientras los pájaros se resguardaran de tempestades, yo tendría que enfrentarme a cosas peores, a las mías propias. A la soledad, a la nostalgia, a la melancolía, al desamparo y a la necesidad de sentirlo junto a mí.

Y ante todo eso, tendría que mostrar entereza, fingir que mi día a día era normal. Que no quería salir huyendo de allí para aferrarme a los brazos del único hombre que me había hecho sentirme viva. El único que me había demostrado lo mucho que yo le importaba. Tendría que interpretar que me encontraba bien y que no sentía la irrefrenable necesidad de abandonarlo todo e ir en su busca.

Y todo… ¿por qué? Pues porque Cristina se encontraba en un momento muy delicado y amargo de su vida. Y a pesar de lo mucho que yo deseaba estar con Héctor, mi sitio estaba junto a ella. Cuidándola y velando para que el embarazo fuera bien y se recuperara lo antes posible de aquella decepción.

Cuando empezó el verano, se convenció a sí misma de que no se enamoraría. Que disfrutaría cada segundo y que luego volvería a Ámsterdam a seguir con su sueño de convertirse en una gran fotógrafa. Pero todo aquello se fue perdiendo por el camino. Desde el minuto uno que Raúl apareció ante ella, Cristina se había cegado, el flechazo entre ellos fue brutal, y todo lo que vino a continuación fue demasiado intenso y precipitado. Al final, el explosivo que hasta entonces había escondido le estalló ante sus ojos y nada pudo hacer para remediarlo.

Perdió el apetito y me atrevería a decir que las ganas de vivir. Se pasaba los días ausente y por las noches la oía llorar. Seguía adelante con el embarazo, pero yo sabía que disimulaba su contrariedad. Ella no quería tener ese bebé. Y su estado de ánimo estaba perjudicándolos a los dos. Así se lo había advertido su doctora. En dos meses la criaturita apenas había cogido peso y, para colmo, su tensión era más elevada de lo habitual, por lo tanto, tendría que cuidarse mucho más que cualquier otra embarazada.

Raúl no volvió a responder a sus mensajes, ignoró sus llamadas y, como bien me había advertido ese día, la sacó de su casa y de su vida para siempre. O al menos eso creía él…

Sin embargo, cuando ella ya estaba de seis meses, una mañana la acompañé al médico. Se había negado a saber el sexo del bebé y me tenía prohibido comprar nada de ropa ni juguetes. Por supuesto yo no le hice caso, y vacié uno de los cajones de mi armario y fui acumulando pijamitas y otras prendas. Lo compraba todo en tonos amarillos y verdes, de esa forma podría utilizarlo fuera niño o niña. Pero ese día algo cambió en ella.

La ecografía sería en 3D. La doctora le había comentado que esas ecografías mostraban unas imágenes espectaculares del feto, y que a veces era posible determinar parecidos físicos. Ella creía que la doctora exageraba, pensaba que sería una más de esas ecografías en las que ella no veía nada, tan solo una mancha blanca con forma de gusanillo en una pantalla negra. Pero cuando la doctora giró el monitor para mostrarle un primer plano de los rasgos de su bebé…, me miró ojiplática. La criaturita se chupaba los deditos y se movía sin parar. La doctora llevaba razón. Se parecía mucho a Cristina. Tenía su misma nariz.

Ella se quedó observando la pantalla, sin pestañear. Entonces lo entendí. Aquello sí que había sido un flechazo. Uno directo y sincero. Estaba tan encandilada y fascinada contemplando la imagen que la doctora le preguntó con un tono de voz afable:

—¿Cristina, te gustaría saber ahora el sexo de tu bebé?

Ella me miró primero a mí y luego asintió sin articular palabra.

—Es una niña.

¡Sí, señor!, una niña preciosa, inquieta y enérgica. Tanto como su madre.

A partir de ese momento todo se transformó en ella. Y la ilusión y el deseo por tener en sus brazos a su bebé se despertaron irremediablemente en su interior.

Fue asimilando su situación y se fue haciendo a la idea de que tendría que criar a su pequeña ella sola. Con mi ayuda, obviamente, pero sin un padre.

Finalmente, tuvo que rechazar la oportunidad que le ofreció aquel fotógrafo sevillano. Ella no podría trabajar con él a menos que se mudara a Sevilla. No podía ir y venir todos los días hasta allí. Estaba embarazadísima y, además, se dejaría el sueldo entero en peajes y gasolina. Por lo tanto, no le quedó más remedio que renunciar a la oportunidad que le brindaba y centrarse en su embarazo. De momento, con mi sueldo y nuestros ahorros podríamos salir adelante. Luego, cuando ya estuviera recuperada, tendría tiempo de centrarse en el ámbito profesional.

Héctor y yo hablábamos casi a diario por teléfono. Pero le echaba tanto de menos que a veces deseaba no oír su voz.

A mediados de diciembre, Raquel nos convenció para que saliéramos un sábado. Era el cumpleaños de Marta y la idea era ir a cenar y luego tomar unas copas en un ambiente tranquilo. Pero lo de tranquilo tan solo fue una ilusión…

Cristina estaba estupenda. Su barriga había crecido considerablemente, no obstante, seguía conservando una buena figura. Esa noche se puso una blusa roja con el cuello de pico que realzaba sus voluptuosos pechos y un pantalón vaquero de premamá. De espaldas no parecía que estuviese embarazada. Además, se peinó la melena con ondas y se puso unos pendientes del mismo tono de la blusa. Me recordó mucho a Demi Moore, de hecho, el parecido físico de mi hermana con esa actriz era asombroso.

—¡Guau! —exclamé cuando la vi salir del baño tras maquillarse.

—Estoy harta de verme como una vaca, hoy me apetecía arreglarme —se excusó ella.

—Estás guapísima —añadí, ofreciéndole su abrigo justo antes de marcharnos.

Cenamos en un restaurante argentino, en el paseo marítimo. La noche, a pesar de ser diciembre, estaba exquisita. Era una de las ventajas que tenía vivir en Cádiz. El tiempo era estupendo.

Raquel se había encargado de organizarlo todo. Había reservado una mesa para cinco personas. Seríamos nosotras cuatro y el primo de Marta, un chico gay llamado Javi, muy divertido y ocurrente. Habíamos salido con él en alguna ocasión y lo cierto era que la juerga estaba asegurada. Era bajito, con rasgos latinos y carismáticos. Cristina no tenía ni idea de que él vendría, eran muy amigos, solo que él, en esos momentos, trabajaba en Madrid y había venido a Cádiz a pasar las vacaciones de Navidad. Cuando llegamos al restaurante y se vieron se deshicieron en besos.

—Cris, incluso embarazada estás arrebatadora. Dime cuál es tu secreto, monada —bromeó él, alzando su mano y haciéndola girar.

—Ni hablar, si te lo cuento me robarás a todos mis ligues.

—De eso puedes estar segura. Te sorprendería saber cuántos de ellos guardan un traje de faralaes en su armario.

Rompimos a carcajadas y poco después nos acomodamos en la mesa. La cena fue de lo más entretenida. Estábamos situados junto a uno de los ventanales que daban al paseo marítimo. Raquel, al hacer la reserva, pidió la mesa en esa zona del restaurante, ya que era la mejor orientada. Cristina estaba sentada junto a Javi, frente a mí y de espaldas al ventanal.

Cuando terminamos e íbamos a pasar al postre, Raquel le hizo una señal a uno de los camareros, disimuladamente, y este, a los pocos segundos, apareció con una tarta para Marta. Estábamos cantándole cumpleaños feliz cuando algo llamó irremediablemente mi atención en el exterior.

Miré a través del ventanal y divisé la figura de un chico que, en principio, era idéntico a Raúl. Acababa de aparcar su coche en la acera, justo a unos metros de nosotras.

¡Sí, señor!, era él.

Si Cristina se giraba en ese momento, podría verlo. Pero ella estaba absorta en la tarea de Marta de soplar las velas. Me puse en tensión de inmediato. Y cuando lo vi rodear su coche y con gesto cortés ayudar a su acompañante a bajarse, me quedé patidifusa. La cara de la chica me resultó familiar al instante. Era su exnovia. La joven pelirroja con la que él había estado hablando tanto tiempo el día de la fiesta ibicenca en aquella discoteca del Puerto.

Recé para que Cristina no les viera. En ese momento, ella estaba disfrutando de la noche y si veía a Raúl con aquella mujer, estaba segura que se le caería el mundo encima.

Raúl no miró hacia el restaurante, cerró el coche y él y su acompañante se dirigieron hacia la derecha. Les observé alejarse y cuando los hube perdido de mi campo de visión, respiré aliviada.

—¿Te parece bien, Carolina? —me preguntó Raquel.

—¿El qué? —Todos me miraron con una expresión de interrogación.

—Carol, hija, últimamente estás en babia —bufó Cristina.

—Que si vamos ahora a tomarnos una copa al bar de Jesús —repitió Raquel, poniendo los ojos en blanco.

Jesús era un chico muy amigo de ella, y tenía uno de los pubs de moda en la zona de la playa. Y, precisamente, estaba en la dirección que había tomado Raúl. Así que tuve que improvisar como mejor pude.

—No creo que sea buena idea. Ese pub se ambienta demasiado y con Cris embarazada me da un poco de miedo.

—Carolina, por favor, que estoy embarazada, no estoy convaleciente —refunfuñó ella.

—¿Por qué no vamos mejor a *Massé*?

Me encantaba ese sitio. *Massé* era una preciosa cafetería, muy amplia, con billares y una acogedora terraza también situada a pie de playa. El ambiente era excepcional y los camareros eran no solo simpáticos, también guapísimos. Pero lo mejor de todo era que se encontraba en la dirección opuesta a la que había tomado Raúl.

—Venga, sí, que me apetece jugar un poco al billar —aseveró Javi, asintiendo con la cabeza y sacándome del apuro sin saberlo.

—Está bien, como queráis —accedió Raquel.

Media hora después estábamos alrededor de una mesa de billar y jugábamos por parejas. Raquel y yo contra Javi y Cristina. La pareja que perdiera pagaba la ronda. Marta, mientras tanto, se había pasado la noche colgada al móvil. Tenía un nuevo ligue, era evidente.

La partida estaba en plena ebullición. Raquel había metido dos veces seguidas la bola blanca y eso estaba a punto de hacernos perder. Javi se contoneaba al son de la música y cada vez que le tocaba tirar se colocaba encima de la mesa con movimientos exagerados, arrancándonos un montón de carcajadas.

Hacía mucho tiempo que no veía a Cristina tan risueña y relajada. Pero por desgracia, aquel estado de ánimo le duró justo hasta el mismísimo instante en el que vio a Raúl aparecer con aquella chica en el local.

Yo estaba de espaldas a la puerta, pero cuando vi que su rostro pasaba de la diversión a la ofuscación en milésimas de segundos, me giré y me encontré con la ingrata sorpresa.

Estaba guapísimo, con una cazadora de piel marrón y unos vaqueros oscuros. Además ya no llevaba muletas, se le veía bastante recuperado desde la última vez.

Él no tardó en vernos. La reacción de Cristina fue echarse a reír con un deje histérico, por lo incómoda que nos resultaría la situación. Y él, en cuanto la vio reírse, no se lo pensó dos veces y se acercó a saludarnos.

¡Dios mío!, se armaría la marimorena.

A la primera que se acercó fue a mí.

—Hola, Carolina, cuánto tiempo sin vernos —dijo él sin apartar los ojos de Cristina, que en ese momento estaba elaborando un plan maquiavélico con Javi.

No hacía falta ser científica para darse cuenta de que mi hermana utilizaría a su amigo gay para darle celos a Raúl. Y, de momento, el plan había dado resultados.

—Sí, es verdad, ¿qué tal estás, Raúl? —Él apenas me contestó.

Los ojos se le fueron a la escena que en ese momento Cristina y Javi interpretaban. Es decir, ella en posición flexionada sobre el billar para tirar, y Javi agarrándole descaradamente el culo y enseñándola a coger el taco. Era una especie de clase pornográfica de billar. Y, encima, los dos estaban muertos de la risa, lo que no hizo más que calentar la tensión del ambiente.

Raúl intentaba disimular su irritación. Se acercó a saludar a Marta y a Raquel, y cuando cayó en la cuenta de que estaba ignorando completamente a su acompañante, se giró y nos la presentó. La chica no parecía muy contenta de vernos. Especialmente a mi hermana. Era obvio que sabía quién era Cristina.

La circunstancia era la siguiente: Marta, Raquel y yo hablando con Raúl y aquella chica. Bueno, en realidad la chica apenas habló. Y por otro lado, Cristina y Javi, en el billar montando su escenita de eternos enamorados.

Era la situación más espinosa y comprometedora en la que me había encontrado nunca. Raúl no tuvo la intención, en ningún momento, de acercarse a saludar a Cristina y, de todas maneras, ella estaba ocupada intentando amargarle la noche.

Él y aquella chica se marcharon al fondo del local. Pero al pasar junto a Cristina, agarró a la joven por la cintura. Yo sabía de sobra que aquel absurdo teatro acabaría muy mal.

Se situó a unos metros de nosotras, en otro billar, y continuó el espectáculo.

Cristina seguía con Javi su numerito de parejita feliz. Cada vez que ella conseguía meter una bola en alguna de las troneras, saltaba y se agarraba a él. Y él no paraba de tocarle el culo. Javi estaba disfrutando de lo lindo con toda aquella pantomima. De vez en cuando, se agachaba y le besaba el vientre a Cristina.

Una de las veces que miré a Raúl y vi cómo la observaba con el cejo fruncido, me acerqué a ella y le murmuré:

—Cris, creo que es mejor que nos marchemos a casa. Te estás pasando.

—Ni hablar, con lo que estoy disfrutando ahora. Que se joda el muy gilipollas —rezongó ella.

El estado de ánimo de Raúl iba empeorando por segundos. La crispación y la irritación que sentía se le escapaban por los poros de la piel. Realmente se había creído todo aquel número. Estaba allí, intentando disimular, pero era imposible. En sus ojos y por la forma en la que él miraba a Cristina yo sabía que aún seguía enamorado de ella. Su rostro se había transformado nada más verla. No hacía más que observarla. Se la comía con la mirada. Y cuando Javi se acercaba a ella para hacerle alguna carantoña, el gesto de Raúl se contraía.

Estaba sufriendo, se reflejaba en su semblante. Era imposible que se hubiese olvidado de ella en tan solo tres meses. Yo había sido testigo de su romance, y todo el mundo sabía que Raúl y Cristina eran una pareja que desprendía chispas. La química entre ellos había sido colosal. Y eso no podía olvidarse tan fácilmente.

La acompañante de Raúl había asumido el papel de figurante en la obra. Estaba siendo completamente ignorada. Y mucho me temía que si Raúl no cambiaba de actitud de inmediato, la joven lo dejaría allí plantado.

Pero una de las veces que Javi se acercó a Cristina y le plantó un beso en los labios, Raúl no pudo aguantarlo más y tiró del brazo de la chica para morrearse con ella delante de nuestras narices. A la chica la cogió por sorpresa, pero rápidamente respondió a aquel ataque rodeándole el cuello con sus brazos.

La sonrisa que hacía un momento se dibujaba en el rostro de Cristina, se esfumó a la velocidad con la que arrasa un cometa. Marta me miró con el gesto contraído por la preocupación y ella se giró para no ver aquello que le producía tanto dolor. Observé cómo hacía un esfuerzo por tragar y me acerqué a ella para ofrecerle el zumo que estaba tomando.

—Vámonos, Cris. Esto no es necesario —siseé junto a ella.

—No pienso irme a ninguna parte —masculló—. Te garantizo que si uno de los dos se va de aquí, ese será él —aseguró ella rotundamente.

Raúl se alejó de la chica y su mirada se centró otra vez en Cristina. Pero esta vez fue ella la que le devolvió el golpe. Le pidió a Javi que le apartara el pelo con delicadeza y le diera un beso en el cuello. Y mientras Javi hacía lo que ella le pedía, con una magnífica interpretación, Raúl echaba humo por las orejas.

La situación había pasado de incómoda a insostenible. Javi se colocó detrás de ella, la agarró por la cintura posando sus manos en la barriguita en un gesto protector, y comenzó a darle besos en el hombro. Cualquiera habría pensado que eran una pareja de verdad. De hecho, a Raúl se la habían colado por completo.

Pero este ya estaba demasiado malhumorado, y entonces observé cómo él y la chica cogían sus abrigos para marcharse.

Al pasar junto a nosotras, se detuvo para despedirse. Javi estaba en posición de tirar sobre la mesa y Raúl se acercó a mí, que me encontraba a un metro y medio de Cristina.

—Carolina, me marcho, ha sido un placer verte —afirmó con la cara blanca como el papel y dándome un beso en la mejilla.

—Igualmente, Raúl.

—Cuando Héctor regrese quedaremos un día para cenar o lo que queráis —comentó él, devorando a Cristina con la mirada.

—Sí, claro, cómo no.

La chica no se acercó a despedirse, simplemente me sonrió de mala gana a unos pasos detrás de él y continuó mirando a Cristina de arriba abajo. Raquel y Marta permanecían a un lado, expectantes.

—Adiós, Cristina —masculló él, dejándonos a todas boquiabiertas. Estaba claro que no había podido contenerse.

Ella se giró y lo miró alzando la barbilla.

—Adiós, Raúl. Hasta siempre —bufó, colocándose al lado de Javi, que en ese momento la sujetaba por la cintura y miraba a Raúl con una sonrisa enorme y fastidiosa.

Él fue a marcharse, pero un segundo después se dio la vuelta y, claramente malhumorado, le preguntó:

—¿Podemos hablar un momento? —Cristina arqueó una ceja.

—¡Raúl! —gritó la chica que lo acompañaba. Al parecer se estaba cansando de ser ignorada. No obstante, él no le hizo ni caso. Estaba esperando la respuesta de Cristina.

—Lo que tengas que decirme tendrás que hacerlo delante de mi novio —respondió ella de inmediato, acurrucándose junto a Javi.

Él ensanchó las aletas de la nariz y le espetó:

—Ya veo que se te da muy bien eso de buscarle padres a tu bebé.

Un velo de irritación nubló el rostro de Cristina y sin pensárselo dos veces le tiró a la cara el zumo que, hasta ese momento, sujetaba entre las manos.

Raquel y Marta soltaron un grito ahogado al unísono.

Yo miré a un lado y a otro, buscando una ventana por la que escapar, pero no vi ninguna.

El pobre Raúl tenía el rostro y el jersey de ochos, blanco, empapados de zumo de piña.

—¡¿Estás loca?! —gritó la joven dando un paso adelante. Pero Raúl le hizo un gesto con la mano para que se mantuviera al margen.

Se limpió la cara con la manga de la mano que tenía libre, ya que con la otra sujetaba su cazadora, y tomó aire intentando contener su furia.

Las personas que estaban alrededor se centraron en la escena. Algunos murmuraban y sonreían.

Cristina se plantó a pocos centímetros de su cara y farfulló:

—No vuelvas a mencionar a mi bebé, ¿me oyes? Tú ya no tienes nada que opinar sobre mi vida. Perdiste ese derecho cuando me echaste de tu casa como si yo fuera una leprosa.

—Me mentiste —masculló él, apretando los puños a la altura de sus caderas—. ¿También lo ha hecho contigo? —preguntó mirando a Javi, que ahora ya no parecía tan risueño—. ¿También te ha dicho que te quiere, que eres el hombre más maravilloso que ha conocido jamás? ¿Te ha hecho creer que ese hijo es tuyo? ¿O a ti te ha contado la verdad? ¿Te ha dicho a ti que se vino embarazada de Ámsterdam e intentó colarme el bebé a mí?

Javi no dijo nada. En realidad, ninguno fuimos capaces de decir nada.

—Yo no intenté colarte nada. No supe que estaba embarazada hasta que llegué aquí, imbécil. Fuiste tú el que te empeñaste en que yo tuviera al bebé.

—¡Pero porque pensé que era mío!

—Pues no, no es tuyo, y no puedes hacerte ni una idea cuánto me alegro de ello.

—No eres la única que se alegra —resopló él con la mirada cargada de rabia.

—¿Para eso te has acercado? ¿Para volver a repetirme que no quieres saber nada de mí? ¿Que no vas a perdonarme no haber sido sincera contigo? Pues ya puedes marcharte tranquilo, Raúl. Ya lo he superado. Ya te he olvidado —recalcó ella con los ojos vidriosos. La voz le temblaba y sabía que estaba muy nerviosa. Tan solo les separaban unos escasos centímetros.

La mirada de Raúl oscilaba entre la confusión y la amargura. En sus ojos podía ver que estaba intentando vencer una batalla interna. Sus labios habían dicho esas palabras, pero yo sabía de sobra que su corazón decía otras. Le recorrió el rostro con la mirada, como si no recordara lo bonita que era. Paseó sus ojos por sus labios, su pelo y su cuello. Aquellos segundos en los que permanecieron mirándose el uno al otro, no hizo más que evidenciar lo que yo ya sabía: Raúl no podía olvidarla.

—Tienes suerte —siseó él sin apartar sus ojos de ella—. Yo aún sigo intentándolo.

La joven que permanecía detrás de él, al oír su última declaración, se dio media vuelta y se marchó como alma que lleva el diablo.

Cristina se alejó de él, intentaba coger aire. Le acababa de decir que no podía olvidarla.

Marta, Raquel, Javi, otros muchos presentes y yo esperábamos la respuesta de Cristina.

Pero ella se dio media vuelta, cogió su abrigo y se agarró del brazo de Javi.

—Vámonos —le ordenó a su amigo que hasta el momento había seguido al pie de la letra todas las instrucciones que Cristina le había dado.

Él estaba allí plantado, delante de ella. Sin la menor intención de irse a ninguna parte. Con la cara y el jersey pringados de zumo de piña. Y sin importarle lo más mínimo que Cristina estuviera con otro chico.

Marta, Raquel y yo cogimos nuestros abrigos. La cara de Raúl no auguraba nada bueno. Lanzaba miradas desafiantes al pobre Javi. Y cuando Cristina hizo el amago de marcharse, al pasar por su lado, él la sujetó del brazo.

—¿Te vas a ir con este? —Javi no abrió el pico.

—Por supuesto —corroboró ella—. Y tú deberías ir a buscar a tu zorrita. Antes parecías muy entretenido metiéndole la lengua hasta la garganta.

—Quiero hablar contigo a solas.

—Ya te lo he dicho, lo que tengas que decirme tendrás que hacerlo delante de mi novio —recalcó ella, sujetando con más fuerza el brazo del pobre Javi que tenía que mirar hacia arriba para verle la cara a Raúl.

—No pienso hablar contigo delante de este gilipollas.

—¡Eh! Sin insultar —gruñó Javi.

Pero en ese instante, Raúl lo sujetó por el cuello casi levantándolo completamente del suelo y le dijo con voz amenazante:

—Llevas toda la noche tocándome las pelotas. Piérdete ahora mismo.

—Vale, ehhh, tranquilo, ya me voy —gimoteó Javi, aterrorizado.

Cristina le asestó varios puñetazos a Raúl en el brazo para que soltase a su amigo.

—¿Qué haces, animal? ¡Suéltalo! ¿Es que te has vuelto loco?

—Raúl, por favor, basta ya —le rogué, sujetándolo del brazo.

Cristina y sus estúpidos jueguecitos habían conseguido sacarlo de sus casillas, y mucho me temía que el que acabaría pagando el pato sería el pobre Javi.

Raúl le dio un empujón a Javi que casi lo hace caer al suelo. Entonces, Cristina se plantó frente a él con los brazos en jarra.

—¿Pero a ti qué coño te pasa?

—Ya te lo he dicho, quiero hablar contigo a solas. —Estaba tan cabreado que me dio miedo.

—¿Y qué parte no has oído? ¿Con qué derecho te crees para exigirme nada? Tú me dejaste. ¿O es que ya no lo recuerdas? He aceptado que no quieras estar con una mujer que está embarazada de otro hombre. ¿A qué viene ahora todo este numerito? Déjame en paz, Raúl. Quiero ser feliz. Admito que me equivoqué al no contarte la verdad desde el principio, pero no renunciaré a la oportunidad de ser feliz. Tú me echaste de tu vida. Y lo he aceptado.

—¿Y crees que este enano te hará feliz? —farfulló él, señalando a Javi con un ligero y despectivo movimiento de cabeza.

El interpelado puso los ojos en blanco y se escondió tras los hombros de Marta y Raquel. En menudo lío lo estaba metiendo Cristina.

—Este enano está enamorado de mí. No le importa que el bebé no sea suyo. Y cuando mi hija nazca, los tres seremos muy felices. La querrá igualmente —afirmó ella orgullosa, frotándose el vientre.

Empecé a pensar que tal vez le habían echado al zumo alguna sustancia alucinógena y por eso mi hermana soltaba todas esas burradas con tanta naturalidad. Pero lo cierto era que surtía efecto, porque a los pocos segundos Raúl preguntó con un deje de congoja en su voz:

—¿Es una niña?

—Sí, es una niña.

—Pero dijimos..., bueno, dijiste que no querías saber el sexo hasta que naciera.

—Sí, ya..., dije muchas cosas. Pero he cambiado de opinión en la mayoría.

—Ya, ya veo —murmuró él.

—Esto se ha acabado, Raúl. Tú lo terminaste.

Él se frotó la nuca, con el gesto contraído, como si estuviera deliberando qué palabras serían las más adecuadas en ese momento. Se le veía tan extenuado y desfallecido que me daban ganas de decirle que todo era mentira, que Cristina no tenía ningún novio. Pero ella seguía empeñada en darle un escarmiento.

—Sí, yo lo terminé y tú no has tardado en sustituirme —le reprochó él.

—¿Qué demonios quieres, Raúl? ¿Qué esperabas? ¿Pensabas que pasaría toda mi vida criando a mi hija sola? ¿Qué pasa, que porque tú no seas el padre no tengo derecho a rehacer mi vida? Pues ya ves, el amor ha llamado a mi puerta antes de lo que yo esperaba —soltó ella, cruzándose de brazos en actitud desafiante.

—Sí, si por amor llamas a ese gilipollas que se esconde detrás de tus amigas.

En ese momento miré a Javi y tuve que contener mis ganas de reírme. Se agarraba al brazo de Raquel y hacía gestos con los ojos. Era obvio que Raúl le asustaba, pero por su forma de escanearlo con la vista apostaría a que también le gustaba.

—¡Deja de insultarlo! Si vuelves a hacerlo te daré un puñetazo —gritó ella, plantándole cara.

—Eso —gruñó Javi sin salir de detrás de las chicas.

Raúl le lanzó una mirada capaz de desintegrarlo.

—Lárgate, Raúl. Aquí ya no haces nada. Ve a buscar a tu chica —le espetó ella.

—La chica que yo quiero la tengo delante de mí —soltó él, dejándonos a todas atónitas. Incluido Javi.

Cristina miró al suelo y entrecerró los ojos. Raúl la amaba. Saltaba a la vista. Ella volvió a mirarlo, pero esta vez su mirada varió. Ya no se mostraba pendenciera como antes, ahora paseaba sus ojos por el rostro de Raúl, como si estuviera a punto de lanzarse a sus brazos. Como si estuviera deseando lamer cada gota de zumo alojada en sus mejillas. Ya no podía ocultarlo más. Sus ojos hablaron por ella. Cristina estaba perdidamente enamorada de él.

Ella le había mentido, le había hecho creer que aquel bebé era suyo, le había tirado un zumo a la cara y, para colmo, ahora le estaba haciendo creer que era feliz con otro chico, sin embargo, allí estaba él: humillándose, rebajándose a pesar de todo. Con la cara y el jersey embadurnados de zumo. Incapaz de aceptar la idea de que ella encontrara la felicidad en brazos de otro.

—Ya es tarde, Raúl.

—No, no lo es.

—Sí, sí lo es.

—Son solo las doce y media —comentó Javi, mirando el reloj de su muñeca, con guasa.

Cristina no pudo evitarlo y soltó una carcajada.

Marta y Raquel también rieron, y yo me tuve que llevar la mano a la boca para contenerme.

El pobre Raúl tenía la cara desencajada, y que mi hermana se estuviera riendo en sus narices no hizo más que aumentar su ira, así que no se lo pensó un segundo más y se lanzó sobre Javi, sin importarle nada ni nadie.

Pero ni el ímpetu ni la tenacidad que empleamos en detener aquel ataque evitaron que Javi acabara con un ojo morado, un corte en el labio… y Raúl detenido.

Capítulo 43

«Ella será tu aire.
Ella te traerá la vida.
Ella hará que me sacrifique.
Cuando una mujer ama a un hombre...».

When a Woman Loves a Man - Westlife

Dos días después del desagradable incidente de la cafetería en el que Raúl casi le hace una cara nueva al pobre Javi, volvía de mi clase de aerobic a casa. El gimnasio conseguía mantenerme distraída. Lo suficiente para soportar con mesura la tortura que suponía estar alejada de Héctor. Para colmo, el día anterior había hablado con él por teléfono y era muy probable que en navidades no pudiera venir a España. El proyecto iba bastante retrasado y tenían unos plazos muy estrictos. Insistió en que me fuera a pasar las fiestas con él, pero no podía alejarme de Cristina en su estado. Y ella tampoco podía volar…

Entre él y yo no solo había un gigantesco charco, a veces me daba la sensación que todo se había confabulado en nuestra contra, que todo eran trabas y zancadillas. Y la distancia no hacía más que sabotear nuestra relación. Había días en los que ambos colgábamos el teléfono malhumorados. Tenía la impresión de que, poco a poco, todo aquello que habíamos vivido se me estaba escapando de las manos a la misma velocidad con la que se escurre el agua por un desagüe.

Abrí la puerta de casa y dejé el bolso deportivo en el suelo. Me quité el abrigo y, de repente, mi olfato se inundó de un delicioso olor a comida. Cristina estaba preparando la cena. Me adelanté al salón comentándole el hambre que tenía y fue entonces cuando la vi sentada en el sofá con un papel entre las manos. Cuando miré a la mesa, me llevé las manos a la boca intentado contener mi asombro.

Sobre ella había un oso de peluche enorme, sosteniendo un precioso ramo de rosas rojas, y junto a él un osito más pequeño sujetando otro ramo de color violeta. Supe al instante que se lo habría enviado Raúl.

Y lo cierto era que aquel detalle me pareció tan dulce y romántico que no pude evitar sonreír. Los osos eran tan adorables y tiernos que me dieron ganas de abrazarlos. Ambos llevaban unos lazos rojos en el cuello y descansaban en unas cestas de mimbre con forma de corazón.

Miré a Cristina, pero estaba tan absorta en lo que decía aquella carta que apenas percibió que yo estaba allí. Me senté junto a ella y un minuto después me ofreció la carta mordiéndose una uña y con los ojos vidriosos.

—¿Quieres que la lea? —le pregunté.

Asintió con la cabeza mientras una lágrima resbalaba por su mejilla.

Sostuve el papel entre mis dedos y deslicé mis ojos por la perfilada caligrafía de Raúl:

Cristina, siento mucho que haya sido el tiempo el que me obligara a comprender que cuando me enamoré de ti, lo hice en toda su inmensidad.

Cuando te conocí no tenía ni idea de que una criatura crecía en tu interior, sin embargo, eso no impidió que cayera rendido a tus pies. Es más, creo que esa fue la razón que me llevó hasta ti. No fuiste solamente tú. Ahora lo sé. Fui hechizado por el embrujo de dos mujeres. Seducido por dos seres extraordinarios: tú y aquella que crece dentro de ti. Alguna extraña fuerza de la naturaleza me arrastró a vosotras, y mi corazón me dice que será para siempre.

Fue una enorme decepción saber que yo no era el padre de esa criatura, no obstante, fuiste tú la que decidiste que yo viviera junto a ella. Me elegiste a mí para ayudarte a criar a tu bebé. Hiciste planes conmigo. Me hiciste partícipe de un proyecto tan importante y exactamente, eso, era lo que yo quería.

Perdóname por alejarte de mi vida. Perdóname por no entenderlo en aquel momento.

Ella está dentro de ti, Cristina, no me importa cómo llegó allí. Solo sé que es mía. Tú eres mía, por lo tanto, ella también. Tu corazón me pertenece. Estos meses no han sido un espejismo. Han sido reales. Tú y yo tenemos algo único, algo mágico..., algo fascinante.

No voy a rendirme. No voy a dejar que te alejes de mí. Ahora sé que ambas me pertenecéis. Ahora sé que ambas sois mías. Jamás he estado tan convencido de algo.

Tú, ella y yo. Así debe ser.

Por favor, perdóname, olvida que he sido un necio y un miserable. Déjame demostrarte que vuestra felicidad es mi único cometido. Haré lo que me pidas, suplicaré con tal de que vuelvas a mí.

Te necesito, Cris. Os necesito. Estoy perdido sin vosotras.

Perdóname.

Raúl

Leí y releí cada palabra escrita en ese trozo de papel, lo suficiente para convencerme de que mi hermana era la chica más afortunada que había conocido en mi vida. Levanté la vista y la miré. Ella tenía el gesto contraído y se mordía las uñas con desazón.

—Aún me quiere, Carolina. No le importa que mi bebé no sea suyo.

—Ya, ya lo veo —murmuré.

—No me lo merezco. Soy una mentirosa —afirmó ella antes de ponerse a sollozar.

—¡Ehhh! No, venga, tranquilízate. —Sabía que esos meses se encontraba especialmente sensible con el embarazo, así que la abracé y le acaricié el pelo—. Sé que lo hiciste para no perderlo. No te tortures. Ya pasó.

—He sido una egoísta. Por mi culpa no has podido marcharte con Héctor —dijo ella hipando.

—Vamos, no digas eso, no ha sido culpa tuya. Yo decidí quedarme junto a ti. Héctor volverá. No pienses esas cosas.

—Y encima Javi, sin comerlo ni beberlo se llevó una paliza.

—Bueno, a decir verdad, él disfrutó como un loco haciendo sufrir a Raúl —farfullé, recordando cómo Javi se había pasado toda la noche tocándole el culo a Cristina.

Ella sonrió y se limpió las lágrimas con el dorso de la mano.

—Le amo, Carolina. Le quiero tanto que me parece imposible. El otro día cuando lo vi besar a esa chica… deseé morirme.

—Lo sé, aquella estúpida manera de daros celos el uno al otro casi hace que acabemos todos en la cárcel.

Ella me cogió la mano y me la sujetó con fuerza.

—¿Crees que puede salir bien?

—Pues claro que lo creo. Todo depende de vosotros.

Al menos eso era lo que yo deseaba. Quería con todo mi corazón que Cristina fuera feliz. Y, aunque llevaba parte de razón en eso de que por su culpa yo no me había marchado con Héctor, no podía recriminarle nada. Jamás la habría dejado en un momento como ese. Aunque ello implicara alejarme del hombre más sexy, excitante, apasionado y maravilloso que hubiera conocido en mi vida.

Cenamos juntas y nos quedamos dormidas en el sofá viendo una película. De vez en cuando mi mirada se desviaba a los osos de peluche que Cristina había colocado a un lado del salón, y no podía evitar sonreír. El más pequeño era una monada. De repente imaginé la cara de mi sobrina, seguro que tendría el mismo desparpajo y atrevimiento que Cristina de pequeña. Ya estaba deseando ver su carita.

Antes de acostarme hice algo que sabía que a Cristina le haría una tremenda ilusión. Cogí mi móvil y me puse a teclear…

Al día siguiente era martes y Cristina, después de almorzar, tenía una clase de gimnasia para embarazadas en el Centro de Salud. Era la segunda, y yo era quien estaba acompañándola a esas clases. La primera vez que asistí con ella me dio un poco de pena. Casi todas las chicas iban con sus maridos o sus novios, en cambio, ella solo contaba conmigo. Pero ese día ella no tenía ni idea de que yo había llamado a Raúl. Le di la dirección y cuando comenzó la clase las embarazadas se sentaron en unas colchonetas individuales con sus respectivas parejas a la espalda.

Todos los maridos, novios y yo estábamos sentados en el suelo con las piernas abiertas y ellas situadas dentro de nuestro espacio con las piernas flexionadas, apoyadas sobre los puños y con los brazos hacia atrás. La matrona indicaba cómo tenían que realizar los ejercicios respiratorios y de relajación.

De repente, la puerta de la clase se abrió y los allí presentes centraron su atención en Raúl. Él barrió con su mirada la clase, hasta encontrarse con los ojos desesperados y ávidos de Cristina. Ella se giró a mirarme y le sonreí encogiéndome de hombros.

—Disculpe, ¿quién es usted? —preguntó la matrona, mirando de arriba abajo a Raúl que estaba más guapo que nunca con un jersey marrón chocolate y un vaquero claro.

—Soy Raúl, el marido de Cristina. He venido para quedarme a la clase —contestó él sin dejar de mirarla.

En ese momento me levanté para cederle mi sitio y Cristina me agarró la mano.

—Gracias —susurró ella con una expresión de pura felicidad en su rostro.

—Muy bien, Raúl, pues cuando quieras puedes ocupar tu sitio para poder continuar con la clase —le instó la matrona, señalando el lugar que yo estaba dejando libre.

Raúl se acercó a nosotras y antes de sentarse detrás de ella tiró de mi muñeca.

—Carolina, te debo una.

En ese momento no supe qué decir. A ambos se les veía tan felices y radiantes que deseé con todas mis fuerzas que siempre fuera así.

—Cuídalas —le ordené.

—Puedes estar segura de ello —siseó él con decisión.

Antes de salir me giré para volver a verlos juntos. Grabé aquella secuencia en mi cabeza, lo suficiente para no olvidarla jamás. Ella descansaba la espalda sobre su pecho y él retiraba con delicadeza el cabello de sus hombros para plantarle un beso en el hueco de la clavícula. Las manos de él acariciaban el vientre de Cristina y ella entrelazaba sus dedos con los de él.

Aquello era amor del verdadero. No cabía duda. Él llevaba razón, aquello no era un espejismo, no era una alucinación. Aquello era real. Cristina era suya, le pertenecía. Ambas ahora eran de él.

No obstante, al salir de allí una extraña sensación empezó a apoderarse de mí. Acababa de ver cómo Raúl abrazaba a Cristina, cómo él se entregaba a ella sin importarle que lo hubiera engañado. Aquella escena me transmitió un profundo barrunto de ternura y tranquilidad. Pero a medida que avanzaba por la calle de camino a casa, los pensamientos sobre Héctor se agolpaban en mi cabeza y un dolor repentino, desagradable e indescriptible se fue abriendo paso en mi interior.

Ahora que Cristina era feliz, empecé a sentir que las fuerzas me abandonaban, y me sentía desfallecida. Fue como si todo ese tiempo hubiese tenido un motivo para mantener a raya mis emociones. Y ahora que había conseguido poner un poco de orden en la vida de Cristina, me daba cuenta de que la mía seguía siendo un desastre. Que lo único que hasta ese momento me había mantenido racional era sacar adelante a Cristina. Pero ¿qué pasaba conmigo? ¿Cuándo sería al fin feliz? ¿Por qué hacer lo correcto implicaba renunciar al hombre que amaba?

Héctor era un hombre excepcional, atractivo, inteligente... En una ciudad como Nueva York no tardaría en encontrar a una mujer que le complaciera. Y esa aterradora idea no dejaba de acecharme. El temor a perderlo era tan desmedido que no podía soportarlo.

Tenía que poner fin a mi propio infierno. Tenía que buscar una solución.

El miércoles continué con mi aburrida y agotadora rutina. Me desperté antes de que sonara la alarma del móvil. Hacía muchísimo frío. Cogí el teléfono y vi que tenía un mensaje. Era de Héctor. Y, además, teniendo en cuenta la diferencia horaria con Nueva York, me lo había enviado de madrugada. Sus mensajes siempre me arrancaban una sonrisa, pero precisamente esas palabras y justo en aquel momento de nuestra relación, tuvo un efecto totalmente contradictorio.

No puedo seguir aquí si tú no estás conmigo. Necesito saber que alejarme de ti no ha sido el error más grande que he cometido en mi vida. Estoy furioso, decepcionado. Lo siento, sé que no tienes la culpa, pero estoy desesperado. Tq.

Solté el móvil en la mesita de noche y enterré la cara bajo la almohada. Tenía ganas de gritar, de pegar, de llorar. Tenía ganas de vaciar mis pulmones y descargar toda la ira, la rabia, la frustración, la exasperación que sentía en esos momentos. Pero no hice nada de eso. Simplemente, me limité a levantarme y a vestirme. Al fin y al cabo la vida continuaba, amargamente, eso sí, pero continuaba. Y tenía que enfrentarme a eso y a mucho más. Además, Cristina ya se había reconciliado con Raúl, quizás había llegado el momento de ser un poco egoísta.

Esa mañana, como muchas otras, opté por ir al trabajo caminando por el paseo marítimo. En invierno, muchas mañanas, solía coger el autobús, pero ese día tenía demasiadas cosas en qué pensar y muchas que organizar. Así que decidí que aquella andadura podría ser fructífera.

En una ciudad medianamente pequeña, la probabilidad de que te encuentres con una persona indeseada en un momento inadecuado, es relativamente fácil. Sin embargo, yo no me había vuelto a cruzar con Rafa en muchos meses. Y, además, no sabía nada de él. Ni de él ni de su despreciable amigo. A este último aún intentaba sacármelo de la cabeza.

Poco después del abominable episodio en mi casa y de que mi tío lo detuviera, tuve que ir a un juicio a testificar, y lo cierto era que volver a verlo fue de las peores cosas a las que me había tenido que enfrentar en mi vida. Su mirada envilecida y nauseabunda me persiguió por toda la sala. Y tardé varios días en deshacerme de ella. Aun así, en aquel juicio, mi tío y un compañero suyo no me dejaron sola en ningún momento. Al menos me quedó el consuelo de que los barrotes de su celda sería lo primero que vería cada mañana al levantarse.

Y a Rafa no volví a verlo. Algo que, a ser sincera, me hacía muy feliz. Y eso que las posibilidades de encontrármelo eran considerables, ya que su casa y la mía estaban relativamente cerca. Sin embargo, en todo ese tiempo no volví a cruzarme con él. No hasta esa amarga y nebulosa mañana. Tuvo que ser, precisamente, esa mañana la que me cruzara con él por el paseo marítimo a las ocho menos cuarto. Él venía de frente corriendo y su perro, *Yago*, corría a su lado.

El animal en cuanto atisbó que era yo, se adelantó y se lanzó sobre mí. Empezó a darme lametones por la cara y casi me hace caer al suelo del susto. Intenté tranquilizarle acariciándole el lomo. Pero él saltaba sobre mí, aleteando el rabo sin parar.

—¡*Yago*, ven aquí! —le gritó Rafa, deteniendo lentamente su carrera hasta situarse frente a mí.

El perro hizo caso omiso y continuó haciéndome carantoñas.

—Vaya, Carolina, cuánto tiempo sin verte —dijo él con una fingida sonrisa en su cara.

Tenía buen aspecto, como siempre. Para él su apariencia era una prioridad. Y ahora, más que nunca, se encontraba en perfecta forma. Llevaba un chándal gris y zapatillas de deporte.

—Sí, bastante —murmuré sin dejar de acariciar al animal.

—¿Qué tal estás?

Esa pregunta me pareció sincera. Por primera vez en mucho tiempo lo miré a los ojos, y me dio la impresión de que podíamos conversar como amigos. Era extraño, pero tal vez era lo mejor: actuar con él como una vieja amiga y nada más.

—Bien, muy bien. ¿Y tú?

—Sí, bien… —Ambos nos quedamos en silencio unos instantes y luego añadió—: Lamento mucho todo lo que sucedió con Leo, no tuve nada que ver en eso.

—Lo sé. Da igual, ya es agua pasada —musité.

Seguí haciéndole cosquillas a *Yago* en la cabeza, y él me observaba.

—Al parecer *Yago* tampoco consigue olvidarse de ti.

Por un momento me pareció aquel Rafa que conocí siendo una adolescente. Aquel chico rebelde, divertido y despreocupado. Aquel del cual me enamoré. Pero, en el fondo, yo sabía que en él ya quedaba muy poco de esa persona.

Sonreí, pero fue una sonrisa amarga.

—¿Qué tal con Héctor? ¿Sigues con él? —me preguntó con un deje hostil.

—Sí, estamos juntos. Está en Nueva York, pero espero poder reunirme con él muy pronto. —Él asintió con la cabeza, sin mucho ímpetu—. ¿Y tú qué tal, sigues con esa chica?

—¿Con Belén? Estamos viviendo juntos.

Vaya, eso sí que me pilló por sorpresa. Quién sabe, a lo mejor me equivoqué con él y era verdad eso de que asentaría la cabeza.

—Me alegro por ti, Rafa.

Él se quedó mirándome sin decir nada y fui yo la que decidí romper el hielo.

—Tengo que irme, llego tarde al trabajo.

Me fui a girar y él comentó:

—Carolina, no creo que puedas ser feliz con mi hermano —lo dijo en un tono conciliador, pero conociéndolo sabía que aquel comentario tenía trasfondo.

—¿Ah, no?

—No, Carol, se cansará de ti, como ha hecho con todas sus novias.

—En ese caso no te preocupes por mí, me las arreglaré —masculé, adelantando el paso para marcharme. Ya me extrañaba a mí que tardase tanto en aparecer el verdadero Rafa.

—Héctor no es más que un arrogante. Si crees que te quiere, estás muy equivocada. Solo está contigo para hacerme daño a mí, Carolina. Tú no lo entiendes, pero me odia.

—No, Rafa, el que no lo entiende eres tú. Héctor me ama. Y si te odia no es por mí. Yo no tengo nada que ver en eso. Si te odia es solamente porque eres la persona más egoísta, cruel e insensible que conoce. Si te odia es tan solo porque piensa que le dejarías morir antes que donarle un riñón.

A medida que las palabras fueron saliendo de mi boca, su gesto se fue transformando.

—¿Eso es lo que te ha dicho? Es evidente que él te ha contado su versión.

—Te equivocas. Él jamás me habla de ti —afirmé con rotundidad.

—Entonces, ¿cómo coño sabes eso? —me preguntó malhumorado.

Por supuesto no pensaba decirle que había sido su madre. Al fin y al cabo no quería inmiscuirla en nada de eso.

—Simplemente lo sé. Además, Rafa, ya da igual. Sigue con tu vida y déjanos a nosotros seguir con la nuestra.

—Mírate, Carolina —farfulló con inquina—. Siempre estás igual. Siempre intentando dar pena. Y al final mira cómo has acabado. Sola. Si crees que mi hermano estará en Nueva York esperándote, es que no lo conoces lo suficiente.

En ese momento le hubiera dado un puñetazo para hacerle tragar sus palabras y de paso alguno de sus dientes. Pero eso era lo que estaba buscando el muy mal nacido. Y esta vez no pensaba caer en sus provocaciones.

—Si te soy sincera, ha habido un momento en esta estúpida conversación en el que he pensado que eras normal. Pero, finalmente, he llegado a la conclusión de que sigues siendo el mismo gilipollas de siempre.

Su gesto se contrajo, y a continuación escupió las palabras con tanto desprecio que me erizó la piel.

—Pues reza para que a mi hermano nunca le haga falta un riñón de este gilipollas, porque si es así… me encantará que veas cómo le dejo morir.

¡Oh, Dios!, ya había oído suficiente. No pude pasar por alto el nudo que se formó en mi estómago ante ese ataque descomunal. ¿Qué clase de persona sería capaz de decir una cosa como esa? ¿En qué había estado pensando todos esos años saliendo con él?

Lo miré sin decir absolutamente nada más. Había conseguido dejarme sin ánimos y sin palabras. Simplemente me di media vuelta e intenté alejarme lo antes posible de ese ser humano sin alma con el que pensé que, alguna vez, había compartido amor.

Caminé sin mirar atrás. Dejando a mi espalda aquellas palabras que se me habían clavado en el corazón como cristales. Observé el reloj de mi muñeca y vi que, para colmo, llegaría tarde al trabajo. Resoplé y miré al cielo rogándoles a mis ángeles un respiro. Un soplo de dicha. Un instante de felicidad.

Rogué que me dejaran escabullirme, que me soltaran las cadenas a las que me sentía atada para poder ausentarme durante un tiempo. El suficiente para correr a los brazos de Héctor y perderme en su cuerpo. El suficiente para olvidar la tortura que suponía estar alejada de él. Tan solo necesitaba que me abrazara y me susurrara que yo era la única. Que me hiciera sentir como lo hacía cada vez que lo tenía cerca. Quería volver a sentirme deseada, adorada, hermosa, radiante, viva… Y, sobre todo, que alejara de mí esa horrible sensación de soledad.

La relajación comenzó en el mismo instante en que crucé la puerta de la oficina. Para la inmensa mayoría de los mortales la palabra «vacaciones» implicaría alejarse del trabajo y desconectar de la rutina. Sin embargo, para mí, cruzar el umbral de la asesoría era acercarme a la liberación. Al menos, el trabajo me tendría ocupada durante algunas horas y conseguiría alejar de mi pensamiento las sucias palabras de Rafa.

A media mañana salí a tomar un café con María. Aún seguía con las sesiones de radioterapia, pero lo cierto era que se recuperaba a una velocidad vertiginosa. Además, su estado de ánimo desde que salía con Yoli era resplandeciente.

Recuerdo que días después de la operación, cuando ya estaba en casa, fui a verla. Nos quedaba pendiente una conversación que para mí fue un tanto ardua y delicada.

—¿Cómo es que nunca me has hablado de Yoli? —le pregunté aquella tarde, después de haber hablado de muchas otras cosas y justo en el momento en el que las dos sabíamos que habría que tocar el tema.

—Pues no lo sé —contestó ella sin mirarme a los ojos. Era evidente que se sentía incómoda—. Lo de Yoli también ha sido una sorpresa para mí, Carolina. Aunque no lo creas.

—¿Por qué no iba a creerlo? Es solo que me sorprende que te hayas callado algo como eso. Y no me refiero a que Yoli sea una mujer. Me refiero al hecho de que ella sea algo tan importante para ti.

Ella me miró, sonrió y luego se centró en remover la cucharilla dentro de su taza de café. Estaba sentada frente a mí, a la mesa de su cocina. Aquel se había convertido en un lugar muy emblemático para confidencias.

—Nunca me han gustado las mujeres, Carolina —musitó ella, mirándome por debajo de sus tupidas pestañas—. Es más, para mí fue un shock tremendo. Además, lo primero que pensé cuando empecé a sentirme atraída por ella era que me estaba volviendo loca. A mi edad y lesbiana… No ha sido fácil aceptarlo. Cuando conocí a Yoli no tenía ni idea de lo que me estaba pasando. Lo único que sabía era que estar con ella era maravilloso. Nos conocimos a través de un chat, ya sabes, mis cosas… —Y puso los ojos en blanco.

»Al principio creí que era un chico, además, en el chat tenía un nombre masculino. Llamó mi atención desde el primer momento. Es muy inteligente y todo lo que charlaba con ella me resultaba apasionante. Durante dos semanas estuve totalmente convencida de que era un hombre. Pero luego insistí en que nos viéramos, y fue entonces cuando me confesó que era una mujer y que era lesbiana. Sin embargo, me moría de curiosidad por verla. Quería conocerla en persona. Supuse que simplemente podríamos ser amigas, así que quedé con ella en su bar.

Me acomodé en la silla, realmente me interesaba conocer la historia de María y Yoli, era muy peculiar.

—Ella me indicó dónde estaba su bar y nos vimos allí. Me recibió jovial y divertida, tal y como te recibió a ti aquella noche. Nada más verla me hizo mucha gracia. En mis conversaciones por el chat yo había imaginado que Yoli sería un muchacho guapete y cachas, y de repente me encuentro con esa chica alegre y risueña.

—Pero ¿te sentiste atraída por ella desde el principio? —le pregunté muerta de curiosidad.

—En ese instante no. Pero no tardé mucho. Ella se sentó y cenó conmigo. Y a medida que hablábamos me olvidé de su aspecto y me di cuenta que allí, dentro de ella, estaba el chico del chat. Podrás imaginar mi conmoción —dijo, encogiéndose de hombros—. De repente me sentía terriblemente atraída por una mujer. Cuando terminamos de cenar, salí pitando de allí. Ella quería que fuéramos a tomar unas copas, pero yo necesitaba irme a mi casa o, mejor dicho, a un loquero. Esa noche apenas pude pegar ojo.

»El caso es que ella actuó conmigo con total naturalidad. En ningún momento me hizo sentir incómoda, yo le dije que era heterosexual y ella me comentó que ya se había dado cuenta, sin embargo, cuando llegué a mi casa no logré sacármela de la cabeza. Era algo enfermizo. La tenía constantemente en mi pensamiento. Pensé que si seguía quedando con ella como amigas, al final, comprendería que ese sentimiento no era más que una estupidez, pero no fue así. Esa atracción poco a poco se fue intensificando y ambas éramos conscientes de lo que nos ocurría.

—Entonces, ¿qué pasó?

—Pues pasó lo que tenía que pasar. Una noche la esperé a que cerrara el bar y fuimos a tomarnos unas copas. Demasiadas. Y al final acabamos en mi casa. Y en mi cama. Me dejé llevar, Carolina. Quise tomármelo como mi única y chiflada experiencia lésbica. Pero eso fue mucho más. Muchísimo más —recalcó ella, suspirando.

Me costaba asimilar que María me hablara del sexo con otra mujer de aquella manera, pero allí estaba ella, contándome la mejor experiencia sexual de toda su vida.

—¿Y a partir de ese momento empezasteis a salir?

Ella chasqueó la lengua sonriendo y negó con la cabeza.

—No, a partir de ese momento empezó mi calvario. Al día siguiente, cuando me desperté y vi lo que había pasado entre nosotras, eché a Yoli de mi casa y le dije que seguramente ella me habría colado alguna droga de esas para lesbianas en la bebida.

—¿En serio le dijiste eso?

—Sí, a ella le hizo mucha gracia.

—Pobre Yoli.

—De pobre nada, tendrías que haber visto cómo disfrutaba viéndome perder los nervios. Le dije que no quería volver a verla nunca más. Pero en el fondo yo sabía que eso era incierto. Ni yo misma me lo creía. Esa noche tuve unos orgasmos alucinantes y me los había provocado ni más ni menos que una mujer.

—¿Y qué pasó luego?

—Luego vino el cáncer —murmuró ella, mirándome a los ojos—. Y fue entonces cuando me di cuenta que la vida es tan imprevisible y espontánea que lo único que podemos hacer es vivirla con todas sus consecuencias.

Volvió a remover la cucharilla. Yo la escuchaba con atención. Estaba totalmente de acuerdo con ella.

—Tengo cincuenta y dos años, Carolina. Tengo una hija adulta y soy absolutamente independiente. No debo justificarme ante nadie. ¿Y qué si me gustan las mujeres? ¡Qué demonios! ¿Y qué si me gusta esa mujer?

—Yo creo que no solo te gusta…

—Es cierto, no me gusta, me encanta. Me hace reír, es lista, es interesante, es divertida y muy optimista. Sencillamente, hace mi existencia inmensamente feliz. Eso fue en lo único que pensé cuando me detectaron el cáncer. Qué me importa que sea una mujer o un hombre. Con el paso de los años me he dado cuenta de muchas cosas, el amor es tan incomprensible y sorprendente que no solo llega cuando menos te lo imaginas, también en la forma que menos planeaste —aseguró ella, alzando las cejas y dejando entrever en sus ojos un brillo excepcional—. No me importa, Carolina, solo sé que quiero estar con ella.

Después de aquella revelación, me quedó bien clarito que María se había colado por Yoli. Y tenía la sensación de que ella había sido la cura de su enfermedad.

Durante el desayuno le conté a María mi desagradable encuentro con Rafa, sabía que ese día me encontraba especialmente susceptible e hizo todo lo que estuvo en su mano por hacerme reír. Aun así, las crueles palabras de Rafa se seguían repitiendo constantemente en mi cabeza, pero solo hasta que las puertas de la asesoría se abrieron y Cristina y Raúl entraron felices y risueños cogidos de la mano.

En ese instante dejé lo que estaba haciendo y me levanté a recibirles. Lo cierto era que desprendían un aura de adoración y pasión tan intensa que resultaba contagioso. Ambos se detuvieron frente a la mesa de recepción y saludaron a María. Me acerqué a ellos con la intención de descubrir qué habían venido a hacer en mi trabajo.

—¿Qué hacéis aquí, tortolitos? —les pregunté mientras me ponía de puntillas para darle dos besos a Raúl.

—Raúl y yo tenemos algo que contarte —musitó Cristina, mirándome a mí y luego a Raúl con un gesto cómplice.

—Verás, Carolina —relató Raúl—. Ayer hablé con Héctor por teléfono. Lo llamé para decirle que Cristina y yo habíamos vuelto. Necesitaba contárselo.

—¿Y? —pregunté con un ligero gesto de cabeza cuando vi que Raúl se detuvo. Era imposible que se hubiesen colado en mi trabajo para decirme tan solo eso.

—Pues al principio se puso muy contento. Me dijo que se alegraba mucho por Cristina y por mí, pero al minuto siguiente su tono de voz se tensó y sus palabras textuales fueron las siguientes: «Ahora que tú tienes a tu chica, mete a la mía en el primer avión que salga con destino Nueva York y envíamela. Me lo debes». Eso fue exactamente lo que dijo.

De repente mis labios se curvaron y una sonrisa almibarada se dibujó en mi cara.

—Y, como comprenderás, no puedo fallarle a mi amigo. Sus deseos son órdenes, así que aquí tienes tu billete de ida. —Fue entonces cuando extendió el brazo y me ofreció un sobre con el logo de Iberia—. Eso sí, ya puedes darte prisa haciendo las maletas porque el vuelo sale mañana desde Madrid a las cuatro de la tarde, con lo que llegaras a Nueva York a las doce de la noche, pero con la diferencia horaria serán allí las seis de la tarde.

—¡¿Qué?!

Tuve que sujetarme a la mesa de María porque pensé que me daría un patatús allí mismo. Cristina me miraba sonriente y sin parpadear.

De repente una multitud de sentimientos contradictorios se aglomeraron dentro de mí, y eran tantas las dudas y las preguntas que me puse a titubear como un papagayo, sin que las palabras llegaran a entenderse.

—Per… mañ… no pued… y que pas…

—Eh, tranquila, está todo arreglado —aseguró Raúl, señalando con la cabeza a Emilio que en ese instante aparecía detrás de mí con una sonrisa ladeada—. Tu jefe me ha dado el consentimiento.

—¿De qué estáis hablando?

Los miré a todos. Los chicos abandonaron sus mesas de trabajo y se acercaron a la puerta, y de pronto, Felipe salió de su oficina sujetando una tarta enorme con la estatua de la libertad hecha en mazapán, como colofón. La colocó sobre la mesa de recepción y cuando la observé de cerca vi que tenía escrito con letras de chocolate: Te echaremos de menos. Buen viaje, Carolina.

Miré a un lado y a otro, estaba tan sorprendida y conmocionada que me llevé las manos a la boca para contener mi alegría. En realidad, todo lo que sentía en ese momento era muy confuso. Se suponía que aquella era mi despedida, pero lo cierto era que imaginarme mi día a día sin todas esas personas, no iba a ser fácil. María me miraba con una expresión rebosante de júbilo. Esta vez sí que me la habían dado con queso.

Emilio se colocó tras la mesa de recepción junto a María y observé cómo se agachaban para coger algo. De repente agitó una botella de champán y María, a su lado, colocó varias copas de plástico. Las carcajadas resonaron en mi corazón cuando él descorchó la botella y comenzó a llenar las copas entre risas.

Estaba segura de que habían sido mis «ángeles», ellos habían oído mis plegarias aquella mañana y me habían concedido ese instante de felicidad. Ese momento de dicha.

Intenté retener cada risa, cada palabra, cada abrazo y cada beso de todos y cada uno de mis compañeros. Intenté registrar en un lugar de mi alma cada una de sus voces y de sus sonrisas, porque estaba segura que las necesitaría mucho más de lo que imaginaba.

Miré el sobre que sostenía entre mis dedos y lo acaricié. La hechizante idea de volver a estar en sus brazos tan pronto… me provocó una punzada electrizante en mi vientre que hizo que me estremeciera de pies a cabeza.

Capítulo 44

«Y cuando sonríes,
el mundo entero se detiene a mirarte por un momento,
porque, chica, eres asombrosa,
así como eres...».

Just the way you are - Bruno Mars

La sensación de vislumbrar una ciudad de unas dimensiones tan descomunales como Nueva York a vista de pájaro, fue apabullante. Aquella amalgama de oportunidades solo hizo que mi miedo a lo desconocido se multiplicara por un millón. Desde allá arriba los kilométricos y míticos rascacielos de la isla de Manhattan tan solo parecían partes insignificantes de una enorme maqueta, sin embargo, a medida que el avión iniciaba su inevitable descenso, la sangre se me agolpó inesperadamente en los oídos y mi pulso se aceleró, anticipándose a lo que estaba a punto de ocurrir.

Eran tantas las ganas que tenía de reunirme con Héctor que solo fui consciente de la apasionante locura que estaba cometiendo cuando el comandante anunció en un perfecto inglés que en diez minutos aquel Boeing 747 tomaría tierra en el aeropuerto JFK.

Las interminables y abrumadoras ocho horas de vuelo desde Madrid, no fueron nada comparadas con lo largo que se me hizo el recorrido desde que bajé del avión, recogí la maleta y tuve que pasar por un número incalculable de puestos de aduana, responder a las numerosas preguntas de los agrios agentes con mi inglés de instituto y tener que rellenar un montón de formularios.

Pero, sin duda alguna, todo aquello mereció la pena. Antes de subirme al avión en Madrid, había hablado con Héctor y habíamos acordado que me recogería en el aeropuerto. Y cuando las puertas correderas de aquella terminal se abrieron para dar acceso a la zona de recogida de pasajeros, me encontré con una multitud interminable de personas a la espera de sus amigos, familiares o simplemente clientes.

Carteles sostenidos con el logo de agencias de viajes y apellidos, la mayoría extranjeros, era casi todo lo que mis ojos alcanzaban a ver. La gente se fue abriendo paso para reunirse con las personas que los solicitaban. Algunos se saludaban de manera cordial y otros muchos se deshacían en abrazos ante la alegría del reencuentro y, sin embargo, yo aún no había conseguido encontrar a Héctor entre tanto gentío.

La decepción amenazaba con hacerse con aquel momento, pero fui más fuerte, respiré hondo y decidí no dejarme llevar por la impaciencia. Quizás tan solo se le había hecho un pelín tarde. Seguro que aparecería de un momento a otro. Rebusqué en mi bolso y saqué el móvil. Aún lo tenía apagado y decidí encenderlo por si acaso Héctor me había llamado.

Me quité el abrigo de paño gris y lo apoyé sobre el enorme maletón de ruedas que había improvisado con ropa de invierno el día anterior por la noche. Como no sabía con exactitud cómo sería el frío de diciembre en Nueva York ni cuánto tiempo me quedaría allí, me limité a echar un poco de todo y casi tengo que hacer otra maleta.

Introduje el *pin* en el teléfono y no esperé a buscar su número en la agenda, lo marqué directamente sobre el teclado. Mientras esperaba el primer tono de llamada me miré las converse rosas, me coloqué bien el jersey gris de lana y me peiné un poco los rizos con los dedos. Sabía que no era mi mejor indumentaria, pero al menos me sentí cómoda en el vuelo.

Al quinto tono ya empecé a desesperarme. Me llevé el pulgar a la boca y me mordí la uña con inquietud. Separé el teléfono de mi oído y antes de llegar a cortar la llamada, una mano grande, fuerte y cálida se posó por detrás de mi cabeza y me tapó los ojos. La canción de Bruno Mars, *Just the way you are* era la melodía de su teléfono y dejó que sonara para inundar ese instante de magia y fascinación.

Su olor invadió mis fosas nasales y una multitud de recuerdos y momentos se apoderaron completamente de mí para evocar que ese hombre que se encontraba allí conmigo, era la persona por la que había atravesado un océano entero. Su cuerpo se pegó al mío y colocó su otra mano abierta bajo mi estómago. Asegurándome a él. Aferrándome a su propiedad.

No le importó que nos encontráramos en uno de los sitios más transitados del mundo entero, quizás uno de los más estridentes y bulliciosos. Allí, en medio de un ingente tumulto de personas, él deslizó su mano para apartar el cabello de mi hombro y poder plantarme un beso en el cuello. Un beso suave y delicado como la mismísima seda.

Mis cinco sentidos estaban abstraídos a todos sus movimientos. Su aroma empezaba a resultarme embriagador, hechizante. Mis ojos no dejaban de observar cómo sus brazos se enlazaban en mi cintura y me aprisionaban a su cuerpo. Mis manos se enredaron con las suyas a la altura de mi estómago y el tacto de mi piel con la suya me provocó un escalofrío estremecedor. Mis papilas gustativas burbujeaban ante la expectativa de volver a saborearle y mis oídos, a pesar de toda aquella algarabía de transeúntes, se concentraron en oír los latidos de su corazón. Casi con la misma intensidad que palpitaba el mío.

—He estado a punto de volverme loco —susurró con sus labios pegados a mi cabello. Inhalando el olor de mi pelo. Como si estuviera asegurándose de que aquello era real.

Me giré entre sus brazos para poder observar su hermoso rostro. Para preservar el intenso color de sus ojos en mis entrañas. Para garantizar que su mirada era tan auténtica y verdadera como la mía. Y cuando me hube asegurado de que era así, hundí mis dedos en su cabello y me hice con su boca, acercando más, si era posible, mi cuerpo al suyo y convirtiendo ese beso en una pasión fanática y perniciosa.

Los silbidos lisonjeros de algunos trotamundos nos devolvieron a la realidad y nos obligaron a poner una corta distancia entre nuestros cuerpos. Estaba segura de que si algún director de cine hubiera estado allí para ver nuestro beso, lo habría filmado sin ningún atisbo de duda.

Después de muchos besos y de confesarnos lo mucho que nos habíamos echado de menos, él agarró mi abrigo y me ayudó a ponérmelo. Lo miré de arriba abajo y caí en la cuenta de que era la primera vez que lo veía vestido con ropa de invierno. Parecía sacado de un catálogo de moda, con su abrigo beige con capucha de pelo, un jersey azul marino de cuello alto y unos vaqueros claros. Con su cabello, un poco más largo que de costumbre y su barba recién afeitada. Me dieron ganas de volver a lanzarme sobre él.

—¿Qué? —preguntó, sonriéndome cuando se percató del examen que le acababa de hacer.

—Estás guapísimo —le solté sin más. Él asió con una mano mi maleta y con la otra agarró la mía. Volvió a besarme los labios y murmuró:

—Pues soy todo tuyo.

—Lo sé —siseé sobre sus labios.

En el exterior, el frío me hizo una abrumadora advertencia de que ese clima no se parecía en absoluto al de mi ciudad. Aquella brisa helada se posó sobre mi cara como una rígida pared de acero glacial y mis músculos se entumecieron de inmediato. Héctor me pegó a su cuerpo y me rodeó, invitándome a meter mis manos bajo su abrigo lo que duró el trayecto hasta el aparcamiento.

Durante el camino me comentó que la empresa para la que trabajaba le pagaba el piso de alquiler y el coche. Llegamos a una de las plazas donde había aparcado un *Subaro Impreza* gris plata y él señaló que era su coche, dándole al mando de su llave para abrir el maletero.

Subí al vehículo e inmediatamente Héctor puso la calefacción, aunque no me hizo falta porque en cuanto se lanzó sobre mí, una vez dentro y comenzó a besarme nuevamente, el frío desapareció como por arte de magia.

Cuando por fin nos pusimos en camino hacia Manhattan, el paisaje de Nueva York de noche me dejó hipnotizada. Desde el aeropuerto hasta la casa de Héctor había aproximadamente unos veinticinco kilómetros de distancia. Tuvimos que pagar algunos peajes de la autopista interestatal, y estaba tan sumergida en aquella vorágine de coches y luces centelleantes que cuando nos adentramos en Manhattan casi me descoyunto el cuello admirando la magnificencia de los edificios.

Era como estar en tiempo presente en el decorado de una película. Cada avenida y cada calle que recorríamos con el coche me resultaban familiares. Y de repente me di cuenta que estaba en la ciudad más famosa del mundo. Había visto muchas de esas avenidas en escenas de películas, en anuncios de perfumes y en muchos de los capítulos de «Sexo en Nueva York». Era tal y como se mostraba en la tele, solo que estar allí en medio era mucho más apasionante y grandioso que verlo en televisión.

No podía compararla con Cádiz porque eran extremadamente opuestas. Nueva York no se parecía en absoluto a ninguno de los sitios que yo había visto en mi vida. A pesar del frío, la curiosidad me mató, y tuve que bajar la ventanilla para que la percepción sensorial fuese aún más real. El denso y frenético tráfico; la multitud de taxis, ambulancias, coches de policías y camiones de bomberos; la aglomeración de personas en sus avenidas y calles y la gran profusión de razas y humanidades mezclándose en sus aceras.

La autenticidad de los carritos de comidas ambulantes y la impresionante variedad de talentos musicales desplegando su arte a los pies de aquellos ostentosos rascacielos. Con razón la llamaban la ciudad que nunca duerme. Era imposible ordenar aquel turbulento caos de sirenas y jolgorio de murmullos.

Sin embargo, todo el mundo parecía saber dónde dirigirse. Los neoyorquinos parecían tener un patrón establecido. La gente andaba por aquellas calles abarrotadas de peatones, adornos y luces navideñas como yo paseaba por el tranquilo paseo marítimo de mi ciudad.

Héctor me contaba que había muchas tiendas y centros comerciales que cerraban sus puertas a altas horas de la madrugada. Durante todo el camino disfrutó relatándome en cuántos barrios estaba dividido Nueva York y mostrándome algunos de los edificios más emblemáticos como el Times Square en Broadway, el Empire State y el Chrysler Building. Sonrió ante mis miradas de asombro y estupefacción, y me prometió que visitaríamos todos y cada uno de los lugares más significativos de esa maravillosa ciudad. Acababa de llegar y ya estaba perdidamente enamorada de ese milagroso despliegue arquitectónico.

—A mí me sucedió exactamente lo mismo la primera vez que estuve en Nueva York —comentó él, sonriendo cuando percibió que no podía salir de mi fascinación.

—Esto es…, no sé…, muy distinto —articulé con un hilo de voz.

—Te acostumbrarás, ya lo verás. Al principio pensarás que la gente está loca. Aquí todo el mundo vive a cien por hora, Carolina. Pero de repente, un día te darás cuenta de que eres uno de ellos. No sé si son los olores o el ambiente, quizás sea la adrenalina que desprenden los neoyorquinos, pero te aseguro que es contagioso. Es una ciudad apasionante.

Me cogió la mano y enlazó sus dedos con los míos. De pronto fui consciente de que estaba aterrada. Había cruzado la mitad del mapamundi para sumergirme en una ciudad peligrosamente desconocida, grandiosa y estimulante, y todo para estar con un hombre al que apenas conocía aún. Sin embargo, cuando miré su perfil y vi su bonita sonrisa, y aquellos ojos rebosantes de ilusión, comprendí que mi sitio era aquel, junto a él.

Siguió conduciendo sin soltar mi mano. Llevaba puesto el navegador, pero parecía conocer a la perfección aquel laberinto de enormes avenidas y calles.

Llegamos a un parking y me llamó mucho la atención que no fuera subterráneo, como lo eran en España. Todo lo contrario, era un edificio con un montón de plantas, y su plaza estaba en la sexta. Al salir al exterior, el frío amenazó de nuevo con dejarme paralizada. Sin duda alguna tendría que comprarme un buen abrigo, si no quería morirme de hipotermia.

—Dios, este frío es doloroso —rechiné entre dientes, aferrándome al brazo de Héctor.

—Pues tienes suerte de que en estos momentos no esté nevando. La semana pasada hubo una ola de frío y se nevó todo Manhattan. Tuvieron que cortar algunas calles para poder despejarlas de nieve.

Me rodeó el hombro y me pegó a su cuerpo, mientras con la otra mano arrastraba mi maleta por una ancha acera.

—De todas maneras, te he comprado algo de ropa para que puedas sobrevivir a este frío —comentó con naturalidad, sin soltarme y dándome un beso en el pelo.

—¿Me has comprado ropa? —le pregunté impresionada.

—Sí, un buen abrigo, botas para cuando nieve y jerséis.

Me paré en medio de la acera y él se detuvo sin saber muy bien por qué me había detenido, entonces me agarré a su cuello y le besé. Pasé mi lengua por sus maravillosos labios y le di un mordisquito en el labio inferior.

—Gracias —susurré a escasos centímetros de su cara.

Sus labios se curvaron hasta dibujar una radiante sonrisa, me agarró por las nalgas y me pegó tanto a su cuerpo que me levantó un palmo del suelo sin dejar de besarme.

¡Sí, señor!, allí estábamos los dos, entre la multitud de peatones neoyorquinos, en una bonita noche de diciembre comiéndonos a besos en el corazón de Manhattan.

—Anda, vámonos a casa antes de que te congeles.

¡A casa! Aquello sí que me dejó abrumada.

A medida que avanzábamos, me comentó que su apartamento se encontraba dos calles más abajo, en el emblemático barrio del Soho y Tribeca. Ya me había advertido que me encantaría, pero en cuanto comenzamos a circular por todas aquellas calles repletas de tiendas, galerías de arte, bares y restaurantes sonreí como una niña pequeña.

Todo aquello era tan nuevo para mí que me costaba asimilar que estuviera sucediendo realmente. Me comentaba que aquel barrio, antiguamente, había sido una zona industrial y que incluso en 1960 muchos de aquellos edificios en los que abundaba mayormente el hierro, habían estado amenazados con derrumbarse, sin embargo, numerosos artistas consideraron la zona un sitio de arquitectura excepcional, y poco a poco se fueron instalando y abriendo galerías de arte, cafés y tiendas hasta convertirlo en uno de los barrios más prestigiosos de Manhattan.

Llamó, curiosamente, mi atención el vapor que salía de las alcantarillas y se mezclaba de un modo cautivador con la alborotada afluencia de gente. Era tal y como había visto en muchas películas.

—En este barrio es imposible aburrirse —aseguró Héctor, que disfrutaba con mi fascinación.

Llegamos a la esquina de Spring St. con Greene St. y Héctor me señaló un edificio de unas diez plantas. Justo en la planta inferior, pegada al portal del bloque, había una cafetería de estilo parisino con la fachada de madera en blanca y un bonito toldo blanco con el logo del local en letras rojas y totalmente iluminado con luces navideñas. Inesperadamente, la imagen de nosotros dos desayunando en esa bonita cafetería… me asaltó como un *déjà vu*.

—Es aquí —me indicó él.

Muchos de los edificios de aquella zona mostraban unas intrincadas fachadas de hierro colado que resaltaban de un modo impactante con la arquitectura de sus construcciones. Ese barrio era un despliegue de tecnología, innovación y arte de época. Me encantaba. A cada paso que daba me sentía más eufórica y entusiasmada.

En el interior, Héctor me sujetó la mano mientras esperábamos el ascensor.

—¿Qué te parece la zona en la que vivo, te gusta?

—¿Bromeas? Es alucinante —respondí, abriendo mucho los ojos.

Él se acercó y me besó la nariz.

Su apartamento estaba en la séptima planta. El edificio era sencillo. Cuando entramos me encontré con un precioso piso de dos habitaciones, era más o menos del tamaño de mi casa en Cádiz, solo que diez veces más bonito. La calefacción hizo el efecto ansiado en los dedos de mis pies y en mis manos, y a medida que fui examinando aquel lugar, mis músculos fueron destensándose.

El salón era amplio, con todos los muebles en blanco y un hermoso ventanal en la pared frontal, la que daba a la fachada del edificio. El sofá, de cuero, chocolate, de tres plazas, combinaba con unos cojines en color crema y estaba situado frente a un mueble aparador con pantalla de plasma. El suelo era de madera noble y creaba un contraste muy liviano con el blanco de las paredes. La cocina también estaba decorada en blanco. Era pequeña pero muy funcional. Y los dormitorios, prácticos. Se notaba que era una casa acondicionada para alquilarse. Pero a pesar de todo tenía un encanto excepcional. Me mostró cada habitación con entusiasmo. Y me indicó que cada dormitorio tenía un armario.

—He guardado tu ropa en este —me comentó, abriendo las puertas del armario empotrado de lo que era la segunda habitación. Había acondicionado ese cuarto como su lugar de trabajo. En una de las esquinas se hallaba una mesa de dibujo con un montón de planos sobre ella. Ambas habitaciones tenían camas de matrimonio, pero él ya me había comentado que dormía en la de al lado porque la cama era más cómoda.

En el interior del ropero, había colgado un precioso abrigo de piel azul con capucha de pelo y forrado de borreguito blanco, un montón de jerséis, pantalones vaqueros y unas botas hunter negras.

—Pero, Héctor, esto es demasiado —exhalé, apesadumbrada ante aquella grandiosa muestra de generosidad.

—Es solo ropa, la necesitarás —aseguró él, convencido y sin darle importancia al hecho de que se había gastado una suma considerable en toda esa ropa para mí.

Metió mi maleta en aquella habitación, se acercó a mí por detrás, me quitó el abrigo y lo dejó sobre la cama mientras yo aún asimilaba todo lo que me estaba sucediendo. Me separó el pelo de los hombros en un gesto muy íntimo. Me giré, me agarré a su cintura y le besé la barbilla.

—Aún no me puedo creer que esté aquí contigo —susurré antes de besarlo.

—Yo tampoco —murmuró él con voz ronca.

Volvió a besarme y luego se separó un poco de mí para mirarme a los ojos.

—Debes tener hambre, ¿no?

—Ya lo creo —siseé, besándole el cuello y pasando mi mano por su entrepierna.

Él sonrió e inmediatamente reaccionó a mi caricia.

—Carolina, no hagas eso. Prefiero que cenemos antes. Te necesito con fuerzas esta noche. Créeme —musitó, sosteniendo mi muñeca y lanzándome una mirada cargada de lascivia. Su tentadora promesa hizo que mis muslos palpitaran de deseo.

—Está bien, cenemos —farfullé, poniendo los ojos en blanco.

Él soltó una carcajada tan fresca y espontánea que mis pulmones se inundaron de felicidad al instante.

Al cabo de cuarenta minutos estábamos sentados en una pintoresca pizzería dos calles más abajo. Antes de salir de su apartamento había entrado en el baño, me había aseado y aplicado un poco de maquillaje. Me cambié el jersey y me puse uno de los que él me había comprado junto con el abrigo azul. Lo cierto era que había acertado completamente con las tallas y con mi estilo.

Llamé a Cristina para confirmarle que había llegado sana y salva, y le conté por encima el impacto que me había causado Nueva York. Luego, me pidió que le pasara a Héctor y estuvieron charlando un buen rato.

Aún no sé exactamente si se debía al *jet lag*, a la conmoción de estar sentada frente a Héctor o al disparo de sensaciones que sentí en la descomunal isla de Manhattan, pero lo cierto era que me encontraba más activa y exultante que nunca.

En el restaurante, Héctor pidió una botella de vino italiano que estaba exquisito y brindamos por mi llegada. Nos pusimos un poco al día de todo. La pizzería era pequeña, pero tenía un halo romántico y cautivador que me contagió al instante. Estuvo contándome cómo iba su proyecto y lo mucho que estaba trabajando últimamente. Me dijo que había adelantado el trabajo de varias jornadas para estar libre al día siguiente y poder mostrarme un poco la ciudad. Hablamos también de Cristina y Raúl, y de todo lo que les había sucedido en los últimos días.

—Raúl lo ha pasado realmente mal —aseguró él con una mirada sincera—. Había días que me despertaba de madrugada solo para desahogarse.

—Para mi hermana tampoco ha sido un camino de rosas. Si te soy sincera, por un momento llegué a pensar que Raúl se había olvidado de ella.

—Eso es porque no le conoces como yo.

—Será eso.

—Bueno, entonces dime —murmuró, cambiándome de tema y afilando la mirada—. ¿Por cuánto tiempo se supone que has venido a verme?

—No lo sé, Héctor, solo sé que quiero estar con Cristina cuando nazca la niña. Su médico ha programado una cesárea debido al problema de su tensión. Si todo va como tiene previsto, será a finales de febrero. Comprenderás que no puedo dejarla sola en un momento tan importante.

—No estará sola. Estará con Raúl —musitó él muy serio, apoyando los codos en la mesa.

—Ya, pero también me necesita a mí. Además, aún no sé si cuando lleve un mes aquí estarás harto de mí. A lo mejor eres tú el que termina enviándome de vuelta a Cádiz —bromeé con la intención de quitarle importancia al asunto de mi dudosa permanencia en Nueva York.

Acababa de llegar y me parecía precipitado hablar de eso. Me había prometido a mí misma disfrutar del momento y no hacer planes a largo plazo. Esos últimos meses me habían demostrado que la vida puede cambiar de un instante a otro. Así que lo único que me importaba era que lo tenía frente a mí y que me esperaba una intensa y larga noche por delante.

Él sonrió, negó con la cabeza y me cogió la mano para plantarme un beso en la palma.

Terminamos de cenar y me molestó realmente que pidiera postre. Yo estaba ansiosa por llegar al apartamento y desnudarlo de una vez por todas. Me moría de ganas por recorrer su cuerpo con mi lengua. Pero el colmo fue que a medida que avanzábamos por las gélidas aceras, una de las veces lo miré y vi que estaba bostezando. Me llevaba de la mano, pero desde que habíamos salido del restaurante no había vuelto a pegarse a mí ni a besarme de aquella manera casi obscena. Ahora parecía como si estuviera deseando llegar a su casa para meterse en la cama a dormir.

—¿Estás cansado? —pregunté, fingiendo que no me importaba.

—Un poco, hoy ha sido un día agotador —respondió él, metiendo la llave en la cerradura de su portal.

Accedimos al interior y me sujetó la puerta del ascensor para entrar en él. Se suponía que en ese instante tendría que haberse lanzado sobre mí, arrancarme el jersey de lana y bajarme los pantalones con la intención de follarme allí mismo. Pero no, él se limitó a pulsar el botón de su planta, se giró y me dio un beso en la frente.

¡¿En la frente?! ¿Acaso era un cura? ¿Qué demonios estaba sucediendo? ¿Adónde se había esfumado la magia y el deseo contenido del aeropuerto y de su casa antes de salir a cenar?

A lo mejor era cierto y estaba tan cansado que esa noche lo único que quería era dormir. Quizás había soñado demasiado con la expectativa de nuestro reencuentro.

Pensé que me estaba precipitando y tal vez al entrar en su casa se lanzaría sobre mí, pero tampoco fue así. Entramos en su apartamento, él dejó las llaves sobre un aparador que había en la entrada y se fue directo al baño.

—Si quieres una copa, en el mueble del salón hay bebidas. —Fue lo único que le oí decir antes de cerrar la puerta del cuarto de baño.

¿Pero qué demonios le pasaba? Yo estaba allí, en medio del salón, deseando que me arrancara la ropa a jirones y me poseyera en cada rincón de ese apartamento neoyorquino, y él parecía haber perdido completamente el interés por mí.

—En fin… —Suspiré y me dirigí al dormitorio donde estaba mi maleta.

La tendí sobre la cama y saqué un pijama de invierno de Hellow Kitty, muy mono en gris y rosa que me había comprado en Women`secret, en el aeropuerto de Madrid. Me deshice de la ropa y me lo puse.

De repente me sentí ridícula. Debería haberme comprado un conjunto de lencería de encaje con liguero y todo eso, en vez de ese estúpido pijamita. Quizás de esa manera Héctor se habría tirado sobre mí en cuanto me plantara de nuevo en el salón. Aunque teniendo en cuenta las veces que él había bostezado desde que habíamos salido del restaurante y el beso «de cura» que me había dado en el ascensor…, supuse que mejor me quedaba con el pijama y ya de paso evitaba coger una pulmonía.

Al llegar al salón, él aún estaba en el baño. Pensé que quizás le había sentado mal la comida. Abrí las puertas de un mueble bar que había colgado en una de las paredes y saqué una botella de Martini que estaba sin abrir. Él no bebía alcohol, así que supuse que había comprado esas bebidas para mí. Me dirigí a la cocina, investigué un poco dónde estaba toda la vajilla y husmeé la nevera. Estaba repleta de comida. Todo meticulosamente puesto y ordenado. Saqué hielo del congelador y me serví un poco en un vaso bajo que encontré en uno de los estantes.

Cuando me hube preparado la copa, me dirigí al sofá, alcancé el mando de la tele y la encendí. Un programa de Oprah Winfrey fue lo primero que apareció en la pantalla. Apenas entendía nada de ese inglés tan americano, pero pensé que sería un buen comienzo para ir familiarizándome con el idioma. Me acomodé con las rodillas a un lado y la copa en una mano.

A los dos minutos la puerta del baño se abrió y Héctor salió con los vaqueros desabrochados y sin jersey.

¡¡Oh. Dios. Mío!!

Apagó la luz del baño y se plantó delante de mí, tenía las mejillas sonrosadas y el pelo un poco húmedo, como si se lo hubiese mojado ligeramente. La imagen era explosivamente provocadora y, para colmo, yo allí sentada con ese absurdo pijama que no dejaba ni un palmo de mi cuerpo al descubierto, y unos calcetines de lana gruesa. ¿Podía ser más patética? Se puso delante de la tele, ocupando toda mi visión. Su mirada ahora era tan intensa y caliente como la lava de un volcán.

—¿Qué coño crees que estás haciendo? —me preguntó, poniendo los brazos en jarras a la altura de sus caderas.

—¿Cómo dices? —me resultó francamente difícil no pasear mi mirada por sus anchos hombros y por su abdomen.

—¿Crees que porque te pongas un pijamita de niña pequeña vas a librarte de todas las guarradas que tengo pensadas para esta noche? —Sus labios se curvaron, y aunque intentaba no sonreír, no tuvo mucho éxito.

Mis hormonas reaccionaron en un nanosegundo a aquella perversa insinuación. Así que me levanté y me planté a escasos centímetros de su cara. Casi pierdo el equilibrio al sentir el tembleque de mis piernas.

—Me he puesto el pijamita de niña pequeña porque desde que hemos salido del restaurante has bostezado como unas cinco veces y, para colmo, en el ascensor, me has dado un beso en la frente. No en la boca ni en el cuello, me lo has dado en la frente. He pensado que quizás estabas cansado y querías irte a dormir pronto. —Mientras le decía todo eso él no dejaba de mirarme la boca, el cuello y el pelo.

Fui a decir algo más, pero de repente se lanzó sobre mí y acalló mis protestas con un beso tan sucio, incitante y erótico que me hizo recordar lo mucho que le había echado de menos.

¡Oh, Dios, le deseaba tanto que la sensación era dolorosa!

Agarró mi cabello tirando de él para poder saquearme la boca con descaro. Plantó su otra mano en mi trasero y lo pellizcó con fuerza apretándome contra su cuerpo. Su enorme erección se clavó en mi vientre y mi sexo se humedeció y palpitó solo de pensar en que me hiciera allí abajo lo mismo que hacía en esos momentos en mi boca.

Me agarré a su nuca para asegurarme de que no se escaparía y le besé con la misma intensidad con la que él me besaba a mí. Su piel estaba ardiendo y los latidos de su corazón retumbaban en mi pecho.

—No tienes ni idea —murmuró, lamiéndome el cuello y obligándome a levantar los brazos para quitarme la camiseta del pijama—. Estaba tan cachondo que he tenido que hacerme un trabajito manual antes de ponerte un dedo encima. Sabía que en cuanto comenzara a besarte me correría como un adolescente —gruñó mientras besaba mis pechos por encima del sujetador.

Aquella confesión me resultó tan impúdica, pornográfica y caliente que el hecho de imaginármelo masturbándose en el cuarto de baño, hizo que mis venas ardieran de excitación. La llamarada de placer que estalló entre mis piernas me obligó a jadear. Me desabroché el sujetador y lo tiré al suelo para que tuviera fácil acceso a mis pezones y los mordiera y los lamiera como tanto había soñado en todo ese tiempo.

—Así que…, te has masturbado mientras yo te esperaba en el sofá —siseé, cogiéndole la cara y lanzándole una mirada perversa.

Él asintió con la cabeza y paseó su lengua por mis labios.

—Eso es hacer trampa —jadeé, mordiéndole la lengua—. Has empezado la fiesta sin mí.

Él sonrió y bajó su cara hasta mis pechos, sopló sobre uno de mis pezones, lo introdujo en su boca y lo lamió con deleite, primero con uno y luego con el otro, mientras que yo me sujetaba a su pelo con desesperación e intentaba controlar los gemidos que escapaban de mi boca.

—Nada de besos en la frente —susurré, tirando con fuerza de su cabello.

—Nada de besos en la frente. —Volvió a repetir él, sonriendo mientras recorría mi espalda con sus manos y hundía su cabeza en mi cuello.

En medio de toda aquella turbación, Héctor me obligó a tumbarme de espalda en el sofá y, sin saber cómo, me encontré con todo su cuerpo aplastado sobre el mío, con nuestras respiraciones entremezclándose y con su erección frotándose furiosa sobre la fina tela de mi pijama.

El deseo y el ansia por tenerlo dentro de mí eran tan intensos que me nublaba la razón. Sabía que si seguía moviéndose de esa manera, el orgasmo no tardaría en recorrerme.

—Héctor, por favor —jadeé sobre su boca, tirando de sus vaqueros para que se deshiciera de ellos cuanto antes.

Se separó un poco de mí, y se quedó en el sofá con una rodilla clavada en el cojín y con el otro pie en el suelo. Su cuerpo fue poco a poco descendiendo sobre el mío, y de pronto sentí cómo agarraba la cinturilla de mi pantalón y me lo quitaba junto con el tanga. Mi pecho subía y bajaba con respiraciones agitadas y cortas. La expresión de su rostro recorriendo mi cuerpo se transformó en puro pecado.

—Joder, nena, cuánto te he echado de menos —susurró, deslizándose sobre mi abdomen, besando y lamiendo mi ombligo y mis costados.

Al instante siguiente su cabeza estaba hundida en mi entrepierna y me instó a poner una pierna en el respaldo del sofá y la otra sobre su hombro, para quedar absolutamente a su merced, expuesta y preparada para recibir su lengua en aquella parte de mi intimidad. Y cuando sentí sus húmedos labios invadiendo los pliegues de mi sexo, me estremecí y contorsioné la espalda. Aún no entendía cómo había sobrevivido sin eso todo ese tiempo. Sin sentirlo dentro de mí. Sin sus caricias. Sin sus besos. Sin el tacto de su piel. Sin su olor… Sin él.

Me hizo el amor con la boca y recorrió cada centímetro de mi sexo. Me agarré a su pelo suplicándole. Y de repente, un orgasmo estrepitoso me sacudió por completo. Intenté controlar mi respiración mientras él aún se degustaba de mí y me apretaba las nalgas, y antes de que me recuperara de aquella excitante invasión, lo tenía encima de mí.

Se había deshecho del pantalón y con sus calzoncillos bóxer aún puestos se encajó en el ancho de mis caderas. Apoyó el peso de su cuerpo en su antebrazo y eso hizo que su bíceps se hinchara de una manera terriblemente sexy. Con la otra mano se bajó los calzoncillos y se agarró su preciosa erección hasta situarla en mi húmeda abertura. Puse mis manos sobre su perfecto trasero y enlacé mis piernas a su cintura. Me miró a los ojos antes de fundirse en mí. Rozó su nariz con la mía y pasó la punta de su lengua sobre mis labios.

—Me encantas, Carolina —gimió, deslizándose despacio—. Me encanta la sensación de sentir tus manos sobre mi piel. —Oír aquellas palabras y su voz sexy y decadente me instó a apretar más sus nalgas. Salió despacio y volvió a deslizarse con un irritante movimiento—. Me encanta sentir tus uñas clavándose en mi espalda. —Esta vez aceleró un poco más sus movimientos y su voz se convirtió en un susurro ronco y entrecortado—. Me encantan los ruidos que haces antes de correrte. —En ese instante gemí y él me saqueó la boca.

Metió una de sus manos bajo mi trasero y me instó a seguir sus movimientos.

—Me encanta el olor de tu piel cuando estoy sobre ti.

Aquellas palabras se colaron en mi mente y en mi alma como un torrente de gozo.

—Eres mi sueño elevado a la máxima potencia, Carolina.

Y así fue verdaderamente como le sentía sobre mí. Era la primera en vez en mi vida que tenía esa sensación. Un sueño elevado a la máxima potencia. Sí, señor. La sensación de estar absolutamente ligada a alguien. La sensación de pertenecer a él. La sensación de mostrarle todos mis sentimientos y mis emociones sin ningún temor.

Sabía que ese hombre me amaba, podía sentirlo en su piel, en su respiración, en la forma en la que latía su corazón. Sabía que estaba enamorado de mí tanto como yo lo estaba de él. Y aquello era real. Tan real como la vida misma. Aquello no era producto de las muchas novelas que me fascinaban. Aquello era auténtico.

La imagen de él tensándose sobre mi cuerpo, entrando y saliendo de mí de una manera brutal y tórridamente sexy me provocó un orgasmo apoteósico y turbador. Sin embargo, él siguió entrando y saliendo más hondo, alargando los resquicios de placer de ese portentoso éxtasis, hasta que, finalmente, se derramó en mi interior, susurrando mi nombre con la cabeza enterrada en mi hombro.

Poco a poco nuestras respiraciones se fueron sosegando.

—Esto va en serio, Carolina —gimió sobre mi boca sin dejar de mirarme a los ojos.

Asentí con la cabeza, acariciándole la espalda con dulzura.

—No dejaré que vuelvas a alejarte de mí, ¿lo entiendes? —Se retiró un poco para asegurase de que había captado el mensaje.

—Pero... Héctor —titubeé, mordiéndome el labio—, quiero estar en el parto de Cristina. Quiero asegurarme de que todo sale bien.

Él paseo su mirada por mi rostro y me retiró el pelo de la cara en un gesto estremecedor.

—Está bien. Iremos para el parto, pero luego volverás a Nueva York conmigo. ¿De acuerdo?

Me quedé mirándolo sin contestar. Aún no estaba del todo segura. Pero de repente su gesto se contrajo y arrugó el ceño como si mi expresión le hubiese incomodado.

—¿De acuerdo? —Volvió a preguntar, esta vez con la mano en mi cintura y mirándome con los ojos muy abiertos, advirtiéndome del ataque de cosquillas que me esperaba.

Hundió su dedo en mi costado y me retorcí bajo su cuerpo.

—¡Héctor, por favor, no!

Se detuvo y volvió a mirarme..

—Aún no has respondido, ¿de acuerdo? —Esta vez me cogió las muñecas y las sujetó por encima de mi cabeza. Intenté deshacerme de sus manos, pero me resultaba imposible. En menos de un segundo se había colocado a horcajadas sobre mí y me tenía completamente prisionera. Con la mano que tenía libre me toqueteó los pechos con descaro, y luego volvió a hundir sus dedos en mi cintura. Empecé a patalear con la risa floja y el rostro de Héctor se iluminó.

—¡Para, Héctor, por favor, no puedo más! —supliqué, consciente de que me iba a dar algo.

—Ríndete, Carolina. Solo tienes que decir lo que quiero oír y el martirio habrá acabado —comentó él, con la voz cargada de arrogancia y picardía, mirándome desde su posición y sujetándome las muñecas.

Cuando me vio dudar, me enseñó el dedo índice con mofa y empezó a deslizarlo nuevamente por mis pechos para situarlo otra vez en mi costado, donde, curiosamente, causaba un efecto tremebundo.

—¡De acuerdo! —grité un segundo después de que iniciara su tortura y comprendiera que no cedería a menos que le dijera lo que quería oír.

Él me dedicó una sonrisa triunfal y estrelló su boca con la mía.

—Buena respuesta —siseó con sus labios aplastados sobre los míos.

Si la felicidad tuviese un lugar determinado, para mí, sin ninguna duda, sería Nueva York.

El resto del mes de diciembre fue simplemente mágico. Recibimos el año entre las frías y abarrotadas calles 43 y 50, disfrutando del espectáculo en Times Square y de las muchas actuaciones de Broadway. Pero cuando la mítica bola de cristal descendió y las centelleantes e imponentes pantallas mostraron los dorados números del nuevo año, la gran multitud de personas que nos rodeaban comenzaron a abrazarse y besarse. Luces, fuegos artificiales, confetis, silbidos, risas y un número incalculable de neoyorquinos fueron testigos de cómo Héctor deslizó su mano enguantada bajo mi nuca y me besó.

Un beso acompañado de un *te quiero* y tan cargado de fuerza y pasión que cualquier cosa parecía posible. Un beso de cine, de esos que suceden a cámara lenta y se quedan grabados en la historia. Tal vez no en la historia del cine, pero, desde luego, sí que se quedaría para siempre en la historia de mi vida.

Epílogo

Mis días allí, pronto se convirtieron en una experiencia apasionante, divertida y muy fructífera.

Acepté el hecho de que Héctor no me dejaría escapar de su lado y, sobre todo, acepté la innegable realidad que me suponía vivir alejada de él. Así que decidí que lo mejor sería labrarme un futuro junto a él, y lo primero que hice fue ponerme manos a la obra con el idioma.

Durante el día, mientras Héctor trabajaba yo iba a mis clases de inglés en una academia muy cercana a nuestro apartamento, donde curiosamente me hice muy amiga de una chica que daba clases de español y que estaba embarazada de cinco meses. Silvia. Era catalana y conectamos desde el principio. Su marido, Patrick, el dueño de la academia, era neoyorquino y también muy majo.

Cuando ella se dio de baja, él me ofreció encargarme de las clases de español. Al principio no sabía si lo haría bien del todo, pero le eché un par de ovarios al asunto y acepté el empleo.

Aquella era una manera muy cómoda de ganar dinero temporalmente, y no es que lo necesitara, Héctor apenas me dejaba gastar allí y yo aún contaba con bastantes ahorros, pero necesitaba sentirme útil y superar el enorme vacío que me provocaba no estar en la asesoría, rodeada de mis entrañables compañeros. Les llamaba muy a menudo para oír sus voces, sobre todo a María y a Emilio, pero cuando colgaba el teléfono el dolor se extendía por mi pecho y tenía que ocupar mi tiempo para no desesperarme.

Todo eso sucedió unos quince días antes de volver a España para el nacimiento de mi sobrina. Con lo cual, mi paso por Nueva York tenía buenas perspectivas. Cuando no estaba en la academia, me dedicaba a conocer un poco más a fondo la isla de Manhattan, y todos los lugares que iba descubriendo me resultaban alucinantes.

Había días que me ponía un chándal, mis guantes y mi bufanda, me calzaba las zapatillas de deporte y corría por Central Park. El frío era lo único a lo que no terminaba de acostumbrarme, pero por todo lo demás pronto me di cuenta que Héctor llevaba razón, el ritmo de los neoyorquinos era contagioso. Esa manera de vivir la vida a un mil por ciento se apoderó completamente de mí, y me sentía más enérgica y viva que jamás en toda mi existencia.

Héctor, en su tiempo libre, me llevaba a restaurantes, bares de copas y a lugares sorprendentes. Recorríamos los diferentes distritos de Nueva York: Brooklyn, Queens, el Bronx y Staten Island al volante de su vehículo, e incluso contratábamos excursiones para empaparnos aún más de la historia de esa vibrante y grandiosa ciudad.

Poco a poco fui ampliando mi círculo de amigos. Conocí a los dueños de la cafetería parisina que había a pies de nuestro edificio, una pareja francesa, Dimitri y Flora, y con ellos compartía café, montones de tardes, risas y muchas confidencias. Algunos días en los que Héctor regresaba agotado de trabajar y me encontraba allí con ellos, sonreía al ver de la manera tan espontánea y natural con la que me relacionaba, y cenábamos junto a nuestros nuevos amigos.

Luego subíamos a aquel precioso, cálido y confortable apartamento de alquiler provisional y Héctor me hacía el amor en la cama o en el baño. En el sofá o en la encimera de la cocina o en la pared…

Pero, por supuesto, no todo era un camino de rosas, a veces discutíamos, es lo que tiene la convivencia. Héctor había días que llegaba con los nervios a flor de piel, los plazos de ejecución de las construcciones cada vez eran más estrictos y estaba sometido a mucha presión, por lo tanto, una mala contestación podía desembocar en una tremenda disputa, a la que yo ponía fin con algún portazo en la habitación de invitados. Sin embargo, cuando el pomo de la puerta se giraba, los vellos de mi piel se erizaban y mi corazón latía con fuerza, anticipándose a la inevitable y electrizante reconciliación.

Vivir junto a él era sencillamente una continua aventura.

Y como no podía ser de otro modo, estuve en Cádiz para el parto de Cristina. Le dije a Héctor que me quedaría junto a ella el tiempo que me necesitara. En principio, la idea era volver a Nueva York con Héctor en una semana, pero yo no pensaba irme hasta asegurarme de que ella y mi sobrina se encontraran perfectamente.

Durante el tiempo que estuvieron practicándole la cesárea, creíamos que Raúl se subiría por las paredes. La expresión de su cara era muy similar a la que tenía el día que creyó que Cristina había empezado una nueva vida junto a Javi, solo que esta vez el miedo asomaba con más fuerza en sus ojos. Pero al final todo terminó mucho antes de lo que yo imaginaba, y al cabo de unas horas todos estábamos en la habitación, junto a ella y a la pequeña.

Lo que sentí al tenerla en mis brazos era algo que no se podía describir con palabras. Era simplemente perfecta. Tal y como yo la había imaginado, con el pelo tan negro como Cristina, y la piel suave y rosada como un melocotón. Se chupaba sus delgados y finos deditos y dormía plácidamente.

—Hola, Elena, soy tu tía. Encantada de conocerte —susurré antes de besarla en la frente, tiernamente.

Cristina y yo no habíamos hablado en ningún momento de su nombre, pero ambas sabíamos que se llamaría como nuestra madre. Así que en el instante en que pronuncié su nombre delante de Raúl, de sus padres y de Héctor, todos sonrieron. Cristina permanecía semisentada en la cama, con el rostro pálido y las ojeras marcadas, pero a pesar de todo estaba radiante. Raúl sostenía su mano y la miraba con una mezcla de ternura, amor y protección.

Miguel se situó a mi lado, me miró a los ojos y me preguntó:

—¿Puedo coger a mi nieta? —Le devolví la mirada. Los padres de Raúl sabían toda la verdad y, a pesar de todo, estaban dispuestos a aceptar a Cristina y a su hija como parte de su familia.

No me había equivocado con él. Era un gran hombre.

—Por supuesto —respondí, posando a la pequeña en sus brazos, con delicadeza. Rosa se colocó a su lado y miró a la pequeña con deleite.

—Mírala, si es que es una muñequita —murmuró, haciéndole carantoñas a la pequeña y deshaciéndose en elogios, lo que me llevó a deducir que Elena sería una niña muy mimada y consentida por sus abuelos.

Al día siguiente, Cristina estaba mucho más recuperada y la habitación del hospital pronto se llenó de familiares y amigos de Raúl y Cristina. Jamás había visto tantas flores en una misma habitación. Raúl recibía a todo el mundo, frenético de emoción, y mostraba a la pequeña como si fuese su tesoro más preciado. En cuanto la pequeña sollozaba un poco, allá iba él, la cogía y la mecía en sus brazos. Me llevé las manos a la cabeza solo de pensar las noches que se pasarían en vela cuando la pequeña reclamara los brazos de su papi en vez de la cuna.

Los padres de Raúl apenas se habían movido del hospital, al igual que Héctor y yo. María y Emilio aparecieron a media mañana por la habitación, y en cuanto les vi entrar por la puerta salté de la emoción. Ambos traían regalos para mi sobrina. Aquello me iluminó el corazón. Mis amigos sabían lo importante que era para mí el nacimiento de mi sobrina y querían compartir conmigo ese sentimiento.

Media hora después, Raquel, Marta y Javi hacían acto de presencia en la estancia. La cara de Raúl se transformó en cuanto vio a Javi. Cristina ya le había contado que todo aquello no fue más que un teatro, pero él seguía sin perdonarle a Javi que aquel día se pasara la noche toqueteándole el culo a Cristina. Y no tuvo ningún reparo en demostrar, delante de todos, el poco afecto que le tenía a nuestro amigo. Sin embargo, Javi era un provocador nato y disfrutó de lo lindo haciendo rabiar a Raúl.

Llegó justo en el momento en el que Cristina se había puesto en pie y había colocado a la pequeña sobre la cama para cambiarle el pañal. Todos mirábamos con ternura a la pequeña, semidesnuda, mientras que Cristina, a pesar de su inexperiencia, se desenvolvía con facilidad y le aplicaba polvos de talco a la pequeña en el culito. Javi se situó junto a Cristina, le dio un beso en la mejilla y dijo con sorna, muy consciente de que Raúl le estaba oyendo.

—Mmm, tal para cual, un culito tan perfecto como el de su madre.

Javi hizo el intento de acariciar la nalga de la pequeña cuando Raúl sentenció con voz gélida:

—Si tocas ese culo también, entonces date por hombre muerto.

—Pero, bueno, ¿qué le pasa a este? —bufó Javi, pasando su mirada de Cristina a mí—. ¿Aún no se ha enterado que el culo que yo quiero tocar se encuentra al final de su espalda?

En esos momentos, Cristina, el resto de los presentes y yo nos desternillamos de la risa, Raúl negó con la cabeza, con los ojos en blanco y dejándolo por imposible.

Yo miraba a un lado y a otro en aquella nítida habitación y solo podía pensar en cómo puede cambiar tu vida en un abrir y cerrar de ojos. Desde luego ese año pasó ante mí como una película. Cada momento, cada instante tenía una melodía.

Y allí estaba yo, en ese diminuto espacio, rodeada por todos mis seres queridos. Un murmullo de palabras tranquilizadoras y halagadoras acariciaba mis oídos, y la estimulante fragancia que desprendían las margaritas blancas, lirios, jacintos y las lavandas envolvieron aquel momento de una profunda sensación de ternura y amor.

Todo cuanto amaba estaba en aquella habitación...

Le pedí a Cristina, una vez más, que me dejara coger a la pequeña, necesitaba sentirla lo suficiente para llevarme conmigo su olor. Pronto volvería a Nueva York con Héctor y sabía que la echaría muchísimo de menos. En principio, estaríamos en Estados Unidos hasta finales de año, pero todo dependía de la evolución del proyecto.

Mientras la mecía en mis brazos, Héctor se colocó detrás de mí y pegó su mejilla a la mía.

—Es tan preciosa como vosotras dos —susurró en mi oído plantándome un beso en el cuello.

—No, lo es mucho más —aseguré, dibujándole el rostro con mi dedo sin dejar de observarla.

—Quiero una igual —murmuró sobre mi pelo.

Abrí mucho los ojos, me di la vuelta con la pequeña en brazos y lo miré:

—¿Una igual?

—Bueno, igual... igual, no. Me conformo con que tenga lo mismo: dos ojos, una nariz, una boca, ya sabes... —dijo él, bromeando.

—¿Quieres tener un bebé? —articulé sin salir de mi asombro.

Antes de responderme, deslizó su mirada por mis facciones para luego detenerse en mis ojos. El brillo, la evidencia y la determinación que leí en su mirada afianzaron su respuesta.

Puso sus manos en mi cintura acercándonos, aún más, a la pequeña y a mí a su cuerpo, pegó sus preciosos y apetecibles labios a mi oído, y a continuación susurró:

—Ríndete, Carolina. Ya te lo advertí. Esto va en serio... y lo quiero todo.

La mirada de Héctor

¡Joder, qué guapa es!

La sonrisa de mi padre se agranda en cuanto las puertas de la terminal del aeropuerto de Jerez se abren y me ve. Es un día muy propicio para reencontrarse con familiares y lo cierto es que verlo, me causa la misma alegría que a él.

Llevo ya varios años viviendo en Madrid, pero no termino de acostumbrarme. Es reconfortante volver a casa de vez en cuando, aunque solo sea para pasar unos días.

Nos fundimos en un enorme y cálido abrazo, y me da un par de palmaditas en la espalda.

—¿Cómo estás, hijo?

—Bien, papá, muy bien.

Son las siete y veinte de la tarde de un 31 de diciembre. En Cádiz hace frío. El clima de mi ciudad natal es muy distinto al de Madrid. Allí el frío es más seco. De camino al coche percibo que el viento me acaricia el rostro, miro al cielo y las nubes que con un extraño color escarlata anuncian una cercana tormenta.

Papá y yo pasamos el trayecto de Jerez a Cádiz, capital, charlando de mi trabajo. Le cuento todos los proyectos que tengo entre manos y él me escucha entusiasmado.

Al cabo de veinticinco minutos estamos entrando en casa. Aunque, en realidad, hace tiempo que ese dejó de ser mi hogar. Sin embargo, el olor a comida casera, la tradicional decoración navideña y el calor que desprende el piso, me envuelven nada más cruzar el umbral y me transporta a esa época de mi infancia en la que fui tan feliz. Esa etapa en la que Rafa y yo éramos unos niños y nuestra única preocupación era jugar. Pero de eso hace ya tanto tiempo…

Mi madre sale de la cocina, limpiándose las manos en el delantal.

—¡Héctor! Cariño, qué guapo estás.

—Tú sí que estás guapa, mamá —le digo, estrechándola entre mis brazos y levantándola del suelo. A ella le encanta que le haga eso.

Me toca el pelo y a continuación dice:

—Tienes el pelo más largo, ¿no? Pero te favorece. Y esa chica con la que sales, ¿por qué no la has traído?

—Es solo una amiga, mamá. Acabamos de conocernos.

—¡Rafa! —grita mi madre —. Tu hermano acaba de llegar. Sal a saludarlo.

Pero el simple hecho de oír el nombre de mi hermano hace que me tense. Nuestra relación es… complicada.

Atisbo que sale de su habitación y en cuanto me ve, me lanza una visual de arriba abajo. Se acerca hasta mí con desgana. Lo sé porque él sencillamente es así. A veces, creo que somos de padres diferentes. De hecho, lo apostaría si no fuera porque unos análisis clínicos han asegurado que es la única persona compatible conmigo. Algo que, en cualquier caso, a mí no me sirve de nada…

Cuando le tengo delante de mí extiende el brazo para saludarme. Me quedo mirando su mano durante un instante, pero como no quiero estropearles la noche a mis padres, que nos observan alarmados, alargo la mía y la estrecho con la suya, en un saludo frío y fingido.

A continuación, mi madre, para romper el momento de tensión, me quita la cazadora que sostengo y comienza a parlotear preguntándome por el trabajo y poniéndome al día de un montón de cosas sobre mis tías y mis primos, que en realidad no me interesan.

Me adentro en la cocina con ella y picoteo el pastel de queso que está preparando, lo que me cuesta un par de golpes en las manos. Luego me siento en una de las sillas de la cocina y simplemente la escucho, pero ella parece tan feliz de tenerme allí que aquello me llena de satisfacción.

—Esta noche viene a cenar la novia de tu hermano.

—¿Tiene novia? —pregunto. No consigo entender cómo ha encontrado a alguien que lo soporte.

—Sí, es una chica encantadora, se llama Carolina.

—Pobrecita —murmuro.

—Héctor, no seas malo… —me regaña ella.

—Mamá, voy a darme una ducha antes de cenar, ¿de acuerdo?

—Muy bien, pero no tardes mucho.

Al salir de la cocina, mi hermano se cruza conmigo. Evidentemente apenas nos miramos.

—Rafa, vístete ya y ve a recoger a Carolina. No esperarás que la chica venga hasta aquí andando, está lloviendo —le advierte mi madre.

—Ya he hablado con ella, mamá. Le he dicho que coja un taxi.

Increíble lo que escucho.

—Pero, hijo, qué pocos detalles tienes, ¿cómo dejas que se venga sola? Coge el coche de tu padre y ve a recogerla.

—Paso de salir con este frío…

Es lo último que le oigo decir cuando me voy a meter en el cuarto de baño. Media hora más tarde, antes de que cenemos, llamo a Claudia y hablo con ella. Esa chica me gusta, no estoy enamorado de ella pero me gusta. Es probable que si sigo conociéndola termine enamorándome, quién sabe…

Me encamino hacia la cocina y desde el pasillo oigo una voz femenina. El sonido es cautivante, su risa agradable. Me asomo y entonces la veo… Está junto a mi madre, ayudándola. Es tan bonita que me parece una alucinación. Me apoyo en el marco de la puerta con las manos metidas en los bolsillos del tejano y, de repente, es como si el mundo se detuviera y todo sucediese muy lentamente.

Ella se coloca el flequillo detrás de la oreja y su sonrisa… ¡Joder!, su sonrisa es perfecta. El color de su pelo es como el de un hermoso otoño. Toda ella desprende tanta frescura y juventud que estoy abrumado. Mis ojos no pueden apartarse de su persona ni un solo segundo. No es muy alta, todo lo contrario. Pero en ese instante mi mente calenturienta tan solo piensa que bajo mi cuerpo sería magnífica.

Es tan bonita que me cuesta creer que mi hermano sea tan asquerosamente afortunado. Ese maldito hijo de puta no merece tener tanta suerte.

Estoy abstraído observando cada uno de sus movimientos. El tono de sus labios, su precioso perfil… La piel me arde con tan solo mirarla. Siento un hormigueo por todas partes. Lleva un sencillo vestido verde aceituna de manga larga, no es muy estrecho, pero lo suficiente para imaginar cómo es el tamaño de sus senos y fantasear con su figura proporcionada.

Parezco un verdadero imbécil, allí, contemplándola. Pero en ese instante, ella se gira y sus ojos se clavan en los míos.

—Hola —me dice con una bonita sonrisa. No debe tener más de diecisiete años.

—Carolina, él es Héctor, mi otro hijo.

—Encantada, Héctor —afirma ella. Y al escuchar mi nombre deslizarse sobre sus labios tan solo deseo devorarle la boca.

¡Cálmate, gilipollas!, me digo a mí mismo. Pero ella se acerca y me da dos besos.

El tacto de su piel es pura seda y su olor... ¡Dios!, su olor es una tentación prohibida.

¡Maldita sea! ¡Tranquilízate, idiota!, me repito una y otra vez.

—¡Carolina! —oigo que la llama Rafa desde su habitación—. Ven un momento.

Ella se aparta de mí y sale de la cocina. La observo de espaldas adentrarse en el dormitorio de mi hermano y cuando giro la cabeza me encuentro con la interrogante mirada de mi madre fija en la mía.

—Es bonita, ¿verdad?

—Es preciosa —manifiesto sin ocultar que me encanta.

—Perdió a sus padres el año pasado en un accidente de tráfico. Ella y su hermana quedaron huérfanas de la noche a la mañana. Le dije que trajera a su hermana esta noche, pero por lo visto está en casa de un tío suyo. Es muy buena chica...

—Sí, eso parece.

—Ayúdame a poner la mesa, anda.

Y la mirada que me lanza de soslayo oculta una camuflada reprimenda.

Cenamos en el salón con la televisión puesta. Es una cena de familia. La normal de un 31 de diciembre, con langostinos, jamón, un delicioso asado y una amplia selección de canapés que no te acabarías ni aunque te llevases tres días comiendo sin parar. Todo es muy típico, salvo que mi familia... es atípica. En realidad, mi relación con mi hermano es la atípica. Pero parece que mis padres ya lo han asumido. Así que, ellos fingen no saber de nuestro desencuentro y él y yo, simplemente, no intercambiamos ni una sola frase.

Antes de llegar a mi casa pensé que sería una de esas cenas en las que tengo que disfrazar mis pensamientos, sin embargo, esta noche me resulta imposible. La tengo a ella frente a mí y mis ojos no pueden apartarse de sus facciones. Y lo peor de todo es que mi madre se ha dado cuenta, pero a esas alturas me importa un comino. ¿Por qué tendría que importarme mi hermano? ¿Acaso a él le importo yo?

Paso la velada charlando tranquilamente con mi padre. Y antes de tomar las uvas, mi vecina Carmen y su marido entran en casa. Ese matrimonio pasa más tiempo aquí que mis propios padres. Mi madre sube el volumen de la tele y reparte unos vasitos con doce uvas a cada uno. Siempre me ha parecido una costumbre absurda tomarse doce uvas de un tirón. Sobre todo porque corres el peligro de que una de ellas se te atraviese en la garganta y mueras antes de que empiece el año. Pero no seré yo el que se atreva a decirle a mi madre que no pienso tomármelas. Así que, me coloco frente a la tele y en ese instante siento el brazo de ella rozarse con el mío. Está tan cerca que mi codo y el suyo prácticamente están pegados.

—No sé si voy a ser capaz de tomármelas todas —dice ella inocentemente, mirándome con aquellos enormes ojos chocolate.

—Por tu propia seguridad, te aconsejo que sí. Mi madre puede llegar a ser muy insistente, créeme —le advierto en un tono burlón.

Ella sonríe, echa la cabeza hacia atrás y observo cómo se le forma un bonito hoyuelo en la mejilla. Tengo que contenerme para no mordérselo.

¡Joder, qué guapa es!

Pero justo en ese instante, Rafa se acerca a ella por detrás y le rodea la cintura. Ella se gira y le da un beso en los labios, lo que me provoca una rabia incontrolable.

La noche se convierte en una sucesión de actos incongruentes.

De repente, la casa de mis padres se llena de vecinos, y algunos de mis tíos y primos vienen a visitarnos. Todo el mundo se pone a bailar, de esa forma que solo hace la gente una noche como esta. Mi vecina, Carmen, es una mujer muy peculiar y cuando el alcohol empieza a hacerle efecto le da por deleitarnos con un rocambolesco striptease, y tengo que ser testigo de su horrenda ropa interior. Y lo peor de todo es que mi madre y su propio marido le ríen la gracia.

—¡Héctor, guapetón, baila conmigo! —grita una vez más, totalmente fuera de control, tirando de mi mano y haciendo el intento de arrastrarme hasta el centro del salón que ella misma ha bautizado como pista de baile.

Es como la tercera o la cuarta vez que ha intentado sacarme a bailar y ya me tiene hasta las narices, así que, evitando ser demasiado grosero, me deshago de su agarre y me voy al baño. Estoy loco por acostarme. Al salir del aseo, me debato entre irme a la cama directamente o volver al salón. Y cuando estoy cerrando la puerta, la veo a ella en el pasillo. Viene hacia mí.

—Ya veo que no eres muy bailarín —dice ella, sonriendo cuando llega a mi altura.

Deslizo mi mirada por su pelo, sus ojos y sus labios. Es extraordinaria. A continuación le devuelvo la sonrisa.

—Pues no. No es lo mío. Aunque la noche promete. Estoy loco por saber quién será el próximo o la próxima en desnudarse —le digo levantando las cejas, bromeando.

—Conmigo no cuentes —resopla ella.

—Vaya, una lástima. Preferiría un striptease tuyo al de mi vecina Carmen.

Se sonroja de repente y me da un empujoncito en el hombro. Hace el intento de pasar por mi lado para meterse en el baño, pero no quiero dejar de charlar con ella y la retengo un poco más.

—¿Hace mucho que sales con Rafa?

—Unos nueve meses, más o menos.

Como no sé qué más decir, pruebo a seguir haciéndome el gracioso.

—Vale, te daré un consejo. Si quieres que vuestra relación dure, no te compres la ropa interior en el mismo sitio que mi vecina Carmen.

Ella suelta una carcajada y de repente me fijo en lo bonitos que son sus dientes. De buena gana, ahora mismo, la aplastaría contra la pared y me la comería a besos.

Cuando se recupera del ataque de risa veo que está estudiando mi rostro.

—No os parecéis en nada —dice de repente—. Físicamente, quiero decir. Sois muy diferentes.

—Totalmente —respondo muy serio.

—Tú tienes los mismos ojos que tu madre —declara ella, mirándome por encima de sus largas pestañas.

—Así es —respondo sin amilanarme ante su estudio.

Al cabo de un segundo siento que mi mirada le resulta demasiado intensa y noto su incomodidad.

—Voy al baño —murmura, indicándome que le deje paso.

—Sí, claro —exhalo, apartándome de la puerta con premura para que ella pueda entrar.

Antes de que se encierre en el baño le digo:

—Carolina...

—¿Sí?

—Me ha encantado conocerte hoy.

De hecho, creo que es lo único bueno de toda la noche.

—Igualmente —añade ella con una fascinante sonrisa de medio lado.

Nueve años después...

Es viernes, mediados de junio, en Sevilla hace un calor de mil demonios, Raúl y yo estamos deseando acabar de revisar la obra del parque Torneo e irnos a Cádiz. Ambos nos merecemos unos días de vacaciones, este proyecto es agotador. Llevo varios días pensando en la conversación que he tenido con mi madre hace tan solo una semana...

—Tu hermano lo ha dejado con Carolina, ¿sabes? Y esta vez creo que es definitivo.

—¿Y por qué me lo dices?

—Héctor, a mí no puedes ocultármelo, cariño, soy tu madre. Te conozco mejor que a nadie en este mundo.

Me quedo en silencio con su mirada perforándome.

—¿Qué piensas hacer? —me pregunta ella con el gesto contraído.

Respiro profundamente antes de contestar.

—¿De verdad quieres que te lo diga?

—Sí.

—Primero asegurarme de que esa ruptura es definitiva.

—¿Y si es así?

—Si es así, no pararé hasta que sea mía.

Ella no dice nada más. Era cierto, me conocía lo suficiente para saber que ahora nada ni nadie me detendría.

Esta noche he convencido a Raúl para salir por Cádiz. Nos quedaremos en el ático del edificio que han construido en el Paseo Marítimo. Estoy seguro que un día de estos coincidiré con ella. Cádiz es una ciudad pequeña. La gente joven suele moverse siempre por los mismos sitios.

A las diez de la noche quedamos para cenar con algunos colegas de Raúl. Nos tomamos unas tapas en un bar muy cerca de la playa y, luego, uno de ellos insiste en ir al chiringuito de moda a tomar unas copas.

Cuando llegamos el ambiente es perfecto. La noche delinea un cielo plagado de estrellas y las olas del mar se muestran serenas y plateadas. Es una de esas noches de verano en las que crees que todo puede suceder... Y, de repente, sucede...

En una de las mesas del fondo la veo, está sentada con tres amigas y parece tan despreocupada y diferente que el corazón me golpea con fuerza en el pecho. Sabía que de un momento a otro podría ocurrir. Sabía que tarde o temprano me la tendría que encontrar. Y allí está ella.

¡Joder, qué guapa es!

—¿Qué estás mirando, Héctor? Tendrías que verte la cara, amigo. —Raúl se gira para ver aquello que atrae totalmente mi atención y entonces creo que a él le ocurre exactamente lo mismo.

—Tío, ¿te has fijado en esa mesa? ¿Has visto a la morena del traje verde? —expresa Raúl, ensimismado, refiriéndose a la que yo creo reconocer como la hermana de Carolina, aunque no estoy del todo seguro.

—Sí, las he visto —digo, antes de darle un sorbo a mi Aquarius y disimulando mi conmoción.

—Vale, voy a invitarlas a algo —declara él, llamando a un camarero joven que pasa en ese instante por delante nuestra y comentándole su intención de pagarles una ronda.

Intento concentrarme en la conversación de Ángel, que está comentándome algo sobre unos proyectos para la Diputación Provincial de Sevilla, y en ese instante veo que Raúl se aparta de mi lado y se lanza a la mesa sin pensárselo dos veces. Yo tan solo estoy esperando el momento oportuno para abordarla y de pronto oigo a Raúl vociferar mi nombre.

—¡Héctor!

Mi mirada y la de ella se encuentran y ahora, más que nunca, sé que jamás la dejaré escapar…

Agradecimientos

Desde que era una niña, escribir era algo que siempre me apasionaba. Sin embargo, durante algunos años, esta inevitable pasión permaneció dormida en algún lugar de mi subconsciente, pero, afortunadamente, el destino hizo que me cruzara con las personas adecuadas y fueran ellas quienes, poco a poco, despertaran mi verdadera vocación.

Quiero expresar mi eterno agradecimiento a las siguientes personas:

A Marta Martín, por leerse el manuscrito en menos de veinticuatro horas y aportarme muchísimo más de lo que yo hubiera imaginado.

A Fran García, por ser un fiel amigo desde que lo conocí, por sus valiosas sugerencias y por prestarme alguna que otra proeza...

A Laura Tey, por su apoyo incondicional, por formar parte de mi existencia y ser una pieza clave en mi inspiración.

A MLuisa BT, correctora, por su excelente trabajo y su apoyo. Sin ella esta novela no habría visto la luz. Gracias, Marisa, has ocupado un lugar muy importante en mi corazón.

A María José Moyano, a Antonio Juliá, a Noelia Castañeira, a Ana Belén Mota, a Lucinda Gray, a Carmen y a Agustín, y a todos aquellos amigos que han compartido conmigo esta emocionante aventura. A todos aquellos que han puesto su granito de arena y me han animado a continuar.

A mi familia, a mis prim@s y a mis tí@s por permanecer a mi lado, algunos, incluso más allá del firmamento. A Irene Villar, a María Villar y a María Castillo por ser unas tatas excepcionales. A mi guerrera e invencible madre, por enseñarme valores elementales y apoyarme en todas mis locuras. A Pepi Lado y a Pablo Velata por su comprensión y generosidad.

A mi preciosa pequeña, por aguantar mis cambios de humor y soportar que me pasara días enteros sentada frente al ordenador, privándola de horas de juego. A ella, por quererme a pesar de todo y por aparecer en mi vida y enseñarme a ver el mundo con una radiante luz que ni siquiera sabía que existía.

Y gracias a mi socio, a mi amigo, a mi compañero de batallas, a mi valiente camarada, al maravilloso padre de mi hija y al amor de mi vida. Por demostrarme que la única manera de alcanzar tu sueño es perseguirlo.

Sobre la autora

Rosario Tey (Cádiz, 1980) estudió Relaciones Laborales en la Universidad de Cádiz y luego cursó un Máster en Prevención de Riesgos Laborales. Trabaja impartiendo cursos de formación. Es madre y esposa y posee, junto con su marido, una preciosa cafetería en el Paseo Marítimo de su ciudad donde asegura que las puestas de sol son inolvidables.

Reconoce que su pasión es escribir. Su primera incursión en el mundo literario tuvo lugar con *Ríndete, Carolina,* una novela que ha sido número uno de ventas en Amazon y que sigue siendo motivo de excelentes críticas.

Rosario continua inmersa en otros proyectos que pronto verán la luz.

Puedes seguir a la autora a través de sus redes sociales donde mantiene contacto diario con sus lectores. Busca en Facebook **Rosario Tey**. En Twitter e Instagram **@Rosario_Tey.**

Sigue su blog www.rosariotey.com